田中康二著

江戸派の研究

汲古書院

目　次

第三部　受容史上の江戸派

第四部　江戸派の係累と人脈

江戸派の研究

序論　江戸派という交差点

一、交差点としての江戸派

江戸派とは、賀茂真淵の門弟である加藤千蔭と村田春海を双璧として、寛政初年に結成された派閥であり、和歌・和文の面ですぐれた作品を残したことにより、文学史に位置づけられている。江戸派は寛政・享和・文化の約二十年の間に、千蔭と春海を中心として活動し、近世後期都市江戸の雅の文化を創り上げたのである。

そもそも江戸派という名称は、しばしば本居宣長の率いる鈴屋派に対比する形で用いられてきた。古道論を主張した鈴屋派に対して、日本に「道」はないと喝破し、和歌・和文に長じた江戸派という構図である。旧著『村田春海の研究』（汲古書院、平成十二年十二月）においても、徹底的に宣長と比較しつつ、春海および江戸派の特質を顕在化させた。この観点は同時代的に見ても有効であり、江戸対松坂という人文地理学的見地の設定によって、近世後期の文化現象としてとらえることも可能である。

このように江戸派とは、本居宣長への対抗意識が生み出した現象であるとするのが旧著のエッセンスである。この論点は第一義的には有効であると考えるが、それだけで江戸派のすべてを語り尽くすことは難しい。江戸派には宣長以外にも数多くの人々との交流があり、たくさんの書物の往来がある。そういった人的つながりや物的つながりという側面から江戸派をとらえると、これまでとは異なる像が立ち現れる。そのような人の交流と書物の往来の拠点となったという認識から、江戸派を「交差点」という名称で呼びたい。この「交差点」という見立てによって江戸派の本質に迫ることができるであろう。

そもそも交差点とは複数の道路が交わるところである。つまり、物や人の流れが別の流れと交差する場所であり、交通の要衝と言い換えることができよう。本来は物そのもの、あるいは人そのものが重要であると考えがちであるが、それらが出会う場にはそれらとは違った独特の文化が生まれる。近世後期の都市空間としての江戸は多くの物や人が出会う場（トポス）である。また、歴史（時間軸）という点でも、江戸派は賀茂真淵の門弟として古典文学や古典籍を受け継ぎ、後世に伝えるという役割を果たした。書籍の寿命は人の寿命よりも長い。写され続けるテクストは物としての書籍よりも寿命が長い。そのテクストを受容する者は、それを末永く語り継ぎ、残すことが使命となる。そういった意味で、江戸派は壮大な古典文学の流れの交わる交差点と言ってよかろう。このように、同時代的には人が交流し、書物が行き来する場となり、通時的には古典文学を受容し後世に伝えるという役割を担った江戸派は、文化の交差点と呼ぶにふさわしい性質を備えていると考えることができる。

さて近年、鈴木淳氏により『橘千蔭の研究』（ぺりかん社、平成十八年二月）が上梓された。鈴木氏は「橘千蔭」を「歌書画一体の文化的存在」ととらえ、「江戸の寛政文化を演出した立役者」と見なす。この千蔭観を受け入れるには、和歌・和文とともに書道にも秀で、絵も一級品であることを認めなければならない。書については、千蔭流と称する書体があることにより、一流であることが知られるが、絵についてはすこぶる根拠が薄弱であると言わざるを得ない。それよりも、和歌・和文を生み出した、真淵門弟の国学者歌人という観点の方が実態を反映していると思われる。今しばらく千蔭を江戸派の枠組みでとらえる見方にこだわってみたい。
以下序論では、本書を貫くコンセプトとして、交差点としての江戸派の特徴を述べてみたい。

二、学術交流の交差点としての文庫

春海は歌人と同時に国学者でもあった。ここで言う国学者とは、近代に成立した国文学のルーツとしての国学を専攻する者という意味である。したがって、古典文学作品を書写し校訂し注釈を付すというのが主な仕事となる。そのためには作品を入手しなければならない。その際、古書肆より購入することもあろうが、圧倒的に多いのは蔵書家から本を借りる場合である。そういう意味で、書籍の貸借は古典研究の生命線と言えよう。だが、本は借りる側にとってはありがたいことであるが、貸す側にとっては迷惑千万である。汚損や紛失の憂き目に遭う可能性もあるからである。それゆえ、貸借を一切受け付けない者もいる。春海も賀茂真淵の蔵書を入手した門弟の清水浜臣に本の貸借を断られて、破門騒ぎになったこともあるほどである。この一件が起きたのとほぼ同じ時（享和元年冬）に春海が記したと考えられる文章がある。「書をしむならはし」（『織錦斎随筆』所収）である。次のようなものである。

古の書の今に伝はらざるは中比より世のみだれうちつゞきてうつし伝ふる人がなくて、さるころ火にやけうせぬるが多きなるべし。しかはあれど猶かつ〴〵うつし伝へたるも無にはあらねど、中比より一つのわろきならはしありて、ひめかくしてたやすく人に見する事をなさゞりけるよりほろびぬるもあまたありぬべし。いま古の書ののこれるにむかし人の奥書あるを見るに、或は此本他見あるべからず、或は可秘〻〻などしるさゞるはなし。そも〳〵書は広く世にも伝へ後の人のしるべともなすべきものにこそあなれ、いたくひめかくして人にみする事をきらふよしやはあらん。中比よりなべてかゝるひが心得の人のみありけるは、今よりおもへばいとも〱（ママ）もなげかしき業にこそありけれ。古よりつたはれる書をたゞわれひとりの宝とのみおもひたらんはあさましくいやしきこゝろとはいはまし。

書物が伝わらない理由として、火災等による湮滅のほかに所蔵者の秘蔵という要素があるという。「中比」とは鎌倉室町時代、とりわけ応仁の乱以後を指すと思われる。書物は秘蔵されたからこそ伝来すると考えがちであるが、実はその逆であって、秘蔵して書写されることがなくて湮滅するというのである。転写を重ねると、誤写などにより内容は劣化するが、秘蔵するよりも伝来の可能性が高くなるということであろう。他見を許さず、家宝として秘蔵することを戒めるのである。そうして次のような書物観を展開する。

書は遠き古よりもつたはり、又今よりはるかなる世の末にもながくつたふべきものなるを、わづか百年にたらざらんいのちのうちにしばらくこれをわが物とおもふとも、つひに身うせなん後、其子其むまごなどのおなじ心ならばこそあらめ、其道このまざらん人ならんには、いたづらに文殿のうちにくちはて、又はあらぬ人の手にも落ぬべし。されば書をたくはへおきて子むまごにつたへんとするはやうなきわざ也。たゞ書はわたくしの物ならずとこゝろ得おきて、公に広くつたへて世にたえせざらん事をおもふべき事にこそ。

書物の寿命は人の寿命よりも長いから、これを私蔵するのは良くない。子孫に継がせてもいずれ散佚してしまうので無駄であると述べた上で宣言する。書物は「わたくし」のものではなく、「公」のものであると言うのである。そういった意識を持てば、絶えることはないと主張する。この後で興福寺や仁和寺の秘蔵本が愛書家の有志の手により広く世に伝わったことを顕彰するのである。このように春海は書物の公共性を訴える。そこには浜臣から本の貸し出しを断られたことが影を落としていることは間違いないが、その一件がなくてもおそらく同じことを主張したであろう。

このような精神は門弟の小山田与清に受け継がれることになる。与清は見沼通船方高田家に養子入りし、莫大な遺産を引き継ぐ。それから九年後の文化十二年七月に擁書楼を落成する。擁書楼は蔵書五万巻を誇る文庫である。『擁書楼日記』によれば、擁書楼は当代一流の文人が出入りする社交場となる。ここには春海が持っていた書物の公共性の精神が息づいていると言ってよい。もちろん与清も完全な公共図書館として擁書楼を開設したわけではない。落成九ヶ月を経た文化十三年三月九日に「文庫私令」なる規則を設けている。それは次のようなものである。原漢文。

凡そ書を借るるを請ふる者、必ず須く相応の物を留め之を質とすべし。質無き者の若きは、貸すを許さず。凡そ庫内に入るるの輩、漫りに書函を開くこと勿れ。凡そ四月香薬を函中に納れ、以て雨湿の外寇を御す。七月書冊を庭上に曝し、以て蠹魚の内賊を治む。其の限り巳の時より始め、未の時に終る。朝露晩風をして之を犯さしむるを得ず。

在宅の日　五日　十五日　廿五日

書籍の貸出には必ず質草を取っている。また、不特定の人間への貸出はしていないはずである。おそらく紹介者を必要とする暗黙の了解があったであろう。保存と公開という背反する二つを同時に実践するためには、公開を制限したり条件を付けたりする必要がある。それは文庫の持つジレンマであり、その課題は現代でも完全に解決されたわけではない。それはともあれ、与清の擁書楼の開設は書物の公共性の精神を春海より受け継いだものと言ってよかろう。

この擁書楼という存在は江戸派の事跡を象徴するものであると考えられる。要するに、文庫とは過去から受け継いだ書物を未来へと伝える場であり、同時代的には文人の交流する場である。そのような書物や人物の交差点として文庫をとらえると、擁書楼は近世後期都市に生まれた学術交流の拠点と考えることができるのである。それは与清だけでなく、江戸派全体の活動においても該当する。次節で検討してみたい。

三、交差点としての江戸派の活動

江戸派を学術交流の交差点という見立てによってとらえ直すと、江戸派の活動は次のように整理できる。すなわち、時間的には書物の伝来の交差点であり、空間的には人物交流の交差点である。しばらくこのことにこだわってみたい。

まず時間的交差点とは次のようなことである。すなわち、過去から受け継がれてきた古典作品に関して、これを書写し、校訂し、注釈を付して将来の読者に手渡すという役割を担うということである。書写および校訂は原本の復元を目指す文献学的立場であり、前代から伝統を引き継ぎ、これを後代に伝えるという行為である。江戸派の場合、万葉集・八代集をはじめとする和歌、伊勢物語・源氏物語をはじめとする物語、土佐日記・和泉式部日記をはじめとする日記など、およそ古典文学と称するものが書写・校訂の対象となっていた。なかには現代において稀少な写本の善本と目されるものも少なからず含まれる。注釈は文献実証主義的解釈として行うものであり、前代から引き継いだ伝統に対して解釈を施すという行為である。いずれも祖述（述べて作らず）を原則とするが、大胆な校訂や注釈が国学の特色である。これらは伝統を継承して次代に渡すという、書物受け渡しの中継地点としての役割を果たしている。『万葉集略解』が最も浩瀚な注釈であるが、『おちくぼ物語註釈』などの先行研究が薄い注釈もある。

ここに和歌・和文の作成という行為を含めることが許されるであろう。和歌・和文の作成は、古典を継承するための階梯であって、古典文学を理解するために自ら創作するのである。とりわけ江戸派の場合、和歌はもちろんのこと和文に秀でており、和文の会を開催して文章修行に励んだという実績がある。もちろん創作である以上、創造的要素は含まれるが、その目的はあくまでも伝統の継承にある。以上の行為は、古典文学という伝統を引き継ぎ後代に伝える中継地点としての役目を果たしていると言えよう。

さて、後者の空間的交差点に話を移すことにしよう。前節において言及したように、春海が提唱した古典籍保存と公開の精神を小山田与清が継承し、擁書楼を開設したのである。空間的交差点の筆頭にあげるべきは文庫である。『擁書楼日記』によれば、擁書楼には和学・漢学の別を問わず、さまざまな文人が足を運び、学術交流の拠点となった。人と人を橋渡しする場であり、まさに人間交差点である。このような「場」は春海や千蔭の代から小規模ながら存在した。それは江戸派という派閥であり、歌壇であり、結社である。江戸派が成立した寛政初年より歌会や文会、あるいは『万葉集略解』の注釈の会などが数多く行われた。そのような結社自体は取り立てて珍しいものではなく、和歌や俳諧の世界では古くから存在するグループである。だが、近世後期都市である江戸は人口の密集する都会であり、文化都市であった。そこには多くの人々が身分の隔てを越えて一つの結社に集まった。藩主から商人までさまざまな階層の人々が集まる場だったのである。それは同時代の京都において、堂上歌人と地下歌人が同一の歌合に出席していたことがお咎めの対象となった一件（大愚歌合事件）などを参照すれば、江戸派が人的交流の場であったと強調することが許されるだろう。そのように、同時代的な交流の場として、江戸派という派閥をとらえることができる。

さらにここに時間と空間の両方にわたる交差点というべきものがある。出版活動である。出版活動そのものは古くから存在するが、普及するのは近世になってからである。江戸派の出版の場合、娯楽的要素は皆無であり、出版それ自体が文化活動と言ってよいものである。古典文学の善本を校訂して注釈を付して出版するというのが、江戸派の基本的な形態である。それは文庫の公開と同様に、春海の古典籍の保存と公開という精神につながるものと言えよう。古典籍が空間を横断して普及し、時間を縦断して残存するという意味で、出版活動こそ交差点の中心に位置すると言えるかもしれない。

このように、江戸派を時間的にも空間的にも交錯する交差点として見る観点から、本書のコンセプトを述べた。

四、本書の各部各章の解題

本書は大きく四部で構成されている。第一部は主に江戸派の和歌表現を論じ、第二部は江戸派の出版の問題を扱い、第三部は主に江戸派における学説の継承の問題を扱い、第四部は江戸派を取り巻く同時代の人々を論じた。いずれも個々の人物・学説・書籍などを取り上げるが、そこには縦横につながりを有するネットワークが存在したということを前提として議論している。少し詳しく述べることにしたい。

第一部「江戸派の表現」は四章で構成されている。第一章「江戸派の和歌」は、村田春海の和歌を加藤千蔭の和歌との関係性の中で生まれたという観点から、江戸派の和歌の特徴を追究したものである。歌人の特質を問題にする場合、多くは突出した才能にばかり光を当てる傾向があるが、そのような突出した個性も実は同時代現象として考えた方が良い場合がある。とりわけ春海は二十年にわたって千蔭と行動を共にしたのであり、江戸派という「場」の中で生み出された和歌表現があることを論じた。第二章「春海歌の生成と推敲」は、『琴後集』に収録される和歌の中に寛政十二年に妙法院宮に提出することになった和歌が含まれており、『琴後集』所収のものがその初案と目されることを論じた。その上で、初案が再案へと推敲されるに当たって、どのような意識が働き、どのような表現生成が起こったのか、ということを論じた。第三章「春海歌と漢詩」は漢詩人との交流を見た上で、『琴後集』所収の詩題和歌九首の出典を明らかにし、原詩からの本歌取りという観点から解釈した。第四章「江戸派の叙景表現」は、寛政六年夏に行われた房総への旅を記した『香とりの日記』において、千蔭の紀行文と春海の和歌の間の緊張関係を叙景という観点から論じた。以上のように、第一部では江戸派の和歌表現の持つ意味を人的交流という点でとらえ直した。

第二部「江戸派の出版」は四章で構成した。第一章「江戸派の出版」は、師の著作を出版することが派閥の正統を継ぐ行為であるということを、春海・浜臣・与清の出版活動を通して述べた。第二章「『おちくぼ物語註釈』の出版」は、寛政年間に刊行されたと目される当該注釈書について、草稿本から刊本に至る過程を追究し、さらには板元を変えながらも近代に至るまで刷り続けられたことを述べた。第三章「『契沖法師富士百首』の出版」は、当該書に実際に付された春海の序文が『琴後集』に収録されたものと全く異なるものであることの背景を、若山滋古『詠百首富士山和歌』との類版問題が存在することを仮説として提出した。第四章「小山田与清の出版」は、与清が自著を出版するにあたって、師春海の遺作を出版した書肆より上梓したが、擁書楼により著名になると、別書肆からも続々と著作を刊行し、書肆を横断した著書目録を付けるに及んだことを述べた。以上のように、第二部では一冊の本の出版が同時代的に交友関係を取り結ぶことと、前代から受け継いだ書物を最も良い形で後代へと伝えることの意味を論じ、加えて書物が人間関係を構築するという側面があることを論じた。

第三部「受容史上の江戸派」は六章で構成した。第一章「江戸派の古典受容」は、萩原広道『源氏物語評釈』に見出される春海の注釈が、それまで誤読されていた文脈を訂正したことを述べた。第二章「をかし・おかし別語説の成立と受容」は、形容詞「をかし」には褒誉と笑いという両義があるが、宣長が「をかし」は笑いを表し「おかし」は褒誉を表すという説を唱えて以来、別語説が普及した。春海はこれに真っ向から反論したが、別語説の勢力は強く、近代に至るまで学説が生き延びたことを述べた。第三章「江戸派の歌論の生成」は、春海の歌論『歌がたり』が、真淵の万葉主義と宣長の新古今主義と蘆庵の古今主義の三者を重層的に否定した上に構築された歌論であることを論じた。第四章「「たをやめぶり」説の成立と継承」は、古今集歌の特徴を表すと言われる「たをやめぶり」説が、賀茂真淵の提唱した人文地理学的見地を抜きにして伝播したことを述べた。その際、最初に真淵説を改変したのは春海の歌論『歌がたり』であった。第五章「慈円歌の受容と評価の変容」は、古今集歌の本歌取りの慈円歌「春の心のどけしとても何かせむたえて桜のなき世なりせば」の評価が中世を通じて高かったのが、近世になって国学者の言説の中で地に落ちた経緯を論じた。国学の発祥が和歌観の変容に一役果たしたことを結論づけた。特に春海が当該歌への批判を徹底的に行ったことを述べた。第六章「板花検校説話の成立と展開」は、板花検校の歌「わが心なぐさめかねつ更科や姨捨山に照る月を見で」を中心に据えた説話がいかにして成立し、いかに伝承されたかを論じた。小山田与清『擁書漫筆』に収録される際に、当該説話の要素が完備したと考えられる。以上のように、第三部では学説・歌論・説話などを受け継ぎつつも変容させて後代に伝える江戸派の、中継者としての機能を論究した。

第四部「江戸派の係累と人脈」は九章で構成されている。第一章「江戸派の血脈──「織錦門人の分脈」の分析」は、小山田与清『擁書楼日記』に見える「織錦門人の分脈」を分析し、県門国学における江戸派の正統意識を析出した。第二章「村田春道──村田家と堂上方」は、春海の実父村田春道が若い時に京都に和歌の修行に行き、堂上方より歌を学んだという仮説を述べた。第三章「楠後文蔵──「松坂の一夜」外伝」は、春海の叔父楠後文蔵忠積が「松坂の一夜」に同席し、同じくその場に同席した尾張屋太右衛門が有栖川宮家の侍伊藤主膳を僭称して真淵に近づいた事件を誘発した人物であることを論じた。第四章「雪岡宗弼──雪岡禅師と江戸派」は、南禅寺の西堂位（真乗院）の出世僧である雪岡宗弼が江戸派の活動に積極的に参加し、帰京後は蘆庵門弟との雅俗論争を取り次いだ様子を描いた。第五章「妙法院宮──『妙法院宮御園十二景』の成立」は、妙法院宮真仁法親王より当該題による詠歌を命じられたのが江戸派の歌人だけではなく、京の平安和歌四天王や本居宣長、そして上田秋成なども詠歌の召しに与ったことを論じた。地理的にも派閥的にも全く異なる歌人が同一題で歌を詠むという現象が行われた経緯を追究した。第六章「松平定信──

『三草集』「よもぎ」の添削」は、松平定信の当該家集に芝山持豊・北村季文・村田春海という、全く系統の異なる三者の添削が付されていることを検討した。第七章「天野政徳——文政期江戸歌壇と『草縁集』」は、文政年間に出版された『草縁集』と『続草縁集』の歌人別の収録歌数の相違に注目し、編者天野政徳が小山田与清の松屋社中と斎藤彦麿の藤垣内社中とを排除するようになったことを述べた。第八章「海野遊翁——天保期遊翁結社と『現存歌選』」は、江戸派が勢力を失いつつあった天保年間に、海野遊翁が地道な門弟指導を行い、結社の同人誌として『現存歌選』を出版するようになる過程を述べた。付章「朋誠堂喜三二——晩年の和歌・和文修行」は、黄表紙作家にして狂歌作者朋誠堂喜三二（手柄岡持）こと、平沢常富が七十歳を越えてから江戸派に交じって和歌や和文の修行を始めたことを述べた。以上のように、第四部では江戸派の血縁者や江戸派を取り巻く人脈に焦点を絞り、派閥自体が同時代の人物交流の拠点となっていることを論じた。

以上、全四部の構成を通じて、交差点としての江戸派の特質を論じ、国学が有する学問体系とその同時代的特徴を析出することを目指した。

第一部　江戸派の表現

第一章　江戸派の和歌

一、はじめに

村田春海が西遊の旅から帰還し、学業から遠ざかった二十年の空白を埋めるべく国学に専心するようになるのは天明八年夏のことである。半年以上に及ぶ上方遊学のきっかけが何であったかは未詳とせざるを得ないが、上方滞在の成果には見るべきものがあったと言ってよい。なかでも本居宣長と面会を果たし、共通の師匠にあたる賀茂真淵の家集（『賀茂翁家集』）を編纂する約束を取り交わしたことは、春海の後半生に目標と責任感を与えたという点で特筆すべきものである。すなわち、春海に県門の継承という意識が芽生え、江戸派が成立する地ならしができたのである。(1)

さて一方、加藤千蔭が父の跡を継いだ町奉行与力の職を辞したのは天明八年七月、翌年二月には寛政改革の煽りを受けて蟄居謹慎の身となった。その理由はさまざまに取り沙汰されるが、直接の要因はつまびらかにしない。百日の閉門の間に千蔭は、真淵の万葉説を伝えるべく『万葉集略解』の執筆を思い立った。(2)県門継承の意気込みがうかがえる出来事である。

春海と千蔭は青少年期に真淵門弟として机を並べたが、その後は目立った活動をした形跡がない。その二人に転機が訪れた。天明末年、ほぼ時を同じくして、共通の目標に向かって歩き始めたのである。偶然の一致か因縁のしからしむるところか、はたまた歴とした因果関係があるのか、真相は未詳とせざるを得ない。そもそも春海と千蔭は豪商と幕臣という身分の違いがありながら、また十一歳の年の差がありながら、父の代から続く江戸在住の県門歌人という共通点によって、江戸派という地下歌壇を創った。そうして二人は千蔭が没する文化五年まで、足掛け二十年間、行動を共にしたのである。その間に生み出された業績は、もちろん『賀茂翁家集』と『万葉集略解』だけではない。多くの歌会を開いて和歌を詠み、多くの文会を開いて和文を作ったのである。それらの和歌・和文は編集され、千蔭『うけらが花』初篇・二篇や春海『琴後集』・『琴後集別集』などに収録されている。

そのように春海と千蔭は江戸派を興してから二人三脚で県門を継承し、文芸活動を展開した。そのような二人であるから、詠んだ歌にも共通の嗜好や共通する表現があらわれるのは当然の結果と言えよう。たとえば『琴後集』に次のような春海歌が収録されている。(3)

霜夜聞鐘

置き添はる軒ばの霜の深き夜に聞きもまどはぬ鐘の音かな（琴後・冬・七六三）

「霜夜聞鐘」を題材に題の言葉を詠み込んだ歌である。霜夜の冴えわたる時分に耳に届いたものは聞きまがうこともない鐘の音であったといったところであろう。この歌と密接な関係が認められるのが次の千蔭歌である。

金地院に遊びて、霜夜聞鐘といふ事を

置き添はる瓦の松の夜の霜を更け行く鐘の声に知るかな（初篇・冬・七九七）

この千蔭歌は春海歌と同じ時に詠まれた可能性が高いと考えられる。その根拠として三点指摘することができる。まず春海と千蔭が行動を共にし、歌会で一緒になることが多かったという点。次に「霜夜聞鐘」が珍しい題であり、春海と千蔭の他には『草根集』に一首のみが見出されるという点。第三として、「置き添はる」という同一の句を共有しているという点。第一点は場の共通性であり、第二点は詠む題材の共通性であり、第三点は表現の共通性である。この三点は密接な関係を有している。すなわち、場を共有するゆえに、共通の題で歌を詠んだのであり、詠んだ歌に共通の表現が見出されるのである。これらの三点を追究すれば、春海歌と千蔭歌の共通性を浮き彫りにすることができると思われる。そのことにより、江戸派という派閥の歌壇としての性格が明らかになるだろう。以下、この三点について具体的にその特徴を明らかにして行きたい。

二、「場」の共通性

春海と千蔭が歌を詠む「場」を同じくした事実を仰々しく言い立てるのは今さらめく観がある。しかしながら、歌会という場がどれくらいの頻度で持たれたかということは、必ずしも明らかにされたわけではない。おそらく歌会控えなどの資料は公にされないまま、いまだにどこかの文庫の奥の篋底に眠っているのではないだろうか。

その中で千蔭の門弟にあたる柳田為貞が控えとして所持していた歌会資料が、岩崎敏夫氏によって公表されたのである。[4]岩崎氏によれば、為貞自筆の歌稿（享和二年三年の歌会の歌（無題）と「くさぐさ」と「歌のはやし」という三冊）が為貞より五代あとの養子にあたる民俗学者柳田国男に引き継がれ、それが柳田の高弟であった岩崎氏に譲られた由である。岩崎氏が紹介されたものは歌稿からの抄出であるが、本章において必要な情報は十分に盛り込まれている。すなわち、歌会の日付、兼題（宿題）、春海と千蔭が詠んだ歌などである。ここで問題にしたいのは享和三年と文化二年の歌会であり、次のものである。なお、〔 〕は二人が詠んだ兼題、〈 〉は春海歌・千蔭歌の所在、【 】は岩崎稿以外の典拠資料を示す。

享和三年

○正月春海宅〔春曙〕〈別集・春・一三九、二篇・春・一三九〉
○閏正月十三日千蔭宅月次会〔故郷鶯〕〈別集・春・一八四、二篇・春・五五〉
○二月四日春海宅月次会〔雨中柳〕〈琴後・春・一一六、二篇・春・一一九〉
○二月二十日巨勢利和公御会〔地上花〕〈二篇・春・二〇六〉
○三月四日春海会月次会〔閑庭落花〕〈琴後・春・二六一、二篇・春・二五一〉
○三月十四日巨勢利和公御会〔池のほとりに咲ける藤舟にのりてあそびみる〕〈二篇・春・二七九〉
○四月四日春海会月次会〔首夏朝〕〈琴後・夏・三〇六、千蔭歌〉
○六月三日春海宅会【竹村茂枝家翁略年譜稿】
○七月二十日千蔭宅会〔萩露〕〈琴後・秋・五二六、千蔭歌〉
○八月四日春海宅会〔月前鹿〕〈別集・秋・一二三九、二篇・秋・五四四〉
○八月十三日千蔭宅会〔こまひき〕〈別集・秋・一一二二、二篇・秋・六六八〉
○九月十三日千蔭宅会〔月前紅葉〕〈別集・秋・一二三二、千蔭歌〉
○九月三十日東海寺
○十一月四日春海宅月次会〔雪埋竹〕〈二篇・秋・八五七〉
○十一月十三日千蔭宅会〔山月照雪〕〈別集・冬・一六五八、二篇・冬・八三九〉

文化二年

○正月十九日春海宅会【杉田玄白日記】
○三月四日春海宅会【杉田玄白日記】

○四月四日春海宅会

○四月十三日会〔雲間郭公〕〈別集・夏・七二六、二篇・夏・三五二〉

○四月二十六日正臣宅会〔卯花落水〕〈琴後・夏・三二六〉

○五月六日春海宅会〔市郭公〕〈別集・夏・七三六、二篇・夏・三六三〉

○五月九日千古宅会

○五月十三日千蔭宅会〔夜橘薫枕〕〈別集・夏・七八四、千蔭歌〉

〔深夜鵜舟〕〈別集・夏・八五六、千蔭歌〉

〔涼みするところ〕〈琴後・題画・一三七二、二篇・夏・四三八〉

○六月千蔭宅会

○七月四日春海宅会〔山家早秋〕〈二篇・秋・四七四〉

○七月二十日千蔭宅会〔閑庭萩〕〈別集・秋・一〇三八、二篇・秋・五一三〉

○八月四日春海宅会

○八月九日千古宅会

○八月十三日千蔭宅会〔深山鹿〕〈春海歌、二篇・秋・五四六〉

○八月二十六日正臣宅会

○閏八月四日会〔関路秋風〕〈琴後・秋・七二二、二篇・秋・五四〇〉

○閏八月十一日会〔稲ほしたり〕〈琴後・秋・一三九六〉

○九月十三日千蔭宅会〔月前紅葉〕〈琴後・秋・六四七、二篇・秋・七一五〉

○九月二十日千古宅会〔菊花待開〕〈琴後・秋・六七七、千蔭歌〉
○十月九日千古宅会〔女ども紅葉を拾ふ所〕〈別集・秋・二八五七、二篇・秋・七七八〉
○十月十三日千蔭宅会〔名所千鳥〕〈別集・冬・一六〇〇、二篇・冬・八一二〉
〔網代興〕〈春海歌、二篇・冬・八一八〉

このように柳田為貞書写の歌稿が享和三年と文化二年に偏っているのは、為貞の詠歌活動の時期と関係が深いと推定される。少々の変動はあるが、春海宅の歌会は毎月四日に、千蔭宅の歌会は毎月十三日に行われていたごとくである。こうして春海と千蔭にそれぞれの月次歌会があり、それ以外にも巨勢利和公や一柳千古の会が付け加わっている。もちろん為貞の交友圏を江戸派の歌会全体に及ぼす根拠はないが、千蔭の門弟にあたる為貞の出席する歌会は江戸派の活動の一つのサンプルたり得るだろう。このペースは江戸派の歌会の標準的な頻度ではなかったかと思われる。したがってこの二年は、春海と千蔭の活動した二十年にわたる江戸派の歌会のうちの無作為抽出と考えて大過ないだろう。

そのように考えることが許されるならば、年に二十回程度の月次歌会において共通の兼題で歌を詠む活動を二十年続けると、概算で四百の歌会の場を共有したということになる。もちろんこれは歌会というフォーマルな場の話であって、個人的な行き来に至っては数えきれないほどである。当然のことながら、場の共有は必然的に題の共有を促し、表現の共通性を誘発すると考えられる。そこで次節では共有された題に重心を移すことにしたい。

三、題の共通性

前節で確認したように、歌会資料が残存している場合には、そこに記された記録によって同じ場を共有したことが実証される。だが、歌会資料の残存が認められなくても、歌集に所収された歌の詞書および題が共通する場合には、同一の場で詠まれた可能性がある。もちろん、同じ題であっても古来詠み古されてきた題を詠んだ歌は共通の場で詠まれたかどうかは疑問の残るところである。堀河百首題は言うに及ばず、二字題や詩句題などは単独で詠まれた可能性があるからである。たとえば『琴後集』巻一の巻頭歌の題は「年内立春」であるが、それは『古今集』以来の伝統を有する巻頭題であって、和歌史の中で連綿と読み継がれてきた題である。(5) たとえ江戸派社中の家集に当該題があったとしても、その歌が春海と同じ歌会で詠まれたなどと考えることは到底できないであろう。歌の習作期に経験する題詠だからである。もちろん「年内立春」に限らず、古来詠まれ続けてきた題は多い。題詠は和歌修業の階梯だからである。そのように、題が共通するからといって無条件に共通の場を想定することは適切ではない。ただし、次の例のように、詞書の中に題詠の状況が記されたものは、ありきたりの題であっても場の共通性を見ることができよう。

貞樹がみまかりける又の年の五月に、有りし世を思ひ出でて
有りし世をしのびぞいづる郭公なほふる声をきく心ちして（琴後・雑・一二一八）

貞樹がみまかりし又の年の五月、在りし世を思ひ出でて
橘に昔しのびし人もはた今年は人にしのばれにけり（初篇・雑・一四〇七）

これらの歌は良峯貞樹の一周忌（寛政十年五月）における題詠であることが判明する。このように詞書の中に場を示す記述が存在する場合、題の共通性は場の共通性を完璧に保証するが、場に関する記述がない場合、同じ場で詠まれた可能性は否定できないものの、やはり確定することは危険である。たとえば、次の歌はいかがであろうか。

神の社のあたりをまかりけるに、いがきのうちの紅葉をみて

行く秋をひきとどめたるしめのうちににほふ紅葉はあかずも有るかな（琴後・秋・七一八）

神の社のあたりをまかりける時に、いがきのうちの紅葉を見てといふを題にて

陰だにもよきて吹くらんはふり子がしめ引きはへしもりのもみぢ葉（二篇・秋・七二一）

これらの歌の題が題詠であることは『うけらが花』の題の末尾に「といふ」があることから明らかであるが、この題が共通の場で詠まれたと断定することができるであろうか。結論から先にいえば、これらの歌が同一の場で詠まれたと断定するのは慎重になる必要がある。というのも、この題は二字題や詩句題のように繰り返し詠まれているものではないけれども、『古今集』秋・二六二・紀貫之の題と同じである。したがって、歌人であれば誰もが知っている題と言える。それゆえ、この二首が必ずしも同一の場で詠まれなければならない必然性はないのである。とりわけ古今集歌を詠歌の手本とする江戸派の歌人が、全く別の場で別個に当該題を詠んだと考えることもできよう。そのような可能性がある以上、単に題が同じであるというだけでは、安易に共通の場を想定すべきではない。

それでは、恋部所収の次の歌はいかがであろうか。

文通はして久しくなりぬれどつれなき人に

いたづらに心は空に月日経ぬ雲のうはがきかきも絶えなで（琴後・恋・九三四）

文通はしていと久しく成りぬれどつれなき人にといふを

あしねはふうきにもこりずいくそ度鳴の羽がきかきつくしけん（初篇・恋・一一二二）

これらの歌の題は、『兼盛集』に見える題であることが知られている。『新編国歌大観』所収のものでは『琴後集』と『うけらが花』初篇以外には当該題が見当たらないので、共通の場で詠まれた可能性が限りなく高いとは思われる。しかしながら、そのように断定することはやはり躊躇せざるを得ない。先行歌の題であるということは、別席で当該題

により歌を詠むことが全くないとは言えないからである。そうであれば、題の共通する歌も共通の場で詠まれたかどうか、一旦は保留するのが厳密な処置ということになるだろう。その原則は次の歌にも該当する。

雨降るとて来ぬ人の降らぬにも見えねば
晴るる夜の空だのめなる月もうし昨日の雨を袖にやどして（琴後・恋・九四九）
今宵しもかごとと知るぞうかりける天つつみせし人のつらさを（別集・恋・一九六七）

雨降るとてとはぬ人の降らぬにも見えねばといふを
石の上ふるとて人のとはざりしうらみを添ふる月の夜はかな（初篇・恋・一一三〇）

これらの歌の題は『小大君集』に見える題である。したがって、これらの歌も同一の場で詠まれた可能性は高いものの、やはりそれを断定するのは慎重になるべきであろう。いずれ歌会資料が発掘された時に明らかになるはずである。もちろん、題が共通するすべての歌に共通の場を想定できないわけではない。たとえば次の詞書を有する歌はおそらく共通の場で詠まれたものであろう。

鶯の初音をききつやと人の問ひければ
かくて世の春をよそなる宿なれば鶯の音もうとくぞありける（琴後・春・六三）

鶯の初音ききつやと人の問ひければ
人とはぬ竹の中道なかなかにまづ鶯の初音ききけり（初篇・春・五三）

この題は先行歌の題の中に見つけることはできず、おそらく江戸派の歌会ではじめて出された題であろうと推定される。それゆえ共通の場を想定するのが妥当であるということになるだろう。このような例は次の歌に対しても該当する。

長月なかば島このみ給ふ家に遊びて
舟寄せて誰も見よとや中島の紅葉も波にこがれ出づらん（琴後・秋・七二一）
九月なかば島このみ給ふ家に遊びて
池水に松も紅葉もうつろひてはたばり広き錦とぞ見る（二篇・秋・七二〇）

これらの歌の題は先行例を見出すことができない。おそらくそれは純粋にその場でつくられた詞書であり、その場は江戸派の歌会であると考えるのが順当であろう。

このように共通の題から共通の場を想定できるものはこれ以外にも多数存在する。そのなかで巻全体が「場」を前提とする部立が『琴後集』に存在する。百四十九首を収録する巻七・題画歌である。題画歌とは、王朝和歌における屏風歌をルーツとするものであり、絵を題材としてそこに描かれたものを詠み込んだ歌であって、主に画賛を目的とする歌である。(6)

この題画歌は同一の絵を題材にするという一回性を有しており、いわゆる題詠よりも場を共有する可能性が高いと思われる。というのも、絵は言葉とは違って、場における詠歌の唯一の素材であり、いつでもどこでも詠めるというものではないからである。先述したように、『琴後集』は題画歌に一巻割いており、とりわけ春海において題画歌は特別の意味合いがあることがわかる。一方、千蔭の題画歌は各部立の巻に分割して入集しているが、入念に比較すれば、共通の題が浮かび上がってくるだろう。そこで『琴後集』題画歌所収歌の題を基準にして、これと共通の題を有する歌を『うけらが花』初篇・二篇の中から抽出し、題を対照したものが掲出の表である。

題画歌詞書対照表

	琴後集・題画【春海】	うけらが花初篇・二篇【千蔭】
①	山里にすむ女、子日する所（一三〇七）	山里に住む人子日す（初篇・春・三四）
②	初午いなりまうで、男女おほく行きかふ（一三一一）	はつうまいなりまうでする男女、おほくゆきかふ（二篇・春・一五三）
③	わらびをる女かたみひさげなどしてあり（一三一二）	さわらびをを る女、かたみをさげてあり（二篇・春・一三〇）
④	女、柳の枝をひかへてたてり（一三一五）	女、柳の枝をひかへてたてり（初篇・春・一〇六）
⑤	柳おほかる家に人来たれり（一三一六）	いへにて、柳ある家に人きたれるかた（二篇・春・一一五）
⑥	人の家にやなぎ桜あり（一三一七）	人の家に桜柳あり（初篇・春・一六四）
⑦	人人花のもとにあそぶ（一三一八）	さくらのもとに人人あそぶ（初篇・春・一四七～四九）
⑧	道ゆく人さくらのもとにとまれる（一三一九～二一）	道行く人、桜のもとにとまれる（初篇・春・一四五）
⑨	みちゆく人桜の花をみて馬をとどむ（一三二二）	馬をとどめて花をみるかた（初篇・春・一七八）
⑩	桜の木のもとに弓いる所（一三三七）	桜の木のもとにて弓いる所（初篇・春・一五一）
⑪	富士のゑに（一三四二）	ふじの絵に（二篇・雑・一〇六四～六五）
⑫	道ゆく人帰雁をみたる所（一三四五）	道行く人の帰る雁のわたるを見たる所（初篇・春・一三三）
⑬	人人春の野にあそぶ（一三四七～四八）	人人、春の野に遊ぶ（初篇・春・二三七）
⑭	ももの花を女どものをる所（一三五一）	桃の花を女どものをる所（初篇・春・二四四）
⑮	神まつる所（一三五六）	神まつるところ（初篇・夏・三二八～二九）
⑯	卯の花さけり、月あかし（一三五七）	うの花さけり、月あかし（初篇・夏・三一八）
⑰	卯の花さけるやどをとふ人あり（一三五八）	卯花咲きたる宿にとふ人有り（初篇・夏・三二〇）
⑱	うのはなさける家に郭公をまつ（一三五九）	うの花さける家に郭公をまつ（初篇・夏・三二一）（二篇・夏・三四九）
⑲	郭公なく山路を女ぐるま行く（一三六一）	ほととぎす鳴く山道に女車ゆく（初篇・夏・三六五～六六）
⑳	淀のわたりに舟あり、ほととぎす鳴く（一三六二）	よどのわたりに舟あり、ほととぎす鳴く（初篇・夏・三六三）

	琴後集・題画【春海】	うけらが花初篇・二篇【千蔭】
㉑	さうぶとる所またかざせるもあり（一三六五～六六）	さうぶとる所、またかざせるもあり（初篇・夏・三七七）
㉒	五月五日駒くらべする所（一三六八）	五月五日、こまくらべする処（初篇・夏・三八〇）
㉓	すずみする所（一三七二）	すずみするところ（二篇・夏・四三八～三九）
㉔	河のほとりにすずみする所（一三七三）	河づらの家にすずみする（初篇・夏・四五六）
㉕	雨はるるゆふべ高殿にすずみする人あり（一三七四）	雨はるるゆふべ、高どのに涼する人あり（初篇・夏・四五七）
㉖	いづみに月の影うつりたるを女どもみるほどに、大路を笛ふきて行く人あり（一三七五）	いづみに月の影うつりたるを、おむなどもみるほどに大路をふえふきて行く人あり（初篇・夏・四一三）
㉗	野の花ざかりにひらけて人人あつまりて見る、又かりとる所もあり（一三八二）	野の花ざかりにひらけて、人々あつまりみる、またかりとるも有り（初篇・秋・五五〇）
㉘	秋の花どもうゑたる所（一三八三）	七月、いへにて秋の花どもうゑたる所を（初篇・秋・五四九）
㉙	野の宮のかたかけるゑに（一三八五～八六）	野のみやに月をかきたるゑに（二篇・秋・六四七）
㉚	家に女、月をみる（一三八七）	いへに女月を見る（初篇・秋・六〇一）
㉛	秋の月おもしろきに池ある家（一三九〇）	秋の月おもしろきに、池有るいへ（初篇・秋・六四八）
㉜	駒むかへ見る女車あり（一三九二）	駒むかへを見る女車あり（初篇・秋・六九四）
㉝	稲ほしたり（一三九六）	いねほしたり（二篇・秋・五五六）
㉞	網代に紅葉のよせたる所（一四〇一）	あじろにもみぢよりたるかた（初篇・冬・八三四）
㉟	女すだれのもとに立ちて雪の木にふりかかれるを見る（一四〇三）	人の家に女すだれのもとに立ちいでて雪の木に降りかかれるをみる（初篇・冬・八八九）
㊱	山ざとに住む人雪のふるを見る（一四〇六）	山ざとにすむ人、雪のふれるを見る（初篇・冬・八六五）（二篇・冬・八五二～五三）
㊲	雪のあした鷹がりしたる所（一四〇七）	雪のあした鷹狩したる所（初篇・冬・九〇二）
㊳	雪ふる日山里をとふ人あり（一四〇八）	雪のふる日やまざとをとふ（初篇・冬・八六六～六七）

㊴	雪のふりたるに人人舟にのりてみる（一四〇九～一〇）	雪ふりたるに人人舟にのりてゆく（初篇・冬・八七八）
㊵	屏風のゑにこしの白山のかたかけるを（一四一一）	屏風のゑにこしの白山のかたかけるを（初篇・雑・一一三二）
㊶	年くれて竹ある家（一四一四）	年くれて竹ある家（初篇・冬・九三〇）（二篇・冬・九〇六）
㊷	亀のゑに（一四二三）	亀の絵に（二篇・雑・一二一五）
㊸	海のほとりに風ふき浪たつ（一四三九）	海のほとりに風吹き浪立つ（初篇・雑・一一九一）
㊹	十二月　松竹に雪つもれり（一四五四）	十二月　松竹に雪つもれり（二篇・冬・八六二）

　これらの題を比較してみると内容はほぼ同一であると言ってよいが、情報の過不足がある組み合わせが存在する。それは便宜上、四種類に分類できると思われる。まず、千蔭歌の題に場所を示す記述が含まれる場合で、⑤㉘㉟がこれに相当する。これは題画の会の行われた場所を詞書に記しているだけであり、共通の題であることに問題はない。次に、言いまわしが少し異なるものであり、⑨⑫などがこれに該当する。⑨は花を見ることと馬を留めることの順序が逆になっており、⑫は「帰雁」を「帰る雁のわたる」と開いている点が異なる。このような差異は元になる絵の共通性を損なうものではないだろう。このような軽微な差異は対照表の中に数多く見出すことができる。第三として、一方の題の中に絵の景物が欠落しているものであって、㉙がこれに当たる。すなわち、千蔭歌の題「野のみやに月をかきたるゑに」にある景物「月」が春海歌の題はないのである。しかしながら、この歌の題材となった絵には月が描かれていた可能性が高いのである。というのも、この題で詠まれた春海歌二首には、次のように月が詠み込まれているからである。

　夕露をよすがに月もとひてけり秋野の宮の花にほふ頃（一三八五）
琴の音もすみやまさらん秋の野の小柴がもとに月やどる頃（一三八六）

このように春海歌には二首とも月が詠み込まれており、もとの絵に月が描かれていたことが想像される。そもそも「野の宮」とは、『源氏物語』賢木巻の中で光源氏が六条御息所のいる野の宮（嵯峨野の潔斎所）を訪う場面に基づく場所である。源氏は、伊勢への下向が近づいた斎宮のもとに訪れていた御息所と歌の贈答をする。折しも夕月夜を背景に源氏の姿が照り映えるのである。この場面は絵巻や版本の挿絵にも描かれ、夕月夜がなくてはならなかったごとくである。このように野の宮において月は不可欠のファクターであり、詞書の字句の有無にかかわらず、詠み込むべき歌ことばだったのである。したがって、春海歌と千蔭歌は同一の絵に基づいて詠まれた可能性が高いと考えられるのである。

このように題に多少の差異がある場合を検討したが、それらの差異はほぼ誤差の範囲と考えることができる程度のものであると言ってよかろう。要するに、それらはおそらく共通の場で同一の絵に基づいて歌を詠む題画歌だったと推定されるのである。考えてみれば、同一の絵に基づいて詠むにしても、描かれてある何に注目するかによって違いが生まれるのは当然のことであろう。歌が異なるように題が異なるのは、むしろ当たり前と考えることもできる。ところが、先に検討した題以外の題は、内容が一致しているのはもちろん、ほとんど字句までも全く同一である。このことをどのように考えればよいのだろうか。

そのことを次の二つの論点から検証してみたい。すなわち、『琴後集』編集の問題と題画歌における題の問題である。まず、前者についてである。そもそも本節で検討している題画歌は『琴後集』の分類によって題画歌と判断したものである。だが、『琴後集』題画歌部に収録されているすべての歌が本来の意味における題画歌と考えることができるのだろうか。『琴後集』は春海が生前に編集を始めたが、志なかばで没したため、門弟達により完成された家集である。したがって、題画歌という歌の本来の属性を承知の上で編集していたかどうか未詳とせざるを得ない。編集の過程で題画歌に紛れ込んだ歌もあると思われる。たとえば、題画歌として収録されている一三九九番歌は次のようなものである。

箱根山紅葉おほかる所

箱根路は紅葉しにけり旅人の山分け衣袖にほふまで（一三九九）

題によれば、この歌は箱根山の紅葉を描いた絵に基づいて、そこに描き込まれた旅人の姿に焦点を当てて詠んだ歌ということになるだろう。ところが全く同じ歌が秋部にも収録されており、次のような題を有するのである。

箱根紅葉

箱根路は紅葉しにけり旅人の山分け衣袖にほふまで（七一〇）

題もよく似ているが、題以外は字句に至るまで同一である。つまり、それらは重出歌なのである。歌集を編集する時には、何次にもわたって編集の作業をする過程で歌が重出するのは、いくら慎重に作業を行っても避けられない瑕瑾である。『琴後集』の場合、この歌以外にも重出歌が一首あることを指摘することができる。(7) むろんここでは『琴後集』編集の不備を指摘するのが目的ではない。通常の四季部に入るはずの歌が題画部に収録されていることが問題なのである。もちろん逆の場合も可能性としてはあり得る。すなわち、『琴後集』において題画部に収録されている歌が、本当にすべて絵に基づいて詠まれた歌であるかどうかは微妙であるということである。換言すれば、通常の叙景風の題を詠んだ歌が題画部に紛れ込んでいる可能性も捨てきれない。したがって細かい字句までも一致する理由は、与えられたものが絵画ではなく、叙景題であったということが可能性として残るのである。

また、題画歌とされる歌が絵を前提としていたかという問題を考えるために、対照表㉝の歌を取り上げることにしたい。この歌は前節の歌会リストにも載るものであり、文化二年閏八月十一日に詠まれた歌である。「歌のはやし」と題された巻に記される歌は、次の春海歌のみである。

稲ほしたり　閏八月十一日□□□御兼題

里ごとに千束百束かけほして垂穂の秋を祝はぬはなし

この歌は推敲され、『琴後集』には「里ごとに垂穂の稲をかけほしてかひある秋のほどぞ見えける」（一三九六）となっている。それはともあれ、題の下に日付と歌会の場所（日付から千蔭亭ではないかと推定される）、そして「御兼題」の文字が記されている。つまり、この「稲ほしたり」は兼題として出題された題であるということになるのである。おそらく『琴後集』の編者はこの歌を題により題画歌と認識し、題画歌部に収録したのであろう。しかしながら、この歌はあらかじめ与えられた題により歌を詠む「兼題詠」であったことが判明するのである。もしこれが兼題ではなく当座題であれば、後述するように絵に添えられた題と解釈することも可能である。だが、兼題は題だけが前もって与えられたと考えるほかはない。つまり、もともと絵は存在していなかったのである。この歌のように、一般の題詠であるにもかかわらず、題と歌の内容から題画歌と誤認され、題画歌部に収録された歌は少なからず存在したことが実証されたと思われる。それらの歌はもともと絵があって詠まれた歌ではないゆえに、絵を前提として歌を解釈するのは慎重になるべきであろう。いずれにせよ、兼題として出された題であるから字句が共通するのは当然のことと言えよう。

さて、後者の論点の検討に移りたい。題画歌における題の問題である。そもそも絵に基づいて詠んだ歌が題画歌として残るためには、次のような過程を経ることが必要である。すなわち、なにがしかの対象を描いた絵があり、その絵を題材にして歌が詠まれ、しかも絵の内容が客観的に書き込まれた題が付けられることである。この三要素のうち、絵自体が残存することは稀であり、現存する絵に基づいて歌の詠まれた現場を再現することは難しい。したがって、絵と題の相関関係を解き明かすことは容易ではない。しかしながら、春海歌の題と千蔭歌の題がほとんど一字一句同じであることを鑑みれば、次のような仮説を立てることができよう。つまり、題は絵に基づきながらも歌の題として所与のものであったのであり、歌を詠む者が各自で記したものではないということである。そのように考えなければ、異なる歌人の詠んだ題画歌の題が全く同じである理由が説明できないのである。たとえば、㉖や㉗のように長い題が一つの絵から別々に導き出されることなどほとんど考えられないことであろう。それ以外の題も似たり寄ったりである。偶然の一致で片付けられるものではない。歌は、絵より抽出された共通の題に従って詠まれたと考えるほかはない。また、そのように考えることによって、現存しない絵を前提にせず、題との関係によって題画歌を考え、解釈・鑑賞することができるのである。

以上、本節では主に題画歌をめぐって、春海歌と千蔭歌との間で題の共通するものの特徴とその生成の現場を検証した。

四、表現の共通性（その一）

前節までに場と題の共通性について検討したが、その結果、春海と千蔭の多くの歌が場を共有し、共通の題で歌を詠んでいたことが明らかにされたと思われる。場や題が共通の基盤を有することは、江戸派の歌壇としての一体感を裏付けることに一役果たすだろう。しかしながら、歌壇としての一体感はあくまでも外的な条件であって、歌人の資質に関わる問題ではない。外的な条件が同じでも、どのように表現するかということに歌人の特質が表れるからである。本節以降は、春海歌と千蔭歌に存在する表現レベルでの共通性を問題にすることにより、江戸派歌人の指向性を検討したい。

そもそも五句三十一字という句数・字数の制限の中で千年にわたって詠みつがれてきた和歌ジャンルにおいて、和歌の表現の共通性に関する議論は容易ではない。古来特徴的とされる表現は「制詞」と呼ばれ、その歌を詠んだ歌人の所有物とされる。そのような特定の表現は注意深く排除されたが、すべての古歌の表現が取り除かれたわけではない。古歌との重複表現ですらこの程度である。ましてや後世歌に至っては表現の重なりを指摘することは困難を窮める。そのような経緯のなかで、春海歌と千蔭歌の表現の共通性を指摘し、そのことが江戸派の和歌表現の特徴であると認めることは難しい。たとえば、次の二首の歌を見てみよう。

春祝

朝日さす高ねの松に千々の世を立ち重ねたる春霞かな（琴後・雑・一二六六）

年のうちに春立ちければ

あらたまの年にふたたび二荒山立ち重ねたる春霞かな（初篇・春・一）

両歌は下句が全く同じである。だからといってそれが江戸派の表現と言うことはできない。なぜならばこれと全く同じ表現が先行歌に存在するからである。

霞

山鳥の尾上の雪の消ぬがうへに立ち重ねたる春霞かな（延文百首・一八〇二・藤原実夏）

このように春海歌と千蔭歌に共通表現があっても、先行歌にその先蹤となる表現が見出されるならば、江戸派の類例と考えるわけにはいかない。少なくとも江戸派歌人が見ることができた歌集に載る歌が前例である場合は、慎重にこれを割愛すべきであろう。

もちろん表現の先蹤例が認められない場合は、江戸派の表現と考えることが許されよう。そこで春海歌と千蔭歌の表現の共通性の度合いに応じて、次の三段階を設定することができると思われる。

①一連のフレーズが共通する歌

②一連のフレーズのほかに語句の共通する歌

③共通の語句を一首全体にちりばめた歌

ここで「一連のフレーズ」とは二句程度の言葉続きを指し、「語句」とは一句未満の語を指す。この分類は本歌取りにおける本歌との関係に準じて考えることができよう。つまり、共通する表現の字数や句の置きどころ、あるいは一首全体の趣意との関係などを考慮しなければならない。この分類に従って春海歌と千蔭歌の表現の共通性を具体例に基づいて検証したい。

本節では、①一連のフレーズが共通する歌を五組取り上げて、その表現の特徴を順に考えてみたい。はじめに次の二首を見てみよう。

　　仏名の導師にかづけものする

ためしとてかづくる綿にとりそへて酔ひをすすむる栢梨の酒（琴後・冬・八八一）

　　仏名

降り積もる雪を分けこし山伏の春おぼゆらん栢梨の酒（初篇・冬・九一四）

両歌に共通する題「仏名」とは仏名会のことであり、旧暦十二月中旬頃に三日間行われる行事であって、仏名経を誦して一年の罪障を懺悔し、滅罪生善を祈願する法会である。これを題に詠まれた両歌に共通する表現は結句「栢梨の酒」である。栢梨の酒は摂津国栢梨の庄より朝廷に献上された甘酒であり、宮中の仏名会で勧盃の料とされた酒である。もちろん仏名会を詠んだ歌も少なくなく、酒を詠み込んだ歌もある。たとえば「唱へつる三世の仏の中の夜になぞ栢梨をすすめおきけん」（六百番歌合・五八九・顕昭）などである。だが、「栢梨の酒」という表現が出てくることは珍しく、『新編国歌大観』所収の歌では、この二首のみなのである。たった一句のみではあるが、結句に置かれていることをも考慮すれば、江戸派の表現と言ってよいのではなかろうか。

第二として、次の二首を見てみよう。

　　雪の木に降りかかれるを

散りかかる梢の雪の花なるは今日より春の心知れとか（琴後・冬・八三一）

　　人の家に、女すだれのもとに立ち出でて、雪の木に降りかかれるを見る

冬ごもり人待つねやの空だきを梢の雪の花にかさまし（初篇・冬・八八九）

両歌には共通して「梢の雪の花」が詠み込まれている。これは梢に降りかかる雪を花に見立てる表現であり、先行歌には見出されないものである。したがって江戸派特有の表現と言えるかもしれない。さらに、両歌の題に「雪の木に降りかかれるを」（古今集・春上・六・素性法師の詞書）という言説を共有しているので、前節の論理によって見れば、同じ場で詠まれたと考えるのが順当と見える。(8) しかしながら、同じ場で詠まれたと断定するのは慎重になるべきであろう。というのも、両歌の題で微妙に異なる言説、つまり当該の共通する題を包む状況の記述（動作主体）を有するかどうかという点がクローズ・アップされるからである。たとえば、春海歌の題と全く共通する題を有する千蔭歌には次のようなものがある。

　　雪の木に降りかかれりけるを

白妙にみ雪ふりけりをちかたの野守が門の葉びろくまがし（初篇・冬・八八六）

見渡せばこと木より先枝たれて雪おもげなる庭のゆづるは（初篇・冬・八八七）

月や残る花や咲きぬと朝と出におどろかれぬる木々の雪かな（二篇・冬・八六一）

このように春海歌とほぼ同題で三首の歌が詠まれている。一首目は白雪を遠目で葉広に紛うとし、二首目は雪の重みで枝がたわむとし、三首目は朝木に降りつもった雪を月や花に見立てている。このように同じ題でも三首三様に詠み分けているのである。ただし、この三首は同じ時に詠まれた歌ではない。少なくとも初めの二首と最後の一首は詠まれた時期を異にする歌である。というのも、『うけらが花』初篇は享和二年十二月（割印帖は享和三年三月）刊行でそれ以前の歌を収録しているが、同二篇は文化五年九月刊行で享和二年春以降に詠まれた歌を集成した歌集である。したがって、題が同じでも詠まれた時期は異なると考えざるを得ないのである。逆に言えば、同じ題が別の場で出題されているということが判明する。このことは前節において、題の共通性が場の共通性を必ずしも保証するものではないという仮説を裏付けることになる。ともあれ、「雪の木に降りかかれるを」という言説を含む題が千蔭において最低三回出題されているということが明らかとなった。同じことが春海歌にも言える。つまり当該の千蔭歌の題と共通する題を有する春海歌がある。次の歌である。

女すだれのもとに立ちて、雪の木に降りかかれるを見て（別集は末尾「見る」）

花とのみ梢に雪は散るものをふり捨ててやはただに過ぐべき（琴後・題画・一四〇三）

梢よりあだなる花と散る雪をたれこめてのみよそにやは見ん（別集・題画・二八七六）

この二首はいずれも梢に降りかかる雪を花に見立てるという点で、先の春海歌と同じである。もちろん成立時期の先後関係は明らかではないが、少なくとも春海もまた当該題を含むものを複数回詠んでいるということが明らかとなった。

さて、ここで最初の春海歌と千蔭歌にもどれば、両歌はほぼ確実に同じ場で詠まれた歌ではないことが判明した。それにもかかわらず「梢の雪の花」というフレーズが共通することから、いずれかの先行する方を意識してこれを我が歌に取り込んだと考えるのが順当ではないかと思われる。千蔭歌が寛政十二年提出の『妙法院宮百首和歌』に含まれることを考え合わせれば、千蔭歌の方が先行するかとも思われる。いずれにせよ、一部分ではあるが題の共通性から鑑みて、表現レベルでの密接な関係が認められると思われる。

第三として、次の二首を比較してみよう。

野花留客

女郎花なまめく野辺にあくがれて誰も心を花になすらん（琴後・夏・五三九）

桜をよめる

山桜いつの世にしも咲きそめて人の心を花になすらむ（初篇・春・一四〇）

両歌は下句にある「心を花になすらむ」というフレーズが共通している。このフレーズは先行歌には見出されないものである。ところが、この二首は少なくとも場の共通性のみならず、題の共通性も認められないのである。また、題が異なることもさることながら、部立てが異なることが大きい。要するに、全く異なる場面で詠まれた歌ということである。共通するのは、花がほかの花に先立って現れることにより人の心を満たすという、心の問題である。春海歌は秋に咲く女郎花が夏においてすでに憧憬の対象となっており、千蔭歌は山桜が大昔より人の心を虜にするさまを、疑問形式で投げかけている。このような表現の共通性こそ江戸派の表現と言えるものではないか。場や題や部立てが異なるからこそ、その共通性が際立つのである。

第四として、次の二首を見てみよう。

行路霞

あけみどり行きかふ袖もほのぼのとかすむ宮路の春ぞのどけき（琴後・春・五四）

都雪

あけみどり行きかふ袖にうち散りて都大路の雪ぞはえある（二篇・冬・八四九）

両歌は「あけみどり行きかふ袖」というフレーズが共通している。しかし、場や題だけでなく部立ても異なっている。したがって同じ歌会に表現の共通性を見つけることは不可能である。歌ことばのレベルで考えるほかはない。初句「あけみどり」とは朱色の衣と緑色の衣のことであり、前者は五位の者が着し、後者は六位か七位の者が着した。貴族たちが行きかう宮路に霞が立って、のどかな春の景色を演出している。この春海歌は次の真淵歌を意識していると思われる。

春三河のざうを贈るといふ事を

宮道山春行く袖の深みどり秋はあけにも染めざらめやは（賀茂翁家集・巻一・五〇）

春には宮道山を深緑の袖で行ったが、秋になればそれを朱色に染めて登ろうとの意であり、秋に昇進することを祈る歌である。宮道山は三河国の歌枕。この歌を踏まえて詠んだのが春海歌であると推測される。もちろん朱色や緑色により官位を表すのは真淵歌以前にもあった。たとえば「川柳いとは緑にあるものをいづれかあけの衣なるらん」（拾遺集・雑下・五五一・藤原仲文）をはじめとして用例には事欠かない。だが、それを宮路を行く春の情景に詠み込んだ点で、春海歌は真淵歌に趣向が似る。それゆえ、春海歌は真淵歌を踏まえて詠んだと推定されるのである。一方、千蔭歌は初句と二句の六字まで同一であり、春海歌との並々ならぬ関係を思わせる。というのも、「あけみどり」という表現は先行歌には全く見出し得ないのである。ましてや「あけみどり行きかふ袖」と続けばなおさらである。千蔭歌は冬歌で「都雪」を題に詠まれた歌であるが、「みや」の音の共鳴も併せれば、春海歌から意識的に借用された表現と考えることができよう。したがって、この一連のフレーズは真淵歌を踏まえながら、江戸派で共有された表現と言ってよいのではないだろうか。

第五として、次の二首を検討しよう。

山家夕煙

嶺の庵に焚くや真柴の夕煙心細さを空に知らせて（琴後・雑・一〇九九）

山家如春

冬ごもり焚くや真柴の夕煙霞む軒端に梅も咲きつつ（初篇・冬・九〇八）

両歌は二句三句に「焚くや真柴の夕煙」とある点が共通である。題に「山家」が入っている点も同じである。ただし、前者は煙の縁語により山家の心細さを詠んでいるのに対して、後者は冬の情景のなかに梅が咲くという春の兆しを詠んでいる。このように同じフレーズを用いながらも全く異なる印象の歌に仕上がっている。興味深い特徴であると言ってよかろう。

五、表現の共通性（その二）

次に②一連のフレーズのほかに語句の共通する歌を四組取り上げて、その表現の特徴を順に考えてみたい。第一として、次の二首を比較しよう。

馬に乗りたる人、秋の野を行く

かり衣秋野の露にぬれにけり尾花葦毛の駒にまかせて（琴後・題画・一三八一）

馬上聞雁

秋の野に尾花葦毛の駒とめて空行く雁の声を聞くかな（初篇・秋・七〇一）

両歌は「尾花葦毛の駒」というフレーズと「秋野（秋の野）」という語が共通している。題は春海歌が題画歌なので印象が異なるが、「馬」を含むところが共通する。「尾花葦毛」の初出例は「関の戸に尾花葦毛の見ゆるかな穂坂の駒を引くにやあるらん」（堀河百首・七八一・隆源・題「駒迎」）であり、千蔭と春海はともにこの歌を踏まえていると思われる。歌の趣旨として前者は狩衣が露に濡れるさまを描き、後者は雁の声を聞く様子を描くので、歌全体の印象は異なる。お互いに意識していたかどうかも明らかではない。

第二として、次の二首を検討しよう。

橘

橘の花散る頃は木のもとの苔路の露も香ににほひけり（琴後・夏・三八一）

閑庭橘

橘の花散る頃はわが宿の苔路に人の跡も見えけり（初篇・夏・三八七）

両歌は初句二句に「橘の花散る頃は」というフレーズと四句に「苔路」という語が共通している。夏歌であり、題に「橘」があるので共通性はある程度予想できるが、これほどの類似は先行歌には見出しがたい。指摘した箇所以外にも、三句末の「の」や結句末の「けり」などを思い合わせると、歌の姿すら酷似すると言っても過言ではない。詠歌時期が不明なので影響関係は未詳とせざるを得ないが、後続の歌が先行歌を意識して真似ていることだけは確かであろう。江戸派の表現と言ってよいのではなかろうか。

第三として、次の二首を見てみよう。

山家送年

花に馴れ紅葉に飽きて山里に世のさが知らで年を経し哉（琴後・雑・一一〇二）

山家

山里のおのづからなる花に馴れ紅葉に飽きて我が世経なまし（初篇・雑・一一七九）

両歌は「花に馴れ紅葉に飽きて」というフレーズと「山里」という語が共通している。また時を「経」という点も同一である。題に「山家」がある点も同一である。そもそも「紅葉に飽きて」という句は先行歌には見出しがたく、この二首のみが共有する特徴である。ここに「花に馴れ」という句が加わると、唯一の表現となる。このフレーズが置かれる箇所は異なるが、十分に類似の印象を受けるだろう。さらに「山里」までも共通しているのであるから、まるで一方が他方の添削を経た後の歌のように見えるほどである。ここまで似ていると、表現の共通性よりも等類の意識が読み取れるかもしれない。

第四として、次の二首を検討しよう。

冬

生駒山峰の木枯し音立てて霰降るなり秋篠の里（琴後・五十首冬・一五八九）

里雪

生駒山峰の木枯し音絶えて雪静かなる秋篠の里（初篇・冬・八六二）

両歌には初句二句「生駒山峰の木枯し」と結句「秋篠の里」があり、非常に酷似した印象を受ける。その上、第三句には「音立てて」と「音絶えて」という、文字面はそっくりで意味が正反対の表現が置かれる。さらに第四句に「霰降るなり」と「雪静かなる」という天候を示す表現が据えられている。ここまで似ていれば、当然のことながら一方が他方を踏まえて詠んだのではないかという憶測も許されよう。久保田啓一氏も「ほとんど等類に近い」と述べ、「親密な交流ゆえの類似と見るべきか、いずれかが趣向を借用したものか、判断がつかない」としながらも、「いずれがいずれを模したのか、興味は尽きない」と記している。[9] そこで一方が他方をまねたという前提に立って、その先後関係を穿鑿してみたい。春海歌は『琴後集』所収の題「五十首」に「文化五年六月二日」という添書きがある。この五十首のなかの一首（一六〇三）が同年八月四日の春海宅歌会で披露されている。[10] したがって、文化五年六月二日頃に詠まれたものと推定される。一方の千蔭歌が詠まれた正確な年月日は不明であるが、当該歌が『妙法院宮百首和歌』に入集されていることから、少なくとも寛政十二年閏四月以前に詠まれたことだけは確かである。このことから考えて、千蔭歌は春海歌に先行する。一方が他方を模したとすれば、それは春海が千蔭歌を模して詠んだと考えるのが妥当であろう。春海は「五十首」という組題を詠むにあたって、冬五首の二首目に当該歌を置いた。千蔭が木枯しが止み、しんしんと雪の降る静かな様子を詠んだのに対して、春海は木枯しが吹きすさぶなか、霰までが音を立てる騒がしさを詠んでいる。遅詠をこととした春海による苦し紛れの等類と言えなくもないが、里の情景が静から動に反転している点が工夫の眼目と評することもできよう。

六、表現の共通性（その三）

最後に③共通の語句を一首全体にちりばめた歌を四組取り上げて、その表現の特徴を順に考えてみたい。まず第一として、次の二首を検討しよう。

十月ついたち秋のなごりなき心を

木々はみな色なきのみか今日よりはあらぬ朽葉を袖にかさねむ（琴後・冬・七三二）

十月更衣

秋つ羽の袖脱ぎかへて今日よりや朽葉の色の衣かさねむ（初篇・冬・七六一）

両歌は「今日より」「朽葉」「袖」「かさねむ」という語が共通する。題は両者ともに「十月」を含み、冬の衣更えを共通の趣意とするものである。そもそも朽葉は襲の色目の名で、表は赤黄色裏は黄色というが色彩には所説あり一定しない。また、秋に用いる色目というが、ここでは冬の色目として機能する。衣更えは季節の変わり目にするものであり、前の季節の名残をとどめながらも来るべき新しい季節に備えるものである。両歌に共通する語もそのような衣更えの本意を反映するものと言ってよかろう。ただし、衣更えといえば夏のものであり、冬の衣更えはめずらしく、二条良基主催『年中行事歌合』(11)（貞治五年）にも「十月更衣」に対して「冬の更衣はめづらかなる題にて侍る」という判詞が付けられている。その後も冬の衣更えが盛んに詠まれた形跡はない。千蔭には当該歌以外に冬の衣更えを詠んだものはないが、春海には次のような歌がある。

着ならしし露分け衣脱ぎかへて今日より霜のしら重ねせん（琴後・冬・七三五）

うらもなく月をば又もやどさまし時雨にぬるる袖の朽葉に（琴後・冬・七三六）

秋の野の花ずり衣脱ぎかへて氷を袖に今日やかさねむ（琴後・五十首冬・一五八八）

かふれども秋を忘れぬためしとや袖に紅葉の今日かさぬらん（別集・冬・一四二八）

いずれも冬の衣更えに臨む思いが詠み込まれており、意思を表す「む」や「まし」が用いられている点においても当該春海歌と趣向を同じくする歌である。いずれにせよ、春海歌と千蔭歌の共通点は単に語句が共通するだけでなく、冬の衣更えを詠むという姿勢にも表れていると言えよう。

第二として、次の二首を検討しよう。

行路時雨

おくるるも同じ木陰を尋ね来て野路の時雨にあひやどりせり（琴後・冬・七五二）

神無月ばかり山里にやどりて

散り残る木々の紅葉を尋ね来て時雨の雲とあひやどりせり（初篇・冬・七八〇）

両歌は「尋ね来て」「時雨」「あひやどりせり」が共通する。だが、題は全く異なり、さらに一首の趣意も異なる。すなわち、前者は旅人が時雨のために同じ木陰に雨宿りしたことを詠み、後者は散り残る紅葉を見に来た人が時雨の雲と行き会ったために山里に宿ったことを詠んでいる。したがって、全く異なる場で詠まれた、趣向の異なる歌と考えることもできる。しかしながら、「尋ね来て」が第三句に置かれ、「あひやどりせり」が結句に置かれるという形態は、先行歌に見出すことができず、とりわけ「あひやどりせり」はこの両歌にのみ用いられる語なのである。先後関係が明確ではないので、これ以上の穿鑿は無意味であるが、このような特徴の共有は偶然の一致とは考えにくく、江戸派の表現という言いまわしで理解するのが順当であろう。

第三として、次の二首を検討しよう。

花下言志

日数なき花もうらみじあまたたび春にあへるを思ひ出にして（琴後・春・二一三）

花慰老

桜花にほふ春べにあまたたびあへるを老の思ひ出にして（初篇・春・二二四）

両歌は「あまたたび」「春に」「あへるを」「思い出にして」という語句が共通する。両歌とも春歌であり、花を詠んだ歌ではあるが、前者は春の残りの日数の少なさに焦点が当たり、後者は老いの思いに焦点が当たっている。したがって一首の趣意は異なっているが、下句のほぼすべての表現が共通しているのである。それが理由かどうかは必ずしも明らかではないが、春海は前者の歌を妙法院宮真仁法親王に提出するに際して、第三句を「あまた年」に改変している。(12) 春海は寛政十二年の時点で六十四歳の千蔭が歌に老いを詠んだ後者の歌を気遣い、宮に提出するにあたって千蔭歌との重複を避ける意図があったのではないか。そうであるとすれば、春海自身も千蔭歌との等類を意識していたと考えることができよう。

第四として、次の二首を見てみよう。

郭公

橘の花散る里の郭公鳴く音もかをる心ちこそすれ（琴後・夏・三四七）

雨後郭公

雨過ぎて菖蒲露散る軒端より鳴く音もかをる郭公かな（初篇・夏・三四二）

両歌は半ばから下句にかけて「郭公」と「鳴く音もかをる」が共通する。題も「郭公」が含まれている点が同じである。ただし、共通性を指摘した二句は上下が逆になっているので、類似の印象は薄いかもしれない。しかしながら、「鳴く音もかをる」に着目すれば、両歌がいかに共通の要素を有するかがわかるであろう。まず、この表現が第四句に置かれていることを指摘することができる。そもそも第四句が要となる句であるという認識は一般的で、たとえば後水尾院述・霊元院記『麓木鈔』にも「惣じて歌は第四句大事の物也。制詞などもみな第四句也。力の入句也」とある。(13) 当該表現がそのような位置に置かれていることは注目すべきことである。次に、この表現には先例が見えないことが指摘できる。さらに、この表現の意味するものが、聴覚と嗅覚が一体となった共感覚的表現であるということが重要である。「共感覚」とは、外からの物理的刺激に対して、本来反応すべき感覚以外の感覚が働くことであり、ここでは郭公の鳴く音を聞いて同時に匂いを感じるという感覚である。春海歌では橘の香りであり、千蔭歌では菖蒲の香りである。春海歌の本歌として「橘の花散る里の郭公片恋しつつ鳴く日しぞ多き」（万葉集・巻八・一四七三・大伴旅人）が指摘できるが、この歌の上句をそのまま借用しながらも、「鳴く音もかをる」という表現により、独自の境地をきり拓くことに成功したといえよう。一方の千蔭歌は次の二首の俤をとどめている。

うちしめり菖蒲ぞかをる時鳥鳴くや五月の雨の夕暮（新古今集・夏・二二〇・藤原良経）

五月雨に山時鳥おとづれて軒端の菖蒲風かをるなり（千五百番歌合・七七〇・藤原有家）

雨の中に菖蒲がかおり、郭公が鳴くという情景を踏まえ、雨の後に「鳴く音もかをる」と詠むのである。このような共感覚的表現は新古今集時代に発達したと言われるが、(14) 春海は「梅の花咲く木のもとに吹く笛は声もかをれる心ちこそすれ」（琴後・題画・一三二四）のような同趣向の歌を詠んでいる。繊細な感覚を重ねる共感覚は江戸派の表現としてふさわしいと言ってよかろう。

七、おわりに

春海歌と千蔭歌の共通点を場・題・表現という三つの観点から検討した。共通の場で活動することにより、和歌の題材に共通点が生まれ、その結果表現レベルでの共通性が見られるようになる。一般に、ある歌人の表現が独創的に見えても、実は歌壇のなかで流行した表現であったということはよくあることである。それゆえ、一人の歌人だけを対象にする表現研究は危険を伴う。本章では春海や千蔭の和歌を単独で論じるのではなく、江戸派の和歌として一括りに扱ったのは、そのような経緯である。もちろん、歌を詠むことは本来は個人的な営為である。したがって、最終的には個別の歌人に帰される特徴というものがあるはずである。だが、江戸派の場合、相違点よりも共通点を追究することが先決問題であろう。各歌人の特性はその後の問題である。

〔注〕

（1）拙著『村田春海の研究』（汲古書院、平成十二年十二月）参照。

（2）揖斐高氏『江戸詩歌論』（汲古書院、平成十年二月）第四部「江戸派の展開」第二章「江戸派の成立」参照。

（3）以下の引用は、『琴後集』および『うけらが花』初篇は『新編国歌大観』第九巻より、『琴後集別集』は国立国会図書館蔵本より、『うけらが花』二篇は版本より、それぞれ行った。ただし、引用に際して仮名は適宜、漢字を宛てた。

（4）岩崎敏夫氏「千蔭、春海、浜臣、雄風、為貞の歌―柳田為貞の遺稿の中から」（『日本文学論究』四十六号、昭和六十二年三月）参照。

（5）鈴木健一氏「近世文化と古今集―「年内立春」歌の転生」（『古今和歌集研究集成』第三巻、風間書房、平成十六年四月）参照。

（6）田代一葉氏「村田春海の画賛」（『国文目白』四十三号、平成十六年二月）および鈴木健一氏『江戸詩歌の空間』（森話社、平成十年七月）第Ⅱ部「絵画と詩歌の交響」参照。

（7）たとえば「海辺述懐　嘆かめや磯の白玉みがくれて人に知られぬたぐひある世に」（雑・一二〇四）は初刷本では「炉辺述懐　うづみ火のうづもれし身にいかにして昔を今にかきおこさまし」であったが、埋木訂正が行われ、現行の歌に差し替えられた。揖斐高氏「琴後集」解題（『新編国歌大観』第九巻）参照。この初刷本の歌は「炉辺懐旧　うづみ火のうづもれし身よいかにして昔を今にかきおこさまし」（冬・八七〇）とほぼ同じである（第二句末「よ」は変体仮名では「に」と酷似しているので、いずれかが誤写であると推定される）。おそらく初刷本確認の段階で重出に気付いた編者が一二〇四番歌を差し替えたのであろう。

（8）久保田啓一氏『近世和歌集』（『新編日本古典文学全集』第七十三巻、小学館、平成十四年七月）参照。

（9）注（8）に同じ。

（10）注（4）岩崎稿参照。

（11）『新編国歌大観』第五巻より引用した。

（12）本書第一部第二章「春海歌の生成と推敲」参照。

（13）『近世歌学集成』上（明治書院、平成九年十月）。

（14）稲田利徳氏「正徹の共感覚的表現歌の系譜」（『国語国文』三十五巻十二号、昭和四十一年十二月、後に『正徹の研究―中世歌人研究』、笠間書院、昭和五十三年三月にも所収）参照。

第二章　春海歌の生成と推敲

一、はじめに

折に触れて詠んだ歌にせよ、題詠により詠んだ歌にせよ、詠歌がはじめから成案を得る場合もあれば、そうでない場合もある。歌人自身が詠歌を気に入らなかった場合、歌を推敲して納得のいくものにしあげるであろう。また、歌の師匠が詠歌を気に入らなかった場合、歌を添削して形を整えるであろう。いずれの場合も一次資料が残存している時には、その歌がどのように推敲されたのか、あるいはどのように添削されたのかということが判明する。

近世堂上歌壇における添削については、近年急速に研究が進展している。(1) その結果、聞書と言われる歌学書に表れた和歌観と実際の添削とが密接に関連していることが明らかにされつつある。歌が生成する際に添削が重要な位置を占めているのである。そのように添削の実態が明らかにされた背景には、周到な一次資料の調査と分析が行われたことは言うまでもない。そもそも添削とは、和歌に限らず師弟関係の証であるから、門弟が家宝としてこれを秘蔵することも不思議なことではない。また、それらが代々引き継がれることもあり得ることなのである。それゆえ、添削の一次資料は残存する蓋然性が認められる。

一方、推敲はといえば、これは少し困難な問題を有している。まず、歌が詠まれた場の一次資料が残存することはきわめて稀である。歌稿は成案が出来した段階で反古になるからである。運よく自筆資料が残存している場合でも、その筐底に歌稿が眠っていることはあまり期待できない。圧倒的に残存資料が多い近世期の資料でも事情は似たようなものである。ことほど左様に、和歌推敲の実態をつかむことは容易なことではない。しかしながら、和歌推敲の痕跡は諸伝本の異同という形で顕在化することがある。それらは書写の過程で発生する誤謬ではなく、歌人自身の推敲を経たものという可能性である。

また、たとえ諸本同士の異同が歌人の推敲によるものであったとしても、その異文の先後関係がにわかには判断できないという問題がある。書写年次が早いからといって成立の順序が先行するとは限らない。それは書写における誤謬発生と同様であって、書写時期の先後よりも書写者の相違の方が問題は大きいと思われる。重要なのは成立年次という思い込みに囚われず、異文の先後関係を見極めることである。そうすれば、異文の持つ意味も自ずと明らかになるであろうし、そこに歌の推敲過程を読み取ることもできるであろう。

以下、本章では如上の議論をふまえた上で、村田春海の和歌を対象にして本文の異同を歌の推敲の問題につなげてみたい。

二、『琴後集』と『百首和歌』の本文

まず『琴後集』と『百首和歌』の本文について整理しておきたい。『琴後集』は全十五巻であり、歌集の部と文集の部から成るが、歌集の部は次のような構成である。巻一から四までは四季、巻五は恋、巻六は物名・折句・旋頭歌、巻七は題画、巻八は百二十首・五十首、巻九は長歌であり、千六百五十二首を収録している。編集作業は春海の門弟で養女の多勢子が中心となり、清水浜臣や福田務廉などが実務に当たっている。文化十年十一月の多勢子跋によれば、

春海本人が刊行を思い立ったものであるが（「父のおもひたち給ひし事なるが」）、編集が終わらない翌年春に（「ともかくもさだめたまはぬほどに」）春海が死去したのである。歌集は生前の遺志を継ぐ形で（「ほいたがへぬさまに」）編集が続行された。歌集の部は春海の没後二年半を経た文化十年閏十一月に刊行された。春海は生前に家集編集の際には「歌はえらびにえらびてかつ〴〵に残しねかし」と伝えていた。(2)厳選して歌を残せというのである。これは春海が撰歌を門弟に託す意思を示したものと解釈される。このような伝言に従って『琴後集』の入集の取捨選択は門弟に委ねられ、門弟の撰歌基準に沿って編集されたのである。したがって春海が詠んだ歌のすべてが収録されているわけではない。それはたとえば『琴後集別集』に春海の歌が三千首近く収められていることからも明らかである。(3)ともあれ、編集が門弟の手に任されたという事実は重要である。

一方『百首和歌』は、寛政十二年閏四月に妙法院宮真仁法親王に請われて提出した和歌百首である。同時期に歌友加藤千蔭も『百首和歌』を提出している。識語によれば「これは妙法院宮の歌めしたまひければ、はやくよめる歌のうちよりひろひ出でて、奉れるなり。時は寛政十まりふたとせの後の卯月になむ」ということである。(4)この叙述を鑑みれば、あらかじめ詠んであった歌の中から春海自身が選択して宮に奉納したということである。部立と歌数は、春歌二十二首・夏歌十五首・秋歌二十二首・冬歌十五首・恋歌十三首・雑歌十三首となっている。『百首和歌』の写本は現在のところ次の七本が知られている。

①『村田春海翁百首和歌』（『心の花』二巻一号、明治三十二年一月）
活字翻刻（武島羽衣氏）。原本不明。

②『三哲百首』（東京都立中央図書館蔵）
加藤千蔭と伴蒿蹊の百首を収める。第八番歌と第二十番歌が欠落している。

③『妙法院の宮へ奉れる和歌』（内閣文庫蔵）
第九十九番歌が欠落している。
④『奉妙法院宮百首歌』（四天王寺大学恩頼堂文庫蔵）
石田千穎筆写本を野田千別が写したもの。文化十一年九月二十二日写。
⑤『千蔭春海二家百詠』（稲葉文庫蔵）
内題は「雑詠百首」となっている。
⑥『奉妙法院宮百首歌』（関西大学図書館蔵）
享和二年秋に杦田翼所持本を吉従が筆写したものを今井継之が取得し、永田寛雅がこれを写したもの。嘉永三年十月写。
⑦『奉妙法院宮百首歌』（小浜市立図書館山岸文庫蔵）
興田善世所持本を吉一が写したもの。天保三年四月写。未整理の由。未見（奥書は目録による）。

これらの諸本間には多少の異同はあるが、誤写の範囲と考えられる程度のものである。(5)

さて、ここで『琴後集』の本文と『百首和歌』の本文に異同がある場合、いずれの本文を初案、いずれの本文を再案とすべきだろうか。常識的に考えれば、成立時期の先後によって『百首和歌』（寛政十二年）を初案、『琴後集』（文化十年）を再案とするのが妥当であるとすべきかもしれない。(6)ところが、次の二点により再考する余地があると思われる。すなわち、一つ目は『百首和歌』が『琴後集』の撰集資料であったかどうかという点で、二つ目は『琴後集』が春海の自撰家集ではないという点である。この二点を追究することによって、両歌集の本文の先後関係を明らかにしたい。

まず『琴後集』が『百首和歌』を撰集のための資料としたかどうかを考えることにしたい。この二者の間には、九十二首の歌の重複が認められるが、八首の歌が『琴後集』には収録されていない。(7) また、本文に異同が存在する。誤写の可能性があるものを取り除けば、歌の本文で十二箇所、詞書で五箇所の異同が指摘できる。旧稿において、これらの事実を根拠にして『百首和歌』が『琴後集』撰集の資料にされなかったことを導き出した。(8) ここではさらに部立が異なる歌が二種類八首存在することを問題にしたい。まず、次の六首の歌の部立が異なるのである。(9) 括弧内は前者が『琴後集』で後者が『百首和歌』の部立を表す。以下同じ。

　山里にすむ女、子日する所
花かづらかけてや千世も契らましわが住む山の松の二葉に（題画・春）
　まらうどあまた来たりける庭に、梅の花咲きたる所
筑紫潟梅咲く宿にまとゐせし昔おぼゆる今日にやはあらぬ（題画・春）
　神まつる所
神のます杜の真榊夏立てば木綿四手かけぬ下つ枝もなし（題画・夏）
　七草の花を描ける絵に
唐錦紐解く花の七草に秋のあはれを集めてぞ見る（題画・秋）
　家に女、月を見る
ふるされし憂き身の友と見る月は蓬がもとの心知りきや（題画・秋）
　野の宮のかたかける絵に
夕露をよすがに月も訪ひてけり秋野の宮の花にほふ頃（題画・秋）

このように『琴後集』では巻七・題画に収録されている歌が、『百首和歌』においては四季部にわけて収められている。また、次の二首も部立が異なる。

あひ思ふ

中々にうらむるふしも多かりき相思ふ仲の心すさみに（百二十首・恋）

二夜隔てたる

昨日と言ひけふの細布胸狭みあはで今宵も明けんとやする（百二十首・恋）

この二首は『琴後集』では巻八・百二十首に収録されているが、『百首和歌』では恋部に二首連続している。このように同じ歌であるにもかかわらず、収められる部立に差異が生ずるのは『琴後集』が『百首和歌』を資料としていなかったことの傍証となるだろう。というのも、もし『百首和歌』が『琴後集』の撰集資料であったならば、巻八における「百二十首」がそうであるように、百首一括して入集していたことであろう。とりわけこの百首は妙法院宮に奉納された特別な歌群であり、宮との絆を表すものであるから、もしこれが『琴後集』編者の手元にあったならば、確実に撰集資料にされていたはずである。だが実際には編者の手元になかったから撰集資料にできなかったのであろう。そのように考えなければ、百首すべてが入集していないこと、百首が一括して入集していないことの合理的な説明ができないのである。また、『琴後集』所収歌は題画歌六首にせよ、百二十首歌二首にせよ、『百首和歌』からではなく、じかに原資料から採録したと考えると、それらの歌の部立が異なる理由が納得のいくものとなるのである。

さらに妙法院宮関連の和歌の処遇に目を転じると、興味深い事実が見えてくるのである。すなわち、『妙法院宮へ奉る和歌』所収の春海歌は『百首和歌』のほかに「宮のおほせごとをうけ給はりてよみて奉れる歌」として三十四首収録されているが、それらは一首たりとも『琴後集』に収録されていないのである。(10)それらの内訳は「御園十二景」「生白楼六景」「自適庵六勝」「絵の歌十首」である。それらはすべて実際に宮に提出されたものと推定されるので、それなりの自信作であったはずである。そのような歌群が『琴後集』に入集していないのは、編集時に編者の手元に資料がなかったからではないかと思われる。全く同じ題で歌を詠んだ加藤千蔭は自撰家集『うけらが花』に、ほぼすべての歌を収録しているのである。やはり千蔭にとっても自信作だったのであろう。このことは妙法院宮関連の春海歌三十四首が『琴後集』の撰集資料にならなかったことの傍証となるだろう。もし手元に歌群があれば入集されたはずだからである。これと同様に『百首和歌』も『琴後集』の撰集資料にならなかったと考えるのが妥当であろう。編集時に宮関連の歌群は紛失してしまっていたか、何らかの事情で採録しない方針が取られたのではないか。

以上のように、旧稿を追認し、『百首和歌』が『琴後集』の撰集資料ではなかったとする説を再確認できたと思われる。

さてそれでは、『琴後集』所収歌と『百首和歌』所収歌の本文の異同をどのように考えればよかろうか。そのことを考えるためには、両歌集に関する編者の入集態度を見極める必要がある。まず、『琴後集』の編者は序文の記述により、原則的には娘の多勢子であり、清水浜臣と福田務廉が協力したということが判明している。編者の三名とも春海の門弟である。ということは、その編集態度として原資料の本文を添削して入集した可能性は極めて低く、原資料をそのまま忠実に収録したと考えるのが妥当である。一方、『百首和歌』の編者は識語により春海自身であることがわかっている。妙法院宮の要請により旧詠から百首を選んで提出するに際して、原資料の本文に手を入れた可能性は十分ある。このような両歌集の編集態度から浮かび上がることは、同じ資料に基づいているとしても、『琴後集』の方が『百首和歌』よりも初案の痕跡を留めている可能性が高いという事実である。これを図示すれば、次のようになるだろう。

原資料（色紙・短冊・歌会・歌合・詠歌群・歌稿控など）
↓ 春海が編集（推敲）
『百首和歌』（寛政十二年閏四月提出）【再案の可能性】
↕ 没交渉
『琴後集』（文化十年閏十一月刊行）【初案の痕跡】
門弟が編集

このような想定が正しいとすれば、春海歌の生成および推敲は、両歌集の成立時期とは逆に『琴後集』→『百首和歌』という方向で考えるのが妥当であるということになる。

三、推敲の方向性

『琴後集』所収の本文が『百首和歌』所収の本文に先行するという仮説に基づいて、異文を有する歌を春海自身の推敲によるものと位置づけ、九首の歌を具体的に検討することにしたい。便宜上、『琴後集』の歌番号の順とし、題と歌本文を記した上で推敲過程を分析することにする。

【1】春・二一三番歌

花下言志

日数なき花もうらみじあまたたび春にあへるを思ひ出にして

『百首和歌』は第三句が「あまた年」となっている。まず「あまたたび」は「夜を寒み置く初霜をはらひつつ草の枕にあまたたび寝ぬ」（古今集・羇旅・四一六・凡河内躬恒）に用例があり、「あふ」との併用例でも「あまたたび行きあふ坂の関水に今は限りの影ぞ悲しき」（千載集・雑中・一〇五七・東三条院、栄花物語）などの先例が見える。歌語として用いるのに申し分ない。一方の「あまた年」は「あまた年越ゆる山べに家居して綱引く駒もおもなれにけり」（蜻蛉日記・安和二年）や「あまた年今日改めし色衣着ては涙ぞふる心地する」（源氏物語・葵）などに用例がある。したがって「あまた年」もまた歌語として十分な資格を有しているといってよかろう。

以上のような観点に立てば、当該歌は第三句が「あまたたび」と「あまた年」のどちらでもよさそうであるが、「あまたたび」とした場合に少し気になることがある。それは次の千蔭歌との近似性である。

花慰老

桜花にほふ春べにあまたたびあへるを老いの思ひ出にして（うけらが花・春・二二四）

この歌は題が春海歌と少し異なるので、歌全体の趣旨は違うものとなっているが、表現上の類似点が多数見出される。第三句「あまたたび」をはじめとして、春に「あへる」とする点、結句「思ひ出にして」などである。花を惜しむ思いを詠んだ点も斟酌すれば、先行する古典和歌のなかに同程度に類似した表現を持つ歌を見出すことができないのである。春海が江戸派歌人として千蔭と行動を共にしたことを考慮すれば、影響関係を認めるのが妥当であろう。もちろん千蔭歌の成立時期が不明であるため断言はできず、影響の先後関係を立証することは難しいが、春海は千蔭歌を知っていたと考えることは許されてよい。そうであれば、春海は千蔭歌との等類を避けるために第三句を改変したと考えることが可能であろう。なお、千蔭の『百首和歌』に当該歌は含まれていないが、寛政十二年の時点で六十四歳の千蔭が、花を見て老いを慰む歌をすでに詠んでいても不思議ではない。

【2】春・二五八番歌

海辺落花

風越ゆる磯山桜散りにけり雪をのせ来る須磨の浦舟

『百首和歌』は第二句が「関山桜」となっている。(11) まず「磯山桜」の用例の検討をしたい。その初出例は「蘆の屋のなだの塩焼きいとまあれや磯山桜かざすあま人」（秋篠月清集・一〇三二）であろうが、先行例として「心なきあまの苫屋もにほふまで磯山桜浦風ぞ吹く」（続後拾遺集・春下・八九・法印長舜）が指摘できる。この歌は定家歌「見渡せば花も紅葉もなかりけり浦の苫屋の秋の夕暮」（新古今集・秋下・三六三）を踏まえた歌であり、当然のごとく当該歌も定家歌の面影を有している。このように「磯山桜」は定家歌を踏まえながら、近世に入っても詠み続けられる。後水尾院、中院通勝や冷泉為村などの堂上歌人だけでなく、小沢蘆庵や上田秋成といった地下歌人も「磯山桜」を詠んでいるのである。春海も当該歌のほかに次の歌を詠んでいる。

　千蔭が六十の賀に、磯山に桜の花咲きたるかたを洲浜に作りて、波に花のうつれるかたを盃の蒔絵にかきて、
　その桜のもとに置けり

　わたつみの常世の波に影映す磯山桜飽かずもあるかな（琴後・雑・一二五七）

このように「磯山桜」は春海も含めて近世歌人がよく詠む詞なのである。

一方、「関山桜」はどうかといえば、これは『新編国歌大観』に用例を見出すことができない。つまり春海以前には歌語とは認定されていなかったと言ってよいのである。それでは、どうして春海はそのような詞を宮へ提出する歌に詠み込んだのか。それは『百首和歌』全体のまとまりという観点から、次のような仮説を立てることができる。すなわち、『百首和歌』の中に「磯山桜」を詠んだ歌がもう一首あり、それは先に引用した一二五七番歌なのである。ということは、そのままであればたった百首の中に「磯山桜」を詠み込んだ歌が二首含まれてしまうことになる。春海は両歌のどちらかをはずすことは考えず、当該歌を推敲し、「関山桜」とすることによって、両歌をいずれも残したと考えることができる。「関」は「須磨」や「越ゆる」の縁語として機能する語であって、「関山桜」は歌語とは認定され

ないものの、推敲の意図はそれなりに説明可能ではないかと思われるのである。

【3】秋・五六一番歌

稲舟を

湊田に朝夕通ふ稲舟はただかりしほにまかせてぞ漕ぐ

『百首和歌』は結句が「まかせてぞ行く」となっている。稲舟であるから「漕ぐ」でよさそうであるが、上句との兼ね合いが気になるところである。つまり、「漕ぐ」のは稲舟の船頭であって、「朝夕通ふ」稲舟そのものではないからである。それが「行く」となれば、「稲舟」自体の動きとなって上句とのつながりがスムーズになる。これが改変の理由と推定される。

【4】秋・六二二番歌

十五夜月

心なき浦わの海士も山賤も今宵の月を誰か見ざらむ

『百首和歌』は下句が「今宵は月をめでざらめやは」となっている。まず、結句「誰か見ざらむ」は「夏虫の知る知る迷ふ思ひをば懲りぬ悲しと誰か見ざらむ」（後撰集・恋五・九六八・伊勢）をはじめとして多くの用例のあるフレーズである。ただし、それらの先行歌と当該歌の用例とは決定的に異なる点がある。それは当該歌において、「海士も山賤も誰か見ざらむ」となっており、「見ざらむ」の主語が重複している点である。このことは文法上の問題としても難点と称すべく、そのような例は当然ながら先行歌には見られない。「誰か見ざらむ」を改変した理由はこの点にあるのではないかと思われる。改変後の「めでざらめやは」であれば、この難点はクリアーされる。しかも「めでざらめやは」は先行例を持ち、「つもりよる広田へわたるあき人も今夜の月をめでざらめやは」（頼政集・二二四）などの類想歌がある。

このように「誰か見ざらむ」が「めでざらめやは」へ改変された事情は、主述の呼応という視座から見れば納得の行くものとなる。

【5】冬・七三五番歌

冬の衣がへ

着ならしし露分け衣脱ぎかへて今日より霜の白重ねせん

『百首和歌』は初句が「着ならせし」となっている。この異同は「着ならす」の活用に関する認識に基づくと思われる。すなわち「着ならしし」と「着ならせし」は活用が異なるのである。そもそも「着ならす」は四段活用であり、たとえば「いにしへの着ならし衣今さらにそのものごしのとけずしもあらじ」（後拾遺集・雑二・九二九・藤原定頼）や「着ならせと思ひしものを旅衣立つ日を知らずなりにけるかな」（新古今集・離別・八六三・作者未詳）などに先例が見出される。春海も次のような歌を詠んでいる。

袋

着ならせるとのゐの衣の袋こそあくる人目をつつむなりけり（琴後・雑・一一三二）

老人寒さをいとふ

着ならせば寒さ忘るる綿をさへ今年は又や一重かさねん（別集・冬・一七五七）

このように春海は先行歌に基づいて「着ならす」を四段活用と把握していたようである。したがって春海も最初は「着ならしし」としたのであろう。だが、妙法院宮に提出するにあたって「着ならせし」に改変した。ではなぜ春海は改変したのか。その理由として考えられるのは、「着ならしし」の響きの悪さである。活用的に正しくても響きの悪いものは、これを改変するということなのであろう。このような音韻の変化として、サ行四段活用の動詞に助動詞「き」

の連体形が接続する時に、「～せし」となる場合があることは一般に知られている。[12] 春海は同じ衣更えの趣向を詠んだ次の歌では「着ならせし」としているのである。

更衣

着ならせし春の衣を脱ぎかへて又しも花に別れぬるかな（琴後・夏・三一一）

この歌は第三句が同一である点を鑑みても、当該歌との密接な関係は否定できない。初句の相違は詠歌時期が異なることを意味すると思われる。つまり、この歌は『百首和歌』の提出後に詠まれたものかと推定される。なお、同一歌集の中で「着ならせし」（三一一）と「着ならしし」（七三五）が混在していることについて同時代から批判があった事実を記しておきたい。[13]

【6】冬・七九二番歌

氷留水声

氷ゐて落葉にとづるいさら水今朝は声さへうづもれにけり

『百首和歌』は上句が「こほりゆく落葉が下の石清水」となっている。ここでは「氷ゐて」と「いさら水」について検討することにしたい。

まず「氷ゐて」であるが、春海はこの詞を琴後集と別集あわせて八首で用いている。その中で当該歌と趣向が似ている歌をあげることにしよう。

氷留水声

奥山の岩垣清水氷ゐて声も落葉にうづむ頃かな（別集・冬・一五六四）

山路の氷

氷ゐし滝つ河波音絶えて落葉にとづる谷の岩橋（別集・冬・一五六八）

一首目は詞書も同じで趣向も似ており、下句の詞も当該歌と共通するものが多く見られる。あるいは生成の途中の一首かと推測することもできよう。また、二首目は滝の川波がこおり、岩橋が落葉のために行き来が阻まれるというのであるから、歌全体の趣向は異なる。だが、第四句「落葉にとづる」は当該歌の第二句に共通するものであって、春海の歌詞選択の傾向を知ることができる。そもそも「氷ゐる」という表現は「氷ゐし志賀の辛崎うちとけてさざ波寄する春風ぞ吹く」（堀河百首、詞花集・春・一・大江匡房）に初出する詞であるが、春海はこれを踏まえて「氷ゐし掛樋のつららうちとけて雫の田居に春たちにけり」（琴後・春・一六）を詠んでいる。このように春海は「氷ゐる」を先行歌に基づいて用いるのである。ところが当該歌の場合、「氷ゐて」の「て」文字によって後への続き具合が悪くなっていると思われる。それが「こほりゆく」になると、流れが良くなるだろう。そうなると第二句の動詞連体形と重なる弊害が出来する。そこで「落葉にとづる」もそれに伴って「落葉が下の」と変更したのであろう。

第三句「いさら水」の検討に移ろう。「いさら水」はたまり水のことであり、春海はこれを当該歌以外に琴後集と別集で次の三首に用いている。

人に疑はるる女にかはりて

一筋に思ひかけひのいさら水よそには分けぬ心とを知れ（琴後・恋・九四三）

夕立

夕立に川となり行くいさら水渡りやわびん野路の旅人（琴後・百二十首・一四八八）

冬朝

この朝げ汲む手にもるるいさら水井筒がもとにまづ氷りけり（別集・冬・一八六三）

このように春海の歌の中には簡単に用例を見出すことができるが、古典和歌には先例が見当たらないのである。類似表現の「いさらゐの水」ならば、「なき人の影だに見えずつれなくて心をやれるいさらゐの水」（源氏物語・藤裏葉）をはじめとして数例見つけることができる。しかしながら、「いさら水」は先行歌の使用例が皆無なのである。それは「いさら水」が歌語に登録されていなかったと思われるからである。元来「いさら水」は『日本書紀』安閑元年七月条や同皇極四年六月条に見える「潦水（水潦）」の古訓に用いられた語である。[14]同じ「潦」も『万葉集』（巻十三・三三三九）ではこれを「にはたづみ」と読んでいる。それ以降も「いさら水」が和歌に詠まれることはなかった。したがって「いさら水」を歌語として最初に用いたのは春海ということになるだろう。[15]『日本書紀』を典拠とする語を歌に詠み込むのは、国学者としての面目である。古語の復活を意味するからである。しかしながら、これを妙法院宮に提出する際には「石清水」に改めた。それはおそらく馴染みのない語、換言すれば歌語でない詞を詠み込んだ歌を宮がご覧になることを配慮して、頻用される「石清水」としたのではないだろうか。また、「石清水」とすることによって歌全体のイメージが変わる。「いさら水」であればほんの少しの溜まり水であるが、「石清水」となると湧水を意味することになり、より寒さが強調されることになるだろう。

以上のように、七九二番歌においてはつづけがらや歌語の問題により推敲が行われたと考えることができる。

【7】冬・八九五番歌

年のはての雪

跡をしもとどめだにせで行く年の積もるや雪になどならふらん

『百首和歌』は第四句が「積もるを雪に」となっている。助詞一語の軽微な改変ではあるが、それ相応の理由が認められる。当該歌の場合、「積もるや」における「や」の用い方が少し座りの悪いものとなっている。つまり、「や」が疑問の係助詞と解釈すれば、結句「などならふらん」という理由を問う疑問表現への係り方が不安定である。「など〜らん」構文はそれ自体で完結した疑問文を構成するので、他に疑問語が入る余地はない。一方、「や」を間投助詞と解釈すると、第四句は句割れとなってしまい、続きが悪い表現となる。いずれにしても「や」の存在が下句の係り受けを乱す要因になっているのである。これを「を」に改変すれば、「積もるを」「雪に」「ならふ」という係り受けとなり、下句のつながりが良くなると思われる。推敲の理由は以上のように推定される。

【8】恋・九九五番歌

人のつらくなる比

一夜だに明かしかねしをいつよりか待たじと君をかこち馴れけん

『百首和歌』では結句が「隔てそめけむ」となっている。まず「かこち馴れけん」は春海の歌にほかの用例はなく、類似表現では先行歌に「つれなさをかこち馴れにし玉章に今朝は別れしうらみをぞ書く」（新題林和歌集・恋上・六一二九・中院通勝、通勝集は結句「名残をぞ書く」）があるのみである。(16) 用例の少なさやその用例が時代的に近いことなどを考慮すれば、春海は結句「かこち馴れけん」に先行例がないと認識していたのではないか。一方の「隔てそめけむ」については、先行歌として次の歌の用例がある。

年を経て信明の朝臣まうできたりければ、簾ごしにすゑて物がたりし侍りけるに、いかがありけん

うちとなく馴れもしなまし玉すだれ年月を隔てそめけん（拾遺集・恋四・八九八・中務）

恋歌という点から考えても、この拾遺集歌からことば取りをしていると思われる。なお、『玉葉集』（釈教）にも一つ用例を見出すことができる。このように、当該歌における改変は、宮への提出ということを意識して、先例のない表現を排して拾遺集に用例が認められる穏当な詞を採用したものと思われる。

【9】題画・一三〇七番歌

山里にすむ女、子日する所

花かづらかけてや千世も契らましわが住む山の松の二葉に

『百首和歌』は第二句が「かけても千世や」となっている。春海にはこれに似た表現を含む次のような歌がある。

茱萸袋のかたかける絵に

山人の今日のためしの生く薬かけてや千世の秋を契らむ（琴後・題画・一三九七）

同じ題画歌であるという共通点や、春と秋との違いはあるが長寿を願うという趣向も同じであり、しかも「かけてや」という表現が共通する。春海が好む表現だったのであろう。この歌では「かけてや」の「や」は末尾の「契らむ」と呼応して不備はない。だが、当該歌では係助詞「も」との関係で「契らまし」への係りが弱くなっている。そこで「かけても千世や契らまし」とすれば、係り結びの弊害は取り除かれる。二語の係助詞を入れ替える変更を行ったのは以上のことが理由であると思われる。

四、改変の説明が困難なもの

前節で春海歌の本文について、『琴後集』を先とし『百首和歌』を後とする仮説に基づいて推敲の方向性を検討した。その結果、妙法院宮への提出という観点をはじめとしてさまざまな要素により、和歌本文の推敲が試みられた実態を明らかにすることができた。無論そこから春海歌の生成および推敲における指向性に言及することも可能である。しかしながら、検討するデータの取捨選択を行っていることも事実である。すなわち、『琴後集』（先）・『百首和歌』（後）

という仮説に反するデータは含まれていないのである。いわゆるデータのクッキングである。意図的なクッキングは都合の悪いデータの隠蔽であり、公正な処置とは言いがたい。そこで本節では『琴後集』(先)・『百首和歌』(後)という仮説では説明しきれない歌を二首組上に載せて、その実態を検証したい。

【10】春・一九番歌

江上春興多

寄る波もにほふ入江の梅柳いづれのかげに舟はつながん

題は『新明題和歌集』に登録される「江山春興多」の一字を変えたもので、川の畔には春興が多いの意である。視覚と嗅覚の双方から入江の春の風情を鮮やかに詠む歌となっている。この歌の結句に異同があり、『百首和歌』では諸本間に差異はなく「舟はとどめむ」となっている。この「舟はつながん」と「舟はとどめむ」は意味的には、本質的な相違はないと言ってよかろう。だが、用法上は異なるのである。

まず「舟はつながん」について見ていくことにしよう。春海自身は「舟」を「つなぐ」という表現を全十一例で用いている。とりわけ題が同じか近似する二例を見てみよう。

江上春興多

舟つなげ柳の原のよるかたに梅もにほへる春の河づら(別集・春・七二)

江山春興多

島山の梅さかりなりこの峯の柳の糸に舟はつながん(別集・春・七四)

見て明らかなように、この二首の歌と当該歌との共通点は題だけではない。詠み込まれた詞や趣向も酷似しているのである。「梅」と「柳」が川辺で春興を創り出している点も共通している。ここから春海が題詠で歌を詠む際に、詞とイメージとが一定の結びつきを示すという事実を導き出すこともできよう。このことは「つながん」を初案とする前節の結論を補強することにもなる。ともあれ、「梅」と「柳」と「舟」と「つなぐ」とが題のもとに結合していることを確認しておこう。また、前者とは梅の香りという要素も共通しているし、後者から「柳の糸」に「つなぐ」という趣向を見て取ることができる。とりわけ後者においては、「つなぐ」という詞が紡ぎ出される経緯を探ることも可能である。柳の糸に舟を「つなぐ」という趣向に関して、たとえば春海は次のような歌に詠んでいる。

河辺柳

高瀬舟いづれの岸につながまし六田の柳糸たるる頃（別集・春・三二六）

河岸柳

藻かり人舟つながなん河ぞひの柳の糸ぞ長くなりゆく（別集・春・三二七）

両歌とも柳の糸に舟を「つなぐ」という縁語による言葉の結合が見られる。当該歌の「つながん」にも、この縁語的結びつきが底流にあると考えてよかろう。もちろんこのような趣向は春海の独創ではなく、その先蹤をたとえば「舟つなぐ陰も緑になりにけり六田の淀のたまのを柳」（風雅集・春中・九八・土御門院）に求めることができる。「柳」と「つなぐ」の結びつきだけでなく、当該歌の下句には近似する先例がある。「やまとかも海に嵐の西吹かばいづれの浦にみ舟つながん」（新古今集・神祇・一八六八・三統理平）である。意識的か否かは別にして、当該歌はこれらの歌を先例にして詠まれたのであろう。それらは春海が平生から親しんでいた歌なのであろう。このように「舟はつながん」が生成する背景には先行する歌を踏まえつつ、春海の頻用する詞の組み合わせという要素が指摘されるのである。

さて次に、「舟はつながん」を推敲して出来た「舟はとどめむ」の検討に移ることにしよう。春海は歌に「舟」を「とどむ」という表現を次の三例で用いている。

江紅葉
大井河入江ににほふ紅葉ばのこがるるかたに舟はとどめん（琴後・秋・七一五）
舟路恋
かぢ枕都に通ふ夢しあらば妹をみぬめに舟はとどめじ（琴後・恋・一〇一一）
旅船五月雨
五月雨の晴間を待つとせしままにいく夜あかしに舟はとどめし（別集・夏・八〇〇）

これらは当該歌の「舟はとどめむ」とは全く趣旨を異にする歌における用例である。先行歌においては「夏麻引く海上がたの沖つ洲に舟はとどめむさ夜ふけにけり」（万葉集・巻十四・三三四八・作者未詳）があり、この歌を意識しているものかとも思われる。しかしながら、当該歌において「舟はとどめむ」はそのような先行歌につながるものではなく、必ずしも「舟はつながん」よりもすぐれていると考えることはできない。ほんの気まぐれの改変と考えるほかはないのである。

【11】冬・八二二番歌
初雪
色ながら木の葉散り敷く苔の上に見初むる雪のめづらしきかな

『百首和歌』は第二句が「落葉散り敷く」となっている。「木の葉」が散り敷くのか、「落葉」が散り敷くのか。「木の葉散り敷く」の先行例は、たとえば「秋かけて染めし梢も時雨つつ木の葉散り敷くみ山辺の里」（俊成卿女集・四五）をはじめとして数例見出すことができる。ところが「落葉散り敷く」は先行例は全くない。やはり「落葉」が散ることはないのであろう。なお、著名な「都にはまだ青葉にて見しかども紅葉散り敷く白河の関」（千載集・秋下・三六五・源頼政）を代表として「散り敷く」ものは「紅葉」が最も多い。いずれにせよ、「落葉散り敷く」は用例としても皆無である。このような見方は和歌史の伝統に基づいた視点と言ってよいが、それは決して同時代の歌人の認識と乖離したものではない。「落葉散り敷く」とした『百首和歌』について、『橘平歌評』は次のように批判している。(17)

二の句の「落葉ちりしくてふ詞、さる歌よみの口つきとも覚えず。いぶかしき意拙き也。こは必ず「木の葉など有ぬべし。これほどの事はおのがあたりには、けふ此比歌よみならへる童すらよく弁まへぬるを。

そもそも『橘平歌評』は江戸派非難を趣旨とするため、「けふ此比歌よみならへる童すらよく弁へぬるを」などという指摘を字義通り受け取る必要はない。だが、「落葉散り敷く」が表現の上で難があるのは確かであろう。「落葉」は散るものではなく、散ったものを「落葉」というからである。このような歌語認識があったにもかかわらず、「木の葉散り敷く」をあえて「落葉散り敷く」に推敲した意図は測りかねると言うほかはない。また、「落葉散り敷く」という本文が「木の葉散り敷く」と全く無関係に生成したとしても、やはり奇妙と言わざるを得ない。少なくとも妙法院宮に提出する際に「落葉散り敷く」として入集したからである。以上の二例は推敲の方向性を十分に説明され得ないものであった。

五、おわりに

『琴後集』と『百首和歌』の本文の異同を春海自身が推敲したものと推定し、具体例に即して推敲の方向性を検討した。その結果、『琴後集』の本文を先とし『百首和歌』の本文を後とする仮説が検証され、春海歌の生成と推敲の指向性が明らかにされたと思われる。もちろん仮説がすべての用例に適用されない以上、その正当性が完全に立証されたとはいえない。初案と成案といった単純な構図に収まりきらない複雑な生成過程が存在することも想定される。また、師匠の歌を門弟が添削することはありえないという本章の前提も、はたして無条件に前提としてよいか、という問題もある。さらには推敲という行為が常に歌を改善する方向へと向かうのかという根本的な問題もある。それらは個別に考えなければならない問題であろう。いずれにせよ、本章では推敲の方向性が過半数の説明可能な用例によって裏付けられ、春海歌の生成と推敲の実態が明らかになったと思われる。

〔注〕

（1）鈴木健一氏『近世堂上歌壇の研究』（汲古書院、平成八年十一月、増訂版は平成二十一年八月）、上野洋三氏『近世宮廷の和歌訓練『万治御点』を読む』（臨川書店、平成十一年六月）、久保田啓一氏『近世冷泉派歌壇の研究』（翰林書房、平成十五年二月）、大谷俊太氏「陽明文庫所蔵近衛信尋自筆詠草類について」（『近世文芸』六十号、平成六年七月）および同「和歌の稽古と添削―近衛信尋・尚嗣父子の場合」（『國學院雑誌』九十五巻十一号、平成六年十一月）、神作研一氏「元禄の添削」（『近世文芸』八十一号、平成十七年一月）、加藤弓枝氏「添削の達人―小沢蘆庵とある非蔵人の和歌」（隔月刊『文学』六巻三号、平成十七年五月）など。

（2）沢近嶺『春夢独談』（『続日本随筆大成』第八巻、吉川弘文館、昭和五十五年八月）。

（3）『琴後集別集』（国立国会図書館蔵）は『琴後集拾遺』（ノートルダム清心女子大学図書館蔵）とも呼ばれ、『琴後集』刊行後に多勢子により編集された。小山田与清『松屋叢話』参照。

（4）千蔭の識語には閏四月八日の日付が見える。

（5）本章の引用は原則として武島羽衣氏翻刻『村田春海翁百首和歌』による。

（6）久保田啓一氏『近世和歌集』（『新編日本古典文学全集』第七十三巻、小学館、平成十四年七月）参照。

（7）『琴後集』未所収の八首はすべて『琴後集別集』に収録されている。

（8）拙著『村田春海の研究』（汲古書院、平成十二年十二月）第二部「『琴後集』の和歌」第一章「歌集の部総論—『琴後集』撰集攷」。

（9）『琴後集』の引用は『新編国歌大観』による。なお、引用に際して漢字仮名遣いなど、適宜改変した。以下同じ。

（10）本書第四部第五章「妙法院宮—『妙法院宮御園十二景』の成立」参照。

（11）稲葉文庫蔵本は「花山桜」としているが、明らかな誤写と推定される。

（12）湯沢幸吉郎氏『文語文法詳説』（右文書院、昭和三十四年十一月）によれば、サ行四段活用につく「し・しか」が「〜せし・〜せしか」の形態を取るのは、サ変動詞につく場合の類推であろうとし、鎌倉時代以降に広く行われるようになったと論じる。また、「文法上許容すべき事項」（明治三十八年二月二日文部省官報）には「サ行四段活用の動詞を助動詞の『し・しか』に連ねて『暮らしし時』『過ししかば』などいふべき場合を『暮らせし時』『過せしかば』などとするも妨なし」とある。

（13）東条義門『指出廼磯』（文化十二年四月四日脱稿）。

（14）近世期に最も流布したとされる寛文九年版『日本書紀』の振り仮名が「いさらみづ」となっている。

（15）春海のほかに加納諸平や井上文雄などの国学者が「いさら水」を詠んでいる。

（16）千蔭に「暁のつらさにかへていかなれば寝よとの鐘をかこち馴れけん」（うけらが花二篇・恋・一〇三五）があり、結句が共通する。しかしながら、『うけらが花』二篇は享和二年春以降に詠まれた歌を集成した歌集なので（序）、春海が妙法院宮に歌を提出した寛政十二年に当該歌は詠まれていないのである。

（17）注（8）掲出拙著第四部「反江戸派の歌論」第三章「和泉真国—『橘平歌評』解題と翻刻」より引用した。底本は京都府立総合資料館蔵。

第三章　春海歌と漢詩

一、はじめに

村田春海は十代のはじめに賀茂真淵に入門し、和歌・和文を学び、古典の研究を志した。そうして江戸の県門として国学方面の力を養成した。ところが、公儀連歌師阪家の養子入りをきっかけに春海の人生の歯車が狂い始めた。養子入りして二年目に、実兄春郷が死去し、それに伴い春海は村田家に戻ることになる。その翌年の明和六年七月には実父春道が永眠し、十月には師真淵が他界する。丸一年の間に近親者が相次いで三人も亡くなったのである。それからの春海は、宣長に出会う天明八年までの二十年間、国学や和歌から離れることになる。春海は会見の後に「僕義二十年来学業廃絶、只今ニ至候而ハ遅暮ノ歎ヲ生ジ候計ニ御座候」と宣長に書き送っており、自ら認識するところであった。

それでは空白の二十年、春海は何をしていたのか。残存資料が少ないので推定の域を出ないが、春海はこの時漢詩人と交わり、漢詩文に情熱を燃やしていたと思われる。寛政初年より加藤千蔭とともに江戸派を旗揚げしてからは、和歌や和文を作り、古典文学のテクストの整備や注釈を行い、漢詩文から遠ざかることとなる。だが、漢詩人との交流とその時に身につけた漢詩文の素養は、江戸派結成後の和歌・和文の実作に影を落とす。いわゆる国学者としては極めて珍しく、春海は漢詩文に深い造詣があり、漢学儒学を嫌わなかったのは、この二十年間の「学業廃絶」の賜物であった。

以下本章では、漢詩人との交流をたどった上で、『琴後集』所収の詩題歌を原詩との比較を視野に入れて見てみたい。

二、漢詩人との交流

春海はいわゆる国学者としては異例と言えるほど、漢学者と盛んに交流した。その実態は揖斐高氏によって明らかにされたところであるが、本節では揖斐論文によりつつ、私見を加えていきたい。(1)

春海と漢詩人との交流を考えるにあたって、基礎的資料となるのは『琴後集』に付された清水浜臣の跋文である。次のようなものである。(2)

翁ここのことはすべて県居のうしにとひきかれたるよしは、誰もよくしれることなればいはじ。もろこしまなびは、はじめ服部仲英ぬしに名簿おくられしを、仲英ぬし身まかられては鵜殿士寧ぬしにしたがひ、中比みやこにのぼりて皆川伯恭ぬしにとひきかれし事おほく、又後には佐佐木学儒、安達文仲などいへる世にすぐれたる博士たちに、あしたゆふべむつびともなはれしかば、からうたにも其名きこえて、なまなまの博士口あかすまじくなむおはしける。

漢学の最初の師匠は服部仲英である。仲英は字、小字は多門、名は元雄。仲英は服部南郭の娘婿であり、南郭は賀茂真淵と莫逆の友であった。それゆえ、春海の仲英への門弟入りは真淵を介してのものと思われる。仲英は摂津西宮神社の祝人の男として出生するが、父の平次右衛門が神社の内紛で追放され、摂津池田に移住する。その後、二十歳頃には江戸に出て南郭に入門し、漢学の面で頭角を現す。その後、南郭の婿養子となる。仲英は明和四年の没なので、ものであったということである。

春海の仲英門に入ったのは真淵（明和六年没）の生前であったことがわかる。つまり、春海の漢学歴は国学歴と重なるものであったということである。

仲英の没後は鵜殿士寧に師事した。士寧は字で名は孟一。士寧は服部南郭の門弟であり、真淵の門弟である鵜殿余野子の兄でもあった。仲英と同じく、ここでも真淵との関係が影響している。春海の真淵入門は春海が十代前半であったといわれている。ということは、春海の漢学入門は真淵経由で行われた可能性があるということである。なお、仲英と士寧への師事の順序については、逆であるとする説もある。(3) それは「おのれわらはなりし頃、ふみよむとて、常に鵜殿のぬしの家にゆきかよひたれば、よの子のつくれるから歌など、をり〳〵見し事もありき」（涼月遺草跋）を根拠とするものである。これによれば、仲英と士寧との入門順が逆であるのみならず、真淵への入門の時期よりも早い可能性もある。いずれにせよ、真淵と仲英・士寧の関係が並々でないことだけは確かであり、最初期の段階における春海の学識の形成が、人脈の上で統一されていることが確認できたと思われる。

さて、第三として春海は皆川伯恭に師事した。伯恭は字、名は淇園。春海が京に上った「中比」とは、正確には天明七年のことである。同年十月二十八日に淇園に入門している。『有斐斎受業門人帖』には「江戸村田治兵衛　姓平　海字士観　年四十二歳　紹介小石適　執事青野寛」とある。(4) 春海は淇園に入門したが、師事することは長くは続かなかった。翌年の天明八年一月晦日に内裏が炎上し、避難を余儀なくされたからである。約三ヶ月間の勉学は成果の大きいものであったようであり、淇園の学問に出会った感動を友人の吉田篁墩に知らせている。(5)

僕京師に遊ぶこと数月、始めて淇園先生に謁することを得たり。而して略其の緒論を聞く。凡そ先生の学、上は古易聖道の蘊よりして、下は文章雕蟲の末に至るまで、奥旨秘訣は率むね朱物二家の無き所にして、千古未だ及発せざる者多く有り。僕朝夕其の門に其の謦咳を奉ぜしは、豈に一大幸に非ざらんや。然りと雖も、海は少壮にして惰窳、思は荒れ学は廃れ、荏苒として今に至る。亦た困苦するも入り難く、成功期す可からず。徒らに老大の嘆き有るのみ。

春海は淇園先生に入門し、易学四書五経から文章雕蟲までを学ぶ。その奥義は「朱物二家」すなわち、朱子学と徂徠学にはない斬新なものであったという。そのような秘訣を朝夕に習うことができたのは幸甚だというのである。このように春海にとって淇園の学問との邂逅は、それまでの漢学歴を刷新するような刺激的なものであったのである。ここで青年期における怠惰を嘆くところは、前節における宣長宛書簡と同様であり、国学・和歌のみならず、漢学・漢詩からも少なからず遠ざかっていたことがわかる。

この書簡の宛先である吉田篁墩とは、浜臣序に登場する佐佐木学儒と同一人物である。このような書簡を送るということは、春海と篁墩は旧知であったと推察される。実際のところ、天明年間の早い時期にすでに交流があったのである。(6) 篁墩（学儒）は水戸藩の儒医であるが、考証学・書誌学の方面で著名であった。篁墩は蘐園学派を痛烈に批判した井上金峨の門弟なので、南郭門下とは一線を画する人脈である。春海とはほぼ同年齢であるので、門弟というよりは学友といった方が適切かもしれない。いずれにせよ、篁墩との交流の方が皆川淇園との出会いよりも先行することは確かである。

漢詩人との交流の先後関係という点で、安達文仲についても同じことが言える。文仲は字、名は清河。やはり南郭門の漢詩人である。春海と文仲との交流はすでに天明年間よりあったことは、文仲の詩集『市隠草堂集』後篇（天明八年刊）に「士観」の名でたびたび登場することからもわかる。(7)

以上をまとめると、学業の初期において、春海は服部仲英・鵜殿士寧・安達文仲という南郭門下の漢詩人と盛んに交わり、その後佐佐木学儒（吉田篁墩）とも交流し、皆川淇園にも弟子入りしたということになる。これらの漢学に関する履歴はおおむね天明末年までである。浜臣の春海入門は寛政四年頃なので、序文における交流の先後関係の錯誤は春海よりの誤伝が原因と思われる。ともあれ、天明末年に再び国学に志を立てるまでの漢学者・漢詩人との交流は浜臣の序文により追認することができる。

それでは寛政年間以降は漢学者・漢詩人と交流を持ったのであろうか。浜臣の序文には全く触れられていないが、実は寛政年間以降も盛んに漢学者・漢詩人と交わったのである。その中で最もつきあいが濃厚であったのは葛西因是であろう。因是は大坂の出身であるが、はやくに江戸に出て昌平黌の門を叩く。寛政年間には不行跡により破門となるが、その後も漢詩文の注釈を出版するなど、盛んに活動した。春海との関係で言えば、享和三年に『雨夜閑話』なる源氏注釈書を著し、帚木巻に独自の解釈を施した。(8) この『雨夜閑話』に評を書き入れたのが春海である。それ以降も交流があったと思われるが、特筆すべきは因是が『琴後集』漢文序を記したことである。『琴後集』の出版自体は春海の没後のことであるが、因是の序文は春海の生前（文化七年九月）に書かれていた。おそらく春海の依頼によるものであろう。この序文には、春海の和文が漢文体から絶大な影響を受けたことを述べている。次のごとくである。原漢文。

先生に琴後集如干巻有り。其の歌は則ち復た論ぜず。余独り其の文を論じて曰はく、記は廿一首、序は十八首、題跋は十二首、書牘は廿三首、雑文は三首、墓碑は二首、祭文は一首、外集は卅八首。編文するに此の諸体を具ふ。唐宋八家別集の制に非ずや。升降前却、分寸を失はず、文は其れ歩驟也。抑揚開闔、操縦起伏、文は其れ変化也。整斉而錯落、勃窣而婉曲、文は其れ辞気也。前提後襯、回抱接初、留筍待後、奇峰突起、横雲断山、文は其れ形勢也。截然界有るは、段落の文也。綿然相属するは、過接の文也。上を承け下を起すは、転捩の文也。作文するに此の数法を具ふ。唐宋八家の筆に非ずや。

まず因是は『琴後集』の和文の編集形態が唐宋八家の別集（個人詩文集）に倣っているという。記や書牘などの文体に応じて編集するのは本邦の漢詩文集にも踏襲されている。(9) 因是によれば、春海の和文における漢文体は文集の編集スタイルだけでなく、和文の文体にも該当するというのである。ここには具体的検証がないが、いくつかの点で春海の和文において漢文体の影響がうかがえると思われる。(10) このように因是は『琴後集』所収の和文を文体面と編集面から漢文体の影響を指摘する。

因是はこれに続けて春海の思想における漢学の影響を指摘する。次のようなものである。

先生は独り其の文に於いてのみに非ず、其の道を論ずるに於いて亦た云ふ。我が邦の道とする所、周公孔子の道なり。周公孔子の道を舎てて、別に道を我が太古に取るは、吾れ未だ之を聞かざる也。故に和字は我が字に非ず。漢字を仮りて我が音に充つる也。衣服冠冕、皆隋唐の制度也。百官有司、皆唐制を学んで稍や之を変ずる也。律令格式、皆唐制を模倣する也。博士は明経文章天文陰陽律算音の諸科を立てて、和学歌学の博士を立てず。所謂和歌博士は、江匡房の戯称より出づ。和学歌学の名は、之を古へに考ふるも、未だ之有らざる也。和学なる者は、儒者の本朝典故に通ずるの言辞なるのみ。歌学なる者は、儒者にして歌を作るなるのみ。周公孔子の道を舎てて、別に道を建つる者は、吾れ未だ之を聞かざる也。

日本の道は儒教の道であるという主張は、本居宣長の古道論に対する反措定であり、春海は生前に繰り返し述べていた。日本書紀の講述でこのことを聴いた鈴屋派の和泉真国と論争になったほどである。(11) いわゆる道だけでなく、日本は和字・制度・博士などにおいても儒学のシステムを借りたものであると主張する。このように因是は春海の和文集『琴後集』に横溢する漢学・儒学の影響を余すところなく指摘することに余念がない。もちろん因是の序文を額面通り受け取ることはできないが、相当程度は当たっており、春海自身も認めるところであった。それは春海が「儒者」を自任したことにもその一端がうかがえるのである。このような因是の序文により、春海の学問・和文における漢学・漢詩文との親和性が鮮明にされたであろう。

寛政年間以降の春海は江湖詩社の社中と交わりを持った。以下、『琴後集』などから交流の様子がうかがえる和歌を摘出しよう。柏木如亭には次のような歌を詠んでいる。

　如月ばかり柏木如亭が都に上るを送る

花散らばとく帰り来て我が為に都の春のこと語らなむ（一〇七五）

如亭が上京したのは文化四年二月とされる。[12]出発に際して詠まれたのが帰江を待ち望む歌である。それなりに交友を温めていたことが推察される。

第二に、江湖詩社の領袖である市河寛斎には次のような歌を贈っている。

　寛斎市河翁の六十の賀に、六種のものを題にて詠める歌

硯

君にこそたぐへては見め常磐なる硯の石の命長さを（一二五一）

筆

世に遠く香らざらめや筆の上に生出る花は色異にして（一二五二）

墨

おのづから老せぬ宿のすさみとて千世もにほはせ松の煙を（一二五三）

紙

市に売る紙も稀にやなりぬらん君が言葉を世に伝へなば（一二五四）

琴

つま琴の玉の響きは聞なれつ声知る人のたぐひならねど（一二五五）

杯

諸人の君に勧む盃を我も汲みてぞ千世は契らん（一二五六）

寛斎の六十歳は文化五年にあたる。還暦を寿ぐ歌を贈るようなつきあいをしていたのであろう。

第三として、江湖詩社社中の大窪詩仏に詠んだ歌を見よう。

大窪天民のもとに土瓶を贈るとて

冬ごもる窓のすさみに雪を煮て清き心の友とせよ君（一一九五）

土瓶を贈るのに添えた歌で、冬に詠まれたものと推定される。この歌がいつ詠まれたものであるかは未詳とせざるを得ないが、詩仏とは小金井の花見に行くなど、文人としての交流を持っていたことが知られる。(13)

第四に、江湖詩社社中の菊池五山とも交流があった。それは五山の詩壇評『五山堂詩話』によって知られる。(14)

いはゆる解人なる者は別に一種の天分聡穎を具す。一指して便ち悟る。今日、余が得る所の者は其れ独り平春海翁か。翁の病中、余屢床前に至つて詩を論ず。翁もまた余が言を以て陳琳の檄と作す。翁已に国歌を以て一代の宗工たり。而して兼ねて文墨に深し。此れ其の徒一も雲梯仰攻すること能はざる所以なり。ちかごろ偶題の一絶を示さる。云はく、「篇の髯蘇に似たるは元と博大、詞の老陸の如きは自ら豪雄、近人宋を学んで何の語を成す、病婦の噥言気力空し」。語は率易と雖も亦た以て今詩の頂上の一針に当つ可し。

もともと春海は南郭門下の詩人に弟子入りしたので、唐詩を基調とした古文辞格調派の詩を模範としていた。江湖詩社の社中のように宋詩を規範にして詩を作った清新精霊派に対しては含むところがあったのである。明確に精霊派を批判しているが、五山はこれをもよしとして『五山堂詩話』にこのエピソードを載せている。このように、ある意味敵対するグループからも一目置かれ、盛んに交流を繰り返したところに春海の当代文人としての面目があると言ってよかろう。

さて、青少年期より漢詩文に親しみ、壮年老年に至っても漢学者・漢詩人と盛んに交流した春海であったが、晩年になると漢詩文への情熱も影を潜めることになる。そこに漢詩人としても著名であった春海に漢詩文集への入集要請が舞い込む。もちろん入集を固辞するが、その際の書簡が『琴後集』巻十三「書牘」に「稲毛直道におくれる書」として収録されている。次のようなものである。

とし比わが心をくだきてこのみ侍る、大和うたすら世にのこし侍らんことは、おもひもかけ侍らぬ事なるを、まして其道にいりたちても見ぬ、もろこしのことの葉を、うはの空にてまねび出たるは、たゞをりにふれたるたはむれわざなるを、いかでか世には伝へはべらん。もし春海がつくれる也といふを見給ふこともあらば、かならずかいやり給ひて、わがために、人わらはれなるはぢをかくし給はん事こそねがはしけれ。たび〳〵せちにのたまふことを、かくいなみ奉るは、いとなめげなるつみは、さり所もなう侍れど、事の心をよくゝみ給ひて、われをばもらし給はゞ、いとうれしきことになむ。

ここで問題となっている漢詩集は具体的には文化六年刊『采風集』を指すものと思われる。当代詩人約二百人を揃えた『采風集』は稲毛屋山が編集に当たった。屋山は春海への入集要請を一度ならず行っていたことが記されている。晩年における春海の漢詩への思いは和歌ほどではなく、アンソロジーの一篇として入集することすら拒否するまでになっている。ただし、先の菊池五山の場合もそうであったが、春海は当代一流の漢詩人にも認められる名声を保っていたことは確かである。

三、和漢同情論と詩題和歌

春海は青年期における漢詩人との交流を通じて、漢詩文の素養を身に付けた。それは残存する春海詠の漢詩を見れば明らかである(15)。だが、生涯を通じて春海の本領は和歌だったのであり、漢詩はいわば余技であった。もちろん、余技とはいえ、青年期に受けた漢詩人からの薫陶は、歌論や詠歌にも何らかの影響をもたらしているのではないか(16)。

春海は和漢の詩歌について次のような認識を持っていた(17)。

からもやまとも、歌はまたくおなじものにて、大かたはそのおもむきことなることなし。くはしくいはゞ、から歌は事ひろくとゝのほりて、すがたもさま〴〵也。やまと歌は事せまくして、かれにくらぶればたらはぬふしおほし。こはくにがらのしかるにや、おのづからなる事なれば、あながちにうらやむべき事にもあらず。またしひてまねぶべきやうもなし。

和歌と漢詩が基本的に同じものであるという文芸思潮を和漢同情論という。和歌と漢詩が表現のレベルでは相異なる様相であっても、また作成の時期の相異や場所の隔たりはあっても、その中核となる思想や心情は共通するという文学論である。鈴木健一氏によれば、和漢同情論は中世に源を有するが、十七世紀後半頃に明確に意識され、江戸時代を通じて有力な文芸思潮となった(18)。したがって、春海の主張は決して独創的なものではなく、そのような時代思潮の中で把握すべきものであろう。

それでは、和漢同情論は春海において、いかなる形で実作に反映されていたのか。そのことを知るためには、同じ題で詠まれた漢詩と和歌とを比較対照するのがよい。幸いにして、春海の歌文集『琴後集』巻六には三十二首の詩題和歌が収録されている。その一部は揖斐高氏によって解明されたが、冒頭の九首については未詳とのことである。(19)この度、その詩題が何に拠っているかということを突き止めることができた。古壁苔 以下卅二首詩題（一一四四）・垂涧藤（一一四五）・嶺上雲（一一四六）・幽径石（一一四七）・臨軒桂（一一四八）・林中翠（一一四九）・棲煙鳥（一一五〇）・寒渓草（一一五一）・陰崖竹（一一五二）の九首である。最初の歌題の下に「以下卅二首詩題」とあるのは、以下の三十二首が詩題により詠まれていることを意味する。この九首に関して共通するのは三字題の景物であるということであり、何らかの関連性があることが推定される。実はこの九首の詩題は『全唐詩』巻二百五十二所収の唐詩の詩題に拠っていることに気がついた。詩題のみを摘記すれば次の通りである。

宣州東峰亭各賦一物得古壁苔　劉太真
東峰亭同劉太真各賦一物得垂澗藤　袁傪
東峰亭各賦一物得嶺上雲　崔何
東峰亭各賦一物得幽径石　王緯
東峰亭各賦一物得臨軒桂　郭澹
東峰亭各賦一物得林中翠　高傪
東峰亭各賦一物得棲煙鳥　李岑
東峰亭各賦一物得寒渓草　蘇寓
東峰亭各賦一物得陰崖竹　袁邕

宣州の東峰亭で劉太真と親交のある詩人が集まって詩歌会を催し、抽籤で詩題を決めた。東峰亭は劉太真の住居、もしくは別荘と目される。詩題は三字題で、おのおのが詠んだ詩が『全唐詩』に収載されている。この九首の成立の経緯は以上のようなものであろう。本文の異同はほとんどなく、順序も全く原詩と同じである。しかも、この九首は『全唐詩』以外に連続して収録されたものを知らない。したがって、春海がこの九首の詩題を『全唐詩』の当該詩に拠っていたと推定することができよう。『全唐詩』は浩瀚な漢詩集であり、当時において必ずしもメジャーなものではなかったが、前節でも触れた市河寛斎が『全唐詩逸』を編集していることから、詩の入手は可能であったと推定される。

それでは、春海がこれらの九首を詠むにあたって、当該詩題をどのように読み込んだのか。そしてそれは春海の詠歌にいかなる味わいをもたらしたのか。四組の詩歌を検討したい。まず冒頭の歌である。原詩の検討から始めよう。

宣州東峰亭各賦一物得古壁苔　劉太真

苒苒温寒泉　苒苒たり 温寒泉
綿綿古危壁　綿綿たり 古危壁
光含孤翠動　光は孤翠を含んで動き
色与暮雲寂　色は暮雲とともに寂し
深浅松月間　深浅 松月の間
幽人自登歴　幽人 自ら登歴す

大意は次のようなものである。暖かい泉の水がどんどん湧き出て、古びた切り立った崖が長々と延びている。日の光は崖の苔が生えた部分を含んで動いてゆき、夕暮の雲とともに寂しい趣を呈している。松のあたりにかかる月を遠くに近くに見ながら、隠者は山に登り山中を巡っていく。このような内容を有する原詩に基づいて、春海は次のような歌を詠んだ。

古壁苔

雨漏るる軒のひはだのつま朽ちて苔むす瓦いく世経ぬらん（一一四四）

軒の檜皮が朽ちて雨が漏れ、瓦には苔がむしており、一体どのくらい経っているのだろうか。この歌に詠まれた景物は世間から見捨てられた古寺の面影である。人が住んでいるとすれば、世捨て人か出家僧かといったところであろう。これは原詩の「幽人」のイメージを反映したものと推定される。原詩においては自然に溢れた広い光景が描かれているが、春海歌では古寺とおぼしき建物に焦点化されている。ここには、先に見た漢詩と和歌の相異が特徴的に表れていると言えるかもしれない。

二首目を検討しよう。原詩は次のようなものである。

東峰亭同劉太真各賦一物得垂澗藤　袁傪

寒澗流不息　寒澗　流れて息まず
古藤終日垂　古藤　終日垂る
迎風仍未定　風を迎へて仍ほ未だ定まらず
払水更相宜　水を払ひて更に相ひ宜し
新花与旧葉　新花と旧葉と
惟有幽人知　惟だ幽人のみ知る有り

大意は次のようなものである。寒々とした谷川は流れて止むことがない。古い藤が一日中、川に垂れている。風が当たって揺れ動いている。蔓の先が川面に触れるといっそう趣が増す。咲いたばかりの花と古い葉とを、両方知っているのは、ずっと山中にいる隠者のみ。このような内容を有する原詩に基づいて、春海は次のような歌を詠んだ。

垂洞藤

世に背く片山洞の青つづら住む人あれどくる人はなし（一一四五）

山の洞に世捨て人が住んでいるけれども、訪れる人はいない。「青つづら」は「くる（繰る）」を導く序詞となっており、「来る」の掛詞として機能して「住む」に対応する。この歌は明らかに「山賤の垣ほにはへる青つづら人はくれどもことづてもなし」（古今集・恋四・七四二・寵）を踏まえている。本歌は恋歌であり第五句に焦点が当たっているが、春海歌では上句の情景を取り込み、しかも掛詞「くる」を導く「青つづら」を有効に働かせている。春海歌は原詩の最後の句「惟だ幽人のみ知る有り」の面影を内容として、語彙のレベルで古今集を踏まえるという趣向といってよかろう。

なお、原詩の題「垂澗藤」を春海は「垂洞藤」に作っている。「澗」は谷川の意なので、「片山洞」を詠み込んだ春海歌にはそぐわない。「澗」を「洞」にしたのは、字形の類似による錯誤の可能性が考えられるが、それが単なる誤写なのか、それとも意図的な改変なのかは不明である。

四句目に移ろう。原詩は次の通り。

東峰亭各賦一物得幽径石　王緯

片石東溪上　片石　東溪の上
陰崖剰阻修　陰崖　剰阻修し
雨余青石靄　雨余　青石靄たり
歳晩緑苔幽　歳晩　緑苔幽たり
従来不可転　従来転ずべからず
今日為人留　今日　人の為に留まる

大意は次の通りである。東の谷川のそばに一つの石があって、崖の蔭で遠く隔てられている。雨上がりに青い石は靄っていて、年末の今、緑の苔がむしていて薄暗い。これまでずっとこの石を転がすことができず、そのために今日、人（私）のためにここにとどまっている。このような原詩に基づいて、春海は次の歌を詠んでいる。

幽径石

昔たれ島好むとて路のべに千引の石は引き残しけん（一一四七）

昔、誰が島好みをするということで道端に千引の石を残しておいたのだろうか。「千引の石」は『古事記』初出の語で、伊邪那岐命が黄泉比良坂を塞ぐために置いたといわれる、千人がかりで引くほどの大きな岩を指す。歌ことばとしても「わが恋は千引の石を七ばかり首にかけむも神のまにまに」（万葉集・巻四・七四三・大伴家持）などと詠まれている。王緯詩の「幽径石」を春海は「千引の石」に取りなしたわけである。「千引の石」への比定から「島好み」へと発想が広がる。「島好み」は築山などの庭園趣味のことであり、「千引の石」はそのためのオブジェとして想定されているのである。ここには原詩の持つ渓谷のイメージは薄いが、末尾の「今日 人の為に留まる」は「引き残しけん」に踏襲されている。原詩の「幽径石」を「千引の石」に見立て、しかもそれを「島好み」のイメージにずらすことにより、原詩から独立した和歌の世界が成立していると言ってよい。

最後に九首目を検討したい。原詩は次のようなものである。

東峰亭各賦一物得陰崖竹　袁邕

終歳寒苔色　終歳　寒苔の色

寂寥幽思深　寂寥として幽思深し

朝歌猶夕嵐　朝歌は猶ほ夕嵐

日永流清陰　日永くして清陰に流る

龍鍾負煙雪　龍鍾として煙雪を負ひ
自有淩雲心　自ら雲を淩がんとする心有り

大意は次のようなものである。年中変わらない寒々とした苔の色をした竹は、ひっそりと静かで深く物思いに耽っているようだ。朝からの歌が夕靄まで続き、長い春の日の夕方に清らかな崖の蔭に流れている。靄や雪を背負って志を叶えられないようだが、雲を淩いで空高く伸びようとする気持ちを持っている。この原詩に基づいて春海は次の歌を詠んだ。

陰崖竹

世に疎き片山岸に生ふる竹さしもむなしき心をぞ見る（一一五二）

俗世から遠く隔たった山岸に生える竹には、それほどまでも虚ろな心を見ることだ。「陰崖竹」を「片山岸に生ふる竹」になぞらえているが、それに呉竹の縁語である「むなし」をよそえて「むなしき心」とした。つまり、人から見られることのない竹に空虚さを見出したのである。だが、原詩では竹にあるのは「自ら雲を淩がんとする心」であって、前向きの心である。春海はこれを反転させて「むなしき心」とし、暗く陰惨なイメージを付与した。このことにより原詩の有する孤塁に和歌の景物としての「竹」が重ね合わされ、原詩とは異なる境地を詠むことになったのである。

以上、原詩を背景にして春海歌を見れば、詩題を十分に咀嚼しながらも歌ことばの持つ重層的なイメージを付与することに成功したと言ってよかろう。

四、おわりに

春海は真淵門の歌人・国学者だったが、その一方で生涯にわたって広く漢詩人とも交わった。それゆえ、春海は和歌と漢詩を同情異型のものとする和漢同情論を受け入れるのに抵抗がなかった。そういった指向性が背景にあったからこそ、春海の詠んだ詩題和歌は原詩と並べても遜色ないものに仕上がったと言ってよい。このような和漢同情論は詩形に限ったことではなく、和学と漢学、もしくは国学と儒学を同一のものと見なす観点と通底しているのであるが、それはまた別席の話題となる。(20)

〔注〕
(1) 揖斐高氏『江戸詩歌論』（汲古書院、平成十年二月）第四部「江戸派の展開」第五章「漢詩人としての村田春海」。
(2) 『新編国歌大観』第九巻より引用した。以下同じ。
(3) 森銑三氏「村田春海」（『森銑三著作集』第七巻、中央公論社、昭和四十六年六月）。
(4) 『名家門人録集』（上方芸文叢刊刊行会、昭和五十六年十一月）。
(5) 村田春海「吉資坦に与ふる書」、前掲揖斐論文より引用した。
(6) 前掲揖斐論文。
(7) 前掲森論文。
(8) 野口武彦氏『『源氏物語』を江戸から読む』（講談社、昭和六十年七月）「最初の密通はいつおこなわれたか」参照。
(9) 揖斐高氏『江戸詩歌論』第四部「江戸派の展開」第四章「和文体の模索―和漢と雅俗の間で」参照。
(10) 拙著『村田春海の研究』（汲古書院、平成十二年十二月）第一部「村田春海の和文」第三章「和文漢文対比論―「堂楼亭閣の記」の分析」。
(11) 和泉真国『明道書』。
(12) 揖斐高氏『柏木如亭集』（三樹書房、昭和五十六年）所収「柏木如亭年譜」参照。

(13) 揖斐高氏『江戸詩歌論』付篇一「大窪詩仏年譜稿―化政期詩人の交遊考証―」参照。
(14) 『五山堂詩話』巻三所収。注（1）揖斐論文参照。
(15) 注（1）揖斐論文参照。
(16) 宇佐美喜三八氏『近世歌論の研究―漢学との交渉』（和泉書院、昭和六十二年十一月）第六章「村田春海の歌論」参照。
(17) 「から大和の歌のけぢめ」（天理大学附属天理図書館春海文庫蔵『とはずがたり』巻一）。
(18) 鈴木健一氏『江戸詩歌史の構想』（岩波書店、平成十六年三月）参照。
(19) 揖斐高氏「村田春海―和歌と漢詩の交錯」（『国文学　解釈と鑑賞』六十一巻三号、平成八年三月）参照。
(20) 拙著『村田春海の研究』第五部「諸学問の成立」第三章「和学論」参照。

第四章　江戸派の叙景表現

一、はじめに

江戸時代も中期にさしかかる頃になると、街道の整備も行き届き、宿場町を中心に宿泊施設も整ってきた。そのような条件で旅をするということは、一体どのような意味を持つのだろうか。古代における旅のように、命が危険にさらされるということは、もはやあり得ない。また、所用のために仕方なく旅に出るというのでもない。むしろ旅を楽しむという余裕さえうかがえるほどである。とりわけ歌人・俳人のそれは、旅先での人との交流や目を釘付けにする景色を求めさすらう態のものと言うこともできよう。それらがくすぶっていた創作意欲に火を着け、その結果紀行文の執筆という形で完全燃焼する。その意味で紀行文の執筆は旅の副産物ではなく、旅をすることの動機の一つであったという仮説も想定できる。

一般的に言って、国学者の旅は歌枕の探訪や地名の考証に勢力が注ぎ込まれるものである。本章で取り扱う『香とりの日記』も、歌枕を訪問し、それを歌に詠み込んでいるし、随所で地名考証を展開している。また、賀茂真淵の『岡部日記』や本居宣長の『菅笠日記』にもそのことは当てはまる。ただ、『香とりの日記』が少し異質なのは、千蔭と春海という二人の歌人の視点で重層的に旅が表現されているという点である。加えて、紀行文としての構成上の工夫と、文ならびに歌における叙景表現が卓抜な点も特筆に値する。以下検討していく中で、旅の事実と照らし合わせながら

『香とりの日記』の歌文の表現性を追求していくことにしたい。

二、香取への旅の行程とその意味

寛政六年の四月から五月にかけて、千蔭・春海・直節の三人は従者一人を連れて香取方面に旅をした。寛政六年といえば、千蔭や春海は『万葉集』の校訂・注釈のみならず、『宇津保物語』や『落窪物語』等の王朝文学の研究をし、歌会や文会を盛んに催した年であった。いわば江戸派の文学活動が軌道に乗り始めた年ということになる。この時の紀行文は、後に千蔭が『香とりの日記』にまとめ、文化六年十二月に『ふたくさ日記』の一つとして万笈堂より刊行されることになる。(1)『香とりの日記』の記述は詳しく、旅程や門弟との再会・交流を旅情豊かに描いている。これを執筆するにあたって千蔭は、道すがらノートやメモにまめに書き込んでいたのであろうが、現在それらは所在不明である。一方春海にも『舟路のすさみ』という小品があり、『織錦斎随筆』に収録されている。(2)体裁はほぼ詠歌群と言ってよく、分量は十八首の歌（うち自詠は十七首）に詞書を付した程度のものである。ただ春海はこれを書く際に、旅程などをメモしたものを基にしたと考えられるのである。天理大学附属天理図書館蔵『雑記』がそれに該当する。(3)そこには、当日の天候や出発・到着の時刻、移動した距離などが詳細に記されており、旅程メモと呼ぶにふさわしいものと言える。豆本という書型の上から考えても、これは道行に携帯し、その都度記載した備忘録とするのが妥当であろう。

はじめに『香とりの日記』・『舟路のすさみ』・『雑記』を参照しながら、旅程の確認をしておく。四月十八日に八丁堀の千蔭亭を出発した一行は、小名木川を船で行徳に出て、そこから八幡まで徒歩で行く。八幡より木下街道を通って木下へと至り、そこから利根川を下って佐原まで行く。佐原には歌友永沢躬国と門弟清原雄風が住んでいる。そこで三泊し、再び利根川を下って銚子に向かう。銚子では寺井節之が一行を待っている。そこで六泊し、ここから帰路に着く。利根川をさかのぼり、木下から陸路江戸八丁堀まで帰るという行程である。都合十四日間の旅程であった。では、ひるがえって香取への旅はどうして行われたのだろうか。

まず、この旅の動機が歌友や門弟との交流であったと考えるのが順当であろう。『香とりの日記』の冒頭に「香とりのかたより海上かけてゆきてみん」とある。(4)「香とり」は佐原のことであり、そこに躬国や雄風が住んでいることは今確認したとおりである。また、「海上」は銚子方面を指し、そこに節之等が住んでいることは、これまた確認済みである。行く先々で歓待され、歌会を催していることなども有力な証拠となる。当時の江戸派の勢力がどのようなものであったかがわかるというものであろう。

また、香取への旅の目的の一つが神社参詣にあったことも動かし難い事実である。それはいわゆる東国三社と言われる鹿島・香取・息栖の三社への参詣は言うまでもない。鹿島神宮には五月一日に参詣しているし、香取神社には四月二十三日に訪れている。また、息栖神社には四月二十九日に舟の上から参拝している。『利根川図志』によれば、三社参詣は寛文のころ利根川を往来する木下茶船が設けられてから一つのコースになったという。(5)この乗合船で行く銚子遊覧を兼ねた三社参詣がいわばパッケージ・ツアーとなっていたのである。木下から乗り降りしている千蔭一行が乗った船も、この木下茶船であった可能性がある。一行は三社のみならず、葛飾八幡宮や神崎明神、白幡神社にも赴いているのである。そう考えると、この旅は観光コースをなぞる如きものであったということになるだろう。

さて、ここでこの旅の目的を別の観点から眺めることにしよう。そのために少し視野を広げて他の紀行文との比較をしたい。香取方面への旅ということで思い出されるのは、芭蕉の『鹿島紀行』である。貞享四年の秋というから、江戸派の旅の約百年も前ということになる。行程は小名木川を船で行徳まで行き、そこから徒歩で八幡を経由して木下街道に入る。布佐より利根川を下って鹿島に至るというものである。これは千蔭一行が辿ったルートとほぼ同じものである。また、途中木下街道の鎌ヶ谷の広野で駒や棹鹿の群を見たりしているところが同じなので、その場面の比較をしてみたい。まず『鹿島紀行』は次のようになっている。(6)

やはたといふ里をすぐれば、かまがいの原といふ所、ひろき野あり。秦甸の一千里とかや、めもはるかにみわたさるゝ。（中略）萩は錦を地にしけらんやうにて、ためなかが長櫃に折入て、みやこのつとにもたせけるも、風流にくからず。きちかう・をみなへし・かるかや・尾花みだれあひて、さをしかのつまこひわたる、いとあはれ也。野の駒、ところえがほにむれありく、またあはれなり。

これに対して『香とりの日記』は次のようなものである。

かのすくを行つくしていと広きあら野に出。しげみが中をのみ分こしめには、おどろかるゝ斗になん。こゝかしこに駒どもあさりをり。はるかに鹿のむれゆくもみえて、いとめづらし。千草の秋おもひやらるゝ野原なり。春海

まはぎはらまだうらわかし行鹿のむなわく斗いつかなりなん

千蔭

かつしかや野べのさをしか声たてゝ妻とふ秋はわれも問みむ
赤駒のはらばふ田ゐをけふみれば家路とほくもおもほゆる哉

ここで両者の影響関係を云々しようというのではない。仮に千蔭が『鹿島紀行』を見ていたとしても、そのことによって『香とりの日記』の価値が失われるわけではない。第一季節が違う。芭蕉が見たのは中秋の鎌ヶ谷であり、千蔭一行が見たのは初夏のそれであった。だから目に入る光景もおのずから違っていて当然であろう。実際のところ、千蔭

たちは「千草の秋」は目にしていないのである。しかし、たとえ季節が異なっていても同じようにここの景色を描写しているというのは、この鎌ヶ谷という地が詩人の詩的感興を呼び起こす場所であったことの確たる証拠であろう。広い野原を背景として、萩・駒・鹿という、それ自体はさして珍しくもないものの組み合わせが、詩人をして表現への欲望をかき立てさせるに足るものであったのである。

一般的に言って、旅には詩興を呼び起こす何ものかが存在するものである。いわゆる吟遊詩人の生まれる所以である。もちろん千蔭一行も例外ではなかった。そこで詠まれた歌は、春海のも千蔭のも、まだ見ぬ秋の光景に思いを馳せる内容となっている。春海の歌は、遠く大伴家持の「丈夫の呼びたてしかばさを鹿のむなわけゆかむ秋の萩原」（万葉集・巻二十・四三二〇）から歌ことばを借りながら、近く次の季節のことを夢想する内容となっている。『舟路のすさみ』の句形との相違については、第四節に引用するところをご参照いただきたい。千蔭の一首めは、眼前にいる初夏の棹鹿の背景に妻訪いに鳴く秋という季節をしのばせ、幻の鹿の姿を浮かび上がらせる歌となっている。二首めは、大伴御行の「大君は神にしませば赤駒のはらばふ田ゐを都となしつ」（万葉集・巻十九・四二六〇）の言葉を借りてきて歌の姿を整えつつ、明日香浄御原宮の「田ゐ」を鎌ヶ谷の荒野に転用し、江戸からの隔たりを実感する歌に仕上げている。

以上の三首は必ずしも風景をそのまま詠んだものとは言えないが、旅中の景物に託して我が思いを詠んだ羇旅歌と言うことはできよう。自然の景物に触発されて歌を詠むというのは、叙景歌の発生する土壌として申し分ない。後はそれをいかに表現するかにかかっている。ことは歌の問題にとどまらず、文を書くということにも当てはまる。いわゆる紀行文がそれに該当することは言うまでもない。日を追って変わり行く風景の中で、特に心に強く刻み込まれたものが言葉となり、形を整えて歌となる。ただ単に景色を模しただけに見える描写も、それがすぐれたものであれば書かれたもの以上の何かを語るものである。その意味で紀行文そのものが叙景表現であると言っても過言ではないだろう。

次節以下では、『香とりの日記』の叙景表現について、紀行文の地の文とそこで詠まれた歌とを順次検討し、その特質を明らかにすることにより、香取への旅の意味を考えてみたい。

三、旅の叙景表現①――地の文

前節で縷々述べてきたように、旅で見た風景を描写するにしても、言葉の力によって事実を再現する以上のものを表現することができるものである。旅で目にした景色が心の琴線に触れたものであればなおさらである。本節では、『香とりの日記』の地の文を題材にそのことを検証してみたい。

まず、四月十八日の記事である。八幡から鎌ヶ谷へ行く途中での挿話である。『香とりの日記』は次のようになっている。

鎌が谷のすくまでは、松檜原しのなど生しげりて、うつ木ところ〴〵に生たれど花いまだ咲出ず。やはたとかまがやのあはひにてみちふみたがへて、鬼越といふ所へ出。中山寺とていと大きなる寺あるを入てこゝかしこ見ありく。おいたる法師にみちをとへば、堂のかたはらの坂をのぼりてよとをしふるまゝにのぼり行ば、いとしづけき山路にて、ふみまよへりしも中々なり。ゆふさりつかたかまがやにいたりてやどる。

鎌ヶ谷への道を間違えて鬼越に出て、中山寺に参詣する。そこで老法師の教えの通りに行くと、閑静な山道を上ることになり、かえって道を踏み違えた甲斐があったというのである。いかにも旅の醍醐味を感じさせるエピソードである。ここの箇所について、『雑記』は次の如きものである。

八幡より釜がやへ弐里八丁。此間、正中山妙法華経寺へ詣づ。七ッ時過かまがや江戸やにやどる。

先にも確認したように、『雑記』は逐次執筆された旅程メモの如きものであるから、実際に訪れた場所を順路に沿って記述しているだけである。『雑記』の中で、鎌ヶ谷への道のりが「弐里八丁」というのはほぼ正確であると思われる。また、鎌ヶ谷に到着した時刻も「七ツ時過」（午後四時過ぎ）というのであるから、『香とりの日記』の「ゆふさりつかた」と符合する。しかしながら、この中山寺への参詣は果たして本当に予定外のことだったのだろうか。八幡から鎌ヶ谷に至る途中で中山寺（正中山妙法華経寺）に参詣したことも『香とりの日記』にある通りである。

まず、「みちふみたがへて」鬼越に出たことであるが、鬼越は八幡と同じく千葉街道沿いにある村である。そこを過ぎてまっすぐ行けば佐倉街道、分岐点で曲がれば木下街道へ入るという道である。だから、鬼越に出たのは必ずしも道を間違ったとは言えないのである。引き続き中山寺に参詣したのも、たまたま参詣の機会を得たのではなく、ある程度旅程の中に組み込まれていたのではないか。確かに鎌ヶ谷へと至る木下街道は平坦ではないが、途中に寺社参詣をする程度の余裕はあったはずである。同日葛飾八幡宮に寄って前年に掘り出された元亨の銅鐘を見ていることも考慮すると、日蓮聖人がはじめて開基したという中山寺へ参詣することが、あらかじめ計画されていたと考えても不自然ではないであろう。そうすると、道を踏み違えたことや、たまたま中山寺を訪れたことは、その後の老法師との出会いと、その指示によって静かな山路を歩くことができたことを強調するために仕組まれた演出だったと考えてもあながち見当はずれでもないということになるだろう。

この種の演出は、十九日の記事にも見いだすことができる。木下から利根川を下って佐原在住の永沢躬国の元へ行こうとするが、当日雨風が激しく吹いている。これに続く箇所である。

かく雨かぜあらくては夜舟こぐべうもなし。神崎にふねよせなんと舟人いふ。神崎のもりはいと木ふかくかう〳〵しくみゆ。香取郡左原といふ所の躬国がもとへとおもへど、雨もよに道たど〳〵しかるべければとて、そこのいとけがしき小やにやどる。夏としもなく北の風寒し。

舟人の指示に従って神崎に船を寄せ、そこで一泊するというのである。ここの箇所を『雑記』は次のように書いている。

大森よりは木おろしへ廿六丁といふ。九ツ時過雨ふり出。こゝより舟にのりてくれかた神崎に舟よせつゝやどる。和泉や二十右衛門といふ宿也。

十八日の記事と同じく、出来事それ自体は変わるところがない。ただし、宿る場所に問題があるのである。『香とりの日記』では「いとけがしき小や」に泊まったことになっている。それに対して『雑記』では「和泉や二十右衛門といふ宿」に泊まっているのである。もしかすると実感としては『香とりの日記』の通りだったのかもしれない。しかし、事実としては『雑記』のように「和泉や二十右衛門といふ宿」なのである。神崎は本宿として栄えた村であるから、利根川遊覧の旅人が宿を求めることは日常茶飯のことであろう。「和泉や二十右衛門」が旅籠屋であったかどうかは今のところ確認できていない。だが、たとえ旅籠屋ではなく木賃宿であったとしても、仮にも「宿」と春海が書いている以上、それなりの設備は備えていたことであろう。おそらく「いとけがしき」と書かれるような「小や」ではなかったのではないだろうか。それではこのように千蔭が書いた理由はいかなるものだったのだろうか。

千蔭がこれに引き続いて「夏としもなく北の風寒し」と書いているところから考えて、これは旅愁を演出する効果をねらった表現ではないかと思われるのである。すなわち、激しい風雨・あばら屋・夏の北風という組み合わせを畳み掛けるように出してくることによって、旅に出て体験する憂愁を表現する意図があったと推定するものである。そしてこの旅愁は、ここ数日間の天候をも暗示している。実際のところ、十九日から二十三日まで晴れる日は一日としてない。曇ったり雨が降ったりと、どんよりした空気が漂っているのである。
そのような天候の中で数日旅をすることになる。引き続き翌日の二十日の記事を取り上げてみよう。まず『雑記』で事実関係を確認しておくことにしよう。

廿日。朝五ツ比神崎より舟出す。舟いだす前に神崎の明神により名に高き大木を見る。舟路佐原迄三里也。朝くもり、昼より雨ふる。雨のふらぬ間に佐原永沢半十郎躬国かたに着しやどる。

出発は「朝五ツ比」というのであるから、午前八時頃である。当初計画していたように、ようやく永沢躬国のところに到着することになる。結果的には雨が降らないうちに到着したのであるから、幸運な船路であった。だが、昨日のこともあり、不安の絶えない曇り空である。ここのところを千蔭は次のように書いている。

廿日。朝雨やみたれば、舟のとま引そけてのる。風は猶やまず。やゝ行ほど、また降出にけりとおもはるゝは、ふねのへにあたれる浪のちりかゝるにてぞあなる。からうじてみくにが家の前へ舟よせぬ。

雨が止んでいたので苫を取り去って船に乗った。風はまだ吹いている。しばらくして、また一雨来たかと思わせておいて、それは実は船の舳に当たった波が散りかかってきたものであったというのである。苫を取り去らなければ波しぶきがかかることはないし、風がなければ雨の連想も起こりにくい。大方の予想を覆す波しぶき。用意周到な記述である。このような表現は、読者をも旅の現場に引き込む効果があり、臨場感あふれる文章といえよう。旅情というものは、こうして創り出されるわけである。
以上のような紀行文としての構成上の工夫は、その旅で詠まれた歌とも密接な関係をもって有効に機能する。次節では、詠歌における叙景表現を検討することにしたい。

四、旅の叙景表現②――詠歌

歌人にとって、詠歌は地の文よりいっそう表現意識が高いと考えられる。つまり、目に入ったものをそのまま描写するのではなく、場面の演出のために誇張することや、歌を詠んだ場所を変えること、また表現効果を高めるために虚構化することなど、さまざまな工夫が試みられるのである。『香とりの日記』には極端な虚構化は見られないが、それ相応に表現へのこだわりが認められるのである。

以下、検討の対象とするのは『雑記』との比較の関係上、春海の歌に限ることにする。また、前後の状況がわかるように、ある程度は地の文をも含めて考察の対象とする。まず、十九日の利根川下りの一節を見てみよう。

ほそくながき堤をゆき〳〵て木おろしの川辺にいたる。此川は刀禰の下つ瀬にて、ふたまたに分れて流るゝなりけり。そこより舟にのるころ、雨ふり出ぬ。苫すこし引あげてみれば左りの岸は松のねびれてすくよかならぬが所々にたてり。右は田はたにて、はるかに杉たてる山々などみえわたりてをかし。こぎ行ほど、日もやゝくれなんとするに、雨しきりにふりて、苫のしづくもたゞならず。春海

風をいたみ雨雲まよふ波のうへによるべもしらぬ刀禰の川舟

千蔭

河ぶねの苫もる雨を月かげになしても袖にやどしてし哉

直節

いとゞしくわびしかりけりかぢ枕雨さへそゝぐとまのしづくに

前節でも検討したように、この旅の前半は天候不順であったが、ここは雨が降り出す最初の場面である。降りしきる雨は苫を物ともせず、船の中にそそぎ込んでくる。そこで春海が歌を詠むのである。歌意は、風が激しく吹くので、空には雨雲も行き場に迷っている、その一方で利根川の波の上には、やはり寄る辺も知らぬ川舟が一艘漂っていることだ、というところであろうか。激しい風や降りしきる雨のために寄る辺も知らぬ川舟の頼りなさは、そこに乗り合わせている人々の心をも象徴している。景物を詠みつつも、それがそのまま心情を表現しているのである。ここの箇所は『雑記』では次のようになっている。

廿一日。同じ所にあり。人々歌よむ。

　あやめふきたる家に郭公なく

あやめ草下露かほるあけぼのに鳴や軒ばの山ほとゝぎす

　としへてあへる

年行におもひわたりしこゝろをば先こゝろこそしらせ初ぬれ

　みくにぬしのもとにやどりて

もろともに家路わすれてかたる夜は草の枕となにかおもはん

　刀禰川にて

~~風をいたみ雨雲まよふ夕波の《波の上に》よるべもしらぬとねの川舟~~

　刀禰川にて

風をいたみ波立さわぐ雨のよによるべもしらぬとねの川舟

また、『舟路のすさみ』は次の如くである。

十九日、鎌がやの宿をたちて、きおろしよりこぎくだりて、其夜神崎に舟をとゞむ。
かまがやの野にて鹿のむれ行を見て
真萩原まだうらわかし行鹿のむねわくばかりいつかなりけん
舟のうちにて
風をいたみ波立さわぐ雨の夜によるべもしらぬとねの川舟

三者を比較してみると、次のようなことが言える。まず、句形についていえば、『雑記』の記述により、初案が二句三句「雨雲まよふ夕波の」であったものが、第二案で「雨雲まよふ波の上に」となり、第三案で「波立さわぐ雨のよに」となったということがわかる。『香とりの日記』は第二案を載せ、『舟路のすさみ』は第三案を載せていることになる。次に、詠まれた日については、『香とりの日記』と『舟路のすさみ』では同じく十九日であるのに対して、『雑記』では二十一日ということになる。三つ目として、詠まれ方という点から言えば、『香とりの日記』と『舟路のすさみ』では場に臨んで詠んだ歌であるが、『雑記』では題詠ということになる。以上の三点にわたるくい違いをどのように理解すればいいのか。

まず前提として『雑記』を旅程メモと見たところから、『雑記』の記事には原則的に虚構の入り込む余地がないということは了承されよう。ただし、たとえメモとはいっても、必ずしもすべてをその場で書き込んだとは限らないということもまた了承されよう。例えばそぼ降る雨のなかメモをとることは不可能であろう。以上のことから、ことの真相を考えるに当たって、『雑記』の第二案「雨雲まよふ波の上に」を『香とりの日記』が採るところとなっていることが決め手となる。すなわち、もしこれが二十一日の題詠だとしたら、千蔭は第三案を採ったであろう。しかし、『香とりの日記』には第二案が載っている。これは、この歌が十九日の当日、船の中で詠まれたことを示すことになるだろう。千蔭は、おそらく当日の夜に、自分のメモに春海詠の第二案とともに自らの歌と直節の歌を書いておいたのであろう。一方、春海は雨の中で詠んだ歌を二日後の歌会の後に思い出して書き付けた。その際、初案と第二案を記した後に再考し、第三案を思い付いて執筆したのであろう。詞書が「刀禰川にて」となっているのは、二日前に詠んだ場所を題としたと考えられる。その後、春海は『舟路のすさみ』を書く際に、この歌を十九日という正しい日付の位置にもどし、詞書を「船のうちにて」とした。

この歌が船の中で詠まれた叙景歌だとすれば、内容的に見て実景歌とするのは躊躇せざるを得ない。というのも、船中で詠んだ歌にもかかわらず、船を鳥瞰的視座で見据える内容になっているからである。確かに推敲の過程で全体の構図が異なってしまっている。初案と第二案では、形態的には二句切れで、雨雲と川舟との類比が鮮明に映し出されている。それに対して第三案では、形態的には句切れが無く、焦点が川舟に絞り込まれている。だが、両者に共通する「よるべもしらぬ刀禰の川舟」とは、船を俯瞰する視点から詠まれたものである。もちろん叙景歌といっても、必ずしも実景を詠むことを必須の条件とするわけではない。場合によっては題詠の叙景歌というのもあり得るのである。また、この歌が実景を詠んでいないからといって、叙景歌として価値が劣るわけではない。要は歌の表現性の如何に関わっている。そういう意味で考えると、この歌は揺れる心を象徴し、旅の先行きを暗示した歌として、豊かな表現性に富むものであるといえよう。

しかしながら、実景を伴った叙景歌の持つ迫力というものも、あだやおろそかにはできないものである。二十四日の記事を見ることにしよう。

廿四日。空はれて風もなし。節之あないして浜べのけしき見に行んとてうちつれ行。飯沼の観世音に詣づ。小松生つゞきたる山にて、左は崖なり。崖の下つかたは、飯ぬま飯貝根などいへる村々にて、田の面は苗代せり。その村々をうちこして刀禰川の下つ瀬みゆ。こなたは飯沼につゞきて和田山といへる山なり。まづ木ぶかく生しげれり。わだ山の尾は木だちもなくいさごのみにて海にさし出たり。その尾を少しはなれて、わだ中に一の島二の島三の島とゝなへて、大きなる岩ほたてり。むかひは常陸の国の波崎なり。かぎりなき大海の浪こゝにつどひきて、かの波崎にうちよせ、あるはみつの岩ほにあたりて、かつくだけかつこえ行さま、絵にかゝまほし。このころの雨風につながれし大舟ども、あまたともづなときてつらゝにうかび出たる帆影など、いとおもしろくてたとへいはんかたなし。春海

海上の沖つやしほぢ雲きえて浦わの千ぶね朝びらきせり

雪とちり雲とみだれてよせ来つゝいそもとゆする沖つしら浪

二十四日の『雑記』も併せて見ておくことにしよう。

廿四日。晴天。飯沼へ行。和田山の不動へより、その前飯沼の観音へよる。

この日は、前日までの風雨とうって変わって好天に恵まれた。いわゆる観光日和である。そこで、飯沼観音に足を運んだ一行が目の当たりにした光景は、想像をはるかに越える絶景であった。そもそも房総半島の突端にある銚子は、下総の国随一の景勝地である。なかでも飯沼の丘は、風光明媚な場所であったという。そこからは、一方には飯沼村や利根川の下瀬、他方には和田山、そしてもう一方には波崎が見える。(7) この眺望を千蔭は「絵にかゝまほし」と表現するのである。千蔭の画業については鈴木淳氏の研究が備わる。(8) それによれば、琴棋書画を嗜む文人の名に恥じないものを持っていたようである。そのような千蔭が絵にしたいと言う景観を言葉で表現する際に用いたのは、カメラ・ワークでいうパンの技法であった。それはひとところにカメラを据えるのではなく、一箇所が撮れればカメラを回して次に行き、そこが撮れるとまた次を撮るというようにして全景を描き出す手法である。文章に即していえば、まず

「崖の下つかたは」と書き始め、次に「こなたは」と切り替えて、最後に「むかひは」として締めくくる。まるでカメラをパンするかのごとく描き出し、三百六十度のパノラマを見事に仕上げているのである。これはある種の絵画的手法とも通底するものである。そうして波崎方面にパンすると、今度はクローズ・アップの手法を用いて「大舟」およびその「帆影」に焦点を合わせる。あたかも広角レンズから望遠レンズにズームを変化させたかのごとくである。「たとへいはんかたなし」とは、描写すべき対象に圧倒されて表現すべき手段を持たないというのであるが、この言葉それ自体が巧みな表現になっていることに気付くべきであろう。

そこで歌人としては、この風景を歌に詠むことを試みることになる。春海は歌を二首詠んでおり、それらは『雑記』や『舟路のすさみ』にも書き留められている。『雑記』は次の如くである。

廿七日。宝満寺雨天。

　いひぬまの岡にて海を見やりて

うながみの沖つ八しほぢ雲消て浦和の千舟朝びらきせり

　雪とちり雲と乱れてよせ来つゝ礒もとゆする沖つしら浪

二十七日が雨天であったことを『香とりの日記』からうかがい知ることはできない。しかし、この日は宝満寺に出かけ、節之等と歌会を催したことがはっきりと記載されているので事実確認ができる。飯沼の丘に行ったのは二十四日のことであったのだ(9)。したがってこの二首は、例によって三日遅れで『雑記』にメモされたものと言えよう。『舟路のすさみ』は日付こそないが、二十三日の夜の出来事のすぐ後に歌二首の引用があることから、やはり二十四日のことと考えて間違いないだろう。詞書も「飯沼の岡にて海づらを見て」とほぼ一致しており、句形も一首めの第一句が「うながみや」となっている以外は同じであると言ってよい。

それでは千蔭が「絵にかゝまほし」と言い、「たとへいはんかたなし」と言った光景が、春海によっていかに詠まれたのかを考えてみよう。二首ともに、直前の地の文の視点である鳥瞰的視座で詠まれていることにまず気付かされるであろう。一首めは上の句ではるか遠景をとらえていたレンズが、第三句「雲きえて」を境としてパンし、下の句では近景に焦点を合わせている。海上（銚子）のはるか遠くで雲が途絶える様子は、広大な海と空への思いを沸き立たせるに十分な景色であり、浦和の千舟が朝一斉に出航して行く様子は、イメージ喚起力の極めて強い映像である。遠景から近景へのシフトがあるとはいえ、この歌は飯沼の丘の上から俯瞰する視点で詠まれていることは確かである。これは直前の地の文からの連続性で詠まれた実景歌とするのが妥当であろう。また二首めは、焦点をぐっと絞り込んで、「沖つしら浪」に焦点を合わせる。磯に寄せては返す白波を白雪の如く散り、白雲の如く乱れると表現するのは、晴天の空の青や大海原の青を背景にしてみると鮮烈な色彩感覚であることがわかる。夏の海に雪を連想する想像力は、大方の予想を越える意外性をも含んだ比喩ということになるだろう。また、乱れる雲はここ数日来の天候を思い出させるに十分な言葉である。眼前の風景を眼前にはない景物を重ね合わせることで言い表す。これこそ比喩の原義である。絵にかきたい景色を言葉で表現し、たとえようのない光景を比喩で表現する。歌の言葉の持つ力とは、まさにこのようなことを言うのであろう。なお、後者の歌は春海の自信作であったらしく、寛政十二年に妙法院宮真仁法親王に奉った百首和歌の内に収められている。(10)

それでは、この歌の言葉の力は、一体何によって保証されているのだろうか。そのことを考えるにあたって、この旅の締めくくりに一行が立ち寄ったところが鹿島神宮であったということは考慮に値することである。四月二十九日に息栖神社を舟の上より参拝したあと、翌日に鹿島神宮に至るところを次に引用しよう。

夕つかた西の空はれわたり入日かゞやきて、平らかにひろらなる水の面にゝほひ、たゞむかへる香とりわたりも、過来らし。うながみのかたも、雲ゐにみゆるさまいとをかし。くれ過るころ鹿島の大舟津に舟はつ。くらくなりにたれば、みやしろはあすをがみてんとて、岸なる家にやどる。あくれば五月のついたち、空はれたり。つとめて鹿島の神宮に詣づ。みやしろのさま、いとかう〳〵しく、木だかき松杉は、いくばくのとしを経にけん。いとふりにふりて、さるをがせ枝にたれたり。こゝら紅の花のみゆるは、につゝじなりけり。猶春おぼえてさかりなり。春海

あられふりかしまが崎のいはひ杉いはひそめしは神のみよかも

まさに入日を洗うと言わんばかりに夕景の美しい時刻である。鹿島に到着した頃にはすでにその夕陽も沈んでいたのであろう。鹿島詣は翌日を期して、その日は宿に泊まった。そして翌日、月もかわって五月一日になった。念願の鹿島神宮への参詣を果たし、その神々しい雰囲気にしばし立ち止まることになる。社には松や杉が林立し、丹躑躅が春の名残を醸し出している。そこで春海は心の中で神に奉納するべく、歌を一首詠む。「あられふり」は、かしましいという意を転じて鹿島の枕詞となったもの。歌意は、あの鹿島が崎の斎い杉を斎いはじめたのは神代のことだったのだなあ、といったところであろうか。ここでいう「いはひ杉」とは、鹿島神宮本殿の社殿の背後にある巨木の杉を指すのであろう。それは現在樹齢千二百年を数えるご神木の由である。鹿島の斎い杉を讃える歌は、そのまま神宮に対する篤い思いを伝えるものとなっている。この歌が社前で詠まれた歌だとすれば、ある種の法楽和歌として眼前の景物を詠んだ歌を奉納する意思がうかがえるというものであろう。

ところが、ことはそう単純ではない。『雑記』には次のように記載されているのである。

廿九日。曇。朝五つ比発足。息栖まで銚子より六里、息栖より鹿嶋へ三里。暮比大船津に着く。明朝参詣すべしとて船宿に宿す。

かしまにて

あられふりかしまがさきのいはひ杉いはひそめしは神の御代かも

一日。晴。朝鹿島の宮に詣。

四月二十九日と五月一日の行動そのものは『香とりの日記』と何ら変わるところはない。鹿島には暮に到着したので、参詣は翌日にするというのである。しかし、詠歌の日付がずれている。『雑記』では二十九日に詠んだことになっているのである。これをどのように理解すればいいのだろうか。この歌を詠んだのが鹿島神宮に参詣した日であったならば、一日のところに書き留めるであろう。たとえ五月一日にまとめて二日分記載したとしても、この歌を前日に詠んだと思い違いをすることはあり得ない。それほど印象深い歌だからである。ということは、やはりこれは二十九日に詠まれたと考えるのが妥当ではないか。つまり、鹿島に到着して、神宮への参詣は明日に控えながらも馳せる思いは如何ともしがたく、その日の夜にご神木を思い浮かべながらこの歌を詠んだのであろう。実際に詞書も「かしまにて」となっており、鹿島神宮で詠んだとは書いていないのである。だが、やはり法楽和歌は神前で詠むのが習いであろう。そこで『香とりの日記』では、鹿島神宮に実際に訪れた五月一日に詠まれたものとして扱われることになった。また、春海がまとめた『舟路のすさみ』でも五月一日のこととして扱い、詞書を「鹿島の御社にて」と変更することになった。いずれにしても、ここには別の時に詠まれた歌を眼前詠に取りなすという、ある種の虚構化がはかられたことだけは確かである。

五、おわりに

香取の旅への締めくくりに鹿島神宮へ参詣し、一路江戸へ向けての帰路に着く。単なる観光のための神社参詣とは意味合いの少し異なる鹿島参詣であった。歌枕にも登録されている鹿島は、記紀万葉の時代以来さまざまな形で歌に詠み込まれ続けた土地である。また、「鹿島立」という語が示すように、鹿島神宮への参詣は旅中の無事を全うすることを祈願する意味もある。そういった意味でも鹿島神宮は、絶対に立ち寄らねばならない場所だったのである。

そもそもこの旅は一行にとっていかなる意味があったのか。歌友や門弟との交流もさることながら、旅中の景物や景観に触発されて叙景歌を詠み、紀行文を書くということも、またこの旅の目的の一つだったのではないか。(11) そしてその詠歌という行為は途中参詣した多くの神社によって加護され、保証されるものだったのである。それはたとえ街道が整備され、交通手段が発達した近世中後期という時期でも、基本的に変わるところはない。煎じ詰めれば現代も同じである。そうして香取への旅から帰ってきた一行を待っていたものは、月並みの歌会を催し、題に従って日々歌を詠み続けるという日常なのである。

〔注〕

（1）『割印帳』の記載による。ただし、小林歌城の序は「文化七年正月」の年記を持つ。後に『県門遺稿』第五集（文政六年刊）に採録されることになる。

（2）拙著『村田春海の研究』（汲古書院、平成十二年十二月）第五部「諸学問の成立」第一章「随筆論―『織錦斎随筆』の成立」参照。

（3）表紙に「寛政改元四月」とあるが、この年記は当該雑録を記し始めた時期であろう。

（4）『舟路のすさみ』にも「橘ぬしにいざなはれて、香取うな上のあたりとひ見んとていでたつ」とある。

（5）『利根川図志』巻三「木下河岸」の項。

（6）『校本芭蕉全集』第六巻（角川書店、昭和三十七年十一月）。

（7）飯沼観音は坂東三十三観音巡礼の第二十七番札所であり、銚子の海から引き上げられたという十一面観音で有名である。ただし、現在のロケーションから考えると、当時銚子を一望できたかどうかは必ずしも明らかではない。一行は当日和田の不動尊にも出かけているので、そこからの眺望を合成して風景を表現したのではないだろうか。小山田与清の『鹿島日記』（文政五年七月序）に「和田の不動堂は、いと高き所にて、みやりのけしき似る方なし」（文政三年十月十五日条）とあり、『利根川図志』の「和田不動堂」の条にも「風景至つてよろし」とある。現在もそれは東部不動ヶ丘公園の石段を登ったところにあり、展望台からは銚子の町のみならず、波崎までも見渡すことができる。

（8）鈴木淳氏『橘千蔭の研究』（ぺりかん社、平成十八年二月）「一四　橘千蔭の画歴」参照。

（9）宝満寺は現在、銚子駅の裏側に位置するが、ここは太平洋戦争の空襲で焼失した場所から移転したものである。元の所在地は飯沼観音近くであった。したがって、二十七日にも雨天の中飯沼の丘に出かけた可能性は否定できない。

（10）詞書は「下総の国にまかりける時飯沼の岡にて海を見やりて」となっている。

（11）もちろんすべての「近世紀行」成立の根拠と魅力が紀行文の表現に求められるわけではない。板坂耀子氏「近世紀行の存在」（『日本文学』四十五巻十号、平成八年十月）も述べるように、近世紀行の多彩さはジャンルの設定自体を困難にしているという側面がある。そういった意味で、本章は国学者による「伝統的な和文紀行」の特徴を叙景表現という観点で論じたものである。

第二部　江戸派の出版

第一章　江戸派の出版

一、はじめに

村田春海と加藤千蔭は天明末年から本格的に活動を始めた。和歌の会や和文の会を開き、門弟を指導したが、何よりも大きな業績は共通の師である賀茂真淵の著作を刊行する意志を固めたことである。出版という事業は同時代の人々に学統の継承を印象づけるだけでなく、後世の人々をも支配する。というのも、一定の財力があれば簡単に手に取ることのできる版本は、読まれるべきテクストとして受容されるからである。そういった意味で、真淵の和歌・和文を収める『賀茂翁家集』と真淵の万葉説を伝える『万葉集略解』が春海と千蔭により刊行されたことは、実質的に江戸派による県門の継承を意味していた。

『賀茂翁家集』は春海が中心となって編集した。このことは千蔭の序文（享和元年十月二十日）の次の記述により明らかである。(1)

平の春海のをぢ、わらはより大人にしたがへりしによりて、うしのみまかられし後、家の集どもはたくさぐさのちりのぼへるふみらを、此をぢが家にをさめおけるをかきつめて、板にゑりなむせしに、さはらふ事有りてとし月経にけるを、更に思ひおこして歌にふみにくさぐさのとひこたへをさへにとりとのへて、十巻とはなしぬ。

散逸していた真淵の歌文を収集し上梓したというのである。収集でさえ大変なはずが、「さはらふ事」が起きて空しく年月が過ぎてしまった。「さはらふ事」とは上田秋成編『あがたゐの家集』との類版問題というのが信頼できる説である。(2) それらの障壁を乗り越えて、ようやく刊行に漕ぎ着けた。『賀茂翁家集』は春海が凡例を記した寛政三年十一月から数えて丸十五年を経た、文化三年七月に刊行されたのである。二年後には正誤表（賀茂翁家集板本正誤）を頒布していることを考えると、必ずしも得心の行く出来ではなかったのであろうが、暗礁に乗り上げかけた出版を、とにもかくにも成し遂げたことは評価すべきであろう。また、実際に刊行されたのは五巻なので、当初計画の半分に過ぎないが、巻六以降も素材を収集していた形跡があることは、天理大学附属天理図書館春海文庫に残された旧蔵書により判明する。千蔭が真淵の三十三回忌（享和元年十月三十日）に合わせて序文を執筆したことも重責ではあっただろうが、実務の方がいっそう意義深いと考えられる。たとえ真淵以外の者が詠んだ歌が家集の中に紛れ込んでいたとしても、その杜撰さを責めるわけにはいかない。真淵の歌を刊行しただけで立派と言ってよかろう。十五年の歳月には春海の執念にも似た思いが感じられるからである。

春海が『賀茂翁家集』に関わっている間、千蔭は『万葉集略解』の刊行に邁進していた。『万葉集略解』は千蔭が謹慎中の寛政元年七月に思い立ったものであるが、自跋によれば同三年二月十日より起筆し、八年八月十七日に成稿し、同十二年正月十日までに浄書したものである。起筆から数えて丸十年である。また、当該書の初篇五冊は寛政八年に蔦屋重三郎より上梓されるが、最終的に刊行が終わるのは文化九年である。やはり丸十六年をかける長期計画であった。この間、春海や信夫道別、安田躬弦などの学友が執筆協力をしているほか、本居宣長も校閲の協力をしているのである。そういう意味で、『万葉集略解』は真淵門弟が総力を挙げて取り組んだ合作というのが適切かもしれない。それは『冠辞考』や『万葉集別記』などという、真淵が著し、一部刊行された万葉集研究書を補うべく、また真淵の説を伝えるべく刊行されたものである。『古事記』は真淵の助言により単独で宣長が取り組んだが、『万葉集』は真淵の学説を祖述する者がいなかった。千蔭が一念発起して『万葉集略解』執筆を始めたのはそのような背景があった。宣長が協力したのも師の精神を受け継ぐ意志があったからであろう。いずれにせよ、『万葉集略解』の執筆および刊行は千蔭の朋輩による県門継承の行為だったのである。

このように『賀茂翁家集』と『万葉集略解』の刊行は、春海および千蔭が真淵門弟を自任する事業であった。師匠の著作を出版することは学統継承の表明に他ならない。そのことを春海と千蔭は明確に認識していたと思われる。それは江戸派の次世代にも受け継がれている。以下本章では、清水浜臣・小山田与清が江戸派を継承する際に出版を手掛けた経緯を検証したい。

二、県門の継承（その一）——『県門遺稿』の出版

文化五年九月に千蔭が他界し、同八年二月に春海が死去した。江戸派を築いた指導者が没して一時代が終了したのである。そこで春海の門弟である清水浜臣は真淵門弟の著作を出版する志を立てる。『県門遺稿』の出版である。『県門遺稿』と『県門余稿』の出版については中澤伸弘氏に論考が備わっているが、(3)本節ではこの二つのシリーズを県門の継承という観点から眺めてみたい。

『県門遺稿』の出版の経緯は第一集に収録された『村田春郷家集』に付された浜臣の序文（文化八年七月）に略述されている。次の通りである。

あがたゐの翁にものまなべる人々男や女やといとおほかるを、中に世にしられて其名かくれなきもあり、又其名うもれてたれしれりともなきあり。家集はた板にゑりて残りつたはれるもあり、板にゑらで年月うつりゆくまゝ

にちりうするもあるべし。おのれはやくより思ひよりてこゝにかしこにたよりつゝうつしおけるをつぎ〳〵にゐりて世につたへむとす。さはいへ猶しるすぢによしなくてたづね得ぬぞおほかる。そはいかゞはせむ。今もとめえたるがかぎりをついでゝ先はじめに此集をゐれるはわが師の兄人と思ふが故になん。

浜臣は県門の中でも無名の歌人の業績を集成するべく編集を始めたという。その第一集として選んだのは、春海の兄春郷の家集であった。それは浜臣の師の兄に対する敬意、ひいては師を顕彰する意志があったからである。はやくから収集していたものをこの時期に刊行したのは、他ならぬ追悼の気持ちの表れであろう。浜臣はこの企画に春海の養女である多勢子を取り込むことに余念がなかった。次のような多勢子の跋文（文化八年六月）を載せている。

父の世にいませし時、さゝなみの屋のあるじ君、長尾かげ寛ぬしなど問来まして、むかし今の事どもかたらはるゝついでに、父のゝ給はせしやう、わがせうと春さとのこゝろをこめてものしたりつる歌ども一まきのこりたるが、いたづらにしみのやどりとなしはてん事のこゝろくるしさよと、うちなげき給ひしかば、さりやしかひめおかせ給はむもほいなかるべし。板にゐらせて世にもつたへましものをと口々いはるゝまゝに、ちゝ打ゑみ給て、さらばまかせたてまつらん、ともかくもはからひ給へとありしかば、すなはちもてかへりて、とかく考へたゞされしを、父のやまひあつしくなりまさり給へるに、たれもよろづうちおかれにけり。さるをちゝ身まかり給ひて月日経しかば、今しもやはとて、おりたちてあつかひ給が、われもよそに見過しがたくて、巻の末にかいつくる一言かくなむ。

春郷の家集を出すのが春海の遺志であり、それが浜臣に託されたことが語られる。この跋文を掲載することは春海の遺志を継ぐ者としての権威づけであり、正統の流れを保証する行為と考えるのが妥当であろう。多勢子の証言によれば、『春郷家集』の刊行は浜臣主導のものであったとは言えないが、逆にこの跋文があることによって浜臣への付託が春海の意志であったことが印象づけられるのである。「よろづうちおかれにけり」という記述は、春海の病気によって刊行計画が頓挫しかかったことを意味している。そうして再び出版ラインに載せた浜臣は、これを真淵門弟の遺稿（県門遺稿）というシリーズとして復活させた。これは春海の遺言とは明らかに変質している。もちろんその変質は『村田春郷家集』の意味を貶めるものではない。むしろ真淵の門弟としての名声を保証するものと言えよう。こうして、浜臣にとって『村田春郷家集』の出版は江戸派の正統的継承者をアピールする絶好の機会になったのである。

『県門遺稿』は『村田春郷家集』の出版を皮切りに第五集まで刊行されることになるが、当初の計画と実際に刊行されたものとはかなり異なっている。当初の計画は第一集の『村田春郷家集』の末尾に付された「和書部 万笈堂英遵蔵板目録」により判明する。収録作品を対照すると次のようになる。

	当初書目	最終書目	序跋
第一集	村田春郷家集	村田春郷家集	文化八年七月
第二集	小野古道家集	小野古道家集 荷田在満家歌合　真淵翁判 県居家歌合兼題当座歌　真淵翁評 村田春道別業集会当座歌　真淵翁評	文化九年二月
第三集	筑波子家集	筑波子家集 杉田日記　清水浜臣	文化九年四月
第四集	よの子家集　涼月遺草	楫取魚彦集 白猿物語　荷田在満	文政四年秋 文政三年正月
第五集	日下部高豊家集	椿まうで記　平春海 香取日記　橘千蔭	（文化七年正月）

相異点は第二集以降の収録作品の変更である。第二・第三は当初の計画に別の作品が加わっており、第四・第五は収録作品がすべて入れ替えられている。そこでまず前者から考えてみたい。第二集に加わった『荷田在満家歌合』ほかの二作品は、すでに文化六年十二月奥付、同七年三月割印で万笈堂より刊行されているのである。また第三集の『杉田日記』も全く同じ時期に単独出版されている。そのことは、文化六年から七年頃にはまだ『県門遺稿』の出版計画はなく、春海没後に企画されたという仮説を裏付けるものである。先行して出版された作品を収めて『県門遺稿』を充実させ、しかもシリーズ化により販売促進をも狙った作戦であると推定される。もちろん、浜臣が自作の『杉田日記』を『県門遺稿』に含めることが増補の眼目であったと考えることもできるが、それは穿鑿に過ぎず、確証はない。いずれにせよ、『県門遺稿』は増補によって厚みを増すことになった。

次に、第四・第五の収録作品がすべて入れ替わった点を考えてみたい。第四集に収録予定だった『よの子家集　涼月遺草』は県門三才女と言われた鵜殿よの子の家集であり、すでに文化五年に大和田安兵衛・西村源六より刊行されている『月なみ消息』を含むものであって、後に『県門余稿』に収められることになる。(4)このあたりの経緯については次節で考えることにしたいが、第三集と第四集の間に存する八年間のブランクに、収録作品の総入れ替えという要素が関係したことは容易に想像される。一方、新たに収録された『楫取魚彦集』は、真淵の高弟たる楫取魚彦の家集であるが、安永五年と七年の歌稿を集成したものであり、必ずしも厳選された選集ではない。浜臣が入手した県門歌人の歌稿を家集に仕立てたものと推定される。また、『白猿物語』は荷田在満による白話小説の翻案であり、雅文読本の先蹤とされるものである。(5)在満は田安宗武および賀茂真淵との間で『国歌八論』論争を繰り広げた国学者であり、真淵を田安家の和学御用に推薦した人物として知られる。『白猿物語』を『県門遺稿』に採録したことは、県門の成立および県門の範囲を考える上で示唆的である。第五集に当初収録予定だった『日下部高豊家集』は『椿まうで記』と『香取日記』に替わった。そもそも組み入れられた二作品は、すでに文化六年十二月（奥付・割印）に『二種日記』として刊行されているものである。先行出版された春海と千蔭の紀行文を『県門遺稿』シリーズに組み込むのは、第二・第三の増補と同じく納得できるところである。『日下部高豊家集』は真淵の門弟であった日下部高豊の家集と推定されるが、伝本は一本もなく、その実態は明らかではない。したがって、それが排除された理由はつまびらかにしない。

このように『県門遺稿』には当初の刊行予定とは異なる作品が収録されたが、そのことによって真淵門弟の遺稿としてよりよいものになったと言ってよい。少なくとも浜臣にとって非常に都合のいい歌文集になった。真淵判の歌集が入ったこともさることながら、師の春海の紀行文が入り、更には浜臣自身の旅日記が入集したからである。換言すれば、真淵から浜臣へと流れる学統を著作の中で表明することができたのである。なお、『県門遺稿』は万笈堂英平吉より刊行されたが、そののち版権が尚古堂岡田屋嘉七に移って刷り続けられた。

三、県門の継承（その二）――『県門余稿』の出版

『県門遺稿』の続編として刊行された『県門余稿』に話を移そう。『県門余稿』も五冊構成であり、収録作品および序跋は次頁の通りである。

『県門余稿』については不明の事柄が少なくない。版元と編者、出版時期などである。まず、出版書肆については、第五集の末尾に付された広告および奥付により、尚古堂岡田屋嘉七が最終的な版元であると推定される。第一集の『歌がたり』は文化三年九月に尚古堂より刊行された『怜野集』の付録として文化五年に刊行された作品であることも根拠の一つとなる。ただし、それはあくまでも最終的な書肆であって、当初はもう少し複雑な経緯があったようである。

	収録作品（編著者）	序跋	出版年月
第一集	歌がたり（村田春海）	正木千幹（文化五年七月）	
第二集	折ふし文上（竹村茂雄）	間宮広郷	
第三集	折ふし文下（竹村茂雄）		
第四集	よの子家集（鵜殿よの子）	清水光房（天保四年春） 村田春海（寛政五年八月）	嘉永三年八月 櫃園蔵板
	水江物語（中島広足） 信濃家づと（千葉葛野）	内田直（天保二年三月） 大槻盤渓（嘉永三年十一月） 桶田真利（嘉永六年九月） 斎藤彦麿（嘉永三年春） 吉岡信之	
第五集	水無瀬殿富士百首（水無瀬氏成）	清水浜臣（文政二年正月）	
	千枝子家集（多田千枝子）	木村定良（文政十三年九月） 多田千枝子	
	もと子家集（村野もと子）	村田多勢子（天保六年四月） 寿賀子（天保六年三月） 蘆屋麻績一（天保六年四月）	

そこで第四集の『よの子家集』に付された清水光房の序文を見てみたい。

よの子の家集はいむさきにしごりの屋の翁のかみしもふた巻にかきつめおかれしを、その上の巻なるは月並のせうそこぶみにて、はやく板にゑりてたれもしれゝばこたび万笈堂のあるじ下の一巻をとりてかく物しつ。いでやおきなのおく書にいはれたるごとく、此おもとのざえのほどをくらべば、かのつくば山も陰あさく倭文はた布はたたちおよぶべうもあらずかし。たゞ残れる言の葉のともしきけにいとくちをしきわざにぞ有ける。是をおきては岐岨路の道の記ひとまきまれ〳〵世にうつしつたへたるのみになむ。

この序文は天保四年春の年記を有するが、この時には『県門遺稿』の編者である清水浜臣は死去していた。浜臣の養子である光房がこのような序文を記すことには重大な意味がある。つまり、春海の収集した『よの子家集』の下巻を万笈堂が出版し、その序文を光房が記しているのである。換言すれば、浜臣が万笈堂と組んで始めた『県門遺稿』の続編『県門余稿』に浜臣の後継の光房が関わっているのである。そもそも『よの子家集』は当初『県門遺稿』第四集に収録予定の書目であった。しかも、広告によれば「二冊」の刊行が予定されていた。ということは、『よの子家集』は上下ともに万笈堂から出るはずだったということになる。『よの子家集』上の『月なみ消息』は文化五年三月（割印）に大和田安兵衛・西村源六により刊行されている。こういった経緯を考慮すれば、『県門遺稿』第四集が『よの子家集』の収録を見送ったのは『月なみ消息』との類版問題が関係していると考えることができよう。万笈堂は『よの子家集』のうち、せめて下巻だけでも『県門余稿』として出版したいと考えたのではないか。そのように仮定すれば、『県門余稿』は万笈堂により構想されたとすることができる。しかも、英平吉はすでに文政十三年に没しており、英大助が後を引き継いでいた。ということは、この『県門余稿』の企画は英大助と清水光房という後継者同士が組んで始まったことになる。先代の遺志を継ぐことが『県門余稿』出版の動機であったと推定される。

『よの子家集』以外にも万笈堂で上梓された書目がある。第五集の『水無瀬殿富士百首』である。この百首歌は水無瀬氏成が詠んだものである。氏成は霊元院歌壇の堂上歌人なので、県門とは全く無関係の作品である。それでは、この作品がなぜ『県門余稿』に加えられたのかを考えてみたい。浜臣は序文（文政二年正月）で次のように述べている。

ちかき頃歌人の家にもてさわぐ円珠庵阿闍梨の不二百首といふもの有。げにも歌ごとにひとふしありて詞巧にこゝろあたらしくよみ出られしものなれば、世のめでものにするもことわりぞかし。さるを此阿闍梨より先にはやく水無瀬中納言のよませ給へる不尽百首の有けるをば誰ひとりしる人なきぞいとくちをしきや。この中納言の身まかり給へる寛永廿一年は彼阿闍梨の他界せられし元禄十四年より五十八年のむかしなり。かくておもへばあざりの百首は此中納言の百首を本にて、是にならひてよまれしにや有けむ。

水無瀬殿の富士百首は著名な契沖の富士百首よりも時代が古いにもかかわらず、全く無名であるというのである。さらに契沖は水無瀬殿の百首に倣って詠んだという説まで記している。後半はともかく、浜臣が契沖の百首に言及しているのは注目に値する。というのも、契沖の富士百首は春海が模刻して上梓したものだからである。『契沖法師富士百首』は寛政十一年十月（割印・奥付）に蘭香堂万屋太治衛門より刊行されるが、文化十年頃には万笈堂に版権が委譲されている。それを天保四年に山城屋佐兵衛が求版するまでは万笈堂が版権を所有していたと考えられる。(6) ということは、『水無瀬殿富士百首』と『契沖法師富士百首』の版権は文政年間には万笈堂が握っていたことになる。第六節で見るように、万笈堂の書籍の宣伝広告（一枚物、後表紙見返し）に両著が上下に並べて宣伝されているのである。これは明らかに万笈堂の販売戦略であったと推定される。その後、経緯は定かではないが『契沖法師富士百首』の版権が山城屋佐兵衛に売り渡され、『水無瀬殿富士百首』だけが万笈堂に残った。そこで『県門余稿』の企画が持ち上がった際に、単独出版の経緯を斟酌し、それを記した浜臣の序文を付して『県門余稿』第五集に再録されたと考えられる。県門とは全く無関係の『水無瀬殿富士百首』が『県門余稿』に収録されたのは、以上のような経緯であったと推定される。

さて、『県門余稿』が万笈堂発兌であるという仮説に反する事実がある。それは第四集末尾に「嘉永庚戌仲秋　橿園蔵板」という奥付があることである。これによれば『信濃家づと』の著者千葉葛野の蔵板になるということである。

このことは元版と求版との関係と考えることができよう。つまり、もともと第四集の『信濃家づと』は千葉葛野（橿園）の蔵版として嘉永三年八月に刊行されたが、そののち万笈堂に版木が渡って『県門余稿』の一つに組み入れられたということである。奥付は吉岡信之の跋文と同丁であるので、おそらく奥付を削るのを失念したのであろう。なお、桶田真利の序文（嘉永六年九月）が奥付の年記よりも後であるという事実は謎として残ることになる。中澤氏は奥付の方が誤刻であり、「橿園における他の書物の刊記の流用に他ならない」とするが、その可能性も否定できない。ただし、「橿園」は中島広足ではなく千葉葛野を指すものと思われる。(7)(8)

次に、出版時期を考えてみたい。今見たように、『県門余稿』がすでに出版されていた書籍を取り込み、万笈堂が企画し収集したものであるとすれば、その刊行の時期もそれぞれの書籍の出版年次や序跋年次を遡ることはありえない。したがって、最も時代の下る「嘉永六年九月」（真利の序文）を上限とし、万笈堂が活動を休止した嘉永末年頃を下限として出版されたと推定することができよう。その後、『県門余稿』の版権は尚古堂岡田屋嘉七に移り、現在流布する版本が刷り出されたのであろう。

以上検討したように、『県門余稿』は『県門遺稿』の続編として万笈堂より出版された。時は流れ、編者も書肆も代替わりしていた。浜臣の代わりに光房が、英平吉の代わりに英大助が編集に当たった。続編の企画は天保四年春の光房の序文から始まると考えられるが、全巻が出版を終えるのは嘉永も末年になってからと推定される。幕末もほど近い。すでにその頃には県門あるいは江戸派という概念自体が稀薄になり、鈴門に連なる者の著作までもが収録されることになった。そのことは後世の目から見れば、羊頭狗肉と映るかもしれない。少なくとも不徹底の誹りは免れないだろう。しかしながら、たとえ不徹底とはいえ、県門江戸派に連なる者がその出版物を刊行することにより、その始祖を顕彰し、自らの素性を明らかにするという初志は貫徹できたのではないだろうか。

なお、浜臣が県門という学統を継承する態度を『県門遺稿』・『県門余稿』の出版という形で示したように、与清も県門を自任する行為を行っている。賀茂真淵五十回忌に当たる文政元年に『賀茂真淵翁家伝』を執筆し出版しているのである。次節以降で検討するように、与清と浜臣は春海の没後から県門江戸派の正統としての主導権争いを出版という形で始めるのである。

四、江戸派の継承（その二）――『琴後集』の出版

『県門遺稿』の出版は春海の没後に始まり、清水浜臣が主導して行ったが、浜臣が関わった著書刊行は『県門遺稿』だけではなかった。師春海の家集『琴後集』の上梓もまた重要な事業だったのである。すでに春海生前の文化七年十月一日には春海が自序を記し、自ら編集を始めたが志半ばで死去した。その後を受けて門弟が『琴後集』の出版を引き継いだ。『琴後集』は歌集の部（巻一～巻九）が文化十年閏十一月に、文集の部（巻十～巻十五）が同十一年九月に、万笈堂英平吉より刊行されている。この間の事情は養女多勢子の跋文（文化十年十一月）に記されている。次の如くである。(9)

此琴じりの集は父のおもひたち給ひし事なるが、ともかくもさだめたまはぬほどにみまかりたまひしは、あかずかなしきを、そのほいたがへぬさまにはいかにかしなさまし、かくさまざまにしげき言の葉どもを、はかなきさまにはちらさずもがなと、朝なゆふなにかき集むとすれど、ちからなきをみなごころにおもひあへねば、しどけなくのみもてなしつつほどへしを、務廉ぬしのせちにこころくるしがりあつかはるるにたすけられ、かつは浜臣ぬしにもかたらひあはせなどして、やうやうかのみだれたりしくさぐさを、つみわけついでて、かく板にもゑり

ぬるはうれしきわざになん。

この跋文によれば、春海の死後に多勢子のほか福田務廉と清水浜臣が編集に協力したという。このような尽力を反映するかのように、二人は『琴後集』に跋文を寄せている。まずは務廉の跋文（文化十年十月十六日）を見てみたい。

月雪はな、ほととぎすはさらなり、うきふしも、うれしきをりも、あはれなるも、かなしきも、をりにふれことにあたりて、年比よみ出でられし歌どもの、厨子のうちにのみ埋もれなば、おのづからちりうせなんこともあらましなど、ある人々にそのかされて、此ちかきとしよりかきもあつめ、梓にものぼせてんなどおもひたちたまひて、おのれに清書のことまでをもあつらへられしが、ほどなくやまひの床にかからせ給ひて、目くるめくことをひたすらにうれへさせ給ひぬれば、何事もしさして、つひに身まかり給ひぬるは、いとほいなく、思ひ出づるも今更なみだにくれてなむ。さるをこたびうしのみこころざしを継ぎて、たせ子のものせられしがうれしくて、おのれもちぎりしままに筆とりぬれど、拙さは中々人わろく、つめくはるるわざになん。

春海の生前に家集編集の計画が浮上した時に、務廉は板下の清書を仰せつかったという。春海の死去により頓挫しかかった企画が多勢子によって再生したので、約束を果たすべく筆を執って清書したというのである。この跋文による限り、務廉は清書することが任務であったようである。

それでは編集の実権を握ったのは誰なのか。それは浜臣であると推定されるのである。それは跋文により判断できる。『琴後集』に付された六つの序跋類の中で、浜臣の跋文が最も長く、記載事項も大変充実している。全文引用すれば次の通りである。なお、検討の便宜上符号を付した。

（A）世に歌よむ人おほし。あるはみじかうたにたくみに、あるは長歌にかしこく、あるはふみかくわざにすぐる、世にいにしへまなびする人おほし。あるは御世御世の書をあきらめ、あるは四つのおきてぶみにくはしく、あるはあがれる世のふる言ぶみに心をふかめ、あるは後の世の物語ぶみを枕ごととす。その人々にとへば、かれにくはしきはこれにおろかに、ここに思ひいりたるはかしこにこころあさし。しかのみならず、やまとさうしのうへにはくちさきらききたるも、もろこしぶみにむかへば爪くはるるたぐひおほし。まことそれもことわり、たれやし人かはみながらかねそなへたるあらん。我が家のほとけたふとぶとにはなけれど、うまく此道々にゆきとほりて、よろづたどたどしからぬは、ひとり我が師にしごりのやの翁のみなんおはしける。

（B）翁ここのことはすべて県居のうしにとひきかれたるよしは、誰もよくしれることなればいはじ。もろこしまなびは、はじめ服部仲英ぬしに名簿おくられしを、仲英ぬし身まかられては鵜殿士寧ぬしにしたがひ、中比みやこにのぼりて皆川伯恭ぬしにとひきかれし事おほく、又後には佐佐木学儒、安達文仲などいへる世にすぐれたる博士たちに、あしたゆふべむつびともなはれしかば、からうたにも其名きこえて、なまなまの博士口あかすまじくなむおはしける。

（C）翁世にもとむる心なくして、やんごとなきおまへわたりにめさるること好まれず、ただ花にあくがれ月にうかるるほかには、朝夕ふづくゑのもとさらずおはして、筆とるわざにのみあかしくらされしかど、ともすれば物まなびする人のためにさまたげられ、かくすれば病のとこにおきふしして思ふことといはでやまれたる事すくなからず、かきさして事をへられざりしもの数あまたなりき。歌をのみたてでものせられしとにはあらねど、おのづから此かたにて世にしられ人にもちひられつつ、やうやう天の下たかきもみじかきも老いたるも若きも、しるしらぬ、歌よむ人とだにいへば、千蔭春海と口にいはざるものなきやうにはなりおはしにけり。

（D）その歌のすがた、芳宜園のをぢはいきほひ雄々しく詞はなやぎたるを好まれ、翁はさびたるさまのこまやかにしめやかなるふしを心とせられにけり。文詞はおもむきをもろこしにかり、言葉をここにうつし、ふるごとをもとめず、さとび言をはぶきて、あたらしくひとつのさまを思ひかまへられて、わきてめでたくなんものせられける。世の人翁をただに歌よみとのみ思はむも翁をしらぬなるべく、又ただに上つ代の学するたぐひとのみ思はんも翁をしらぬなるべく、またただにからまなびのはかせなみにのみおもはむも翁をしらぬなるべし。（E）おきな若くしてなりはひの道にうとく、つひに家をはふらかして百千のたからをうしなひ、はてはことたらぬがちに年月をおくられしかど、老いてのち言の葉にとみ、まなびにとまれたり。いでや百千の宝はただしばしいけるがほどのとみなり、言の葉と学とはとこしへになきあとまでの富なり。翁たからにまづしくおはせしかど、言の葉とまなびとにとまれたり。誠に天の下のたからの王とは翁をこそいふべけれ。たれかはうらやまざらん。たれかはしたはざらむ。今此言の葉のふみ、世にあまねくひろごりて、あひだおかずまなびのふみども板にゐられゆかば、わが翁を天の下のたからの王なりといふことのいつはりならぬことしられぬべし。そもそも此集の名におふせられたる琴じりの詞は、古事記に琴がみといふことばのあるよりおもひよられたるなりとぞ。

この跋文を項目ごとにまとめると、（A）導入〔諸学に通じた春海〕（B）漢学・漢詩の履歴、（C）和歌の名声、（D）和歌・和文の特徴、（E）結び〔春海歌の称賛〕のようになるだろう。このように春海の経歴について微に入り細をうがって紹介し、しかも漢詩・漢学・和歌・和文・和学のそれぞれに精通する姿を描き出すのは、逆に浜臣の春海門弟としての立場を浮き彫りにすることになっていると思われる。というのも、師の生前の業績をこと細かく後世に伝えるのは一番弟子の役割と目されるからである。この長大な跋文が意味するものは浜臣が江戸派を継承する意志の表明であると思われるのである。このことは第二節で見た『県門遺稿』の編集主幹としての立場と全く同じである。春海の遺作出版を取り仕切ることによって、江戸派を引き継ぐ意向を明らかにしたと見なすことができるのである。

浜臣が『琴後集』編集に積極的に関わった証拠は他にもある。小山田与清『松屋叢話』巻二に次のようなエピソー

ドを載せている。(10)

村田《ノ》春海の神祇の題にて、

国《クニ》ひける神のゐいざや今も見ん綱手《ツナデ》なるてふ薗《ソノ》の松山

とよまれしめでたき歌を、琴後集にもらしたり。そはいかなるゆゑにかといぶかしかりつるに、はじめ此集の校合を小林氏にあとらへしをり、よろしき歌とやおもはれけん、えらびに加《イリ》たりしを、後に清水浜臣が見て、神のゐいさといふ詞《コトバ》あるべくもあらずとて、神のしわざと改てくはへてんよしいひけるに、人々心もとなくおもひなりて、つひにははぶきしとぞ。

浜臣が小林歌城に誂えて『琴後集』の校合をさせた。その折、浜臣は歌城が撰んだ歌を改変して入集しようとしたというのである。最終的には皆で相談して入集を見送ることになったのであるから、浜臣の意向が反映されることはなかった。したがって、このことから浜臣の権限を疑うことも可能であるが、逆に見れば浜臣の改変を無視して入集することができなかったと考えることもできる。監修者の意向を無視できず、さりとて編集方針を曲げることもできず、最終的に入集しないという痛み分けの処置は、現代でもよくあることであろう。

この歌の入集取りやめに関しては異伝がある。春海門の片岡寛光が記した『今はむかし』である。文化文政期の江戸における文人の逸話を集めた随筆は、浜臣と与清との関係に言及して次のように述べている。(11)

今はむかし、清水浜臣といふ人あり。平春海が弟子にて、世にしられたる歌人なり。ひとゝせ琴後集上木せしときに

国ひける神の絵いさや今も見んつなでなりてふそのゝまつ山

といふ歌、出雲の風土記国引の故事によりてよめるを、心づかずや有けん、はぶきてのせざりしを、高田与清、

難じいひて、なじりたるふみ書しより、かたみにそば〳〵しうなりて、ほどへけるを、……。

浜臣が詞章を改変しようとしたという出来事は捨象され、浜臣が自ら入集を拒んだことになっている。これは寛光が内情を詳しく知らなかったためと推定される。問題はその後である。与清がそのことを非難する書簡を書き送って不仲になったというエピソードが載っている。このことが事実であるとすれば、与清はなぜ浜臣にそのような手紙を書いたのか。おそらく与清は『琴後集』編集に関わりたかったと推定することができる。師匠の遺作をより良いものにすることは門弟の悲願である。その願いも虚しく、浜臣の無知のために秀歌の入集が見送られたことに我慢できなかったのであろう。

このような浜臣の編集について与清が不満に思っていたことがわかる資料がある。それは『琴後集序評』と題する文章であり、葛西因是の漢文序に対する批判を記している。その文章の末尾に「またいふ」として次のような言説を書き付けている(12)。

真名序に、源氏物語の後ひとり翁の文のみめでたきよしいひたるはさも有《アル》べくや。およそ文章は歌におなじからず、もと漢文によりて躰をなしたンなるを、あがれる世よりおのづからの文法あるよしいひきらふは、古学者の深くさとらざる僻説《ヒガコト》也。しかはあれどひとへに漢語など書くはへたるはまたつたなし。詞《コトバ》をいにしへにとり、意《コヽロ》を今にまうけ、躰《スガタ》をからくに、かりて書出ん事、文章のほいとすべし。此むねを得られしはむかし今にたゞ翁ひとりのみこそあれ、いと名高かりし有識《イウソク》も、歌人も、くはだて及《オヨ》ばぬわざ也けり。されば翁にしたがひてものまなびせる輩《トモガラ》も、またむつびちかづける人〴〵も、おほかたそのてぶりをうけて、今はあづまの都《ミヤコ》のみ、咲花《サクハナ》のにほふがごとく、文人《フビト》たちこゝら出来たるは、翁の朝日《アサヒ》かげによれりし也。かゝれば翁のほまれは歌にもまさりて、文章のかためでたきを、歌集のみ桜木にゑりて世におほやけにし、文を漏《モラ》せるはほいなきわざ也。門人たちいかなる心にてかくはかゝはられたりけん、心ゆかぬわざにこそ。

因是の序を受けて春海の和文のすぐれている所以を説明するのであるが、その最後に「文章」が『琴後集』に掲載されていないことを批判するのである。その責任は『琴後集』編集に関わった「門人」にあるのだと言うのである。事実としては『琴後集』の「文集の部」は「歌集の部」より一年遅れで刊行されているので、この批判は当たらないが、逆にそのことからこの文章の書かれた時期が推定できる。すなわち、歌集の部が刊行された文化十年閏十一月からあまり日を置かない時期に書かれたと推定することができる。もしかすると、「神の絵いさ」の歌に関する非難の手紙を書き送ったのと同じ時期だったのではないかと考えることも可能である。ここは『琴後集』編集に関わった者への憎悪に満ちている。

なお、与清は『琴後集』の編集に関わることができなかったが、後に『琴後集拾遺（別集）』の出版の話が持ち上がった時には、真っ先に与清に相談が持ちかけられているのである。『擁書楼日記』文化十三年閏八月十二日条に「村田たせ子がりとぶらふ。たせ子琴後集拾遺の草稿を出して、刊行の事をこへりき」という文言がある。(13) また、同年九月四日条には「片岡寛光とゝもに打つれて、岸本由豆流がりいき、琴後集拾遺の校合しつ」とあり、ある程度は進展していたことがうかがえる。最終的には未刊に終わったが、『琴後集拾遺（別集）』雑には「神の絵いさ」の歌が入集しているのである。(14) 写本とはいえ、その歌には与清の執念がこもっていると言ってよかろう。

五、江戸派の継承（その二）――『竺志船物語旁註』の出版

前節で見たように、春海の遺作を出版することによって江戸派の主導権を確保しようとする動きは、『琴後集』出版

の際の浜臣だけではない。『琴後集』が出版されたのとほぼ同じ時期に『竺志船物語旁註』が出版されたのである。『竺志船物語旁註』は村田春海の記した雅文読本であり、春海没後の文化十一年六月（割印、奥付は二月）に千鍾房須原屋茂兵衛より刊行された。『琴後集』と同じく『竺志船物語旁註』にも多勢子の跋文（文化十一年二月）が備わっており、次のような出版の経緯が記されている。

つれ〴〵なる窓のうちの手ならひに書さし給ひしほうごどものづし一よろひにつみおき給ひしも、父のいませし世こそは塵うちはらひなどもし給ひつれ、今は手ふるゝ人だになければむつかしげなる虫のすみかとのみなりもてゆくを、かくてのみはいかにとてとりしたゝむるにつけて、この一巻をぞ見出たる。さるをりしも高田与清ぬしまで来まして、こは大人の御筆すさみにこそあなれ、かくさるかうがましき跡なし事もまたさるかたに御こゝろこめたまひけんものを、いかでか物の底にしもくたしはて給はん。板にゑりて人々にも見せまほしきを、さもおぼさばおのれよきにはからひなむとせちにいはれけり。うれしとはおもふものから、かゝるすさみごとをさへこと〴〵しげにもてなさんは人わろくやなどとかくやすらはれしかど、此ぬしはしもそのかみ父のもとにうるはしうなれむつばれつゝ心のへだてなうおはせしかば、今はたさりともあしうやはとて、かの虫にそこなはれて筆のたゝずまひさへおぼつかなきを、そがまゝにまゐらせたれば、とかう考へかき清めてかくはものせられしになむ。

厨子の篋底に眠っていた虫損のある冊子一巻を見付けたところ、たまたま小山田与清がやって来て上梓を勧めたというのである。この「さるをりしも」（ちょうどその折も折）という表現はあまりにもうまく出来過ぎているので、あるいは作為の跡を読み取るのが妥当かもしれない。それはともあれ、多勢子がこの戯作冊子を出版するべく与清に預けたのは、父春海が生前懇意にしていたからだという。そうして出版ラインに乗ることになったのであるが、与清は「よきにはからひなむ」という約束を果たした形跡がある。それは次の二点である。一つは序跋に著名人を揃えるという配慮であり、もう一つは本文に傍注を付すという処置である。

まず前者の問題を見てみたい。序跋類を充実させるという腐心である。次のような序跋類が『竺志船物語旁註』に置かれている。

大田錦城　文化十一年二月二日
高田与清　文化十一年二月
村田多勢子　文化十一年二月
菊池五山　文化十一年三月
正木千幹　文化十一年三月三十日
秋山光彪　文化十一年三月
大窪詩仏　文化十一年四月

ここに出る筆者は大きく二種類に分類できる。一つは春海門弟の国学者であり、多勢子・与清・千幹・光彪がそれに当たる。いま一つは漢学者・漢詩人であり、錦城・五山・詩仏がそれに当たる。門弟連についてはひとまず措くとして、後者の陣容は異色である。五山と詩仏は市河寛斎の率いる江湖詩社社中であり、当時一世を風靡した漢詩人である。五山は同時代の批評集『五山堂詩話』の刊行を文化五年より始め、漢詩壇の御意見番のような立場であった(15)。詩仏も詩聖堂を文化四年に営んで以降、名声を得て詩壇の寵児となった(16)。錦城も一時期は江戸詩壇に籍を置いた漢学者である(17)。文化十年には『梧窓随筆』を出版し、評判を博していた。このような漢詩壇の著名人を序跋類の筆者に求めたのは、『竺志船物語旁註』が白話小説に基づいた雅文読本であることと無関係ではない。和のみならず漢の文学者にもアピールすることになるからである。おそらくそれらの人事を決定し依頼したのは与清であると推定される。和漢に通じる文学作品として積極的に売り込もうとしたからである。与清はそのことを序文で次のように述べている。

文書むにはすがたを漢国にかり、こゝろを今にまうけ、詞をいにしへに採てものすべきなるを、おのれおもひしり顔にかまへたる人たちも、此境をばえさとらでありへしに、ひとりそのむねを得て、にしごりのめでたくあやなしおり出られしは、よにたぐひこそなかりけれ。

このように和漢古今にわたる縦横無尽な言葉の運用を春海の特徴と考えている。そしてそれをより効果的に表明するために、漢詩壇の泰斗に序跋の寄稿依頼をしたと考えられるのである。これは与清の出版戦略の一つである。

もう一つの出版戦略は、本文の校訂に関わる処置である。まず残された稿本に基づいて本文を整序し、次に傍注を付して読者への便宜を図ったのである。そのことを凡例で次のように述べている。

余《マロ》が旁註《カタヘガキ》せし後に、なほ事たらぬさまなれば、標註《カシラガキ》をもくはへてんやなどいひそゞのかせし人ありしかど、いとふるき世の書《フミ》にもあらず、まのあたり師のふでずさびなるものを、いとこと〳〵しげに標註までやはとてやみぬ。旁註だにもえうなきわざに似たれど、そはうひまなびのともがらなど、よみひがめてんもはかりがたければものせしなり。

初学者への配慮のために傍注形式を採用したというが、標注を求める声が上がったというのである。最終的には与清は当世に出来したものゆえに傍注にとどめる処置をした。この標注を求めた人物を安西勝氏は清水浜臣であろうと推定している[18]。この推定には根拠があって、『唐物語標注』のように浜臣は「標注」を物語出版の必須項目と考えていた節があるからである。また、標注以外にも『竺志船物語旁註』の本文校訂をめぐって浜臣と意見の対立があった[19]。それを凡例において次のように述べている。

書中んとはぬる字《モジ》をくはへもし、刪《ケヅリ》もせしは、世人のいぶかしみおもふふし〴〵あるべし。たとへばあん也よかん也といふ語《コトバ》はある也よかる也の音便なれば、るもじにかへてかならずんもじを添たり。やごとなしといふ語は無《ナシ》㆓止事《ヤムコト》㆒とも、また無《ナシ》㆑悩《ナヤムコト》ともいへる旧説うけがたければ、余が考もて無《ナシ》㆓上事《ヤゴト》㆒の義とさだめつ。さてはいやごとなしの略《ツヾマリ》なれば、んもじえうなきをもてはぶきたり。清水氏は不《ルノ》㆑得《エ》㆑已《ヤムコトヲ》の義也ともいひたれどしばらくまろが説もて書たり。

撥音の省略に関する処置ではっきりと浜臣の名（清水氏）を出して、しかもその説を一蹴している。実際のところ、冒頭における「やごとなく」（二丁オ）に「上事無」という左注を付けているのである。

このような標注方針の棄却と撥音に関する処置に関して、浜臣が反発したのは想像に難くない。浜臣にしてみれば、『琴後集』と同様に『竺志船物語旁註』も出版の主導権を握りたかったはずである。少なくとも出版の一角を占めたかったと思われる。それは執筆されながら発表されることがなかった浜臣の序文によりうかがうことができる。もはや旧聞に属するが、浜臣の序文の一節には『竺志船物語旁註』が世に出る経緯について、次のような言説が存在する。(20)

こゝにわが師の筆すさびにものしおかれたる大井三位の物がたりといふあり。こはもろこしに某とかきこえし人のむすめの、おやのあだをむくひたる物語ぶみのあるをやつしてこゝのさうし詞にうつし心見られしなるが、師のもろこしやまとにわたれるさへ、いにしへ今にすぐれたる筆づかひをもてをかしくもめづらしくもつくりおかれしなれば、うつほおちくぼなどの古物語が中にまじへならべたりとも、をさ〳〵見おとりすまじうなんおぼえたる。たゞいさゝかあかぬことは何くれとまぎるゝことのおはして一の巻のみにて書さしおかれたる也けり。さるを病あつしくなりおはしたるをり、おのれに言残して、いかでをりもあらば此末かきつぎても見よかしとのたまはせしかども、おのがつたなき筆にいかでかはとおもひ捨て筆とりおこしたることもなかりき。このごろ我友高田ぬし、いかでかくながらだに板にゑりてとおもひた丶る丶こと有。おのれこそしかとりまかなふべきことなるを、物うき心ぐせにおもひおこたりて今までになりぬ。それいとよきこと也ともろ心にそ丶のかし聞えて、つひにかく板にゑらせたるになん。

与清が当該書の上梓を思い立ったのは春海没後のことであったが、浜臣は春海の生前に未完成の作品を書き継ぐことを依頼されたというのである。それも病気が篤くなった折であると書き付けるところからは、師の遺言を匂わせるニュアンスを読み取ることも可能であろう。与清としては編集上の意見の不一致もあって、浜臣の序文を掲載することを見送ったと考えられる。師の作品の出版をめぐって浜臣と与清は不仲になってしまったのである。ここから『琴後集』だけでなく、『竺志船物語旁註』の編集においても、浜臣と与清とはことごとく対立したことがわかる。ただし、確執の要因が編集方針の相違というのは表向きの理由であって、実際には師の遺作の出版における主導権争いに端を発する根深い問題であったと推定される。

なお、両者の不仲は当時から有名であったらしく、大田南畝『半日閑話』巻八にも取り上げられている。南畝がたまたま居合わせた与清と浜臣を、酒宴の座興により仲を取り持った様子を伝えている。それが文化十二年の三月六日のことであるから、『竺志船物語旁註』上梓から一年後にあたる。ただし、この一件で二人の仲が元通りになったわけではなかったようである。(21)

ともあれ、『竺志船物語旁註』が与清主導で出版されたことは明らかである。与清は序跋者を厳選し、本文を校訂し傍注を付した。そのことにより与清の戦略は半分以上果たされたと言ってよい。その上に与清は自らの名を出版物に付した。見返しの著者欄に「錦織平春海遺稿・松屋源与清傍註」と刻んでいるのである。これは春海と与清の共同作業による書籍であることの宣言である。まさしく出版行為が門流継承の証として機能している姿を見ることができよう。その志は与清の序文の末尾に述べられている。

大人ひと世の文こゝらありける中に、此つくしぶねの物語はすゞろなる筆のすさびに、竹とり源氏のすがたにより、かの演義小説のさまにものせられしにて、はつかに一の巻書さして捨られしかど、さすがにこがねに玉にあたひなき宝を、塵にうづみはてなんはいとしも本意なかれば、余ひろひとりてよみかうがへつゝ、かたへにことわりの詞をさへくはへて、ゑり巻にはせしなりけり。

この序文を記した一年半後の文化十二年七月末には、和漢洋の書籍五万巻を蔵する擁書楼が落成し、与清は江戸派の次世代として貴重な文化交流の場を提供した。豪商高田家に養子入りした与清は、文庫開放という点でも春海の遺志を継いだのである。(22)

六、浜臣・与清著作の出版

前節で見たように、浜臣と与清は春海の著作の出版をめぐって確執を生じ、袂を分かつことになった。その後、二人はそれぞれの道を歩んでいくのであるが、江戸派としての活動は書籍出版を通じて成されていった。本節では浜臣と与清の出版活動について検討したい。

浜臣は春海の没後に『県門遺稿』の編集を始め、『琴後集』の出版に関して主導権を握ったと考えられるが、そのどちらの書籍も万笈堂英平吉より刊行しているのである。これは万笈堂と浜臣の密接な関係を示唆するものと考えられる。実際のところ、万笈堂の和書出版は浜臣とともに始まったと言っても過言ではないのである。万笈堂には和書の蔵版目録があり、そこには七十点以上の書目が登録されている。その中には出版されなかった書目や入木により差し替えられた書目もあって一定せず、全貌を見るには至っていない。これらの書目が十三丁の宣伝広告として、万笈堂の書籍の末尾に付されている。(23) それらの書目の中で最も刊記が古いものが『庚子道の記』（文化四年九月）であり、これは浜臣が標注を付したものなのである。また、その蔵版目録の冒頭の書目は『月詣和歌集』（文化五年六月）であり、これにもまた浜臣の頭注が付されている。要するに、万笈堂の和書は浜臣が関係した著作から始まったのである。この『月詣和歌集』の宣伝文は次のような文で締めくくられている。

標注には清水浜臣大人、引歌そのほか語釈をつまびらかに考おかれたれば、初学のよきたよりとなる書也。

ここからは明らかに浜臣の標注という要素を宣伝文句にして売り出そうとする意図がうかがえる。その後も浜臣関係の著作が続々と万笈堂から出版されているが、それらの宣伝文には浜臣の校・閲・標注であることが明記されているのである。これは浜臣関係書として販売を促進しようとする戦略と見ることができよう。ある種の権威づけである。
また、それらの浜臣著作群はまとめて広告がなされている。奥田弥三郎との相合版で出版された『唐物語』（文化六年七月）には、次のような宣伝広告「泊洦舎主人標註校本略目」が付されている。

日本紀竟宴和歌	二冊 別記一冊	月詣和歌集	四冊
唐物語	一冊	続詞花和歌集	四冊
庚子道の記	一冊	万代和歌集	六冊
県居賀茂翁判 荷田在満家歌合	一冊	難後拾遺	一冊

これらの書目のうち、実際に出版されたものは半数程度であるが、このような未刊の書目を掲載することを鑑みれば、浜臣の著作を刊行することが万笈堂の出版方針の一つであったと考えることができよう。そのことは、七十数点の書籍を掲載した和書目録とは別に、次のような一枚物の宣伝広告を万笈堂の出版書籍の後表紙見返しに置いたことから

も推測される。

県門遺稿　清水浜臣大人校正　全五冊出来
村田春郷集　楫取魚彦集　小野古道集
津久波子集　賀茂翁判歌合　白猿物語
杉田日記　香取日記　椿太詣日記
水無瀬殿富士百首　同校　一冊　契沖富士百首　平春海校正　一冊
月詣和歌集　清水浜臣大人校　全四冊　庚子道之記　清水大人校　一冊
源氏物語名寄図考　一枚摺　清水浜臣大人著　唐物語　清水大人標注　一冊

この宣伝広告は原則として浜臣関係の著作の販売促進を目的に刷られたものである。このことからも万笈堂と浜臣との間の密接な関係を想定することができよう。

この他にも、『近葉菅根集』・『自撰晩花集』・『自撰漫吟集』・『唱和集』などが万笈堂より刊行されている。浜臣は文政七年に四十九歳で没するが、浜臣の活動期間がもう少し長ければ、万笈堂における和書の出版書目は増加したと考えても、あながち見当はずれではないだろう。このように見ると、万笈堂は和書出版の戦略を立てる上で浜臣をブレインとして迎えたという仮説をたてることができるだろう。

さて、一方の与清は『竺志船物語旁注』を上梓した千鍾房須原屋茂兵衛と懇意であったと考えることができる。まず、与清の処女出版と目される『俳諧歌論』二冊が文化十年十二月に千鍾房より刊行されている。本書は国学者の立場から俳諧を論じたもの。また、与清の交友関係の逸話を集めた随筆『松屋叢話』を文化十一年六月に刊行している。

なお、この書の割印は三節で論じた『竺志船物語旁註』と同じ時に行われている。このようにこの時期の与清は千鍾房と組んで書籍を刊行していた。そしてこの先も千鍾房から書籍を出版する計画があったようである。それは『松屋叢話』末尾に次のような広告が付されているからである。

松屋高田先生著書
俳諧歌論前編一二之巻　二冊
同　三之巻上中下　三冊今茲刻
竺志船物語旁註　二冊
松屋叢話初編　一冊
同　二編　一冊
歌体弁　一冊嗣刻
文体弁　一冊嗣刻
古言補正　一冊今年刻
歴史歌考　七冊嗣刻
千載集集成　文集百首
文章正則　鹿嶋紀行
国名考　天竺仏像記
衢杖占　宇津々物語

合計十七点の書籍が出版予定であった。しかしながら、実際に千鍾房から出版されたのは、先に言及した三点のみであり、『俳諧歌論』や『松屋叢話』の続編すら出版された形跡がないのである。このことについては書肆と著者との関係や出版戦略など、いくつかの要因が考えられるが、それは本章の範囲を超える事柄なので、第四章で詳しく検討することにしたい。

いずれにせよ、浜臣も与清も師春海の遺稿を懇意な書肆との協力の下に出版し、その後も自著の出版を手掛けていったのである。

七、おわりに

文学作品が同時代および後世に享受されるためには、内容が秀逸であることは確かに重要なことである。すぐれていればいるほど、読み継がれる可能性が高いからである。だが、それと同様に、あるいはそれ以上に重要なのは、作品が読まれる環境を整えることである。写本の時代には書写工房が造られ、版本の時代には出版に付されることが、作品が最も確実に流通し残存する条件であった。そういった事情を勘案すれば、江戸派の国学者が師匠を顕彰するために行った著作刊行という事業は、確かにその役割を十分に果たしたと言ってよい。門弟連が収集した善本テクストが流布することになったからである。

江戸派の出版活動には重要な点が二つ存在する。一つ目は学派を顕彰することが、それにつながる自分の立場を強化することになるということである。千蔭・春海における『万葉集略解』・『賀茂翁家集』の出版、浜臣・光房における『県門遺稿』・『県門余稿』の出版、浜臣・与清における『琴後集』・『竺志船物語旁註』の出版を鑑みれば、江戸派の面々は出版を手掛けることにより、学派の後継を自任することになったことがわかる。もちろんそれが意図的に行われたものか、それとも結果的にそうなったのかは議論の分かれるところではある。だが、書籍出版が師説の継承を意味することに違いはない。このことは他者の書物の出版をめぐる問題に示唆を与えてくれる。純粋な善意から、出版という面倒な事業を請け負う者はいないということである。

二つ目として、出版を請け負う門弟と書肆との関係である。出せば売れるという物ではない出版物であれば、それを出版する書肆にも戦略を立てる必要がある。一つはシリーズ化することであり、二つ目は著名人を序跋者に迎えることであった。そのことにより出版物の販売が促進されたと考えられる。そうしてそのような企画を立てた門弟も相応の地位を築くことができた。自らの執筆した書籍を続々と出版することができたのである。書籍出版の相乗効果であろう。

本章は江戸派が県門を継承し、発展させる経緯を書籍の出版という観点から検討した。立論した仮説の検証は今後の課題としたい。

〔注〕

（1）『賀茂真淵全集』第二十一巻（続群書類従完成会、昭和五十七年八月）より引用した。

（2）鈴木淳氏「「賀茂翁家集」の出板と後集」（『ビブリア』九十四号、平成二年五月）参照。

（3）中澤伸弘氏「県門遺稿と県門余稿と」（『東洋文化』八十八号、平成十四年三月）参照。

（4）『月なみ消息』については、鈴木淳氏『橘千蔭の研究』（ぺりかん社、平成十八年二月）「一二　芳宜園法帖記」が詳しく解説している。

（5）森田雅也氏「荷田在満『白猿物語』の研究」（『日本文芸研究』四十四巻二号、平成四年七月）参照。

（6）本書第二部第三章「『契沖法師百首和歌』の出版」参照。

（7）『信濃家づと』は『新古今集十人百首』（外題、建久十人百首）として単独で刊行されている。
（8）注（3）中澤論文参照。
（9）『新編国歌大観』第九巻（角川書店）より引用した。以下同じ。
（10）『日本随筆大成』二期二巻（吉川弘文館、昭和四十八年十二月）より引用した。
（11）『随筆百花苑』第十一巻（中央公論社、昭和五十七年八月）より引用した。
（12）早稲田大学図書館蔵『琴後集序評』より引用した。
（13）『近世文芸叢書』第十二巻（国書刊行会、明治四十五年二月）より引用した。以下同じ。
（14）『琴後集拾遺（別集）』の伝本はノートルダム清心女子大学付属図書館と国立国会図書館に所蔵されている。なお、ノートルダム清心女子大学蔵本の末尾には、黒川真道により当該本の親本が金花堂（須原屋佐助）の旧蔵書であったことが記されている。
（15）揖斐高氏『江戸の詩壇ジャーナリズム—『五山堂詩話』の世界』（角川書店、平成十三年十二月）参照。
（16）揖斐高氏『江戸詩歌論』（汲古書院、平成十年二月）参照。
（17）井上善雄氏『大田錦城伝考（上）・（下）』（加賀市文化財専門委員会・江沼地方史研究会、昭和三十四年・四十八年）参照。
（18）安西勝氏『小山田与清の探究　一』（私家版、平成二年八月）参照。
（19）揖斐高氏『近世文学の境界』（岩波書店、平成二十一年二月）「Ⅱ〈私〉の表現」「『贈三位物語（つくし舟）』論—未刊の翻案雅文体小説はどう書かれようとしたか」参照。
（20）静嘉堂文庫蔵『泊洦筆話』第三稿。丸山季夫氏「贈三位物語雑感」（『国学者雑攷』、吉川弘文館、昭和五十七年九月）に翻刻が備わる。
（21）『擁書楼日記』によれば、浜臣が擁書楼を訪問するのは文政年間になってからである。与清と浜臣との和解は、文政元年十月二十九日開催の賀茂真淵五十年忌が契機となったと推定される。
（22）春海は「書ををしむならはし」（『織錦斎随筆』所収）の中で書籍の公共性に言及している。与清はこの意向を継いだと考えることもできる。本書序論参照。

(23)　大坪利絹氏「或る蔵板目録を調査して」(『親和女子大学研究論叢』十七号、昭和五十九年二月)に詳細に報告されている。

第二章　『おちくぼ物語註釈』の出版

一、はじめに

村田春海は国学者・歌人として数々の業績を残したが、中でも国学者の本領でもある古典注釈に関して言えば、自筆稿本の大部分が天理大学附属天理図書館春海文庫等に所蔵されている。その中で本章では『落窪物語』を対象とする。そもそも『落窪物語』は数ある王朝物語の中でとりわけ広く読まれてきたものではない。むしろその研究・注釈は比較的遅く、江戸時代になって始まったといっても過言ではない。

賀茂真淵、および春海をはじめとする県門の落窪研究に関しては、すでに寺本直彦氏に論考が備わる。(1) それによれば、『落窪物語』は真淵が田安宗武の命を受けて伝本の蒐集と校合を始めてから研究が本格化したという。その後県居門弟、とりわけ江戸派が研究・流布の上で大きな位置を占めたということが報告されている。また、出版という一点に絞ったものとしても幾つかの言及がある。たとえば、鈴木俊幸氏は、「これは刊行に至らなかったようであるが、村田春海の校で『落久保物語』を出版しようとしていたことは『割印帳』寛政六年十月《ママ》十四日の記事に明らかである」としている。(2) また、『割印帳』寛政六年閏十一月十四日不時割印の条を引用したあとで、「これによってここに立項するが、該当する板本は見当たらず、おそらくはこのまま頓挫し、出板されずに終わったものかと思われる」と結んでいる。(3) 一方、鈴木淳氏は、「寛政六年六月に真淵、春海校訂の『落窪物語』を、蔦重が出版しようとしていたことが『割印帳』によって知られる。さるにこの『落窪物語』もすんなりとは版行に及ばなかった」と述べている。[4] いずれも微妙な言い方ではあるが、『落窪物語』が刊行されなかったらしいという点で共通している。たしかに、両氏の指摘するように、蔦重版として『落窪物語』が刊行された形跡は今のところ見当たらないが、別の形で出版されていた可能性があると考えられるのである。本章ではそれを『おちくぼ物語註釈』二冊であると推定するものである。しかしながら、そのように結論づけるためには、いくつか検討しなければならないことが存在する。次節以降、順次手続きに従って論証していきたい。

二、『割印帳』の検討

まず、『割印帳』の記載を検討するところから始めることにしよう。割り印の時期は寛政六年閏十一月十四日である。なお、引用に際して適宜句読点を補った。[5]

寛政六寅六月
落久保物語 加茂真淵授 村田春海校 注釈 同断（板元願人）同人（蔦屋重三郎）
墨付百九十丁
右之書者去ル寛政六寅年六月廿四日寄合之節御改相済候処、御行司衆御印形御座候。下清書本不調法仕、六月晦日焼失仕候。然ル処板下出来至之候分、板木師江申付置候分、此節右之内六十七丁出来仕候間、今夕割印御願申候処御聞済被下。依之御帳面江印形仕候以上。
願人　重三郎

この記述に加えて他の箇所を参照しながら出版の事実関係をたどることにする。この書物『落久保物語』は去る寛政六年六月二十四日の寄合の折に開板の吟味・検閲が相済み、御行事衆より印形が下された。この時の行事衆は、南組前川六左衛門・小林長兵衛、通町組西村宗七・花屋久次郎、仲通組蔦屋十三郎・万屋太次右衛門の六人であり、蔦重もその一人として名を連ねている。なお、同日に割り印を得た書物は、北島玄二著『くすしの道』（須原屋善五郎板元願人）をはじめとして十部となっているが、その中に本書は含まれていない。本文中の「印形」とは開板許可の承認印（割り印）のことと考えてよいだろう。ところが、これの下清書本が不始末により六月三十日に焼失してしまった。「下清書本」とは、板下本を清書するために作る草稿の清書本のことである。ただし、割り印に関して「新版の書籍については、原則的に板木がすべて完成した段階で、草稿とともに仕上がった版本を仲間行事に提出、その吟味を経て帳簿と添章とに割り印を受け、売出しが可能となる」[6]のであるから、下清書本のみにより割り印が下されたのは変則的な処置と考えるべきか。しかるに、板下が出来していた分を板木師へ申し付けておいたが、この度右百九十丁のうち六十七丁が出来したので、今日の夕刻に割り印をお願い申し上げたところ、お聞き届け下さった。この割り印が行われたのは、寛政六年閏十一月十四日であったから、「今夕」とは同日夕刻ということになるだろう。なお、この時の行事衆は、南組須原屋市兵衛・岡田屋嘉七、通町組出雲寺文五郎・雁金屋清六、中通組長谷川庄左衛門・泉屋幸右衛門である。これにより『割印帳』へ印形が押捺された。

以上検討したことを単純化すると、寛政六年に『落久保物語』に対して二回の開板許可が下されているということである。一回目は六月二十四日であり、墨付百九十丁のものであり、二回目は閏十一月十四日であり、墨付六十七丁のものである。『割印帳』の記述からもわかるように、後者は前者の前半の一部分であることは明らかである。不調法による焼失とは不幸としか言いようがない。事後処理として古典注釈を部分的にでも出版しようとしたのは、文化事業に対する熱意か、近世書肆の商魂か、あるいは新興書物問屋としての意地なのか、速断しがたいものがある。いずれにせよ、当初申し出て開板の許可がおりたものの一部分が再び吟味を受け、版行に及んだというのである。ここで一つ素朴な疑問が起こる。すなわち、一回目と二回目が全く同じものであったならば、二回も行事衆の吟味を受けるかということである。たしかに丁数の変化はあったにせよ、形式的にも内容的にも同じものであれば、割り印を受けたものとして出版売り捌きをしてもよいのではないか。『割印帳』に「注釈」とあるからには、単に本文のみを校合したものではなかっただろう。ただ、当初の下清書本は焼失し、前節で見たように蔦重版版本は刊行に至らなかったということであるから、比較のしようがない。しかしながら、前者について出版に至る最初期段階の写本が存在することが判明した。次節ではその本について考えを述べたい。

三、開板許可本との同定　その一（春海文庫本）

前節で見た開板許可本について、現存本との同定の手続きに入りたいと思う。まず六月二十四日付で割り印を受けた本であるが、これは『割印帳』の記載にもあったように、下清書本が焼失してしまったので、それを元に作る板下本さえ残っていようはずもない。ところが、下清書本の前段階の本が残存するのである。それは天理図書館に所蔵されている。書誌は次のごとくである。

天理大学附属天理図書館春海文庫蔵（請求番号、〇八一―イ三七―一一二・一〜一一二・三）。写本三冊。袋綴。全百八十六丁（上五十五丁・中五十三丁・下七十八丁）、のど丁付。浅葱色無地表紙、二七・一×一八・九糎。外題、「おちくほ物語　上（中・下）」、表紙左上題簽（墨流し紋様）。内題なし。本文十行。匡郭、四周単辺、二二・六×一六・〇糎。付箋三枚（すべて上巻）。読点と校合異本表記を朱墨にて記すほか、藍墨・墨による書き入れがある。奥書、

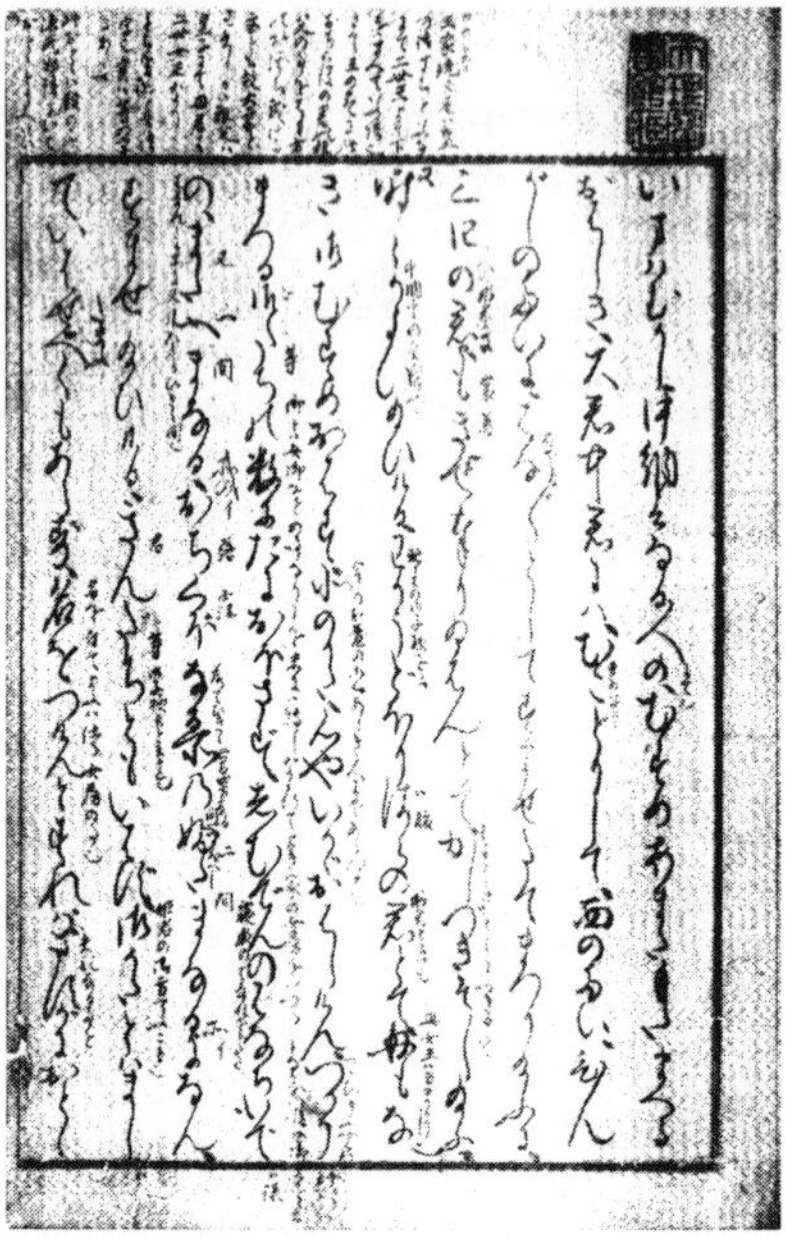

天理大学付属天理図書館蔵『おちくぼ物語』上1丁オ

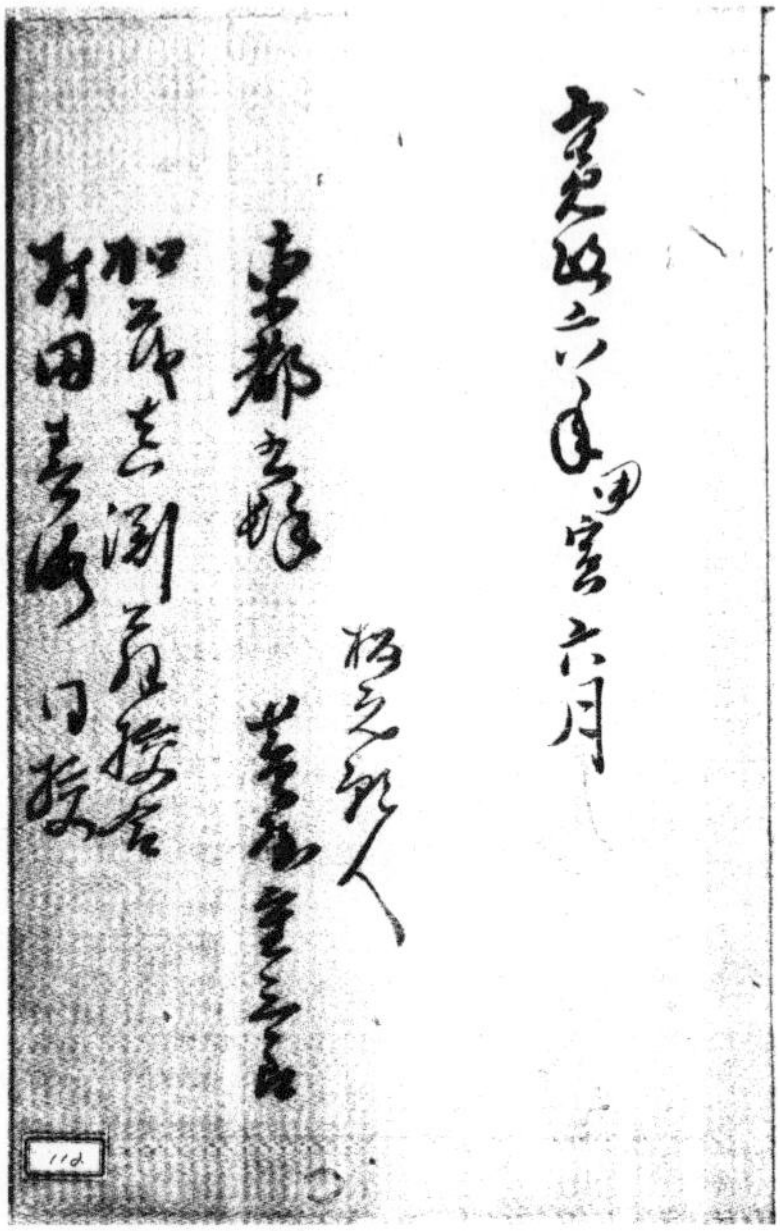

同　右　下後表紙見返

後述の通り。蔵書印、現蔵印のみ。

まず本書の伝来から考えると、春海文庫は春海没後に養女多勢子が引き継いで所蔵し、幕末維新期を越えて、一部は東京帝国大学図書館の所蔵となるが、関東大震災で烏有に帰し、稿本類を中心としたものは昭和三十年代に天理図書館の所蔵するところとなっている。したがって伝来上は春海旧蔵の由疑う余地はない。また、筆跡に関しては、本文については春海以外の人物の筆跡と思われるが、校訂および注記の筆跡は春海筆と考えて間違いない（図版参照）。ただし、注記は上巻（『落窪物語』巻一）の前半に集中している。以上の二点は春海校の原本としての可能性があることを示している。

次に、丁数であるが、当該本は合計百八十六丁であり、『割印帳』に記載の百九十丁に限りなく近い。巻頭に序でも置けばぴったりと合う数字となる。

三つ目として、これが極めつけの証拠と考えてよいと思われるが、下巻巻末に次のような奥付が書き付けられていることである（図版参照）。

寛政六年甲寅六月

東都書肆　板元願人　蔦屋重三郎

加茂真渕翁校合

村田春海同校

この記述について検討していこう。まず、筆跡に関しては、春海筆と速断することには躊躇せざるを得ない。他筆の可能性も十分考えられる。よって留保する。次に、その内容は『割印帳』の記載と酷似している。相異点は「東都書肆」という記述の有無と、賀茂真淵に関して「校合」となっている点である。前者については、奥付の常として書き添えるものであり、後者について、「授」とされている『割印帳』の実態は「校合」であると考えられるものである。いずれも奥付と『割印帳』の間の差異として処理できる程度の相違であり、同一のものと考えて誤りはあるまい。春海文庫の受入台帳には「刊本ノ草稿本」という注記があるが、それはこの奥付の記載をそのように解釈したものと思われる。ともあれ、下清書本が焼失してしまった以上、本文批評の作業を行うことは不可能であり、今検討した項目のみを刊行予定本との同定の根拠とするしかないのである。

　以上の点から考えて、春海文庫本三冊は版本『落久保物語』の草稿本と推定して間違いないと思われる。ただし、どの程度の草稿かといえば、下清書本の前段階であり、しかもその作業は途中で終わっていると考えるのがよい。というのも、異本との校合の記述のほかに仮名遣いの誤りを訂正した箇所もあり、また注釈は巻一の前半のみに集中しており、このままではとうてい板下にまわせるような完成度ではないからである。ただ、ここで考えておかなければならないことがある。それはすなわち何故かなり早い段階の草稿の末尾に奥付が記されているのかという点である。

それについては次のように考えると、とりあえずつじつまが合うことになるだろう。つまり、版本を作るべく蔦屋重三郎より要請があり、途中で抛擲してあった当該本に奥付を書き添えて校合本の一本として使用したということである。なお、春海文庫本と同じ箱に四月十六日付春海宛千蔭書簡が合集されているが、それは本件とは直接関係はないようである。

四、開板許可本との同定　その二（版本）

次に、寛政六年閏十一月十四日付で割り印を受けた本の同定作業にうつる。本章ではこれを『おちくぼ物語註釈』二巻と推定するものである。まず、書誌について最大公約数的な部分を中心に簡単に触れておく。なお、版元による差異については第七節で検討することになる。

刊本二冊。袋綴。全六十八丁（うち序三丁）。表紙後掲。二五・三×一八・二糎。外題、「おちくほ物語註釈　上」・「落くほ物語註釈　下」。題箋、表紙左上。序題、「おちくぼ物語註釈」。序文八行。匡郭、四周単辺、二一・五×一六・六糎。本文十行。奥付後掲。

以下同定の根拠を提示し、検討を加える。検討の対象とする項目は、序・丁数・内容の三点である。まず第一に序の記述である。加藤千蔭の執筆にかかる序を全文引用することにしよう。

ものがたりのおやといへるたか（ママ）とりのおきなをはじめとして、よゝに其名きこえたるなむすくなからぬ。さるをからもりはこやのとじのたぐひのなのみのこりてつたはらぬしもおほかるはをしむべきわざならずや。このもの語ははやくよりもてはやされしとみゆるを、紫のものがたりなどの花やぎたるに心うつりて、おのづからひともすさめぬものとやなりにけむ。うつし伝へたるがよにあるもよくよみえつべくもなかりしに、わが賀茂のおきな、やむごとなきわたりのおほせごとをうけたまはりて、いそのかみふりにし書どもかゝなへあげつらふひまひまにあまたの本どもをつどへてひと〴〵とよみあはされし時は、ちかげくれたけのよごもれるほどにて、其つらになむ侍りし。かしこきみひかりのそはれるによりていとよき本どもゝいできて、そをかうがへあはせしかば、やゝ読えつべくなりぬ。いまつたはれるはおほくは其本を伝へうつせるものなり。されど其時よりしもこゝらとしつきを経しまゝに、またあらぬさまにうつしなせるもおほかりけり。かくてたま河のながれいなば、にげ水のおぼつかなくのみなりもてゆきて、つひにほりかねのゐのくみかねなむことを、吾友みなもとの道別なげきおもひてなほ其もとつふみどもをかゝなへ、おきなの書しるされたるがもれたりとおもはるゝにはみづからのかうがへをくはへ、ひとにもとひてかみとかたへに其わきをしるして誰も見やすかるべくせり。すべてものがたりてふものは、ふりにし書よむわたりにはかずまへられぬものから、ひたぶるにあだなるのみにもあらず、いにしへのてぶりも思ひしらるゝはしとなりぬべきことなきにしもあらぬをや。かゝることをふみひさぐものゝつたへきゝてこひえていたにゑりなむとす。さてしもこのふみ千とせのゝちにつたはりなば、このふみのさちのみならず、わがおきなのいたつきむなしからずして、おきなのみたまあまかけりなば、くろ木とりかやかるわざよりもいそとしもやちわきをほめたまひてむかし。かれそのことわりをいさゝかのぶるになむ。

　時は寛政といひてよつのときむたびたちかへれる冬橘の千蔭しるす。

ここに書かれている内容を三つに分けると次のようになるだろう。

一、真淵の尽力により『落窪物語』の本文校訂がなされたこと。

二、真淵の本文・注に基づいて源道別が頭注・傍注を付したこと。

三、『落窪物語』を出版することの意義深いこと。

まず、賀茂真淵の『落窪物語』研究への貢献を讃える記述が存在することが指摘される。これは、真淵の門弟である千蔭の執筆であるから当然のこととも言えるが、『おちくぼ物語註釈』の本文および注のもとになったのが真淵の落窪研究であるということは銘記すべきことである。次に、序の中に「ふみひさぐもの、つたへき、てこひえていたにゐりなむとす」とあるところに注目したい。寛政四年刊行の『ゆきかひふり』以来、千蔭と最も懇意の書肆は蔦屋重三郎であった。寛政の改革による筆禍事件で処罰され、書物問屋として再出発を目論んでいた蔦重と、やはり寛政の改革でお咎めを受けたために町奉行与力の職を辞し、古典研究をして充実した余生を送っていた千蔭は完全に利害が一致した。それゆえ、この「ふみひさぐもの」は蔦重以外には考えられないのである。ということは、この序の執筆の段階では蔦重より梓行される予定であったという推論が得られるのである。三つ目として、序の年記に注目してみると、寛政六年冬となっている。これは、『割印帳』において二度目の印形を受けた寛政六年閏十一月十四日と全く時期を同じくする。しかしながら、序跋の年記と割り印の時期と実際の刊行の年月日は必ずしも一致するものではないから、このことが有力な根拠となるわけではない。

以上の三点により、前掲の序文が『割印帳』記載の「落久保物語」の序文として書かれたと考えても全く不自然ではないことが証明されたと思われる。ただ一つひっかかるのは主たる校訂者のことである。『おちくぼ物語註釈』では、序文によれば源道別がその任務を負っていたということになっている。ところが、第二節と第三節で検討したように、『落久保物語』では『割印帳』および春海文庫本の直書奥付により村田春海がその任に当たったということになっている。このことをどう考えるべきか。まずは知名度に関わる問題として処理できるであろう。つまり、編者として名を連ねるには源道別より村田春海のほうが都合がよかったのである。後に再版される折、見返題に千蔭と春海の名を冠したのも同じ配慮によると考えられる。いずれにせよ、実務作業を担当した者とその作業の監督をした者ということで一応了解されるだろう。

第二に、丁数の問題がある。『割印帳』の記載では、二度目の開板許可本の丁数は「六十七丁」となっている。それに対して、『おちくぼ物語註釈』は序三丁に本文六十五丁で、計六十八丁となっているのである。版本の方が一丁多いことになるが、序文に彫られているのど丁付が三丁めのみ丁付がないことを考え合わせると、丁付の上では丁数はちょうど六十七丁となる。そう考えると丁数は一致することになる。

さらに、第三として一番重要な内容の問題であるが、これは次節で述べてみたい。

五、春海文庫本と版本との校合　その一（本文）

第三節で春海文庫本が寛政六年六月二十四日付開板許可本と何らかの形で関係が深いことが明らかにできた。引き続いて前節では、版本『おちくぼ物語註釈』二冊が寛政六年閏十一月十四日付の開板許可本であった可能性を形態面から検討した。そこで本節と次節では、内容面から『おちくぼ物語註釈』が当該許可本である可能性を追究してみることにしたい。ただし、閏十一月十四日付開板許可本は全く残っていないので同定の立証が困難である。しかしながら、春海文庫本が六月二十四日付開板許可本と密接な関係にあるという前提に立てば、それとの校合により『おちくぼ物語註釈』が最終的に刊行された本であると結論づけることが可能となる。すなわち、春海文庫本と『おちくぼ物語註釈』とが、本文および注釈の両面において質的にも量的にも共通点を多数持っていることが証明されれば、『おちくぼ物語註釈』が『割印帳』掲載の開板許可本と同定することができるであろう。また、この校合によって春海文庫本がどの程度の草稿、どの段階の草稿であったのかということも逆に浮き彫りにされることになるだろう。

さて、春海文庫本と版本との校合を試みるにあたって、手続きの上で次の諸点については同一のものとして処理した。すなわち、一つには漢字・仮名の別であり、二つには仮名の清濁の別であり、三つには仮名遣いの差異であり、四つには句読点の有無であり、五つには送り仮名の有無である。もちろん、漢字における正字・略字の別も当然ながら無視することにした。以上の諸点の相違を無視し、二本を校合した結果、それらは一致する点が非常に多いという結論に達した。二本の近似性は、寛政六年刊木活字本を背景にしてみればより明らかとなる。ただし、本文について全く同じというわけではなく、相異なる点が存在するのも事実である。それは分類すると次の如きものである。

一、春海文庫本の異文を版本が本文として取り込む。

二、春海文庫本の異文を版本が捨て去る。

三、春海文庫本にあるものが版本にはない。

四、春海文庫本にはないものを版本の本文とする。

この四種類の現象について、考察をめぐらすことにしたい。まず、一と二は本文作成上の方針に関わるものであり、春海文庫本のみを底本としても発生する可能性のあるものである。たしかに、その際の異文の取込および捨象についての判断は恣意的と言わざるを得ない部分が多数存在する。しかし、近世期全体における本文批評のレベルを考慮に入れれば、あながちその判断が間違っていたとは言えないのである。(7) いずれにせよ、この二つは春海文庫本のみを基にしても生み出されうる現象である。次に三はいわゆる脱文であって、一語の脱字を含めても、全体的に見てそれほど多いわけではない。少し長めのもので三箇所あるのみであり、それは次にあげる通りである。〔写〕は春海文庫本、〔版〕は『おちくぼ物語註釈』を指す。傍線引用者、以下同じ。

（1）〔写〕十日ばかりおとづれ給はで思ひ出ての給へり。ひごろは（8ウ3）

〔版〕十日ばかりおとづれ給はで、日ごろは（8ウ9）

（2）〔写〕をばの殿ばら宮づかへしけるがいまはいづみのかみのめにてゐたりけるがりふみやる（20ウ10）

〔版〕をばのとのばらみやづかへしけるがりふみやる（22オ5）

（3）〔写〕四の君の事は実にこそありけれとの給へば、おほんゆるされあるをしらずがほ也やとのたまへば、ものぐるほし。（44オ7）

〔版〕四の君のことはまことにこそ有けれとの給へば、物ぐるほし。（51オ1）

まず、（2）と（3）であるが、これは典型的な目移りによる脱文である。（2）は「が」により、（3）は「ば（の給へば）」により目移りしたものと考えられる。しかし、いずれも春海文庫本では当該箇所の字の位置に段差があるので、春海文庫本を書写する際に起きた脱文ではないと考えられる。清書本から板下を作るときに脱文が発生したと考えるのが妥当である。次に（1）についてであるが、この脱文が発生したことを合理的に説明しうる理由は見当たらない。この文の直後に歌が詠まれ、二字落ちで表記されていることと何らかの関係があるかもしれないが、確かなことは不明である。

さて、本文校合上の四番目の問題、すなわち春海文庫本にはないものを版本の本文とするものについての検討に移る。これは少し長めのものが二箇所あり、次にあげる通りである。

（1）〔写〕いとをかしげにかきたればいとをかしげにみ給へるけしきも心ざし有がほなり。（23ウ8）

〔版〕いとをかしげに書たれば、いとほしげに書たれば、いとほしげに見給へるけしきも（25オ10）

（2）〔写〕これなりがおとしたりつるぞとて奉り給ひておちくぼの君の手にこそとの給ふ。（34ウ10）

〔版〕これなりがおとしたりつるぞとてたてまつり給ひて、手ぞいとをかしけれとのたまふ。おちくぼの君の手にこそとの給ふ。（38ウ6）

まず（1）は明らかに衍文である。直前の「いとをかしげに書たれば」と直後の「いとほしげに」（春海文庫本は「いとをかしげに」）とが合成されて出来た文である。春海文庫本では「いとほし」を「いとをし」と表記しているので、春海文庫本を筆写する段階で誤写が起きた可能性も考えられる。次に、（2）であるが、これは単純な衍文とはいえない性格のものである。実はこの箇所は寛政六年刊木活字本にも存在せず、寛政十一年刊上田秋成校訂本に「手こそいとをかしけれとのたまふ」とあるものに酷似する。これは版本が春海文庫本以外に、校合する異本を使用していたことの揺るがざる証拠と言えよう。このような衍文、もしくは春海文庫本にない異文も数箇所にわたって取り込まれている。このこともやはり校合本の存在の根拠となると思われる。

六、春海文庫本と版本との校合　その二（注釈）

さて、次に注釈の検討に移る。注釈文において写本と版本との間でどの程度の共通点があるかが眼目となる。そこで二本の注釈の形態的な性格について概観しておくことにする。まず春海文庫本では、おもに注釈文は傍記するべく書かれ、傍記できない部分は頭書にまわす方針のようである。筆跡は少なくとも二種類以上存在する。そのうち傍記の一部と頭注はすべて春海の筆と推定されるので、誰かが加注したあとに春海が補足したとするのが妥当である。ただし、前にも述べたように、春海文庫本は前半三分の一のところ（二十丁）までで傍記が終わっている。一方、版本の方は、原則として頭書欄に注釈を書き込んでいき、書ききれなかったものを傍記にするという方針のようである。いずれの本の注釈も簡潔を旨としており、とりわけ版本は見やすさをこととしていると思われる。
注釈の中身の検討に入る。注釈をその内容に応じて分類すると、次の五種類に分けられる。

1、仮名への宛漢字
2、指示語の指示内容
3、動作主・受け手指示
4、会話文・心内文・手紙文の主体指示
5、本文語釈、文脈指示

まず1は本文校合の際に無視した項目と関係があり、本文をより読みやすい形にするための工夫と見られる。これはおもに版本において多用されている。次に2から4は、とりわけ王朝物語では省略される傾向にある主体等の指示内容を明らかにするものである。これらが明確にされると、筋の流れから細かいニュアンスに至るまで鮮明につかむことができる。さらに5になると、物語の内部の照応関係や文脈を示すことで、物語内容のより正確な把握が可能となる。

以上の五種類について、春海文庫本から版本へと至る過程で、どの程度注釈が採用されているのかを見てみることにしたい。なお、単刀直入な傍記のみを記したものは省略したものもある。

『おちくぼ物語註釈』版本写本対照表

被注語（種類）	丁行数	注釈文
わかうどほりばら（1・5）	1オ5	〔写〕王家統《ワカトホリ》也。是は皇の御すぢといふ事にて二世王より下をすべていふ語也。さて三の巻に此おちくぼの君の祖父の事をはゝ方のおほぢ成ける宮とも故大宮とも書しかば祖父は皇子にて母君は二世女王なり。
	1オ5	〔版〕皇の御系といふことにて、二世の王《オホキミ》より下をすべていふ語也。扨三の巻に此落くぼの君の祖父のことを、母かたのおほぢなる宮とも、故大宮とも書しかば、祖父は皇子にて母は二世の女王也。その女王におちくぼの父中納言のかよひ給て、此ひめ君を儲て後みまかり給ひし也。
御かた（2）	1オ9	〔写〕姫君の御方てふこと也。
	1オ10	〔版〕姫君の御方といふこと也。
名をつけむ（5）	1オ10	〔写〕名を付てよぶは仕る女房の事也。
	1ウ1	〔版〕名を付てよぶは召仕ふ女房の事也。
おとゞ（2）	1オ10	〔写〕此おとゞは殿の事也。源氏物語におばおとゞとさへいひつ。
	1ウ1	〔版〕翁云、此おとゞは殿のこと也。源氏におばおとゞさへいひつ。
ちごより（5）	1ウ2	〔写〕かのおちくぼの君をば乳児《チゴ》の時より也。
	1ウ3	〔版〕落くぼ君を乳児の時より。
御まゝにて（5）	1ウ3	〔写〕御心のまゝと云也。下にも見ゆ。
	1ウ4	〔版〕御心のまゝといふこと也。
ざれたる女ぞ（1）	1ウ6	〔写〕されは洒落の字也。
	1ウ7	〔版〕洒麗。
むかひばら（2）	2オ7	〔写〕今の妻をいふ。
	2オ9	〔版〕今の北方をいふ。
よるもいもねず（5）	2ウ3	〔写〕此後は甚しく成行をいふ。
	2ウ5	〔版〕此後は甚しく成行をいふ。
げにいたはり給ふこと（5）	3オ8	〔写〕おちくぼ君のうしろみをいたはり給ふ事の有がたき故。
	3ウ2	〔版〕うしろみの心。いたはるはおちくぼのうしろみをいたはるをいふ。

やしなひ奉ける（3）	4オ2	〔写〕乳母《チオモ》をいふ。帯刀の母は右近少将の御乳母と也。
	4オ6	〔版〕乳母をいふ。
いまかくなむと（5）	4オ8	〔写〕君の思召あると云事を申さんと也。
	4ウ2	〔版〕あこぎに語らひてともかくも申さんと也。
かく申は（3）	4ウ9	〔写〕少将の事を云也。
	5オ4	〔版〕少将のこと。
ふとぞ（5）	5ウ4	〔写〕ふとはわすれじと云故、ふとは忘れずとも長くはたもつまじと思があぢきなく思と也。
	5ウ10	〔版〕ふとは忘じとのたまふを。
いかで見ありく（3）	8ウ2	〔写〕よきひまを。
	8ウ9	〔版〕さるべきひまを。
まゐりて（3）	8ウ10	〔写〕おちくぼへ。
	9オ6	〔版〕落くぼへ。
とゞめ（3）	9ウ9	〔写〕あこぎを。
	10オ6	〔版〕あこぎをば。
かいひすみて（5）	9ウ10	〔写〕あこぎさびしく成て也。
	10オ7	〔版〕殿のうちさびしき也。

御方のなやましげに（4）	10オ2	〔写〕あこぎ返し也。
	10オ10	〔版〕あこぎがこたへ。
君（2）	10オ6	〔写〕少将。
	10ウ3	〔版〕少将をさす。
これなり（5）	10オ7	〔写〕帯刀が名なるべし。
	10ウ5	〔版〕帯刀が名也。
おやに（2）	10ウ4	〔写〕帯刀が母、少将のめのとに云也。
	11オ2	〔版〕少将のめのとにて帯刀がはゝ也。
たちはきよべば（3）	11オ2	〔写〕帯刀があこぎを呼ぶ故行也
	11オ10	〔版〕あこぎを。
とまり給へると（3）	11オ2	〔写〕御留主に。
	11ウ1	〔版〕御留守には。
うすきこきいれて（5）	11オ7	〔写〕もちの色。
	11ウ5	〔版〕いろをいふならん。
かみへだてゝ（5）	11オ7	〔写〕紙をへだてにして。
	11ウ5	〔版〕紙して菓子と隔てゝ也。
はやその人よびいでゝ（3・5）	13オ9	〔写〕あこぎよびて帯刀にねよと也。
	13ウ9	〔版〕あこぎを呼出て帯刀にはやねよとのたまふ也。

あからさまに（5）	13ウ2	〔写〕かりそめに也。
	14オ2	〔版〕かりそめ也。
そのけしきを（5）	16オ3	〔写〕女君のはづかしく思ふけしきをしりて。
	16ウ7	〔版〕女のくるしうおぼすさまを。
いはけなき物から（5）	16ウ5	〔写〕あこぎのさまあどけなき也。
	17オ10	〔版〕帯刀心。あこぎがわびしかるを幼けなきといふ也。
ひとへをぬぎすべして（5）	16ウ8	〔写〕少将の着たるひとへをぬぎおきて女君に着給へとおき給ふと也。
	17ウ4	〔版〕少将の着給へひとへを。春海云、源氏空蝉にかのぬぎすべしたるうすきぬをとりて出給ぬと有。文武紀に、垂髪于背をスベシモトヾリと訓り。ぬぎすべしはぬぎたらずといふ意也。
猶こたびはと（5）	19ウ1	〔写〕此たびは御返しし給へと也。
	20ウ3	〔版〕御かへりし給へと。
いかにおもひ出給ふ（3）	19ウ1	〔写〕衣のわろかりしを。
	20ウ3	〔版〕落の心に衣のわろかりしなどを少将の。

御かへりごとも（5）	19ウ5	〔写〕なしと也。
	20ウ8	〔版〕聞え給はぬなどいふを略たり。
見せ奉りたれば（3）	19ウ7	〔写〕あこぎが文を少将に。
	20ウ10	〔版〕あこぎがふみを。
いみじく（4）	19ウ7	〔写〕少将詞。
	21オ1	〔版〕少将詞。
わゝげ（5）	45ウ1	〔写〕わゝげは万葉五憶良長歌、又うつほにもあり。みだれさがりたる事也。（付箋、春海筆）
	52ウ2	〔版〕春海云、万葉五憶良貧窮問答歌にわゝげさがれると有と同じ語也。うつほ物語にもある詞也。わゝげは物の乱《ミダ》れ垂《タレ》たるかたちをいふ詞也。こゝは少将の心もせで縫物をうちみだらしてとりかけたるを云也。万葉のはやつれたる衣のことなれども、詞の心は同じくて乱れさがりたる事也。

以上の三十七箇所について見てみると、おおむね注釈の表現は酷似、あるいは同一であると言ってよいであろう。つまり、『おちくぼ物語註釈』は春海文庫本、あるいは春海文庫本系の注釈を取り込んで成立したと考えることができるのである。このことと前節までに検討したことを合わせると、次のような結論が導き出せる。すなわち、当初『落久保物語』の名で刊行される予定だった注釈書は、春海文庫本を有力な底本としつつ、他の真淵説書入本をも校合本として採用しながら、『おちくぼ物語註釈』二冊として刊行されたということである。

さらに、四番目の「おとゞ」の注釈に対して、春海文庫本では注釈内容をそのまま書き始めているが、版本においては「翁云」という語を付している。これは版本の編者が、この注釈が真淵のものであるということを知っていたことを意味する。千蔭の序によれば、編者は源道別ということである。道別は信夫顕祖のことであり、一橋家に仕えた祐筆である。第四節において、注釈の実務作業をした人物と見た所以である。また、千蔭や春海と行動を共にした人物として知られ、『万葉集略解』の協力者でもあった。そのような道別と春海の中を鑑みて、春海文庫本が道別に貸し出されて『落久保物語』が形を成すに至ったと考えるのは自然ではないか。ただし、千蔭が序を執筆した寛政六年の時点で道別は三十歳であるから、道別が真淵と接触を持った可能性は皆無である。したがって、「翁云」という語は道別の判断によるものではなく、真淵の落窪会読に参加した千蔭の示唆の可能性も考えられるのである。指摘した箇所以外にも「翁云」となっているところが二十五箇所存在する。このことも今述べたことと同じ事情によるものであろう。

ともあれ、そのようにして出来上がった『落久保物語』が不幸にも下清書本の段階で烏有に帰したことは、『割印帳』に記載される通りである。そのうち、板下出来分六十七丁から版本が作られ、それが後に『おちくぼ物語註釈』と呼ばれるものとなったのである。逆に蔦重版『落久保物語』と『おちくぼ物語註釈』が全く無関係ではありえないことは、第三節以来論証してきたことから考えて明らかである。したがって、『割印帳』掲載の『落久保物語』は書名と編者を変えて出版されたと考えて間違いない。そして後には書肆をも変えて出版され続けることになるのであるが、そのあたりのことは次節で考えることにしたい。

七、『おちくぼ物語註釈』の版権の移動と初版の時期

前節までに、『割印帳』掲載の蔦重版『落久保物語』六十七丁が『おちくぼ物語註釈』であることを論証したが、本節ではそれが異なる版元により刊行されたことについて言及し、求版される際の版権の移動とそもそもの初版初印の時期の推定を行いたい。

まず、版本『おちくぼ物語註釈』について、今回調査し得た本の書肆データを整理するところから始めたい。扱うデータ項目は、表紙の色・模様、見返題の有無、奥付など、第四節の書誌解題で言及しなかったものに限定することにした。ただし、現物にあたることを基本方針としたが、国文学研究資料館のマイクロ・フィルムで済ませたものもあることをあらかじめ断っておく。なお、個人蔵のものについては、すべてこれを割愛した。

主版元		表紙・題簽	見返題	奥付	所蔵先
奈良屋長兵衛	①	後補表紙	なし	なし（直書奥付後掲）	高山市郷土館荏名文庫
河内屋和助	②	浅葱色布目表紙（型押） 双辺題簽	なし	安政三丙辰年改正 江戸日本橋通壹町目 須原屋茂兵衛 同 二町目 山城屋佐兵衛 三都 尾州名古屋本町七町目 永楽屋東四郎 書肆 京二条東洞院上ル 田中屋治助 大阪心斎橋安土町南ェ入 河内屋和助板	無窮会神習文庫 刈谷図書館 大阪府立中之島図書館 ノートルダム清心女子大学付属図書館 佐賀県立図書館
伊豫屋善兵衛	③	橙色丸に三つ割り菊と丸に花菱散し表紙（型押） 双辺題簽	なし	三都書房 江府 須原屋茂兵衛 山城屋佐兵衛 洛 丸屋善兵衛 丁子屋嘉助 浪花 河内屋喜兵衛 河内屋和助 伊丹屋善兵衛 堺筋清水町 伊豫屋善兵衛	三重県立図書館米山文庫 住吉大社御文庫 大阪天満宮御文庫
	④	水浅葱色浮線綾と八藤花菱の丸散し表紙（型押） 双辺題簽	なし	右に同じ	茨城大学付属図書館菅文庫 大阪府立大学付属図書館

主版元		表紙・題簽	見返題	奥付	所蔵先
青山清吉	⑤	浅葱色布目表紙 （型押） 朱色枠無し題簽	平春海 橘千蔭　両先生考 おちくほ物語註釈　二冊 書肆　青山堂梓印 （見返黄色）	東都書林　京橋南伝馬町一丁目 近江屋吉川半七 小石川伝通院前 雁金屋青山清吉 本郷春木町三丁目 同支店	国文学研究資料館初雁文庫 尊経閣文庫
	⑥	砥粉色の地に浅 葱色の流水に紅 葉散し表紙 枠無し題簽	平春海 橘千蔭　両先生考 おちくほ物語註釈　二冊 書肆　青山堂梓 （見返朱色）	右に同じ	東京大学総合図書館 東京都立中央図書館東京資料 金沢市立図書館藤本文庫 本居宣長記念館 京都大学付属図書館
	⑦	右に同じ	右に同じ	東都書林 東京小石川伝通院前大門町 発行所　青山堂 雁金屋青山清吉 賣　東京京橋区南伝馬町壹町目 吉川半七 捌　仝　日本橋区通三丁目 林平次郎 所　大阪南区心斎橋通壹町目 松村九兵衛	青森県立図書館工藤文庫 秋田県立図書館 東北大学付属図書館狩野文庫 奈良女子大学付属図書館 大阪府立中之島図書館 大阪府立大学付属図書館

松村九兵衛
⑧
縹色布目表紙 （型押）双辺題 簽
平春海　両先生考 橘千蔭 おちくほ物語註釈全二冊 書肆　文花堂 　碧玉堂　梓 （見返黄色）
三府　東京　北畠茂兵衛 　　　同　稲田佐兵衛 　　　同　山中市兵衛 　　　同　東生亀治郎 　　　同　吉川半七 　　　同　篠嵜才助 　　　同　小林喜右衛門 　　　同　長野亀七 書肆　西京　佐々木惣四郎 　　　南久太郎町四丁目 　　　大阪　森本専助 　　　心斎橋壱丁目 　　　同　和田庄蔵 　　　同 　　　同　松村九兵衛蔵版
奈良女子大学付属図書館 住吉大社御文庫

以上の奥付等の書肆データに基づいて、はじめに版木・版権の移動という問題を考えてみたい。まず、奈良屋長兵衛版①の後ろ表紙見返に、直書で次のように記されている。

二三四之巻嗣出

　文政二巳卯年四月吉日

　　大坂書林宣英堂

　　　奈良屋長兵衛板

この記述を信じるとすれば、文政二年四月に奈良屋長兵衛から出版されたことになる。(8) この年記をそのまま蔦重から奈長への版権移動の時期と考えるのも、あながち大きな誤りであるとも思えない。(9) 奈長は上田秋成校訂の『落久保物語』（寛政十一年刊）の版本も額田正三郎より取得しているので、頭注・傍注の付いた『おちくぼ物語註釈』の版権も入手し、「二三四巻嗣出」という続編刊行の宣伝広告を出したというのも理解できる。この続刊は田中大秀著『落窪物語続解』ほかであり、写本が三部高山市郷土館に所蔵されている。その凡例には次のようなことが書かれている。(10)

県居大人の注釈に源道別といふ人おのが説朋友《トモガキ》の説をもくはへて既に寛政のむかし第一巻は彫板なれるを、二の巻より下はゑり板と丶のはぬ程にその本をさへさすらへうしなひたりとぞ。かくて浪花の書商人葛城、二の巻より下の注釈と同じさまに頭と傍とに書そへてよとこひおこせき。

文政五年閏正月六日の奥書を持つ『落窪物語続解副巻』に寛政版版本への言及があることは一応確認しておく必要があろう。いずれにせよ、奈長の刷奥付のある版本は今回の調査では見出し得なかった。版本の続巻も含めて更なる調査を期するのみである。

次に、河内屋和助版②の奥付が「安政三丙辰年改正」となっていることが指摘できる。「改正」という語から考えて、この年記は河内屋和助に版権が移動した時のものであると推定される。

三つ目として、河内屋和助も加わる相合板③であるが、版権は伊豫屋善兵衛に移ったと考えるのがよかろう。というのも、奥付のならびから考えても、住所の詳しさから考えても伊豫屋を版元とするのが妥当である。(11)また、同じ伊豫屋版であるが、④は少しだけ版木に手を入れている。おそらく二刷り以降に見苦しい箇所の改訂を少し施したのであろう。(12)この時点までは見返にタイトルが付されることはなかった。

四つ目として、雁金屋青山清吉版である。見返の表示により、⑤⑥⑦はいずれも青山堂版と考えて間違いない。⑤と⑥の住所の表記から推定すると、青山堂の初版はおそらく明治維新以前の発行であろう。⑦の青山清吉の住所が「東京」になっており、しかも明治二十一年の「市制及町村制」施行以来使われだした行政区画である「区」が用いられている。また、書肆側の資料としては『東京書籍出板営業者組合書籍総目録』がある。明治二十六年と明治三十一年のものに『落久保物語註釈』の名があり、青山堂の住所が「小石川区大門町廿五番地」となっている。(13) 以上のことから幕末維新期に版権を所有していたのは青山堂であったことがわかる。幕末期に伊豫屋善兵衛より版権が移動したのであろう。青山堂が当該書を刊行するようになって、表紙や題箋も改め、見返にタイトルを付すようになった。「平春海　橘千蔭　両先生考」とは少し実態とかけ離れているが、そのことがかえって後刷であることの証明にもなっている。その後、青山堂版の売り捌き所に名を連ねていた松村九兵衛を主版元とする⑧が刷られる。見返しに「文花堂　碧玉堂　梓」とあるので、松村九兵衛以外にも板株を多く保有していた書肆があったと思われる。

以上の諸要素を組み合わせると、版権の移動に関して次の如き結論が得られる。すなわち、最初蔦屋重三郎が所有していた版権は、奈良屋長兵衛から河内屋和助・伊豫屋善兵衛を経由して雁金屋青山清吉、そして松村九兵衛へと流れたと考えられるのである。

それでは、ひるがえって初版初印の時期はいつのことだったのだろうか。まず、『割印帳』の記載に従うならば、寛政六年閏十一月ということになる。ただし、蔦重の版本が存在しない以上、証拠不十分と言わざるをえない。次に、当該書を引用・紹介したものとして、尾崎雅嘉編『群書一覧』(享和二年五月刊)があげられる。そこには次のように記されている。

落久保物語頭書　　四巻　　加茂真淵

此書真淵講説《カウセツ》の筆記を信夫某なる人頭書としたる也。又本文に漢字《カンジ》を附《フ》し旁訓《ボウクン》をも加《クハ》ふ。寛政六年としるせる千蔭の序あり。(句点引用者)

序文の執筆者や年記といい、本文構成の形態といい、内容的には『おちくぼ物語註釈』を指すことは間違いない。(14) しかしながら、そこには二つの疑問点が存在する。一つは書名であり、もう一つは巻数である。まず書名についてであるが、「落久保物語頭書」という名は確かに当該書の注釈形態を指し示しているが、そのような書名は外題や序題にも存在しない。ただ非常に似たタイトルを持つ本がある。それは高山市郷土館蔵本である。表紙に直書で、

真渕翁講説
千蔭翁校正并序
首書落久保物語　壹

と書かれている。また、最終丁末尾には「頭書落久保物語」と記されているのである。文政二年の年記のある本がこの書名を持っていることは、『群書一覧』所載の書名と酷似していることと含めて興味深い事実である。『群書一覧』にあるもう一つの問題は、「四巻」という巻数である。『おちくぼ物語註釈』は結局一巻上下二冊のみ刊行されたことは繰り返し述べてきたところである。四巻とは物語全巻に相当する。『群書一覧』の編者は何を根拠にして巻数を書いたのかは不明と言うほかはない。以上の書名と巻数の二点は問題点として残ることになる。

ところで、『群書一覧』は『図書板木目録』によれば、「寛政十二年申年十一月廿四日免許」となっている。(15)ここから考えると、寛政十二年にはすでに『おちくぼ物語註釈』が刊行されていたと考えて間違いないだろう。

八、おわりに

蔦重版『落久保物語』は、原物が存在しないゆえに刊行されなかったらしいとするのが、現在通行の説である。たしかに、一般的に考えればそれも首肯されよう。しかしながら、春海文庫本の存在と、本文と注釈の点でそれと酷似

する版本『おちくぼ物語註釈』の存在、および度重なる版権の移動などの問題を総合すれば、次のような結論を得ることになる。すなわち、蔦重版『落久保物語』は寛政年間には『おちくぼ物語註釈』として確かに刊行され、その後数度の版権の移動を経て明治期になっても出版され続けたのである。

もちろん、本章で寛政版版本が存在する論拠としたものは、ほとんど状況証拠にしかなり得ないことは承知している。たとえいくら状況証拠を積み重ねても版本の完全な存在証明はできない。版本が一部でも出現すれば存在証明は完璧なのである。しかしながら、逆に今現在版本が見当たらないとしても、それは版本が刊行されなかったらしいということの論拠の一つにはなりえても、それで証明完了とはなりえない。そもそも単称存在命題を完璧に反証することなど論理的に不可能なのである。

〔注〕

（1）寺本直彦氏「賀茂真淵と一門の落窪物語研究（一）―桃園文庫旧蔵藤原福雄本・河島氏蔵真淵校合千蔭再校本・寛政六年奥書木活字本三書の関係を通して―」（『平安文学研究』七十七号、昭和六十二年五月）、同「賀茂真淵と一門の落窪物語研究（二）―真淵自跋の「いとふるき本二つ」について―」（『平安文学研究』七十八号、昭和六十二年十二月）参照。

（2）鈴木俊幸氏『蔦屋重三郎』（若草書房、平成十年十一月）。

（3）鈴木俊幸氏『蔦重出版書目』（『日本書誌学大系』77、青裳堂書店、平成十年十二月）。

（4）鈴木淳氏『橘千蔭の研究』（ぺりかん社、平成十八年二月）「『ゆきかひふり』考」。

（5）朝倉治彦氏・大和博幸氏編『享保以後江戸出版書目―新訂版―』（臨川書店、平成五年十二月）を参照し、『江戸本屋出版記録』（ゆまに書房、昭和五十五年六月）で校訂した。

（6）『日本古典籍書誌学辞典』（岩波書店、平成十一年三月）の「割り印」の項目（鈴木俊幸氏執筆）。

（7）松尾聰氏「落窪物語」解説（『日本古典文学大系』十三巻、岩波書店、昭和三十二年六月）参照。

（8）『日本文学大辞典』（新潮社、昭和七年六月）の「落窪物語」（池田亀鑑氏執筆）の項目に「落くぼ物語註釈 二巻 源道別 文政二年初版」とあるのは、高山市郷土館蔵本の直書奥付と照らし合わせてみると、興味深い記述といえよう。

（9）注（4）鈴木論文によれば、蔦重は『賀茂真淵翁家集』の刊行も計画していたが、事情により頓挫し、後に堀野屋仁兵衛より『賀茂翁家集』として出版されることになる。

（10）高山市郷土館『落凹物語続解副巻』（物語部一九）。その翻刻は『田中大秀』第一巻物語㈢（勉誠出版、平成十四年七月）に収録されている。なお、高山市郷土館蔵の田中大秀の落窪物語に関する研究書については、柿本奨氏「田中大秀の『おちくぼ』研究」（『平安文学研究』六十一号、昭和五十四年六月）が簡にして要を得た解説を行っている。

（11）大阪天満宮御文庫蔵本は署名と印により河内屋和助より奉納されたことがわかる。奉納本ゆえに表紙にも意匠を凝らした模様があしらわれている。

（12）十六丁ウと十八丁ウの頭書欄の左半分がべた刷りされているのが、大阪府立大学付属図書館蔵の伊豫屋版④ではきれいに彫り取られている。また、二十六丁オの「いとたのもしげに侍り」の頭注「此物語の中問答の外記者のいふ所に侍りと書るはなし」の後に「こはありと書しを侍りに■《ママ》しにや」とあったものが彫り取られている。これらの特徴は求版の後、二刷り時に改刻したものと考えられる。当然のことながら、それらの特徴はそれ以降に刷られた雁金屋本にも受け継がれている。なお、高山市郷土館荏名文庫本はこの墨消の箇所に「あやまり」という傍記書入を有する。

（13）『明治書籍総目録』（ゆまに書房、昭和六十年九月）。

（14）井上豊氏『賀茂真淵の業績と門流』（風間書房、昭和四十一年十一月）によれば、『落窪物語頭書』と『落窪物語註釈』との関係について考察をめぐらした末、「同一書をさすように考えられる」と結論づけている。

（15）『大坂本屋仲間記録』第十一巻（清文堂、昭和六十一年三月）。

第三章　『契沖法師富士百首』の出版

一、はじめに

村田春海は国学者・歌人として和歌・和文を成したが、それらの多くは『琴後集』に採録されている。もちろん春海が生涯にわたって制作した歌や文のすべてが収められているわけではないが、和文に関しては春海生前の方針に従って可能な限り収集されたと考えることができよう。稿者はさきに巻十「記」、巻十三「書牘」および巻十四「雑文」について、「和文の会」「消息の会」という場の側面から、春海の和文の生成する環境という問題について検討を行った。[1] また、具体的に和文の文体分析を通じて、その特徴を考えたこともある。[2] そこで本章では、対象を巻十一「序」所収の和文に絞って問題点を考えてみたい。

『琴後集』巻十一「序」には、次のような和文が収録されている。

1烹茶樵書序
2旧蹟遺聞序
3庚子道の記序
4若桂の序
5東歌の序

6斉明紀童謡序
7契沖法師富士百首の序
8厚顔抄補正序
9橘千蔭古今集序墨帖序
10山づと序
11あやむしろの序
12行かひぶりの序
13箏曲新譜序
14万葉集後読記序
15かた糸の序
16聞中上人の都にのぼりゆくをおくる歌の序
17長背真幸が肥の道のしり熊本の城にかへるを送る序
18長曾禰又玄におくる序

ここに所収された文を検討すれば、同じく「序」と分類されていても、都合二種類の範疇を持つことがわかる。一つは1から15までのもので、一般には書物の序文とされるものである。もう一つは16 17 18の文で、いわゆる成立の由来を述べた序と考えられるものである。ここでは前者について考えをめぐらすことにしたい。

一般に序跋の類が個人の文集に集成される場合、実際に書籍に付された序跋が収録されると考えるのが当然であろう。『琴後集』所収の序跋類も、基本的には当該書籍の巻頭あるいは巻末に付されたものを採録している。もちろん、多少文言に異同のある場合もあるが、それは誤写か春海自身の推敲か『琴後集』編者の添削か、いずれかの可能性の内に含まれていると考えてよい。ところが、先に提示した巻十一「序」所収全十八篇の中で、実際に付された序とは似ても似つかないものが存在するのである。「7契沖法師富士百首の序」である。それは一定の推敲が施された結果できあがったというには、あまりにも相異点が多すぎるのである。どうしてそのようなことになったのか。そのことの解明を眼目にして、以下それに付随する諸問題について検討したい。

二、二つの序

まず、実際に『契沖法師富士百首』に付された序を引用するところから始めたい。こちらの方が『琴後集』所収のものよりも時期的に早く成立したと考えられるからである。なお、引用に際して適宜句読点等を補った。以下同じ。

> 契沖法師よ、千世の古道ふみわけて言葉のそのにいさをおほかることは、さらにいふべくもあらず。たゞ其筆の跡はしも世におほくもつたへず。もとよりさるかたに名もたかゝらねば、みしれる人もまれになむありける。しかはあれどいまこの百首を見るに、よくいにしへ人の筆のこゝろをまねび得たるは、こゝに心をふかめざりしにもあらざりけらし。そのにほひなくて高き心しらひのみゆるは、さすがにこの法師のすさみとこそおぼゆれ。又歌もおのづからひとつのすがたにて、おもふがまゝをいひつらねてこゝろいたらぬくまなきは、めづらかなりといふべし。こはかた山の誠之が年ごろ世になき宝としもたるをかり得て、ある人のこふまゝにうつしてとらせければ、かく板にはゑりたるなり。今は法師をしたふ人おほかれば、世にも広くつたへむとてのわざにこそ。
>
> 寛政といふ年の十まり一とせのやよひ　平春海

識語の年記によれば、この文章は寛政十一年三月に書かれたものということになる。第四節で確認するように、『契沖法師富士百首』が刊行されたのは同年十月であるから、序の執筆時期として妥当ではないかと思われる。

序の内容は、契沖法師の古学者としての顕彰のために、後世にその筆跡を伝える必要性から出版するに至った由である。片山誠之の名を出す件りは、原本の所蔵者への礼儀であり、現代の出版事情にも通じるところであろう。なお、誠之は伊勢国の出身で、字を子道といい通称は足水、山岡明阿の門弟である。春海や加藤千蔭とも親交のあった人であるが、すでに寛政十年十一月二十五日に病没しており、その顚末は「足水翁墓碑」（『琴後集』巻十五「墓碑祭文」所収）に詳述されている。あるいは『契沖法師富士百首』出版の計画も誠之の死去と無関係ではないかもしれない。

さて、序文の中で所収歌に関して「めづらかなりといふべし」と一定の評価を下しているのは、敬仰する先達への挨拶であるが、それが春海の本心なのかどうかは疑問の余地がある。というのも、春海は後に歌論『歌がたり』のなかで契沖について、次のように述べているからである。

また難波の契沖法師は、世にすぐれたる才ありける人にて、古の歌をとき得る事の正しきすぢは、この人をこそはじめとはすめれど、歌よむことのうへまではこゝろおよばずやありけむ。今漫吟集の歌どもをみるに、こまかにたくみなる歌はみゆれど、いにしへのたかくのどかなるすがたをまねびいでたりとおぼゆるふしはみえず。すべてこの法師の歌にしては、猶ふさはしからぬやうにぞおぼゆるかし。

『漫吟集』所収の歌に関して、巧みな歌はあると一定の評価はしながらも、やはり古歌の長高い「姿」を体現した歌は見えないとしている。もちろんこの文は賀茂真淵の歌を讃える文脈のなかで書かれているので、必ずしも契沖を絶対的に低く評価していたのではなく、真淵との関係で相対的に酷評したに過ぎないとも受け取れる。なお、『契沖法師富士百首』所収歌は、多少順序を異にした形態で「詠富士山百首和歌」として『漫吟集類題』巻十九「雑歌三」に収録されている。

いずれにせよ、序というものは本文を推薦するという性質を有するものであるから、序の役割にふさわしい内容になっているといえよう。なお、『契沖法師富士百首』には春海の序とともに安田躬弦の跋も収められている。次のようなものである。

此もゝの歌、よにめづらかなる物なれば板にゑりなんと思ひよりぬとて、ある人のこへるまゝにうつしとりぬとて、村田のうしの見せられしを、かつよみかつよろこぼひつゝ巻をさめんとするに白き紙一ひらなん残れる、それになにゝまれかいつけてよとあるに、何事をかいふべき。歌のしらべのをゝしきも鳥の跡のみやびたるも今更にやは。たゞこのもゝのうたの、いまより後高根の雪のたかくあらはれ、なるさはの音とほくきこえて世にひろくおよぼしたらんには、みやびをのおなじよろこびはさらなり、心せばき窓の中にはか〲しからぬ家のをしへになづみ、あるはむばらしげる藪原の末に古のうたの道をふみも見ぬ人等の耳をおどろかし、目をさまさしめんも、はたおかし〔ママ〕きすさびならずや。

寛政十一年三月　　源躬弦

躬弦は越前福井藩医で、春海や千蔭と行動をともにした江戸派の歌人・国学者でもある。(3) 跋文中の「巻をさめんとするに白き紙一ひらなん残れる、それになにゝまれかいつけてよとあるに」というところは跋文執筆の動機を述べた箇所であるが、いかにも謙遜の色が感じられ、額面どおり受け取る必要もあるまい。この跋文には春海の序文と全く同じ年月の識語を有することから、内容的に春海の序と補完関係にあると考えても、あながち見当違いとも言えないだろう。なお、春海の文と躬弦の文の置かれる場所は諸刊本により巻頭・巻末に異同が見られるが、後掲の初版本によって春海のものを序文、躬弦のものを跋文と称することとする。

さて、次に『琴後集』巻十一「序」所収の「契沖法師富士百首の序」は次のごとくである。

この契沖法師の富士百首は、さきに片山誠之がもたりける時に、おのれうつしとりて板にゑりたるになん。さるを今は観阿のぬしが家にぞをさめたる。法師のこの百首をかゝれたるが世にのこれるは、難波の若山滋古がもたると、此巻とふたつなり。わか山が巻は、文字おほきやかにて、すがたうるはしく、にほひおほし。この巻は文字ちひさくして、筆すみていにしへぶりなり。今おもふに、この巻のかたは、よはひのすゑにかゝれたるにやあらむ。

内容を確認しておこう。契沖自筆の富士百首は二種類ある。一つは片山誠之所蔵本を春海が写し取って刊行したものであり、文字は小さく洗練された古風な書体であるという。原本は観阿の家に所蔵されている。誠之没後に譲り受けたのであろうか。春海はこれを契沖の晩年に書かれたものではないかと推定する。もう一つは若山滋古所蔵本であり、文字は大きく端正な書体で余韻があるという。『琴後集』所収の序では、この二種類の契沖自筆本を並列して、特徴を摘記しているのである。

本節冒頭で見た『契沖法師富士百首』に実際に付された序と、今の『琴後集』所収の序を比較してみると、推敲を経た結果できあがったものという以上の相異が存在する。その中でも最も大きな違いは、若山滋古所蔵本の件りである。若山滋古所蔵本とは一体何なのか。次節ではそれを明らかにしたい。

三、若山滋古所蔵本とその刊行

若山滋古所蔵本は、縦二八・二糎×横一五・三糎の折本一帖である。若山滋古の序文に続いて本文が始まり、「元禄十二年五月上旬」の契沖奥書があり、それに続いて石橋新右衛門宛契沖書簡の模刻を付し、最後に荒木田久老の跋文を載せる。本文は陰刻されている。

まず、滋古の序によって内容を確認しておくことにしよう。次の通りである。

なべて世に契沖阿闍梨の筆のあとゝてもてはやせるは、たゞ手ならひのやうに書置れしあとなれば、いさらゐのいさゝかものたらはぬこゝちせられて、難波高津のたかき世のふりもはた見えわかざりけるを、此富士の百首はおなじよに友とし、なれむつびあへる陳努海のへたに家かたつける石橋の何がしがもとめによりて、ことにひきつくろひものせられし巻なれば、三名之綿がくろき墨つきの跡谷河瀬の田鶴のたづ〳〵しからず、堀江に生るあしつぬのをかしきふしもおのづからあらはれ筒、あまの栲縄くりかへし見むにも、彩浜四時見のあく事なきかたみなりしを、ゆくりなくことしきさらぎの比、おのれが家のたからとなりければ、ひが〳〵敷底宝とひめおかむもあたらしく、かつは今年百とせの遠忌など由縁もあれば、つみのえのはまによるちふうつせ貝うつしとらせて春の花のにほひよき桜木にほらしめしは、名に負ふながらのながき世にもつたはれとて南。かくいふは、寛政十あまり二とせはゝこつむやよひのころ、難波の萩のやにやどりする若山棐

序によれば、同郷の先達契沖の真筆はだいたい手習いのようなものばかりであるが、ゆくりなくもこの富士百首を手に入れ、折りしも契沖百年忌でもあり、刊行することにしたという。この序は寛政十二年三月の年記を持っており、同年二月には当該本を落掌したという。この時期にはすでに春海の模刻本『契沖法師富士百首』は出版されていた。おそらくそのことを滋古は知らなかったのであろう。滋古は自らの師に当たる荒木田久老に跋を求め、久老も同年六月付の跋を贈っている。そうして若山滋古所蔵本の模刻本は同年秋に刊行される。残存する出版記録を見てみよう。(4)

寛政十二年申年七月免許
契沖法師富士山和歌百詠　全壱冊　双鈎者　四軒町
荒井半蔵
開板人　北久太郎町五丁め
河内屋喜兵衛

書名が「契沖法師富士山和歌百詠」となっているが、原本の内題は「詠百首富士山和謌」なので、以後若山本はこの名称を正式書名として呼ぶこととする。版本の奥付も次に引用することとする。

萩屋蔵

寛政十二年庚申仲秋

北久太郎町心斎橋筋

浪華書林　河内屋喜兵衛板

「萩屋」とは、自序によれば若山滋古の屋号である。「萩屋蔵」は通常は若山滋古による素人蔵版とすべきところであろう。しかしながら、本書は大坂本屋仲間に対して正式な届け出がなされ、行事による書物改めが行われ、公許を得て出版されたものであるから、正真正銘の町版として流通したものと考えることができる。また、奥付では「寛政十二年八月」となっているので、出版記録と一月ずれることになるが、開板許可と実際の版行とのずれを考慮すれば十分理解できる。こうして刷り上がった版本を寛政十二年中には、滋古は加藤千蔭に一部贈る。版本を贈呈された千蔭は滋古に礼状を出しており、それは『うけらが花』二篇巻七にも収録されるところとなる。少し長いが重要なものなので次に引用することにしよう。

難波のわか山滋古へこたふる文

のきの荻原もおとせずなりにて侍るを、ゆくりなくおどろかいたまへるものかな。あがたゐのうしのをしへをしのびたまふあまり、いせ人宣長久老神主などへも便につけてふみかよはしたまひ、千蔭らかのうしに名つぎおくれるつらなればとて、ねもごろにのたまひおこせたまふみこゝろ深さなん、たとしへなくおぼえ侍る。こぞの春、契沖あざりのふじの百首みづからかゝれつるを得たまひていたにゑらせたまひぬとて、見せたまへるなんいともく〳〵めづらかにうれしう、先くりかへしつゝめで侍りぬる。さきにかのあざりのかゝれつるなりとて人のもたりしを見侍りしは、まことの案とおぼしくてみだりにかいつらねたるをさへによにめづらしきものにものし侍りしを、こはこよなうひきつくろひてかゝれたれば、文字のさまたゞしくそれにそはれるせうそこさへにいとをかしう、ことによそひをさへみやびになしたまへれば、まことにふたつなきものにも侍るかな。かく君がいへの宝ともなれるは、名におふ山のかひありと、あざりも天かけりてよろこびぬべくこそ。

ふじのねをちゞにたゝへしことのはに心高さの見えもこそすれ

おしてるやなにはの海にかづかずは人しるらめやしづくしらたま

高ねよりたきぎながるゝふじ河のたえむよもなき水くきのあと

をかしきふしも侍らぬものから、なほあらしになむいろはの君のむそぢをいはひまゐらせらるゝ屛風のれうの歌のことのたまひおこせつるまゝに、われも人もよみてまゐらす。いまやところがらうらゝなる春をむかへたまふらんといとめでたうこそ。今よりは行かふかりのたよりにつけて物し侍るべくなん。あなかしこ。

む月もちの日

書簡の始まりや末尾の一文などから推し量ると、滋古が千蔭に書簡を送ったのも初めてなら、千蔭が滋古に書簡を送ったのも初めてと考えてよい。では、書簡末尾の一月十五日という日付はいつの年のことと考えればよかろうか。「こぞの春」に滋古が契沖自筆の富士百首を手に入れたとあることが決め手になる。先に検討した自序の記述との整合性から考えると、「こぞの春」は寛政十二年春（二月）ということになるだろう。そうだとすれば、この書簡は寛政十三年（二月五日に享和に改元）のものとするのが妥当であろう。また、「さきにかのあざりのかゝれつるなりとて人のもたりしを見侍りし」とあるのは、寛政十一年十月に刊行された『契沖法師富士百首』の原本を指すことはほぼ間違いない。千蔭はひとしきり滋古版の版本を賞賛した後で、出版の祝いとして歌を三首詠み送っているのである。ところが、この書簡を手にした滋古は、千蔭の書簡から歌三首を中心にして抜粋し、後刷の版本の末尾に添付した。それは次のようなものである。(5)

若山氏この一まきを得ていたにゑりたりとておこせられければよみける。

ふじのねを千々にたゝへしことのはにこゝろたかさの見えもするかな
おしてるやなにはのうみにかづかずはひとしるらめやしづくしらたま
たかねよりたきをながるゝふじかはのたえむよもなきみづくきのあと

千蔭

一首目の結句の末尾に異同が見られるが、他に大きな異同はない。おそらく千蔭書簡から採録されたものであろう。千蔭は自分の書簡の抜粋、および詠歌が版本に載せられることを知らされていたかどうかは定かではない。また、どの刷りの時点からそれが増補されたのかも不明と言わざるを得ない。いずれにせよ、千蔭の文と歌が『詠百首富士山和歌』後印本の末尾に付されることになったのである。

一方、春海が滋古版の版本を手にしたのはおそらく千蔭と同じ時期ではないかと推定される。というのも、春海は千蔭宛に次のような書簡を出しているからである。(6)

難波人へ御こたへの文とくと拝見仕候。おもしろき事ニ奉存候。愚意少し申上候。屏風の御歌ハ水の鏡の御歌別して感吟仕候。
難波人ノ文ハことばも文字もよみにくき書ざまニ御座候。
文字ハ契沖ノまね、詞ハ久老ノ流と被存候。
十日

この書簡の執筆年次を推定しよう。文中の「難波人へ御こたへの文」であるが、これは「屏風の御歌」のことなどの内容が重複する故に、さきに見た寛政十三年一月十五日付千蔭書簡と考えるのが妥当であろう。もちろん「難波人」とは滋古のことである。千蔭の近所に住んでいた春海が、千蔭が一月十五日に書いた書簡を翌二月十日までに見せてもらい、その感想を述べるというのは、日付の整合性の上でも納得がいくだろう。そう考えると、この書簡は享和元年二月十日付としてよいだろう。なお、書簡の中で滋古の筆跡や言葉遣いを揶揄しているのは、例の春海一流の毒舌と解してよい。ともあれ、春海が滋古と滋古版の版本を初めて知ったのは、千蔭と同じくこの時点と考えるのが妥当ではなかろうか。

そうだとすれば、春海は『契沖法師富士百首』の序を執筆した寛政十一年三月の段階では滋古版本を知らなかった、ということになる。前節で確認したように、実際に書物に付された時点では、春海の序文には滋古本への言及がなかった。それもそのはずであって、まだその時には滋古でさえ手に入れていなかったからである。それが寛政十二年二月には滋古が落掌し、翌年には春海の知るところとなる。のちに『琴後集』に収録される序文が執筆されるのは、少なくともそれより後ということになるだろう。序文が書き替えられた訳である。そうして、それ以降、『契沖法師富士百首』の序は『琴後集』所収の序に差し替えられたのか、といえば、全くそういうわけではない。依然として『契沖法師富士百首』は初版時と同じ形態で、しかし版元を次々と替えて再版され続けたのであるが、そのことは次節で詳述したい。

四、片山誠之所蔵本とその刊行

契沖法師が詠んだ富士百首で、春海が模刻し刊行した書物は、片山誠之が所蔵していた時に春海の目にとまったものである。契沖筆の内題は「詠富士山百首和歌」であるが、本章では便宜上これを外題等により『契沖法師富士百首』と称する。書誌は、匡郭縦二一・〇糎×横一四・二糎の袋綴一冊で、墨付十三丁、うち本文は十一丁である。『詠百首富士山和歌』と比較すると、歌順には異同が見られるが、本文においては細かい用字の相違を除くと、原則として異同は見られない。(7)

春海は師の賀茂真淵とともに契沖を歌学の祖として尊んでいた。その契沖の真筆を目の当たりにして心高鳴ったことであろう。借り得て模写した件りは序で確認したとおりである。寛政十一年三月のことである。同年十月にいよいよ出版されることになる。そうして数度の求版を経て増刷され続けるのであるが、諸本に関して万笈堂英平吉を初版初刷本の版元（開版書肆）とする誤解もあるようなので、順を追って刊行状況を見ていきたい。(8)まず当時の出版記録を見ておこう。(9)

〈寛政十一年己未九月不時割印〉

同（寛政十一年）十月

契沖法師富士百首　全一冊　平春海大人校　板元願人　万屋太治右衛門

同（墨付）十三丁

記録によれば、この本は蘭香堂万屋太治右衛門によって刊行された由である。実際のところ、蘭香堂の奥付のある本が存在する。次のようなものである。(10)

寛政十一年十月

山下御門外山下町

東都書林　万屋太治右衛門

このことによって、まずは『割印帳』の通りに刊行されたことが確認される。また、その事実は蔵版目録によっても裏付けられるのである。この刊記の前には蘭香堂蔵版の書籍四冊の広告がある。次のようなものである。

万葉集佳調	長瀬真幸大人著 二巻　出来	此書は万葉集の内よりすぐれたる歌を選みいだして初学の人の古風の歌を学ぶ便とす。
かさねの色合	賀茂真淵大人著 一巻　出来	此書は装束のかさねの色目を集たる書也。女房の歌の懐紙其外包紙等に用るかさねの色を見るに便也。
仮字拾要	平春海大人著 二巻　近刻	此書は和字正濫抄古言梯に漏れたる仮名をあげ、又二書の誤を正して仮名づかひの法を委しく記す。
歌苑古題類抄	平春海大人著 二十巻　近刻	此書は二十一代集三十六人家集其外古歌集より仮名がきの題を書抜き其本歌をも載て部類す。

すでに上梓に及んでいる「出来」は二冊、『万葉集佳調』は寛政六年四月に、『かさねのいろあひ』は当該書と同じく寛政十一年十月にそれぞれ刊行されている。また、「近刻」二冊はこの時期に上梓の計画が持ち上がったが、ついに出版されることはなかったようである。(11) いずれにせよ、これらの広告は寛政十一年十月に『契沖法師富士百首』が刊行された傍証となる。このように刊行年月を明記したもののほかに、蘭香堂からは奥付に次のような蔵版目録を添えて刊行されている。(12)

東都書肆蘭香堂蔵版目録　山下御門外山下町　万屋太治右衛門

この目録の中には先にあげた四部の和学書も含まれているが、それ以外にも太宰春台著『読書会意』などの漢籍や『東江先生書法図』をはじめとする書道書などが掲載されている。その中に『桂林漫録』が含まれていることは注目に値する。『割印帳』によれば、この書は寛政十二年六月に前川六左衛門から出版されたものである。つまり、この版は寛政十二年六月に前川六左衛門によって上梓されてから、版権が蘭香堂に移った後の刊行ということになる。ということは、『契沖法師富士百首』は蘭香堂において、時期を違えて少なくとも二度刷られたということになるだろう。なお、この目録には当該書目に関する次のような広告も掲載されている。

　平春海大人摹
　契沖法師富士百首　契沖自筆を其まゝに写しとりたるなり。全一冊

これは本書の初めての紹介文であり、簡潔であるが本書の面目を伝えているといってよいだろう。

さて、本書は蘭香堂から次々と別の書肆に版権が移り、刊行されることになる。まず最初は万笈堂英平吉である。万笈堂版には見返しに書誌情報が付されることになる。次のようなものである。

　平春海大人摹
　契沖法師富士百首
　江戸　万笈堂英氏蔵板

このような見返し題が添付されたことから考えて、本書は一時期完全に万笈堂一書肆による求版本として刊行されたと判断される。それでは万笈堂版はいつの時期に刊行されたのだろうか。万笈堂版には刊行年月に関する記載がないので正確な刊行時期は必ずしも明確ではない。しかしながら、万笈堂発兌の和書には本文のあとに蔵版目録が付されることが多い。その目録を検討すればだいたいの発行年月が推定できるのである。

そもそも万笈堂の和書目録、とりわけ歌書を中心とする和学書に関する蔵版目録は当初「和書部　江戸神田鍋町万笈

堂英遵蔵板目録」という名称であった。それは文化五年閏六月刊（割印帳）の『月詣倭歌集』から始まる目録であり、和学書を刊行するごとに増補していたが、文化年間の末頃から求版本も掲載するようになる。その後も万笈堂が版権を有する版本を次々と掲載し、最終的にこの目録は十三丁、書目数七十四に及ぶものに成長する。その間、未刊書目掲載箇所の版木を削り取り、新しい書目を埋め木で差し替えたりもしている。(13) また、それと相前後して目録の名称も「江戸本石町十軒店万笈堂英平吉和書目録」と変更し、柱に「万笈堂蔵板目録」の文字を刻んでいる。

さて、本章で取り上げている『契沖法師富士百首』が蔵版目録のどこにあるかといえば、九丁オに登場しているのである。参考までに引用しておこう。

富士百首　契沖阿闍梨真筆 村田春海大人模校　全一冊

此書は契沖師の真跡を得て春海大人模刻し給り。その歌調の妙なる事はいふもさらなり。またのちの人、この師の筆の跡をまなばんにいとよき手本也。

先に見た蘭香堂の広告よりも詳細になっているといえよう。広告とは元来そのようなものなのであろう。ともあれ、本書が蔵版目録に掲載された位置から万笈堂が求版したおおよその年次を考えてみることにしよう。「富士百首」とともに蔵版目録に新たに加えられたと思われる書目は次の通りである。括弧内は求版前の書肆と『割印帳』による刊行年月で、求版年月が判明するものは明記した。

唐物語（奥田弥三郎、文化六年七月）
杉のしづえ（須原屋文蔵、寛政七年四月→文化七年十二月求版）
万葉集佳調（万屋太治右衛門、寛政六年四月）
富士百首（万屋太治右衛門、寛政十一年十月）

芳野道の記（吉文字屋茂八、寛政五年正月）
和漢朗詠国字抄（花屋久次郎、文化四年正月→文化十年三月求版）
定家卿かな遣（山崎金兵衛、寛政三年九月）
柳意筆記（未刊）(14)

まず、これらの書目がいつ蔵版目録の中に加わったかを考えてみよう。この八部の書目の中では『和漢朗詠国字抄』が文化十年三月に万笈堂に求版となったのが最も新しいものである。ただし、その一点でこの蔵版書目が同年同月に出来したと結論づけるのは早計であろう。というのも、文化七年十二月求版の『杉のしづえ』と文化十年三月求版の『和漢朗詠国字抄』が時期を同じくして蔵版書目に加わっているからである。求版本の場合、ある程度の数が集まってからまとめてリストに載せていたのであろう。ことほどさように如上の八部だけでは埒が明かないので、目を前後の書目に移すことにしよう。

これら八部の書目の直前に『万葉集楢落葉』がある。これは万笈堂の蔵版として刊行されたものであり、奥付が文化十二年十二月となっている。とすれば、引用した書目が蔵書目録に掲載されたのは、少なくともその後と考えるのがまずは順当であろう。しかし、これも少し考えれば、単純にそうとばかりも言い切れないことがわかる。というのも、自前の出版物であれば、蔵版目録は刊行予告も含めて宣伝広告のために出したものとも考えられるからである。実際のところ、引用したものの中で最後の『柳意筆記』のように、刊行予告のみで終わった書目も存在するのである。だから、厳密にこの奥付の後であるとする根拠は薄弱である。ただし、蔵書目録の次の丁に文政元年正月の奥付を持つ『土佐日記考証』が控えているところからも、一連の求版本は文化十年代に蔵版書目に名を連ねたとひとまず考えてよかろう。もちろん右の手続きが状況証拠を積み上げたに過ぎないことは承知の上である。

次に、『契沖法師富士百首』がいつの時点から売り捌かれたのかを考えてみよう。八部の書目が文化十年代に蔵版目録に加わったとすれば、すくなくともそれ以前に版権の移動は行われていたとしてよい。さもないと版権をめぐるトラブルに発展しかねないからである。つまり、版権の移動が文化十年代以前に行われていたとすれば、売り捌きはそれ以降ということになるだろう。

それではいつまで万笈堂で売り捌きが行われていたのか。残存する万笈堂版『契沖法師富士百首』に付随する蔵版目録は、先に確認した「江戸本石町十軒店万笈堂英平吉和書目録」の最終版である。ということは、文政六年二月の奥付を持つ尚古堂岡田屋嘉七版『尚古仮字格』が万笈堂に版権が移った後ということになり、やはり文政年間の後半頃ということになるのだろうか。なお、英平吉は天保元年十月二十七日に没している。万笈堂は英平吉から息子の大助へと暖簾分けをし、平吉の死後は書目の大半が大助に引き継がれたという[15]。天保年間に入って英大助の許で売り捌かれていたかどうか、確かなところは不明である。

第三として、玉山堂山城屋佐兵衛に版権が移ったということが指摘できる。刊年が明らかなものを先に問題にしたい。次のような刊記のあるものである[16]。

天保四癸巳年　　日本橋通二丁目
　　江戸書林　　　山城屋佐兵衛

天保四年には山城屋佐兵衛の求版となったのである。また、現物は未見であるが、次のような刊記を有する本もあるという[17]。

日本橋通貳丁目　板元　山城屋佐兵衛

このことから、山城屋佐兵衛に版権が移動したことは確かであるが、どうも山城屋一肆のみの刊行ではなかったらしい。というのも、次のような奥付を持つ版が存在するからである。[18]

　　京都寺町松原
発行　勝村治右衛門
　　大坂心斎橋北久太郎町
　　　河内屋喜兵衛
　　同　博労町
書林　河内屋茂兵衛
　　江戸日本橋通二町目
　　　山城屋佐兵衛

書肆の並びから考えて最後に位置する山城屋佐兵衛を主版元とするのが妥当であろう。すなわち、天保四年版のバリエーションである。また、山城屋以外の三肆はすべて上方であることから、いわゆる相合版ではなく、上方での売り広め所のための書肆と考えてよかろう。版元はあくまでも山城屋一肆ではないかと推定される。以上のことから、山城屋佐兵衛において少なくとも三回刷り立てられたということになる。

第四として、山城屋新兵衛に版権が移動したということができる。ただし、このように述べることに全く問題がないわけではない。というのも、当該本の奥付が次のようなものだからである。[19]

　天保七丙申年五月　講《（ママ）》板
　　日本橋通貳町目
江戸書林　山城屋佐兵衛

本銀町川岸
山城屋新兵衛

「講板（購板）」とあるからには、天保七年五月に山城屋新兵衛が求版したのであろう。ただ、その前に版権を所有していた山城屋佐兵衛も奥付に名を連ねているのであるから、単純に山城屋佐兵衛から山城屋新兵衛に完全に版権が移ったというのでもなさそうである。つまり、佐兵衛は版権は新兵衛に委譲したが、依然として売り広め所として残留したということであろう。もちろん、この間に別書肆への版権の譲渡があり、再び山城屋佐兵衛のところに戻ってきた可能性もないではないが、刊記に三年の隔たりしかないことを考慮すると、不自然といわざるを得ない。やはり、山城屋佐兵衛売り広め所残留説が有力ということになるだろうか。また、それを裏付けるかのように、「慶応三丁卯年七月再刻」の『玉山堂製本書目』には、『契沖法師富士百首』の項に、「天保七」の刊年とともに「二・五」匁という価格をも正確に載せている。[20] なお、同天保七年五月には山城屋佐兵衛と新兵衛の合版による『琴後集』が刊行されている。

ところで、以上の書誌情報に加えて見返し題について一言付しておこう。万笈堂に版権が移った時、万笈堂蔵版の見返し題が添えられたことは先に言及した。が、この見返し題は山城屋佐兵衛あるいは山城屋新兵衛が求版してからもずっと使い続けられているのである。タイトル表示として好都合だったからであろうか。

以上見てきたように、片山誠之所蔵本模刻『契沖法師富士百首』は出版書肆を次々と替えながら刊行されたのである。[21]

五、類版に関する問題

三、四節で確認したように、若山滋古所蔵本模刻『詠百首富士山和歌』と片山誠之所蔵本模刻『契沖法師富士百首』とは内容的にも、形態的にも非常に似た性格を持つものであった。そういった意味で、本屋仲間の支配する出版機構の申し合わせに触れる可能性が考えられる。すなわち、内容や形態がほとんど同じで、しかも著者真筆というプレミアまで同じ書物がかなり近接した時期に刊行されたことで、「類版」という問題は起こらなかったのであろうか。

結論から先に言えば、類版問題は起こらなかったと推定される。その根拠は四つあるが一つずつ検討していくことにしよう。まず、類版問題を考える前提として類版とは何かということを確認しておく必要がある。鈴木俊幸氏によれば「類版とは、その書籍の本来的属性ではなく、自分所持の板株の経済的権益を脅かすものであると訴えのあったものについて、仲間内で吟味し、訴え出た者の主張が認められた段階で認定される」ものである。[22] すなわち、類版問題は出版書肆の告発をもって発生するというのである。本章にこれを当てはめれば、『契沖法師富士百首』の開版書肆である蘭香堂万屋太治右衛門が経済的権益を侵す危機を感じ、『詠百首富士山和歌』の蔵版者たる若山滋古および書肆河内屋喜兵衛を訴えることで初めて問題の所在が明らかになるということになる。では、蘭香堂は類版に関して本屋仲間に訴え出たのであろうか。蘭香堂がどの程度意識していたかは定かではないが、少なくとも問題を表沙汰にしたとは考えにくいのである。というのも、三節で見たように、『詠百首富士山和歌』が出された翌年の寛政十三年一月十五日には千蔭から滋古宛に当該書出版に関する懇ろな書簡が出されており、その書簡を見た春海も滋古を茶化すことはしても決して悪意を込めて発言することはなかったからである。滋古が千蔭の書簡の一部を『詠百首富士山和歌』

重印の際に付したのは、意地悪な見方をすれば、単なる箔付けのためではなくて類版問題不在のアピールと考えられなくもない。いずれにせよ、編者同士の懇意な関係から考えて類版問題が表面化したとは思えないのである。付け加えれば、少なくとも開版時には、片山誠之所蔵本は江戸で、若山滋古所蔵本は大坂でそれぞれ売り捌かれる予定だったのであり、頒布の面からも利害が対立する恐れは少なかったといえよう。

次に、『契沖法師富士百首』の三度目の求版の時に、『詠百首富士山和歌』の開版書肆河内屋喜兵衛が売り広め所として名を連ねているという事実がある。このことは、河内屋喜兵衛の側でも『契沖法師富士百首』の売り立てが『詠百首富士山和歌』の売り広めに支障を来さないと考えたことの証拠と見なし得る。立場が逆の書肆の側でも、この二書は売り捌きに際して両立すると考えた上での処置と思われるのである。もちろん、『契沖法師富士百首』の開版書肆である万屋太治右衛門が同様の発想をしたかどうかは、もはや確かめようもない。しかしながら、その可能性がある程度の妥当性を持っていることの傍証となっていることは確かであろう。

三番目として、『琴後集』巻十一所収「契沖法師富士百首の序」の執筆意図の問題がある。この序文に書かれていることは、この二書が別個の物であり、それぞれに契沖の筆跡を伝えているということであった。第二節でも見たように、この序は『琴後集』にのみ所収されているだけであって、何度も刷られたにもかかわらず、ついに最後まで『契沖法師富士百首』に付されることはなかったのである。では、一体なぜ春海はこのようなものを書いたのだろうか。想像をたくましくして大胆に予測すれば、この『琴後集』所収の序文は『契沖法師富士百首』と『詠百首富士山和歌』の類版問題を回避するために書かれたものであるという仮説を立てることができる。すなわち、若山滋古よりの書簡を千蔭と相前後して見た春海は、腹には一物抱きながらも、公式見解としては両書の「類版」性の稀薄なことを主張するに至るのである。千蔭は懇意な書簡を滋古に送り、春海はもう一つの序文をしたためる。いずれも滋古所蔵本富士百首に敬意を持って接しているのである。なお、普段は非常に戦闘的な春海が今度ばかりは意外にも穏健な態度を採っている背景には、別件の類版問題が存在していたということも指摘できる。つまり、ちょうどその頃、『賀茂翁家集』刊行に関して大坂の本屋仲間との間で類版問題を抱えていたようなのである。(23) あるいはそのことが遠因となっているかとも推定される。

第四に、『琴後集』巻十二「序」の「契沖法師富士百首序」の直後に「厚顔抄補正序」が置かれていることを指摘することができる。「厚顔抄補正序」によれば、『厚顔抄補正』は契沖『厚顔抄』を増補改訂したものであり、若山滋古の著作であるという。滋古は契沖の学を受け継ぎ、その学識は信頼に足るものであると記している。このように滋古を高く評価すると述べていることは注目に値する。「厚顔抄補正序」は文化二年九月十五日の識語を有するので、『契沖法師富士百首』の出版の六年後のことである。ということは、『契沖法師富士百首』の出版後に滋古と懇意となり、滋古の書物の序文を執筆するまでの仲になったということである。ただし、『厚顔抄補正』は伝本がなく、刊行された形跡はない。したがって、『厚顔抄補正』という書物の中身は未詳とせざるを得ない。ともあれ、類版はあくまでも書肆同士の問題ではあるが、著者同士の接近というファクターを勘案すれば、類版には至らなかったと考えるのが妥当であろう。

以上検討した四つの事柄を根拠として、若山滋古所蔵本と片山誠之所蔵本との間に類版問題は発生しなかったと推定するものである。

六、おわりに

『契沖法師富士百首』の序は二種類存在する。それは実際に刊行された版本に付された序と『琴後集』に収録された序である。それらには埋めがたい相違があった。そこから若山滋古所蔵本『詠百首富士山和歌』と片山誠之所蔵本『契沖法師富士百首』という、契沖真筆本の模刻本二冊の刊行を辿っていった。その過程でこの二書の類版が問題になった。最終的にはこの二書には類版問題が存在しなかったことの立証を試みる中で、『琴後集』所収の序文の執筆意図に言及した。

かくして富士詠百首和歌は契沖没後百年の時を経て出版された。出版が作品受容の一形態であるとすると、契沖の和歌は確実に受容されたと言ってよかろう。(24)

〔注〕

（1）拙著『村田春海の研究』（汲古書院、平成十二年十二月）第一部「『琴後集』の和文」第一章「文集の部総論―江戸派「和文の会」と村田春海」参照。

（2）同右第一部第二章「和文和歌対比論―「初雁を聞く記」の分析」および第三章「和文漢文対比論―「堂楼亭閣の記」の分析」参照。

（3）鈴木淳氏『江戸和学論考』（ひつじ書房、平成九年二月）「二四　江戸派歌人安田躬弦寸描」参照。

（4）『国書板木目録』（『大坂本屋仲間記録』第十一巻、清文堂、昭和六十一年三月）による。『開板御願書扣』（『大坂本屋仲間記録』第十七巻）にも同様の記録がある。

（5）引用は多和文庫蔵本による。なお、千蔭文書は明治二十五年求板の鹿田松雲堂本（大阪府立中之島図書館他蔵）にも存在する。

（6）大阪市立大学森文庫蔵『千蔭の書簡』所収のものによる。

（7）『契沖全集』第十三巻（岩波書店、昭和四十八年十二月）所収「詠富士山百首和歌」の解説参照。
（8）『契沖全集』第七巻（朝日新聞社、昭和二年一月）の凡例など。
（9）『割印帳』（『享保以後江戸出版書目―新訂版―』、臨川書店、平成五年十二月）による。
（10）国立国会図書館蔵本・東京大学総合図書館蔵本。
（11）『仮字拾要』については、注（1）拙著第五部「諸学問の成立」第二章「語学論―『仮字大意抄』の成立」参照。
（12）磐田市立図書館赤松文庫蔵本・大阪市立大学森文庫蔵本・静嘉堂文庫蔵本。
（13）大坪利絹氏「或る蔵板目録を調査して」（『親和女子大学研究論叢』十七号、昭和五十九年二月）に万笈堂の蔵書目録のすべてを翻刻掲載している。ただし、入木処理のある版の前後関係における見解は私見とは異なる。
（14）『国書総目録』には「国書解題による」とあり、所在未詳の由である。
（15）『日本古典籍書誌学辞典』（岩波書店、平成十一年三月）「英平吉・大助」条（加藤定彦氏執筆）参照。
（16）静岡県立図書館葵文庫蔵本。
（17）『契沖全集』第十三巻（岩波書店、昭和四十八年十二月）所収「詠富士山百首和歌」の解説の指摘による。
（18）盛岡中央公民館蔵本。
（19）東京芸術大学脇本文庫蔵本。
（20）弥吉光長氏「幕末維新の書林目録（七）」（『日本古書通信』四百四十八号、昭和五十六年八月）参照。
（21）この他に、片山誠之所蔵本が元蔵者の許にある時に出版された、天明二年三月刊（奥付）の高昶模刻本『ふじ百首』（江戸須原市兵衛・大阪柳原喜兵衛・京師梅村宗五郎）などもある。
（22）『日本古典籍書誌学辞典』（岩波書店、平成十一年三月）「類版」条。
（23）鈴木淳氏「『賀茂翁家集』の出板と後集」（『ビブリア』九十四号、平成二年五月）参照。
（24）近世期の富士山詠については、大谷俊太氏『和歌史の「近世」―道理と余情』（ぺりかん社、平成十九年十月）第四章「近世堂上和歌の諸相」「三　富士詠　素描―実感と本意」参照。

第四章　小山田与清の出版

一、はじめに

小山田与清は天明三年、武蔵野小山田村に生まれた(1)。享和元年に村田春海に入門し、同三年には豪商高田家に養子入りする。養子先で巨万の富を得た与清は、文化十二年七月に書籍五万巻と言われる擁書楼を開館し、当代文化人の交流の場を提供する。それとともに自著の出版にも意欲を出し、二十点を越える著作を上梓するのである。さながら擁書楼は同時代の文化交流の拠点であり、自著出版は同時代および後世への発信を旨とするものである。ここに師の村田春海の遺志を受け継いで県門江戸派を発展させようとする、与清の気概を見ることもできよう。第一章で述べたように、与清と清水浜臣は春海の相弟子として、春海亡き後の江戸派を継承するべく凌ぎを削っていたのである。なお、与清が盛んに自著出版を行っていた時には高田姓を名乗っていたが、その後文政八年には小山田姓に復したということもあり、一般には小山田与清と立項される。ここでも小山田与清と称することにしたい。

近年、近世期の出版研究は隆盛を極めている。それはカルチュラル・スタディーズの一環として流行するメディア・スタディーズとは一線を画する。包括的であり、なおかつ緻密な書誌調査に基づいた成果が続々と発表されている。しかしながら、個々の作家や作品に即した研究は、テクストが整備された全集に限られ、必ずしも広く進んでいるとは言いがたい。そういった状況は今後もしばらく続くと思われる。したがって、各作家・作品についての調査・研究は分業体制で遂行せざるを得ないであろう。小山田与清の著作の出版においても同様である。本章では、各地の図書館・文庫に残存する著作の調査を踏まえて問題点をあぶり出し、それに一応の答えを与えた。すなわち、与清の著作にはほとんどの場合、著書目録（宣伝広告）が付されているが、ある時期からその書目が出版書肆の別を越えて集成されるようになったという事実がある。それはどのような経緯だったのか、またそこにはどのような問題があったのか、ということを考えてみたい。

二、出版書目一覧

与清の出版した書籍を概観してみたい。原則として初版における書誌の略述を心掛けたが、そうでないものも含まれている可能性がある。書目は刊行順に並べたが、刊記については次のような処理をした。文化十二年までに刊行されたものは『割印帖』により明記したが、その他のものについては奥付によった。さらに奥付のないものは序跋の年記等により推定した。また、著書目録は与清の書目に限り、書肆の蔵版目録は含めなかった。著書目録については次節以降で詳細に検討する。なお、末尾に実見したものの所蔵先を記した。

①俳諧歌論　大本二巻二冊。高田与清著。高田与清序。あづま子跋。文化十年十二月刊（割印）。「松屋大人著／俳諧歌論　前編十冊／一二之巻／千鍾房蔵」（見返）。著書目録添付。「文化九年歳次壬申春三月／書林　梓行　江戸　日本橋一丁目　須原屋茂兵衛／鬻所　仝　本石町二丁目　英屋平吉／仝　田所町　鶴屋金助／仝　筋違御門外　柏屋忠七／京都　寺町松原　勝村治右衛門／大坂　心斎橋安堂寺町　大野木市兵衛」（奥付）。〔国会図〕

②竺志船物語旁註　大本二冊。村田春海著。高田与清注。大田錦城・菊池五山・秋山光彪・高田与清序。村田多勢子・

正木千幹跋。大窪詩仏題辞。文化十一年六月刊（割印）。「織錦平春海先生遺稿／松屋源与清先生旁註／竺志船物語旁註／千鍾房梓行」（見返）。「文化十一年歳次甲戌春二月／書林／江戸梓行　須原屋茂兵衛／京都　勝村治右衛門／大坂大野木市兵衛」（奥付）。〔中之島図〕

③松屋叢話　大本二巻二冊。高田与清著。大田錦城・山本正臣序。村田多勢子題辞。文化十一年六月刊（割印）。「文化甲戌／松屋先生叢話／千鍾房刊行」（見返）。著書目録添付。「書林／梓行　須原屋茂兵衛／江戸　英屋平吉／柏屋忠七／京　勝村治右衛門／大坂　大野木市兵衛」（奥付）。〔中之島図〕

④松屋棟梁集　大本一巻一冊。高田与清著。岸本由豆流・村田多勢子序。片岡寛光跋。文化十三年十一月刊。「擁書倉高田先生著／松屋棟梁集　初編／曬書堂蔵版」（見返）。著書目録添付。「文化十三年丙子仲冬　万笈堂／曬書堂」（奥付）。〔東大総合図〕

⑤擁書漫筆　大本四巻五冊。高田与清著。高島千春・源成祺画。大田覃序。北慎言跋。文化十四年三月刊。「松屋高田先生著／擁書漫筆　五冊／東都　耕文堂梓行」（見返）。著書目録添付。「文化十三年十二月刻成／同十四年三月発兌／東都書林／麹町平川町壱丁目　角丸屋甚助／京橋銀座二町目　松屋要助／新橋南大坂町　伊勢屋忠右衛門」（奥付）。〔国会図〕

⑥国鎮記　半紙本一巻一冊。高田与清編。鈴木頂行校。小谷三思・高田与清序。文化十四年四月刊。「武蔵鳩谷小谷三思翁閲／下総御津鈴木頂行子校／富士根元記　全一冊／東都　曬書堂版」（見返）。著書目録添付。「東都書肆／本石町二丁目　大羽屋弥七」（奥付）。〔東大総合図〕

⑦高幡不動尊縁起　半紙本一冊。高田与清撰。「武州多摩郡高畑村／別当　金剛寺」（表紙）。文化十四年十二月刊。〔高幡不動尊〕

⑧相馬日記　大本四巻四冊。高田与清著・北条時隣注。蕙斎画。頭陀玄雅・大寂庵立綱・北条時隣序。本間游清・榛原野洲良・大石千引跋。文政元年十月刊。著書目録添付。「文政元年十月／江戸書肆／糀町平河町二丁目　角丸屋甚助／京橋銀座二丁目　伊勢屋忠右衛門」（奥付）。〔中之島図〕

⑨賀茂真淵翁家伝　大本一冊。高田与清著。橋本常彦跋。文政元年十一月刊。万笈堂蔵版目録添付。〔京大文図〕

⑩楽章類語鈔　大本四巻五冊。高田与清著。猿渡盛章・橋本好秋・高田与清序。文政二年七月刊。著書目録添付。「文政二年七月／紅葉園蔵／製本所／大坂心斎橋南貳丁目　松村九兵衛／江戸日本橋新右衛門町　前川六左衛門／同浅草南馬道町　桑村半蔵」（奥付）。〔中之島図〕

⑪積徳叢談　半紙本一冊。高田与清序。鈴木頂行序。文政二年十月刊。「武蔵鳩谷小谷三志翁閲／下総御津鈴木頂行子校／知非斎先生積徳叢談／東都　紅葉園蔵」（見返）。著書目録添付。「文政二年十月発兌／江戸書林／日本橋新右衛門町　前川六右衛門／芝神明前　岡田屋嘉七／浅草南馬道　桑村半蔵」（奥付）。〔京大文図〕

⑫勧善録　大本三冊。高田与清序。赤松知則・関常政校。文政三年四月刊。「文生堂／耕文堂／同梓」（見返）。「文政三年四月発兌／江戸書林／浅草南馬道町　桑村半蔵／京橋銀座二丁目　伊勢屋忠右衛門」（奥付）。〔無窮会神習〕

⑬墓相小言　半紙本一冊。高田与清著。大田錦城・高田与清序。文政三年十月刊。「松屋高田先生説　藤原好秋／赤松知則　捃摭／墓相小言／江戸書林／千鍾房発行」（見返）。「毛美知曾能／阿良ゝ伎乃也　蔵版」（本文末）。著書目録添付。「文政三年十月　書林／京都寺町通松原下ル　勝村治右衛門／大阪心斎橋通安堂寺町　秋田屋太右衛門／江戸日本橋通壱丁目　須原屋茂兵衛」（奥付）〔国会図〕

⑭鹿島日記　大本一冊。高田与清著。長谷川宣昭・瀧山知之・沢近嶺序。文政五年刊。著書目録添付。「東都　耕文堂製本」（巻末）。〔国会図〕

⑮十六夜日記残月抄　大本三巻三冊。高田与清・北条時隣編。清岡永親・賀茂季鷹・高田与清序。屋代弘賢・永沢久香跋。文政七年二月刊。「文政七年二月／江戸日本橋新右衛門町　前川六左衛門／同浅草南馬道町　桑村半蔵／同日本橋四日市　松本平助／京都三条通高倉東へ入ル町　出雲寺文次郎」（奥付）。〔国会図〕

⑯松屋叢考　大本三巻三冊（三樹考・歌詞考・三絃考）。文政九年三・六・七月刊。「文政九年三月／門人　豊後府内　田吹重明／伊勢桑名　中野義接／同校」（一巻末）。「文政九年七月／門人　下総草深　香取蕴麿／豊後府内　阿部正名／同校」（二巻末）。「文政九年六月／門人江戸　間宮升芳／林尭臣／同校」（三巻末）。〔東大総合図〕

⑰常総夜話　大本二冊。高田与清著。鈴木頂行序。赤松知則・関常政校。文政十年刊。「知非斎大人編著／常総夜話／文政十年丁亥新版／東都書肆合刻」（見返）。「東都書林／浅草南馬道町　桑村半蔵／木挽町四丁目　伊勢屋忠右衛門／弁慶橋皇国街　西村源六」（奥付）。⑫勧善録の改編本。〔無窮会神習〕

⑱南都薬師寺金石記　大本一冊。小山田与清著。藤原正巳序。文政十一年十月刊。薬師寺蔵版目録添付。「文政十一年十月／発兌書林／京都寺町通松原下ル　勝村次右衛門／大坂心斎橋安堂寺町　田中太右衛門／江戸日本橋通一町目須原茂兵衛」（奥付）。〔東大総合図〕

⑲百人一首読書法　半紙本一冊。小山田与清著。与清序。文政十二年八月刊。「松屋小山田大人著／読書法 百人一首部／鈴木氏蔵」（袋）。〔東大総合図〕

⑳こよみうた　大本一冊。平与清著・跋。文政十三年八月刊。〔国会図〕

㉑楊名考　大本一冊。小山田与清著。天保二年十二月刊。〔東大総合図〕

㉒勇魚取絵詞　鯨肉調味方　大本一冊。小山田与清著。天保三年二月刊。「勇魚取絵詞　二巻／鯨肉調味方　一巻／右天保三年歳次壬辰仲春上梓」（奥付）。〔金沢市立図〕

㉓松屋外集　大本三巻四冊。小山田与清著。牟田部八右衛門校。藤田彪・小山田与清・在融序。天保十五年十一月刊。「天保十五乙卯年十一月／江戸書林／須原屋源七／播磨屋徳五郎／発行」（奥付）。〔中之島図〕

ここに挙げた著作以外にも刊行されたと推定される著書はあるが、現物が確認できたものだけを掲出した。与清の出版物はバリエーションに富んでいる。書物問屋が上梓したものもあれば、貸本屋が主導した刊行物もあり、門弟による素人蔵版もある。また、内容的にもいわゆる文学書もあれば、それ以外もある。版型は大本が主体であるが、半紙本や中本もある。このような著作群の末尾には著書目録が添付されている。この著書目録をたどることにより、与清の書籍の出版に関わる戦略がうかがえる。次節以降で詳細に検討したい。

三、宣伝広告「松屋高田先生（大人）著書」をたどる（その一）

与清は擁書楼を開館する前後から多彩な人物との交流を持つようになる。その様子は擁書楼を開いた月（文化十二年七月）に執筆し始めた『擁書楼日記』により、その一端を知ることができる。(2) そのような人間関係の中で、本章と関わるのは書肆との交友関係である。多くの書籍を刊行する与清は、その著作の末尾に宣伝広告「松屋高田先生（大人）著書」を載せている。本節では宣伝広告を順にたどることにより、与清の著作出版の特徴を追究してみたい。

第一章でも述べたように、与清がはじめて自著を出版したのは千鍾房須原屋茂兵衛であり、『俳諧歌論』であった。その末尾には、次のような宣伝広告「松屋高田大人著書目録」が掲載されている。なお、書籍の宣伝文は省略した。以下同じ。

俳諧歌論前編　已刻十冊

同　　後編　未刻十冊
歴史歌考　　嗣刻
文章正則　　嗣刻
国名考　　未刻

この広告は冒頭の『俳諧歌論』以外の刊行は確認されず、宣伝のみで終わったと考えられる。次に出版した『竺志船物語旁註』の主版元も千鍾房であった。三冊目にあたる『松屋叢話』の末尾には「松屋高田先生著書」と題して与清著作の宣伝広告を掲げている。

俳諧歌論前編一二之巻　二冊
同　三之巻上中下　三冊　今茲刻
竺志船物語旁註　二冊
松屋叢話初編　一冊
同　　二編　一冊
歌体弁　一冊　嗣刻
文体弁　一冊　嗣刻
古言補正　一冊　今年刻
歴史歌考　七冊　嗣刻
千載集集成　文集百首
文章正則　鹿嶋紀行

国名考　　天竺仏像記

衢杖占　　宇津々物語

千鍾房での刊行順に十七点の書目が並べられているごとくである。しかしながら、『歌体弁』以降の十二点は刊本が確認されず、未刊に終わったと考えられる。ここには書肆と著者との密接な関係が想起されるが、与清は千鍾房からだけ自著を刊行したわけではなかった。文化十三年十一月には『松屋棟梁集』を曬書堂大羽屋弥七より上梓しているのである。その末尾には、与清の著書目録が宣伝広告として掲載されている。『松屋叢話』と同様、「松屋高田先生著書」である。

更級日記考証　全四巻

仮字拾要補正　全一巻

通音例　全一巻

棟梁集続編　全一巻

続斉諧記訳　全一巻

文苑方儀

続文苑方儀

後文苑方儀

続後文苑方儀

空穂物語階梯　全三巻

正木千幹大人著
栄花物語階梯　全三巻

最後の書物は正木千幹の著作であるが、それ以外の十点が与清の著作の宣伝広告として掲載されている。二番目の『仮字拾要補正』は村田春海の『仮字拾要』の増補訂正版を目論んだ著作であろう。『竺志船物語旁註』と同じく、師の知的遺産を相続するという意味合いがあったものと考えられる。ところが、これらの書目はいずれも刊行された形跡はなく、計画のみの未刊であったと推定される。ここには擁書楼主人として著名な著者への並々ならぬ期待感をうかがうことができる。なお、この『松屋棟梁集』は刊記の文化十四年正月に出来したごとくであり、同月二日の『擁書楼日記』には「大羽屋弥七、新刻の棟梁集五十五部もてきぬ」と記載されている。

『松屋棟梁集』に続いて『擁書漫筆』が刊行される。文化十四年三月のことである。当該書は角丸屋甚助・松屋要助・伊勢屋忠右衛門からの相合版で刊行されているが、第五節で見るように、主版元は耕文堂（伊勢屋忠右衛門）だったようである。この『擁書漫筆』にも末尾に「松屋高田先生著書」が添付されている。次の五点である。

擁書漫筆　図入四巻
擁書二筆　図入四巻
武蔵文苑志　図入六巻
古今叢談　絵入三巻
慕景集標註　一巻

五つの書目が掲載されているが、冒頭の当該書以外はやはり実際に出版された形跡はない。おそらく計画倒れに終わったのであろう。ただし、最後の『慕景集評註』は与清の門弟たる橋本好秋が『慕景集校本』の名で出版している。

このように与清の書籍を出版する書肆は、刊行予定書（未刊書）を含めて自分のところで刊行した書目を「松屋高田先生（大人）著書」として広告していたと推定される。

四、宣伝広告「松屋高田先生（大人）著書」をたどる（その二）

前節で見たように、各書肆はそれぞれ自前の出版物を未刊書とともに書目掲載をしていたと言うことができよう。要するに蔵版書目である。ところが、文化十四年に刊行されたと目される『国鎮記』あたりから様相が一変する。次のような書目「知非斎高田先生著述所㆓刊行㆒書」が掲載されたからである。

俳諧歌論二巻
竺志舟物語旁注二巻
松屋叢話二巻
棟梁集一巻
擁書漫筆四巻
異称国鎮記一巻

『国鎮記』の主版元は曬書堂大羽屋弥七である。与清の書籍としては、すでに『松屋棟梁集』を刊行している。だが、この書目にはそれ以外の書籍も出版したかのように扱っているのである。千鍾房や耕文堂から出版された書籍までもが与清の書籍として宣伝されている。これは一体どういうことなのだろうか。既刊の書籍の板株が全て曬書堂に求版されたのか。それとも別の原理が働いているのか。このことを念頭に置いて書籍目録を見ていきたい。

文政元年十月に刊行された『相馬日記』に添付された「松屋高田先生著書」には、次のような書目が掲載されている。

俳諧歌論	二冊	刻成	国鎮記	一冊	刻成
松屋叢話	二冊	同	賀茂真淵翁家伝	一冊	同
筑紫舟物語旁註	二冊	同	相馬日記	四冊	同
棟梁集	一冊	同	十六夜日記残月抄	五冊	同
擁書漫筆	五冊	同	武州高幡不動縁起	一冊	同

『相馬日記』は『擁書漫筆』の出版書肆から松屋要助を除いた二書肆（角丸屋甚助・伊勢屋忠右衛門）による相合版であるが、主版元はやはり伊勢屋であろう。したがって、『相馬日記』や『擁書漫筆』が入っているのは当然であるが、ここには千鍾房刊の『俳諧歌論』・『松屋叢話』・『筑紫《（ママ）》舟物語旁註』や、曬書堂刊の『棟梁集』・『国鎮記』などの書目が掲載されているのである。既刊書を集成した書目を宣伝広告として掲載するという方式は、『国鎮記』所収の目録と同様である。

なお、ここに『十六夜日記残月抄』の名があることについて略説しておこう。同書は文政七年二月に刊行された注釈書であり、三巻三冊である。「五冊」という冊数も不審であるが、「刻成」という扱いも納得しかねる。だが、『残月抄』が早いうちから出版ラインに乗っていたことは、『擁書楼日記』文政元年八月七日条に「板木屋栄次郎がもとへ、十六夜日記の板下を十ひらもたせつかはす」という記述があることから明らかである。また、同年九月二十三日条には「橋本常彦がもとへ残月抄の草稿をつかはす」とあり、十二月十九日条には「清岡式部大輔長親卿の十六夜日記の序、賀茂季鷹が序など、小谷三思もてきたれり」とある。ここから考えて、文政元年の時点である程度は出版準備が進んでいたと推定される。だが、最終的な主版元は出雲寺文次郎となり、冊数も三巻三冊となり、さらに第三巻は門弟の北条時隣が執筆することになった。おそらく何らかの事情で出版が頓挫したが、時期を遅くし版元を替えてようやく出版に漕ぎ着けたのであろう。

さて、話を宣伝広告に戻そう。『相馬日記』掲載の与清書目を考える上で、文政二年七月刊『楽章類語抄』と同年十月刊『積徳叢談』の宣伝広告を並べてみることにしたい。『楽章類語抄』は桑村半蔵・前川六左衛門・松村九兵衛より出版された書籍であり、『積徳叢談』は前川六左衛門・岡田屋嘉七・桑村半蔵より出版された書籍である。ただし、どちらも三書肆は製本を請け負っただけであって、実質的には紅葉園こと橋本好秋（与清門弟）の素人蔵版なのである。このいずれにも「松屋高田先生著書刊行之部」という宣伝広告が掲載されている。次の通りである。

○『楽章類語抄』「松屋高田先生著書刊行之部」

俳諧歌論	二冊	松屋叢話　初編	一冊
竺志船物語旁註	二冊	同　二編	一冊
十六夜日記残月抄	五冊	賀茂真淵翁家伝	一冊
擁書漫筆	五冊	棟梁集	一冊
相馬日記	四冊	国鎮記	一冊
楽章類語鈔	十二冊	仏足石歌解	一冊

○『積徳叢談』「松屋高田先生著書版行之部」

俳諧歌論	二冊	松屋叢話	二冊
竺志船物語旁註	二冊	賀茂真淵翁家伝	一冊
十六夜日記残月抄	五冊	棟梁集　和文集	一冊
擁書漫筆	五冊	国鎮記　諸国富士	一冊

相馬日記　　　　四冊　　積徳叢談　　　　一冊
楽章類語鈔 神楽 催馬楽 風俗 　十二冊

ここに掲載されている書目は、先に見た『相馬日記』に付された広告に極めて近いものである。『武州高幡不動縁起』が『仏足石歌解』や『積徳叢談』に入れ替わり、『楽章類語鈔』が加わった点が異なるという程度である。酷似するこれらの書目が、文政元年十月と同二年七月、十月という近接する時期に別々の書肆より出版された書籍の宣伝広告として掲載されているという事実をどのように考えればよいのだろうか。時期が大きく違えば、書目が丸ごと求版されたと考えることもできようが、一年以内というのはあまりにも近すぎる。文化十四年刊の『国鎮記』所収の宣伝広告を対照すると、ますます求版の可能性が低いことがわかる。

そこで一つの仮説を立てることを試みたい。すなわち、文化十四年あたりから与清の著作を出版する書肆は、かつて他書肆で刊行された書目や刊行予定の書目を「松屋高田先生著書」の名目で掲載するようになったということである。要するに、新刊書の主版元の書肆は既刊書の売り弘め所あるいは取次所ともなり、宣伝広告を書籍の末尾に掲載することになったという想定である。このようなことは既刊書の求版によって板株を確保したり、板株を確保することはなくても、刊記に書肆名を連記することにより売り弘め所としての役割を果たすというのが通常のやり方であったと考えられる。ところが、与清の著書の場合、新刊書を出版する書肆は、与清の既刊書を宣伝広告として掲載することを行っていたと思われるのである。それは素人蔵版においても同様である。

そのことを『積徳叢談』より後に刊行された書物に付された宣伝広告を検討することによって実証したい。『勧善録』を検討対象にしよう。『勧善録』は文政三年四月に桑村半蔵・伊勢屋忠右衛門により刊行されたものである。著書の末尾には次のような書目が掲載されている。

擁書漫筆　五冊刊行　　賀茂真淵翁家伝　一冊刊行
俳諧歌論　二冊刊行　　楝梁集　和文集　一冊刊行
竺志舟物語旁注　二冊刊行　　国鎮記　諸国富士　一冊刊行
十六夜日記残月抄　五冊近刻　　隅田川御覧記　一巻写本
相馬日記　四冊刊行　　積徳叢談　一冊刊行
楽章類語抄　五冊刊行　　歌体弁　一冊近刻
　東遊　神楽　　文体弁　一冊近刻
　催馬楽　風俗
松屋叢話初編　一冊刊行　　松屋筆記　五十巻写本
同　二編　一冊刊行　　勧善録　三冊刊行
歌学大成　五十巻未刻　　宇都々物語　一冊写本
更級日記抄　三冊近刻

多くの書目が掲載されているが、この中で既刊書は「刊行」と記されている。それらは千鍾房や 書堂より出版された書目であり、既刊書がすべてここに集成されている。この宣伝広告を眺めると興味深いことが判明する。それは「刊行」以外の書目が「近刻」と「未刻」と「写本」の三つに分類されることである。「近刻」は『十六夜日記残月抄』と『更級日記抄』および『歌体弁』・『文体弁』であるが、この中で実際に刊行されたのは『十六夜日記残月抄』のみであった。三点の未刊書はこれ以前の宣伝広告にも登場したことのある書目である。次に「未刻」は『歌学大成』だけであるが、「写本」とされる書目が『隅田川御覧記』・『松屋筆記』・『宇都々物語』の三点であり、「未刻」とは区別されている。「未刻」は刊行予定がない由であると考えられるが、「写本」とは一体何なのか。これは耕文堂が貸本屋を本業とすることと密接な関係があると思われる。つまり、「写本」とは刊行を目的とする著作ではなく、貸出を用途とする著作と推定されるのである。もちろん、必要に応じて筆耕が筆写して売買することも想定される。いずれにせよ、刊行を予定しない書目と考えるのが妥当であろう。貸本屋ならではの分類書目と言えよう。なお、伊勢屋忠右衛門には文政五年刊と目される『鹿島日記』があり、その巻末にも「松屋高田先生著書」が付されており、与清の書目が多少増加して載せられている。

話を既刊書の件に戻せば、『勧善録』に付された宣伝広告の既刊書目はかつて別書肆から刊行されたものをすべて含んでいることが確認できる。つまり、これらの書目が短期間に求版されたのではなく、既刊書を刊行した全書肆が全既刊書目を宣伝用途で広告したということである。このような著書目録の構成は書肆を超越した与清著作の販売促進に一役果たしたと考えられる。現代では、複数の出版社が各自で出版した書目を持ち寄って列挙することは、全集を編集するような場合を除けば、著作権および版権に抵触するおそれがあるので考えにくい。だが、江戸の本屋仲間のシステムはそれを許容したと考えられるのである。そもそも相合版という相互負担の方式も寄合所帯ならではのシステムであろう。

さて、文政三年十月には千鍾房須原屋茂兵衛より『墓相小言』が刊行される。当該書はいわゆる文学書ではないが、考証随筆を事とする与清の面目がうかがえる。その巻末に「松屋高田先生及社中著書目録」という広告が掲載されている。この中で与清の著作のみを摘出すると次の通りである。

擁書漫筆　松屋高田先生著　四巻
相馬日記　松屋高田先生著
桜室北条時隣先生標注　四巻

笠志舟物語　織錦村田先生著　松屋高田先生旁注　二冊
十六夜日記残月抄　松屋高田先生著　桜室北条時隣先生読筆　五冊
俳諧歌論　松屋高田先生著　二巻
三保日記　同　一巻未刻
楽章類語抄　松屋高田大人著　十二冊
松屋叢話　同　二巻
賀茂真淵翁家伝　同　一巻
棟梁集　同　一巻
国鎮記　同　一巻
積徳叢談　同　一巻
勧善録　同　三巻
曾我日記　同　一巻未刻
世田谷日記　同　一巻同
吉野日記　同　二巻同
鹿嶋日記　同　二巻近刻
隅田川御覧記　同　一巻写本
歌学大成　松屋高田先生著　五十巻未刻
文体弁　同　一巻

歌体弁　同　一巻
古言通音例　同　一巻
墓相或問　同　五巻未刻
墓相図式　同　一巻同
墓相小言　同　一巻
墓相口伝　一巻写本

ここでも既刊書以外の書目を掲載している。「未刻」には先の目録にもあった『歌学大成』のほかに、『三保日記』・『曾我日記』・『墓相或問』・『墓相図式』などが加わっている。「近刻」には『鹿嶋日記』等の書目が現れ、ここに刊行計画の経過を見ることができよう。また、「近刻」とされていた『十六夜日記残月抄』・『文体弁』・『歌体弁』がここでは既刊書の扱いになっているが、後の二書目の刊行の事実は確認できない。なお、末尾に『墓相或問』ほか三点の書目が併置しているが、これは『墓相小言』に添付された広告である事実を考慮すれば容易に理解されよう。

　このように千鍾房刊行の書籍にも既刊書一揃えと未刊書（近刻・未刻・写本）の書目が掲載されている。しかも、前掲広告と比較すれば既刊書と未刊書がともに増加していることがわかる。与清の書籍を刊行した書肆が協力して既刊書目を宣伝広告として流用したと考えられる。

　宣伝広告をたどる最後に、慶元堂和泉屋庄次郎より出版された『仏国禅師家集標注』に添付されたものを見ておこう。当該書は高峰顕日詠の歌を篠原資重が注を付し、文政六年十二月に刊行された書籍である。そこには「松屋高田先生及社中諸大人著述目録」という目録が掲載されているが、そのうちの与清関係の書目のみを摘出しよう。

言霊　松屋高田先生著　初編百巻近刻

擁書漫筆　同著　四巻已行
十六夜日記残月抄　同著　三巻已行
神祇称号考　同著　十巻写本
鹿嶋日記　同著　一巻已行
衣手日記　同著　二巻近刻
簗井日記　同著　一巻写本
松屋筆記　同著　五十巻写本
夫木工師抄　同著　卌巻写本
賀茂真淵翁家伝　同著　一巻已行
吉野日記　同著　二巻未刻
棟梁集　同著　一巻同
隅田川御覧記　同著　一巻写本
俳諧歌論　同著　二巻已行
松屋叢話　同著　二巻已行
勧善録　同著　三巻已行
積徳叢談　同著　一巻已行
曾我日記　同著　一巻写本
楽章類語抄　同著　五巻已行

墓相小言　同著　一巻已行
玉川日記　同著　一巻写本
国鎮記　同著　一巻已行
つくし舟　村田春海大人作 松屋高田大人旁註　二巻已行
干菓図考　松屋高田大人著　一巻写本
嵯峨天皇崩日山陵考　同著　一巻写本
五社祭日考　同著　一巻写本
金毘羅考　同著　一巻写本
縁山霊宝珠縁起　同著　一巻写本
武州高幡不動縁起　同著　一巻已行
群書捜索目録　同著　千五百巻写本
初句類句　同著　廿五巻写本

この目録においても「已行」のほかに、「近刻」・「未刻」・「写本」の分類が踏襲されている。既刊書だけでなく筆耕による筆写販売や貸本業をも行っていたことがわかる資料と言ってよい。それはともあれ、与清の著書目録は順調に増加していき、最終的には刊行されたもの以外の著作までもが掲載されることとなった。著作の執筆および出版が学説を流布させる最も近い道であると認識し、ひいては学統の継承を宣言することであると考えていたと思われる与清にとって、宣伝広告はかなり有効な戦略だったのである。

五、書籍出版の転換点――伊勢屋忠右衛門と大羽屋弥七

与清は数多くの自著を出版したが、その背景として当時の文化交流センターとでも言うべき擁書楼の存在を抜きにして語ることはできない。多くの書肆の中でも書籍出版の転換点となる人物交流について検討したい。とりわけ、伊勢屋忠右衛門と大羽屋弥七に絞って考えることにする。

まずはじめに伊勢屋忠右衛門との交友関係を問題にしたい。与清は須原屋茂兵衛より処女作『俳諧歌論』を出版し、その後も須原屋を主版元として書籍を刊行する。ところが、擁書楼開設を契機にして他の書肆からも出版要請を受ける機会を得たのである。このことについて与清自身が記しているものを検討することにしたい。『擁書漫筆』の出版に関する経緯である。『擁書漫筆』は文化十三年十二月刻成、文化十四年三月発兌の考証随筆である。巻四十七「やすらい花の再考」に次のような言説が存在する。(3)

ことし文化十三年《ぶんくわとをあまりみとせ》といふとしの、うるひ葉月《はづき》のとをあまりふつかのひ、喜多村筠居《きたむらゐんきよ》がせうそこして、はじめて書肆《ふみあきびと》松屋《まつや》要助《えうすけ》をすゝめおこされつ。何《なに》くれの書《ふみ》など買得《かひえ》しに、物《もの》がたりのついでに、余《まろ》が随筆《こゝろまゝのにき》めくものあらば賜《たまは》らん、板《いた》にゑりてんとこふ。されどとしごろ抄録《ぬきがき》せしものこそ、ふみばこの中《なか》にもらうがはしかれ、一部《いちぶ》の書《ふみ》とさだめて書《かき》つゞれるはなしといらへしに、さらば今《いま》より筆《ふんで》をおこしてよとせちにいふに、えうなきわざにおぼゆれど、さすがにこゝろざしをやぶりてもいなみがたくて、よしや伊勢人《いせびと》の名《な》はおひぬともとて、うけひくことゝはなりぬ。

長月《ながつき》のついたちの日《ひ》はじめて筆《ふんで》をそめしより、神無月《かみなづき》のはつかあまりひと日《ひ》に、五十《い》日ばかりがほどに、四巻《よまき》

の稿《したがき》をゝふ。書肆《ふみのはやし》がいらでけるに、一則書《ひとくさりかき》はつれば筆耕人《きよがきびと》にうばひさられて、そが中《なか》ひがことしつとおぼしきは書《かき》なほしてんと、わらはをはしらせとはすれば、はやゆくへもしらぬかたの剞劂氏《ふみゑりだくみ》が家《いへ》にもてさりぬなどいらへて、くゆれどもおふべからぬことおほかれば、ふたゝびかうがへたゞすにたよりなし。されば引《ひき》もらしの説《せち》はさらにもいはず、引《ひき》おくれの説《せち》だにはかりがたし。たゞ孫引《まごびき》のひとふしもなきのみぞ、おのれがまごゝろをあかすにはありける。さてこれにもかれにもおひつぎのかうがへ書《かき》そへまほしけれど、ちからなきわざなれば今《いま》は第一《はじめ》の巻《まき》のやすらい花《ばな》の段《くだり》のみを補《おぎな》ふにこそ。

ここには『擁書漫筆』の執筆要請に関する事実が述べられており、その経緯を知ることができる。文化十三年閏八月十二日に書物問屋の松屋要助が喜多村信節の手紙（紹介状）を携えてやって来た。その事実は『擁書楼日記』の当日条によって裏付けられる。[4]松屋より諸々の書籍を購入したというが、これは擁書楼の充実を図るための図書整備であろう。その時の話のついでに、与清は松屋より随筆の執筆を要請されるのである。書き散らした抄録ならいくらでもあるが、一冊の本にまとめたものはないと答えると、松屋はそれなら今から書いてくれと執拗に言った。必要のないことだと思ったけれども、書肆の志を台無しにして執筆を断ることもできなくて引き受けることにしたというのである。ここで「よしや伊勢人の名はおひぬとも」という表現が用いられている。この表現について、二又淳氏は次のような見解を述べている。[5]

　頻りに乞われるので、また「よしや伊勢人の名はおひぬ（＝伊勢屋忠右衛門に板元として加わってもらってもよいから）」ともいわれたので引き受けることとした、ということであろう。文脈上ここの「伊勢人」とは、伊勢屋忠右衛門のことと解して誤るまいと思う。

この記事から二又氏は、与清が伊勢屋忠右衛門の介在によってはじめて『擁書漫筆』の執筆を承諾したと推定しているようである。同氏は伊勢屋忠右衛門発行の書物を網羅的に調査した上で、貸本屋耕文堂伊勢屋忠右衛門の出版活動の実態を報告している。そうした博捜による成果に基づいた論考であるだけに、はじめて明らかにされた事柄も少なくない。しかしながら、この見解については首肯することができない。たしかに伊勢屋忠右衛門は『擁書漫筆』の出版書肆の一つであることは事実であるが、『擁書漫筆』の中の「伊勢人」を伊勢屋忠右衛門とすることには、いくつかの点で無理があると思われる。

まず、「よしや伊勢人の名はおひぬとも」という言説は、前後関係から推して与清の心中描写であること。すなわち、「……いなみがたくて、……とて、うけひく」というつながりからすれば、動作主をすべて与清とするのが妥当だと考えられる。二又氏は松屋要助の台詞ととっているが、そうであれば極めて不自然な文のつながりになる。第二に、「よしや伊勢人の名はおひぬ」の解釈が「伊勢人」を「伊勢屋忠右衛門」であるとする前提に基づいてなされた極めて恣意的な解釈であるということ。本当に「伊勢人」が「伊勢屋忠右衛門」を指すのかという検証が全くなされていない。そもそも伊勢人とは伊勢在住の人を指す表現のはずである。江戸在住の伊勢屋が伊勢出身であるというのであれば、まだしも理解できないではないが、そのことには全く触れられていない。さらに言えば、「名はおひぬ」が「板元として加わってもら」うとするのは、奥付における書肆の並びを想起してのことであろうが、書物問屋が名義上の板元で貸本屋が実質的な蔵版元とする定説に齟齬する表現であろう。また、「よしや…とも」（たとえ…としても）という逆接表現と折り合いが悪い。「よいから」という語を敷衍して「加わってもらってもよいから」と解釈するのはやはり苦しい。第三として、これが最も重要なことであるが、この「よしや伊勢人の名はおひぬとも」は諺「伊勢人はひがことす」を踏まえた表現であるということ。(6)「伊勢人はひがことす」とは、伊勢の人は嘘つきで都の人と反対のことを平気で言うという意味の諺である。この諺を踏まえた歌も多く、「伊勢人はひがことしけり津島より甲斐川ゆけば泉野の原」（伊勢記）や「伊勢人はひがことしけりささぐりのささにはならで柴にこそなれ」（伝西行）などと詠まれており、広く知られていたことがわかる。『擁書漫筆』においても、引用部後半に「そが中《なか》ひがことしつとおぼしきは書《かき》なほしてん」とあり、ここの「伊勢人」と響きあっていることが読み取れる。そもそも、当該項目は『擁書漫筆』における未熟箇所を訂正するというのが主眼であり、ここでは第一巻所収の「やすらい花」についての謬見を正すものであった。執筆から出版に及ぶ経過を詳しく記しているのは、誤謬（ひがこと）が発生した経緯を述べたかったからであると推定される。要するに、書肆が急がせたのでまだ未完成の稿本が手違いで筆耕者および彫り師の手に渡ってしまったというのである。そのような文脈を想定するとすれば、当該言説の「伊勢人」は古諺を踏まえたものと解するのが妥当であろう。したがって、ここの解釈は「たとえ（嘘つきの）伊勢人と呼ばれたとしても（かまわない）と思って（随筆の執筆を）引き受けることになった」といったところであろう。

このように細かい表現にこだわって検討したのには理由がある。それは『擁書漫筆』の出版を誘導したのは松屋要助であって、伊勢屋忠右衛門ではないということである。少なくとも当該箇所から伊勢屋の関与を読み取ることはできない。また、二又氏はこの言説を根拠にして「この文章の口吻では、伊勢屋忠右衛門と与清とは以前より相知る間柄であったようである」と述べている。だが、伊勢屋忠右衛門が『擁書楼日記』にはじめて登場するのは文化十三年十月十一日であり、松屋要助とともに擁書楼を訪れた記述が初出である。それ以前において、与清と伊勢屋との交流を想定することはもちろん無理ではない。たとえば文化十二年七月以前に交友があったとすれば、それが『擁書楼日記』に記されることはない。だが、そのように想定する根拠は存在しない。したがって、与清と伊勢屋との交流は松屋要助とともに擁書楼を訪れた時（文化十三年十月十一日）に始まったと考えるのが順当であろう。なお、この日における二人の擁書楼訪問の理由を穿鑿するとすれば、『擁書漫筆』の実質的な主版元として伊勢屋が加わるという相談がなされたのではないかと思われる。この十日後に草稿が筆耕の手に渡ることを勘案すれば、無理な憶測でもなかろう。同月十七日と二十四日にも二人で擁書楼を訪れているのも、話題が上梓に関わる案件であったことを容易に想像させる。刊行の手続きを着々と進めていたのである。なお、『擁書漫筆』を刊行したもう一つの書肆角丸屋甚助の名は『擁書楼日記』の五年間の記録の中に一度も現れない。角丸屋は後に伊勢屋と共同で『相馬日記』（文政元年十月刊）を出版する書肆でもある。ということは、角丸屋は与清とは全く交渉がなかったと考えざるを得ない。角丸屋は書物問屋としての名義を貸しただけと考えるのが妥当であろう。それはともあれ、与清と伊勢屋忠右衛門との交流は『擁書漫筆』上梓の過程で生まれたという仮説を立てておこう。

もちろん、『擁書漫筆』の出版要請の最初期の段階で伊勢屋が介在していなかったからといって、伊勢屋が『擁書漫筆』に関与しなかったわけではない。むしろ、伊勢屋は『擁書漫筆』の出版に積極的に関わったのである。刊本『擁書漫筆』の見返しには「東都　耕文堂梓行」とあり、最終的には耕文堂伊勢屋忠右衛門が主版元になったと考えられるからである。貸本屋である伊勢屋は単独で出版を請け負うことができず、他の書物問屋との相合判で書籍の刊行を行った(7)。その後も伊勢屋は、角丸屋甚助や桑村半蔵などと手を組んで与清の書籍の出版を手掛けたのである。

その中で桑村半蔵と相合版で書籍を出版したことを問題にしたい。二書肆の相合版で『勧善録』を出版したのは文政三年四月のことである。その年の二月には、与清と学統を同じくする天野政徳の編で『草縁集』が出版されている。『草縁集』は与清を頂点とする歌壇に属する歌人の詠んだ歌を集成したものである。詳しくは本書第四部第七章「天野政徳―文政期江戸歌壇と『草縁集』」参照。また、同年五月には、やはり与清の門弟の鈴木基之著『松陰随筆』が刊行されている。このことから、松屋社中の書籍は伊勢屋忠右衛門と桑村半蔵の相合版によって出版されたと考えることが可能であろう。その証拠に『草縁集』と『松陰随筆』の末尾には、文生堂（桑村半蔵）と耕文堂（伊勢屋忠右衛門）と共同の「蔵板目録」が掲載されており、そこには松屋社中の書籍が掲載されている。両書肆が力を合わせて松屋社中の書籍を出版したことがわかる。単独で書物を刊行できない貸本屋ゆえの知恵であろうが、当時の書物問屋もリスク回避のために多くが相合版で書籍の出版を行っていたという事実を参照すれば、耕文堂だけが特異な出版形態を取っていたわけではないのである。

ともあれ、耕文堂は松屋社中専属の書肆となった。このように特定の社中と特別な関係を結ぶことにより、著者も自著を刊行することができるし、書肆の側も一定の出版部数を確実に売り捌くことができるので、両者にとって得るところが多い。このような著者と書肆との密接な結びつきは、近世後期の学芸とその受容のシステムを考える上で重要な観点であると思われる。第一章で論じたように、清水浜臣が万笈堂英平吉と昵懇となり、自著を万笈堂から続々と出版したのと同様である。

さて、次に大羽屋弥七との交友関係に話を移したい。前節で見たように、宣伝広告「松屋高田先生著書」が既刊書を集成するという画期的な書目になった最初の目録は、曬書堂大羽屋弥七より刊行された『国鎮記』に所収されたものであった。文化十四年のことである。与清と大羽屋との交流はすでに文化十三年より始まっている。『擁書楼日記』によれば、同年五月二十四日に大羽屋が擁書楼を訪れたのが最初である。それ以降も順調に交流を続け、同年八月には合計六回の行き来が記録される。これらの日々には同年末に刊行された『松屋棟梁集』に関して打ち合わせが行われたのではないかと推定される。最初の出版物はそれなりに時間をかけて相談を重ねることが必要なのであろう。そうして四ヶ月後には『松屋棟梁集』が届けられる。

その間に、これと並行して伊勢屋忠右衛門との間で『擁書漫筆』を出版する手筈が整いつつあった。「刻成」が文化十三年十二月であるのに「発兌」が翌年三月となった裏には、先に見た追加項目（おひつぎ）の問題が横たわっていると思われる。それはともあれ、『松屋棟梁集』と『擁書漫筆』とはほぼ同じスケジュールで刊行が進められたと考えてよかろう。実際に文化十三年十月十七日には、伊勢屋と大羽屋は擁書楼で行き合っている。もちろん、同業者がたまたまクライアント宅で出会っただけと言えるかもしれない。したがって、この時にどのような話が交わされたのかまではつまびらかにしない。しかしながら、出会う機会が増えると話はさまざまなところに及ぶのが世の常である。十一月五日には擁書楼で再会を果たす。そうして翌年一月に一回、三月に二回、擁書楼で行き合うことになる。三月には『擁書漫筆』が出来し、四月には大羽屋弥七刊行の二冊目の著作『国鎮記』の序文が与清によって書かれる。前節で確認したように、『国鎮記』の末尾に付された著書目録には書肆を縦断して、与清の書目が掲載されるのである。このような経緯を考慮すれば、伊勢屋と大羽屋の擁書楼における面会には、出版書目の共同広告ということが話題に上ったと考えることが可能である。むろん状況証拠のみであって、確たる根拠はない。だが、書肆同士が面会する機会を多く持つことは、同業者としての協力体制の確保ということが話題になるのに十分な条件である。『国鎮記』は文化十四年中に刊行されたと考えられるが、末尾に添付された書目が『松屋棟梁集』のものと異なり、全既刊書目が掲載されているのは何度も確認済みである。

翌年の文政元年十月には伊勢屋忠右衛門より『相馬日記』が刊行される。そこには『国鎮記』と同様に全既刊書目が掲載されている。そうしてそれ以降は、千鍾房や慶元堂など、いずれの書肆から刊行された書籍にも全既刊書目が宣伝広告として添付されることになるのである。ここからは書肆による個人著作集成という発想を読み取ることができるが、それをはじめて行ったのは大羽屋弥七と伊勢屋忠右衛門との協力があったと考えられるのである。

六、松屋社中の出版

与清は師の村田春海の著作を刊行することを契機として、自著の出版活動にも拍車がかかる。与清に自著出版を促したものは、出版を通じて学説を普及させるという理念によるものと考えられる。それは単なる自己顕示ではなく、江戸派の次世代としての責務でもあった。真淵―春海―与清と続く系譜は学統の意識を高めたと言ってよい。書肆と歩調を合わせて宣伝広告の戦略をとったことも相俟って、与清の著作は続々と出版された。前節までに見た通りである。そのように書籍を出版し、それを効果的に宣伝して流布させようとする手法は、与清だけでなく門弟の書籍においても受け継がれることになる。

与清門弟の著作は与清の著作に交えて宣伝されることがあった。たとえば、伊勢屋忠右衛門・桑村半蔵が上梓した『草縁集』（文政三年二月刊）や『松陰随筆』（文政三年五月刊）の「蔵板目録」には、与清の著作に交じって与清門弟の著作の名が現れている。それが社中の書目として登場するのは、須原屋茂兵衛より刊行された『墓相小言』（文政三年十月刊）の目録が最初と思われる。末尾に付された「松屋高田大人及社中著書目録」には、先に見た与清の書目のほかに次のような書目が掲載されているのである。

鹿嶋志　松屋高田先生閲 北条時隣大人著　二巻近刻
千鳥の跡　松屋高田先生閲 中臣親満子著　一巻
松陰随筆　松陰鈴木基之大人著　一巻
武田信玄百首　松屋高田先生撰伝 大小沢啓行大人校　一巻

日本紀竟宴歌標註　縦園猿渡盛章大人著　四巻近刻
松風和歌集　竹内直躬大人著　一巻同
年中行事略　紅葉園藤原好秋大人著　一枚

これらの著作と著者について簡潔に述べてみたい。なお、未刊書については宣伝文を参照した。まず、『鹿嶋志』は文政六年十二月に和泉屋庄次郎より刊行された大本二冊で、鹿島地方の地誌である。最初は鹿嶋宮中小傔仗蔵版であった。翌七年三月には「鹿島名所図絵」と変名して須原屋茂兵衛より刊行される。北条時隣は鹿島神宮祠官で、文化十四年三月二十九日に擁書楼に訪問して入門を果たす。『相馬日記』に頭注を付したり、『十六夜日記残月抄』巻三を書き継いだりと、与清との共作もある。

『千鳥の跡』は文政二年十月に桑村半蔵より刊行された半紙本一冊で、筆跡を残す際に留意すべきことを記した作法書である。中臣親満は松園氏であること以外は不明。

『松陰随筆』は文政三年五月に伊勢屋忠右衛門・桑村半蔵より刊行された大本一冊で、歌語や歌人の逸話を集めた随筆である(8)。松陰廬（鈴木基之）の蔵版である。鈴木基之はもともと岸本由豆流の食客であったが、後に松屋社中に入った人物である。

『武田信玄百首』は文政三年序で伊勢屋忠右衛門より刊行された半紙本一冊で、武田晴信自筆の百首歌を透写し、与清による信玄伝を添える。大小沢啓行は甲斐国吉田神社の神主。

『日本紀竟宴歌標注』は日本紀竟宴歌の模本に契沖・真淵・春海・与清が付注したものに自説を加えたもの（広告）というが、刊行の事実は未確認。猿渡盛章は府中六所宮（大国魂神社）の祠官で『新撰総社伝記考証』などの著作がある。

『松風和歌集』は現存歌人の歌を集成した書（広告）というが、刊行の事実は未確認。竹内直躬は未詳。

『年中行事略』は歌の題に詠む年中行事を解説し、会席の便に供するもの（広告）というが、刊行の事実は未確認。橋本好秋は与清の著作に序跋を記したり、蔵版で与清の著作を刊行したりしており、熱心な門弟であったと推定される。

さて、与清門弟の著作の目録は、文政六年十二月刊の『仏国禅師家集標注』（和泉屋庄次郎）に添付された書目にも反映される。「松屋高田先生及社中諸大人著述目録」の社中書目は次の通りである。

慕景集校本	橋本好秋大人著	一巻已行
年中行事略	同著	一枚已行
千鳥の跡	中臣親満大人著	一巻已行
松陰随筆	鈴木基之大人著	一巻已行
鹿嶋志	北条時隣大人著	二巻已行
武田信玄百首	大小沢啓行大人著	一巻已行
日本紀竟宴歌註	猿渡盛章大人著	二巻近刻
三余叢談	柳屋宣昭大人著	一巻已行
他阿上人家集標註	慧克上人著	三巻近刻
仏国禅師家集標註	篠原資重大人著	一巻已行
曾叙呂期登	同著	二巻写本
古事記小言	同著	三巻写本
更級日記解	同著	四巻写本

先の目録に新たに加わった著書の中で実際に刊行されたものは、橋本好秋『慕景集校本』（文政五年十一月）・長谷川宣

昭『三余叢談』（和泉屋金右衞門、文政五年八月）・篠原資重『仏国禅師家集標注』（和泉屋庄次郎、文政六年十二月）の三点であり、そのほかの書目は結局、刊行されなかったと思われる。とりわけ「写本」として挙がっている書籍は刊行する予定がなく、いわゆる書き本として販売するか貸本として流通することを意図していたものであろう。与清の著作と同じ扱いであると推定される。なお、長谷川宣昭と篠原資重はともに与清の門弟であるが、当該書を執筆・刊行したこと以外は判然としない。

以上のように、北条時隣をはじめとする与清門弟の著作が「社中著書目録」として広告宣伝されるのは、与清が県門江戸派を継ぐ学派を率いていたことの裏付けにもなる。近世後期における著書出版はかくのごとき役割を担っていたのである。

七、おわりに

小山田与清にとって著作の出版は擁書楼の開設と同様に意義深い文化活動であった。自著の刊行についても、原則として松屋社中の蔵版という形態ではなく、書物問屋や貸本屋などから正規のルートに載せて出版した。このことには擁書楼における多彩な人脈が作用していると思われる。当時、擁書楼は江戸における文化交流の拠点だったのである。注目すべきは、出版後の販売促進のための戦略として、各書肆から刊行した書目を統合して「松屋高田先生（大人）著書」を作成し、新刊書の末尾に添付したことである。近世期には求版によって同一範疇の書籍が書肆に集まるのはよくあることであるが、書肆の別を越えて書目を集成する試みは、近代的な意味での著作集（全集）の発想である。もちろん蔵版書肆をまたぐ著書目録は、近世後期においては必ずしも珍しいものではない。とりわけ漢学者（漢詩人）

や国学者（歌人）については門弟の多さに対応するかのようである。[9]そういった意味で与清の出版書目は数多くあるサンプルの一つという見方も可能かもしれない。しかしながら、そのような事象が起きるメカニズムは言うに及ばず、その実態の解明すらほとんどなされていないのが現状である。したがって、この方面を解明するには手近なところから始めて積み上げていくほかはない。本章では、社中蔵版（塾蔵版）ではない与清の著作がいかなる経緯で集成され、それがいかなるシステムで継承されたのか、ということを少しは俎上に載せることができたのではないかと考える。このことを一般化できるかどうかの検証は今後の課題である。いずれにせよ、県門江戸派は与清に至って、単なる歌壇や結社という枠に収まりきらないものに成長する。出版活動はそのことを象徴する現象だったと考えることができよう。

〔注〕

（1）紀淑雄氏『小山田与清伝』（裳華書房、明治三十年）参照。

（2）『擁書楼日記』は『近世文芸叢書』第十二巻参照。以下の引用も同書による。また、小林幸夫氏「『擁書楼日記』人名索引」（『東京家政学院筑波短期大学紀要』三号、平成五年三月）も参照した。

（3）『日本随筆大成』一期十二巻（吉川弘文館、昭和五十年十一月）による。ただし、版本により校訂した。

（4）『擁書楼日記』では同月十三日条に「京橋銀座二丁目書肆松屋要助まうでく」とある。一日のずれは与清の記憶違いと思われる。

（5）二又淳氏「貸本屋伊勢屋忠右衛門の出板活動」（『読本研究新集』三号、平成十三年十月）。以下、引用はすべて当該論文による。

（6）この諺は「伊勢人はあやしきものを何ど言へば小舟に乗りてや波の上を漕ぐや波の上を漕ぐや」（風俗歌「伊勢人」）に基づ

くと思われる。この歌は与清編『楽章類語鈔』にも収録される。

（7）高木元氏『江戸読本の研究　十九世紀小説様式攷』（ぺりかん社、平成七年十月）第一章「江戸読本の形成」第一節「近世読本の板元―貸本屋の出板をめぐって」参照。

（8）『日本随筆大成』一期十三号（吉川弘文館、昭和五十年十二月）所収。

（9）『近世出版広告集成』第六巻（ゆまに書房、昭和五十八年三月）に集成された広告から多くの著者書目の傾向がわかる。

第三部　受容史上の江戸派

第一章　江戸派の古典受容

一、はじめに

江戸時代には国学の隆盛もあり、日本古典文学の研究が爆発的な拡がりを見せた。伊勢物語・源氏物語・古今集は言うに及ばず、万葉集や土佐日記など前時代にはあまり対象とされていなかったものまで研究の対象となり、夥しい数の注釈類が生み出されたのである。そういった中で江戸派も古典文学作品の受け渡しという点で一定の役割を果たした。

そもそも注釈とは同時代の産物ではない。文学作品が成立した時代において、後にそれに付されることになる注釈の大部分は自明のことであるはずである。語義にしても典拠にしても、作品が生まれた時代には、いわば空気のようにその作品を包み込んでいて、ほとんどの注釈は不要であろう。そう考えると、注釈とは同時代におけるものではなく、時代の隔たりを示す記号ということになるだろう。

時が経過すると注釈が必要となる。時代の空気が変わるからである。最初の注釈には誤解や事実誤認による誤りが付き物である。注釈に限らず、はじめての研究は必ず過失を犯す。後続する研究がそれを訂正し、増補する。そうして研究史が厚みを持つに至る。しかし、逆に時はますます隔たっていく。研究史の厚みと時代の隔たりは比例する。理論的に両者は両立不可能なのである。

岡目八目、遠く離れるほどはっきりすることもある。文学作品の価値は成立した時代には決まらないものである。時代を越えて読み継がれたものが古典となる。(1) そういう意味において、研究史の厚みが時代の隔たりと比例するのは価値ある古典作品の宿命ということになるだろう。

二、『源氏物語評釈』の中の春海注

ここに、近世後期の国学者・歌人萩原広道著『源氏物語評釈』全十四巻がある。文久元年に刊行されたが、惜しいことに広道の死去により花宴巻で絶筆となっている。『評釈』は『湖月抄』・『玉の小櫛』と並んで、近世源氏物語研究史上、画期的な成果を上げたと言ってよい。北村季吟は版本により広く本文を提供し、本居宣長は源氏を教訓から解き放ち、文学の自立性を主張した。これに対して、広道は作品の味読・鑑賞および批評という点で群を抜いた業績を残したのである。ただし、『評釈』はそのような評論的な部分だけでなく、一文の解釈における細やかな処置でも卓抜な成果を上げた。本章では、後者の事例の一つとして、広道が取り上げた村田春海の注釈を焦点に検討を加えたい。

対象となるのは末摘花巻中の一節である。源氏は夕顔の面影を胸に抱いているところに、貧しく薄幸な姫君の噂を聞き懸想する。同じく懸想をしていた頭中将を首尾よく出し抜いて契りを交わすことになる。ただ、逢瀬も不具合で気まずく、後朝の文もしっくり行かない。源氏は忙しさにとり紛れて姫君から足が遠のいている。そこに姫君との仲立ちをした大輔の命婦がやってくる。次の場面である。文脈把握の便宜を考えて、引用は岩波旧大系本による。

行幸近くなりて、試楽など、のゝしるころぞ、〔末摘邸より〕〔内裏に〕命婦はまゐれる。源「いかにぞ」〔末摘の様子は〕など、〔命婦に〕とひ給ひて、〔末摘を〕「いとほし」とは〔源も〕思したり。〔命婦は末摘の〕ありさま聞えて、命婦「いと、かう〔源の〕もてはなれたる〔源の〕御心ばへは、〔傍より〕見給ふ〔私達〕人さへ、心苦しく」など泣きぬばかり思へり。〔命婦が〕「『〔末摘を〕心にくゝ、〔源に〕もてなして、止みなん』と、思へりし事を、〔私が〕くたいてける、〔事を〕心もなく、〔命婦〕この人の、思ふらん〔事〕」をさへ、〔源は〕おぼす。

足は遠のいても、やはり末摘花のことは気になるらしく、命婦に様子を尋ねる。命婦は源氏の心が姫君から離れていることに側にいる自分たちまでもがつらいのだと思い、泣きそうになっている。それに対して源氏は命婦の心中を察して、自分が結果的にしてしまったことが命婦の配慮を台無しにしてしまい、そのことを命婦も源氏の思いやりのなさのせいだと思っているだろうということまでも気になさるのである。

この場面における最後の一文は、主述が込み入っており、文脈の把握が難しいところである。とりわけ「くたいてける」については、中世後期以来諸説乱れている。そこで、江戸時代に成立した注釈に記された記述を検討し、「くたいてける」の注釈史を辿っていくことにする。

①『首書源氏物語』(2)（寛文十三年刊）

くたいてける　河　腐《クタス》。万水　末つむのさまを見あらはしたる心もなくと也。

②『湖月抄』(3)（北村季吟、延宝三年刊）

くたいてける心もなく　命婦があはせざりし心を、おしくだしておしたちて、逢ひ給ひし心のふかゝりしが、今は其心もなくて也。

③『源註拾遺』(4)（契沖、元禄十一年成立）

くたいてける心もなく　河腐クタス○今案、河海の心は命婦が心にくきほどにてやみなんと思へりしを、おしたちて逢てかれが心をむなしくするを令腐《クタス》といひて、くたしけるをかれが我を心もなう恨思ふらんと源の思ひたまふとなり。只命婦が心をさまぐ〵に摧《クダ》きしかひもなくといふなるべし。

④『源氏物語新釈』(5)（賀茂真淵、宝暦八年成立・寛政年間春海補筆）

こゝろにくゝもてなして　命婦が末摘の事を心もとなきほどにして源に逢せまいらする事はなくてやみなんと、さま〴〵心を摧《クダ》きてよきほどにいひまぎらはしおきつるを、源の強てかく見給ひてみづから悔しきにつけて命婦が前々の心づかひをもおぼしやり給ふ也。

くたいてげるこゝろもなく　春海考に、くたいてけるは命婦の心にくゝてやみなんとおもへりしを源氏のうちくだきてあひ給へりしかど、さる心のとほらねば、この人の思ふらんをさへおぼす也。

以上の注釈を眺めると、「くたいてける」の語義と動作主について、説が割れていることが知られる。まず「くたいてける」の語義については、河海抄以来の「腐す」の音便形という解釈と、契沖によって提出された「摧く」という解釈の二つがある。「腐してける」か「摧きてける」かである。もっとも季吟は「下してける」と考えていたようであるが、この解釈が引き継がれることはない。次に「くたいてける」の動作主については、命婦であるか源氏であるかで割れている。この混乱した状況の中で広道は、写本でのみ流布した注釈『源氏物語新釈』の春海補筆部を参照することで合理的な解釈を導き出した。傍記付きの本文と頭注を挙げることにする。

⑤『源氏物語評釈』(6)（萩原広道）

源心 心にくゝ《オクユカシク》もてなしてやみなん。（△命婦ガ）とおもへりしことをくたいて《腐》ける。（△ヲバ）心もなくこの人《命婦》の思ふらんをさへ《マデ》（△キノドクニ）おぼす。

くたいてける　[拾]命婦が心をさま〴〵に摧《クダ》きしかひもなくといふなるべし。

[新]春海考るに、命婦の心にくゝてやみなんと思へりしを源氏の打くだきてあひ給へりしかど、さる心のとほらね

ば、此人の思ふらんをさへおぼす也。
釈春海が考のかた語脉にはかなひたり。されどその方にてはなほ旧説のごとく腐《クタ》いての方よろし。腐《クタ》いてはくさらしてやくにたゝぬやうにしたる意也。さて此人の心もなく思ふらんといふ意なるを、例の打かへしていへる語脉也。

「くたいてける」に関して、源氏が動作主であるという春海案を取り入れつつ、語義は河海抄以来の旧説「腐す」のままでよいという結論を導き出しているのである。広道は源氏物語を読み解く上で、文脈・語脈の細部まで目を光らせていることがわかる。その際に、写本でのみ流布した『新釈』の春海注に目を付けたのは広道の慧眼と言えよう。逆に、広道の発見によってはじめて、春海注は日の目を見ることになったとも言える。いずれにせよ、後進の研究は先達の到達した地点を踏まえて一歩ずつ昇っていくのであろう。

以上の解釈は近代の源氏注釈にも踏襲されることになる。たとえば、注釈のなかで最も新しい当該注は次のようになっている(7)。

心にくゝ　（命婦としては、末摘花を）奥ゆかしいお方と思わせるくらいでやめておこうと思っていた心づもりを、無にしてしまったが。「くたい」は「腐《くた》す」（だいなしにする意）の音便形。
心もなく　思いやりがないとこの人（命婦）は思っているだろうことまでも（源氏は）気にしておられる。

広道の到達したポイントを押さえつつ、よりなめらかで現代の感覚に合った解釈となっていると言えよう。

三、おわりに

注釈に関して言えば、おそらく文学研究は確実に進歩している。江戸派がその一歩に貢献したことは、以上のことからも明らかであろう。ただし、その進歩の仕方は直線的に上昇するようなものではなく、あたかも密閉された螺旋階段を一歩ずつ登っていくようなものであるに違いない。近世期の注釈はとりわけそのような趣がある。そういった意味で、注釈とは孤独な作業である。

この螺旋階段を登り切ったら、果たしてどうなるのか。もし仮にそのようなことがあったとすれば、その時には登り切った満足感とともに、はるかなる時の隔たりを前にしてため息を吐くことになるだろう。

〔注〕

（1）外山滋比古氏『異本と古典』（『外山滋比古著作集』第三巻、みすゞ書房、平成十五年三月）参照。
（2）引用は『首書源氏物語　末摘花』（和泉書院、昭和五十八年十月）による。
（3）引用は『北村季吟古註釈集成』第六巻（新典社、昭和五十二年九月）による。
（4）引用は『契沖全集』第九巻（岩波書店、昭和四十九年四月）による。
（5）引用は『賀茂真淵全集　増訂版』第八巻（吉川弘文館、昭和二年八月）による。
（6）引用は『源氏物語評釈　末摘花』（続群書類従完成会、昭和四十三年二月）による。
（7）引用は『新日本古典文学大系』第十九巻『源氏物語一』（鈴木日出男氏校注、岩波書店、平成五年一月）による。

第二章　をかし・おかし別語説の成立と受容

一、はじめに

いかに偉大な学者にも誤りはあるものである。しかし、偉大な学者ゆえに、その誤りが正されることなく、無批判に門弟筋に受け継がれてしまうということもある。「をかし」の仮名遣いについて本居宣長が導いた結論にまつわる論争が典型的である。有名な「もののあはれ」説を開陳した『源氏物語玉の小櫛』一の巻「大むね」の一節に、次のような言説がある。(1)

すべて世にあらゆる、見る物きく物ふるゝ事の、さまぐ〵につけて、うれしとも、おかしとも、あやしとも、をかしとも、おそろしとも、うれたしとも、うしとも、かなしとも、ふかく感ぜられて、いみじと思ふ事は、心のうちにこめてのみは、過しがたくて、かならず人にもかたり、又物にかきあらはしても、見せまほしくおもはるゝものにて、然すれば、こよなく心のさはやぐを、それを聞見る人の、げにと感ずれば、いよ〳〵さはやぐわざなり。（傍線引用者）

「おかし」と「をかし」という二つの言葉が並んでいる。これらは仮名遣いの混同による錯誤ではない。実は、最初の「おかし」は「うれし」と同じく肯定的な感情を表す言葉であるが、次の「をかし」は「あやし」や「おそろし」、「うれたし」や「うし」あるいは「かなし」と同類で、どちらかといえば否定的な感情を表す言葉として使われているのである。

宣長は古典を研究することによって、係り結びの法則をはじめとするさまざまな知見を得るのに成功した。そして、その成果を自分の書く文章、詠む歌に応用しようとした。学者として当然のことである。自分の研究に誠実であろうとすれば、誰しも同じ行動をとるだろう。この「をかし」・「おかし」の使い分けも今日の常識からすれば違和感を覚えるが、自身の研究成果が反映した表現なのである。『玉勝間』一の巻に「おかしとをかしと二つある事」という項目を立てて、次のような文章を載せている。(2)

田中《ノ》道麻呂が考へけるは、物をほめていふおかしは、おむかしのつゞまりたるにて、おの仮字也。又笑ふべき事をいふをかしは、をことといふ言のはたらきたるにて、をの仮字也。さればこは本より二つにて、異言《コトコトバ》なるを、仮字づかひみだれて、一つに書《カク》から、同言のごと心得たるは、誤也といへる、まことにさることにて、いとよきかむがへなり。ほむるとわらふとは、其意大かたうらうへなるを、いかでか同じ言を通はし用ふることのあらむ。おむかしは古《へ》言にて、書紀に徳《ノ》字また欣感などを、おむかしみすとよみ、続紀の宣命には、うむかし共見え、万葉の歌には、おをはぶきて、むかし共よめり。

宣長は「をかし」のほかに「おかし」という言葉があると信じ、前者は「笑ふべき事」をいう言葉であり、後者は「物をほめて」いう言葉であると認識して区別した。この「をかし」「おかし」別語説が田中道麿の説であるとする点に関しては、次節で見ていくことになるだろう。いずれにせよ、宣長は古典研究で得られた知見をこのような形で発表した。そして、自分が文章を書く際にも厳密に使い分けたのである。

たとえば、宣長の注釈書『美濃の家づと』の次のような文章は、以上の経緯を理解すれば非常にスムーズに理解される。(3)

二条院讃岐

世にふるはくるしき物を槙の屋にやすくも過るはつしぐれかな〔五九〇〕

めでたし。くるしきと、やすく過るとをたゝかはせたり。ふるき抄に、槙の屋は、結構なる屋也。世のうきならひは、此結構なる家に居ても、のがれざりけりと也と注せるは、物をといひ、やすくも過るといへるを、いかに見たるにか、いとをかし。（後略、傍点引用者）

この歌は新古今集歌のなかでも評判の高い秀歌であり、『定家十体』では「有心様」の例歌として扱われている。[4] 宣長も歌全体をほめる言葉から始めている。次に第二句「くるしき」と第四句「やすくも」の対比について注意を喚起する。そうして、「ふるき抄」（ここでは『新古今集聞書』を指す）の該当箇所を引用し、これに対して「物をといひ、やすくも過るといへるを、いかに見たるにか」と畳みかけ、「ふるき抄」の妥当性の薄さを主張するのであるが、その文の最後を「いとをかし」と結ぶのである。少し違和感のある「をかし」の用法であるが、宣長はこの「をかし」を笑止千万の意で用いたのである。このように宣長は「おかし」と「をかし」を厳密に使い分けていた。その正確さたるや、ほとんど寸分の狂いもないほどである。そこには宣長の学問的誠実さと実務的几帳面さを見ることができるだろう。

しかしながら、「をかし」の用法上の問題として、宣長のなかで首尾一貫していることと、それ自体が正しい用法であるかどうかということは、別問題である。間違った用法をその用法に忠実に使い続けても、それは誤解の蔓延につながるだけであろう。[5] その誤解は、宣長が偉大な国学者であればあるほど厄介な問題を生み出すことにもなる。

本章では、以上のような問題意識に基づいて、「をかし」「おかし」別語説がどのように成立し、いかに流布したかをたどっていくことによって、学説の受容に関する問題を考えてみたい。

二、二系統の学説の成立

前節における問題提起を受けて、本節では「をかし」の仮名遣いに関する二学説の成立を見ていくが、その前に現在における定説を確認するところから始めたい。森重敏氏「ヲカシ（可笑・感興）の原義」によれば、「をかし」は「を」の仮名とすることを前提として語義の探究をしている。(6) また、近代における「をかし」の仮名遣いについては、文部省内国語調査委員会編『疑問仮名遣』前後編（大正元年九月）刊行の時点でほぼ決着がついていたようである。(7) したがって、これから見ていく近世中後期における学説史は、同一語両義説という現時点に辿り着く過程とみなさざるを得ない。ただし、迷路を目的地から逆に辿り、過誤を見ずに最短距離で出発点に到着するという順路は極力避けたい。試行錯誤の過程こそが学説の鍛えられる過程でもあるからである。そういうわけで、学説がいかなる状況で発生し、どのような同時代の淘汰を経て、最終的にどのような最期を迎えたのか、時代を追ってみていきたい。

さて、前節で見たように、「をかし」と「おかし」が異なる意味を有する別語であるという説は、宣長が『玉勝間』に紹介して一般に広まった。宣長は、「をかし」と「おかし」が別語であり、それぞれが異なる意味を表すという説によって、反対の意味を有する概念が一つの言葉で表されるという矛盾を解消しようとした。宣長はこの別語説を門弟である田中道麿の説として記したが、道麿自身も随筆の中にこれを書き留めているのである。次のようなものである。(8)

○物語文に花のさけるもおかし、螢とびかふもおかしなどあるおかしの詞は可笑《ヲカシ》ト同物ならんト世人皆思へりト見ゆるを、道丸思ふは、おかしトをかしは別物《コトモノ》おかしは面向《オモムカ》しきがおもがしトモおむかしトモ転りてつひにおかしトいふ詞になりつらんかとぞ思はるゝ。此事ニハ松坂主もしたがへり。

宣長は道麿のこの説を採用して『玉勝間』に紹介し、また文章を書く時の規範としたのである。堀川貴司氏によれば、末尾の一文から、この文を書き付ける前に宣長との間で口頭ないしは書簡でやりとりがあったようであり、宣長はそれに基づいて『玉勝間』を記したとしている。[9] 妥当な見解であろう。『道丸随筆』は道麿の没年（天明四年十月没）以前の成立であることは言うまでもないが、そこからどの程度成立年が遡るかは不明である。ましてや、宣長が道麿からこの説を何らかの方法で知った時期を特定するのは極めて困難である。また、冒頭にあるように、いわゆる「おかし」と「可笑《ヲカシ》」が同語であると一般に信じられていたと道麿が述べていることは銘記しておく必要があろう。当時からすでに同一語両義説が一般的であり、道麿はそのような通説に異を唱えたのである。そのことは学説史を辿る際に見逃してはならないポイントである。いずれにせよ、宣長は道麿の説を追認する形で別語説を支持することになる。そうしてそれを実践にうつしたことは前節で確認した通りであるが、この別語説をはじめて唱えたのが田中道麿かどうか微妙である。というのも、『玉勝間』を読んだ村田春海が宣長に質問状を出しており、その中には次のように書かれているからである。[10]

　吾ぬしのしるし給へる書どもの板にゑりたるものを見侍るに、乎加之といふ詞を笑ふべき心なる所には乎の仮字を用ひ、めづべき心なる所には於の仮名を用ひ給へり。こは古書に証ありてしか定め給ひしにや。このめづべき心なるを於の仮字也とする事は、荷田御風、明阿法師などもしかいひ侍りし也。其於と定むる意は於牟加斯の略語ならんと思へる也。

『玉勝間』の当該項目について、別語説を問いただすのであるが、その時にこの説を唱えた人物として荷田御風と明阿法師（山岡浚明）の名を挙げているのである。御風と明阿については、今のところ文献資料の中に当該項目を採り得ていないので、説の提唱の時期等に関して未詳とせざるを得ない。ただし、御風も明阿も江戸住の学者で、一時期賀茂真淵とも親しかったので、春海は両者から別語説を口頭で聞き知ったと考えることもできる。また、御風の没が天明四年八月で、明阿の没が安永九年十月なので、各人の説の提唱はこれを遡るのは確実であるが、いずれの時点で別語説を唱え始めたのかは、道麿の場合と同様、確定できない。(11) ただし、御風の門弟である賀茂季鷹が『正誤かな遣』の中で次のように記しているのは注目に値する。(12)

をかし　可笑をこしきの義歟。おかしは感ずる心なれば、かなわくべし。

おかし　欣感

二つの表記に見える義は、おそらく季鷹が御風の説を受け継いだものと推定される。なお、『正誤かな遣』は天明八年六月の自序を有する版本である。ともあれ、江戸の御風・明阿と名古屋の道麿のいずれが先行するかは、今のところ明確にすることは無理である。

また、同じ頃、大坂では五井蘭州著『源語梯』が出版された。それは安永十年正月序、天明四年九月刊行の源氏注釈である。〔虚詞人事〕「おかしき」に、次のような記述がある。(13)

オカシト云ハ、オモムカシノ義ニテ、オムカシ、オモカシナド云ヨリ転ジテ、オカシトナリタルニテ、面白ク興アル事ニイフ詞ナリ。をかしト書ルハ、可笑ノ字ヲ、真名伊勢物語ニヨメリ。又東鑑ニ事咲ヲコトヲカシトモヨメリ。オカシ・ヲカシ、其本ハ異ナレドモ、後ニハ混ジ用フ。双紙物語類ニ多キ詞ナレバ其所ニ随テ解スベシ。

蘭州の別語説は、「オカシ」が「オムカシ」・「オモカシ」から転じたとする点は共通しているが、「おもむかし（面向かし）」を語源としているところなど、先の別語説（道麿・御風・明阿）とは微妙にずれており、接点が存在するかどうか未詳と言わざるを得ない。蘭州が懐徳堂助教を勤めた儒学者であることを考慮すれば、没交渉であった可能性もある。

以上のことを鑑み、「をかし」「おかし」別語説は、別々の場所で同時発生的に唱えられたということを結論としたい。

さて、「をかし」と「おかし」は単なる仮名の乱れであって、同一の語であるという説も、別語説が唱えられた当時からあった。それは道麿が「世人皆思へり」と述べているところからも明らかである。文献の上で最も遡ることができるものは、加藤宇万伎著『雨夜物語だみことば』（安永六年四月刊）の次のような注釈文である(14)。

をかしく
　ゑみわらはるゝをいふ。ゑみわらはるゝ、おもしろき時のこと故、おもしろき事にも、又転じてはよき事にもいへり。

「をかし」は笑うことに用いるが、「おもしろき事」あるいは「よき事」に転じて用いられるようになった、というのである。この注釈書は宇万伎の著であるが、実質的には師の真淵の説を載せたものであり、当該箇所も真淵説である可能性が高い(15)。ともあれ、この説が最初に現れるのが県門の注釈書であるということは注目してよかろう。

また、県門との交渉は必ずしも定かではないが、伊勢貞丈著『安斎随筆』巻十二に次のように記されている(16)。

○ヲカシ　可笑と書てヲカシとよむ。是に二義あり。古き草子物語の類に女の姿の美しきなどを褒むる詞にヲカシクナルカタチと云ふは其の美しきを愛悦ぶ故笑を生ずるなり。又一つは見にくき事聞にくき事にヲカシと云ふはアザケリ笑ふなり。ホムルにもアザケルにも笑を生ずるをヲカシト云ふなり。

こちらはかなり明快である。「ヲカシ」の語義の派生に関して自覚的であり、その中心に「笑を生ずる」という機能を認めているのである。

次に、谷川士清編『和訓栞』は次のように述べている(17)。

をかし　可レ笑の事をいふ。よて、真名伊勢物語に此字をよめり。東鑑に事咲をことをかしとよめり。新撰字鏡には可咲をあなをかしとよみ、見醜貌と注せり。日本霊異記に幸ををかしくもとよめるは、義訓なるにや。神代紀の俳優《ワザヲキ》之民を、兼倶抄にいかにも比興にやつしをかしなどのやうに成て仕んと也といへり。古へは名目にもいへる成べし。かし反きなればをきと同じ。めで面白きをいふは、末にて、転じて人をあざけり笑ふ事にもなれり。

『和訓栞』は漢字の訓みを追究した辞書なので、出典は漢字文献が多くを占めるが、その分訓みの用例が豊富に示されているといってよい。本項目においても、漢字文献に付された仮名遣いを根拠にして、仮名が「を」であることを導き出している。

以上、『玉勝間』が出版される以前に、別語説に対立する同一語両義説を唱えていた者を取り上げた。ただし、宇万伎も貞丈も用例を挙げて証明しているわけではない。つまり実証していないのである。また、士清は用例を挙げてはいるが、漢字文献による限界がある。同一語両義説が明確な根拠をもって現れるには、村田春海の登場を待たねばならなかった。春海は数度にわたって同一語両義説を主張し続けるが、宣長に宛てた質問状にも自説を披露している。春海と宣長の「をかし」の仮名遣いをめぐる議論は、旧稿で整理したことがあり、詳細はそちらをご参照いただきたい[18]。ここで問題とすべきは、先に引用したものの続きである[19]。

今考るに此説は誤なるべくぞ覚え侍る。さるゆゑは蜻蛉日記にみちのくにゝをかしかりける所々をゑにかきてもてのぼりて見せければ、

みちのくのちかの島にて見ましかばいかにつゝじのをかしからまし

とありてめづる心なるを岡にいひかけたり。又真名伊勢物語に妹の最可咲有乎見而と書り。これも同語なればめづる心なる所に可咲の字をかりたり。さて物語どものうちにわらふ心とめづる心とをかねたる所もおほく見ゆれば、かならず同語なるべし。さて釈日本紀に公望が私記を引て阿〻咲声也時夜鳴猶言乎加之といひ、新撰字鏡に可咲阿奈乎可之ともありて、わらふ心なるを乎加之といふ事いとふるし。されば乎加之の笑ふ意なるは語の本にてめづ

る心なるは語の転ぜしなるべし。物をめづる時はおのづからうちゑみもしつべくおぼゆるものなれば、しか転ぜしものに侍るべし。こを古書に証あるにそむきてわたくしの心をたて、於牟可之の略語也と定めむはひがことならんか。されど別に正しき証侍るにや。くはしくをしへ給へ。

『蜻蛉日記』所収歌と『真名伊勢物語』、そして『釈日本紀私記』と『新撰字鏡』などの古書の用例を根拠にして、「をかし」と「おかし」が同一語であり、仮名の乱れによって別語だと錯覚するようになっただけだと結論づける。このように、漢字文献や掛詞による用例などを証拠とするものを春海は「正例」と呼んでおり、仮名遣いを確定する上で最も信頼度の高い用例とする。宣長が「おかし」を「おむかし」の略語だとする証拠はなく、私意によるものと問い詰めている。春海は最後にこの議論の返答を求めているが、それに対する宣長の答えは、別語説の提唱者に対する関心に集中しており、結果的に論点をはぐらかす答えとなってしまったのである。

さて、『玉勝間』を読んで不審に思ったのは春海だけではなかった。荒木田久老『槻之落葉信濃漫録』も同様に宣長の説に異を唱えている。次のようなものである。(20)

○おかしをかしの仮字

玉勝間に、可賞はおむかしの略語にて、おかしの仮字、又可笑は字鏡によりてをかしの仮字といへるは、無証の臆論といふべし。可笑も、可賞も、をかしといふ言は同義にて、字鏡によりてともにをかしの仮字と定むべし。

蜻蛉日記に、

みちのくのちかの嶋にて見ましかばいかでつゝじのをかしからまし

羊躑躅《ツヽジ》の岡《ヲカ》とかゝれるにて、可賞もをかしの仮字なる証とすべし。又曾禰好忠集に、

にほはねどほゝゑむ梅の花をこそわれはをかしと折てながむれ

是にて可賞も可笑も同義にて、共にをかしの仮字なる証とすべし。

春海と同じく、久老も宣長の説には証拠がないことを衝き、「無証の臆論」と呼んでいる。久老は春海が示した『蜻蛉日記』所収歌以外にも『曾禰好忠集』から用例を採り、反論のための証拠立てとしている。適切な議論であるといえよう。

この久老の議論は春海の目に留まるところとなり、久老宛の書簡のなかで次のように述べているのである。(21)

一、御著作の病床漫録熟覧仕候。さて〳〵御精細の御考ども、こと〴〵く感服仕候。貴著にしるされ候如く、近来は本居の学流広り、其徒の人は彼が申候事を皆よしと心得、他を不レ見候勢には甚如何敷事ども有レ之候。本居はもとより精細の学者に候へども、又しいごとも多く誤り候事どもゝ不レ少候。貴兄の御論弁一々御尤に奉レ存候。をかしの仮字の事は、小子もとく心付候而、本居存在の内に疑問申遣し候所、とかくおむかしの略語と思込候になづみ、承知無レ之候き。とにもかくにも古書の証あるを捨て臆説を立候事は甚信じがたく被レ存候。

春海は『病床漫録』（信濃漫録）を読んで、わが意を得たりと思ったのであろう。宣長の鈴屋派が流行し、地下歌壇および古典研究の世界を席巻しつつある状況を憂えての発言である。久老に同調しながら、とりわけ「をかし」の仮名遣いについて服従すべからざる旨を確認しているのである。

この書簡のなかに「其徒の人は彼が申候事を皆よしと心得、他を不レ見候勢には甚如何敷事ども有レ之候」と鈴屋門弟の宣長敬仰の姿勢を憂慮する旨の発言が存在する。それでは、宣長没後の現状で、宣長説はいかに受容されたのか。「をかし」「おかし」別語説をめぐってどのような議論が展開したのか、次節以下で辿ることにしよう。

三、別語説の受容（その一）――城戸千楯編『紙魚室雑記』より

宣長が『玉勝間』で紹介した「をかし」「おかし」別語説は、真淵門弟の春海や久老など、いわば同世代の学者によって異を唱えられた。それは宣長と対等な立場でなされた反論といえる。これが宣長と師弟関係が成立している門弟筋であればいかがであろうか。いささかなりとも事情が異なるに違いない。

まず、鈴屋門人である市岡猛彦著『雅言仮字格』を見ることにしたい。『雅言仮字格』は文化三年十一月序、同四年五月の刊行である。(22)

おかし　物ヲ称美《ホメ》テ云詞也。笑フベキコトヲ云ヲカシハヲノ仮字也。思ヒマガフベカラズ。委シクハ玉賀津末初若葉巻ニ見ユ。

をかし　可笑

わざわざ『玉勝間』を参照するように記しているところからも、宣長敬仰の思いが読み取れるといえよう。猛彦は尾張鈴門の中心人物の一人であるので、宣長没後の当地の雰囲気がある程度うかがえる。おそらくそれが宣長没後の門弟筋の標準的な対応だったのであろう。かくして別語説は宣長門弟の間で受容され、圧倒的に支持されたと推定される。同じく尾張の鈴門鈴木朖も同様の見解を持っていた。文政四年春刊『雅語訳解』に次のように記しているからである。

○をかし　常語に同じ。おかしとは別也。

○おかし　おむかし也。おむかしは、趣かしなり。をかしとは別也。愛すべく賞翫すべきさまを云。オモシロイスイタフウ

このように尾州の鈴門は宣長の見解に従って別語説を唱えたのである。なお、鈴木朖の方が市岡猛彦よりも宣長入門の時期は早いので、著作の刊行年の先後関係が説の先後関係に直結するかどうかは未詳である。

ところが、宣長盲従という態度は全国的に広まっていたわけではない。少し離れたところでは、宣長の遺志を受け継ぎながらも、宣長の業績を冷静に見つめる人々もいたのである。ここに城戸千楯の編著『紙魚室雑記』がある。城戸千楯は寛政九年入門の鈴屋門人にして、京都で出版書肆蛭子屋（恵比須屋）を営んだ人物である。学問にも造詣が深く、文化十二年冬、京に学問所鐸舎《ぬでのや》を開き宣長没後の国学の隆盛に一役果たした(23)。書肆や学舎を通じて学者同士の交流も広く、『紙魚室雑記』には交流のあった学者の諸書からの抄出が記録されている。「をかし」「おかし」別語説についても取り上げられており、上巻には石原正明・長谷川菅緒・今村楽の説が紹介されている。まず正明の説は享和元年の『年々随筆』の条をそのまま抄出している。次のごときものである(24)。

> をかしとはわらふ事也。さるは心にめで思ひてたのしみよろこびてわらふも、あざけりそしりつまはじきをしてわらふもみなをかしにて、いづかたにつきても忍びかねて声にあらはるゝ事なり。わらふといふ詞も此二かたにわたりて古今おなじ事也。しかるに田中道麿といふ人めでたのしむはおむかしの略にておかし、あさみそしる方はをこかしの略にてをかし、もとより詞異なりといへりしを、本居先生もこれをよしと定て仮字もしか二様にかゝるゝ事なれど、それあらぬ事なり。おかしをおむかしの略といふは、万葉集におむかしのおをはぶきてむかしといへる所もあれば、むをはぶきておかしともいふべしと思へるなれど、おむかしは面白しの約れるにて、もむの反むなる上に同声にてことに約やすし。めでおもふ時は面のそのかたにむかはるゝをいへる也。むかしは向しにておといふ詞はもとよりなし。向しも面のむかはるゝ事なり。おもといはでも其意になる。省きたるにも約たるにもあらず。をこかしといふ詞はすべてなき事也。をかしのをはわらふ声かしは語辞わらふのわも声らふは語辞。にやあらんと、かつはおぼゆれどそれはたよしなき穿鑿なり、たゞわらふ事とのみ心

得たるなんおいらかにてよからまし、穿鑿をむねとすればいたづらなるちからを費すもの也。蜻蛉日記に、みちのくに丶をかしかりける所々を、絵に書てもてのぼりてみせ玉ひければ、陸奥のちかのうらにて見ましかばいかにつ丶じのをかしからましとあるも、おも白き方なるを岡にいひかけたれば、をかしなる証とすべし。此人の父倫寧朝臣の陸奥守になりしは天暦八年也、任はて丶上りし比の歌なれば、天徳のはじめのこと丶さだむべし。和名抄はた此前後にこそ出来つらめ、和名抄の仮字とらむほどにては、いかでかこれをもとらざらむ。村田春海にさきにたいめしたりしころつ丶じの岡など引出て、二様にかく説はわろしとこれもいひたりき。石原正明年々随筆ノ説。

おおむね批判の内容は春海・久老と変わるところはない。成立年代がほぼ同じであるにもかかわらず、『和名抄』を採って『蜻蛉日記』所収歌をとらないことの非も説かれている。末尾には、この件で春海と意見交換をした由、記されている。正明は鈴屋門弟で、塙保己一にも師事し、後に保己一の跡を継いで温故堂学頭になる人物である[25]。師の著した『美濃の家づと』を強烈に批判した『尾張廼家苞』を刊行している。春海とはかなり親しかったらしく、『琴後集』巻十三「書讀」に「石原正明にこたふる書」が掲載されている。当該書簡によれば、歌合の判詞を依頼され承諾するというところから説き起こし、寄贈された『年々随筆』の感想に及んでいる。鈴屋門弟のなかでも春海が忌憚なく学問の話をすることができる人物であった。宣長が絶賛する石塚龍麿著『古言清濁考』に関する意見を求める件りが同書簡に存在するのも、正明と春海の信頼関係を表すものと解釈して大過ない。ともあれ、正明の『年々随筆』に春海の名が登場する背景には、そのような人間関係が成立していたことが指摘できるのである。正明は師弟関係にこだわらず、すぐれた学問を認めるべしという信念を持っていたのである。そういう確信があったからこそ、自身も『尾張廼家苞』のような著作をものすることができたのであろう。別語説への反論もそういった批判精神の賜物と言えるのではなかろうか。

『紙魚室雑記』は二番手として、長谷川菅緒の論を載せる。菅緒は寛政九年入門の鈴屋門弟である。[26] 千楯とは昵懇であり、後に鐸屋設立の折には有力メンバーになる人物である。それゆえ、千楯が菅緒の見解を入手するのはさほどの困難はなかったであろう。次のような論である。[27]

師は、おかしをかしとかなをかへてかゝれたれど、古書に証なし。此事ははやく久老神主日本紀歌解に、かげろふ日記のいかでつゝじのをかしからましとあるによりて、かなをわかつはあやまりなりといへり。されど日記は後世のものなれば、正しき証とはなしがたきを、曾根《ママ》よしたゞは拾遺のよみ人にて、此集の頃まではかなみだれざれば、此人の家集に花のゑめるを見れば、なれもをかしと見るらめ、又にほはねどほゝゑむ梅の花を社われもをかしと折てながむれ、とあるをもて正しきをなる証に出すべし。又古本今昔物語十三巻四十三条に最も興あり、遣水など可咲くて、春秋の花紅葉などおもしろし云々。又籬の菊のいろ〳〵移たるも皆様々に可咲を、只紅梅に心を染て云々とある。可咲は新撰字鏡のよみによりて、をかしとよむべければ、後の書なれどをなる一ツのあかし也。かく後世の書まで皆をかしとをのかなには書たれど、おのかなを用ひたるは一ツも例なきをもても、いよゝをのかななるべく思ひさだめつ。すでにだみ言葉にも、加茂翁の説なるべし、をのかななるべきよしはあげつらへり。

享和元年夏四月考　　　　　　　　　　　　長谷川菅緒

冒頭の「師」は本居宣長にほかならない。ところが、菅緒は「古書に証なし」と述べ、宣長説の非を論じるのである。まずは荒木田久老の提出した用例によって別語説の非を検証する。さらに、みずからも新たに『古本今昔物語』の用例を出して、「可咲（をかし）」が賞賛する意で用いられていることを証明する。逆に「おかし」の用例の皆無であることを確認するに至って、別語説の虚妄性を暴きたてるのである。時に享和元年四月はまだ宣長存命中である。そういった意味で、迷いのない菅緒の判断には学問の公共性に対する決意のようなものまで感じ取ることができよう。

三人目として、『紙魚室雑記』は今村楽の説を紹介する。楽は県門谷真潮の門弟で、土佐藩士として京の留守居役を務めた人物である。[28] 万葉調の歌人であると同時に、仮名遣いにも造詣が深く、土佐でサ行タ行の濁音が使い分けられていることを宣長に報告、その記事は『玉勝間』に載せられた。[29] 識語によれば、楽の説が書かれたのは享和二年夏のことである。次の如くである。[30]

をかしといふ仮字は、新撰字鏡に、可咲註云見醜貌阿奈乎加之と見ゑたれば論なきを、おかしといふ仮字は証とすべき古書に見へたる事なし。さるを田中道麿が賞《メツ》るの時のをかしは、おかしとかくべしとは、おむかし今按、令面向の義歟。の略なりといひし説によりて、本居翁の物せる書どもに、をかしおかしとけぢめせられたるは、いかにぞや覚ゆる。此翁は字音の仮名さへたゞされたれば、もとよりいにしへの仮名をあやまれる事は、つゆほどもなき人なりしを、此をかしおかしのけぢめは、いと〳〵いぶかしくなん。道麻呂は何によりてかかくはさだめけん。こは思ふに可咲と賞とは心ことなれば、仮字もことなる義也と思ひとれるより、おむかしの略なりなどはいひけんかし。理りはさも聞ゆれど証とすべき古書に見へぬ仮名なれば、道まろの説にはしたがひがたく、なほ字鏡によりてめづる心の時も、をかしとかくぞ古意なるべき。仮字は同じけれど本末のおもむきによりては可咲の義なりと心得わくるは見る人の心なりけり。たとへば古今集に〽心ざしふかくそめてしをりければきへあへぬ雪の花と見ゆらんとよめるうたの三の句のごとき、居《ヲリ》と折《ヲリ》と仮字は同じけれど、本末のおもむきによりて、居ければの義と心得て折ければの義とは誰もおもはざるがごとし。意異りて仮字もことなりと思ふは古意にあらざる也。又をし人もをしのたぐひ。をしむの二言みな賞意ありてをの仮名なれば、をかしのをもそれと同義にて、かしは活用の詞とも見るべきをや。またおもふに賞のをかしは本にて可咲のをかしは末なれば、阿奈乎加之とことさらにことわりて字鏡にはかけたりけんかし。

楽も菅緒と同様に、古書に証例が見えない仮名ゆえに別語説には賛同しかねるとする。また、同じ仮名でありながら異なる意味を有するものとして、「居」と「折」を例として説明するが、それは同音異義語の説明である。現象としては似ているが、一つの語から逆の意味が派生した「をかし」をこれと同じ原理で説明するのは無理がある。

さて、如上のように城戸千楯は、享和年間に自らの人脈を活用して別語説についての見解を集めた。そうして文政元年秋になってこれをまとめ、鈴屋を継いだ本居大平のもとへ書き送った。大平は鐸屋設立当初からの指導者であり、上京の折には鐸屋で講義を担当した。いわば鐸屋のブレーンだったのである。そういう立場にあった大平は、当然のごとくすべての問題にコメントすることが要求されていたであろう。はたして大平に送られた手紙には「いかゞ、よしあしきかまほし」という添書きが付してあった。これに対する大平の返答ははやく、同年八月二十四日付で千楯のもとに届けられた。それらはすべて『紙魚室雑記』巻之一下巻に収録されている(31)。

物をめでゝ、おかしといふ辞中、昔の物がたりふみには多かれど、古の書には見ゑざる辞にて土佐日記に、たゞ二ツ、伊勢物語に一ツとのみ見えて、三代集にはをさ〳〵見あたらず。、古言梯に、をかし字、阿奈乎加之可咲とあらはして、古学の人々常にをかしと書ならへるを、わが翁かの道麻呂の説によりて、をこがましき方には、をかしとかき、おむかしきかたには、おかしとさだめられたるを、其のちかげろふ日記に、岡といふ辞にいひかけて、おかしとほめ、思ふ辞によめるを見いでゝ、おむかしむ方にも、をこがましき方にも、一ツをかしにてかきわくるは、かへりてひがことなりとの説、五十槻園の病床漫録といふ物に見えて、十五六年さきつかたに、人々も見たる事ながら、しかあらためんといふことなかりつるを、此ごろそこかしこよりいひおこせたるに、つら〳〵考へ思へば、証あることをさしおきて、後の臆《オモヒヨリ》説をもてさだめおかんよしあるべき事ならずと、まづあらためかへさばやとは、うちかたぶきつれど、猶かろ〴〵しくはあらためがたく思ふことあり。そはかの日記とても、古き歌にはあらず、又曾根(ママ)好忠ぬしのはやく古き歌なれども、その歌どもあざわらひ、をこがましきかたにゐむとにはあらで、ゐみさかゐよろこぶ心に、ゐむよしなれば、ゐむををかしといふことにかけたれども、咲の字の意にのみ一むきにもより所としがたく、古本今昔物語の、可咲の文字あてたるも、猶さかしら心よりかけるにてもやあらむの疑あれば、これかれにつけて、猶さだめがたく思ふ事也。猶考ふれば古事記伝三十二七十一ノ枚応神天皇の大御歌、美豆多麻流云々、伊夜袁許邇斯弖云々、袁許は中古《ナカムカシ》の書どもに遠許なりとも、袁許がましとも、袁許の者ともいへる是也。袁加志と云て、同言にて意も同じ袁加志伎は、即。袁許志伎なり。此《コ》は今の世の俗言にはあらじと云意なり。又三代実録卅八丁、右近衛内蔵富継、長尾末継伎、善㆓散楽㆒令㆓人大咲《ハ》㆒、所謂嗚《ヲ》呼《コ》人《ヒト》近之矣、云々。此は可咲き伎《ワザ》をする者を云るなり云々。

詔詞解二廿八ノ枚宇武何志伎は、十三詔云々事伊蘇之美宇牟賀斯美云々、廿六詔に云々事乎宇牟我自弥辱弥念行弖など見ゆ。於牟何志といふも同じ。書紀竟宴集ノ歌に、伊佐遠志多陀斯々岐瀰知乃於牟迦斯佐、神功紀に、相見欣感厚《ク》礼《ヒ》送《テリ》遺《ル》、また我《ガ》王必深徳《オムカシミセム》レ君など有。万葉十八には、牟賀思久母安流香、これは於を省ける也。字鏡には偉《ハ》度脱也奇也賀也幸也福也於毛我志又宇礼志とあり、みな同言也。(中略)

またいふ

日本紀第廿六六ノヒラ山越て海渡るとも於母之楼枳今来の内は忘ゆまじに、此おもしろきは悲しき事也。古今集東うた、

みちのくはいづくはあれど塩竈の浦こぐ船の綱手かなしも

此かなしはおもしろきよしなり。日本紀七十九ノ枚尾張にたゞに向へる一松阿波例一松人に有せば、衣着せましを太刀はけましを、このあはれは称嘆して俗に天晴《アッパレ》手《テ》柄者《ガラモノ》とほむる事也。志許霍公鳥、志許草は醜《ニクム》辞なれど、志許の御楯といへば剛強をほむる辞となり、又木花の阿摩比阿和由岐の和加夜流牟泥など、やはらかなるがわろきと、

やはらかなるがよきとあり。大といひ小といひ、悪みあなどるにもなり、ほめた、へまくはしとめづる辞ともなるは、そのごとく前後の文《コトバ》とにてまがふ事なし。わらひおとしむるにも、ほめえてはやすにもをかしといひて、二義にわたらむことはためしたぐひあることなれば、おかしとをかしとにかきわけ、さればとて事の鈌とはなることあるまじけれど、まづ翁の説にしたがひて、とてもかくてもさてあるになむ有ける。

文政元年八月廿四日　　　　　　　　　　　　本居大平

大平は、宣長によって別語説が出されて以来それに従ってきたが、その間も同一語両義説を目にし耳にして方針を改めようとしたが、最終的には別語説に踏み止まった。この文においても、大平は明らかに逡巡している。というよりも、二説の間で分裂していると言った方が正確であろう。まず前半では、別語説への批判に耳を傾けようとするが、同一語両義説（久老説）の根拠とする文献資料に疑義を呈し、さらには『古事記伝』や『詔詞解』の条項を引用しながら別語説の妥当性を裏付けようとするのである。それに対して「またいふ」の後半では、「おもしろし」・「かなし」・「あはれ」・「しこ」などの言葉が、相反する意味での用法がある概念であるということを述べた上で、それらの言葉と同様に「をかし」の用法として「わらひおとしむ」と「ほめえてはやす」という逆の意味が共存している可能性を認めているのである。この前半と後半の分裂は大平の立場を如実に物語っている。つまり、鈴屋の後継者として宣長の説に従わないわけにもいかず、さりとて別語説の欠陥についてはこれを自覚している。そのような中で、「とてもかくても」と述べて両説の可能性をそのまま容認しながら、「さてある」と述べて現状追認の姿勢を崩さないのである。この煮え切らない言葉は、学者のとる態度としては不適切であるかもしれないが、先代からの門弟を抱える身としては苦渋の選択だったのであろう。大平は決して宣長説に盲従していた訳ではないのである。

さて、千楯はこの大平の返答を藤井高尚に転送し、コメントを求めた。高尚は宣長の高弟で、生前その才を認められ、『玉の小櫛』の序文執筆を命じられるほどであった。千楯が鐸舎を設立した折にも、大平と同様に高尚は講師として招聘された。また、高尚の著作の多くは千楯の蛭子屋で出版されている。ことほど左様に千楯と高尚の関係は非常に親密だったのである。転送文に対して批評を要請したのも、鐸舎講師としての見識を請われてのことであったろう。別語説を支持する大平の文を読んだ高尚は、次のように千楯に書いて寄越した。(32)

　をかしのかなを、故鈴屋翁の道麻呂の説によりて、おかしと改められつるは、何心もなく思ひ誤り玉へるにて、深く考へ玉はざるの過失にしてそれによりてあるべきいはれは、さらになき事也。大平主の説は、己はえき、とらず。まずおむかしのおヲはぶきてむかしとは古へいひつる事にて、おの音はかろく、おと《音》ヲとトのみもいひて、おハはぶく事も多キ古例也。さるからに、古へもむかしトははぶきいへる也。さるにはぶくべきおヲはぶかずして、古例もありてはぶくまじきむヲはぶく事は、例にもことわりにも、みなたがへる説也。たゞとり所とするは、ほむる事をわらふをかしにて云は、あたりがたしと云のみなれども、さいふは詞の転倒をしらざる不学者のわざ也。もとをかしは、ゑむ意の詞にて、ゑむニはあざけりわらふト、おもしろがりわらふトふたつありて、あざけりわらふ意のをかしを、ほむる意にも転じいふべきことわりあり。なげく意のあはれヲほむる意にも、いふと同例也。たゞしあはれハなげく方ニ多キ故ニ、自然トなげく心と人も思ひをかしは、あざけりわらふ方ニ多キ故ニ、自然トあざけりわらふ心と思はるゝ事なれども、転じてはほむる意にもなるべき詞のすぢあり。かなしト云詞も、悲しむとほむるとニ転用するこれも同例なり。
かく明白にわかれたる事にて、おむかしのむヲはぶけるならんといへるは、道麻呂のいみじきひがことを、いひ出たる也。ふとそれによられつるは故翁の誤也。おのれらも何心もなく多年したがひよりしは、最も又誤也。かく心つきさとりゐては、すみやかに改むべし。あらためぬは心おそき人か、まけをしみの人々なるべし。学者のあるまじき事也。

文政元年蝋月　　　　　　　　　　　　　　高尚

高尚は「大平主の説は、己はえき、とらず」とはっきりと反駁する姿勢をとっている。その上で、誤謬の原因を縷々説明した後で、この明白な誤りを改めない人は「心おそき人」か「まけをしみの人々」であると言っているのである。これは明らかに大平に対するレッテルである。文政元年十二月、高尚は心情的に大平と袂を分かった。「学者のあるまじき事」を続ける大平とは一緒にやっていけないというのである。なお、高尚は文政十二年刊『松の落葉』に「をかしのかな」の項目を立てて、改めて別語説の非を主張することになる。その潔さは学者として見習うべきものであろう。

以上、宣長の晩年である享和元年から大平が実権を握る文政元年までの期間、千楯を中心とする鈴門内外の人脈の中で、別語説がいかに受容されたかを『紙魚室雑記』所収の記事を通して追いかけてみた。

四、別語説の受容（その二）――批判の嵐

前節で見たように、京の千楯の周辺では別語説をめぐる議論が盛んに行われた。千楯がそれをまとめたのは、鈴屋門弟として、ひいては鐸舎総裁として、宣長没後の学統全体を見渡す立場をとろうとしたものと見ることもできる。いずれにせよ、集成されたものを見る限り、本居大平を例外として、指導的立場の者たちに別語説が受け入れられることはなかった。そして、それは千楯周辺に限った現象ではなかった。鈴屋門弟の如何を問わず、別語説はその導出過程を徹底的に批判され、その結論には激しく異論が唱えられた。時系列によって、別語説批判の系譜をたどってい

くことにしよう。

まず、清水浜臣著『月斎雑稿』である。本書は写本で伝わるもので、『答問雑稿』や『泊洦雑稿』の名を持つものもある。執筆は享和二年頃から晩年の文政五年頃にまで及ぶが、「○をかしの仮字」は比較的はやいものと推定される。浜臣は別語説を明阿・御風の創見として紹介し、道麿説の先行性を否定する。なお、明阿・御風の件は春海からの知見であろう。別語説に宣長も従ったとして『玉勝間』の当該条を引用している。『玉勝間』引用の後で浜臣は自説を展開する。次のようなものである。[33]

今按に、おかしとをかしと二つに書わけんとするはいみじきひがことにて、必をかしとのみ書べき事也。其故をくはしくいはむに、をかしとかけるかなの証は古書多し（下にくはしくいふべし。）おかしとかける仮字の証はたえてなし。宣長が説に於牟加之の異語ならんと思へるは誤也。いかにとなれば、万葉集に於牟可之といふ詞を略して、牟可之とばかりいへれど、於牟加之を略して於可之といへる事は、何の書にもなし。阿伊宇衣於の字は、すべて略やすき字なれば、於を略して、牟可之といふべきは、ことわりさること也。牟を略して於可之といはんこと、ことわりにもそむき、例もなき事也。若古書に於可之とかける仮字書のものあらば、於牟加之略語ならんかともいはるべきを、古書みな乎可之とのみあるをば、いかで於牟加之の略にて、於可之のかななりとはいはん。さて乎加之の笑ふ心なるは、日本紀私記、新撰字鏡に明証あれば、誰もしれる事也。めづる心なるは語の転ぜしものにて、別語にはあらず。物をめづる時は、おのづから打ゑまるゝものなれば、しか転ぜしもの也。其語は曾丹集、蜻蛉日記、真字伊勢物語等にみえたり。

曾丹集序　花のゑめるをみれば、たれもをかしとみるらめ。同

にほはねどほゝゑむ梅の花をこそわれもをかしとをりてながむれ

蜻蛉日記　みちのくにをかしかりける所々を、ゑにかきてもてのぼりてみせければ、

　　みちのくのちかの島にて見ましかばいかにつゝじのをかしからまし

真字伊勢物語　妹《イモウト》乃《ノ》最《イトゾ》可《ヲカ》咲《シカル》有乎《ヲ》見《ミ》而《テ》、コレハ可愛ノ意ニ可咲トカキテ通用セルナリ。六条本ハ仮字ノタガヘルコトモアレドモ、又古例ニカナヘルコトモ多ケレバ引用セシナリ。

此外古本今昔物語にも、おもしろきことに可咲《ヲカシ》クとかき、永久四年百首にも、をとめ子がいかにおかしき姿にて見るたびごとにうちゑまるらん。などよめれども、後々なるはうるさくて挙ず。さて猶くはしく考へおもへば、いをかしも、あはれも、かなしも皆心の中にいたくしみとほるほど切なる時、うれしきにも、かなしきにも、わらはしきにも、おもしろきにもいふ詞也。いにしへははやし、又ゑ、ゑやしなどいへるを、後には哉《カナ》といふなども、みな心にかんじて、詞に発するにてこそあれ。さればをかしの詞のみ、おとをと書わくべき事ならず。

浜臣は、春海から伝授された仮名遣い確定に関する方法をわが物として、「をかし」が相反する二義を有する語であり、「おかし」なる語は存在しないことを証明する。その証明に関する手続きは、古書から例を引き出す実証的方法と、論理的に詰めて他の可能性を排除する論証的方法とを巧みに用いた、隙のない立証法である。ここにおいて、春海の仮名遣い確定の理論は、言語法則の域にまで達している。そういった意味で、浜臣は春海の後継者になり得たといってよかろう。

さて次に、北村久備著『勇魚鳥』の当該条「○おかしをかし」を見ることにしよう。久備は備中藩士で、平田篤胤の親戚筋にあたるという。久備がこの条を著したのは文化十二年頃と思われる。なお、久備には源氏物語の系譜ならびに年立を説いた『すみれ草』（文化九年刊）などの著作もある。久備は『玉勝間』と『辛酉随筆』（年々随筆）の該当箇所を引用した上で、次のように述べている。(34)

久備按、外に慥なる考証なければいひがたけれど、石原正明の説よろしからんか。凡をかしきといふ言の本は、

皆笑ふべき事なればなるべし。ヲカは嗚呼の転じたる詞カとコと同音にて通ず。、シはシキの約れる詞シキ反シ。。扨シキといふは形容の詞にて、ヤウニなどいふが如し。至りて面白きも笑ふべく、事の打合ぬさまなるをも笑ふべければ、其笑ふさまをいへるならん。

引用文冒頭の書きぶりから考えて久備が見た資料はかなり限られているが、その中で正明の別語説否定を支持している。同一語両義説を支持する根拠は、「をかし」の本質が笑うという要素にあるという認識である。どのような感情であるかは別にして、その感情の発露として笑いがこみ上げる、その「笑ふさま」が「をかし」であるというのである。短い中にも要点は押さえているといえよう。

次に、東条義門著『指出廼磯』を見てみよう。当該書は文化十二年四月脱稿、天保十四年八月刊の版本である。義門は国語音韻研究の上で画期的な業績をあげ、それにより本居春庭によって始められた活用研究は完成に近づいたと言われる。本書も活用の研究書であり、厳密な仮名遣い確定法を活用にも適用しようとした書物である。該当する箇所は次のごとくである。(35)

さて字鏡に、可笑を見醜貌と註せる処にして乎加之とし、偉慶の註には悦也とありて、さて於毛加志とあるより思へば、おかしをかしを書分べしといふ説田中道麿なども、一わたりはさる事のやうなれど、荒木田氏の信濃下向病床漫録にいへる如く、かげろふ日記には岡《ヲカ》にかけてもよみ、又ほゝゑむ梅を賞して、われもをかしと」と云るなどによらば、おかしと書くはあらぬしひごとゝぞいふべき。

当該箇所は「お」と「を」の漢字文献による用例の乱れを指摘するところで、その延長線上に別語説が紹介されている。しかしながら、義門は久老の説を根拠にして別語説を退けることになる。義門は若狭国小浜という土地で生涯を過ごした学者であるが、春庭や春海の誤りを指摘するのに躊躇することがなかった。別語説（道麿説）を強いごととして排斥したのも、純粋に真理を探究したいという姿勢の表れとみて大過ないであろう。

さて次に古典文学の注釈の中に表れたものを三点見てみることにしたい。まずは田中大秀著『竹取翁物語解』である。これは文政九年十一月に成稿、天保二年四月刊である。巻頭に本居大平の序文をすえる。大秀の論述は次のようなものである。(36)

○をかしき　は興あると云に同じく此なるは其言を諾《ウベ》なひ悦《ビ》給ふ意なり。さてをかしの仮名の事、字鏡に可咲見醜貌阿奈乎加之とあるは、乎己《ヲコ》と活て、嘲《アザケリワラフ》咲方とし、面白き方誉《ホム》る方は、おむかしの略にて、おかしと可レ書と田中道ノ麻呂の説に従て、師は定られつれど、今は蜻蛉ノ日記に、をかしを岡《ヲカ》に云懸たるによりて、嘲《アザケリワラフ》笑も歓《ヨロコビワラフ》笑もをかしと云は、唯笑ことにて、何れも同意として然書つ是ハ人々の論に。従て思定つ。笑《ワラフ》をゑむと云言、ゑみさかえますと云は歓笑こと、ほゝゑむと云は嘲笑かたなれども、ゑむと云は同意なれば、其に准《ナゾラヘ》ても知べきなり。

道麿説を支持した宣長の考えを紹介した上で、これを否定している。続いて「ゑむ」が両義性を持つことに言及し、「をかし」が二義を有することの傍証としている。大秀は宣長の門弟であり、当該書においても物語を読む要諦として「物のあはれ」論を紹介する程の傾倒ぶりを見せているが、この点に関してはきっぱりと師の説を改めている。

次に清水宣昭著『紫式部日記釈』である。これは文政十三年に成立し、天保五年に刊行されている。巻頭には師の藤井高尚の序を有する。冒頭の一文に付された宣昭の注は、次にあげる如くである。(37)

をかしは、おもしろきことなどの、今一きは心にしみて思はるゝことをいへり。このこと、玉がつまに、田中道ノ麿が、ほむるかたはおかし、笑ふかたはをかしなりといへるを、みづからもうべなひて、よしといはれたれど、いまこの言は、称美《ホムル》と可笑《ワラフ》と、ふたつにわたりて、かなは、いづれもをかしなりと、師のいはれたるによりて、いまは、いづく〳〵、をかしとかけり。なほ石原正明は、蜻蛉日記なる、いかにつゝじのをかしからましといふ歌につきて、称美のかたも、をのかなゝりといへりしよし、つたへきゝたるうへに、森嘉基は、曾丹集なる、にほはねどほゝゑむ梅のはなをこそわれもをかしとをりてながむれといふをひきて、ほむると、わらふと、ふたつにわたれるあかしとしたれば、いづれにつけても、玉がつまの説は、あやまりなるべし。

宣昭もやはり宣長説を引いて、これに異論を唱える。その発端には前節で取り上げた師高尚の論定を置いている。続いて石原正明と森嘉基の説からの用例を挙げて、別語説の非を暴きたてている。ただし、どちらの用例も正明と嘉基がはじめて取り上げたものではない。いずれにせよ、『玉勝間』に紹介された道麿説が誤りであることを首尾一貫述べるのである。

古典注釈の三つ目は、萩原広道著『源氏物語語釈』である。文久元年の刊行である。『語釈』は『源氏物語評釈』の頭注において、スペースの都合で触れ得なかったものを独立して一巻に仕立てたものである。当該項目「をかしき」は桐壺巻に相当する。次の如きものである。(38)

[釈]此語は、もとをことといふことをはたらかして、例のしきといふ形容辞を添《へ》たるなり。されば仮字はをもじをかくべし。さて意は、おもしろき事、風流なること、めでたき事、心のきゝたる事、心にくき事など、さま〴〵につかひ、又俗言と同じく、笑はしき事にもつかひたり。さるは、をこなる事は笑はしきものなれば也。さてその笑はしきよりおもしろき意にも転り、おもしろきより、みやびたること、心にくき事にも転れる也。玉がつまに田中《ノ》道麻呂が説とて、をかしとおかしと二《ツ》あるやうにいはれたるはよろしからず。このこと先輩もこれかれ論じたることあり。おのれも委しき論あれど、こゝにははぶきつ。

「をこ」から派生した語である故に「を」の仮名が正しいとする。また、「をかし」が多様な意味を持つ理由については、「をこなる」ことから「笑はしき」ことに派生し、そこから「おもしろき」こと等々に派生していったと結論する。

仮名遣いの確定と意味の派生が相関関係でとらえられており、そういった意味で説得力のある議論となっていると言えよう。ここでもやはり宣長の紹介した道麿説を俎上に載せている。さきの『竹取翁物語解』や『紫式部日記釈』にも道麿説を紹介した宣長を名指しで批判していることとも考え合わせると、物語や日記文学の注釈書の世界でも、いかに『玉勝間』の影響力が強かったかということが逆に推察されるのである。

さて、別語説を批判する論の中で、質量ともに最も充実した成果は伴信友著『比古婆衣』であると言ってよい。当該項目を含む巻一・二は弘化四年に刊行された。信友の考証は精緻で内容も詳細にわたっているが、本項目もその例外ではない。「をかしといふ言の論」と銘打って次のような考証を披露している。[39]

をかしといふは、もと感賞《メツ》る意の言なるを、侮弄《アナツ》る意に転《ウツ》してもいふ言ときこゆるを、感賞《メツ》る意にいふかたの言の仮字の、古書にみえざるによりて、はやく或説に、侮弄《アナツ》る意のをかしは、古書に可咲を阿奈乎加之と書るを証とすべし、感賞《メツ》るかたにいふは、おむかしの略語なるべければ、おかしとさだむべしといへるは、いはれたる説のごときこゆれど、よくおもへば其説とほりがたきかたありて、うちかたぶかるゝに、後に又ある人々の説に、其は侮弄《アナツ》る意に、をかしといふがもとにて、感賞《メツ》る意にも転していふ言なりといへるぞ、おほむねは然《サ》ること、きこゆれど、其説おろそかにしてたゞよはしきを、今おのれがおもひとれる趣を、さらにわきまへむとす。さるは侮弄《アナツ》る意にをかしといふは、感賞る意より転れる言ながら、仮字の証あるに因《チナ》みて、かへさまに其言に拠りて論ふべし。さてその侮弄《アナツ》る意にいへるをかしは、新撰字鏡に可咲《ハ》見《ル》レ醜《ヲ》貌《ナリ》。阿奈乎之之《アナヲカシ》。また釈日本紀に、神武紀に兄猾等を討給ひたる条に、皇軍大悦仰《ニビ》レ天而咲。因歌曰とある歌詞の中に、阿々時夜鳩《アアシヤヲ》とあるを、公望《ノ》私記を引て、阿阿咲《ハ》声也。時夜鳩《シヤヲ》猶《ハシ》レ言《フガ》二乎加志《ヲカシト》一と注《シル》せり。歌詞の意を釈《ト》けるは当れりともきこえざれど其説は別に云フべし。、本文の咲とあるにつきて、乎加之と釈ける言は、しかすがに古にて、字鏡の訓と相符《カナ》へり字鏡は寛平四年に撰たる書なり。公望ノ私記は延喜のなり。また類聚名義抄には、可咲をたゞにヲカシとよみ、また咥《キ》々然をもしかよめり此名義抄なる訓言、仮字づかひの違ひをさ〳〵あらず。旁証には備ふべし。すべて此書の事は本書の考に注へり。。咥は、詩に咥《トシテ》其《レ》笑《フ》矣。説文に、咥《ハ》大《ニ》笑《フ》也。他《ホカ》の字書どもには、たゞに笑《フ》也。笑《フ》貌也など注へるによれる訓ざまなり遊仙窟に、喹々然《ホヽエンデ》低《テ》レ頭《ヲ》而笑《フ》とよ。めり。喹は咥ノ字の古体なり。　さて咲は笑と同字にて、唐韻に欣也欣は、説文に。笑ハ喜也。　喜也喜は、釈古に喜ハ楽。也。玉篇に悦也。　増韻に、喜而解《キ》レ顔《ヲ》啓《ハス》レ歯《ヲ》也。又嗤也嗤は、玉篇。に笑貌。　哂也哂は、正韻に微笑。也。一日大笑也。　と注《イ》へり。又詩に顧《レバ》レ我《ヲ》則笑とあるを、毛伝に侮《アナヅル》レ之《ヲ》也、なども注へり。もとは喜而解レ顔《ヲ》といへる趣の言より、侮弄る意にも転れりときこゆるを、其意を得て、皇国言にとりても、おのづからおほかたさる言づかひなるにあはせて、乎加之と訓るなるべし。今昔物語集廿二ノ巻第三語。に、房前公の事を、此大臣ヲバ亦可咲門ト申ス。亦河内ノ大臣ト申ケリ。其レハ河内国渋河《ノ》郡□ノ郷ト云所ニ山居ヲ作リテ微妙《メデタ》ク可咲《ヲカシ》クシテ住給ヒケレバ也真字の傍への訓仮字は本書にはあらず。全篇をよみわたして、其意を得て、例によりて訓るなり。さて此公は、天平九年五十七歳にて薨たまへり。　と見えたる可咲《ヲカシ》は、感賞《メヅ》る意の言にて同書中《ノ》然書るがなほありて、□に檜皮葺《ヒハダブキ》の屋いとをかしげに作らせ。とみえたるも同じ言づかひなり。　また同書同巻時平大臣《ノ》取《リタマフ》二国経大納言妻《ノヲ》一語《モノガタリノ》中に、可笑《ヲカシ》キ事共語リ奉リケル次《ツイデ》ニ平中が、なり。云々。大臣心ノ内ニハ可咲《ヲカシ》クナム思ヒ給ヒケル国経大納言の、事をなり。、と見えたるは、上の可咲は感賞《メヅ》る意のをかしくにて、下なるは侮弄《アナヅ》る意のをかしくなり。かく同字同言をならべ用ひても、事の趣によりておのづから混《マガ》ひなく、わかれきこゆるをもても知るべきなり真名伊勢物語にも妹《イモウトノ》乃最《イト》可咲《ヲカシ》有《カル》乎《ヲ》見《ミ》而《テ》とかけり。此書は、仮字違もある書ながら、さすがに古きかきざまも少なからねば、かたへの証とすべし。さて又霊異記の序に後生賢者幸勿レ嗤と。書て、訓注に、幸ヲカシクモとしるせるも、幸字を侮弄る意に叶へてよめるなり。　又蜻蛉日記に、みちのくに、をかしかりける所々を絵にかきて、もてのぼりて見せ給ひければ、「みちのくのちかの嶋にて見ましかばいかにつゝじのをかしからまし、と岡《ヲカ》にいひかけてよめるも感賞《メヅ》る意のをかしなり但し此日記なる歌に、乾《カワ》くを河伯《カハク》に兼てよめる誤もみえたれど、さ。ばかりとがむべきにあらず。なべての雅《タヾ》しきによりて証とすべし。　また曾根(ママ)好忠集《ノ》にも、にほはねどほゝゑむ梅の花をこそ我もをかしと折てながむれ、と載たるに、此集の首《ハジメ》の詞に花のゑめるをみれば、誰もをかしと見るらめど、人はかしこきかほをつくり、我ははかなき言《コト》をのこしおきて云々、といへるは、件の歌と同趣の詞にて、ともに感賞《メヅ》る意のをかしにて、其をゑむにかけあはせたるなり。さてゑむは、心にめで、をかしとおもふあまりに、顔にあらはれて、にこやかなるをいふ。続紀淡路廃帝巻。に記されたる藤原仲麻呂《ノ》を褒賞たまひて、押勝と名を改《メ》賜ひ、姓《ノ》中に恵美《ノ》二字を加へて、藤原恵美《ノ》と賜へる事を、水鏡にゑみといふ姓も、御覧ずるたびに、ゑましくおぼすとて、たまはするとぞ申あひたりし、と見えたる恵美これにて、其ゑむあまりに声を出すをわらふといふを、其ゑむもわらふも、侮弄るかたに転してもいへるなり。故咲《ノ》字をヲカシとも、ヱムとも、ワラフとも通はして訓来れるなり可咲を乎加之とよめるは、上に挙たるがごとし。又笑は名義抄にヱム。とも、和ラフともよみ、字鏡に和良不とよみて、今も然訓きたれり。しかるを今の俗には、侮弄《アナツ》る意のかたにのみをかしといひ、わらふもおほくはさるかたにいふめれば、まぎらはしくきこゆるなり。さるはかなしといふも、もと心にしみて懇切《ネモコロ》におもふ意の言なるを転して、悲哀《カナシ》むかたにのみいひ、をしむはもと深く愛する意の言なるを惜むかたにのみいふがごとき例に同じ。しかれば感賞《メツ》る意のをかしも、かの可咲の仮字によりて、乎加之とさだむべし。まことや感賞《メツ》る意にをかしといへる言の、古きものに見あたりたるは、伊勢物語に、いもうとのいとをかしげなりけるを見をりて、又声はをかしうてぞあはれに歌ひける。又いとかしこくをかしがりたまひて使に禄給へりけり。伊勢集の首の日記文に、前栽のをかしかりければ、洞《ウツボ》物語俊蔭《ノ》巻に、をかしうおもしろし、などなほあり。これらの後のふみには、数しらずおほくつかふ詞となれり。

信友の論証は豊富な用例を整理して論拠を構成する手堅い手法を採っている。まず、「感賞る」意と「侮弄る」意が「をかし」一語のなかに同居しているとする。そして、「感賞る」意が先で、それが後に「侮弄る」意に移ったと考える。「ゑむ」や「わらふ」と音通の関係にある「をかし」が「感賞る」意を原義とすると述べ、その用例をあげて記述を終えている。なお、「感賞る」意が「侮弄る」意に先行することは、『紙魚室雑記』の中で今村楽も主張している。感賞と侮弄のいずれが「をかし」の原義であるかは議論のわかれるところであるが、いずれも「を」の仮名遣いを用いる同一語であることを信友は実証しているのである。

最後に中島広足著『玉霰窓の小篠』をあげて本節を締めくくることにしよう。本書は宣長の語学書『玉あられ』に増補・訂正を加えたものであり、一連の『玉あられ』論駁書の一つである。それは嘉永七年七月末に成立をみたが、刊行されるのは明治になってからである。「〇をかし」は次のようになっている。(40)

をかしおかしの仮字二つに書分るはひがことにて、めづる心も笑ふ心もともにをかしと書べきよし、今は諸説定まりたるに、伴信友翁の比古婆衣に猶くはしき考ありて、いよ〳〵うたがひなく成にたり。さてめづる心の方なるは、文にはいとおほかるを、歌にはなほまれなるに、一二首見出たるをこゝにあぐ。つゝじのをかの歌は皆人引たればあげず。

大和物語　たましひはをかしきこともなかりけりよろづのものはからにぞ有ける

小大君集　よのなかにつゝまぬとしのあきならばをかしからましけふのなぬかも

兼盛集　なにせんにひとをゝかしとおもひけんこひするそでのやすからなくに

先にあげた信友の考証に言及し、別語説の不備なることを述べている。そうして『窓の小篠』の特徴の一つでもある豊富な用例によって、これを裏付けようとするのである。江戸時代も末期に差し掛かる時、別語説の非について「今は諸説定まりたる」と言い、「いよ〳〵うたがひなく成にたり」として、この件では決着が付いた如くである。すなわち、「をかし」「おかし」同一語両義説が定説となったのである。なお、広足が補筆した『増補雅言集覧』にもほぼ同一の叙述が存在する。

五、別語説の受容（その三）——定説に挑む者たち

『玉勝間』が刊行された当時から批判百出の別語説も、鈴屋継承者の本居大平の苦しい弁明を除いて、目立ったとこ

ろで支持する者が現れずに批判されつくし、葬り去られる。別語説に対立する同一語両義説が定説となったのである。ところが、この定説に異議を唱える輩が登場する。本節では、すでに定説と認識されていたものに挑んだ者たちの見解を追っていくことにする。

まず、斎藤彦麿著『傍廂』を見ることにしよう。彦麿は石見浜田藩士にして本居大平の門弟、浜田藩の国学隆盛期を代表する国学者である。『傍廂』は嘉永六年、彦麿八十六歳の年の自序を有する。翌年三月に没しているので、最晩年の随筆と言ってよい。奥付によれば、万延二年正月の刊行である。巻之一には「○次手《ついで》にいふおかし、をかし」と題して、次のような文章が載せられている。(41)

蜻蛉日記《かげろふにき》のいひかけの物の名を証として、愛感《あいかん》のおかしを、嘲弄《てうろう》のをかしとひとつにせんとする人、ここにもかしこにもあまたあり。古言にくらき故にはあるべけれど、雅俗存亡を弁へぬ故なり。万葉集《まんえふしふ》なる牟迦志久《むかしく》と、続紀宣命《しよくきせんみやう》なる於牟加志《おむかし》と、書紀竟宴歌《しよききやうえんのうた》なる於牟加志《おむかし》とあるなどは、愛感のおかしなり。又古事記《こじき》に許志《こし》とありて、此者嘲咲《このものあざわらふ》也とも、仰レ天《おふひでてんを》而咲《わらふ》ともあり。書紀には塢《を》とのみもあり。その外、古く袁加志《をかし》とも、袁古《をこ》ともあるは、皆嘲弄のをかしなり。愛感《あいかん》と嘲弄《てうろう》とは、うらうへのたがひこそあれ、いかでひとつものならん。後世《こうせい》にいたりては、雅言《がげん》に愛感のおかしはあれど、嘲弄のをかしはうせたり。俗言《ぞくげん》に嘲弄のをかしはあれど、愛感のおかしはうせたり。雅俗存亡といひしはこの事なり。さる故に混《まが》ひてひとつとなりしなり。

師の大平の見解と同じく、意味の正反対のものが同一の言葉であるはずがないというところが大きな根拠となっている。また、「雅俗存亡」という概念を導入して、二語が一語に収束していった原因を明らかにしている。言葉の衰退を考える上で「雅俗存亡」という認識の仕方自体は、それなりに発展の余地のある概念である。しかしながら、こと別語説に関する議論では、定説をうち破るほどの力は持ち得ない。なお、『傍廂』が出版されるや、この随筆には誤謬が多いとして、岡本保孝が『傍廂糾謬』を著し、その説の一々を訂正している。この項目も、「これは、をかしとおかしと二様あると、本居氏の説にあるよしなれど、二様に仮字を分別するは千慮の一失にて、はやく春海翁の弁あり。古人あやまるにはあらず」と糾弾している。(42)

次は清水光房の説である。光房は中村至誠の子で、後に清水浜臣の養子となり、泊洦舎二世を号する。学統的には江戸派に属するが、この件に関しては異を唱えたようである。光房の説は、後出の黒川春村の『碩鼠漫筆』に引用されているものによる。なお、春村によれば、光房の説は文久元年四月の由である。(43)

> 信濃漫録、仮字拾要に、可笑感悦ともに乎加志と弁じたるは、本居の説を強て破したるものなり。久老春海両先生、本居に争ふ勢ひ往々著書に見えたり。をかしは元来袁許の語の転じたるにて、嘲り笑ふ意勿論なり。あなおかしとつゞきたりとも、かならず賞嘆すること、思ふべからず。あはれと同例に見るはいかゞ。あはれはア、ハレと嘆息の言なれば、広く心中に感ずる事には云ふべし。此乎古の語とは別なり。おむかしのオムはオンとなりて、ン約まりおかしとなるべき事、御《オン》などのオとのみなる例なり。又おもかしのオモを約めてもオとなるなり。箕面《ミノオモノ》滝をミノオノ滝といふ類なり。おむかしは古言にて、中世よりたえていはず。おかしとのみいふは、拝《ヲロガム》は古言なるを、中世よりは略してをがむとのみいふと同類の詞なり。古へに於加之の仮字拠なくとも、義を以ておむかしの略とする事当れる事なり。嘲り笑ふと賞美するとを、一《ツ》とするこそをかしけれ。蜻蛉日記岡にいひかけ、曾丹集ほゝゑむに対へたる、何れもやう〳〵仮字乱れそめたる時代なれば、説とするにたらざるなり。

「おむかし」の「む」が省略される原理を、「む」撥音化して「ん」となり、これが表記されずに「おかし」となるという点、「拝（をろがむ）」が後世には「をがむ」となる点などを付け加えている。そうして、やはり正反対の意味を同一の言葉が表すのは変だという点も別語説支持の根拠となっている。この説を聞いた春村は、「をかしおかしの仮字づかひは諸説区々にして一定ならず。さるを近頃清水光房の説とて聞しは、先達の諸説に勝れり」と述べて、宣長・久老・春海の各説を抄出し、先の光房説を紹介した上で、次のように記している。(44)

　拝《ヲロガム》を中世よりをがむといふと同例にて、於加之なりと決めたる説は、げに動くまじき確論といふべし。此説に就て猶おもへば、漬《ヒツチ》、楓《カヘルデ》、尻久米縄《シリクメナハ》の古言を、今京となりての語には、ひぢ、かへで、しめ縄とのみ呼ぶも、全其同例なるを只おかしをのみ疑ひたりしは、いと愚なるわざにぞ有ける。人はしらず、春村においては、今此説に従はむとす。されば是までかけるものと、此後に我かゝむものと、仮字づかひのたがはむを見て後学あやしぶ事なかれ。

　釈日本紀に、私記云、烏呂餓弥《ヲロガミ》は、乎礼加々無《ヲレカヽム》也と有り。

光房の説を「確論」と信じ、この原理を今後文章を書く上でも実践することを宣言するのである。「をろがむ→をがむ」の用例を付け加えることが、はたして別語説を立証するためにどの程度有効なのか、にわかには判定できない。ただ「をろがむ→をがむ」という省略の原理が「おむかし→おかし」にも当てはまるとするのは少々無理がある。なぜならば、「をろがみ→をがむ」から「おむかし→おかし」への間には、いくつもの越えなければならない関門があるからである。第一に、「をろがむ→をがむ」が実証できるか（追試）。第二に、「をろがむ→をがむ」から語中の一語が省略されるという法則が一般化できるか（一般法則化）。第三として、その法則を「おむかし」に適用できるか（演繹）。それらのプロセスを経なければ、極めて説得力に欠ける議論と言わざるを得ない。たとえそこに「ひづち→ひぢ」・「かへるで→かへで」・「しりくめなは→しめなは」という具体的な用例をいくつ付け加えても同じことであろう。

　さて、成立時期は多少さかのぼるが、別語説とは範疇を異にする異説を紹介して本節を締めくくることにしたい。内山真弓編『東塢亭塾中聞書』三である。当該書は天保十五年の自序を有する。その中で語られる説は真弓の師香川

景樹の説に他ならない。次のようなものである。(45)

おかしの言はおむかしと云事也。そむくの反也。面向《オモムク》也。おもしろきことには、必面向しき也。心に好まぬ事には背面する也。今哂ふ事につきて云も、嬉き事面白き事には必ずゑみ笑ふもの故に移りたる也。

これはある意味で同一語両義説ではあるが、「おかし」の存在のみを認めており、「をかし」については言及すらしていない。また、語源についても、古文献に用例のある「おむかし」から「む」が欠落したとするのではなく、「面向かし→おもかし→おかし」という派生を想定しているようである。しかしながら、その想定は実証されたものではなく、憶測による仮説としかとらえようがない。これは今まで見てきたいかなる説とも接触しないものであり、珍説と言ってよい。ただし、この説は東塢亭塾（景樹の私塾）で講義されていたものであろうから、桂園派内では共通了解事項であった可能性もある。そうだとすれば、あたかも別語説が鈴屋派の門弟間の通説であった時期があったように、当時勢力を拡大しつつあった桂園派の中で、「おかし」両義説が師説として通行していたと考えられる。流布の度合いを考慮すると、無視して済ませる訳にはいかない異説といえよう。

六、おわりに

本章は「をかし」の仮名遣いについて近世中期より後期に至る間に出された言説を、一定の筋を設けることによって整理したものである。すなわち、「をかし」「おかし」が別語であり、意味の違いによって使い分けられていたという説が提起され、受容され、そして消滅していったという筋である。しかしながら、そのような筋を設けること自体に問題がないわけではない。別語説の提起の問題一つとってみても、その成立過程は必ずしも単純なものではなく、各地で同時発生的に成立したと考えざるを得ないものであった。また、受容についても、学派の内外によって単純に分けられるものではない。鈴屋直系の大平や宣長と敵対していた久老・春海など、ほぼ同世代と目される者以外には、この二分法は通用しない側面がある。同意・反駁は派閥を越えるということである。さらに、消滅に関しては、近代に至っても別語説を主張する動きがあるところから、完全に別語説が消滅したと断定していいものかどうか疑問の余地がある。[46]いつ別語説が復活してもおかしくないとも言えるのである。学説とは、必ずしも進歩・発展する性質のものではないからである。

流布の少ない写本である故にあえて触れなかったものもある。また、重要な文献を見逃している可能性もある。それらの中には、微妙に他とは違うアイデアが含まれている可能性も否定できない。一写本の出現によって、本章を全面的に書き替えなければならない場合もある。それが学説史を語ることの困難さであろう。

〔注〕

（1）『本居宣長全集』第四巻（筑摩書房、昭和四十四年十月）。
（2）『本居宣長全集』第一巻（筑摩書房、昭和四十三年五月）。
（3）『本居宣長全集』第三巻（筑摩書房、昭和四十四年一月）。
（4）『日本歌学大系』第四巻（風間書房、昭和三十一年一月）所収。なお、『定家十体』は『毎月抄』に分類された十体に例歌を掲出したものであるが、現行本が『毎月抄』に存在が暗示されている書に該当するかどうかは、必ずしも明らかではない。
（5）日野龍夫氏「宣長の落ちた陥穽」（『宣長・秋成・蕪村　日野龍夫著作集第二巻』ぺりかん社、平成十七年五月）参照。
（6）森重氏の論文は『叙説』昭和五十四年十月号所収。
（7）『疑問仮名遣』は勉誠社版（昭和四十七年十月）を使用した。

（8）田中道麿『道麿随筆』（『万葉学叢書』第一編、紅玉堂書店、昭和二年八月）。
（9）堀川貴司氏「『論語参解』をめぐって」（『文莫』二十三号、平成十二年二月）参照。
（10）天理大学附属天理図書館春海文庫蔵『疑問十二条』。
（11）明阿については、『類聚名物考』第六冊（近藤活版所、明治三十七年十一月）・巻二百七十九「声音訓読部一　五重韵」に「をかし　おかしはわろし。蜻蛉日記に躑躅岡に云かけたれば、岡はまさしく乎加なれば、これ徴とすべし」とあって、明らかに別語説を否定している。しかしながら、この言説をもって明阿がはじめから別語説を提唱しなかったと結論づけることはできない。
（12）天明八年版本より引用した。
（13）翻刻平安文学資料稿第四巻『源語梯』（広島平安文学研究会編、昭和四十四年八月）より引用。なお、底本は天明四年版本である。
（14）安永六年版本より引用した。
（15）『だみことば』が真淵の言葉であるという説は、後掲する長谷川菅緒説による。
（16）『新訂増補故実叢書』第八巻（明治図書出版、昭和三十年十二月）。
（17）『増補語林和訓栞』下巻（名著刊行会、平成二年九月）。
（18）拙著『村田春海の研究』（汲古書院、平成十二年十二月）第五部「諸学問の成立」第二章「語学論―『仮字大意抄』の成立」参照。
（19）天理大学附属天理図書館春海文庫蔵『疑問十二条』。
（20）『日本随筆大成』一期十三巻（吉川弘文館、昭和五十年十二月）。
（21）享和三年十一月廿五日付荒木田久老宛春海書簡（射和文庫蔵）。
（22）文化四年刊本より引用した。
（23）藤井（山崎）芙紗子氏「藤井高尚と鐸屋―後期国学の一断面」（『国語国文』四十六巻十二号、昭和五十二年十二月）参照。

(24)『日本随筆大成』一期二巻（吉川弘文館、昭和五十年四月）。
(25)青木辰治氏「国学者石原正明の業績」（『国語と国文学』十二巻六号、昭和十年六月）参照。
(26)『授業門人姓名録』の記述による。なお、当該門人帖については、鈴木淳氏・岡中正行氏・中村一基氏『本居宣長と鈴屋社中』（錦正社、昭和五十九年十二月）を参照した。
(27)『日本随筆大成』一期二巻（吉川弘文館、昭和五十年四月）。
(28)『幡多郡誌』（高知県幡多郡編纂、昭和四十八年三月）の今村楽条参照。
(29)『玉勝間』十三の巻「しちすつの濁音の事」参照。ただし、当該条には「土佐国の人」とある。
(30)『日本随筆大成』一期二巻（吉川弘文館、昭和五十年四月）。
(31)『日本随筆大成』一期二巻（吉川弘文館、昭和五十年四月）。
(32)『日本随筆大成』一期二巻（吉川弘文館、昭和五十年四月）。
(33)『日本随筆大成』二期十八巻（吉川弘文館、昭和四十九年十月）。
(34)『日本随筆大成』二期七巻（吉川弘文館、昭和四十九年三月）。
(35)『指出迺磯・磯乃洲崎』（勉誠社文庫三七、昭和五十三年三月）。
(36)『田中大秀』第一巻物語㈠（勉誠出版、平成十三年十一月）。
(37)天保五年版本を影印した続群書類従完成会編『紫式部日記釈一』より引用した。
(38)文久元年版本より引用した。
(39)文久元年版本より引用した。
(40)『玉霰窓の小篠　下』（勉誠社文庫五一、昭和五十三年十一月）。
(41)『日本随筆大成』三期一巻（吉川弘文館、昭和五十一年十月）。
(42)『日本随筆大成』三期一巻（吉川弘文館、昭和五十一年十月）。
(43)『碩鼠漫筆』巻八（『続日本随筆大成』第七巻、吉川弘文館、昭和五十五年六月）。

(44)『碩鼠漫筆』巻八（『続日本随筆大成』第七巻、吉川弘文館、昭和五十五年六月）。
(45)弥富浜雄氏編『桂園遺稿』下（五車楼、明治四十年八月）。
(46)明治以降においても、近藤真琴『ことばのその』（共益商社書店、明治十八年九月）や物集高見『かなづかひ教科書』（六合館書店、明治十九年四月）、『日本大辞林』（宮内庁、明治二十七年）などは別語説を採用している。

第三章　江戸派の歌論の生成

一、はじめに

近世中期から後期にかけての地下歌壇の中に国学者歌人の系譜というものが存在する。その系譜を繙くと、歌論的立場および歌風において、賀茂真淵は万葉風、本居宣長は新古今風、村田春海は古今風というのが定説となっている。これは当時、いわゆる堂上歌壇とは一線を画すものであり、全国的に一世を風靡したものである。しかし、その内実は必ずしも明らかにされているわけではない。たとえば、この一同に会したことのない三者の目指した歌風が、はたしてどれほどの交渉があったのかも解明されてはいないし、それぞれの歌風観がどのような価値観に基づいているのかも追究されてはいない。なお、真淵は元禄十年生まれで明和六年没、宣長は享保十五年生まれで享和元年没、春海は延享三年生まれで文化八年没である。

以下本章では、春海が真淵の歌論を吸収しつつ、いかにして新しい歌論を打ち立てるに至ったかを宣長の存在を背景にして浮き彫りにすることを目標とする。

二、賀茂真淵の歴史観と万葉主義

本節では、賀茂真淵の歴史観がどういう形で文学史観、ひいては文学観に影を落としているかということを探りたい。まず、真淵が歴史というものをどのように認識していたのかについて考察をめぐらすところから始めることにする。

言うまでもないことであるが、歴史とは過去の事象すべての記録ではない。それは歴史家固有の歴史観に沿って取捨選択され、整理・構築された一連の記述に他ならない。そこには歴史家自身の価値観が確実に反映されるものである。歴史哲学者の言を借りれば、「疑いもなく、見地というものがなければ歴史学はありえない」ということになる。(1) このことは、大東亜戦争中の皇国史観は言うまでもなく、戦後の唯物史観にもあてはまる命題である。当然のことながら近世国学にも該当する。

真淵の場合、歴史を認識する際に確信に似た価値観があった。それは『歌意考』冒頭の「あはれあはれ、上つ代には、人の心ひたぶるに、直くなむありける」という文言に端的にあらわれている。上代において人の心は率直であり純粋でもあるというのである。これは真淵の歴史観の根拠となる価値観である。この価値観は真淵が晩年に至って獲得したものであり、『国意考』ほかの著述にも散見される。古えを賛美することは逆に後世を疎んじることにもなり、その意味でこのような見方を下降史観と呼ぶことができよう。一般に下降史観とは、時代が下るにしたがって人の心も制度も乱れていくというもので、いつの時代でも通常知識人が等しく抱く歴史観である。しかし国学者の場合、理想とする時代がすぐ前の時代ではなく、一足飛びに古代にいってしまうのが特徴といえる。真淵においてはそれが上代ということになる。この下降史観は単なる憧憬の対象ではなく、今をどう生きるかということにも直結した価値観であった。上代人の賛美に始まる歌論は、しだいに上代への同化を志向する。そうして、次のような万葉主義へと到達するのである。(2)

こゝにいにしへのうたこそ千とせのさいつ人のよめりける心こと葉も月日と共に、またく変らで、花もみぢなす昔今同じきものはあめれ。こむらさき名高く聞えたる藤原・寧楽などのみやぶりにこゝろをやりて、山がつの橡あやしの色をわすれつつ、年月にわれもよむほどこそあれ、おのづからわが心肝にそみとほりなむ。さる時ぞ、いにしへ人の心なほく詞みやびかに、いさゝかなるけがらはしきちりもゐず高くはたをゝしき心ならひもおもひとりぬべし。

この言説の示すところは、藤原・寧楽と時代を限定する古歌、すなわち万葉歌を称賛し、万葉風の歌を日々詠むことによって上代人の言葉と心を体得できるということである。

次に逆に真淵が万葉集を理想とする根拠について考えてみたい。そこで『新学』を検討の対象とする。『新学』は末尾に「明和二年七月十六日賀茂真淵がしるしぬ」とあるところから、『歌意考』の翌年の成立ということになる。次に引用する箇所は万葉観が最も端的に表れているところである(3)。

後の世人、万葉をかつ〴〵見て、えも心得ぬまゝに、こはふりにしものにして、いまにかなはずといふよ。やまともからも、いにしへこそよろづによろしければ、古ことをこそたふとめれ、いづこにか古へを捨て、下れる世ふりにつけてふ教のあらんや。そはおのれがえしらぬことを、かざらんとてうるけ人をあざむく也。凡古き史に依て古き代々は知るれど、その史には、古への事或はもれ、或は伝へ違ひ、或は書人の補ひ、或はから文の体に書しかば、古の言をまどはれなどして、ひたぶるにうけがたき事有を、古歌てふ物の言をよく正し唱ふる時は、千年前なる黒人・人麿など、目のあたりにありてよめるを聞にひとしくて、古への直ちに知るゝ物は古への歌也。且古へ人の歌は、ときにしたがひておもふことをかくさずよめれば、その人々のこゝろ顕は也。さる歌をいくもゝも常に唱ふるまゝに、古への心こゝろはしかなりてふことを、よくしり得らる。且言もから文ざまに書し史などは左も訓右もよまる、所多有を、歌はいささけの言も違ひては歌をなさねば、かれを問是を考て、よく唱へ得る時は、古言定れり。然れば、古言をよく知べきものも古き歌也。天の下には事多かれど、心とことばの外なし。此ふたつをよく知て後こそ、上つ代々の人の上をもよくしらべて、古き史をもその言を誤らず、その意をさとりつべけれ。

真淵の文章は論理的に明晰であるが、ここはとりわけ理路整然としている。まず、（1）何事も古代ほど尊い故に万葉集を尊ぶべきであるとした上で、（2）古代は歴史書では十分には知り得ないが、古歌により十分に知り得ると歴史書との比較をし、（3）古代人の心と言葉を知ってはじめて古代のことを知ることができると結論づけるのである。ここには真淵の万葉観が端的に述べられている。（1）において、先に見た『歌意考』にも主張されていた下降史観、およびその帰結としての万葉主義という構図を提示する。そしてそれを具体的に実践する方法を以下（2）と（3）で展開する。すなわち、集中の古歌により古代人の心と古代の言葉とを知ることができるからすばらしいというのである。

下降史観に立つ真淵にとって、万葉主義を標榜することは理にかなっている。そして万葉主義に従って詠歌の実践に臨んだ。ここには、歴史観と文学観とその実践のみごとな一致を見ることができるのである。

三、本居宣長の万葉観と新古今主義

宣長の万葉観を端的に表すものは、『うひ山ぶみ』（ラ）「万葉集をよくまなぶべし」の自注である。引用すると次の如くである。[4]

此書は、歌の集なるに、二典の次に挙て、道をしるに甚《ダ》益ありといふは、心得ぬことに、人おもふらめども、わ

> が師《ノ》大人の古学のをしへ、専《ラ》こゝにあり。其説に、古《ヘ》の道をしらんとならば、まづいにしへの歌を学びて、古風の歌をよみ、次に古の文を学びて、古《ヘ》ぶりの文をつくりて、古言をよく知《リ》て、古事記、日本紀をよくよむべし。古言をしらでは、古意はしられず、古意をしらでは、古の道は知《リ》がたかるべし、といふこゝろばへを、つね〴〵いひて、教へられたる、此教へ迂遠《マハリドホ》きやうなれども、然らず。

真淵から受けた教えを枕に置き、引き続きこれを敷衍して独自の言・事・心一体論を展開していくという構成である。一般にある人物の説とは、その人が最終的にたどり着いた地点のことを言うのであろう。その意味で宣長が真淵の説を『新学』ほかから帰納してくるのは理にかなっている。しかし、宣長が晩年の真淵の説に従うことにはもう一つの理由がある。それは、宣長が真淵晩年の門弟だからである。宣長が真淵にはじめて出会ったのは、かの松坂の一夜、すなわち宝暦十三年五月二十五日のことであった。それ以後正式に入門し、文通による指導を受けることになる。宣長の万葉観は真淵晩年のそれに影響を受けたと考えられるのである。そのことを宣長は後に『玉勝間』で回想しているが、そこでも万葉集の後に記紀研究をすべき由を真淵の言葉として書き付けているのである。[5] それは『うひ山ぶみ』に共通するものである。

ただ、ここで真淵の教えとして紹介しているものは、前節で見た『新学』における真淵の説と異なる点が存在する。それは歴史書に対する考え方の違いである。『新学』では、古代は歴史書では十分には知り得ないが、古歌により十分に知ることができるとしているが、『うひ山ぶみ』では記紀を読むことで古言と古意と古道を知り得ると述べているのである。これは真淵と宣長の万葉観の違いによるものと思われる。すなわち、古代を知るために真淵は記紀に優先して万葉集を学ぶべきであるとし、宣長は万葉集よりも記紀、とりわけ古事記を最上のものとする考えが反映していると思われるのである。宣長の優先順位は引用文冒頭にある通りである。つまり、本来真淵にとって古代を知るために最も近い道は万葉集を読むことであり、万葉集に倣って歌を詠むことであった。これに対して、宣長にあっては古代の道を知るのは古事記を読むことであって、万葉集は古語を知るための手段に過ぎないのである。この違いは意外に大きく、歌を詠む上で決定的な差異を生むことになるのである。

というのも、宣長が歌を詠む際に手本としたものは新古今集なのであって、決して万葉集ではなかった。それは京都遊学後に成立した『排芦小船』の段階で既にはっきりと打ち出されているのである。宣長が松坂に帰郷した宝暦七年は、真淵と対面する六年前である。すでにその頃には宣長の新古今主義は固まっており、それは終生変わることのない詠歌姿勢であった。先に見たように、真淵と出会って万葉風の歌を詠むようになるが、それは生涯かけて作った歌の五パーセントに過ぎないのである。実際真淵との邂逅の後も、歌論においては新古今主義を貫いた。たとえばそれは、明和五年九月の識語を持つ『国歌八論評』においてはっきりと述べられている。この書は荷田在満の『国歌八論』への評を意図したものである。『国歌八論』の最後に位置する「準則論」は次のような言説を持つ。(6)

又古今集ヲ以テ、花実兼備、永世ノ法則トスベシト云人アリ。但シ予ガ僻意ナルニヤ、カノ時世ハ猶実ニ過テ、花ヤカナラズトコソ思ヘ。新古今集ヲバ、学者タヾ華ニ過テ実少シトシテトラズ。シカレドモ、詞花言葉ハモトヨリ華ヲ貴ブベシ。然ルニ華ニ過タルヲイトフコト、イマダ曾通セズ。歌ノ最隆盛ナル事ハ、新古今ノ時世トゾ《モ》オモハル。サレド是ハ各ノ執スル処ニアルベケレバ、人ヲ指摩スベカラズ。

この主張に対して、宣長は「古学ノ人ニシテ新古今ヲ隆盛ノ極ト云ル、又卓見也。タヾ古ニ偏ナル輩ノ及バザル処也。各ノ執スル処ハアリトモ、人ヲモ指摩スベシ」と評を付している。在満の考えは新古今集は称揚するものの、必ずしも新古今集にのみ拘泥するものではない。歌人の選択の余地を認めているのである。これに対して宣長の評は、在満説をより先鋭化したものと言えよう。「古学ノ人」とは、真淵を念頭において使われた表現と見てまず間違いない。ことほどさように、宣長の新古今主義は揺らぐことのない信念として持ち続けられるのである。

それではこの新古今主義は、真淵から受けた万葉主義の薫陶といかにして折り合いをつけたのだろうか。いやしくも古代に理想を求め、古道を体現することを追究した宣長にあってみれば、万葉集は無視することが出来るものではない。しかし、自らの審美眼からすれば新古今主義となる。そこで宣長は折衷案を出し、この矛盾を切り抜けようとした。つまり万葉風（古風）と新古今風（後世風）を詠み分けるのである。『うひ山ぶみ』の総論部でまず「歌には、古風後世風、世々のけぢめあることとなるが、古学の輩は、古風をまづむねとよむべきことは、いふに及ばず、又後世風をも、棄《ステ》ずしてならひよむべし」とした上で、各論を次のように始める。(7)

今の世、万葉風をよむ輩は、後世の歌をばひたすらあしきやうにいひ破れども、そは実によきあしきをよくこゝろみ、深く味ひしりて然いふにはあらず。たゞ一わたりの理にまかせて万の事古《ツヘ》はよし、後世はわろしと定めおきて、おしこめてそらづもりにいふのみ也。

これはほとんど真淵の万葉主義への批判と言ってよい。また、「一わたりの理」とは第二節で確認した下降史観を指すと考えて間違いあるまい。もちろんここで宣長は真淵を批判しようとしているのではなく、県門亜流の万葉派を批判したものであろう。いずれにせよ、宣長の主張は後世歌の価値を称揚し、古風歌の意義をも述べ上げる。つまり、宣長は古風歌と後世歌に優劣をつけるのではなく、それらを等質化しようと目論んでいるように思われるのである。そして、宣長自身「吾は、古風後世風ならべよむうちに、古と後とをば清くこれを分ちて、たがひに混雑なきやうにと深く心がくる也」という域に達する。古風後世風詠み分け主義の完成である。ただ、先に述べたように、宣長の古風歌は実際には微々たるものであって、終生貫いた新古今主義に匹敵するほど重視していたわけではなかった。つまり、宣長における古風後世風詠み分け主義は、自身の審美眼と古道論との便宜上の折衷主義なのである。これを美意識と信念の分裂と見るか、巧みな融合と見るかは、宣長のとらえ方如何にかかっている。

四、村田春海の万葉観と古今主義

春海は加藤千蔭と共に、寛政元年以来十数年の歳月を費やして『万葉集略解』を完成させる。したがって万葉歌の各論はそこに開示された説を見れば明らかである。しかしながら、春海の場合、総体として万葉集をどうとらえるかという問題は、そのまま真淵をどうとらえるかという問題に直結する。つまり、春海にとって、当時多くの国学者がそうであったように、万葉観は真淵観と連動してとらえられているのである。

春海の万葉観・真淵観が最も顕著に表明されるのは稲掛大平との往復書簡である。時は寛政十二年、宣長の弟子で前年に養子となっていた大平が、県門の古風歌集を編纂しようと春海方に協力を求めてきたところ、思いがけずも論争になったのである。三月二十八日付春海書簡に対して八月一日付で大平が返事をし、それに対してまた春海が十月七日付で再答をするというものである。この論争で春海の意図したところは、宣長の新古今主義と古風・後世風詠み分け主義への批判であった。また、自らの詠歌上の歌風については、藤原・奈良朝から花山・一条の御時までの歌の中から手本とすべきものを選べというものである。大平とのやりとりの中で、真淵詠歌の三遷説を述べ、最も円熟した第二期のものが春海の受け継いだ歌風であるとする。このところは重要なので、次に引用することにしよう。なお、『賀茂翁家集』の序（加藤千蔭）も同様の三遷説を紹介している。(8)

およそあがたゐの歌のまなびの心にはじめなる、なかなる、末なる、みつのきざみなむ侍りける。其はじめとは、よはひいそぢにはまだゝらはでおはせし程をいひ侍るにて、其頃はかの荷田の家のをしへのまゝにて、古ぶりなどいふ事は猶となへいでられずなんありしとぞ。其中とは、いそぢを過て六十にあまられし迄のほどをいひ侍るにて、其程はもはら歌よむ事にふかく心をくだかれ侍りし事にて、此ほどにしもはじめて古の歌のすぐれたる事をば、おもひあきらめられたるにぞ侍りける。其末とは、みまかられし年より六とせ七とせばかりまへなるかたをいひ侍るにて、其程は、ひたすらに万葉集ときしるさるゝ事にのみ、心をふかめられ侍りしかば、さるいたづきにいとなくて、歌よむ事などには心をもふかめられず。さてたま〳〵に歌の事いはるゝには、中程の論ひをば、おほくあらためられたりとおぼゆるふしも見えたり。今春海らが吾翁のをしへを守り侍るは、其中程の論ひに従ひ侍るになむ。

春海の真淵詠歌の三つの期の区切り方を、春海および真淵の伝記的事実を参照しながら確認していきたい。まず、第一期（真淵五十歳以前）についてであるが、荷田家の歌風（新古今風）を遵守した期ということになる。真淵が五十歳の時に春海が出生しているので、それ以前のことは春海が知る術もない。つまり、第一期は春海の与り知らぬことであった。しかし、『国歌八論』論争以後から次第に荷田家から離れることになる。次に第二期（真淵五十歳から六十代半ばまで）について考察する。真淵は五十歳の年に田安家に「和学御用」として出仕しており、安定した生活を送っていた時期ということになる。この期に「古への歌」のすばらしいことに眼が開いたというのである。春海が真淵に入門したのは十一歳とも十三歳とも言われているので、春海が教えを請うたのはこの第二期ということになる。そして、第三期（真淵六十代後半から七十三歳まで）は、第二節で確認したように万葉主義に目ざめた時期である。退隠を決め、居を浜町の県居に移した時に重なる。『五意考』や『万葉考』など主だった著述はすべてこの期に書かれている。松坂において本居宣長がいわゆる「松坂の一夜」を果たしたのもこの時期（真淵六十七歳）であり、その後の宣長の動向については前節で縷々述べたとおりである。この期において、春海は真淵から教えを請うことはなかった。いや、接触する機会もほとんどなかったと言ってよい。というのも、この時期春海は柳営連歌師阪昌周のもとに養子入りし、公儀連歌師としての多忙な生活を送っていたからである。兄春郷が死去して村田家に呼び戻されることになる明和五年冬まで三年間、春海は真淵と顔を合わせることすらしていないのである[9]。この時期、春海は江戸武家堂上派の石野広通と親交があった。広通の詩歌会に呼ばれた折に次のような歌を詠んでいる[10]

風前薄　　　　　　　　　昌和

吹さそふ秋のゝ風に乱ちるつゆや尾花が波のしらたま

この歌を何風と呼ぶべきか、少なくとも万葉風でないことだけは確かであろう。また、村田家に戻った翌年の明和六年の正月にも春海は柳営連歌に参画しており、真淵は同年十月三十日に没している。つまり、春海は真淵晩年の万葉主義に触れる機会はあまりなかったと言ってよかろう。

このような伝記的事実を春海の真淵観に直接結びつけるのはなお慎重を期すべきところであるが、春海は万葉集絶対主義に対して異を唱えることになる。それはただ単に万葉集を称揚しないというだけでなく、万葉歌の問題点をも指摘するのである。しかもそれを真淵の発言として書き付けてしまったものだから、大平側から反発されることになったのである。問題の発端は次のような文面である[11]。

さて翁のいひ侍りけるは、しらべは古今集を見てならへ。かの集はしらべよき歌をむねとえらべるものなり。万葉はもとえらべる集ならねば、しらべわろき歌なむ多くまじれる。古をたふとむといふにひかれて、万葉のわろき調なる歌をなまなびそ。又花山・一条の御時には、やゝ後の世のゆるやかならぬしらべもまじれり。そはよくえらみてならふことなかれ。詞はかならずやすらかにして耳たつふしなき詞をえらみもちひよ。又万葉の古言には、世々の歌人の拾ひのこしていはざる詞に、めでたき詞猶多くあり。それをよくとりなしたらんはめづらかなるべし。一首をよくいひとゝのへたらんには、古と後との詞をまじへ用ふとも、そのけぢめ見ゆべからず。

引用文中に真淵の言葉として、「万葉はもとえらべる集ならねば、しらべわろき歌なむ多くまじれる」と書かれている。これは十月七日付書簡においても繰り返され、「翁の常にいはれしは、万葉の歌は本のしらべはよくて、末にいたりて調のくだけたる歌多し。これはこゝろしてならふまじきなり、とをしへられき」と敷衍して述べられることになる。真淵は本当にこのようなことを言ったのか。いわゆる第二期において薫陶を受けた春海はもしかしたら聞いたかもしれない。しかし、晩年の真淵ならこのような発言をすることはまずあるまい。また、引用文中に「古を尊むといふにひかれて、万葉のわろき調なる歌をな学びそ」という文言がある。「古を尊む」とは、第二節で見たように真淵の万葉主義の根幹をなす歴史観である。この詠歌論上の前提を春海はかくも安易に軽視してしまうのである。

この態度は他の人に宛てた書簡でも繰り返される。もちろん微妙なニュアンスの違いはあるにせよ、門弟に対して万葉風を詠むことを避けるように申し渡しているのである。それは越後人某宛書簡である。執筆は享和元年秋と推定される[12]。

さて万葉集は歌の源にて、歌の聖とて世々人のあふぎ候人万呂赤人などの歌も、万葉を見ずしては其真面目を見る事を得がたかるべく候。後世の集に入たる人万呂赤人の歌は多くは真作にはあらざる歌多し。然れば万葉は必学べく、又歌の最上乗は万葉に越る事無き事は論なし。然れども万葉はよく心得て学ばざれば、又害ある事あり。世に万葉をあしく見て異体の歌をよむ人も往々有之事に候へば、同好之士にみだりに万葉の歌を学ばん事はすゝめがたく候。

万葉集のすばらしさは確認しながらも、万葉風の歌を詠むことの弊害を強調している。とりわけ万葉集を手本として歌を詠もうとする、いわゆる万葉派を批判しつつ、万葉風を詠むことを諌めるのである。ここは万葉風批判という衣を着ながら、万葉派批判を展開しているともとれるのである。

今取り上げた大平宛書簡の内容と越後人某宛書簡の内容を共に備えた歌論が、やがて公にされることになる。文化五年刊の『歌がたり』である。該当する箇所を引用すると次の通りである。(13)

また万葉集はもとえらべるものならねば、わろき歌なむおほかめる。それが中にすぐれたるうたにいたりては、しらべ高きことにるものなし。万葉のうたは、大かたは本のすがたはよくて、末のしらべくだけたるうたおほし。万葉集をまなばむには、よくこのわかちをなしてみるべきなり。今の世のいにしへこのめるひとの、万葉ぶりなりとてよむを見るに、ことばとしらべのえらびをばなさで、たゞいにしへのわろきうたのさまなるうたをつくりいでて、われいにしへぶりのうたよみえたりなど、ほこりかにいひの丶しるは、かたはらいたきわざなり。つたなくいにしへをうつさむ事はもとかたきわざにはあらざるなり。さて万葉のすぐれたるうたは、歌のいたりて妙なるきはみ也。いかでか今の世のひとのたやすくまなびうべき。

基本的には万葉集を称賛しながらも、万葉集に学ぶことの容易ならざることを述べる件りは、大平との問答を踏まえたものと言えるだろう。また、万葉派（「今の世のいにしへこのめるひと」）を批判する件りは、越後人某宛書簡と共通する内容である。ただここでは、それらの教えを春海自らの教えとして述べているのは注目に値する。これは文化年間に至って春海が自他ともに認める江戸派の指導者となったことの証左となるだろう。門弟も増え、県門の正統としての地位が築かれたことが、このような態度の変化に表れていると見なすこともあながち不自然とも思えないのである。

以上見てきたように、寛政十二年から文化五年にかけて、春海の万葉観は少しずつ形を整えながら、しかし一貫して真淵の歌論とは一定の距離を保ってきたのである。それは真淵晩年の万葉主義との訣別であり、江戸派自立の象徴的出来事でもあった。

それでは春海にとって詠歌上の規範とは一体どのようなものだったのだろうか。それは一口に言えば重層的な否定の上に築かれている。第一には真淵の万葉主義の否定であり、第二には宣長の新古今主義の否定であり、第三には小沢蘆庵の古今集絶対主義の否定である。まず一つ目は本節で縷々述べてきたので省略し、二つ目に話を進めることにする。宣長の新古今主義は前節で触れた通りであるが、これに対して春海は総論・各論の両面から批判を加えるのである。総論的には、大平宛書簡、越後人某宛書簡、そして『歌がたり』にて展開される。その内で最もまとまりのよい『歌がたり』では次のように述べられる。

今の世の新古今のすがたこのめるひとは、そのころのひとのすぐれたる歌ある事をばおもひもわかで、たゞその世にひとふしよみ出たる手ぶりをのみおもしろき事におもへるはたがへり。そは上手のこまやかにとりつくろひたる物なれば、ひとわたりうち見て、えもいはずをかしきがごとくなれど、いにしへのうたよりみれば、こゝろのまことすくなくして、ことばえむなるにすぎていやしげなり。

心の真実の少なさと詞の過艶による卑賤が新古今風歌を攻撃するときのポイントとなっている。また各論は宣長の『新古今集美濃の家づと』を批判するという形で行われることになる。小品ではあるが『ささぐり』というものに注釈という形式で開陳される。(14) 総論・各論ともに新古今集歌、および新古今風和歌に対して批判しているのであるが、その目指すところは、新古今集を信奉する宣長を批判することにあったのである。春海は必ずしも新古今集を批判的に見ていたわけではない。それが証拠に、春海自身が詠んだ歌の多くは新古今風と受け取れるものであるし、定家の歌論については、これを高く評価しているほどである。春海が標的としたのは、新古今集そのものではなく、新古今風を標榜する輩なのである。その中には宣長以外にも、三条西実隆や武者小路実蔭なども含まれていた。(15) 後の二人に関しては少々事実誤認とも思われるが、いずれにせよ新古今主義を標榜する者の否定を第二の基盤とするのである。

さらに第三として、蘆庵の古今集絶対主義への批判がある。そもそも古今集絶対主義は春海によれば、真淵を批判するために出されたものであって、根拠が薄弱だというのである。次の如くである。

古今集はむねとまなびつべく、貫之ぬしのたぐひなきうたびとなる事はさることながら、藤原奈良のころのうたのすぐれたるにいたりては、古今集のころなるひとのえもおよびがたきところあるをしらざるは、中々にまだしかりき。

このように、当時隆盛を極めていた歌風を一つ一つ論評し、最終的には否定し去るのである。ところが、そうして他との差別化を計ることによって春海がたどり着いた地点は、期せずして新しい時代を予感させる歌論となったのである。それは例えば次のような言説に典型的に表れている。

さてひろく万葉集より八代集をとほしみて、そのとるべきをとり、ならふべきをならひて、しらべはかならず古今集のすがたを本となして、おのがひとつのすがたをなしいでむやうにあらまほしきものなり。いにしへの歌のたかきさまをのみまなばむは、ことくはふべき事なきがごとくなれど、かく末の世にては、しかのみおもひたらむもかへりてなづめるわざなり。そはこゝろをのぶるわざなれば、世にしたがひひとによりて、おもむきひとしかるまじきことわりなれば也。

万葉から八代集までの詞を用い、古今集を基調とした歌を詠むべきことを述べたあとで、「おのがひとつのすがた」を詠み出すことが肝要だと主張するのである。これはただ何々風をまねるというのを越え、各人がその個性を発揮して歌を詠むことの奨励である。また、歌は「こゝろをのぶるわざ」だから、各時代各人によって「おもむき」が異なるというのである。これは近代の個人主義を先取りするような主張である。揖斐高氏は、春海のこのような歌論を真淵の時代的・擬古主義的歌論から景樹の普遍的・現代主義的な歌論への過渡的な位相に位置する「新古典主義的歌論」

と称すべきことを提唱している。(16) この把握は近世歌論史上の位置づけとして正鵠を射ている。本章はそれを歌論生成という側面から捉え直したものである。

五、おわりに

『歌がたり』は真淵の万葉主義と宣長の新古今主義と蘆庵の古今主義の三者を重層的に否定した上に構築された歌論である。そうしてたどり着いた地点は国学の歌論を一歩進める準近代的なものであった。近世も後期に入る時期に、復古を旨とする国学の世界で、しかも最も伝統的な和歌というジャンルで、このような歌論が生み出されたということは大いに注目されてしかるべきものである。

〔注〕

（1）カール・ポパー『歴史主義の貧困』（中央公論社、昭和三十六年五月）「31　歴史における事態の論理・歴史的解釈」。

（2）『賀茂真淵全集』第十九巻（続群書類従完成会、昭和五十五年十一月）。

（3）『賀茂真淵全集』第十九巻（続群書類従完成会、昭和五十五年十一月）。

（4）『本居宣長全集』第一巻（筑摩書房、昭和四十三年五月）。

（5）『玉勝間』二の巻「あがたゐのうしの御さとし言」。

（6）『本居宣長全集』第二巻（筑摩書房、昭和四十三年九月）。

（7）『本居宣長全集』第一巻（筑摩書房、昭和四十三年五月）。

（8）千蔭は「うたのさまははじめと中ごろとすゑと三つのきざみありき」と記している。

(9)　明和五年十一月八日付斎藤信幸宛真淵書簡。
(10)　無窮会蔵『大沢文稿』。
(11)　天理大学附属天理図書館蔵『稲掛のぬしへまゐらする書』。
(12)　天理大学附属天理図書館蔵『琴後別集消息』。
(13)　文化五年版本より引用した。以下同じ。
(14)　拙著『村田春海の研究』（汲古書院、平成十二年十二月）第三部「村田春海の歌論」第一章「歌論生成論―『ささぐり』の成立とその位置」参照。
(15)　『琴後集』巻十三「一柳千古にこたふる書」。
(16)　揖斐高氏『江戸詩歌論』（汲古書院、平成十年二月）第四部「江戸派の展開」第二章「江戸派の成立―新古典主義歌論の位相」。

第四章 「たをやめぶり」説の成立と継承

一、はじめに

「たをやめぶり」といえば、賀茂真淵が万葉集の歌風を「ますらをぶり」として称揚する際に、対立概念として想定した用語であり、古今集の歌風を指すものとされている。手弱女の可憐な姿に古今集の雅やかなイメージを重ねるのは、国学者の知性よりも歌人の直観によるところが大きく、その絶妙な取り合わせのために、後世の古今集観を決定したと言ってもあながち過言ではないだろう。その後、「たをやめぶり」はその特徴が徹底的に分析され、古今調や古今風といった評語を生み出した。それはまた万葉調・古今調・新古今調という三大表現様式の一つとして、和歌史研究の一時代を彩るに至った。さらにそれは古今集的表現と名を変えて研究が進展している(1)。

周知のように、真淵の歌論では「ますらをぶり」が詠歌の模範となるのに対して、「たをやめぶり」は否定的な意味合いが強く、その出自においては決して注目されるべきものではなかった。それは真淵の古今集観を反映したものとされる。つまり、真淵は万葉集を称賛するのと裏腹に、古今集をはじめとする平安朝和歌に批判的であったとする和歌観である。有り体に言えば、真淵が古今集を軽視したとする見方は長らく通説となっていたのである。

しかしながら、真淵の古今集観は近時しだいに変わりつつある。真淵は門弟に指導する際に、女性歌人に対しては古今集を規範にすべく指導していたし(2)、真淵自身も古今集を評価しており、万葉主義に移行したといわれる晩年にも、積極的に古今集からの本歌取りを行っていたのである。(3) このように真淵の古今集観が見直される動向を背景に、「たをやめぶり」の見直しが行われてもよかろう。

以下本章では、真淵の「たをやめぶり」説がいかに成立し、次の世代にいかに継承されたかをたどることにしたい。

二、宝暦十二年の門弟指導

真淵がいにしえの歌集の風体について、どの時点で明確に意識し始めたのかは未詳とせざるを得ない。だが、宝暦十二年に至って、門弟を指導する書簡の中にその片鱗をうかがい知ることができる。門弟の龍公美に送った正月二十日付書簡に次のような言説がある。(4)

皇朝之古意は神代より始めて、武を以て標とし、和を以て内とし、巨細なる事を少しもいはず、民を強ず不正して、天地に合て治め給ふ故に、古は天皇益尊く世治りしを、異朝之人の作りたる道を用ゐ給ひしより、宮殿・衣服・礼式は宜く成て天下は漸々乱れ行、天皇衰給へり。此意をば万葉之歌を数年よく見候へば、古人之心直きを知、その直きを以ておすに、天下古今に通ぜざる事なし。歌は心慰なるものと思ふは今京以下の歌の事也。古人は心情を不レ隠、一意によみ出て侍れば、此書に遊ぶにつけて古への様しらる。後世国学者流、皆此意をしらねば、此国はやはらぎたるを専らとすと思へり。

神代よりの国ぶりを語るところから始める。帝は武を外に和を内において国を治めていたが、儒仏が渡来しその制度が広まるにつれて、その国ぶりが衰えた。そのことは万葉集に親しむことにより理解され、その国ぶりは今に至るまで変わりがないというのである。ところが平安朝以来、歌は心を慰めるばかりのものとなり、国学者ですらそのことを信じて疑わないと主張する。「後世国学者流」が具体的に誰を指すのか不明であるが、ここから真淵の苛立ちを容易に読み取ることができよう。この平安朝以降の歌についての違和感は次のような認識の上に立っていた。

　今京以後之歌は巧て作れる故に、必其人の心ともなし。且山城国は女国にて、男尚女の如し。故に少しも雄々しきをば嫌て、面うるはしく心かだまし。さて武を忘れぬる故に、かくおとろへさせ給へり。此意をよく御考得かしと存候。

平安朝以降の歌は技巧的になったことによって、心と異なることを歌に詠むようになった。かてて加えて「山城国は女国」であるというのである。それゆえに雄々しさや武を嫌って、心がねじけてしまい、国ぶりも衰えたと結論する。この「山城国は女国」という表現を真淵は好んだらしく、別の書簡にも用いている。それは同年十二月二十日付蓬萊雅楽宛書簡であるが、その表現は龍公美宛書簡と全く同じ文脈で使われているのである。[5]

　奈良朝までは武を専らとして、官人皆大丈夫の志をたてたれば、所レ詠の歌即大丈夫の歌なり。今京已後、二・三代の後は、男にして女を習へり。よりて所レ詠の歌皆女歌也。故巨細に巧をなして歌を作るなり。古へは丈夫の心なれば、子細なる巧は不レ用、只意気高く風調を賞めり。此事を知るを古歌学ぶ主とする也。考るに大和は男国、山城は女国なり。

この言説には先の龍公美宛書簡よりも明確になったところがある。それは奈良朝の歌（万葉集）を「大丈夫の歌」とし、今京以降の歌（古今集）を「女歌」と称するところである。もちろん真淵は「大丈夫の志（丈夫の心）」に拠って詠まれた「大丈夫の歌」を称揚するのに抜かりはないが、ここではっきりと万葉集と古今集とを対立的にとらえ、それに男性的と女性的という属性を与えていることは注目すべきところである。このような歌集における二元論的認識を「大和は男国、山城は女国なり」という土地の問題に結び付けるのである。このように真淵の歌風論が、それを生み出した土地（国）・風土との関係に基づいて立論されたことは銘記すべき事実である。龍公美と蓬莱雅楽はいずれも県門歌人であり、おそらくは詠歌指導を請う内容に応えての書簡であろうと推定される。つまり、宝暦十二年において、門人への詠歌指導は、ほぼこのようなものであったと思われるのである。

三、真淵の「たをやめぶり」

このような詠歌指導の方針は、三年後に歌論『新学』(6)に結実する。この歌論は当初は「いにしへぶり」と名付けられたものであり、それは冒頭の文言に対応している。

> いにしへの歌は調をもはらとせり。うたふ物なれば也。そのしらべの大よそはのどにも、あきらにも、さやにも、をぐらにも、おのがじゝ得たるまに〱なる物の、つらぬくに高く直き心をもてす。且その高き中にみやびあり、なほき中に雄々しき心はある也。何ぞといへば、よろづのものゝ父母なる天地は春夏秋冬をなしぬ。そが中に生るゝもの、こをわかち得るからにうたひ出る歌の調もしか也。又春と夏と交り、秋と冬と交れるがごと、彼此をかねたるも有てくさ〲なれど、おの〱それにつけつゝよろしきしらべは有めり。

古歌は歌うものであったがゆえに調べを重んじるものであったという著名なフレーズで始まる。調べには様々な表れ方があるが、「高く直き心」に貫かれており、その中に雅びや雄々しさがあるというのである。この歌の調べを四季の移り変わりに譬えて説明する。要するに、調べの中身は様々であるが、それぞれに良さがあるというわけである。このように見てくると、調べのよい歌にもバリエーションがあり、必ずしも特定の時代に限らないように思われるが、実際にはほぼ万葉集に限定されていると言ってよい。次のような文章が続くからである。

しかして古への事を知るが上に、今その調の状をも見るに、大和国は丈夫国にして古へはをみなもますらをに習へり。故万葉集の歌は凡丈夫の手ぶり也。山背国はたをやめ国にして丈夫もたをやめをならひぬ。かれ古今歌集の歌は専ら手弱女のすがた也。仍てかの古今歌集に六人の歌を判るに、のどかにさやかなるすがたを得たりとし、強くかたきをひなびたりといへるは、その国その時のすがたをすがたとして、ひろく古へをかへり見ざるもの也。ものは四つの時のさま〳〵有なるを、しかのみ判らば、只春ののどかなるをのみとりて夏冬をすて、たをやめぶりによりてますらをすさみをいむに似たり。

ここで「いにしへ」は万葉集の時代に、場所は大和国（丈夫国）に限定され、そこでは丈夫ぶりが全盛であった。これに対して山城国は「たをやめ国」であって、男も女の姿を見倣ったというのである。門弟宛書簡に頻出した「山城国は女国」は、このような形で真淵の歌論を形成することになる。山城国を代表する歌は古今集であり、それは「手弱女のすがた」を模すものであったと論を進める。そうして、古今集仮名序の六歌仙評に言及する。真淵によれば、六歌仙評は手弱女の姿を良しとする山城国の国柄によるものであって、古ぶりを顧みない偏った評であるというのである。その際の六歌仙評に対するスタンスは、万葉集の丈夫ぶりに準拠する立場であり、古今集の編集方針に対する批判的な見方であると言ってよかろう。そうしてここではじめて歌論用語としての「たをやめぶり」が登場する。このように歌の風体を四季と男女の性差（ジェンダー）という重層的な比喩によって表現するのである。その内実はといえば、これに続く言説で明らかになる。

そも〳〵上つ御代〳〵、その大和国に宮敷まし〻時は、顕には建き御威稜をもて、内には寛き和をなして天の下をまつろへまし〻からに、いや栄にさかえまし、民もひたぶるに上を貴みて、おのれもなほく伝れりしを、山背の国に遷しまし〻ゆ、かしこき御威稜のや〻おとりにおとり給ひ、民も彼につき、是におもねりて、心邪に成行にしは何ぞの故とおもふらむや。其ますらをの道を用ゐ給はず、たをやめのすがたをうるはしむ国ぶりと成、それが上にからの国ぶり行はれて、民上をかしこまず、よごす心の出来しゆゑぞ。しかれば春ののどかに夏のかしこく秋のいちはやく冬のひそまれる、くさ〴〵なくてはよろづたらはざる也。古今歌集出てよりは、やはらびたるをうたといふとおぼえて、を、しく強きをいやしとするは、甚じ《（ママ）》きひがことなり。

上代において、帝は権威と寛容さによって大和国をしろしめし、民も帝への敬意を持っていたので、国は栄えていたが、山城国に遷都してから国ぶりが変化したというのである。帝の権威は揺らぎ、民の心は邪になり、その上儒教文化の影響を受けたために統治が乱れた。そうした中で出た古今集は、そのような国ぶりを受けて柔和な感じを歌の本質と心得て丈夫ぶりを卑しむようになったという。このように「たをやめぶり」は山城国の国ぶりと切っても切れない関係にあったのである。

四、県門の「たをやめぶり」

真淵は晩年にあたる宝暦・明和年間に万葉集の丈夫ぶりを盛んに称揚する一方で、手弱女ぶりを批判した。門弟への書簡による指導だけでなく、歌論を執筆することによって、目指すべき古風歌像を示したのである。それは一般に万葉集歌の丈夫ぶりの提唱という形で真淵の国学思想の要件として認知されている。つまり、古代礼讃の思想が丈夫ぶりの歌を詠むことを要請したと考えられているのである。しかしながら、真淵の古今集に対する態度は、歌論においては批判的であったけれども、詠歌においては必ずしも排斥を旨とするものではなかった。第一節で触れたように、晩年においても古今集からの本歌取りを行っていたのである。ことほど左様に歌論と詠歌との関係は単純ではない。

そのような微妙な関係を反映してかどうかは定かではないが、門弟の受けとめ方も一通りではなかった。晩年において旺盛な指導を受けた本居宣長は、万葉集全巻に関する質疑応答を二度にわたって行い、古代を礼讃する思想は受け継ぎながらも、詠歌は新古今風の歌を詠み続けて真淵の激昂を誘い、危うく破門の憂き目に遭いかけたほどである。(7) また、万葉風を継承した楫取魚彦は、真淵の最晩年に『古言梯』を編集・刊行し、師の期待に応えた。さらに江戸で最も身近な存在であった加藤枝直・千蔭父子および村田春道・春海父子は古今集を尊ぶ姿勢を終生崩さなかった。(8) とりわけ千蔭や春海は真淵の歌風を分析し、その変遷を客観的に位置づけている。春海は稲掛大平宛書簡のなかで次のように述べている。(9)

およそあがたゐの歌のまなびの心にはじめなる、なかなる、末なる、みつのきざみなん侍りける。其はじめとは、よはひいそぢにはまだゝらはでおはせし程をいひ侍るにて、其比はかの荷田の家のをしへのまゝにて、古ぶりなどいふ事は猶となへいでられずなんありしとぞ。其中とは、いそぢを過て六十にあまられしまでのほどをいひ侍るにて、其程はもはら歌よむ事にふかく心をくだかれ侍りし事にて、此ほどにしもはじめて古の歌のすぐれたる事をば、おもひあきらめられたるにぞ侍りける。其末とは、みまかられし年より六とせ七とせばかりまへなるかたをいひ侍るにて、其程はひたすらに万葉集ときしるさるゝ事にのみ、心をふかめられ侍りしかば、さるいたづきにいとなくて、歌よむ事などには心をもふかめられず。

真淵の歌風は三遷したというのである。まず、第一期は荷田家の歌風（新古今風）を遵守した期であるが、『国歌八論』論争以後から次第に荷田家を離れることになる。次に第二期は真淵が五十歳の年に田安家に「和学御用」として出仕し、安定した生活を送っていた時期であり、この期に「古の歌」のすばらしさに眼が開いたというのである。そして、第三期は万葉主義に目ざめた時期である。退隠を決め、居を浜町の県居に移した時に重なる。このように真淵の歌風の変遷についてその事跡を背景に語っている。書簡の中ではあるけれども、県門の生き証人としての役割を果たしたのである。そういった意味で、春海は真淵説の顕彰および普及に尽力した功労者であると言ってよい。件の丈夫ぶりと手弱女ぶりの歌論についても、歌論『歌がたり』の中で次のように述べている。[10]

県居の翁の常にいはれけるは、藤原奈良のみかどのころのうたはますらをぶりなり。今のみやことなりてのはをみなぶりなりといはれき。こはいにしへよりひとのおもひもよらぬ事を、このおきなのはじめて考へいでたることにて、よくあたれることなり。事のこゝろをよくたどらぬひとは、いとことざまなることを、ひとの耳おどろかしにいひ出たるならむともおもふべけれど、さにはあらず。ふかく考へていはれたる事にて、まことにさるけぢめあることなり。うたよみせむひとはこをよくおもひわきまふべし。いにしへのうたはますらをのこゝろをたゞにのばへたるものなれば、をゝしくたけきさまなるがおほきは、おのづからなるいきほひなり。後のうたは月花のあはれのみをいひて、たよわくやさしきさまをのみむねとすめれば、おのづからにをとこの歌も女ぶりとはなりきぬるぞかし。（中略）やつかひげ生たるをのこの、たをやめのこわづかひをまねびたらむやうならむは、にげなきわざとやいはむ。さるをいまの世の人は、うたは唯えむにやさしきものとのみおもへるは、うたのもとつこゝろをうしなへるものなり。

ここでは真淵の歌論に展開された独特の歌風説を顕彰し、その妥当性を説得的に論じたものであって、真淵説の祖述とも言うべき内容である。もちろん、この言説は真淵説を誤解あるいは曲解したものではない。しかし、ここには真淵説にあった重要な要素が欠落していることに気付かざるを得ない。真淵の歌論に存在した文化史的側面がきれいに剝ぎ取られているのである。

前節で見たように、真淵説には大和国や山城国という風土による歌風の変化という要素が根底に横たわっていた。

大和国は丈夫の国であるがゆえに丈夫ぶりの歌が詠まれ、山城国は手弱女の国であるがゆえに手弱女ぶりの歌が詠まれるという、人文地理学的見地とでも言うべき感覚を真淵は持っていたのである。これは門弟宛書簡を見れば明らかであるが、真淵が歌風説を編み出す根幹をなすイメージであった。それが春海の歌論には存在しない。また、丈夫ぶりを夏冬に対応させ、手弱女ぶりを春秋に対応させるというように、歌風を季節感になぞらえるという感性も、春海の歌論からは剝落している。この季節感も比喩ではあるが、真淵の歌論を構成する重要な側面であることは疑いようのない事実である。(11) これに対して『歌がたり』で紹介された真淵説は、奈良朝の歌は丈夫ぶりであり、平安朝以降の歌は手弱女ぶりであるという、純粋な歌風説に変容したと言わざるを得ない。

五、おわりに

説を継承することは先達の説を解釈することである。解釈は必ず改変を伴うものである。受容されるためには、より受容されやすいものに変容する必要がある。もし変容しなければ、継承されたとはいえない。そのような意味で、継承の本質は解釈的祖述である。

真淵歌論も江戸派に受容されるに際して、解釈学的変形を経て継承されたと言えよう。すなわち、真淵説に含まれていた風土や季節などの土着的イメージが見事に脱臭され、都会的に洗練された歌論に生まれ変わったからである。そうして現在、我々が古今集歌の特徴を論じる際に用いる「古今集的表現」は、春海の解釈した真淵説の延長線上にあると言ってよいのである。

〔注〕

（1）小西甚一氏「古今集的表現の成立」（『日本学士院紀要』七巻三号、昭和二十四年十一月）、片桐洋一氏「古今集的表現の本質」（『古今和歌集研究集成』第一巻、風間書房、平成十六年一月）など。

（2）鈴木淳氏『江戸和学論考』（ひつじ書房、平成九年二月）「一一　県門の女流歌人たち」参照。

（3）鈴木健一氏『江戸詩歌史の構想』（岩波書店、平成十六年三月）第二章第二節「雅びの呪縛—賀茂真淵の古今集」参照。

（4）『賀茂真淵全集』第二十三巻（続群書類従完成会、平成四年一月）所収。

（5）同右。

（6）『賀茂真淵全集』第十九巻（続群書類従完成会、昭和五十五年十一月）所収。

（7）『賀茂真淵添削詠草』一に「右の歌ども一つもおのがとるべきはなし。是を好み給ふならば、万葉の御問も止給へ。かくては万葉は何の用にたゝぬ事也」とある。

（8）揖斐高氏『江戸詩歌論』（汲古書院、平成十年二月）第四部「江戸派の展開」第一章「江戸派の揺籃—加藤枝直と賀茂真淵」参照。

（9）天理大学附属天理図書館蔵『稲掛の君の御返事に更にこたへまゐらす書』。

（10）文化五年版本。

（11）香川景樹『新学異見』は『新学』における和歌の風土性や季節感を否定する。

第五章　慈円歌の受容と評価の変容

一、はじめに

歌を詠むという行為は個人的な営為である。たとえそれが唱和歌や歌会の当座題のように複数で詠むものであっても、歌人の創作であるということは紛れもない事実である。しかし一方で、歌はその歌が生み出された時代の価値観を反映するものであるということもまた事実である。そういった意味で、歌は個人の資質と時代の空気の両面からとらえなければならないということになるだろう。

今、時代の空気と呼んだものを文学観、あるいは文芸思潮と言い換えても、それほど見当はずれではないだろう。歌は時代の文学観や文芸思潮に鍛えられて、その時代に合うすぐれた表現を生み出し続けたのである。もちろん歌を文学作品全般に押し広げて考えることも可能である。そういった意味で、文学作品は時代の産物である。

時代が移り変わると、それまで受容されてきた作品の評価が変化することもある。しかし、それはそれなりの理由があるはずである。そこには文学作品の受容ということについての秘密が隠されている。

本章では、以上の問題意識から慈円の詠んだ歌一首の評価の変遷をたどることによって、和歌の受容に関する問題を考えてみたい。

二、本歌取りの時代と慈円歌

本歌取りとは、「先行歌の一部を意識的に自分の歌に取り入れることによって、表現を重層構造のものとし、複雑な効果をねらう修辞法」である。(1) すでに万葉歌にその萌芽が見られるが、詠歌の手法として積極的に用いられるようになるのは、藤原俊成によって評価・奨励されるようになってからであるという。それは新古今時代に最も流行することになるが、時として行き過ぎがあった如くであり、定家が『詠歌大概』等で説いた原則は本歌取りの理想論的な意味合いを持っていたようである。それは、①七、八十年以来の歌は取らない、②五句のうち二句と三、四字を限度とする、③四季と恋・雑の部立てを変えるなどである。このような原則を守ることで、古えの「詞」を用いて新たな「心」を詠むことができると考えたのである。定家の本歌取り論は、実践の場での本質論に関わるものであり、詠作の立場から立てられた論という意味合いが強いといえよう。

時代が下って南北朝の時期になると、本歌取りについて、より詳細に分析されるようになる。その一つ『井蛙抄』は、二条為世門下の和歌四天王の一人に数えられる頓阿の歌学書である。『井蛙抄』巻第二「取二本歌一事」は「本歌をとれるやうさま〴〵なり」とした上で、本歌取りのパターンに応じて五種類に整理・分類している。例歌を省略して引用すると、次の如くである。括弧内は『愚問賢注』の当該項目に対応する表現である。(2)

一のやうは、古歌の詞をうつして、上下にをきてあらぬ事をよめり。(本歌の詞をあらぬものにとりなして上下にをけり)。

一のやう、本歌にかひそひてよめり。(本歌の心をとりて風情をかへたる歌)。

一のやう、本歌の心にすがりて風情を建立したる歌、本歌に贈答したる姿など、ふるくいへるも此すがたのたぐひなり。(本歌に贈答したる体)。

一のやう、本歌の心になりかへりて、しかもそれにまとはれずして、妙なる心をよめる歌。これは拾遺愚草のうちに常にみゆる所也。(本歌の心になりかへりて、しかも本歌をへつらはずして、あたらしき心をよめる体)。

一のやう、本歌の只一ふしをとれる歌。(たゞ詞一をとりたる歌)。

頓阿が整理・分類した事柄は、本歌と本歌取りとの関係についての現象面の分析であると言ってよい。そこでは、模範的な本歌取りとその本歌を列挙することによって、本歌取りの詠歌法としての特質を浮かび上がらせようとしているのである。換言すれば、頓阿の本歌取り論は、詠歌の受容あるいは鑑賞という立場でとらえ、そのあり方に焦点を当てているということができよう。実際のところ、例としてあがっている歌は、定家の歌を中心とする新古今歌人のものが大勢を占めるところからも、名歌鑑賞の意味合いが強いことがうかがえるのである。

さて、中世における本歌取り論を定家『詠歌大概』と頓阿『井蛙抄』を例にとって簡単に検討したが、今度は本歌取りの歌について具体的に考えていきたい。『詠歌大概』が執筆される二十年ほど前、慈円は『千五百番歌合』に詠進するために百首歌を詠んでいる。その中に次のような一首があった。

春の心のどけしとても何かせむたえて桜のなき世なりせば

歌合の判定およびその後の受容の経緯については次節以降でたどることにして、本節ではこの歌を純粋に本歌取りの歌として見てみたい。この歌の本歌は、言うまでもなく次の歌である。

渚院にて桜を見てよめる　　在原業平朝臣

世の中にたえて桜のなかりせば春の心はのどけからまし(古今集・春上・五三)

第三句を「さかざらば」とする『業平集』や『土佐日記』二月九日条などもあるが、『伊勢物語』八十二段も含めて、原則として「なかりせば」とするのが一般的である。慈円は「なかりせば」の本文に基づいて詠んだと思われる。定家の本歌取り論からすれば、古今集を本歌とする点では一つ目の原則をクリアーしているが、詞の借用字数の超過や部立ての不変などの点で大きく逸脱するものである。もちろん、理論と実作は本来別であり、理論通りに詠み得た歌が一概にすぐれているともいえないし、理論に反しているからといって秀歌でないとはいえない。その上、慈円の歌の方が定家の歌論よりも先行しているのである。また、たとえ定家の歌論が先行していたとしても、慈円がそれに従う必然性があったかどうか疑問である。しかしながら、新古今時代の風潮として『詠歌大概』が理想的な姿を持っていたとすれば、慈円の歌はかならずしもよい評価を受けたとは言えないであろう。

また、慈円の歌は『井蛙抄』における整理・分類では「本歌に贈答したる姿（体）」に該当するであろう。ところが、例歌として掲載されている次の組み合わせと比較して、拙劣の印象を拭い去ることができない。

心あらん人にみせばや津の国のなにはわたりの春のけしきを（後拾遺集・春上・四三・能因）

かすみ行くなにはの春のあけぼのに心あれなと身をおもふかな（雲葉集・春上・七四・為家）

この為家歌は『和歌用意条々』においても、「心あらむ人にといへるを答へて我心あれなど贈答せられたる、無㆓比類㆒者歟」と称賛されている。もちろん、評価の高い歌に比するのは均衡を失しているかもしれない。しかしながら、同一範疇の中で比較するのはやむを得ないことであろう。慈円歌は本歌取りの時代、あるいは本歌取り論の時代において、決して模範的な歌ではなかったのである。そうであれば、慈円の歌は評価されず、忘れ去られてしまったと考えるのが妥当と言うことになる。

ところが、この予測を大きく裏切り、同時代において当該歌は高く評価されたのであるが、その経緯は次節でたどることにしよう。

三、慈円詠「春の心…」の受容（その一）——近世前期まで

慈円は千載集初出の歌人で、新古今集には西行に次いで九十二首が入集している。その詠風は端正な調和のとれた歌の中でも最上のものとされている。また、その即吟多作は他の追随を許さないものであるという。件の歌は『千五百番歌合』百二十三番ではじめて披露されたものである。次のような番いで行われた。

左　　　　前権僧正

はるのこころのどけしとてもなにかせんたえてさくらのなき世なりせば（二四五）

右　　　　通具朝臣

いつとなき霞のそらはみどりにてそでにながめのはるさめぞふる（二四六）

左有興さまなり。

右すがたは宜しきを、ながめのはるさめとつづけるやいかがと覚え侍らん、左まさり侍るにや。

この番いは春部二に収録された。慈円は左であるが、相手方は源通具である。通具はこの歌合出詠と前後して『新古今集』の寄人に任ぜられ、撰者の下命を受けた。

判定は左慈円歌の勝ちである。判者藤原忠良の判詞によると、慈円歌は「有興さま」と記されている。(3) これによれば、趣向が凝らされているというのである。歌合においては常に興（趣向）が問題とされたのであるから、慈円歌は場にふさわしい歌ということになるだろう。一方の通具歌は、一首全体の「姿」は悪くないとしながらも、「ながめのは

るさめ」という、四句から結句への「つづけがら」がよくないというのである。「長雨（眺め）」の「春雨」とは、言い掛けの工夫は見られるが、いわゆる重ね言葉の弊に陥っている。判者が指摘したのはそのようなことであろう。勝負事の常として、相対的に慈円歌が「勝」となったわけである。「左まさり侍るにや」とは、その程度の消極的な判定と受け取るのが妥当であろう。それでは、この歌合で雌雄を決した両歌はその後どうなったのであろうか。負けた通具の歌は、家集が現存しないので家集に収められたかどうか定かではないが、少なくとも勅撰集に採られることはなかった。歌合で敗北して忘れ去られたかの如くである。それに対して、勝ちとされた慈円の歌は、先に見たように、本歌取りの原理に抵触するものであったにもかかわらず、その後も読み続けられることになる。当該慈円歌は当時の文学観や文芸思潮に合ったのである。

さてここで、確認しておかなければならないことがある。それは、慈円の歌が『千五百番歌合』への出詠に際して、ある実験的な試みの中で詠まれた歌であるということである。(4) 慈円の家集『拾玉集』（広本、第三冊）を繙いてみれば明らかなように、この歌は「詠百首和歌　以古今為其題目」という端作を持つ連作中の「春二十首」に収められているのである。『拾玉集』は次のように掲出する。

世の中にたえて桜のなかりせば春のこころはのどけからまし

春のこころのどけしとても何かせむたえてさくらのなき世なりせば　（三四八〇）

つまり、本歌となる古今集歌を掲げ、それをもとにして詠んだ歌を春部で二十首並べているのである。これは本歌取りの連作として詠んだ詠歌群と判断して間違いないだろう。歌数は春二十・夏十五・秋二十・冬十五・祝五・恋十五・雑十から構成されている百首歌であり、すべて古今集歌を本歌として詠まれた本歌取り詠歌群百首である。そして、この百首はすべて千五百番歌合に提出された歌でもある。それは歌集冒頭の目録に「古今歌　千五百番歌合也」という添書きにも明示されている。なお、『千五百番歌合』詠進の慈円歌百首については、山本一氏および石川一氏に詳細な論考が備わる。(5) なかでも石川氏は、当該歌について、「題の古今歌の発想を逆転したもので、本歌の題材を変えることもなく、「心」も変えていない。すなわち、本歌の趣向に依存した言葉振りの次元での作品と言えよう」と述べている。(6)
ところで、この百首歌には末尾に跋が付されており、出来の経緯がうかがえる。便宜上、二段落に分けることにする。前段は次のごとくである。

進覧の本には古今の歌をかかず。ただよみたるにて、とかく人の見とがむべからず。人の口にあるふるき名歌にすがりてつづけよめる事、歌のならひなれば、さやうに人は見てすぐらむ。しかあれど、かく心ざしてよめる本意どもをとりなしつづけたる風情、のちにも人のみむに、よしともあしともこれにつきてあんぜむ事、才学にも成ぬべければ、さうあんにはかく書きつけて侍るなり。人のわろきを見てはわろき所をすて、よきを見てはよき所をとる、この智恵ある人の、よき歌とはいはるるなり。よろづの風月のみちも又かくのごとし。わがわろきをあらはして、人の才学になさむとなり。よしと思ひてしるしおくにはあらざるべし。

前段は、古今集を詞書に添えて本歌を明らかにすることによって、正当に評価されることを目論むという内容である。冒頭の「進覧の本」とは『千五百番歌合』の基にされた、慈円提出の百首歌詠進の原資料のことを指すと思われる。晴の場に提出する本には本歌を記さなかったが、草案には本歌となった古今集歌をすべて添えたというのである。本歌と比較して自分の歌が駄目だと知らしめることによって、人の才覚を促すと述べるのは、謙退の表明であろう。謙譲のことばは繰り返され、後段において次のように展開していくのである。

この百首は、ただはうにむけて心にまかせつつめづらしくよめるには、はるかにおとりて見え侍るなり。本の歌のめでたきにだいせられて、中中よみもおほせられぬなるべし。わがわざさいかくありてよめりと見る歌は、わざとわろきなり。こはくひぢはりてみゆるは、歌にとりてよによくもなき事なり。才学にひかされて、さる人の歌はここのわろきなり。歌といふ物はただ心をさきとして、こと葉はつねのことばのやさしくなびやかなるを、ささへたる所もなくたをやかにいひつづけたるこそめでたけれ。さいかくおほくしてしかもかく心えて、こはきをすてて、心のたねを花となし、木のはのいろを身にとむるやうなる風情えたる人は、人丸・貫之がほかにはなきにこそ。この百首にてこころえよとおもひて書きつけ侍りぬ。

後段は前段を踏まえて、自信作と思う歌ほどかえってよくないというような告白めいたことが語られた後、さらに「心」を先とし、「こと葉」の用い方に注意すべしという歌の本質が述べられる。最後には柿本人麻呂と紀貫之への信奉を表明して締めくくりとなる。ここには、古今集仮名序を踏まえた慈円の歌論が展開されているといってもよいだろう。そして、件の歌に関しても、単独で詠まれたものではなく、古今集の本歌取り連作の一環として詠まれたということが判明したと思われる。しかも、その歌がこのような歌論に裏付けられて詠まれていたということは銘記しておく必要があるだろう。

『拾玉集』の編纂は、最善本とされる青蓮院本の奥書によれば、尊円親王によって百首歌を中心に嘉暦年間に類聚され、貞和二年には増補がなされて成立したという。なお、この家集は後に細川幽斎によってまとめられ、『六家集』の一つとして刊行されて一般に流布したものと思われる。『拾玉集』の成立とほぼ同時期に勅撰集の編纂作業が進んでいた。『千五百番歌合』で勝を収めた慈円歌は、十七番目の勅撰集『風雅和歌集』巻三「春歌下」に撰ばれるところとなる。

千五百番歌合に　　前大僧正慈鎮

春のこころのどけしとてもなにかせむたえて桜のなき世なりせば（二一四）

詞書にも明らかなように、これは『千五百番歌合』からの撰集となっている。『風雅集』は『玉葉集』の歌風を継承した勅撰集とされ、京極派歌人の優遇という特徴がある。慈円は一八首入集で一九番目の歌数となっている。いずれにせよ、この歌は勅撰集に入集したことで、当時一定の評価を受けていたことが判明する。

そのような肯定的な評価は、近世前期まで続くことになる。宮内庁書陵部蔵『数量和歌集』のなかに『新六歌仙』と題する撰集が数種類収められている。「新六歌仙」とは、藤原俊成・藤原良経・慈円・西行・藤原定家・藤原家隆を指し、『六家集』の構成メンバーである。この撰集の中に慈円の当該歌を載せたものが二種類存在する。まず、『日本歌学大系』の分類による『新六歌仙〔乙〕』である。慈円の歌は次の七首が撰ばれている。(7)

大僧正慈鎮

雲まよふゆふべに船をこめながら風もほに出ぬ荻のうへ哉
我恋は庭の村萩うらがれて人をも身をも秋の夕ぐれ
霞しくまつらの奥にこぎ出てもろこしまでの春をみる哉
わが頼む七の社の夕だすきかけても六のみちにかへすな
春の心のどけしとても何かせん絶て桜のなき世なりせば
ふけゆかば煙もあらじ塩がまのうらみなはてそ秋のよの月
庭の面に我あとつけて出つるをとはれにけりと人やみるらん

「春の心」も五首目に撰ばれていることがわかる。慈円の秀歌選として撰ばれた七首の中にこの歌が入っているということは、やはりそれだけ評価が高かったと考えることができよう。残念ながらこの撰集は撰者が未詳であるが、前後の顔ぶれから見て中世後期から近世前期頃の公家であることはほぼ間違いないだろう。(8)

次に、後水尾院撰の『新六歌仙（丁）』に慈円の当該歌が取り上げられているのである。

前大僧正慈円

春の心のどけしとても何かかせむ絶て桜のなき世なりせば

ふけゆかば煙もあらじ塩がまのうらみなはてそ秋のよの月

庭の面に我跡つけて出つるをとはれにけりと人やみるらむ

この撰集は「雪月花」というテーマがあったごとくであり、慈円の歌も花月雪の季節順となっている。後水尾院は慈円の歌の中から春を代表する歌として当該歌を撰んだと考えてよかろう。ただでさえ数の多い慈円の歌の中から、特に春の歌一首を撰ぶということの意味は大きいと考えられる。[9] なお、この三首は先の撰集の一部であり、抄出の如き印象を受けるが、二撰集の前後関係および影響関係は未詳と言わざるを得ない。いずれにせよ、近世前期までの正統的な歌壇（堂上歌壇）の伝統の中では、慈円の当該歌は相当に高い評価を受けていたと考えてよいのではなかろうか。

四、慈円詠「春の心…」の受容（その二）――近世後期

慈円の歌は『千五百番歌合』で勝利して以来、勅撰集にも入集するという栄誉を得た。それから近世に入っても前期においては、堂上歌壇の中心にいた後水尾院の撰にも与った訳である。ところが、近世も後期になると雲行きが怪しくなってくる。一つずつ検討していこう。

まず、村田春海が本居宣長の養子稲掛大平に差し出した書簡の中で、当該歌を取り上げてあからさまに批判している。寛政十二年三月二十八日付の書簡である。[10] 次の如くである。

春の心のどけしとてもなにかせむたえてさくらのなき世なりせば

此歌つたなきとりなしなり。業平朝臣の歌に、春の心はのどけからましといへるは、花をめづることのふかくて、花ゆゑに心のいとまなきことをつよくいへるにて、かくばかりに花に心のあくがれんよりは、なかなかにさくらといふものなからましかばと、花をしたふ心のやらんかたなくゝるしきまでにおもはるゝことをいへる也。さいへばとてたえて桜のなからましかば春の心はのどかにてよかるべしといへるにはあらず。さるをそれをうちかへして、のどけしとてもなにかせんといひては、業平朝臣の歌を、さくらといふものなくて心のゝどかならんことをねがへることゝして、それをとがめたるやうに聞えて、本歌の心にそむけり。春の心はのどけからましといひてこそ、心こもりてあぢはひもふかけれ。のどけしとてもなにかせんといふ事は、花をめでん人の心には、さはいふにやおよぶべき。業平朝臣のは、さだまりたる常のことわりのうらをいひて、心のふかき事をしらせたるものなるを、それを又うちかへしていひては、たゞ常のことわりとなれば、なにのあぢはひもなし。

まず春海は慈円歌を悪い本歌取りであると断定する。その根拠は以下の通りである。すなわち、業平の歌は通常の道理の裏を言うことで、花をめでる心の深さを詠んでいる。これを慈円歌のように「のどけしとても何かせむ」と再び裏返してしまうと、本歌に込められた意味がずれてしまい、心を惑わす桜がなくのどかであることを望んでいるかのごとく聞えてしまう。[11]これは本歌の価値を低くする取りなしであるというのである。なおこれは、前節で参照した石川一氏のこの歌に対する把握と基本的に同じである。

春海の慈円歌への批判は、新古今集時代の題詠歌の弊害を訴えるコンテクストの中で語られている。書簡の中で取り上げられた歌は六首、そのうち新古今集歌がちょうど半数の三首を占めている。それは新古今集歌そのものを批判するというよりも、宣長が著した『美濃の家づと』を批判するといった性格を有していた。[12]それゆえ、『美濃の家づと』

（あるいは『美濃の家づと折添』）に掲載されていない当該歌を取り上げるのは、それ相応の理由があったと考えるべきであろう。それはすなわち、題詠歌の弊害が最も典型的に表れた歌を俎上に載せるということである。それは六首の歌を批判した後に置かれた次のような結びのことばを見れば明らかである。

すべてかみにいへるたぐひの事、此ころの歌にはいと多し。ことごとくひろひいでゝ、いはむにはかぎりも侍らざるべし。これ皆題詠のあしきならはしよりかくことざまなる手ぶりにはうつれるわざになん。

一般的に言えば、本歌取りの巧拙と題詠歌の弊害とは必ずしも同一の範疇ではないが、春海が提示した文脈の中では慈円歌もまた題詠というシステムの問題に収斂するのである。いずれにせよ、ここで慈円の歌が著しく批判にさらされているという事実は注目に値する。詠まれた当時から評価された歌が、ここにきて批判の的になったのである。もちろん、批判したのは春海だけではない。この書簡を受け取った大平は返事を出すべく春海の書簡に対して詳細な検討を加え、次のようなメモを書き残している。(13)

○春の心のどけしとても

コレハ大ニワロキ趣向也。春海論適当セリ。〽ちりはて丶花のかげなき木本にたつことやすき夏衣哉　慈円同罪。

春海と大平の間には、歌を詠む上で基本的な立場の相違が存在する。大平は後世風（新古今風）を信奉する宣長の方針を遵守する立場である。これに対して、春海は新古今時代の悪弊を論じながら、これを称賛する宣長を批判するのである。しかしながら、このような立場の違いを越えて、大平は、春海が慈円歌を批判する箇所に同調し、その上同種の弊害を有する慈円歌（新古今集・春上・一七七）を証拠として引用するのである。大平はこのメモを宣長に見てもらい、添削を受けている。当該箇所の冒頭には「師云、此論ヨロシ」という宣長の評が書き入れられている。この加評は、宣長もまた春海や大平と同様に慈円歌に批判的であったと読み取ることができる。実際のところ、宣長は当該歌を本歌取りの悪例と見ていたのである。それは春海の書簡に宣長自身が書き入れたものを見れば明らかである。すでに書簡が出されて一年以上経過していた。(14)

コレハマコトニワロキ本歌ノトリヤウ也。然レドモ此論ハアタラヌコト多シ。

後半の春海の論に対する非難は割り引いて考えるとして、宣長も慈円の歌を本歌取りの悪い例と考えているということがここから分かる。宣長は後世風の歌、主に新古今集所収歌を一つの理想と考えていた。したがって、自らが歌を詠む際にも本歌取りを主要な詠歌の方法としたのである。その宣長が、ことこの慈円の歌に関しては非常に突き放した批判を述べているといえよう。

さて、話題を春海の慈円批判にもどすことにしよう。春海は当該歌に対して嫌悪感を相当抱いていたようで、大平への書簡に取り上げた数年後、再びこの歌を俎上に載せている。それは楽翁松平定信が春海に家集『よもぎふ』草稿からの撰歌を依頼した中にある。春海の『よもぎふ』撰歌は定信宛書簡のなかで行われた。春海は冒頭で「すべてあらたに一ふしある御歌ども目をおどろかし侍りぬ」と大名家に対して一応の挨拶をした上で、定信の歌を出来に応じて四段階に選別するのである。この判断は誠実に行われたと思われる。四段階の中で、一番上の等級に位置する歌四十八首が書簡中に初句のみ記されることになる。その中で若干の評を付しているものが一首だけある。次に引用するものである。(15)

さくら花

此御歌、慈鎮和尚の歌に、春の心のどけしとてもなにかせんたえてさくらのなき世なりせばと侍るに似たる御歌に侍れど、慈鎮のは心あまりにあらはれ過ぎ侍り。御歌は余情ありてはるかにまさり給ふやうにぞ覚え侍る。

「さくら花」とは、後に『三草集』「よもぎ」春に撰ばれた次の歌を指している。(16)

さくらを
さくらばなたえてしなくはのどけさの春の心を何にみてまし（一九）

この歌を評価するに際して、春海は件の慈円歌を引き合いに出すのである。慈円歌が「心あまりにあらはれ過ぎ」に対して、定信歌は「余情ありてはるかにまさり」と評される。定信歌は業平歌を本歌とし、初句二句までは趣向を同じくしてはいるが、第三句以下で本歌の持つ意味を反転しているといえよう。つまり、本歌では桜が存在することによって春には「のどけさ」がないというのであるが、定信歌では一転して春に内在する「のどけさ」を問題にし、その在りかを花に求めるということである。春には固有の「のどけさ」があるというのが定信の認識であろう。[17] 同じく「のどけからまし（のどけさ）」ということばを用いてはいるが、その意味をずらして使っていると言ってよいであろう。春海が「余情ありて」と述べたのは、そのようなずれの間に漂うものをとらえたと考えてよいのではないか。なお、同じく『よもぎふ』草稿に加評した芝山持豊は「本歌に対してへつらはぬさま面白く候」と、定信の歌に対してやはり肯定的な評価を下している。

定信歌の特徴を際だたせるために援用した慈円歌に対して付された「心あまりにあらはれ過ぎ」という評価に注目しよう。先に見たように、春海がこの歌の非を論じるのは二度目である。最初の批判（大平宛書簡）では、当該歌は「本歌の心にそむけり」と指弾されていた。本歌の眼目はあくまでも桜への執着であり、桜への執着を逆説的に訴えた業平歌の趣向をさらに逆手に取った慈円の歌作に対して、春海の批判が向けられているのであろう。要するに、趣向が嫌味に感じられるほど強調される弊害を言い当てたものと考えて大過ない。二度にわたって取り上げた春海にとって、この歌への嫌悪感が並々ならぬものであったことがわかるであろう。

近世後期の当該歌評の最後に、丘崎俊平の『百千鳥』を見てみたい。俊平は若狭国小浜の出身で、寛政十二年に本居宣長に入門した人物である。[18] また、大坂に住んでいた折に、荒木田久老の門弟であったこともあるという。[19] 俊平は『百千鳥』第三段落で「情《こゝろ》はあらたによみいでよ」という『詠歌大概』冒頭の一節を尊重すべき由を強調した後、その意味を曲解する歌人の多いことを憂えながら、当該歌を取り上げている。[20] なお、『百千鳥』は享和四年正月の序を有する。

　　よの中にたえてさくらのなかりせば春のこゝろはのどけからまし

　とよめるをとりて、

　　春のこゝろのどけしとてもなにかせむたえて桜のなき世なりせば

　とよめり。これわが情をあざむくのそらうた也。

慈円歌に対して「わが情をあざむくのそらうた也」という評が与えられている。その評語の意味するところは、本歌から言葉を借りてくるのに汲々として、肝心の心のまことを裏切る結果となり、内容の空虚な歌になってしまったといったところであろうか。これは本歌取りの弊害であり、春海流に言えば題詠歌の弊害でもある。俊平は同様の例を数首取り上げて検討した上で、「これらみなあらたなる情をもとむといへるを、おもひまがへしひがこゝろえのたとへにいへり」と結んでいる。俊平は慈円歌を本歌との対応で批判するのである。なお、頭注において慈円歌の典拠を新古今集としているが、これは俊平の事実誤認である。

以上見てきたように、近世も後期になると、慈円の当該歌への批判が非常に厳しくなってくる様子を垣間見ることができたと思われる。

五、慈円歌評価軸転換の根拠

慈円の当該歌は、新古今集の時代に詠まれ、歌合では勝となり、南北朝時代には勅撰和歌集に入集し、近世初期あたりまでは撰集に入集するなど、それなりに評価が高かった。それが近世後期になると、一転して悪い本歌取りの例として取り上げられるようになる。このような評価の変化は、一体どのように解釈すればよかろうか。

この疑問にひとことで答えるならば、近世前期までとそれ以降とで和歌史の伝統が切れたということである。もっともその伝統は後期堂上歌壇へと連綿と受け継がれるわけであるから、「切れた」という表現は正確ではない。むしろ、和歌史に新たな胎動が生じたと言った方がよいであろう。その特徴を以下の四つの観点から検討することにしよう。

まず第一に考えられるのは、文芸思潮の変化というファクターである。近世中期から後期にかけて、和歌の世界では題詠を主体とする本意本情主義から、自らの感覚を重要視する実情実感主義へと転換した。それは古典主義から現代主義への転換と言い換えてもさほど間違いはない。もちろん、その変遷は穏やかなものであり、歌人や派閥によっても相違が見られる。それに、そのような主張は必ずしも顕在化するわけではないので、当人がどの程度意識的であったのかはすこぶる疑わしい。しかしながら、そのような文芸思潮の変化は、漢詩文も含めて広く全体的な傾向としてほぼ確実に言えることである[21]。実感を重んじる姿勢は、たとえば春海の場合、本歌である業平歌の表現を分析する際に発揮されている。慈円歌は、実感を大切にする本歌の心に背いている故に拙いとされるわけである。また、俊平ははっきりと「これわが情をあざむくのそらうた也」と評している。本人がどの程度意識していたかは未詳と言わざるをえないが、これは実情実感主義に基づいた善し悪しの判断と考えてよかろう。

次に、新古今集歌に対する批判的な視点の芽生えという点である。これはある意味で一点目の論点に関わる問題であるが、県門国学者による新古今集歌に対する厳しいまなざしというものを想定することが可能であろう。言うまでもなく賀茂真淵は万葉集を和歌の理想とし、万葉歌を模範として歌を詠むことを実践した。そういった万葉歌に対する賛美は、ひるがえって後世の歌に対する批判となって表れることになる。特に新古今集は真淵が最も忌避する歌集であった。それはただ新古今集のみに限らず、当然のことながら新古今時代の歌に対しても同様の視線が向けられるのである。この観点を最も忠実に受け継いだのは村田春海である。前節で見たように、春海は二度にわたって慈円歌を本歌取りの悪例として槍玉にあげている。また、宣長は新古今集歌の信奉者ではあったけれども、ことこの歌に関しては冷静に判断しているといってよい。本歌取りの悪例としての認識が宣長には確かにあったのである。門弟の大平についても同様である。同じく宣長の門弟丘崎俊平は、当該歌を新古今時代の本歌取り論の曲解による悪弊であると断罪している。要するに、慈円歌が本歌取りの時代（新古今時代）の悪習を体現しているという認識によって、当該歌を攻撃するようになったと推定される。

三つ目として、堂上家の因習からの脱却という点である。第三節で見たように、多少謙遜気味であるとはいえ、慈円自身は当該歌を含む百首歌は悪い例と考えていた。それが『千五百番歌合』で勝利することで、詠歌史の表舞台から消えることなく生き続けることになった。後に『風雅和歌集』に入集されるに至って、本歌取りの一つの雛型となったようである。後水尾院の慈円歌「雪月花」の一首に撰ばれたのは、そういった正統的な和歌史の延長線上にあると考えることができよう。つまり、公家における和歌の伝統を守る意識の表れとして把握できる。これが近世後期に至り、地下歌人の台頭によって因習的な和歌認識から解放されることになる。広くとらえれば、古今伝授への否定的態度と軌を一にするものでもある。歌合で勝になったり、勅撰集に入集しているからといって、常にすぐれた歌であるわけではない。第一の理由にあげたように、秀歌の価値は心の琴線に触れるかどうかであるという認識であろう。この歌を取り上げて批判した近世後期の歌人が例外なく地下歌人であったという点は注目に値する。堂上歌壇の因習に超然としていられたのである。

最後に、和歌を解釈する基盤として、文献実証主義による緻密な読解が可能になったという点である。前節で見た後期の地下歌人は、やはり例外なく古学を嗜む国学者でもあった。そういった意味で、近世前期までの歌学者とは異なる性質を持ち合わせていた。それは文法や仮名遣いなどの用法を厳密に研究することによって、和歌を正確に読解することができるようになったということである。和歌が正確に読解できるようになれば、堂上家流の解釈の呪縛からも解放され、和歌を自由に評価することができるようになる。ひとたび語法の上で正確に読解する力を身につけてしまえば、あらゆる古歌を相対化することが可能となり、曇り硝子が晴れるように歌の善し悪しの見通しがつくわけである。

以上、四点にわたって近世後期における慈円歌批判の根拠について検討したが、それらの要素が絡み合いながら時代の空気を形作っていたと考えられる。そのような中では、それまで称賛されていたものが一変して非難の的となる。もちろん、このような現象は当該歌のみに限ったものではなく、それらと範疇を同じくする数多くの和歌の評価にも該当する事柄であろう。

六、おわりに

慈円の当該歌は今日あらためて取り上げようとする者はいない。いわば忘れ去られた歌である。だが、はじめからかえりみる者がいなかったわけではない。大いに取り上げられ、その後厳しく批判され、そして消えていったのである。それは時代を支配する文学観の仕業によるところが大きい。その時代の文学観に合うものは歓迎され、合わないものは忘却される。たとえ前時代に受け入れられたとしても、時代がかわると忘れられることもある。それは文学観が変化したからであって、歌が正当に評価されるようになったからではない。多くの文学作品の受容・淘汰のメカニズムはその原理によって説明され得る。当該慈円歌が再び脚光を浴びる時代が来るかどうか見当もつかないが、全くない話とは言えないのである。

〔注〕

（1）佐藤恒雄氏執筆「本歌取」（『日本古典文学大辞典』第五巻、岩波書店、昭和五十九年十月）による。
（2）ともに『歌論歌学集成』第十巻（三弥井書店、平成十一年五月）より引用した。
（3）写本によっては「左右有興さまなり」という本文を有するものもある。この本文によれば、左の勝はますます相対的な勝利ということになる。なお、歌の引用は角川書店『新編国歌大観』より行った。以下同じ。
（4）久保田淳氏『新古今歌人の研究』（東京大学出版会、昭和四十八年三月）第二篇第二章第四節四「千五百番歌合」参照。
（5）山本一氏『慈円の和歌と思想』（和泉書院、平成十一年一月）「『古今歌百首』の諸問題」、および石川一氏『慈円和歌論考』（笠間書院、平成十年二月）「『古今歌百首』―千五百番歌合」参照。
（6）注（5）石川論文。なお、石川氏は別の箇所でも当該歌について「古今集歌の捩り」としている（『慈円和歌論考』Ⅱ詠歌篇・第四章自省期・第三節「慈円と法華経廿八品歌―『法華要文百首』」の注（21））。
（7）引用は『日本歌学大系』別巻六所収本による。以下同じ。
（8）後には後水尾院や後西院が控えている。
（9）後水尾院撰『類題和歌集』には当該歌は含まれていない。ただし、この類題集は侍臣に命じたものであり、院自身の評価・

判断を反映しているかどうかは疑問の余地がある。なお、『題林愚抄』や『続五明題和歌集』（『明題和歌全集』）にも当該歌は採られていない。また、牡丹花肖柏の秀歌選『六家抄』にも当該歌は採られていない。

(10) 天理大学附属天理図書館蔵本より引用した。以下同じ。

(11) 本歌の解釈に関して、『古今集栄雅抄』には「此歌、断と不断との二つの心なり。断の心は、中々なくはよからんといふ。不断は、常住あらばのこゝろなり。不断の心は、花をおもふ心猶まされるにや」としている。「断の心」はかえって花がない方がよいという解釈を許容するものであると言えよう。

(12) 拙著『村田春海の研究』（汲古書院、平成十二年十二月）第四部「反江戸派の歌論」第一章「本居宣長―『村田春海歌論添削』」参照。

(13) 東京大学文学部国文学研究室本居文庫蔵『贈来此方春海書・答春海書・同下評』。

(14) 『村田春海歌論添削』（『本居宣長全集』別巻二、筑摩書房、昭和五十二年九月）より引用した。なお、原本は本居宣長記念館蔵。書入は享和元年初秋の執筆と推定される。

(15) 天理大学附属天理図書館蔵「松平定信遺書雑集」の内、春海自筆『よもぎふ』関連書簡より引用した。なお、転写本は国立国会図書館にも所蔵されている。

(16) 『新編国歌大観』第九巻より引用した。

(17) 『花月草紙』末尾の「花月の遊」に春の一日の「のどけさ」が表現されている。

(18) 『授業門人姓名録』による。鈴木淳氏・岡中正行氏・中村一基氏編『本居宣長と鈴屋社中―『授業門人姓名録』の総合的研究―』（錦正社、昭和五十九年十二月）参照。

(19) 『信濃漫録』による。稲田篤信氏「岡崎俊平覚書＊『百千鳥』と『胆大小心録』」（『江戸小説の世界＊秋成と雅望』、ぺりかん社、平成三年九月）参照。

(20) 引用は『日本歌学大系』第七巻（風間書房、昭和三十三年十一月）より行った。

(21) 揖斐高氏『江戸詩歌論』（汲古書院、平成十年二月）参照。

第六章　板花検校説話の成立と展開

一、はじめに

説話というものが神話や伝説の殻に包まれて遠く古代に発生し、中世において文学上のジャンルとして成立したことは周知の事実である。それが近世期に至ってどのような展開を見せたかについても近年研究が進みつつある。(1)一般にいわゆる説話的要素は、近世期において一方で仮名草子や浮世草子、読本などの諸ジャンルに吸収されていった観がある。また一方で、うわさ話の筆記というスタイルで膨大な近世随筆の中にも姿を忍ばせることになる。とりわけ後者は、虚構を排した見聞録の類から、さまざまな脚色を施した作り話に至るまで、実に大きな振幅を持っていた。ところである人物が、その人物特有の出来事によって記憶されるということはありがちなことである。たとえば、塙保己一の場合、近世後期の学者という時代的な近さもあって事実譚が数多く残されている。その中でも特に有名なエピソードを見ることにしよう。(2)

又ある時、さる方にて水無月のころ暮かけて、源氏物語を講説せられゐたるに、ひとしきりの涼風吹きたるやいなや、かたはらに侍りし人の、先生しばし待たまへといひければ、検校は火の消たるもしらざれば、何故にかと（ママ）はれけるに、ともし火の消て候へば、火ともすまで待せたまはれと答けるに、検校のうちゑみて、目のあるかたは不自由なるものかなと戯れいはれけるよし、かゝる滑稽もまゝありしとかや。

この話の焦点が、「目のあるかたは不自由なるものかな」と言った塙検校の台詞にあることは言うまでもない。これは後に尋常小学校の国語読本にも載せられ、戦前戦中世代が例外なく習った逸話であった(3)。ところが、そこでは当該箇所が「さて〳〵、目あきといふものは不自由なものだ」と変更されているのである。「目のあるかた」と「目あきというもの」とでは微妙な表現だが、指し示す事柄は大きく異なる。太田善麿氏によれば、後者は検校自身の盲人という立場に対して健常者という程度の意味だが、前者はもちろん健常者の意味もあるが、それと同時に具眼の士という意味にもとれるというのである(4)。そうだとすれば、前者の台詞は源氏物語講読会という状況を加味すると、「機知以上にユーモアとして生きる」話となる。この話が実話であったとしても、逸話というものの性格上、検校の台詞が本来いかなる言い回しであったのかは藪の中と言わざるを得ない。しかし、おおよその内容が同じであっても、伝承の際にほんの少しの表現の相違で指し示す意味内容が大きく変わるという恰好の例である。これは、逸話が近世から近代へ、換言すれば、写本から版本へ、そして活字本へと伝承される際に起こり得る変容の一つである。リライトされれば、多少なりともノイズが加わるものである。たとえどれほどメディアが発達しても基本的には同じである。それが話というものの持つ宿命なのであろう。

以上のような展望のもとに、本章は近世中期に実在した、板花喜津一という無名の人物に関する説話がいかなる契機で成立し、いかなる形態で伝播し、いかなる経緯で展開したかについて私見を述べるものである。

二、板花喜津一と板花検校説話

板花検校とは何者なのか。板花検校は、旧姓福田、名は喜津一、代々上野国板鼻に住する故に板花と改める。『寛政

重修諸家譜』を繙くと、次のような記事が見出せる。(5)

板花

先祖は福田を称し、喜津一がとき板花にあらたむ。

喜津一《きついち》

板花検校

宝永六年十月十五日はじめて文昭院殿(家宣)にまみえたてまつり、十一月朔日鍼治を善するをもつてめし出され、奥医師に准ぜらる。享保元年十二月十六日廩米二百俵をたまふ。六年六月十九日死す。年七十。法名如風。麻布の本光寺に葬る。のち代々葬地とす。

盲人の奥医師として徳川家宣に仕えた人物として、歴史の表舞台に立ったという履歴を持つ。だが、この鍼医としての経歴よりも歌人としての逸話のほうがより広く知られていると言ってよい。その逸話についてはこれから縷々検討していくものであるが、歌人として公的に残されたものは意外に少なく、今のところ次にあげる一首が知られているのみである。(6)

花契万春　　板花検校

さかえ行砌の花を友づるにいく万代の春やとはまし

これは春の花を題材としてうまくまとめた歌と言えよう。ただ、この題詠歌一首だけで、板花検校の歌才がどの程度のものであったのかを判断することは到底できない。一般に短詩型文芸はある程度の数量がないと評価できないものである。

注目すべきなのは、詠作した歌すらほとんど伝わっていない板花検校が、なぜ歌人として後世に名を残すことになったのかということである。それは歌徳説話ともいうべきエピソードに包まれているからである。

板花検校の名を聞いても、それが近世歌人であることがわかる人はそう多くはいないだろう。ましてや歌人の系譜に位置づけられる程にまで著名なわけではない。それも当然のことであって、今も見たように、板花検校の残した歌はほとんど知られていないからである。ところが、あるエピソードによって検校は非常に有名になった。そのエピソードを見る前に、その話の前提となった歌を確認しておくことにしたい。古今集・雑上に収録されている次の歌である。

我が心慰めかねつ更級や姥捨山に照る月をみて（八七八）

古来有名な歌である。この歌がどのように受容されたかについては、片山剛氏の論考に詳しい。(7) それによれば、この歌は早くから棄老伝説と結びつけて説かれることが多く、『大和物語』にその典型的な姿をとどめる。筋はおおむね次のようなものである。信濃の国更級の郡姥捨山での話、土地の風習ということで姥を山に捨てに行ったが、折からの名月を見て心の晴れない自分に気付いたというものである。詠者については、『大和物語』や『今昔物語集』は捨てた者が詠んだこととし、『俊頼随脳』は捨てられた者が詠んだこととする。いずれにせよ、信濃の国にある姥捨山の地名の起源と結びつけて広まった歌である。中世初期の古今集注釈でも基本的に棄老伝説によりどころを求める形になっている。それが宗祇『両度聞書』が書かれるに及んで、棄老伝説との関連性を完全に打ち消す解釈が出るに至る。以後、近世・近代を通じて棄老伝説と結びつけて解く古今集注釈が姿を現すことはないという。ただし、この歌はそもそも古今集の秋の部ではなく、雑の部に入集しているのである。したがって、それは名月を詠んだ歌ではなく、述懐を詠んだものという意味がもとからあったと考えられる。このことは十分に考慮する必要があるだろう。

以上見てきたことは、古今集所収時には題知らず、詠み人知らずであった歌が、むしろその匿名性の故に見る者の想像力を喚起し、説話化に向かった過程である。そこで次に、くだんの板花検校がこの歌に基づいて口ずさんだとされる歌を見てみよう。この歌も広い意味では古今集受容史の一環と考えられるものである。

我が心慰めかねつ更級や姥捨山に照る月を見で

さる諸侯に従って信濃の国姥捨山の麓を通りかかった折のこと、その殿の命により当該歌を捻り出した。他人の歌ではなく自らの歌を詠めというのに対して、末尾の一字に注目せよと。一同をうならせたというのである。このエピソードによって、板花検校は大いに有名になった。機転の利く盲人にしていかにもありそうな話である。

三、板花検校説話の成立

以下で見るように、「照る月を見で」の歌が板花検校の詠んだ歌として流布したのは厳然たる事実である。しかしながら、最初から両者が結びついていたかといえば、必ずしもそうとは言えないのである。というのも、この歌が掲載された文献で、今のところ最も古い用例と思われる『和訓栞』大綱は、次のようになっているからである。(8)

○倭語清濁によりて水炭相反するものあり。たとへば、みしは見き也。しときと通へり。しを濁れば不ㇾ見也。ざり反じ也。みすは見る也。すとると通へり。すを濁れば不ㇾ見也。ざる反ず也。みては見たれの急語也。たれ反て也。てを濁れば不ㇾ見ての義也。されば古今集のねても見ゆねでも見えけりの歌を下のねでもは不寝の義と先輩も釈せられたれば、て文字濁りよまざれば通じがたし。又

庭の雪に我跡つけて出にしをとはれにけりと人や見るらむ

のうた、てもじはもじ濁りよめば狂歌となるといひ

我こゝろなぐさめかねつ更科やおば捨山にてる月をみて

此歌もとまりのて文字を濁り唱ふれば盲人の歌となるといへるが如し。よく分弁すべきにこそ。

『和訓栞』は国学者谷川士清著の国語辞書で、刊行は著者の死の翌年から始まり、子孫によって明治二十年にようやく終結を迎えた。引用した箇所は安永六年九月に刊行されたものである。ここは、清音とするか濁音とするかで解釈が異なるということを実例を挙げて説明する箇所である。この大綱の中で、当該歌は清濁によって意味の反転する歌の例の二首目に置かれている。なお一首目は、新古今集・冬所収の慈円の歌（六七九）である。そもそもこの本歌そのものが当初から孤独な人間の悲哀を感じさせながら、どことなく諧謔性を帯びたものであった。この歌が清濁の相違によって狂歌となる件については、すでに寛永年間の刊行と言われる『新撰狂歌集』に収録されており[9]、その後も江戸の笑話集等で流布することになる[10]。ということは、二首目の歌もある種の狂歌として流布していた可能性がある。「〜といひ、〜といへるが如し」という語り口は、先行する文献、または口伝えがあったことを示唆していると推定されるからである。以上のことから、当該歌は誰が詠んだと特定することなく、ただ単に「盲人の歌」とのみ記すのが最初の形であったとするのが妥当ではなかろうか。考えてみれば、この歌は古歌を少し聞きかじった者で、ある種の気の利いたユーモア・センスがあれば、特定の誰かでなければ作り替えられないという歌ではないからである。一番目の狂歌と同じく、名もない歌詠みが酒席での座興としてたわむれに口ずさんだというのが、事の真相ではないだろうか。

当該歌と板花検校の名がいつの時点で結びついたかについては、いまだ追究できていない。ただ、この歌と特定の人物とがつながりを持った例として、文献上追跡できる最も古い記事は、大田南畝の『一話一言』巻五に存在する次の文である[11]。

わが心なぐさめかねつさらしなやおば捨山にてる月を見で　板津検校
てる月を見て、のてをにごりて自歌になりたるよし也。

『一話一言』は、安永四年から文政五年頃までのおよそ五十年にわたって書き継がれた随筆であり、旺盛な好奇心を持つ著者が興味を寄せた事柄を筆まめに書き留めた筆録である。生前に刊行されたものではないが、借覧を望む友人等には貸し出しをしていたようである。この逸話も南畝の交友関係から知り得た巷談であろう。この記事は前後の年記から推定すると、天明元年から天明二年四月の間に書き記されたものということになる。簡潔な記述の中に要点は押さえられていると言ってよい。すなわち、「てをにごりて自歌になりたるよし」という部分である。もちろん、この記事自体が説話であるとは到底いえないが、説話生成を促す条件は満たされていると言えよう。あとはこれを材料にして、どのように料理するかである。なお、詠者が「板津検校」となっているのは、『一話一言』のみである。たしかに板津検校という人物も実在したようである。板津検校は名は正的、加賀出身の盲目の連歌師として寛文・延宝年間に活躍した人物であるが、この歌との関係は必ずしも明らかではない[12]。

この寸話は、国学者小山田与清が『擁書漫筆』巻一[八]「板鼻検校の歌」を執筆する際に敷衍して語られることになる。次にあげる通りである[13]。

宝永といふとしのころ、板鼻検校といふがありけり。やゝごとなき殿に扈従まゐらせて、信濃のくにおばすて山のふもとをすぎけるに、そのながめえもいはずをかしきをきようじたまひて、わけんげうはこゝの月をいかにかおもふらんと殿のゝたまはせしに、検校、

わが心なぐさめかねつ更科やおばすて山にてる月を見で

ひとつのてもじをにごりて、とりあへずかくずゞじ出たるは、よにたぐひなき御いらへなりや。

かのどちらかであると見てまず間違いない。

『擁書漫筆』は文化十四年刊行の版本として流布した。文化十四年は、与清の文庫である擁書楼が落成した二年後である。『擁書楼日記』によれば、擁書楼には江戸在住の文人・学者がひっきりなしに訪問している。もちろんその中には南畝も含まれていた。与清と南畝は当時かなり交流があったと思われる。というのも、『擁書漫筆』の序は南畝が書いている程なのである。そう考えると、与清はこの逸話を南畝から直接聞いたか、もしくは『一話一言』を借り出したかのどちらかであると見てまず間違いない。

さて、話の内容に入る前に確認しておくべきことがある。それは主要登場人物たる「板鼻検校」についてである。さきに見たように、検校は上野国板鼻の出身であった。それゆえ板鼻検校という名が出てきたのであろうが、『寛政重修諸家譜』によれば、正式には「板花検校」なのである。『擁書漫筆』以後の説話も、すべて「板鼻検校」となっているが、本章では正式名称である「板花検校」に統一することにした。ただし、『一話一言』の「板津検校」との関係は不明であり、いずれかが誤記、もしくは誤聞と推定される。次に、この板花検校に対する著者のスタンスを考えることにしたい。与清は板花検校について「板鼻検校といふがありけり」と記している。与清がこの人物のことをどの程度知っていたかは別にして、「といふ」という言葉が示すように、検校はそれほど有名ではなかった。実際に有名でなかったかどうかは措くとしても、少なくとも著者は検校を知らない読者を想定して書いていることだけは確かである。このスタンスは以後書き継がれていく中で、基本的に変わることはない。このことは板花検校説話が有名人の逸話ではなく、無名の人の話であるという暗黙の了解があったことを意味する。この事実は、当該説話を考えるに際して重要な示唆を与えてくれるだろう。

それでは話の内容を見てみよう。板花検校一行が信濃の国姥捨山を通過しようとした折の話、殿の命によりここの月をどのように思うかと問われ、当該歌を答えとしたというのである。比類のない返答であるとして話を結んでいる。

では、ここで南畝経由の情報のほかに書き足された要素はどのように考えればよいのだろうか。まず、冒頭の時代設定であるが、これは第二節で確認した『寛政重修諸家譜』の記述に基づいていると推定される。それは寛政十一年に編纂されはじめ、文化九年に完成を見ている。与清はこれを容易に見ることができたはずである。いずれにせよ、『寛政重修諸家譜』の記事により「宝永といふとしのころ」という設定が登場したと思われる。ただ、宝永年間（宝永六年）は、あくまでも板花検校が文昭院殿（徳川家宣）の奥医師に召された時期であって、歌を詠んだ時期であったとは限らない。それはともかく、この説話を書くにあたって、南畝経由の情報以外にも何か別の書物などから取材していたことがわかる要素と言えよう。それでは時代設定以外の要素はどうか。断言することはもちろんできないが、それは与清の創作ではないかと推定するものである。というのも、師匠村田春海譲りの流麗な和文体に、簡潔にして雄弁な言葉遣いは当該歌の機知を際立たせるに十分である。しかもこの説話の構成は非常にうまく仕組まれており、隙のない文体と相俟って有効に機能している。

それでは、与清がこの歌に与えたシチュエーションはいったいどのようなものなのか。それは次の三点にまとめることができよう。すなわち、実際に姥捨山をよぎった時の出来事であるという設定、そのとき殿が無神経にも盲人の検校に実景の月の感想を求めるというくだり、そして殿への返答としての当該歌という要素、の三点である。この三点は、基本的にそれ以後の説話にも継承されていくことになる。

まず、姥捨山の麓での出来事であるという設定については、当該歌の持つ現場性（「見で」）を鑑みれば、当然の成り行きと言えよう。いわゆる題詠的なものではなく、現地で詠まれたとするほうが説得力が増すからである。それは本歌である古今集歌にもあてはまることである。次に、殿が無神経にも盲人に対して実景の月の感想を求めるくだりであるが、これは盲人説話の中では常套の話の運びである。しかも、このくだりは話の展開上必要不可欠の項目であると言ってよい。殿の鈍感きわまりない行為によって、検校の本領が発揮されることになるからである。すなわち、それは第三のポイントとなる検校の詠歌である。この歌がもし姥捨山の本歌を踏まえないものであったならば、たとえそれがすぐれた出来の歌であったとしても、それほどインパクトがあったとは思えない。本歌をなぞったに過ぎないと思わせておいて、実は最後の仮名の清濁によって意味を反転させるという技巧は、頓知話として鮮やかな印象を与えるからである。以上検討した三点は、この説話が語り継ぐに耐え得る話として成立する条件を満たしている。ここには単なる筋で終わることのないプロットが存在する。プロットとは、構成に深く関わる話の運びのことであって、行為項目同士が緊密な関係を有する話の流れである。このようなプロットの誕生は、当該歌が語り続けられるのに必要かつ十分な条件だったと言えよう。そうしてこのプロットは基本的に温存されながら、他のファクターによって新たな展開を迎えるのであるが、それは次節での話題となる。

四、板花検校説話の展開

板花検校に関わる和歌説話は小山田与清によって脚色され、『擁書漫筆』に記された。板花検校説話の成立である。その『擁書漫筆』が刊行されるに及んで、この説話は新たな展開を見せる。本節では『歌林一枝』と『閑窓瑣談』、そして『本朝瞽人伝』を取り上げて当該説話の展開を追究したい。

まず、『歌林一枝』巻之二を見てみることにしよう。[14]

板鼻検校といひしは宝永の比の人なり。一とせやごとなき人にしたがひて、信濃の国をばすて山のふもとをすぎけるに、そのながめいとをかしきに興じられ、検校にはこの名におふ月をいかゞおもふらんとのたまはせしに、

とりあへず、

我こゝろなぐさめかねつ更科やおばすて山にてるつきを見で

ひとつのてもじをにごりて、かくずんぜしはいと興あることなりとぞ。なまなかによみ出でたらんよりは、はるかにまさりぬべしと、ある人の随筆にいへり。かのあうむがへしなどいはんより、いとめづらしく興あり。

『歌林一枝』は中神守節の著になる歌人列伝である。序跋類がないので成立年代は未詳であるが、文政二年十二月以前の成立であるという。内容を検討するに際して、おわり付近に「ある人の随筆にいへり」とある言説は注目に値する。つまり、著者自らが他著からの引用であることを白状しているからである。では「ある人の随筆」とは何なのか。流布の度合いや説話の言い回しから見て、おそらく与清の『擁書漫筆』からの引用と考えて差し支えない。たとえ『擁書漫筆』そのものでなかったとしても、同書系統の随筆と考えて間違いないだろう。ここで、他書からの引用であることがはっきりしても、それは説話として劣っていることを必ずしも意味するわけではない。というのも、全く同じ説話であっても語られる文脈が異なると、指し示す意味が変容するからである。実際のところ、本話でも最後に一文付すことで、話の意味するところが変質していると考えられるのである。それはあの「あうむがへし」などというものよりすばらしく興味深いものであるというくだりである。鸚鵡返しとは、『八雲御抄』によれば、「本歌の心詞をかへずして、同事をいへる也。あふむといふ鳥は人の口まねをするゆゑにかく名付たり」ということであり[15]、『十訓抄』一ノ二十六には次のようなエピソードを載せている[16]。

成範卿、ことありて召し返されて、内裏に参ぜられたりけるに、昔は女房の入立なりし人の、今はさもあらざりければ、女房の中より昔を思ひ出でて、

雲の上はありし昔にかはらねど見し玉垂のうちや恋しき

とよみ出したりけるを、返事せむとて、灯籠のきはに寄りけるほどに、小松大臣の参り給ひければ、急ぎ立のくとて、灯籠の火の、かき上げの木の端にて、「や」文字を消ちて、そばに「ぞ」文字を書きて、御簾の内へさし入れて出でられにけり。女房、取りて見るに、「ぞ」文字一つにて返しをせられたりける、ありがたかりけり。

宮中を離れていた者に投げかけられた、内裏が恋しくないかという問いに対して、内裏に心ひかれますという答えは当意即妙である。しかも、「や」を「ぞ」に書き替えるだけで意味を転化させたというのであるから、語り伝えられるに足る逸話であるといえよう。これは後に老残の小野小町の話として伝わることにもなる。(17) いずれにせよ、この鸚鵡返しという詠み方は、歌の贈答における機知的手法として試みられたものということになる。

では、当該説話において「あうむがへし」云々の評が付されていることをどのように考えればよいのだろうか。このコメントは話の流れの中で単なる蛇足に過ぎないのだろうか。いや、そうではあるまい。おそらく鸚鵡返しの評語を付け加えたのは、所収文献である『歌林一枝』が歌人列伝だからであろう。歌人列伝という文脈がある以上、編者の興味の中心は和歌、あるいは歌人としての事跡のはずである。もちろんそれは読者の関心とも連動するものである。機知に富んだ当該歌を称賛する際に、鸚鵡返しという和歌の手法を比較の対象として持ち出したのは、和歌の技法がすぐれていることを語ることが主たる関心だったからである。与えられた歌に手を入れるのではなく、自ら先行歌を選び出し、しかもそれを改変して提示するということが賞賛に値するという判断である。つまり、板花検校を歌の名手として語ることが主眼だったのである。そのように考えると、歌人列伝というコンテクストの中でこのようなコメントが付されるのは、いわば理の当然ということになるだろう。

次に、『閑窓瑣談』巻之二は次のようになっている。(18)

一字一言にても心を用ゆる時は千万無量の思ひを演てゆかしき事も有ぞかし。宝永年中、板鼻検校とかや、去諸侯の御供して信濃国姥捨山の麓にて、名にしおふたる月の名所なれば、彼君は検校を近く召されて、検校は此所の月を奈何思ふらんと宣ひければ、

我心なぐさめかねつ更科や姥捨山に照月を見て

古歌の見てと詠しての字をにごりて見でと詠ばかりにて盲人の情を演たるは、当意即妙の答にて最もゆかしき才智といふべし。

『閑窓瑣談』は天保十二年序刊の随筆で、筆者は為永春水である。この板花検校説話は「雅言の功」というタイトルを付した章段に収められている。そのことから、すでに一つのテーマの元に語り直されているということが見て取れるであろう。話の内容そのものは基本的に変わるところはない。例の構成に関わる三つの要素もすべて含まれていると言ってよい。ところが、この話をはさむ前後の言説に、この章段のタイトルを敷衍するテーマが詳しく語られているのである。そのテーマとは、「一字一言」による「千万無量の思ひ」であり、それが「当意即妙」になされたということである。筆者はそれを「ゆかしき事・ゆかしき才智」と述べることによって、この話を褒賞譚に仕上げているのである。このことは、板花検校説話が主題を獲得したことを意味する。たしかにそれ以前も、この話が語られる時には、多少なりとも検校の言動に対して称賛の言葉を付しているのは事実である。しかしながら、それは話の最後に置かれるコメントという域を出るものではなかった。ましてやこの話が最初からそのテーマの元に語られることはなかった。それがこのように扱われることによって、完全に一つの話型にはまったものとして定着することになったのである。もちろんそれは悪いことでもなければ、善いことでもない。要は事の善悪の問題ではなく、話の完成度の問題である。

話は語り継がれていくことによって変容する。あるいは脚色され、あるいは設定を変えていく。また、誇張されることもあれば、主題を獲得することもある。そのようにして話は一つの方向に向かって加速していく。本話によって

具体的に検証することにしよう。はじめは無名の歌人が戯れに口にしたはずの歌に、板花検校（板津検校）という固有の名が与えられ、それによっていつの出来事かが特定される。次にこの話を構成する三つの要素が形づくられて、検校の褒賞譚という話型を獲得する。そうしてその話型に合う「雅言の功」という主題のもとに語られるようになるのである。事ここに至れば、あとはこの説話がどのような文脈で語られるかは推察される。それは盲者偉人伝である。

板花検校の詠歌にまつわる説話は、明治二十三年刊行の『本朝瞽人伝』に収められ、盲人伝中の一つとして流布することになる。それは次の如きものである。(19)

板鼻検校伝

板鼻検校名ハ某、何許ノ人ナルヲ知ラズ。寛永年間ノ人ナリ。幼ニシテ眼ヲ患ヒ、終ニ盲ス。稍長ジ慧解アリ。一聞忘レズ。尤モ和歌ヲ能クス。既ニシテ寵ヲ某侯ニ獲タリ。侯事アリ信州ヲ過グ。検校従フ。姥棄山下ニ至ル。時ニ月色皎潔、侯其奇景ヲ愛シ顧テ検校ニ謂テ曰ク、汝モ亦好懐アル乎。検校偶マ

我が心なぐさめかねつ更科やおばすて山に照る月を見て

ノ古歌ヲ諳ジ、乃チ其末句てノ一字ヲ改メ濁音ト為シテ以テ献ジ、両目月色ヲ弁ゼザルノ感ヲ述ブ。侯大ニ其精敏ヲ賞シ、寵遇益々厚シ。後チ官検校ニ至テ歿スト云。

『本朝瞽人伝』は当初漢文で記述されたが、広く一般の読者にも供するため平易な仮名交じり文に書き改められたという経緯を持つ書物である。編者は石川二三造（兼六）、生没年は未詳、島田篁村や大沼沈山らに漢詩文の教えを受けた。石川自身も途中で失明し、塙保己一の事跡を知るに及んで発奮し、一技一芸に秀でた盲人の事跡を収集しはじめた。そうしてこの板花検校の逸話もここに収められることになるのである。石川が依拠した資料が何であったのかはにわかに定めがたいが、それが『擁書漫筆』系統のものであることは、先に見た三つの説話構成要素が含まれていること

からも明らかである。おそらくそれ以外のものは何も見ていなかったのではないか。というのも、後刷において加えた編者評に次のように書かれているからである。[20]

石川子曰く、某の事、其の詳かなるを知るべからずと雖も、此の一事以て其の聡慧非凡を知るに足れり。因て著して以て之を伝中に置く。

編者評でも断っているように、石川は板花検校について伝はおろかその名前すら知らないのである。この話がそれのみ独立して鑑賞するに耐えるプロット性を持っているということの何よりの証拠である。

さて、『擁書漫筆』以後の説話は、前後にコメントやテーマ等が添えられ、この話をただ単に興味深い話としてのみならず、ある種の褒賞譚としての話型の中で語るという方向に向かってきた。もちろん『本朝瞽人伝』も例外ではない。というよりはむしろ、『本朝瞽人伝』はこの説話が向かう目的地に限りなく近い位置にある。言い換えれば、話の完成度がきわめて高いものとなったのである。そのために分量が増加したということも指摘できるだろう。まず、盲人編者独特のディテールの書き込みという特徴が指摘できる。たとえば、「幼ニシテ眼ヲ患ヒ、終ニ盲ス」という箇所は、おそらく石川自身の身の上を投影しての記述かと推定される。また、「稍長ジ慧解アリ。一聞忘レズ」というところは、盲人のお家芸ともいえる理解力と記憶力を兼ね備えているということであり、盲人伝の常套表現である。いずれもこの話を盛り上げるにふさわしい文飾と言えよう。話の中身は漢文書き下しの格調高い文章であるが、基本的に内容は踏襲されていると言ってよい。問題は話の末尾にある「侯大ニ其精敏ヲ賞シ、寵遇益々厚シ。後チ官検校ニ至テ歿スト云」というくだりである。このエピソードによって検校はますます某侯からの寵遇をかたじけなくしたというのである。この話が褒賞譚や教訓譚としての性格を有していることについては先に記したとおりであるが、ここではっきりと検校が殿から褒賞に与ったことが書き込まれることになる。そして、因果関係は明示していないが、直後に官検校に登りつめたことを述べることによって、そのことまでもが板花検校の機知によるものという読みも可能になる。何事も一事が万事である。編者石川二三造の着眼もそこにあった。最後に置かれたコメントはまさにそのことを言っているのである。盲人伝中に置くべき人物として、この板花検校説話は十分その条件を満たしているのである。ただ、板花喜津一が検校になったのは「鍼治を善する」ことが主要因であると推定されることだけは一応確認しておくことにする。

かくして、板花検校が盲人伝の系譜に名を連ねるに及んで、板花検校説話は完成する。そうしてそれ以後、人名辞典などには『本朝瞽人伝』が引かれることになるのである。[21]

五、板花喜津一と塙保己一

板花検校説話が所収されている『本朝瞽人伝』は増補された結果、二八三名の盲人列伝となった。しかし、明治二十三年の初版（私家版）の段階では四十二名であり、その冒頭は塙保己一で始まっていた。[22]保己一が和学講談所を興し、群書類従を編纂したことは今さら言うまでもない。編者石川が失明した当初、家に閉じこもりがちだったのを発奮させ、盲人列伝作成を決意させたのは、他ならぬ塙検校の事跡を知ったことであった。『本朝瞽人伝』に限らず、明治二十二年に発行された広沢安任編『近世盲人鑑』も、塙保己一にとりわけ詳しく、計八名の列伝だったのである。ことほどさように、盲人列伝の巻頭を飾るのに、塙保己一はいかにもふさわしい事跡を持っている。実はそれは近代になってからできた傾向ではなく、第一節でも言及したように、近世後期の同時代においてすでにそうだったのである。実際のところ、板花検校の説話を取り上げた『擁書漫筆』は、板花説話に続けて次のようなエピソードを載せているの

である。(23)

　輪池屋代翁の談に塙検校みやこにのぼられしをり、浮島が原をすぐとて、

　　ことの葉のおよばぬ身には目に見ぬもなか〱よしや雪のふじのね

　また木曾路よりのぼられし時も、碓氷の坂をこゆる日に、

　　紅葉《もみぢば》のうすひの御坂こえしより猶ふかゝらん山路をぞおもふ

　検校名は保己一、号を温古堂と称。学校をおこし、群書類従数百巻を校訂して、刊本とせられたり。天下の学者、たやすく古書をうかゞふことを得しは、実に検校のたまものといふべし。

冒頭の「輪池屋代翁」とは屋代弘賢のことで、塙保己一に師事し、『群書類従』の編纂校訂に従事した人物である。また、蔵書家でもあった弘賢の不忍文庫は与清の擁書楼と並び称された。そのような人間関係から考えて、この逸話は情報源およびそのルートについてきわめて信頼性が高いといえる。実のところ、一首目「ことの葉の」が文化七年九月に詠まれたものであることは、堀田忠正の『水母余韻』などから判明するのである。(24) また、二首目「紅葉の」は寛政六年九月に詠まれたものであることも、門人中山信名の『温古堂塙先生伝』の記載から判明する。(25) いずれの歌も、絶景に対して盲人が抱く心境を的確に詠み込んでおり、味わい深い歌に仕上がっているといえよう。これらは現代の塙保己一伝にも必ず登場する歌である。(26) 保己一の場合、生前から知名度抜群の検校であったから、主に門弟を通じてこのような逸話も含めて正確な伝記が形づくられていったのであろう。実際、『擁書漫筆』が刊行された時には、保己一はいまだ健在であった。そういった意味でも、これらの歌が保己一によって詠まれた歌であることは確実である。
なお、二首ともに保己一の家集『松山集』雑の部に所収されている。(27)
このエピソード、とりわけ一首目に関しては、為永春水著『閑窓瑣談』においてもやはり板花検校説話の次に置か

れ、紹介されることになる。それは次のようなものである。(28)

亦近き頃、和学に名高き塙検校の都に登る折から、浮島が原にて

言の葉の及ばぬ身にはなか〳〵に目に見ぬもよしや雪の富士の根

三四句が入れ替わったために字余りの句になっているが、大勢に影響はない。「この歌は盲人の身にては実事にて絶調なりと人々相伝たり」と称されるように、保己一の代表歌として流布している歌である。ともあれ、盲人の和歌というつながりによって、塙検校の逸話が板花検校の逸話に続けて語られていることが確認できたと思われる。

六、おわりに

姥捨山の歌にまつわる板花検校の説話の生成と受容について見てきたが、最後にこの説話の末路を確認しておくことにしよう。近世後期に板花検校よりも著名な塙検校が登場し、両者の地位は逆転する。その結果、塙保己一が板花検校説話の主人公に取って代わったのである。清宮秀堅『古学小伝』巻三「塙保己一」に次のように記される。(29)

上京ノヲリノ歌トテ、人々称美セルハ、古歌ニ、我心、なぐさめかねつ、さらしなや、姨捨山の、月を眛めて、保己一コレヲ本歌ニトリテ、

我心、なぐさめかねつ、更科や、姨捨山の、月を眛めで、

て文字一字ニ濁リヲ添ルタノミニテ、主意更《カワ》リ、一段興ヲ添タリト、其オオモフベシ。

下句に異文があるのはこの際目をつむるとして、主人公が塙検校に変わっていることは注目に値する。『古学小伝』は明治十九年に刊行されているので、当該逸話を板花検校の説話として紹介した『本朝瞽人伝』に先行する。だが、無

名の板花喜津一の話が有名な塙保己一の話に変わったことだけは紛れもない事実である。そうして塙保己一が主人公となる話として伝承されることになる。[30]印象的な逸話が有名人の話として語り直されたわけである。これも説話のたどる一つの道なのかもしれない。

〔注〕

(1) 西田耕三氏他編『仮名草子話形分類索引』(若草書房、平成十二年二月)。
(2) 山崎美成『三養雑記』巻之三(『日本随筆大成』二期六巻、吉川弘文館、昭和四十九年二月)。
(3) 太田善麿氏『人物叢書塙保己一』(吉川弘文館、昭和四十一年十二月)参照。
(4) 同右。
(5) 『新訂寛政重修諸家譜』第十九巻(続群書類従完成会、昭和四十一年一月)。
(6) 元禄十六年刊『誹林尾花末』巻四。
(7) 片山剛氏「姥捨山の月」(藤岡忠美氏編『古今和歌集連環』、和泉書院、平成元年五月)。
(8) 『和訓栞大綱』(勉誠社文庫一二二、昭和五十九年三月)。
(9) 『新日本古典文学大系』第六十一巻(岩波書店、平成五年三月)「新撰狂歌集」解題(高橋喜一氏執筆)参照。
(10) 寛政七年序『黒甜瑣語』巻三には「雪の門足跡付けで出でければ飛ばれぬるかと人の怪しむ」とある。
(11) 『大田南畝全集』第十二巻(岩波書店、昭和六十一年十月)。
(12) 板津検校の没年が延宝七年であるところから考えると、生前に板花検校と接触することが全くなかったとはいえない。だが、おそらくは「板津」と「板花」の混同によるものであろう。
(13) 『日本随筆大成』一期十二巻(吉川弘文館、昭和五十年十一月)。
(14) 『日本歌学大系』第九巻(風間書房、昭和三十三年七月)。

(15)『日本歌学大系』別巻三（風間書房、昭和三十九年五月）。
(16)『新編日本古典文学全集』第五十一巻『十訓抄』（小学館、平成九年十二月）。
(17)謡曲『鸚鵡小町』。
(18)『日本随筆大成』一期十二巻（吉川弘文館、昭和五十年十一月）。
(19)私家版『本朝瞽人伝』。なお、明治二十五年刊行の普及舎『本朝瞽人伝』増補版も同文。
(20)『本朝盲人伝』（文部省普通学務局、大正八年三月）。なお、引用は『伝記叢書・本朝盲人伝』（大空社、昭和六十二年九月）より行った。
(21)『大日本人名辞典』ほか。
(22)津曲裕次氏『本朝盲人伝』解説（大空社、昭和六十二年九月）参照。
(23)『日本随筆大成』一期十二巻（吉川弘文館、昭和五十年十一月）。
(24)『群書類従正続分類総目録』付録。
(25)同右。
(26)太田善麿氏『人物叢書塙保己一』（吉川弘文館、昭和四十一年十二月）参照。
(27)『群書類従正続分類総目録』付録。
(28)『日本随筆大成』一期十二巻（吉川弘文館、昭和五十年十一月）。
(29)玉山堂稲田佐兵衛、明治十九年九月。
(30)落合直文「将来の国文」（『国民の友』明治二十三年十一月）や、大町桂月・佐伯常麿『誤用便覧』（春秋社書店、明治四十四年五月）、三浦圭三『綜合日本文法講話』（啓文社書店、大正十五年九月）などにも掲出する。

第四部　江戸派の係累と人脈

第一章　江戸派の血脈──「織錦門人の分脈」の分析

一、はじめに

仏教の諸宗で、その教義や系統を師僧から弟子に伝えた仏法相承の系譜のことを血脈と称する。それは祖先から子孫へと血統が伝わることの比喩として用いられる用語である。血脈は仏教に限らず、伝承を必須とするあらゆる宗教・学問・芸道に存在する。それはその系譜にいるということの自らの証であると同時に、その組織そのもの、あるいはその体系そのものを支える屋台骨ともなっていると言ってよい。明確な系譜があることによって組織や体系は強固なものとなる。

　国学の系譜も、他の組織や体系と同様に始祖以来の血脈が存在する。近世後期以来、それは四大人と呼ばれて尊ばれてきた。すなわち、荷田春満・賀茂真淵・本居宣長・平田篤胤の四人の系譜である[1]。それは近代の国学観を象徴するものであり、国民国家統合にも寄与した強靱な結びつきであった。とりわけ、真淵と宣長の結びつきは「松坂の一夜」と呼ばれる一期一会の物語として語られ[2]、宣長と篤胤の結びつきは「夢中入門」という霊的体験として語られることになる[3]。前者は『古事記伝』完成に際して語った宣長の昔話であり、「松坂の一夜」から数十年を経た宣長が一方的に美しい記憶を捏造したものと考えられる。また後者については、神懸かり的な平田国学のイメージと相俟って、通常の師弟関係よりも強固なものと信じられた。いずれにせよ、四大人観は長らく国学正統の唯一の系譜とされてきた。

織錦門人の分脈（『擁書楼日記』文化十三年十二月晦日条末）

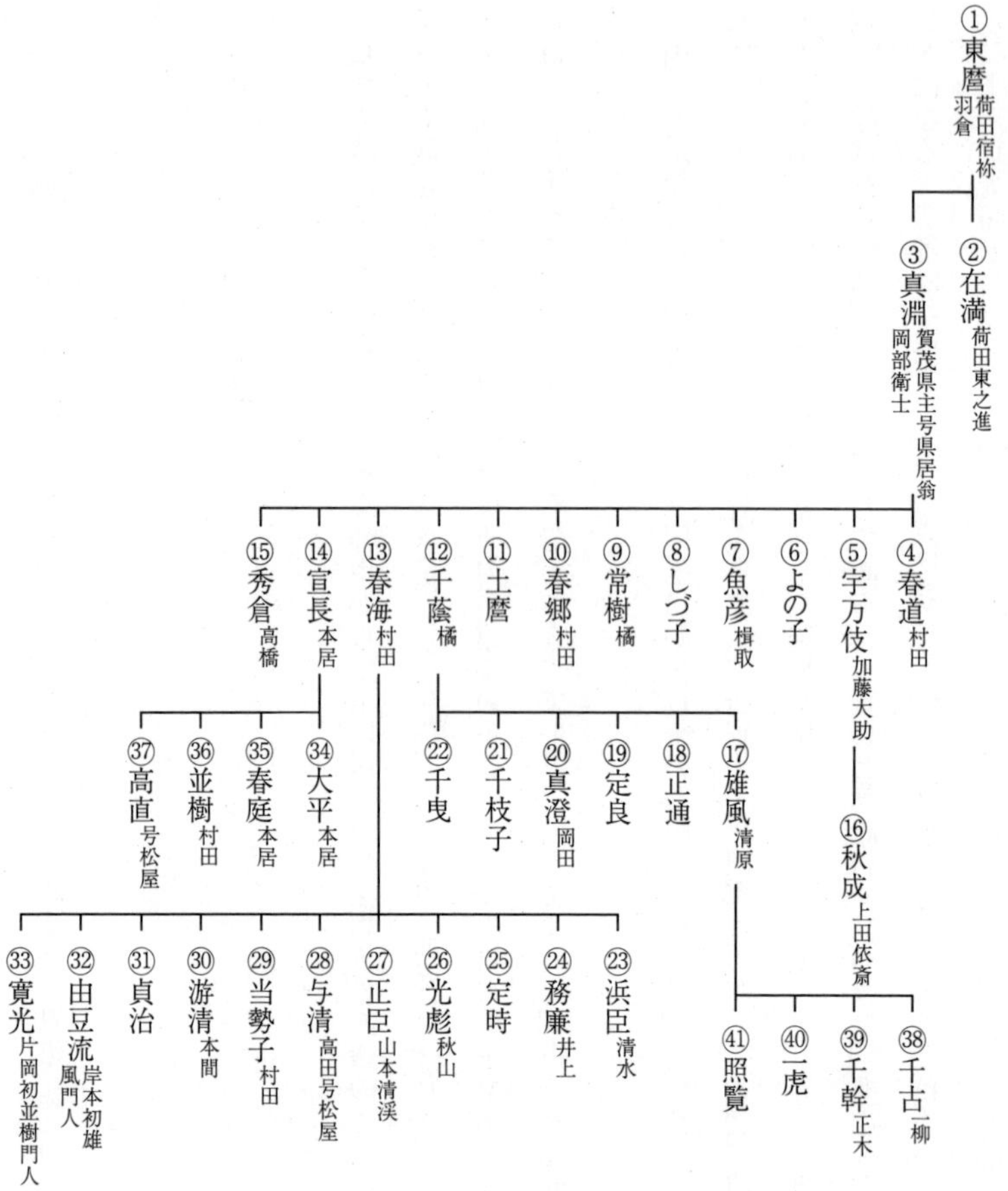

しかしながら、この四大人観は後世の見方を押しあてたものに過ぎない。たしかに真淵は宣長とたった一度だけ会ってはいるが、真淵の記憶は宣長が語る「松坂の一夜」のように甘美なものではなく、できれば忘れてしまいたい苦い思い出とともに想起されるものであった。(4) また、宣長は篤胤のことを全く知らないし、篤胤は生前の宣長を知らない。(5) このように、四大人観は根幹のところが実は怪しいのである。

ここに、同時代に作られた血脈がある。「織錦門人の分脈」である。(6) この系譜は江戸派直系の小山田与清によって書かれたものである。この血脈を分析対象として、江戸派の江戸派による江戸派のための血脈がいかなるものであったかを考えてみたい。そのことにより、近代以降に流布し、国学正統を印象づけた四大人観を相対化する視点を持つことができるであろう。

二、「織錦門人の分脈」の特徴

いかなる系譜や血脈も全く偏向のないものはない。必ずそれを記す者の立場を反映するものである。それは偏向のない歴史叙述がありえないのと同様である。四大人観がそうであったように、当然のことながら「織錦門人の分脈」も偏向している。だが、その偏向の仕方や偏向の度合を分析すれば、逆にそれを記した者の立場を浮き彫りにすることができると思われる。便宜上、次の四点について検討してみたい。

Ⅰ.（著者）小山田与清が筆者である。

Ⅱ.（年次）文化十三年十二月三十日に執筆されたものである。

Ⅲ.（題名）「織錦門人の分脈」がタイトルである。

Ⅳ.（典拠）『擁書楼日記』に記されている。

以上の四点について見ていくことにしよう。まず、Ⅰは著者が小山田与清であるという点である。与清は村田春海の門弟であり、享和元年に入門している。Ⅲとも関わる問題であるが、この血脈は与清の立場で書かれているので、真淵―春海―与清というラインが強調されていると言ってよい。血脈とはあくまでも自らの今を確かめるものでもあるからだ。なお、与清は真淵の五十年忌に際して『賀茂真淵翁家伝』を執筆しているが、巻頭の自らの名の上に「道統後学」と記している。これは何よりも与清が真淵直系の学者であることを自任した証拠であろう。もちろん、与清にも限界がある。与清の把握した範囲の系図であるということは確認しておく必要があろう。与清が知り得た範囲のことしか記せないということである。

次にⅡは執筆年次である。文化十三年十二月三十日という日付について、考えをめぐらせてみたい。与清は享和元年に入門してから、文化八年二月に春海が死去するまで、春海門弟として和歌や和文の会に出席し、力を蓄えてきた。春海の没後は江戸派の次世代として活発に活動する。文化十一年六月には『竺志船物語旁註』を出版し、春海門弟をアピールする。これと全く同じ時期に、清水浜臣が『琴後集』編集の主導権を取り、刊行に漕ぎ着ける。第二部第一章で述べたように、与清と浜臣とは春海の書籍の出版をめぐって確執を生じ、以後数年にわたって交流を断つことになる。おそらくこの時期に与清は春海の門弟であることを強く意識したことであろう。文化十二年七月末には五万巻といわれる擁書楼を落成し、翌十三年三月には「文庫私令」を発布する。私的文庫である擁書楼の運営が軌道に乗り、盛況であったことがしのばれる。実はこの擁書楼も春海の遺志を受け継いだものだったのである。(7)かてて加えて、この二年後は真淵五十年忌であった。そのような経緯の中で血脈を記すことになる。この時期に血脈を作る内的必然性があったといえよう。しかも、これが大晦日の執筆であるということにも意味がある。つまり、一年の最終日に自分自身の学問上の証である血脈を作るのは、改まる年に向けての決意を新たにすることでもあるだろう。

さて、Ⅲは題名である。そこには「織錦門人の分脈」というタイトルが付されている。織錦は春海の号「織錦斎」であり、「分脈」は主脈から流れ出た支脈の謂いである。したがって、この名称は村田春海を国学の本流として、そこから分派した門人筋の系譜を表す。そういう意味でこの血脈を見なければならないであろう。最後に、Ⅳはこの血脈が掲載されている文献が『擁書楼日記』であるということである。これは擁書楼落成の日に書き起こした日記であり、擁書楼を訪問した芳名帳のような趣がある。日記という性格上、非公開が原則なので、自らの覚書として記したという可能性がある。少なくとも公開することが目的で記したものではないということである。

以上の四点により、「織錦門人の分脈」の特徴に考えをめぐらすことができた。このような特徴を前提として、この系図の意味を考える必要があるだろう。

三、「織錦門人の分脈」の分析（その一）――真淵門弟迄

前節で見たように、「織錦門人の分脈」の成立には四つの立脚点があり、それぞれにこの血脈を形成する特徴を有する。それを前提として、都合四十一名を擁するこの系譜の特徴をグループごとに検討することにしたいが、その前に与清が自らの学統に言及した文章を問題にしたい。それは真淵伝である。

与清は真淵の五十年忌に当たる文政元年十一月九日に真淵伝を執筆する。それは『賀茂真淵翁家伝』（以下『真淵伝』と略称）であり、五十年忌の配り本として刊行される。また、後には万笈堂英平吉より売り出されることになる。その中に次のような文章がある。(8)

享保十八年京《ミヤコ》にのぼりて荷田ノ東麿宿禰の門にいり中国《ミクニ》のふることの学に秀てかうばしき名古今をおほひ天の下の物まなぶ輩その風《テブリ》をしたはざるはなし。抑古学《フルコトマナビ》は難波の契沖法師荷田ノ東麿宿禰などが魁《サキガケ》せしにおこれりといへども、大人出たまひてよりもはらみさかりになむなれる。江戸のくすし小野ノ古道がはじめて名簿《ナツキ》をまゐらせしよりつぎ〳〵大人の業《ミチ》を受し徒《トモガラ》三百人にあまれり。中に、藤原ノ宇万伎村田ノ春郷楫取《カドリ》ノ魚彦橘ノ千蔭村田ノ春海本居ノ宣長荒木田ノ久老など、その名世にとゞろけり。村田ノ春道橘ノ枝直などはうるはしき友になんありける。

ここには真淵を中心とする十名以上の国学者が記されている。これは「織錦門人の分脈」とは異なり、公表と刊行を前提として執筆したものである。この文章を参照しながら、系図を見ていくことにしよう。

まず、系図の頂上の①東麿である。荷田春満は稲荷社祠官であり、古典籍の研究に秀でていたことが近年明らかにされつつある。(9) この系図の一番上に位置している理由として、『真淵伝』に記されたように若き日の賀茂真淵が入門したことが考えられる。もちろん与清も『真淵伝』に記すように、「古学」の系譜の上では契沖も始祖に当たるが、直接の師弟関係はないので系図に位置づけられることはない。(10) それは②在満についても該当する。在満は春満の養子として家督を継ぐが、江戸に出て田安家の和学御用になる。ここに田安家当主宗武との間で『国歌八論』をめぐる論争が勃発する。真淵もそれに加わり、論争は三つ巴の様相を呈する。宗武は真淵に共感するところが多く、在満は和学御用の後任を真淵に託して辞去する。このように在満が真淵とならんでいるのはこのような経緯によるものと考えられる。なお真淵没後は、千蔭や春海が荷田家との交流を続け、春海は在満の五十年忌に際して『荷田宿禰譜略』を著している。また、在満やその息の御風の年忌に歌を詠み贈っている。(11)

さて、次に真淵門弟のグループを見てみよう。計十一人の人名がならんでいる。この十一人の序列はひとまず入門順と考えることができる。このうち、④春道・⑤宇万伎・⑦魚彦・⑩春郷・⑪土麿・⑫千蔭・⑬春海・⑭宣長は『真淵伝』にも登場する。ただし、④春道は門弟ではなく「うるはしき友」と記されている。それはともあれ、『真淵伝』に登場する小野古道と荒木田久老は系図には現れない。古道は最初に入門した門弟に過ぎないからということであろう。なお、古道の位置には春道が鎮座している。また、久老は伊勢神宮権禰宜の神職にあった人物であり、『万葉考槻落葉』（寛政十年三月刊）などの著書もあるが、系図には現れない。逆に『真淵伝』には記載されないが、系図に登場する人物もいる。それは県門三才女（近世三十六家集略伝）と言われる⑥よの子（鵜殿余野子）と⑧しづ子（油谷倭文子）である。この二人と土岐筑波子の差異は不明である。また、⑨常樹・⑪土麿・⑮秀倉も『真淵伝』にはなく、系図に現れる人物である。⑨常樹（橘）はしづ子の歌文集『文布』を編集した人物であり、真淵より先に亡くなったが、真淵はその死を悼んで長歌を作っている。寵愛された門弟と言ってよかろう。⑪土麿（栗田）は遠江の平尾八幡神主で、後に宣長に入門した人物である。なお、後に川喜多真彦著『近世三十六家集略伝』により「県門十二大家」と称されるグループがある。すなわち、本居宣長・荒木田久老・加藤千蔭・村田春海・加藤美樹・楫取魚彦・村田春郷・栗田土満・小野古道・橘常樹・日下部高豊・三島自寛である。ここには自寛のように、真淵門でない人物も含まれているが、おおむね県門の実態を反映したものと思われる。

さて、この中で⑮秀倉（高橋）は異色であり、改めて考える必要がある。というのも、秀倉は『真淵伝』に現れないだけでなく、後に「県門十二大家」にも選ばれていないからである。そのような秀倉がこの系図に記されるのは、村田家と関係が深いことが理由であると考えられる。秀倉は春海の父村田春道とともに、宝暦七年十月に『冠辞考』を校合した。[12] また、春海は秀倉著『功過考校図』に識語（寛政三年七月六日）を記し、近江屋与兵衛より刊行している。[13] なお、「功過」とは功績と過失のことで、「考校」はそれを考量すること。律令における賞罰に関する考証である。春海は識語の中で秀倉について、次のように述べている。原漢文。

高橋なる者は江戸の人、賀茂先生に学びて、律令を読むことを好む。先翁と友として善し。余髫年其の人を見るに及ぶ。今、此の遺筆を観れば、感旧の情無きに能はず。

「髫年」は幼年のこと。春海は少年時代に会ったきりの秀倉の著作を偶然に見出し、これを刊行することを思い立つ。県門で律令を修めた者は少なく、そういった意味でも『功過考校図』の公表は有意義なことだったのである。このように、秀倉は村田家との関係が深いと考えられる。秀倉は真淵門弟の中では比較的目立たない存在であるが、師匠筋との関係の上ではずすことのできない人物だったのではなかろうか。入門年次は早く、没年も宝暦九年八月と早いが、その死没に際して真淵は「高橋秀倉をかなしむ詞」（『賀茂翁家集』）を記している。秀倉が系図に現れたのは以上のことが理由であると考えられる。

さて、与清には『真淵伝』(14)以外にも真淵門弟に言及した文章がある。「送《ル》二平田篤胤《ヲ》一序」（文政六年七月）である。次のようなものである。

も、とせのむかし円珠庵の阿闍梨難波津にいにしへ《古》ぶり《風》をとなへ、荷田の宿禰都にふる《古》き学をいざな《誘》はれしより、賀茂の県主つぎておこり大《イミジ》くその道を開かれたり。県主の門人三も、《百》ぢあまりが中に、加藤《ノ》宇万伎村田《ノ》春郷おなじき春海橘《ノ》千蔭伊能《イノ、》魚彦《ナビコ》本《ノ》居宣長高橋秀倉《ノホグラ》荒木田《ノ》久老などいふすぐれ人たちなんこよなく世に聞えたる。

これは私信ではあるが、『真淵伝』の内容とほぼ同じである。その中に高橋秀倉が入っているのである。だから、系図の中に秀倉が現れるのは偶然ではなく、選ばれるべくして選ばれたと考えることができるだろう。

四、「織錦門人の分脈」の分析（その二）――江戸派

真淵の孫弟子を見ることにしよう。ここには、宇万伎・千蔭・春海・宣長の四人の門弟の系図が記されている。宇万伎の門弟として上田秋成が一人だけ現れる。(15)秋成が系図に現れる理由は、真淵の歌百九首（うち一首は他詠）を収録する『あがた居の歌集』を刊行したことによると思われる。『あがた居の歌集』は宇万伎が収集した真淵歌に秋成が増補して、宇万伎の歌集『しづ屋のうた集』とともに寛政三年五月に刊行された。当該歌集は文化三年七月に『賀茂翁家集』が刊行されるまで上方を中心に広く流布し、真淵歌の喧伝に一役果たしたという。(16)江戸派とは異なる秋成が取

り上げられる理由はここにあると考えられる。

次に千蔭門であるが、先頭に位置する⑰雄風（清原）は古歌集を類題により編集した『類題怜野集』を刊行した。文化三年十月に雄風蔵版で刊行されたが、その二年後には春海の歌論『歌がたり』がその付録として添付されたのである。もちろん『怜野集』の刊行だけが理由ではないが、歌集の出版は江戸派にとって非常に重要な意味を持っていた。(17)そういった意味でも、雄風はいわゆる一番弟子としての資格を有していると言ってよかろう。なお、ここまで検討した人物は系図執筆の時点で鬼籍に入っていることを確認しておこう。また、歌集の出版という点で、⑲定良（木村）も江戸派の次世代としての資格を持っていると言ってよい。『類題草野集』（文政二年九月）を刊行したからである。『草野集』は主として県門系の国学者の和歌を類題により編集した歌集である。文政二年序なので、この系図が書かれた時にはまだ刊行されてはいないけれども、着々と編集の準備を始めていたことであろう。⑳真澄（岡田）は文政五年に『仮名考』を出版した。『擁書楼日記』には「横山町二丁目新道　号月楼　俗称源蔵　岡田真澄」（文化十四年一月二十五日）とだけ記している。㉑千枝子（多田）は築地本願寺内真光院住職多田賢珠の室で、『県門余稿』第五集に家集『けぶりのすゑ』（文政十三年九月序）を収録している。㉒千曳（大石）は、はじめ下野烏山藩士で横瀬貞臣に歌を学ぶが、後に千蔭に入門する。『言元梯』や『日中行事略解』などを出版する。それぞれに千蔭門として著名である。この中で⑱正通は二番目に位置しているが、その素性は不明である。

第三として、春海門の検討に移ろう。㉓浜臣（清水）は寛政四年に入門したことが判明しており、最も早い時期の門弟であると言える。この系図を執筆していた時は、春海の書籍の出版をめぐって与清と浜臣との間で確執が生じ、袂を分かった時期である。それゆえ、浜臣をここに据えることには複雑な思いもあったであろうが、そのことと学統を正しく記すことは別問題であると考えたのであろう。ここから与清の公平性を垣間見ることもできるかもしれない。

いずれにせよ、浜臣から始まる春海門下は与清本人を含めて十一人を数える。そもそも、この系図は「織錦門人の分脈」であるから、春海の門弟が最も充実していても不思議ではない。この中で、㉕定時と㉛貞治の素性は不明であるが、後者については一つの可能性を指摘したい。それはすなわち沢近嶺である。理由を述べていこう。まず、近嶺は文化四年六月に春海に入門を果たしている。[18] そのことは与清も承知していた。『擁書楼日記』文化十四年六月八日条に「貞次郎名は近嶺、織錦翁の門人にて、下総相馬郡取手宿の人也」とあるからである。貞治は近嶺の称「貞次郎」と考えることができる。「治」と「次」の別については問題ない。与清の用字法は融通無碍であり、この系図にも通常とは異なるいくつかの用字法が存在する。⑯秋成の「上田依斎」(余斎)や㊲高直(高尚)などである。したがって、「貞治」を「貞次郎」の誤記と考えることに支障はない。次に入門順の序列である。近嶺は先述したように、文化四年六月に春海に入門している。享和元年に入門した与清より後であり、最晩年の弟子と言われる岸本由豆流よりも前なので、入門順位としても齟齬はない。それゆえ㉛貞治を近嶺と比定することができると思われる。ひとまず仮説として提出しておきたい。

㉔務廉は幕臣(賄頭)で、与清は「井上」とするが、『国学者伝記集成』等は「福田」を姓とする。春海の死を追悼した『村田春海を悼む文』(飯田市立図書館蔵)にも「福田務廉」と自署しているので、「福田」が正しいと思われる。与清は務廉について、『松屋叢話』(文化十一年刊)に「平ノ務廉《チカカド》は号を竹庵といふ。村田春海の門人にして、めでたき歌人也けり。手かくわざもこよなうすぐれてぞありける」と記している。「手かくわざ」については、春海の遺志により『琴後集』の板下を担当するほどであった。㉖光彪(秋山)は小倉藩士で京の留守居役であったが、『竺志船物語旁註』の刊行に関わった。光彪は春海宅に捨て置かれていた『贈三位物語』(『竺志船物語旁註』の草稿)を見出し、これを出版するべく取り持ち、序文を執筆した。[19] 以下、『擁書楼

日記』に記載された素性を引用して、与清の各人に対する認識を見ることにしよう。㉗正臣（山本）は「正臣はもと大《オホ》炊御門《ヒノミカドノ》右大臣家につかへて、山本大膳《ノ》権《ノ》亮といひけるが、今より十年あまりむかし、江戸にくだりて、織錦翁にしたがひまなび、歌の名やうやく世にたかうなりぬ。号は清渓、字を欽若といふ。中橋味噌屋《ミソヤ》横町に家ゐせり」（文化十二年八月十日）。㉙当勢子（村田）は「たせ子は、織錦翁の養女にて歌に名あり。八丁堀地蔵橋《ハッテウボリジザウバシ》わたりなる翁の旧宅に住て、いとくね〴〵しき母尼のこゝろとりてつかうまつれり。よく源氏物語をよみて、おほかたそらにさへおぼえたるは、今の世の紫女とやいふべき」（文化十二年八月六日）。㉚游清（本間）は「游清は伊予松山侯の藩医也。はじめ昔陽古屋先生にしがたひて漢学《カラナマビ》し、後に織錦斎大人の門にいりて、歌よむわざに秀たり。かく和漢の師を余とおなじうせるは、ふかきよしみある友にこそ」（文化十二年八月六日）。㉜由豆流（岸本）は「由豆流世称《ノ》は岸本讃岐、号を栣園《ヤマブキゾノ》といふ。和漢の書を好て、著書あまた天下に流布《シク》。はじめ清原《ノ》雄風《ヲカゼ》が弟子《ヲシヘゴ》なりしが、後にわが織錦斎《ニシゴリノヤノ》先生の門に入《ル》。今年齢廿七也といへり。近頃酒井讃岐守殿の御名をはゞかりて、世称《ノ》を大隅と改む。字をもまた大隅とよべり。白銀町《シロカネテウ》一丁目に家ゐす」（文化十二年八月三日）。㉝寛光（片岡）は「寛光は村田並樹《ナミキ》が門人にて、歌のざえ世にすぐれたり。外神田《ソトカンダ》仲《ナカ》町《テウ》三丁目に住て、世称《ノ》を仁左衛門といふ」（文化十二年八月五日）。このように、春海門弟に関してはその多くを『擁書楼日記』等でその素性を記しており、このことからも相弟子を含む県門江戸派の正統性を与清は強く意識していると考えることができる。

第四に雄風門の検討をしよう。㊳千古・㊴千幹・㊵一虎・㊶照覧の四人である。真淵の曾孫弟子に当たるのはこの四人だけであり、雄風の門弟を記す特段の理由は明らかではない。だが、この系図が書かれた文化十二年には、雄風はすでに死去していた。このことと無関係ではないように思われる。つまり、雄風門はこれ以上増えないからである。もちろんそれだけではなく、この門弟達の果たした役割も大きいと考えられる。㊳千古（一柳）は播磨三草藩士で、春海や千蔭とも交流した。春海が『ささぐり』を執筆した際には的確な批評を寄せた人物として記憶される[20]。また、千蔭の家集『うけらが花』二篇の跋文（文化五年八月）を執筆したことでも知られる。このように春海や千蔭との関係も昵懇であり、ここに名を留めたのであろう。同じことが㊴千幹（正木）にもあてはまる。千幹は文化十二年十二月に『万葉集楢乃落葉』を刊行したことが知られている。また、春海の歌論『歌がたり』の跋文（文化五年七月）を執筆した。なお、『擁書楼日記』には「千幹はもと正木《マサキ》屋庄助とて、小舟《コブナ》町の鰹《カツヲブシ》節あき人なりしが、清原《ノ》雄風にしたがひて、今は浅草駒形唐《タウ》がらしよこ町の歌商《ウタアキ》人とはなりたる也」（文化十二年八月五日）と紹介されている。加えて書を千蔭に習っている（文化十二年八月二十四日条）。このように、千古と千幹という二人は春海や千蔭との関係も深いという点が共通するものである。一方、㊵一虎と㊶照覧については全く知るところがない。『擁書楼日記』に登場することがないことを勘案すれば、少なくともこの時期に与清との交友関係はなかったと考えることができるだろう。

五、「織錦門人の分脈」の分析（その三）——鈴屋派

宣長門の検討に移りたい。『鈴屋門人録』によれば、宣長の門弟は五百人弱である。もちろんそれらの人物について、与清がそのすべてを把握しているはずがなく、おのずから著名な門人に限定されると言ってよい。この系図には㉞大平・㉟春庭・㊱並樹・㊲高直の四名が列挙されている。㉞大平（本居）は旧姓稲掛で、宣長の死去の二年前に本居家に養子入りする。翌年に春海との間で宣長の歌論をめぐって書簡を交わしている。また、大平の父棟隆は宣長の最も初期の門弟である。次に㉟春庭（本居）は宣長の実子であり、活用研究で画期的な業績を上げた人物であるが、失明により本居家の家督相続を断念せざるを得なかった。大平と春庭の二人はともに宣長と血縁のある門弟である。㊱並樹

（村田）は村田橋彦の養子で、天明四年に鈴屋に入門している。寛政五年に江戸に出てからは旗本小笠原家に近侍したが、文化十年には大坂に下っている。したがって、『擁書楼日記』には並樹（村田）の名は登場しない。ただし、並樹の養父橋彦は春海の親戚なので、文化年間には与清と交流があったと推定される。この系図に並樹の名が現れるのも、師春海の姻戚関係という側面もあると思われる。㊲高直《（ママ）》（藤井）は吉備津神社宮司で、寛政五年に鈴屋に入門する。高尚は入門当初から物語研究に頭角を現し、寛政十一年刊の『源氏物語玉の小櫛』の序文執筆を命じられるほどであった。宣長没後は城戸千楯の私塾鐸舎で講義を行うなど、上方における鈴屋学の普及に寄与した。しかしながら、高尚がここに置かれたのは、鈴屋派内における力関係ではない。与清には鈴屋派の内部情報を仕入れる可能性が極めて低いからである。それゆえ、高尚がここにいるのは出版物などで著名であったと考えるのが妥当であろう。高尚は享和二年には『消息文例』、文化三年には『佐喜草』、文化八年には『おくれし雁』を刊行している。いずれも王朝物語や和歌に関する初学者向けの入門書である。このような書籍の出版は与清の是とするところであり、この系図に高尚が現れる理由もここにあると思われる[21]。

　この宣長門には当然入るべき人物が欠落している。それは斎藤彦麿である。というのも、『擁書楼日記』文化十二年八月二日条に「彦麿は松平周防守殿の同朋にて、世称《ノ》を斎藤《サイトウ》可怜《カレイ》といふ。築地《ツキヂ》なる君の添屋鋪《ソヘヤシキ》に住《スミ》て、その家を蘆仮庵《アシノカリホ》と名づく。本居宣長が門人にて、諸国名義考二巻を著《アラハ》せり」と記しているからである。もちろん、彦麿は鈴屋入門の事実はなく、正確には藤垣内（大平）に入門しているのである[22]。だから、彦麿が宣長の門下に現れないのは当然のことと言えるかもしれない。しかしながら、与清自身は彦麿を宣長の門弟と認識していた。それゆえ彦麿がこの系図に現れないことは、しっかりと確認しておくべきことであろう。彦麿がこの系図に記されない理由を推測することは可能である。彦麿は『琴後集』の葛西因是による漢文序に対して批判し、『竹箒』なる論駁書を著した。もしかすると、この論難を考慮して彦麿を宣長門下に立項することを躊躇したのかもしれない。そのような意味では、石塚龍麿や三井高蔭が入っていないことが理解できる。春海は生前に石塚龍麿の著した『古言清濁考』に批判的であり、そのことは『琴後集』に収録された書簡にも記されている。(23) また、三井高蔭は文化十二年初春に『弁玉霰二論』を刊行し、千蔭と春海が著した『玉あられ論』を逐条的に批判したのである。このような江戸派に批判的な鈴屋派を宣長の門弟として記さなかったのは理解できることである。また、これ以外にも後世の目から見れば当然入っていてもおかしくない人物が抜けている。平田篤胤と伴信友である。近世後期から幕末にかけて、両者は鈴屋門の国学者として著名な業績をあげたからである。しかしながら、両者とも宣長生前に正式に入門した事実はない。第一節でも述べたように、そのような系譜は後世の国学史観による位置づけであって、同時代的に共有されたものではなかった。ましてや江戸派の与清が認識する系譜は、宣長門では先の四人ということだったのであろう。

なお、時期は下るが、与清の篤胤観を示すものがある。第三節に引用した「送ル二平田篤胤ヲ一序」に続く文章である。

さてそのながれを引わけもて行つゝこゝの田川のすゑすむ水にうたうたひかしこのゐどの底にごる水に声立るかはづ《蛙》さへも此道したふめるみさかり《真威》の今の時なりけり。しかはあれど其道遠くして末分るゝ中にはなか〳〵に源をばえしも汲しらで心ごはく立たる頑《カタクナ》おきな片皮《カタカハ》やぶりのねぢけわかうどなどあらぬさまにおもひさいまぐるもおほかンめり。あるはなにがし麿《マロ》と名乗《ナノリ》て万葉ぶりの口手づゝ歌だみ声にうちずンじ、あるはさる上らふ《臈》がりて物語めきたる詞みゝづ書にかき出てしたり顔に高ぶりひぐらきゐたるいと〳〵をこのわざなりや。そも〳〵学の道はひろくきゝおほくしり、やまともろこしの書はさらなり、仏のふみ《書》もとり《取》ふさね《統》力のかぎりよみときてこそまことのすぢもほの〴〵しらるゝわざなれ、わづかに十まきはた巻のはしたぶみをぢきやう《持経》のやうにもてくりかへし空におぼえなどして、それいみじきことにおもひしめし里学者《サトガクシヤ》のほそきおのが道立たるは神も仏もいかにかたはらいたくと見そなはすらん。こゝにわが友平田の老翁は本居翁の学をつたへてむかし書をあきらめ神の道をおしひろめらるゝいさを《勇雄》なり。

真淵門弟に言及した後に、それを継ぐ者や後継者を自称する者がことごとく似而非学者であることを喝破する。そうして宣長の学を伝える者として篤胤を称賛するのである。もちろん、これは篤胤宛書簡なので過分の讃辞は割り引いて考える必要があろう。また、文政六年という年は当該系図が執筆された文化十三年から数えて七年後である。すでに篤胤は家塾真菅乃屋に入門する者も多く、この時はまさに上方に学説を弘めに行くという時であった。そのような時期であるから、与清の中で宣長門弟としての篤胤評価も確立していたと思われる。したがって、篤胤への称賛は私信ゆえの単なる世辞ではなく、この頃の等身大の篤胤観だったかもしれない。

なお、宣長が生前、高く評価した門弟（格別出精厚志）の三十二人は次の通りである。[24]（松坂）稲掛大平・長谷川常雄・三井高蔭・中里常岳・岡山正興・服部中庸・（津）七里松叟・柴田常昭・（白子）板倉茂樹・村田並樹・（内宮）菊家末耦・（尾州）横井千秋父子・稲葉通邦・鈴木真実・鈴木朖・川村正雄・大橋直亮・堀田元矩・加藤磯足・大舘高門・（遠州）栗田土麻呂・石塚龍麻呂・（近江）松居邦・（紀伊）小浦朝通・（美濃）大矢重門・（甲斐）萩原元克・（石見）小篠敏・（筑前）田尻真言・青柳種麻呂・（豊前）渡辺重名・（越後）倉石為光。これは寛政五年十一月九日付千家俊信宛書簡の中に記されたものなので、それ以後に入門した門人は入っていない。また、これは宣長が、あくまでも私信の中で認定した俊英というに過ぎず、公表したものではない。もっとも、師が門弟の序列を公表することは考えにくいので、この私信は宣長の門弟への認識を正確に反映したものであることは疑いない。ともあれ、この三十二人は参考程度に考えるのが妥当であろう。ここに㉞大平と㊱並樹とが含まれていることを確認しておくことにしたい。

六、おわりに

自らの所属する結社の血脈を明らかにすることは、自らのアイデンティティーを証明することに他ならない。与清が記した「織錦門人の分脈」は、公開する予定のない日記に書かれたものではあるが、非公開であるがゆえに逆に与清の意識が正確に反映していると考えることもできる。文化十三年大晦日の執筆という年次の制限を考慮すれば、十分に妥当性の高い系図であると言ってよい。その上でこの系図を分析して顕在化する与清の意識をまとめると、次のようになるだろう。

1. 真淵を顕彰したものを重視する。
2. 著作を出版した者を重視する。
3. 村田家の血筋を重視する。

この三点を斟酌すれば、当事者が含まれる系図がいかに客観的であることが難しいかということがわかる。ここから与清自身に連なる学統上の正統意識がうかがえる。それはいかなる思想書よりも強い正統性の主張であるということもできよう。

〔注〕
（1）　鈴木淳氏「古学学統論弁」（『國學院雜誌』八十八巻六号、昭和六十二年六月）参照。
（2）　佐佐木信綱氏「松坂の一夜」（『賀茂真淵と本居宣長』、広文堂書店、大正六年五月）参照。

（3）伊藤裕氏『大壑平田篤胤伝』（錦正社、昭和四十八年七月）参照。
（4）本書第四部第三章「楠後文蔵―「松坂の一夜」外伝」参照。
（5）山田孝雄氏『平田篤胤』（宝文館、昭和十五年十二月）参照。
（6）『擁書楼日記』文化十三年十二月晦日条。『近世文芸叢書』第十二巻（国書刊行会、明治四十五年二月）所収。ただし、早稲田大学中央図書館蔵本により校訂した。以下同じ。
（7）本書序章「江戸派という交差点」参照。
（8）引用は『三哲小伝』所収の『真淵伝』による。なお、単行の『賀茂真淵翁家伝』とは異同がある。
（9）『新編荷田春満全集』全十二巻（おうふう、平成十五年六月〜）「解題」参照。『國學院雑誌』平成十八年十一月号は「国学特集」を組み、春満に関する論文を十本掲載している。
（10）立綱編『三哲小伝』は三哲として契沖（安藤為章）・真淵（小山田与清）・宣長（斎藤彦麿）を取り上げている。また、春海も契沖・真淵・宣長を「三傑」として称賛する（清水浜臣『泊洦筆話』）。このように契沖を国学の始祖とする認識は同時代においても存在した。
（11）寛政十二年八月二十三日付宣長宛春海書簡（『本居宣長全集』別巻三、筑摩書房、平成五年九月）参照。
（12）『冠辞考』巻十巻末に村田春道と高梯《ママ》秀倉の跋文がある。
（13）中澤伸弘氏のご教示による。
（14）茨城県立歴史館蔵『小山田与清遺稿』下所収。前掲鈴木論文にも引用されている。
（15）『近世文芸叢書』には欠落しているが、早稲田大学図書館蔵の自筆本には「秋成」の名が記されている。
（16）鈴木淳氏「あがた居の歌集」解説（『新日本古典文学大系』第六十八巻『近世歌文集下』、岩波書店、平成九年八月）参照。
（17）本書第二部第一章「江戸派の出版」参照。
（18）沢近嶺『春夢独談』による。
（19）亀井森氏「江戸派伝播の一形態―小倉藩国学者と江戸派」（『近世文芸』七十五号、平成十四年一月）参照。

(20)『琴後集』巻十三「書牘」所収「一柳千古にこたふる書」参照。

(21)本書第二部第四章「小山田与清の出版」参照。

(22)「藤垣内門人録」(『国学者伝記集成』第二巻、日本図書センター、昭和五十四年十月)参照。

(23)『琴後集』巻十三「書牘」所収「詞の清濁は古言清濁考に従ひて改むべきやと人のとへるにこたふる書」参照。

(24)『本居宣長全集』第十七巻(筑摩書房、昭和六十二年十一月)より引用した。

第二章　村田春道——村田家と堂上方

一、はじめに

人物像というものは往々にして、その人が最も活躍した時のイメージを反映するものである。近世中後期の歌人村田春海について言えば、県門江戸派の地下歌人として堂上歌壇とは一定の距離を保ったというイメージがある。稲掛大平との歌論の論争にしても、香川景樹歌への匿名の批判にしても、県門江戸派の歌人・国学者としての発言である。そしてそれは春海が本居宣長に出会い、学問の志を固める天明末年以降のことである。それ以前はどうかといえば、柳営連歌師として活動した時期を中心として、春海と堂上派歌人との関係は密接だったのである。

本章では、村田春海と堂上方との関係を論じて、父春道の堂上派歌人説に及ぶことを目論むものである。次節以下では、春海の老年期・青年期、そして春道の代というように、便宜上時代を遡る形で記述をすすめていくこととする。

二、老年期における春海と堂上方

本節では村田春海について、県門江戸派の歌人として旺盛に活動し、春海の像を形成した老年期における堂上家との関係を検討するところから始めたい。

まず当代光格天皇の兄であり、はやく門跡に入った妙法院宮真仁法親王との交流が指摘される。寛政十年春に加藤千蔭が題詠の依頼を受けて以来、文化二年晩春に初めて宮が江戸にお座しになるまで続けられた。同年秋に宮が薨去しているので、交流は晩年まで続いたといえる。その間、いろいろと献詠を行っているのであるが、詳細は本書第四部第五章「妙法院宮―『妙法院宮御園十二景』の成立」参照。妙法院宮は京都においても小沢蘆庵や伴蒿蹊などの地下歌人を重用し、そのほか漢詩人や画人を交えてサロンを形成していたことは近年の研究で明らかにされて来つつある。(1)千蔭や春海が宮から贔屓にされたのは、宮自身の古学好み、あるいは古学者好みゆえであり、決して江戸派の方から宮に近づいたわけではなかった。このころには、すでに地下歌人として一家を成していたのである。

次に、これもよく知られたことであるが、春海が元老中松平定信に寵愛されたという事実がある。一説には『集古十種』(寛政十二年序)の編纂を手伝ったのがきっかけであるという。以後、歌学の講説や歌会・文会の開催など、雅事の際には定信邸に招かれ、大いに交流を深めた。定信の家集『三草集』所収『よもぎ』の歌稿を春海に添削させ、撰歌の参考にしたという事実もある。後にその役回りは門弟の清水浜臣に譲ったが、春海と定信との関係は晩年まで続いた。当時幕臣歌壇の大方は堂上歌壇であったと言ってよいが、定信は少し異色であった。定信と県門江戸派とは、父田安宗武が賀茂真淵を和学御用として近侍させて以来の関係であり、そういった意味で定信も古学好みの大名ということになるだろう。

それでは春海はこの時期、堂上歌壇に対してどのような立場をとっていたのか。そのことを窺うには格好の資料がある。『越後人某に答ふる書』である。この書簡は、私見によれば、越後高田藩主榊原政永夫人定君に出されたものである。定君は県門の菱田縫子の死去に伴って、次期の歌学指南を春海に依頼した。当該書簡はその返信と推測される。(2)書簡は次のように始まる。(3)

我等歌学と申候は、幼少之時賀茂翁に従学いたし候て其教導によりて、只自箇一分之楽に年来古人の歌どもを玩味し、古人の論説を考究して、わづかに風雅の旨をうかゞひ知たる斗にて候。さて賀茂翁之学風はいづれの家の説を守り候と申事も無レ之、たゞ徴を古書にとり候て、すべて人々の学問の力次第に了解いたし候事をむねといたし候事にて、詠歌の事もたゞ古人の妙所を味ひ知りて、それを学び候をのみ専要なる事といたし候。右之学風を受候我等に候へば、何之流義といふべき差別も無レ之、もとより人に教授すべき程の事は覚悟も無レ之候。

春海は自らの歌学上の出自を真淵に求め、その学説を守ることを宣言するところから始めている。真淵の説とは「いづれの家の説」を守るということもなく、ただ古文献に顕われる徴証のみを信じて学問を究めようとする態度であり、契沖以来の文献実証主義であるといってよい。詠歌も歌学と同様に、「何之流義」ということもなく、「古人の妙所」を味わい学ぶことを専らとしているというのである。当然のことながら、「いづれの家の説」や「何之流義」という言葉には、明らかに堂上歌壇が意識されている。引き続いて次のように述べているところからも、それは明らかである。

詠歌の事は堂上に家々の御流義有レ之候事にて、其家々の伝授秘説には精妙なる事どもあまた可レ有レ之、凡俗之及がたき習ひ等も多く可レ有レ之候。我等事は古様の筋は承り伝え窺知之事も無レ之、いかなる趣の事とも一向存じ不レ申候。然れば正しき流義のたち候詠歌を心懸け候はんは、堂上御門流之人々世に彼是有レ之候へば、夫らの人に学ばるべき事勿論之事にて、我等事は古様之筋之問合せの為には嘗て用立不レ申候者と可レ被レ致候。

春海は詠歌を習得する上で、堂上家の「流義」や「秘説」には及びがたい旨をひとまず告白する。つまり、堂上家の「古様の筋」や「正しき流義」に対して、これを尊重する立場を明確に打ち出すのである。そしてそれらを重んじる者に対して「堂上御門流之人々」に学ぶことを勧めるに至る。形の上では堂上家の歌人を重んじ、地下歌人たるわが門流の非力を認めているかのようである。しかしながら、それはあくまでも社交辞令に過ぎず、本心のところでは詠歌を学ぶにはわが門弟になるのが最もよいと考えていた。

　只何之流義と申事も無レ之、自分一箇之楽みに古人の歌を玩味し、古人の口まねを試に自なして、夫を消閑之具となさん人は我等と同志之事に候へば、弟子といひ師といふやうなるをこがましき事は無く、たゞ我等一得之長候はん所は相ともに討論し、是非を指摘可レ申筋も可レ有レ之候。然れば今同好之人之為に自己一分之可レ見を可二申述一候。此は孤陋寡聞なる我等が僻意に候へば、有識之人の笑を可レ招事可レ多候。只人々之所レ好と可レ被レ致候。

古歌を「玩味」し、詠歌を趣味とする者は、「同志（同好之人）」であるとはっきりと述べている。それは「有識之人」の笑いを誘うようなものであるかもしれないが、それでも愛好する気持ちがあればそれでもいいというわけである。「有識之人」が堂上歌人を指しているのは明らかである。ということは、春海は堂上家の歌人および堂上歌壇を表面的には尊重しているようであるが、実のところ自分たちはそれと対抗し得るという自信と気概を持っていたのである。このような論調は詠歌だけではなく、仮名遣いに関する議論においても同様であり、そこに春海の堂上家への面従腹背の姿勢を読み取ることも可能であろう。(4)

　それでは、春海は詠歌に関して具体的にどのような堂上歌人観を持っていたのだろうか。はっきりそれとわかる資料はそれほど多くはないが、門弟筋にあたる一柳千古宛書簡に表れた次のような記述から春海の堂上歌人観を読み取ることができるであろう。(5)

　新古今のすがたはことざまなるものには侍れど、其の世に、そのすがたをはじめてよみ出でたるは、めづらかなる一つのすがた也ともいひつべし。さるを二たびまねびうつさんとするは、いとこゝろのつたなき也。ふるくは逍遙院のおとゞ、ちかくは実陰のまうち君など、此すがたをねがひ給へれど、今よりみれば、よきをんなのなやみて、かほにがめたるをみて、みだり心ちならぬ人の、しひてまねするたぐひにこそ侍りけれ。

これは春海が著した『ささぐり』を門弟筋に当たる千古に一読を勧める書簡である。『ささぐり』は宣長著『美濃の家づと』に対抗して書かれた論難書であり、宣長の称賛した新古今歌を批判することで宣長の新古今主義を粉砕するという意図で記述されたものである。(6) そのような文脈であるから、新古今風和歌の代表として逍遥院三条西実隆とその六世の孫武者小路実蔭を取り上げて批判している。「よき女のなやみて」以下は、古今集仮名序にある六歌仙評のうちの小野小町評「あはれなるやうにて、強からず。言はば、よき女の悩めるところあるに似たり」を踏まえた表現であるが、新古今集を模倣する弊害を的確に言い当てていると言ってよい。いずれにせよ、実隆と実蔭という、中世から近世前期にかけて古今伝授の中核的系譜を形作る二人の歌風を批判しているところから、春海の堂上歌人観をうかがうことができるであろう。ただし、この文面はあくまでも門弟筋への私信であるから、当初からこのような見解を公にするつもりがあったのかどうかは疑問の余地がある。

春海は数え年四十三歳の時、宣長と対面して以来六十六歳で没するまで、真淵直系の歌人・国学者として地位を築いた。地下歌人としての自信と矜持を失うことなく、堂上歌壇に対しては一定の距離を保ちながら、心の中では県門地下歌人の優位性を信じて疑わなかったのである。しかしながら、そのような立場が確立したのは春海が壮年から老年に至る時期であって、それ以前は必ずしも堂上歌壇に対して批判的ではなかった。それどころか、春海は堂上派歌人として活動した時期があったのである。次節ではその間の経緯を含めて、春海の青年期における文学活動の一端を追っていきたい。

三、青年期の柳営連歌師時代

春海は青年の一時期、公儀連歌師阪家に養子入りしていたことがある。つとに関根正直氏によって報告され、後に森銑三氏によって『有米廼記』なる資料に基づいて実証されている。[7] その後、内野吾郎氏が一連の「村田春海阪家養子説の再検討」「村田春海養子説再論」により詳細に検討され、春海が阪家に養子入りしていた事実は定説となっている。[8] そこで今一度、内野氏が提示された『柳営御連衆次第』の明和四年昌和条を見てみることにしよう。[9]

阪昌周養子　後村田平四郎春海　自当年五六　三箇年勤仕　後離縁

この記事から、春海が明和四年に柳営連歌師の阪昌周に養子として入り、明和六年まで三年間勤めた後、養子縁組を解消していることがわかる。数え年二十二歳から二十四歳に至る時期である。また、春海が養子入りする際に、昌周の娘と結婚もしており、縁組解消の時には村田家に嫁として連れて帰っていることが、次の明和五年十一月八日付斎藤信幸宛真淵書簡によって判明する。[10]

村田春郷当夏りん病とやらん承候をさしての事とも誰も不思候に、段々わろくて九月十九日(ママ)に死去と申来。夢か現か驚候事也。兼而御懇意にも候へば御悔と存候。子もなし故に大学を呼びもどし候。内意は相済、表向はいまだしき様にて大学夫婦妻は先の娘也とも此方へ引越をり、拙者方へも三年ぶりにて一両度来候。悼の歌文などの事、遺書の事どもなど頼候。

縁組解消の原因は、村田家の跡取りたる兄春郷の早すぎる死であった。阪家ではすでに実子昌文がいたので、悶着もなく離縁が成立したものと推定される。ただし、「表向」は明和五年中には片が付かなかったもののようである。なお、春海が「大学」の異名を持つことがここから判明する。

また、実際の柳営連歌師としての活動はどうかといえば、『御城御連歌』によれば、正月十一日開催の連歌会には明和四年から三年連続で出席しているのである。[11] 柳営連歌は江戸城内で毎年正月十一日に歴代将軍の句を脇として興行された連歌で、里村家や阪家、あるいは瀬川家の面々が連衆となって勤仕し、江戸時代を通じて継続して行われた。三年間という短い期間ではあるが、当時の連歌師筆頭である里村昌柱の元で、春海は阪昌和の名で柳営連歌師として活動したことがうかがえる。

さて、春海は阪昌和時代に石野広通と交流があった。広通は代々の旗本で、佐渡奉行・御普請奉行など幕府の要職を歴任したが、幕臣堂上歌壇においても重要な位置を占めた人物である。明和四年七月八日において大樹王山宝泉院で開催された広通主催の詩歌会に昌和（春海）が出席し、和歌を二首詠んでいるのである。[12]

早涼知秋（兼題）

秋来ぬとしるくもあるか衣手のうすさ覚ゆる今朝の初風

風前薄（当座探題）

吹誘ふ秋の野風に乱散露や尾花の浪の白玉

後者一首が明和五年春に編集された初撰本『霞関集』秋部に入集することになる。そして、注目すべきことは、同年冬に成立した『霞関集』作者目録の昌和条である。そこには、

昌和　冷泉家門人　公義連歌師坂氏昌子（ママ）

と書かれているのである。[13] これが事実だとすれば、春海は若年の一時期冷泉家の門人だったということになる。これは本当だろうか。

周辺から固めて行きたい。先の広通主催の詩歌会に参加したメンバーのうち和歌を詠んだのは、作者部類掲載順に磯野政武・横瀬貞臣・石野広通・長谷川安卿・矢部定衡・成嶋和鼎・石野広温・竹尾元典・阪昌和・宮部義正の十名である。このうち『霞関集』作者目録によれば、昌和のほか政武・貞臣・広通・安卿・和鼎・広温・義正の七名が冷泉門である。つまり、昌和を含めて十名中八名が冷泉家の門人ということになる。すなわち、広通亭の歌会メンバーは、冷泉家門人によって構成されていたと言ってよい。なお、政武・貞臣・広通という、朗詠順に前から三者は、江戸冷泉門の中核的幕臣歌人であった。

さらに『霞関集』所収歌人の流派を「作者目録」によりうかがうと、冷泉門・中院門・烏丸門・武者小路門など、ほとんど堂上派であることがわかるのである。そうだとすれば、春海が阪家に養子入りし、公儀連歌師として活動するにあたって、幕臣堂上派歌人となる必要があったのではなかろうか。換言すれば、冷泉門歌人に入門したのは、阪家への養子入りとほぼ時を同じくして成されたということである。

なお、同目録「幸女」の項には「冷泉家門人　連歌昌周女　昌和妻」とある。ここから春海の妻の名や出自が知られるばかりでなく、妻もまた冷泉家門人であったこともわかるのである。柳営連歌師の格式には、やはり堂上派歌人の門弟という付加価値が必要だったと考えてもあながち見当はずれとも言えないだろう。ただし、義父の昌周の作者目録は「公義連歌師　新家初代坂氏　号金竜延年観卜云」とあり、昌周自身が冷泉家とどの程度関わりがあったのか未詳とせざるを得ない。

それでは、干鰯問屋の次男がどうして柳営連歌師のところに養子入りする機会を得たのだろうか。一つ考えられるのは、居住地が近かったということである。村田家の住居が代々にわたって「日本橋小舟町」であったことは、『古翁雑話』などの当時の資料から明らかである。[14]一方の阪昌周の方はといえば、『柳営御連衆次第』の記述によって「八丁堀坂本町」であることが判明している。[15] 小舟町と坂本町は、江戸橋・海賊橋をはさんで目と鼻の先の近さであった。[16] それゆえ、両家の縁組も比較的スムーズに行われたと推定される。しかし、地縁による結びつきは養子縁組が成立する条件の一つではあっても、それがすべてではない。だいたいにおいて身分が異なる。村田家は豪商とはいえ商家であり、阪家は連歌師ではあるが幕臣である。もちろん婚姻が両家で行われても不思議ではないが、両者を結びつけるファクターを地縁以外に求めることも可能なのではないか。この問題を解決するために、次節では春海の父春道の前半生に視線を移すことにしたい。

四、父春道と堂上方――村田春道堂上派歌人説

本節では、春海の父春道が堂上派歌人であった可能性について検討したい。まずは春海の門弟清水浜臣の証言から見てみることにしよう。『泊洦筆話』に次のような記事が存在する。[17]

享保の頃、江戸に鶯氷申也といふ歌よみ有けり。名は長教、号は風弦といひき。広沢長孝の門人にて、それが教をうくる人多かりけり。橘枝直、村田春道、橘常樹なども、はじめは此人の弟子なりしとぞ。

広沢長孝は松永貞徳から二条家歌学を伝授され、地下歌人として活躍した人物である。その弟子である鶯氷申也は享保年間に江戸に下り、地下歌人を指導した。枝直・春道・常樹など、後に県門入りする人物もはじめは申也の門弟であったという記述である。真淵に詠歌を習う以前の江戸派が二条派歌人の影響を受けていたとする記事である。

本節では、さらに踏み込んで春道が堂上歌人に直接指導を受けていた可能性について言及したい。そこでまずは外堀を埋めるところから始めることにする。天理図書館春海文庫に『四季歌集』という写本が所蔵されている。延享三

年六月二五日付の序文があり、「含章斎一貞」なる人物の撰による。一貞は幕臣赤井源太郎である。序文によれば、兄弟にあたる師岡成貞の要請によって、一貞が交友のある「諸賢」の詠草を集めて一巻と成したものである。その構成メンバーは四十九名で、四季・恋・雑・祝の部立てにそれぞれの歌人の詠歌が載っており、総歌数は三百一首となっている。歌人の中には伝未詳の者も多く含まれており、今後の研究を待つところもあるが、何名かは身元が判明する。まず春海の父の代の江戸派がいることを指摘しておこう。加藤枝直・村田春道・村田直女・楠後忠積の四名である。枝直は春海の盟友加藤千蔭の父であり、出府した真淵を庇護したことで知られる。村田直女は「村田氏女」と注記されるので、春道の姉であろうか。(18)それならば、春郷・春海の伯母ということになる。楠後忠積は春海の叔父にあたる人物である。それらの江戸派の歌人のほかに、堂上派歌人が名を連ねていることが指摘される。すなわち、香川景平・松井政豊・尼崎一清・長江喜維である。香川景平は梅月堂香川宣阿の孫で、梅月堂三世を名乗った。後の三者は、烏丸光栄の門弟であったらしく、後述する『烏丸光栄卿口授』に登場する堂上派歌人である。

この写本歌集に含まれている歌人が同時期に同じグループの中で活動したと断定することはできない。というのも、序文には「予が相しれるかぎりの諸賢の詠草を集て」という記述しか存在しないからである。しかしながら、それが延享三年という時期に江戸で収集可能な範囲であったことだけは確かである。撰者の赤井一貞の素性は明らかではないが、その著書『管見問答』によれば、万葉集を称揚する歌人に批判的であったようである。(19)この写本に集められたメンバーが一貞の嗜好に沿った人選であったとすれば、初期の江戸派の性格付けも自ずから判明する。揖斐高氏の言うように、揺籃期の江戸派は賀茂真淵との交流を深めつつも、すでに後の千蔭・春海の代の江戸派の輪郭を形作っており、万葉調とは一線を画していたのである。(20)以上の検討から、春道を含む初期の江戸派は堂上派歌人と範疇を同じくする歌を詠んでいたということが導き出されたと思われる。なお、『四季歌集』序の執筆年次延享三年は、賀茂真淵が田安家の和学御用として召し抱えられ、万葉調の詠歌の実践を試み始めた年でもあった[21]。

次に春海文庫に堂上歌人関連の写本が所蔵されていることを検討の対象にする。中院家関係の写本が伝来しているのである。也足軒中院通勝・通村自筆の『紫式部集』・『宗尊親王三百首』・『(俊成撰)百番歌合』の三冊がまず挙げられる。これらの写本が春道の時に入手されたものかどうか証明することはできない。春海や多勢子の代に得た可能性ももちろんある。しかし、それら中院家関係の写本のなかに、春道の代に入手し書写したことが確実な写本が存在する。それは『六窓軒記聞』である。『六窓軒記聞』は中院通茂門弟の松井幸隆の聞書であり、一般には『渓雲問答』という名で知られる歌学書である。春海文庫蔵本の書名「六窓軒」は幸隆の号である。幸隆は京都の町奉行組与力で晩年には江戸に下り、江戸堂上派の基を築いた人物である[22]。そういった意味でも興味深いが、春海文庫蔵の写本には奥書があり、それは注目に値するものである。奥書により連阿系写本であることが判明するが[23]、それが幾度かの書写を経て次のような識語を持つに至る[24]。

右一冊者六窓軒幸隆依為中院家門人
多年之秘談記之書也。本書之雑談等
令省略写之畢。穴賢。可秘云云。
享保二年十月　連阿判
同　四年亥十月上旬書写之　柳嘉融
同　七年壬寅六月書写之　北川正種
同十一年丙午八月上旬書写之　梠山栄諄
寛保三年癸亥十月上旬書写之　村田忠興

連阿書写本を転写した柳嘉融・榾山栄諄の素性は明らかではないが、北川正種は津軽藩士にして中院通茂の門弟であることがわかっている。したがって、嘉融と栄諄も江戸在住の通茂門に近い人物の可能性がある。

さて、最後の識語の筆者村田忠興は春道のことである。村田家では代々「忠」字を名に受け継いだ如くであり、祖父の代から三代続いて忠之―忠亨―忠興となる。春道の弟で楠後家に養子入りした文蔵も忠積と名乗ったことは先に確認した通りである。寛保三年は先に見た『四季歌集』が編集された延享三年の三年前に当たる年である。この年に春道は、近世期を通じて最も流布した歌学書の一つである『渓雲問答』を書写しているのである。ここで春道が「春道」ではなく「忠興」を用いていることを銘記しておくことにしよう。小山田与清『松屋叢話』によれば、「忠興」は「春道」と改める前の名の由である。

さてここで、春海文庫蔵本から転じて、やはり堂上派歌学書である『烏丸光栄卿口授』に目を向けてみることにしよう。同書には「村田景忠」あるいは「村田忠興」なる人物が登場している。『烏丸光栄卿口授』に即して、この人物を追っていくことにしよう。大谷俊太氏は「村田忠興については、村田景忠と同一人物と思われるが、京都在住であること以外は未詳である」とされている。(25)忠興と景忠が同一人物であるならば、忠興は以下の記事によって江戸にいたことがあることになる。(26)

村田景忠、江戸にありし時、宝治歌合弐冊を得て、上京拝謁の序に、尊師へ高覧に入れしに、仰。此歌合めづらしきもの也。しかし、文字のあやまり見えたり。校合して得させんとて御手づから文字を正しあたへ給ひて、仰に、下巻奥に有之は蓮性の陳情といふもの也。是以とくと熟覧可然。さりながら此陳情為家卿の心に不叶所可有之と也。

景忠が江戸にいた時に入手した『宝治歌合』を献上したところ、尊師が校合を引き受け所見を述べた記事である。「尊師」が烏丸光栄であることは間違いない。つまり景忠（忠興）は烏丸光栄に直接指導を受ける間柄であったということがここからわかる。この他にも、景忠あるいは忠興に言及した記事は都合数ヶ所見出すことができる。その中で景忠（忠興）が指導を受けた日付が明らかなのは、元文四年八月十七日、同年同月十九日、寛保元年三月二十七日、同年五月十二日である。

また、『烏丸光栄卿口授』の一伝本である東北大学付属図書館狩野文庫蔵の『和歌御教訓』は村田忠興書写本の転写本であるが、その冒頭には次のような記述が存在する。

古烏丸内大臣光栄公御教訓御口伝　巻上

京都住　村田忠興記

寛保元年五月十二日、京都三本木坂田亭江池田義成と申合、尊師招請し奉し時、忠興、和歌全体の心得になるへき事窺奉しに、仰に云。（以下略）

寛保元年に光栄のところに歌道の指導を受けに行ったとある。しかも、この写本の書写者として「京都住　村田忠興記」とあることに注目したい。「京都在住」という大谷氏の説はここに基づいているのであろうが、もし忠興が京都出身であれば、「京都住」と書くだろうか。他の国に生まれ、そしてその時たまたま京都に住んでいたからこそ「京都住」と記す必要があったのではないか。言い換えれば、「京都住」とあることが、逆に京都出身の人間ではないことを裏付けているということである。また、『烏丸光栄卿口授』元文五年六月二十七日付の記事の中で、歌会の欠席者の中に「忠興在所」とある。これは忠興が国元に帰っていて歌会に出席できないという意と解せる。このことも忠興の出身地が京都以外である証拠といってよい。忠興が江戸にいた事実については先に見た通りである。ここから、忠興（景忠）の出身地が江戸であった可能性が示唆されるが、江戸の出身であれば、さらに身分についても、その範囲を限定できるのである。というのも、同日の講義に欠席した者に「義成在府」がいる。「在府」とは、一般に勤番として江戸に詰めていることを指す。池田義成は武士階級であるゆえにそのように記していると思われる。(27)ということは、同じく江戸にいる忠興が「在府」ではなく「在所」と記されているところから、忠興の身分が武士階級ではないということを読み取ることが可能となる。以上の事柄を鑑みて、忠興は江戸の出身で、たびたび京都と江戸を往復する生活をしていたと考えられる。

ひるがえって、村田春道が京都に歌道の修行に出掛けたという決定的な証拠はない。しかしながら、春道が都で生活した経験を匂わせるような歌が存在する。『尚古堂詠草』雑歌に次のような歌が収載されているのである。

都へ行てある人に消息のついでに

みやこへはあかずありとも帰りこよ猶久ならばたふべくもなし

これは都で生活している人に、長居せず帰府するよう勧める内容となっている。「猶久ならばたふべくもなし」は経験がなければ出てこない表現であろう。間接的ながら、春道が都にいたことの裏付けにはなるだろう。村田家は干鰯問屋のほかに蔵宿・質屋・両替屋など、手広く商売をしていた。使用人も百人近くいたという。(28)その豪商ぶりは、三年の間賊が縁の下に住んでいたことに誰も気が付かなかったという逸話でもうかがい知れる。(29)当主が京都に遊学に出ても困ることはなかったのではないか。

以上の検討により、村田春道はその前半生において、二条派地下歌人鴛氷長教の門弟であっただけでなく、京都に歌学の教えを請いに行き、直接烏丸光栄に指南を受けた村田忠興と同一人物であったということを結論としたい。(30)そうだとすれば、後年春道は県門入りしてからも柳営連歌師阪昌周と交流を持ち、その次男である春海を阪家に養子入りさせる機縁を持ち得たことになる。元二条派歌人の春道の息子が冷泉門に入ったのは、当時の幕臣堂上派歌壇の趨勢を反映していたと考えることもできよう。[31] いずれにせよ、春海も春道も一時期堂上派歌壇に足を突っ込んでいたことが証明されたと思われる。

五、おわりに

春海も春道も老年になって真淵への傾倒を強くする。春海については第二節で見た通りであるが、春道においても同様のことがいえる。つまり、春道の歌集『尚古堂詠草』所収歌の詞書から、春道と真淵の交友が頻繁に行われていたことが判明するのである。また、真淵の方でも、春道等への信頼はことのほか厚かった。ところが、春海も春道もともに青年期には堂上派歌人として活動する一時期を過ごしたという共通点を持つ。ここには古学派対堂上派という単純な二項対立だけではすくい取れない行動原理が働いている。第二節で見たように、春海が堂上歌人に対してどことなく奥歯に物の挟まったような口ぶりになっているのも、父の代と自分自身の青年期における堂上派歌人としての過去が微妙に影を落としているのではないかと推し量るものである。

〔注〕

（1）飯倉洋一氏「本居宣長と妙法院宮」（『江戸文学』十二号、平成六年七月）、同「妙法院宮サロン」（『共同研究　上田秋成とその時代』、勉誠社、平成六年十一月）など。

（2）拙著『村田春海の研究』（汲古書院、平成十二年十二月）第三部「村田春海の歌論」第二章「歌論形成論――『越後人某に答ふる書』の成立とその位置」参照。

（3）引用は天理大学附属天理図書館春海文庫蔵『琴後別集消息』所収本文による。以下同じ。

（4）「仮字遣といふもの古書には正しき定り有物にて、少しもこれをみだりになすまじき事にて候。仮字を誤申候時は詞の義をもとり失ふものにて候。堂上には別に家々の仮字遣ひと申候物有レ之候と承り及候。これは格別に御伝来之有レ之候事にて、深き故ある事なるべく候。乍レ去我等など左様の家伝秘説の類は一向に学伝へ申候事も無レ之、曾て覚悟いたさぬ事に候へば、たゞ古書に証拠明らかなる仮字遣をのみ用ひ申候事にて候。我同好の人には常に此仮字づかひをよく習熟いたされ候様にとすゝめ申事にて候」と述べている。「乍レ去」に春海の堂上歌壇との距離感が表れている。

（5）『琴後集』巻十三「書牘」所収「一柳千古にこたふる書」。

（6）前掲拙著第三部「村田春海の歌論」第一章「歌論生成論—『ささぐり』の成立とその位置」参照。

（7）関根正直氏「江戸の文人村田春海」（『随筆からすかご』、六合館、昭和二年十月）、森銑三氏「村田春海」・同「村田春海遺事」（『森銑三著作集』第七巻、中央公論社）参照。

（8）内野吾郎氏『江戸派国学論考』（創林社、昭和五十四年一月）所収。

（9）静嘉堂文庫蔵『柳営御連衆次第』による。

（10）『賀茂真淵全集』第二十三巻（続群書類従完成会、平成四年一月）による。

（11）東京都立中央図書館蔵本による。

（12）刈谷市立図書館村上文庫蔵『大沢文稿』による。

（13）慶應義塾図書館蔵本による。なお、弘前市立図書館蔵本は末尾が「昌周子」となっている。

（14）東京国立博物館蔵。なお、揖斐高氏「古翁雑話（翻刻）—江戸南町奉行組与力の昔語り—」（『成蹊大学文学部紀要』二十二号、昭和六十一年十二月）参照。

（15）注（9）に同じ。

（16）尾張屋版切絵図などによる。

（17）『新日本古典文学大系』第九十七巻（岩波書店、平成十二年五月）より引用した。なお、鶯河申也については、井上敏幸氏

「鶯河中也と鍋島直郷」（『新日本古典文学大系』第六十七巻月報、平成八年四月）参照。
(18) 天理図書館春海文庫蔵『尚古堂詠草』所収歌の詞書に「五月ばかり姉のみまかりしころ人のとぶらひし返し」とある。春道に姉がいた証拠であるが、これが「直女」である可能性がある。
(19) 『管見問答』は自序に延享元年十月の識語を有する写本である。したがって、この批判が田安家仕官以前の真淵に向かっていたと断定するのは多少無理がある。
(20) 揖斐高氏『江戸詩歌論』（汲古書院、平成十年二月）第四部「江戸派の展開」第一章「江戸派の揺籃―加藤枝直と賀茂真淵―」参照。
(21) 田林義信氏『賀茂真淵歌集の研究』（風間書房、昭和四十一年四月）参照。
(22) 松野陽一氏『習古庵亨弁著作集』（新典社、昭和五十五年七月）「解題」参照。
(23) 『渓雲問答』の系統および内容の問題点については、上野洋三氏『元禄和歌史の基礎構築』（岩波書店、平成十五年十月）Ⅲ堂上歌論の再構築第2章「『渓雲問答』の成長」参照。
(24) 天理図書館春海文庫蔵本より引用した。なお、連阿に関しては松野陽一氏『連阿著作集』（新典社、昭和五十六年十一月）「解題」参照。
(25) 『近世歌学集成』中（明治書院、平成九年十一月）所収「解題」による。なお、大谷俊太氏「『烏丸光栄卿口授』の諸本―堂上地下間の歌道教授―」（『南山国文論集』十六号、平成四年三月）参照。
(26) 『近世歌学集成』中より引用。
(27) 義成が光栄に拝謁の時、光栄は「其方関東へ下ると聞。定て家業の事にてぞあらん」と述べているが、ここから義成が幕臣か否かは明らかではない。
(28) 賀茂真淵撰の村田春郷墓碑に「家人けだしもゝたりにちかし」とある。
(29) 『古翁雑話』の記事。
(30) 村田春道が烏丸光栄の門弟筋であったとすれば、『宝暦二年二月廿五日摂州上牧村一宮天満宮奉納十首和歌』（中川豊氏編『烏丸光栄関係資料集』、古典文庫、平成十四年三月、原本は鎮国守国神社蔵）に出詠している「春道」は村田春道の可能性がある。

（31）　揖斐高氏『近世文学の境界』（岩波書店、平成二十一年二月）「Ⅱ〈私〉の表現」「幕臣歌人における堂上と古学―石野広通の『大沢随筆』から」によれば、二条家流と冷泉家流は歌学における本質的な相違はなく、人間関係においても「二条家流の中院から冷泉へと師匠を替えるようなことがあっても、それほどの不都合はなかった」という。

第三章　楠後文蔵――「松坂の一夜」外伝

一、はじめに

「松坂の一夜」といえば、本居宣長が生涯の師と仰ぐ賀茂真淵に出会った記念すべき時として、国学史の上で燦然と輝いている。実際のところ、宣長と真淵の邂逅はこれが最初にして、しかも最後であったのであるから、文字通りの一期一会であった。「松坂の一夜」は佐佐木信綱によって国学史上の美談として発表され、その後リライトされて尋常小学校の国語読本に掲載されるに及んで、師資相承の物語は国民的常識として知られるようになった(1)。話の要点は次の如くである。時は宝暦十三年五月二十五日、かねてから著書でのみ知っていた真淵が松坂を訪れているのを知った宣長は、宿泊先の新上屋に真淵を訪問する。そこでのやりとりは、後に語られた宣長の回想によれば、真淵は上代研究の大切さ、とりわけ古事記研究の重要性を伝えたという(2)。その後、宣長はほどなくして正式に真淵に入門し、文通による指導を受けることになる。宣長が古事記研究をはじめたのも、これがきっかけであった。それから三十余年の歳月の末に畢生の大著『古事記伝』を仕上げることになるが、そのきっかけとなったのが「松坂の一夜」だったのである。美しい師弟の巡り会いの物語であると言ってよい。美文の誉れ高いこの文章は、次の段落をもって結ばれている(3)。

今を去る百五十余年前、宝暦十三年五月二十五日の夜、伊勢国飯高郡松坂中町なる新上屋の行灯は、その光の下に語つた老学者と若人とを照らした。しかも其ほの暗い灯火は、わが国文学史の上に不滅の光を放つて居るのである。

このエピソードは戦前・戦中において、国威昂揚の気運が盛り上がるなかで、他の国民的物語とともに日本人の記憶に焼付けられたことは想像に難くない。要するに誰もが知っている話だったわけである。ところが、この美談には当事者にとってあまり知られたくない事実が存在していた。すでに周知のことであるが、尾張屋太右衛門という松坂人がこの場に居合わせており、宣長と真淵の会談をはじめから終りまで聞いていたのである。信綱も文章の末尾に付記として、「県居翁より鈴屋翁に贈られし書状によれば、当夜宣長と同行せし者（尾張屋太右衛門）ありしもの丶如くなれど、ここには省きつ」と記している。この人物はただ同席していたというだけであれば何の問題もなかったが、後に身分を詐称して江戸の真淵に近づいて真淵の会に出席し、虚言を弄するという不埒な行為を行ったのである。太右衛門がなぜそのようなことをしたのかは不明と言わざるを得ないが、問題はそのような不逞の輩が「松坂の一夜」に居合わせていたという事実である。美談の中の語りたくない汚点である。とりわけ真淵・宣長の師資相承を純粋な国学系統上の結節点と考える立場に立てば、許されざる不純物と見なされても仕方がないであろう。灯火に照らし出された二人に対して、「松坂の一夜」の影と称すべき人物である。

太右衛門については、今のところほとんど何もわかっていない。判明しているのは、せいぜいのところ太右衛門の出た実家の跡地を書肆文海堂柏屋兵助が購入したこと位である(4)。太右衛門の正体を明らかにしようとする論考は今までなかったようである。誰だって影法師を見たいとは思わないであろう。要するに素性の知れない人物として扱われてきたわけである。むろん本章でも太右衛門について新たな知見を発掘しえたわけではない。しかしながら、多少とも判明した事実、提出しえた仮説もないわけではない。以下本章では、第一に尾張屋太右衛門僭称一件の経緯と真淵の認識を検討し、第二にその逸話の伝播の様相を読解し、第三として結果的にこの事件を誘発した人物を特定することを目的とする。そうすることによって、信綱著「松坂の一夜」の意味を検討したい。

二、尾張屋太右衛門＝伊藤主膳僭称一件

松坂商人である尾張屋太右衛門は、国学史上著名な真淵と宣長の出会い「松坂の一夜」に立会ったが、後に身分と氏名を詐称して真淵に近づき、数々の虚言を並べ立てて真淵を愚弄した人物である。時は明和五年夏、松坂の一夜から五年が経過していた。翌年の冬に没する真淵にとっては晩年に当たり、出会いたくなかった弟子として心に刻まれたものと思われる。本節では、門弟宛真淵書簡などの一次資料を時系列にたどることによって、事件の経緯を再現したい。

まず、第一に天龍二股の国学者内山真龍書簡を見てみよう。真龍は真淵の門弟で、遠江の国学を隆盛させた人物である。明和五年五月五日付真淵宛書簡の冒頭には、次のように記されている[5]。

三月十七日出之浜松梅谷への御状拝見、弥御堅勝之由、珎重奉ㇾ存候。先以、京有栖川宮様古学御好ニて、冠辞考御感服之由、其上伊藤主膳といふ人被ㇾ遇ㇾ函ㇾ丈、入門之御約御座候よし、驚入候。歓喜不ㇾ過ㇾ之。然承候ニ付、京古学殊之外はやり候と相見候事ハ、先頃名古屋より万葉二三部取寄候処、あとより飛脚ニて申参候ハ其本京方へうり候間、是非〳〵かへしくれ候様ニと申参候也。今思当り、京の古学さてこそと存候。伊藤主膳殿其まゝの詠草承度、皆々申事ニ御座候間、二三首もかゝせ御贈り可ㇾ被ㇾ下候。

この文面によれば、すでに次のようなことを真淵は真龍に伝えていることがわかる。京の有栖川宮が古学を好み、『冠

辞考』に感服されたこと、そして伊藤主膳なる人物が県居入門の誓約をしたことなどである。この伊藤主膳こそが尾張屋太右衛門のもう一つの顔だったのである。ともあれ、真龍も堂上歌人が真淵に入門することについては「驚入」り、「歓喜」している様子である。また、京における古学流行の兆しは真龍も感じており、万葉集を取り寄せた時に、京方の先約ゆえに返品願いの飛脚が来たというエピソードを紹介している。さらに、真龍は堂上派歌人伊藤主膳の手跡を無心しているが、これは必ずしも真淵の話に合わせているだけでもなさそうである。

当の真淵も堂上歌人に一目置かれていることを光栄に感じていたようである。有栖川宮家に伺候することも匂わせる内容を真龍に伝えていたと思われる。それは先の引用に続く書面に次のように記されているからである。

一、有栖川入道宮御在布（ママ）之内ニ志ニ登申様ニとの仰事かしこく〳〵、此事疑有。何卒〳〵初秋ニも相成涼しき頃ほひ御上京必々可レ被レ遊事、見付右近其外皆々願候御事ニ御座候。何卒御ともニ御加被レ下候ハヾ、重前之願ニ奉レ存候。後便ニ彼京方人之ありさま御聞セ可レ被レ下候。

真淵は有栖川宮より上京の依頼があることを伝えたことは確かである。初秋の涼しい頃に上京すべき由、真龍は返答している。「見付右近」は遠江見付天神神主斎藤信幸のことで、真龍と同じく遠江の県門仲間である。遠江の県門は一同あげて京の有栖川宮へのお供をさせていただきたき旨、懇願しているのである。引用文の末尾には伊藤主膳についてもっと知りたいと述べている。遠江在住の門弟にとって、真淵が京の堂上方に認められたことは非常に喜ばしく、幸せな時であった。

しかしながら、幸福はそう長くは続かなかった。真淵はこの書簡を受け取ったあと、行間にコメントを付して返送した。そこには京の堂上方への参向について、「此事疑有」と書き入れられていたのである。真龍へ返送された正確な月日は未詳とせざるをえないが、六月の中旬以降であることだけは確かである。というのも、そのころ伊藤主膳の化

けの皮がはがれたからである。真淵の庇護者にして町奉行与力加藤枝直の五月十九日付日記に次のような記述がある。(6)

一、昨夜景雄も信頼方へ来。有栖川宮家山本備前守よりの返書見せ候。先比岡部衛士方へ伊藤主膳と名乗有栖川宮御使之由。

鳥が鳴東のはてと思しに神代の道はとゞまりにけり

と、宮冠辞考御覧之御うたと衛士を悦ばせ候者之義。景雄より頼入候へば、一向似せ者之由。伊藤主膳は去月四日楠後文蔵と同道ニ而、楠後方立たる由。

昨夜とは五月十八日のことであり、信頼宅で兼題の歌会が行われ、枝直や小野古道などが出席している。信頼とは笹部信頼のことで、枝直の歌友であったようである。そこに景雄も来たというのである。景雄とは三島自寛のことで、幕府呉服師にして有栖川宮職仁親王の門弟、歌人である。やはり枝直と歌友の間柄であった。自寛が信頼宅に持ってきた書簡（有栖川宮家山本備前守）によれば、伊藤主膳とはまっ赤な偽者だったというのである。(7)真淵にしてみれば、『冠辞考』が宮様の目に留まり、それを賛美する歌まで拝領したのであるから、浮かれるのも無理はない。この歌には異同があり、次節以降にあげる資料で確認されたい。なお、「衛士」は真淵の通称である。また、日記の記述から伊藤主膳は四月四日に「楠後文蔵」とともに真淵を訪れた由であるが、「楠後文蔵」については、第五節で改めて問題にしたい。

この報告は五月十八日に自寛から枝直に報告されたが、すぐに真淵に伝えられたわけではなかった。しばらくしてから、自寛から直接真淵に伝えられたのである。しかし、すでにその時には主膳は江戸にいなかった。嘘がばれた主膳（太右衛門）は、六月十日に逃げるように松坂に帰ったからである。七月十八日付斎藤信幸宛書簡は、次のような文面が備わっている。(8)

一、最前度々被二仰下一候京之伊藤主膳事、段々つき合候へば不レ宜ものにて虚談も多、おのづから長逗留も成かね候て、もはや六月十日に出立罷帰候。拙者上京之事は近年上京之上に候へば願もいたしがたく、極老にも候へば必旅中病起も可レ有レ之、旁思切候事也。其上主膳たのみがたきものに候まゝ、此事は御捨可レ被レ成候。書状之度々繁文之上、無益事に候へば御返事も不レ申候。

「最前度々被二仰下一候」というところから、真龍のみならず信幸に対しても伊藤主膳来訪一件を伝えていたことがわかる。信幸の問い合わせに対して、真淵は逃れようのない事実を伝える。それが「不レ宜もの」という評価であり、「虚談も多」という認識である。主膳（太右衛門）がすでに六月十日に帰郷したことを記している。遠江県門一派にも触れてまわった真淵上京の件は、近年上方旅行をしたばかりであることと老身の病気ゆえに諦めたと記している。しかしながら、実際には「主膳たのみがたきもの」というのが事の真相であろう。上方旅行は五年前のことを指していると思われるが、決して近接した旅行ではない。後で見るように、真淵はこの六月には病床に臥せっているので気弱になるのはわかるが、それにしても、旅中の病気も最初からわかっていたことである。上京取り止めの理由は、ひとえに主膳に騙されたという一点に尽きるように思われる。別の見方をすれば、他の理由にかこつけねばならないほど、ショックが大きかったと考えることも可能である。騙されたことを知った後にも、その事実をすぐに信幸に伝えていない。この書簡のちょうど一月前に出された六月十八日付書簡は長文の書簡であるにもかかわらず、このことには一言も触れていないのである。(9) 真淵も事態を整理するのに時間がかかったのであろう。それほど期待が大きく、それゆえ失望も大きかったと推定される。

信幸宛書簡執筆と相前後して本居宣長から中元の祝儀金百疋が届いた。そこで真淵は思い至ったことであろう。宣長にもこのことを知らせなければならない。松坂に帰った主膳（太右衛門）が、今度は宣長を騙さないとも限らないと。

宣長宛書簡には日付がないので正確な執筆日は不明であるが、信幸宛書簡執筆とそう遠くない時期に書かれたものであろうと思われる。本文を次に引用することにしよう。(10)

先年貴地ニ宿候時、貴兄と共ニ被レ来候尾張屋太右衛門といひし人、今ハ京の有栖川宮に仕奉して、伊東主膳と申。今度用有て東行せしよしにて拙宅へ被レ問候。但最前上京之時同伴いたし候楠後忠蔵といふ町人と従来商之交深く候ニ付、彼忠蔵方ニ滞留ニ而、忠蔵前日来いひ入、翌日同道ニ而来候所、先年之様子ニも無レ之、京家之青侍風ニ成候而来候。さて拙流懇望之由ニ而、時々万葉会読ニも見え候。其間種々かの宮之事物語有レ之候まゝ、無二相違一事と存候処、末に至候而虚言も顕候ひし也。其後御当地に住候、御本丸之御服御用を勤る三嶋吉兵衛吉兵衛ハかの宮の御門弟、歌之方の事を世話いたす也と中人来候而、右之主膳事を宮の御役人へ問遣し候へバ、主膳といふ御家来なし。其上当時御家来ニ関東へ下し候者無レ之由申来候。其吟味ニ及候ハん所、右主膳もはや出立故無二其義一候。併此上かの宮より、其御地御尋有まじき事ニも無レ之候。此人何の故に拙らを偽もて調弄いたし候哉。其意難レ得候。学事ならバ、実を以とはば何の服蔵(ママ)なく談候ハん物を、既先年貴兄と同道ニ而、暫時ながら内談之上、於レ今無二間断一得二御意一候貴兄も有レ之候を、右之如くの虚談もて人をたぶらかせし事不審千万也。此人従来さる虚談を好む人にや。今ハ貴地に帰著、御面談も可レ有レ之事と存候へバ、大概を内々申進候也。

「先年貴地ニ宿候時」は、「松坂の一夜」にほかならない。その場ですでに宣長とも会っているのである。「最前上京之時同伴いたし候楠後忠蔵」の手引きによって、再び江戸で太右衛門に出会ったというのである。その様子は松坂で会った時と印象が異なり、「京家之青侍風ニ成」っていたという。松坂では商人の姿だったのであろうか。県門入門を「懇望」し、万葉会読にも来る熱心さがあった。有栖川宮のこともいろいろと話したので、間違いないと思っていたが、しだいに「虚言」を弄していることがわかってきたという。その後三島自寛がやって来て、主膳は身分詐称の輩であることが判明したのである。「宮の御役人」とは、『加藤枝直日記』に照らし合わせると、「山本備前守」ということになる。主膳を尋問しようとしたところ、すでにそれを察知して逃走したという。逃げ足の早さも特筆すべきものであった。最終的には、被疑者逃亡ゆえに沙汰やみになったのである。

真淵は主膳の行為をただただ不思議に思っている。というよりも、全く理解できていない。「其意難㆑得候」とは、狐にでもつままれた人の言葉である。人を騙す人がいるという人間認識が真淵にはない。せいぜいのところ「虚談を好む人にや」というのが、真淵の主膳に対する評価であった。古学と和歌への真実一路の真淵にとって、今までに会ったことのないタイプの人間であったにちがいない。『冠辞考』がいかにすぐれた書物であったとしても、それを著した人を騙す者もいるのである。ただし、それは必ずしも悪意があってのことかどうかは一概に言えるものではない。たとえば、三田村鳶魚氏はそのあたりの息づかいを次のように説明している。(11)

真淵はいい心持になっている際ではあり、京都の縉紳家の間に『冠辞考』その他の評判が、盛んなのでもあり、当時に顕著な宮様の御賞美と聞いて、信じないとはいいながら、そうしたこともないとはいえない、と思ったらしい。学者には案外に、一生稚気を失わない人が随分あるものです。必ずしも真淵が増長したとか、思い上りしたとかいいたくはない。その時子供らしい嬉しさが、身にも心にも充ち満ちたとでも申したい。尾張屋太右衛門も取り入るつもりで、喜ばれるままに思いのほかの深入りをしたものではあるまいか、お世辞というやつは、往々にして嘘や拵えごとになりやすいもの。太右衛門も跡の始末が出来なくなって、逃げ出したのでしょう。

事態の一面と人間心理の本質を言い当てたものと評してよかろう。主膳も悪意があったわけではなく、真淵も褒められて悪い気がするはずがない。その呼吸が話を大きくしてしまった。詐欺を働いたと騒ぎ立てるようなものではない、という解釈である。真淵も主膳もお互いに冷静な対応に欠けたというわけである。妥当な人間観察といってよい。だが、そのような余裕を真淵は持ち合わせていなかった。この一件に関する真淵の認識については次節で詳しくたどるが、万葉学の大学者にまで登りつめた真淵にとって、結果的にではあれ自分を騙す人間がいることなど、考えも及ばなかったのであろう。書簡でわざわざ宣長に注意を促しているのは、宮様からの問い合わせという差し迫った事情もあろうが、自分と同じ轍を踏ませないための師匠としての配慮と考えることもできよう。

三、伊藤主膳僭称一件の顚末と真淵の認識

有栖川宮家侍臣伊藤主膳こと尾張屋太右衛門は身分と氏名を偽って真淵に近づいたが、有栖川宮門人三島自寛が内偵したところ、偽者であることが判明した。その後、太右衛門は帰郷し、真淵は門弟筋に顚末を伝えた。一通り解決されたかに見える。ところが、ことが宮家に関わることであるだけに、少し厄介なことになった。それは真淵自身が記したとされる書付からうかがえるのである。前節が残存する証拠物件による事件の再現であれば、本節は被害者側の供述書といったところであろう。

書付は二点ある。一つは「伊藤主膳と申者之事」という題で、もう一つは「三嶋吉兵衛来候事」という題を有する。いずれも真淵の手記と伝えられている。そこからはこの一件に関するやや詳しい情報と真淵による事態の認識がうかがえるのである。少しずつ引用して検討したい。(12)

四月、深川蛤町ニ罷在候楠後忠蔵来、申候は、先年伊勢へ御越之時、松坂宿ニ而御逢被㆑成候尾張屋太右衛門と申者は、只今は京都有栖川宮様ニ御奉公申、其御用ニ而、去冬御当地へ下候。此人懸㆓御目㆒度と申候間、御逢可㆑被㆑下候と申。忠蔵は、我等心安方之者と而申込、其上右之如く、先年松坂宿一宿仕候時、其以前両人近付有㆑之、早

速旅宿へ来候次に、当所に本居舜庵と申医師と尾張屋太右衛門と申者、掛二御目一度と申込候而、右両人来り候。舜庵は学才も有者ニ而、其後半年ばかり過候而門弟入いたし、於レ今文通仕候。太右衛門は、其時漸廿余歳と見えて、一言も不レ申、舜庵と談候を聞居候迄ニ而、其後終ニ沙汰無レ之候キ。

主膳が初めてやって来たのが四月四日であることと「楠後忠蔵」が仲介者であることは、『加藤枝直日記』の記載で見たとおりである。ただし、ここでは「文蔵」ではなく、「忠蔵」となっており、前節で見た宣長宛書簡と同じく「忠蔵」の名称で統一されていることを指摘しておこう。また、主膳と忠蔵とは「松坂の一夜」の時には旧知であったことが記されている。なお、楠後忠蔵については第五節で詳しく検討することにしたい。次に、ここに宣長との「松坂の一夜」の折に主膳が同席していたこと、そしてその時にはひと言も物を言わず、宣長との対話を聞いているだけだったことなどが記されている。当時二十歳代であった（と真淵に見えた）ことなどは、主膳の履歴を伝える事柄であろう。真淵が宣長宛書簡だけでなく、手記においても「松坂の一夜」での主膳との出会いに言及しているのは銘記しておくべき事柄である。「松坂の一夜」とは、宣長との出会いの場であると同時に、主膳との出会いの場でもあったのである。その後、宣長は半年後に入門し、主膳は音沙汰がなくなった。ところが、久しぶりに忠蔵とともに県居にやってきて再会を果たしたのである。

併右之通、忠蔵申込候而、其翌忠蔵誘候而来り、目録ニ金百疋指出し、旅中ニ候へば、不備之束脩ニ候得共、向後古学御教を願候と申了候而罷帰候。其後、私宅ニ而、老後の慰ながら、職原抄万葉集等之事を、一月ニ三度づつ談候ニ付、門弟五六人も来候時に、右主膳も来候。其時申候は、私判《（ママ）》ニ出し候冠辞考を有栖川入道宮御覧候而、御称美之上、鳥が鳴東のはてと思ひしに神代之道は留れる哉、と候歌よみ被レ成候と申ニ付、私存候ニ、是は京都ニ而如レ此御詠被レ成べき事とも不レ存候得ども、先拙者ニ於て千万忝き御事ニ候と奉レ謝申居候。其後面談之度ニ、彼入道宮様之天下ニ勝給へる御器量御学才等之事吹聴申、又も右之御歌之事を申候間、然ば其許筆ニ而書て可レ給哉と申候へば、安き事とて、其席ニ而書申候。如レ此無レ憚書候を見、又惣而町人之体ニあらず、京家之侍風ニ而、よく京都之事をも存、有職歌道管絃饗膳等之事、あら〳〵ニハ候へ共、はし〴〵見聞知たる等、いか様無二相違一哉と打聞え候。

かくして主膳は再び真淵のところにやってきたが、今度は県居入門を希望する。「束脩」とは弟子入りする時に携える入学金のことだからである。「金百疋」は中元の祝儀に贈る程度の金額であり、束脩として設定された金額には不足だったのであろう。[13]「目録」とは入門の誓約書と考えるのが妥当で、県門では「宇計比言」と称する。[14]その後、月三回の『職原抄』や『万葉集』の会読の折には出席していたという。だが、ここから主膳の虚言が始まる。真淵著『冠辞考』を有栖川宮がご覧になり、「鳥が鳴」という歌を詠んでご称美になったと主膳が語り出したのである。真淵も喜びを隠しきれず、地方の門弟たちにそれを伝えたのは前節で見たとおりである。その後、何度も「鳥が鳴」の歌を披露するので、主膳にその染筆を依頼したところ、臆することなく書き付けたので、真淵は信用した。その風体も「京家之侍風」で京都のことに通じており、有職故実をはじめとする作法を一通りわきまえていたので、ますます信用してしまった。ところが、虚言もそう長くは続かない。

併心安き門弟と談候にも、猶真偽難レ知候間、若なるべき御事ならば、宮様之御染筆を頂戴仕度事など、何となくはなしいへるに、大方出来候はんまゝ、家司摂津守方へ可二申遣一と申。其後卅日バカリ過て、右之義申上置候と、京より文通有レ之由申、又よほど経て、京より御染筆下り候とて、会日之外ニ持参相渡し候。依レ之其可否は不レ知ども、御染筆と申ニ付、手水衣装改、席を去て頂戴仕候。さて開て拝見候ニ、尊貴之御筆跡とも不レ見。思ふに、最前は主膳手跡ニ似たりと、ふと被レ存候。其上、御染筆ならば諸大夫之添状も可レ有レ之、白木之筥にも可レ入を、ざつと上包のみせしま丶ニて持参申候。甚あやしけれど、愈々可レ争事ニもあらず、納め置て、心安き門弟一両人ニのみ為レ見候キ。

門弟の中には疑り深い者もいて、真偽を確かめるために宮様のご染筆を所望することにした。主膳は快諾して、三十余日という日数の後に宮のご染筆を真淵のもとに届けた。前節で確認したように、主膳が四月四日にはじめて訪れ、五月十八日夜に自寛の報告により身分詐称がばれたのである。もしこの三十余日という日数を正確なものとすれば、真淵および門弟たちは、かなり早い段階から主膳の言動を疑っていたと考えるのが妥当であろう。はたして宮様のご染筆とされた物は、主膳の筆跡に酷似しており、そこには添書きもなければ白木の箱にも入っておらず、きわめて疑わしい代物であることが発覚した。真淵はこのことをすぐには表沙汰にせず、昵懇の門弟にのみ真相を告げた。その中に加藤枝直が入っていたかどうかは不明である。この頃にはすでに真淵と枝直は疎遠であったとする定説に従えば、この一件を直接枝直に告げたとは考えにくい。だが、間接的に枝直はその情報をつかんでいた。五月十八日というかなり早い段階で枝直は知っていたからである。そもそも枝直は町奉行与力であり、かつて大岡越前守忠相の下で江戸八百八町の治安の維持に尽力した役人であった。この時にはすでに職を辞していたが、習い性となるの諺ではないが、不審人物の内偵を進めた人物としていかにもふさわしい[15]。

しかしながら、いかがわしいことが継起したのである。

其後虚実を伺居ども、随分前後無二相違一物語などいたし候中に、万葉第十三之始之中に、私考出し候新説之所、有栖川家ニ往古之御本有レ之、それを我等本へ校合いたし置候ニ全くかなひ候とて、称美いたし候。依レ之其校合本懇望いたし候へば、書損多くなど辞退申候へども、達而いひしかば、さらば為レ見可レ申とて罷帰候間、即家僕さし添遣し候を、二三日留置て見れば、先年我等方ニ而、門弟之聞て改候本と見え候。

真淵はご染筆の真贋を主膳に尋ねた。すると、それに関してつじつまを合わせる話をした上で、今度は万葉集巻十三の真淵説が有栖川宮家に伝来する本に合致すると称賛し出したのである。そこでその本を所望すると、主膳は書き損じが多いなどと固辞したが、真淵が強く希望すると、しぶしぶ承諾し、提出した。その本を二三日して見てみると、県居で門弟たちが校合した本だということが判明した。宮様のご染筆の次は万葉集有栖川宮家本である。嘘の上塗りとはこのことであろう。

主膳事、当七月中迄滞留と申候を、俄用事出来候間、近日出立と申候。さて右之本、決而拙之門弟之本と見受候間、家来ニ為レ持返し、向後無証拠之事は承知不レ致と書て、遣候へば、出立ニ取込候とて右御報不レ申と、口上に而申越候。其明る十日に出立、松坂へ帰候と申て、右忠蔵来候間、かの万葉之事を語候へば、それは、村田伝蔵が御会ニ而書入し本を拙者ニくれ候ニ而、主膳本は元来無レ之と申候而、忠蔵もあきれて帰候。

主膳もあやしい雲行きを察知したのか、七月帰郷の予定を繰り上げて帰り支度を始めた。真淵は主膳の提出した本について、「無証拠之事は承知不レ致」と書き送って怒りを露わにしたが、主膳は出発の準備に取り込んでおり、その詮議には応じかねると言って寄越したのである。その次の日には松坂への帰途に就いた。六月十日のことである。忠蔵はその間の事情を全く知らなかったようであり、万葉集有栖川宮家本の一件を知った時、あきれ果てたと真淵は記している。なお、ここに登場する「村田伝蔵」は県居門人録に出る「坂大学 村田伝蔵事」と記される人物と同一人物と目される。伝蔵は宝暦十三年に本居宣長が県門に入門する仲介の労を執った人物である。それが村田春海であるかどうかは不明と言わざるをえない。少なくとも明和五年秋の時点において、春海は柳営連歌師阪家に養子入りし、阪昌和を名乗っていた頃である。いずれにせよ、村田伝蔵が真淵説を書入れた本を忠蔵が譲受け、それを忠蔵宅に寄宿していた主膳が真淵に提出したということであろう。

主膳は逃げ足はやく、真淵が気がついた時にはすでに江戸を離れていた。四月四日に始まり、六月十日に終結した、足掛け三ヶ月の出来事であった。一つ目の真淵の手記はここで終わっている。それは伊藤主膳僭称一件の報告書の趣がある。かなり詳細な報告であり、事実関係が整理して示されているが、それだけではなく、この一件に関する真淵なりの認識が示されていると言ってよかろう。

さて、次にもう一つの真淵の手記「三島吉兵衛来候事」を見てみることにしよう。一つ目の手記との関係を明らかにする外部徴証はないと思われるが、時間的な連続性がある。前後二つに分けて検討したい。

　其後十二日が過て、三嶋吉兵衛に而候、懸二御目一度と申込候。拙者不快後に而、いまだ床も不レ離罷在、又未対面之人之指付て来ルには訳有レ之哉。有栖川宮御門弟とやらにも聞及候へば、主膳事も可レ問存、対面いたし候。さて吉兵衛懐中より書付を取出し、拙者は有栖川宮様之江戸御門弟之世話役被二仰付一候訳如レ此とて、其諸大夫より之文通を見せ候。此度伊東主膳といふ者、こなたへ来候而、宮様之家来之由申といひ、又宮様へ御歌之事を申候由伝承候。右者委は不レ申。一通京都へ申上候得ば、我等も元来不審有之候所、末に偽顕れしなど□候。主膳と申御家来も、又当時関東へ下し候御家来も無レ之由申来候と申。其者何方逗留仕候哉など申に付、我等方へは、深川之忠蔵、前日申込て来候由、上之如くはなし、最早十日に忠蔵方は出立いたし、木曾路を上り候由、昨日忠蔵来り物語候と申候へば、残念がり罷帰候。

冒頭の「十二日が過て」は詳細に過ぎ、誤写あるいは誤読の可能性が指摘される。ここは三田村鳶魚氏が「暫過候て」と読んでいるのに従いたい。先の手記の終りは六月十日の時点であったが、そこから暫く過ぎてと取るのが妥当であろう。六月中旬から下旬にかけての事柄と見て大過あるまい。自寛がお目に掛りたいと申入れてきたのである。真淵はそのころ病で床に臥せっていた。しかも自寛は面識のない人である。有栖川宮の門弟であることも聞き及んでいたので、主膳について聞いてみたいと思い、対面したという。真淵はこの時まで自寛を知らなかった。したがって、自寛を通じて主膳のことを調査することを依頼したのは、真淵ではなく加藤枝直である可能性がある。そう考えると、五月十八日夜という早い段階で枝直が主膳の正体を知り得たのは納得がいくというものである。ともあれ、調査報告が届いてから一ヶ月も経ち、主膳が逃げるように帰郷した後、ようやく真淵のところに自寛が訪問する。このタイム・ラグが発生した事情は未詳と言わざるをえない。自寛は懐中より書付を取り出して、真淵に主膳の正体を告げた。この「書付（諸大夫より之文通）」は、『加藤枝直日記』のなかの「山本備前守よりの返書」であろうか。その内容は、伊藤主膳はまっ赤な偽者であるという報告である。真淵自身も不審に思っていたが、虚偽が発覚したという記事を傍記している。本文は主膳の居場所に関する自寛の質問と真淵の返答が続く。すでに十日に出発し、木曾路を上ったと、昨日忠蔵が来て話していったと言うと、自寛は残念がって帰ったという。自寛が一ヶ月も経ってから真淵のもとに来たのも不思議であるが、主膳がいないとわかって残念がるのもいわくありげである。自寛は主膳を検挙しに来たのであろうか。そのことに関連して真淵は次のように述べている。

　其時拙者申候は、余り取ひろまらぬ様に執成給はれと申候。かく申は、我等はいふにたらねども、御家来之名出れば田安の御名も出、御迷惑いたし候間、いひにくきを曲て申候キ。其後又来候而、此度は上席になをりて居、両番以上之御旗本之体にて取成候而申に、主膳之書し歌之様を委く問て、物むつかしく聞候へば、其歌は焼捨申《決て御染筆ならねば、》候とあいさつ《老後忘れ候事多し》いたし候へば、さらば其よし書て渡せと申に付、拙者書ことはいたしがたしと申候へば、色々持参候歌を取出し、是にて御心覚の通り御考へ申候へと申に付、そらに覚え候通を申聞せ候。又之日に来候て、御意有て罷越候由申込候故、致㆓面談㆒候へば、又弥上座に居候て、宮様之御意有と申故に、宮様之御事なれば（以下欠損）

真淵は、この一件が表沙汰になった時に主家の田安家に迷惑を掛けることを心配して、自寛にも口止めをしている有様である。自寛は日を改めてやって来た。今度は少し尊大な態度である。「両番」とは、書院番組と小姓組の総称で、「旗本」は幕府直参の師で御目見得以上の者である。その形容から、自寛の居丈高な振る舞いが容易に想像されよう。そして、主膳の出した歌について執拗に聞いてきた。贋作なので焼き捨てたと答えると、その証文を書けというのである。書く書かないの問答の末に、例の歌を諳んじて事を収めることにした。すると再び別の日にやって来て、宮様の意向を受けてますます横柄な態度に出たというのである。手記は末尾に欠損があるので、最終的にこの件がどのように落着したかを明確に述べることはできないが、たび重なる自寛の訪問および尋問に、真淵は相当程度に困惑したはずである。欠損の理由は不明と言わざるをえないが、それを内容との関連で考えると、憚られることの記載があったことも推察されよう。いずれにせよ、縉紳家を巻き込んだトラブルであるから、その顚末は藪の中という他はない。

それでは、この二通の手記は何のために書かれたのか。真淵自身が騙された反省のために執筆したとするのは、近代的な解釈に過ぎるだろう。やはり誰かに提出するために書かれたと考えるのが順当であると思われる。そこで、執筆理由と提出先を推定するにあたって、先の二通の手記と共に伝来した書簡を下敷きに考えることにしよう。七月七日付自寛宛書簡である。自寛宛書簡は次の通りである。

　　三嶋吉衛兵様　御許　　　　　　岡部衛士

御紙面之通、此度之儀可ㇾ及二公裁一候半と存候。然者
田安御役人中江可二申上一候。今と成て、諸事其許へ可ㇾ談事に無ㇾ之候。以上

　　七月七日

　追而焼捨不二焼捨一訳も……右御役人中迄申上事ニ候。以上

文面が短くて文意も不明瞭である。要するに、今回の件について、自寛側の調査に基づいて有栖川宮家の方から公に

するのではなく、真淵の側の田安家の方できちんと処理をしたいので、関わりはこれでうち切りたいということであろう。冒頭に「御紙面之通」とあるところから、これに先立って自寛は主膳を公儀に訴える旨の書状を真淵に渡していたのであろう。二通目の手記に明らかなように、自寛はこの件で少なくとも三回、真淵宅に訪れている。もちろん推測の域を出ないが、三回目の訪問の時に、自寛は公儀への訴え状の写しを持参した可能性がある。真淵はこの件が宮家の側で公になるのは、主家である田安家に迷惑をかけることになると思い、自寛の関与をうち切りたいと提案したと見ることが可能ではないだろうか。また、追記には、何かを焼き捨てるのも焼き捨てないのも、田安家のお役人に申し立ててからの処置となる、と書いている。先の二通目の手記との整合性を考えると、焼き捨てるかどうか問題になっているのは、宮様ご染筆の贋作ということになるだろう。その処理については、田安家のお役人に判断を仰ぐと述べているのである。極めて事務的な内容であるが、この件が煩わしいことに発展するのを回避するために書き送った書簡であろうかと思われる。かくして被疑者逃亡のまま、事態は粛々と収束の方向に向かった。なお、田安家の公的な事柄を記した『田藩事実』には当該記事はない[16]。

以上、真淵の手記を精読することによって、この一件についての詳細とその顛末をたどり、真淵の認識を垣間見ることができたと思われる。

四、伊藤主膳僭称一件の伝播

有栖川宮家や田安家を巻き込んで表沙汰になった一件が、その後公儀においてどのように評定されたのか、未詳である。咎人たる主膳は江戸を去り、騙された当事者の真淵は主家田安家との関係で内々に解決を図ろうとする空気を読み取ることもできよう。あとはもう一方の当事者たる有栖川宮家がどのように対応するかにかかっている。ところが、騙された側の当事者二人は、ともにほどなく没しているのである。真淵は明和六年十月三十日に死去し、有栖川宮職仁親王は明和六年十月二十二日に薨去している。同年同月に没しているのは奇妙な符合であると言ってよい。事件が表沙汰になって一年後のことである。両者が身罷ったこと、とりわけ親王の薨ずるに及んで、この一件は闇から闇へと葬り去られたのかもしれない。公的な評定については、記録類の博捜によっていずれ明らかになるだろう。

ところで、真淵がこの件について私的に箝口令を敷いたかどうか定かではないが、真淵が主膳に騙されたことは、江戸や京都で話題になったようである。それは橋本経亮の随筆『橘窓自語』巻二に次のように紹介されていることからもわかる(17)。

〇ある人、賀茂真淵に、

鳥が鳴東のはてと思ひしに昔の道の残りけるかも

時の有栖川宮の歌なり。江戸に真淵のあることをきこしめしてよみ給ふ也、といひしかば、真淵すきの道にひきいれられて、其人にてらひものなどあたへて、都にものして宮の御まへにも参らんとねがひしとなり。此人真淵が古風の心をおこさんとするより、たばかりてものとりたる也といへり。その人の名は忘れたれども、ありつることはたがはざる也。

随筆の筆者橋本経亮は社家の正禰宜であり、非蔵人として宮中にも出仕した人物で、地下の有職家として知られた。また、小沢蘆庵門の歌人でもあり、伴蒿蹊など京の歌人・文人との交流も広かった。『橘窓自語』は享和元年の成立であるが、宝暦十年生まれの経亮がこの逸話をリアル・タイムで知ったとは考えにくい。数え年九歳の時のことだからである。もう少し時間が経ってから知ったとするのが順当であろう。とすれば、京都において真淵が有栖川宮門人を名乗る者に騙されたことは、しばらくの間うわさ話として広まっていたことになる。経亮は神官であると同時に地下歌人でもあったので、どのルートから話を聞き及んだのかを特定することは難しい。だが、経亮がこの話を知っていることから、騙された当事者二人が没した後も京都で語られていたと考えられる。その内容は、大枠においてかの一件をなぞってはいるが、主膳の名が落ちていたり、真淵と主膳が実は旧知の間柄であったことについては、全く触れるところがない。この固有名（主膳）に対する関心の低さは検討に値する問題である。それが話の性質の問題なのか、それを書き留めた経亮の問題なのか、俄には判断しかねるところであるが、いずれにせよ、主膳は話の背景に埋没していることが確認できたと思われる。

また、話のポイントは真淵が把握し手記に記したものと微妙にずれており、いかにも面白おかしい話に仕立てられている。その中で最も顕著なエピソードは、真淵が「ある人」のおだてに乗って物を取られたことである。かの一件は主膳が身分を詐称したことによって、いわゆる「天一坊事件」のような扱いを受けたのであって、物を取られた詐欺事件とは見なされていない。少なくとも真淵の手記から読み取れる範囲では、単純な詐称事件である。もちろん、官名詐称は重罪であり、当時の法度では死罪に相当する。将軍家ご落胤を名乗った源氏坊天一は享保十四年四月に死罪獄門に処せられている。ことほど左様に官名詐称は天下を揺るがす咎と見なされたことは事実である。ともあれ、詐称はあったが、詐欺はなかった、というのが真淵の手記からうかがえる事柄である。

しかしながら、詐欺行為が全くなかったとはいえない。うわさ話の中にこそ真実が隠されるということもある。というのも、真淵は手記の中では上京して宮様の御前に伺候することなど一言も記していないが、真龍書簡によれば、確かに真淵は上京と伺候の由を伝えているからである。(18)嬉しくなって郷土の門弟にその旨報告したのである。京での噂にはその辺りの事情が的確に盛り込まれ、経亮もしっかりと書き付けている。おそらくそれが「話」というものの本質であろう。「話」におけるそういった性格を勘案すれば、真淵自身は告白していないが、詐欺行為はあったとする見方もできよう。とにもかくにも、ここで語られている話は一面的であるけれども、真相をうがった側面があることも事実である。

さて、この一件は京都だけでなく江戸においても記されることになる。清水浜臣『泊洦筆話』六「県居翁へ有栖川家より御歌給ひし話」である。前後に分割して引用することにしたい(19)。

> 県居翁江戸へ下られてより、復古の学、これが為に一新し、『冠辞考』を刊布せられて、時の人はじめて古言の学といふ事をわきまへり。或日京家の青侍と見えて、従者数輩美々しくよそほひたるが、翁の許に訪来ていひ入けるやう、「是は有栖河家職仁親王よりの御使、伊藤主膳といふ者なり。わぬし古言の学に心を深めて、近来著述の書多かる中に、此頃刊布せる『冠辞考』、おふけなく親王のみそなはし給ひて、いたくめで悦ばせ給ひつゝ、のたまふやう、「あはれ吾嬬の果にかゝる言の葉のおくかをとむる者もありけるよ。いかでとひ往てその有さま見てまゐれ。又此歌とらせよ」とのたまはせしかば、まかり下りたる也」とて、こと〴〵しうやうだいして、紫の服紗よりとうでたる御歌を見れば、陸奥紙の厚こえたるを中より折て
>
> 　鳥がなく吾嬬の果と思ひしにみやびの道はとゞまれる哉
>
> とぞあそばされける。四句神代の事はといひ伝ふる人もあれど、おのれまのあたり其歌を見たるにかくぞ有し

冒頭に真淵の国学上の功績を讃える文を置いて始めている。浜臣は県門村田春海の門弟であり、文化年間より真淵および県門を顕彰するために、『県門遺稿』なるシリーズを編集し、万笈堂英平吉より刊行している。この『泊洦筆話』にも、至るところに県門国学者を紹介する文章を載せている。この段もその流れを汲むところである。ここの執筆時期は明らかではないが、『泊洦筆話』は文化十年に刊行の計画が持ち上がったものである(20)。最終的には刊行されなかっ

たが、すでに成稿されていたと考えてよかろう。なお、これに先立って享和元年に浜臣は真淵旧蔵書を真淵の孫岡部平三郎より購入している。(21) この段の記事も旧蔵書に基づいて記しているものと思われる。詠歌の第四句の異同を注記した割注に、「四句神代の事はといひ伝ふる人もあれど、おのれまのあたり其歌を見たるにかくぞ有し」とあるからである。真淵の手記とともに伝来したものは異本の本文に近いが、浜臣の見たものはそれとは別系統の真淵旧蔵書かもしれない。(22) ともあれ、この段の記述は真淵旧蔵書を元にしているゆえに、詳細にわたっているのであろう。浜臣は安永五年生まれであり、主膳一件の起きた年には生まれていないのである。本文に話を戻せば、さまざまに固有名が明確に記載されている。『冠辞考』が称賛されたこと、伊藤主膳という「京家の青侍」、そして先ほども指摘した詠歌の異文注記などである。もちろん、それらは真淵の手記と完全に一致する特徴ではない。それに、主膳の台詞の中身が妙に詳しいところなどは、多分にデフォルメされた形跡と認めることができよう。話としての一貫性を保つことと、達意の文章に仕上げる意図から、真淵旧蔵書による正確な情報に基づきながらも、辻褄を合わせるために作文したものと受け取れるのである。このような作為の跡は、当然のことながら、後半の記述にも見出すことができる。

翁も身に余るうれしさに、めいぼくを施して、御使をば何くれともてなし帰しやりて後、日頃へだてなうとひくる人〴〵をつどへて、「かゝる事こそあなれ。いとうれしき事ならずや。たとひ我輩、いかに復古の学を唱ふとも、やむごとなき雲の上人に其御心ざしあらずは、学の道広く天の下におこなはるゝ事かたかるべし。さるに今、此親王のかくまでおぼし入たるは、我学の道の広く天の下に行はるべきはじめ也」と悦ばれつゝ、とひ来る人ごとに語られしを、三島景雄（俗称吉兵衛。後剃髪号㆓自寛㆒）有栖川家の御門人にて、関東の歌目代を蒙り居しが、はやく人ありて此事を告る有けり。景雄「いぶかしき事也。いかでさる事有ん。その御使といふはいみじき盗人也。親王の御為聞捨がたし」とて、「その由都へ聞え上ん」と怒りけるを、翁聞つけて大きに驚かれつゝ、「さるは我あざむかれしならん。

其御使のもとにとひ正すべし」とて人をやられたれば、「とく逃失てあらず」といふに、いみじき事ざましになりてやみにけり。いかなる者の業ならん。狂惑のやつもある者也。

手記によれば、主膳のことは一握りの限られた門弟にのみ語ったことになっており、真淵は主膳をかなり早い段階から怪しいと思っていたことになっている。ところが、ここでは来訪する人ごとに、真淵自身の京都での評判を吹聴してまわったことになっている。また、ここの記述からは、真淵が主膳を疑う気配は全く見受けられない。主膳の虚言を根っから信じ込んでいる様子である。当然手記はリアルではあるが、『泊洦筆話』の方が話としてのリアリティーが高いと言えるかもしれない。そうして、自寛の登場である。「はやく人ありて此事を告る有けり」とは、枝直が自寛に主膳の内偵を依頼したことを指していると思われる。自寛の怒りようと執拗な追及は手記にも明らかであったが、それを聞いた真淵が大変に驚き、そこではじめて自分が騙されていた事実を知ったという描写は、真淵がうすうす主膳を疑っていたとする手記と齟齬するものである。また、自寛がやって来てから主膳が逃げたことが判明したという書き方も、手記の記述に反するところである。もし浜臣が手記に類するものから情報を得ていたとするならば、細部の黙殺と話の単純化とによって、ゴシップとしての完成度は飛躍的に上がったということになるだろう。それは騙す不届き者と騙される学者というコントラストである。最後に主膳を「狂惑のやつ」と呼ぶが、それは浜臣の判断にほかならない。この評によって話が完成するのである。

以上、京都と江戸において、事件発生から五十年ほど経過してから書き記された文章を二つ検討した。この二つは文章の長さも違えば、情報量も違うので、一概に言うことは難しい。しかしながら、国学史上の事実としてこれを眺めるならば、この二つの文章には欠けている観点がある。それは、主膳が真淵と旧知であり、しかもはじめて会ったのが「松坂の一夜」であったという事実である。二人の筆者はそれを知っていたのか、それとも知らなかったのか。

いずれにしても、経亮も浜臣も真淵と宣長の出会いなどに関心などなかったのかもしれない。「松坂の一夜」は江戸時代には鈴門でのみ伝えられ、全国的には近代になってから広められた逸話だったからである。「松坂の一夜」に身分詐称を働く不届き者が居合わせていた、という事実は、国学継承の正統性を疑わない者にのみ衝撃を与え、知らなかったことにしたい事柄なのである。おそらく同時代の鈴門外の人々にとっては、重大な意味を持つ事態ではなかったことであろう。

「松坂の一夜」と主膳をめぐって、もう一つ重要なことがある。それは主膳を真淵に引合わせた人物であり、次節にて縷々事実考証することにしたい。

五、「楠後忠蔵」とは何者か

伊藤主膳僭称一件を誘発した人物、「楠後忠蔵」とは何者なのか。本節はこれを楠後文蔵忠積であるという仮説を提出したい。この仮説をいくつかの論点で検証することにしよう。

それに先立って、楠後文蔵忠積の素性について述べることにする。忠積は、賀茂真淵が出府した折に庇護した村田春道の弟で、春海・春郷兄弟の叔父に当たる人物である。春海の門弟である小山田与清によれば、「楠後《クスジリ》文蔵忠積《タヾツミ》といへるは村田春道の弟なるに、他《ヒト》の家にやしなはれければ、楠後氏をば名のれる也」と述べている。(23)また、元文二年正月八日付の『武江日記』には「村田元斎殿、元斎嫡子村田治兵衛殿、同二男クスセ文蔵殿」とある。(24)「クスセ」とあるのは楠後の誤記か、あるいは楠背（＝楠後）の読みかは不明であるが、いずれにしても村田家の次男で他家へ養子入りした事実は揺るがないと思われる。村田家の次男が養子入りするのは、同時代の商家の風習に従ったものであり、春海も柳営連歌師の阪家に一時期養子入りしていたことも傍証となる。

この楠後文蔵忠積が、真淵が手記および書簡に記した「楠後忠蔵」と同一人物である可能性を探ることにしよう。まず誰もが気付くことであるが、氏名の酷似である。氏は同じであり、称と名がわずかに異なる。いわば「文蔵」という称と「忠積」という名を混同し、「忠蔵」と誤記した可能性は高い。真淵は時として人名の表記を誤ることがあり、これもその類いと考えても齟齬はないと考えられる。第二節で引用した『加藤枝直日記』には「楠後文蔵」とあるところから考えて、やはり誤記の可能性は高い。もちろん、この氏名の酷似という項目のみを両者が同一人物である根拠とすることも必ずしも不可能ではないが、それはあまりにも乱暴で危うい議論ということになるだろう。以下にその裏づけとなる事柄を二点指摘して同一人物説の根拠としたい。

一つ目は楠後文蔵忠積を松坂に随伴させた可能性である。真淵が旅中に詠んだ長歌「富士の嶺を観てしるせる詞」の識語に「宝の暦十まり三とせの春、春郷春海等と大和へまかる時に、此みねを見さけながらにして、しるしぬ」とある。[25]「春郷春海等」というところから、随身は春郷と春海以外にもいたことがわかる。そして、それは真淵が宣長宛書簡の中で「最前上京之時同伴いたし候楠後忠蔵といふ町人」と記しているように、楠後忠蔵であるということになる。「楠後忠蔵」が春郷と春海の叔父楠後文蔵忠積であるとするのは、非常に納得のいく話である。つまり、真淵が随伴した者は村田家一族だったということである。そういった意味でも、「楠後忠蔵」を村田家次男の楠後文蔵忠積であると考えるのは妥当性が高いと言えよう。真淵が「忠蔵は、我等心安方之者と而」と記すのは、村田家出身であることを勘案すれば納得のいくところである。先にも述べたように、村田家は真淵が出府の折に庇護した家だからである。

二つ目として、「楠後忠蔵」が居住する場所を問題にしたい。真淵の手記の冒頭に「四月、深川蛤町に罷在候楠後忠蔵来」と書かれていた。ここから「楠後忠蔵」は深川蛤町に住んでいたことがわかる。そこで、深川蛤町という住所から村田家との関係を追究してみたい。[26]

深川蛤町は江戸時代初期（寛永～慶安期）に成立した海辺新田で、①永代寺門前仲町南裏通り・②深川大島町北続・③深川北川町続・④深川寺町裏続の四箇所に分散して点在していた。①は蛤町一丁目および二丁目の俗称があった。②は内藤外記の所有地を並木甚太夫が譲受け町人の持ち地となった。上二丁目と俗称される。以上の続きは浜十三丁の一つに数えられ、漁師が住む土地柄であったとされている。③は町人孫三郎が買受け、蛤町三丁目と俗称される。ここは代地である。④は小川新九郎が買受け、それを次右衛門が譲受けて町屋となる。干鰯問屋が集住していたことから、江川場・干鰯場とも称した。この四箇所にまたがる深川蛤町は、明和五年の段階で存在していた。というのも、出雲寺和泉掾蔵版の「本所深川細見図」（明和五戊子年月改）を見ると、この四箇所に蛤町の地名が記されているからである。[27]したがって、当該一件が起きた明和五年には上記四箇所の蛤町が存在していたということになる。ということは、「楠後忠蔵」が深川蛤町のいずれの場所に住んでいたのかを絞込み、明確にすることは難しいと言わざるをえない。それゆえ、多くの飛び地にわたる蛤町という場所自体から、「楠後忠蔵」の属性を導き出すことは困難である。しかしながら、深川蛤町という町は上記の成り立ちから考えて、ある職種と結びついた土地柄であったと言えそうである。言うまでもなく、それは水産関係の職業である。①と②は漁師町という土地柄、④は干鰯問屋の集積地であった。③は代地なので、その性格は不明瞭であるが、町の二方向が堀に面しているので、海運と関係が深いと考えるのが妥当である。また、蛤町が所在する深川南側は宝暦・明和年間においては、「波ヨケグイ（波除け杭）」を建て、「アミホシバ（網干し場）」を設けるべき土地であったという事実が佐脇庄兵衛彫・須原屋茂兵衛版の「分間江戸大絵図」（宝暦十三年癸未毎月改）より判明する。[28]それは港湾機能（漁港）を備えた場所であったことを意味する。つまり、宝暦・明和年間という時期に限定して見れば、そこは漁業・水産・海運などの業種の集積地であったということである。[29]そうであれば、

「楠後忠蔵」もそのような業種の家であったと考えるのが順当であろう。

ひるがえって楠後文蔵忠積の実家村田家は、日本橋小舟町で両替商をするかたわら、深川森下町（本所猿小橋向六軒堀）で干鰯問屋を営んでいた豪商であった。(30)養子縁組するにあたって漁業・水産・海運などの業者をえらぶのは、当然の成り行きであると考えられる。そういった意味でも、「楠後忠蔵」は楠後文蔵忠積である可能性が高いと思われるのである。そうであれば、すでに元文二年には養子入りしているはずの文蔵が、宝暦十三年になっても村田家と行動を共にしているのは、同業者ならではの付合いと考えると納得のいくところであろう。

伊藤主膳僭称一件の仲介者「楠後忠蔵」が、村田家次男で楠後家に養子入りした楠後文蔵忠積であるということは、ほぼ立証されたと思われる。そこで、忠積についてもう少しその輪郭をはっきりさせておきたい。まず、忠積は養子入りした後も村田家と親交があったが、村田家の人々と同様に詠歌を趣味にしていたのである。含章斎赤井一貞が編集した『四季歌集』によれば、村田春道・村田直女とともに楠後忠積が詠んだ歌が収録されているのである。(31)それは次のような歌である。なお、『四季歌集』は延享三年六月二十五日付の識語を有するが、編集自体はかなり恣意的であって、系統的に収集したものではなさそうである。

春はきぬまたるゝ花の梯もかすみにこもる三よし野ゝ山（春歌）
ほとゝぎすかたらふこゑはさやかにて月のほかなる有明の空（夏歌）
あはれやは浅茅がやどの宵々にかれなでしづの衣打こゑ（秋歌）
小夜ちどりつれなき妻を大淀のうらみてやなく波のよる〳〵（冬歌）
末つ井にあふせもあらば名取川かくあだ波の立もいとはじ（恋歌）
はる〳〵とこえきてみれば故郷をへだつる山もあとのしら雲（雑歌）

あふげ猶みやこもひなも敷嶋のみちある御代のひろきめぐみを（祝歌）

二条派の正風体を規範としたような特徴のない詠風であり、堂上・地下を問わず当時の歌壇の最もスタンダードな詠みぶりということができよう。ここには後に真淵と行動を共にする古学家一族の面影はない。

さて、このようなプロフィールを持つ忠積であるが、太右衛門との交流はいかなるものであったのだろうか。真淵は宣長宛書簡のなかで太右衛門が「忠蔵」と「従来商之交深く候」と述べているところから、太右衛門も忠積と同じく漁業・水産・海運関連の業種に就いていた可能性が指摘される。松坂商人であった尾張屋太右衛門は、「漸廿余歳と見え」る頃から江戸に出て、深川蛤町の楠後文蔵忠積と商売の上で深い交流を持っていたということである。ただし、太右衛門の商売の種類は必ずしも忠積の業種と同じである必然性はない。いわゆる商売つながりであればよいわけである。いずれにせよ、太右衛門と忠積との関係は「松坂の一夜」以前から商売の上の深い交流があり、「松坂の一夜」で太右衛門を真淵に引合わせ、その五年後に再び太右衛門を浜町の県居に連れていき、結果的に僭称事件を誘発してしまったのである。

それでは太右衛門と真淵を引合わせた楠後文蔵忠積に僭称一件に関する罪はあるのだろうか。結論を先に言えば、当時において文蔵の罪が問われた形跡はない。また、法律の不可遡及性を無視して現代の法体系に照らし合わせても、文蔵に罪はないと思われる。まず、文蔵には真淵を騙す意思はなかったはずであるから、太右衛門との共同正犯は成り立たない。それに文蔵には真淵を騙すことによって得られる利益もなかった。意思も利益もない人間を共同正犯の罪に問うことは不可能である。次に、文蔵にとって太右衛門の行動が予想できたかどうかということが問題になる。文蔵は太右衛門とは旧知の関係であり、太右衛門の出自も知っているはずである。だから、有栖川宮家に仕える青侍になったという事実を疑っても不思議はない。しかしながら、文蔵にはそれを疑っている節が見当たらない。つまり、文蔵は太右衛門の言葉を信じているると考えるほかはないのである。そうであれば、文蔵に太右衛門が真淵を騙すことを予測することは不可能ということになるだろう。したがって、文蔵の未必の故意を立証することはできない。言ってしまえば、文蔵も騙された被害者なのである。

だが、文蔵に道義上の責任が問われる可能性までぬぐい去ることは難しい。先にも記したように、文蔵は太右衛門を真淵に紹介し、結果的に事件を誘発してしまったからである。結果責任を負う義務はある。現代的な感覚で言えば、少なくとも説明責任を果たす義務がある。ところが、それもできない。事件自体が沙汰やみになったこともあってか、文蔵のその後は杳として知れないからである。文蔵だけでなく、太右衛門の消息も不明である由、先に確認した通りである。さらに、この年の九月には村田家跡取りの春郷が三十の若さで死去しており、翌年七月には村田家当主春道、同年十月には真淵が相次いで亡くなっている。なお、有栖川宮職仁親王も真淵と同月に薨去している。あたかも呪いにでも掛かったかのように、事件の関係者が次から次へといなくなったのである。かくしてこの一件は多くの謎を残したまま、被疑者の逃走と被害者の死亡により迷宮入りとなった。「松坂の一夜」の影は、闇から闇へと葬り去られたのである。

六、おわりに

「松坂の一夜」とは、真淵と宣長という師弟が一期一会を果たし、上代研究とりわけ古事記研究の重要性を教授された出来事である。それが近代になると、その事実をはるかに越えて、国学史上の系譜の正統性を保証する事件となった。しかしながら、それらはいずれも後になってからの解釈に過ぎない。

宣長は宝暦十三年五月二十五日付の日記には、ただ「岡部衛士当所一宿《新上屋》、始対面」と書き記すのみである。[32] 古事記研究の重要性が説かれたことなど、どこにも記していない。それから三十余年の歳月を経て、宣長は真淵の言葉通りに『古事記伝』を完成させた。それと相前後して三十余年前の出来事を記している。宣長はこの一夜を回想し、美しい思い出として『玉勝間』に記しているが、逆に振り返るのに三十年以上の歳月を要したとも言える。時間の浄化を受けて、美しいものだけが思い出として甦ったのである。その間の宣長の研究生活は実に充実したものであった。そうであったからこそ、あの一夜を思い出すことができたのであろう。過去の一時点は、振り返る現在にとって意味あるもののみが現在との関係で位置づけられる。出来事が起こった当初から不変の意味を持つ事件など存在しない。そもそも歴史記述とはそのようなものである。宣長自身が意識するしないにかかわらず、「松坂の一夜」の回想は『古事記伝』の完成という出来事を、より意味のあるものにするために一役果たしたことは間違いない。逆に『古事記伝』が完成したことによって、「松坂の一夜」は振り返るに足る思い出になったとも言える。しかしながら、それは宣長の視点に立って見た「松坂の一夜」に過ぎない。真淵の側に立ってこれを眺めると、全く異なる様相を呈するのである。伊藤主膳の一件を経験した晩年の真淵にとって、「松坂の一夜」とはきっと振り返りたくない思い出だったに違いない。あのいまわしい事件の序曲となったからである。実際のところ、真淵が主膳一件を語る時には、つねに「松坂の一夜」に言及している。そういった意味で、宣長と真淵は「松坂の一夜」という時空を共有していながら、その記憶は全く異なるものになったのである。

近代になり、佐佐木信綱が「松坂の一夜」を執筆した時には、すでに国学四大人観というものが共通了解として確立し、国学を語る際の定見となっていた。[33] それは荷田春満・賀茂真淵・本居宣長・平田篤胤という、国学史における頑強な系譜であった。なかでも、その要となるのが真淵と宣長との結びつきだったのである。同郷出身の信綱はその結びつきに「松坂の一夜」という物語の枠を与えた。すると、その物語の中で国学史観という結晶が凝結した。その結果、「松坂の一夜」は麗しい師弟の出会いという物語を越えて、国学史上の師資相承という大事件となったのである。それは、ただでさえ頑強な国学四大人観という紐帯をより強固なものにした。その後、「松坂の一夜」はリライトされ、尋常小学校の国語読本に掲載されたことは本章冒頭で述べたとおりである。戦前戦中において、この物語は国民国家の基底をなす共通認識として繰り返し語られることになった。

信綱は「松坂の一夜」を美しい物語として記したが、学者として正確さと厳密さを盛り込むことにも配慮した。話の出典を明らかにしていることもさることながら、本章冒頭で確認したように、付記の中で尾張屋太右衛門の同席を明示しているのである。それは必ずしも物語にとって都合のいいディテールではない。むしろ物語展開上の不純物、「松坂の一夜」の影であった。だが、「松坂の一夜」の実像とは、影も含めて「松坂の一夜」である。信綱はおそらく虚像を描こうとしたわけではない。我々があの物語を読み終わって結ぶ残像を実像と勘違いしているだけである。本文を読み終えて付記を見れば、信綱が「尾張屋太右衛門」に言及していることに誰しも気がつくであろう。「松坂の一夜」には、灯火に照らし出されない影法師もいた。それが信綱の付記に込められた意味ではなかったか。本章において、伊藤主膳僭称一件の顛末の一端を諸資料により明らかにしたことにより、「松坂の一夜」の意味が揺らぎ出すに違いない。

なお、「松坂の一夜」を経た真淵と宣長のその後のエピソードを一つ記して本章を閉じることにしたい。宣長は真淵の薫陶を受け、『古事記伝』執筆を遂行するが、それが完成間近の寛政五年四月、妙法院宮に拝謁する機会を得る。その評判が宮様の耳に入り、はれてお召しに与ったのである。宣長の歓喜は想像に余りある。『冠辞考』上梓によって真淵は騙され、『古事記伝』上梓によって宣長は本当に宮に召された。『古事記伝』執筆が真淵の教示によって始まったのであれば、「松坂の一夜」の後に二人がたどった運命は皮肉という他はない。

〔注〕

(1) 「松坂の一夜」は佐佐木信綱著『賀茂真淵と本居宣長』（広文堂書店、大正六年四月）に所収される。また、『尋常小学国語読本』巻十一（大正十一年十二月）の第十七課に「松坂の一夜」が掲載された。なお、「松坂の一夜」の実体に迫った論文として、岩田隆氏『宣長学論究』（おうふう、平成二十年三月）第一章「賀茂真淵との邂逅に関する論説」「「松坂の一夜」私見」がある。当該論文は口頭発表の折には「その夜「新上屋」で何が語られたか」という副題が付されており、残存資料の徹底した読み込みによって、伝説化した「松坂の一夜」を史実として検証する画期的な論文である。本章はこれを受け、主として真淵側の資料の読解によって、「松坂の一夜」外伝を目指したものである。また、「松坂の一夜」の受容史については拙著『本居宣長の大東亜戦争』（ぺりかん社、平成二十一年八月）第三章「近代宣長像の形成と変容（上）——「松坂の一夜」伝説の成立」参照のこと。

(2) 『玉勝間』二の巻「あがたゐのうしの御さとし言」などに記される。

(3) 大正六年初版本より引用した。なお、再版本『増訂賀茂真淵と本居宣長』（湯川弘文社、昭和十年一月）は「国文学史」が「国学史」に改められている。前掲岩田論文参照。

(4) 山田勘蔵氏採録『資料集録』（本居宣長記念館蔵）に土地の売買証文が載る。

(5) 岩崎鐵志氏『内山真龍―したたかな地方文人』（天竜市役所編『天龍市史』別冊、昭和五十七年三月）より引用した。

(6) 東京大学史料編纂所蔵『加藤枝直日記』第二冊。なお、当該箇所の一部は揖斐高氏『江戸詩歌論』（汲古書院、平成十年二月）第四部「江戸派の展開」第一章「江戸派の揺籃―賀茂枝直と賀茂真淵」に紹介されている。

(7) 盛田帝子氏「賀茂季鷹の生いたちと諸大夫時代」（『語文研究』八十六・八十七号、平成十一年六月）によれば、山本備前守は賀茂季鷹の由である。

(8) 『賀茂真淵全集』第二十三巻（続群書類従刊行会、平成四年一月）。

(9) 注(8)に同じ。
(10) 『本居宣長全集』別巻三(筑摩書房、平成五年九月)。
(11) 三田村鳶魚氏「瞞された真淵」(『三田村鳶魚全集』第十七巻、中央公論社、昭和五十一年九月)。
(12) 『本居宣長稿本全集』第二輯(博文館、大正十二年八月)より引用したが、適宜三田村氏「瞞された真淵」所引のものにより校訂した。なお、原本は大国魂神社の猿渡盛厚宮司蔵の由であるが、同社現蔵か否かは不明の由である(大国魂神社社務所広報課)。
(13) この年の中元の祝儀として宣長が真淵に「金百疋」を贈っている。前掲注(10)書簡。
(14) 『宇計比言』は一時期清水浜臣蔵となるが、国立国会図書館現蔵。伊藤主膳のものは伝存しない。
(15) 枝直は宝暦十三年に七十二歳で職を辞している。
(16) 国文学研究資料館寄託田安徳川家蔵本による。
(17) 『日本随筆大成』一期四巻(吉川弘文館、昭和五十年五月)。
(18) 前掲注(5)書簡。
(19) 『新日本古典文学大系』第九十七巻(岩波書店、平成十二年五月)より引用した。
(20) 万笈堂英平吉和書目録の刊行予定書目として「泊洦筆話」の名が見えるが、前後の書目の出版時期から考えて文化十年前後頃と推定されている。丸山季夫氏「泊洦筆話」解題(『日本随筆大成』一期七巻、吉川弘文館、昭和五十年七月)参照。
(21) 丸山季夫氏『泊洦舎年譜』(私家版、昭和三十九年二月)参照。
(22) 大国魂神社猿渡宮司蔵幅には、「鳥がなくあづまのはてとおもひしに上代の道はとゞまれるかも」とある(『本居宣長稿本全集』第二輯掲載)。
(23) 小山田与清『松屋叢話』(『日本随筆大成』二期二巻、吉川弘文館、昭和四十八年十二月)。
(24) 中田四朗氏「出江後の谷垣守と在江学者との交渉の一面」(『土佐史談』第六十巻、土佐史談会、昭和十二年九月)所引のもの。原本は消失の由で所在未詳である。なお、この件については、田中善信氏「村田春海の父祖」(『続日本随筆大成』第六巻付録、昭和五十五年四月）参照。

(25)『賀茂翁家集』巻之四所収。

(26)『角川日本地名大辞典十三巻　東京都』（角川書店、昭和五十三年十月）、および『日本歴史地名大系十三巻　東京都の地名』（平凡社、平成十四年七月）参照。

(27)国立国会図書館蔵。

(28)神戸市立博物館蔵。

(29)時代が下ると干拓も進み、深川在住の業種も多岐にわたることになる。嘉永四年の諸問屋名寄帳に基づく深川地域の産業は次の如くである（『深川区史』上巻、大正十五年刊による）。舂米屋・豆腐屋・鮮魚干肴問屋・竹木炭薪問屋・炭薪仲買十三番・板材木問屋熊野問屋組合・両替商三番組・紺屋十一番組。

(30)拙著『村田春海の研究』（汲古書院、平成十二年十二月）第六部「実生活と年譜」第一章「転居攷」参照。

(31)天理大学附属天理図書館蔵。

(32)『本居宣長全集』第十六巻（筑摩書房、昭和四十九年十二月）所収『宝暦十三年癸未日記』当該条。同日記十二月二十八日条にも「去五月、江戸岡部衛士賀茂県主真淵当所一宿之節、始対面、其後状通入門、今日有㆓許諾之返事㆒」と淡々と事実のみを記している。

(33)鈴木淳氏「古学学統論弁」（『國學院雜誌』八十八巻六号、昭和六十二年六月）参照。

第四章　雪岡宗弼――雪岡禅師と江戸派

一、はじめに

雪岡禅師といえば、江戸派が香川景樹の和歌を批判したことを発端にして始まった雅俗論争（『筆のさが』論争）を取り次いだ人物として知られている。村田春海『琴後集』巻十三「書牘」に「おなじ禅師のもとよりおくれらし雅俗弁を論じてこたふる書」（別名『雅俗弁の答』）が収録されており、その一端を垣間見ることができる。また、論争の全貌は『桂園叢書』第二集（有斐閣、明治二十五年六月）に収録されたものにより広く知られている。雅俗論争は、つとに福井久蔵氏『大日本歌学史』（不二書房、大正十五年八月）に取り上げられたのをはじめとして、黒岩一郎氏『香川景樹の研究』（文教書院、昭和三十二年十月）や宇佐美喜三八氏『近世歌論の研究』（和泉書院、昭和六十二年十一月）などでも言及され、近時鈴木淳氏『橘千蔭の研究』（ぺりかん社、平成十八年二月）においても触れられている。近世歌学史において重要な論争と位置づけられていると言ってよかろう。

ところが、この論争を取り持った雪岡禅師については、これまで部分的に言及されることはあっても、その全体像が問題にされることはなかった。もちろんこの人物を単に江戸派と京の歌人を取り次いだだけであるとして切り捨てることは容易である。しかしながら、次節以下で見るように、雪岡禅師は江戸派にも京の歌人にも深く関わり合っていたのである。そういったことを考え合わせれば、雪岡禅師がいかなる人物であったかということは検討するに値する事柄であろう。

以下本章では、雪岡禅師の素性を確認した上で、寛政・享和年間における江戸派との関係について、和歌和文の会への出席、『古今集』法帖の取次、雅俗論争の仲介という観点により交流の実態をたどりながら、禅師の最期にも言及したい。

二、江戸派の会への出席

本節では、寛政年間における雪岡禅師と江戸派の交友関係を時系列で見ていこうと思うが、その前に雪岡禅師の素性を明らかにしておきたい。雪岡禅師は春海の文の中では「真乗院雪岡禅師」という名で登場する。真乗院とは京都にある南禅寺の塔頭である。南禅寺には当時、二十五院の塔頭があったが、真乗院もその一つである。禅師が江戸にいる時に居住した金地院も南禅寺の塔頭であったので、南禅寺系（大応派）の僧侶ということになる。そこで南禅寺の僧侶として調査すると、雪岡禅師は寛政六年に西堂位の転位を受けた出世衆であることがわかる。(1) 出世衆とは僧位の低い平僧とは異なり、僧録司の推挙によって将軍より住持職の公帖を頂いたものを言う。出世衆のうち西堂位は諸山住持の公帖と十刹（禅興寺）住持職の公帖を与えられた者である。在籍は真乗院であり、道号は雪岡、法諱は宗弼である。雪岡禅師に関して南禅寺の資料から判明することは以上である。

さて、雪岡禅師が「雪岡宗弼」という号諱を持っていたということから、寛政年間における禅師の動向が少し明らかになる。というのも、禅師が江戸派と交流する場合、残存資料には「宗弼」という名で記されることが多く、「雪岡」という名称も現れるからである。つまり、「雪岡」と「宗弼」とはあたかも別人であるかのように見えるのである。(2) そこで、雪岡禅師と宗弼が同一人物であることが判明したことにより、その動向や文事に関する事柄が焦点を結ぶことになった。寛政年間の雪岡禅師と江戸派との関係を時系列に従って記していきたい。

そもそも禅師は南禅寺の僧侶であり、京が本拠地であった。その禅師が江戸に赴くことになったのは、幕府より公帖を受けるためであったと推定される。その根拠は次の通りである。まず、自筆本『六帖詠藻』（静嘉堂文庫蔵）冬四には、次のような詞書を有する歌が収められている。(3)

南禅寺真乗院西堂雪岡東へ下るに、対面をこはるゝに初て逢て別るゝに

ことのは風はたかく聞ながら、ちかきわたりも老はあゆみのたゆくて、えなんまうでぬに、にはかに東に下り給ふとてとはれ奉りしは、いとになう嬉しき物から、更に別のうさをこそゝへ侍りけれ

きのふまで声のみ聞し水鳥のをしとぞ思ふけふの別路

たび衣たちかさねてよ日にそひてふかくなり行霜雪の比

禅師と蘆庵の最初の出会いである。自筆本『六帖詠藻』はほぼ時系列に配列してあるので、この歌の詠まれた時期が判明する。それは寛政五年冬である。寛政六年に幕府より公帖を受ける僧侶が前年の冬に京を出発するのは、公帖授与の儀式に臨むためであると推定される。そうして寛政六年春は江戸に滞在していた。

寛政年間における雪岡禅師の江戸派との交流を見ていきたい。まず、禅師が西堂位に就いた寛政六年の三月中旬に行われた送別の宴に出席しているのである。それは鈴屋門の長瀬真幸が熊本に帰る時に行われたものである。『琴後集』巻十一に「長背真幸が肥の道のしり熊本の城に帰るを送る序」があり、春海の記した文章から送別会の様子をうかがうことができる。(4)そもそも真幸は熊本藩士として参勤交代の折に藩主に随行して、熊本と江戸との間で往復していた。この時は寛政五年四月に江戸に到着し、六月頃から江戸派の会に出席している。(5)それ以後は頻繁に春海や千蔭

と交流し、しきりに『万葉集』などの書籍を借覧して筆写するのである。(6) そうして翌寛政六年四月に真幸は江戸を後にする。それに先だって送別の宴が行われたわけである。その場に宗弼も出席していた。弥富破摩雄氏「長瀬真幸と其の送別歌文」によれば、次のメンバーが送別の宴に出席している。(7)

平春海・飯田梁・小林連義兄・源千古・千枝子・縫子・沙門宗弼・良峯経覧・雨岡・物部信説・村田泰水・源躬弦・源道別・藤原朝臣徳之・喜代良・橘千蔭

この十六名は長瀬真幸が肥後に帰る際に送別の宴を催し、そこに出席したメンバーである。このメンバーの中に雪岡禅師が含まれているということは、禅師がこの宴以前からある程度は長瀬真幸と交流があったことを想像させる。実際のところ、禅師の送別文に「おこなひのいとま、ふたりの大人のもとへ、をり〳〵まうではべる」とあるところから、千蔭と春海のもとに出入りしていたことがわかる。また、「おのれは、むつびそめてより、ほどもなきものから」とあるところから、真幸との関係についてはそれほど親密ではないと知られる。おそらく、禅師が西堂位に転位し、真乗院より江戸の金地院に赴任してからのことであろう。それは寛政六年春先のことと推測される。なお、文末に「おのれが、うまれしさとも、おなじつくしのかたなれば」とあるので、禅師の出身が九州地方であったことが判明する。

ともあれ、その時から雪岡禅師と江戸派との交流が始まる。それが継続していたのか、断続的であったのか、判然としない。京の真乗院と江戸の金地院との間を頻繁に往復していた可能性もある。それが寛政八年になって、江戸派の残存資料の中に禅師の名が現れるのである。寛政八年六月二十二日に清水浜臣宅で和文の会が催される。文題は「泊洦舎に蓮を見る辞」であった。『うけらが花』巻七「文詞」にも「藤原浜臣が泊洦舎にて蓮を見る辞」が収録されているが、これはその時のものである。もちろん千蔭以外にも出席者はいる。次のようなメンバーである。(8)

千蔭・雪岡・雨岡・秋成・躬弦・道別・直節・浜臣・本子・縫子・くみ子・松子・ふみ子・千枝子・千任

全部で十五名の出席者がいるが、二年前の送別会とはメンバーが七名重なっている。これは和文の会の半数に相当する。寛政初年に結成された江戸派が、寛政年間を通して派閥としての体を成していく様子が、このようなところからもうかがうことができる。

このように、雪岡禅師が和文の会に参加したのは「泊洦舎に蓮を見る辞」だけではなかった。開催年次は未詳であるが、「初雁を聞くことば」や「雪を見ることば」を題とした和文の会にも出席しているのである。この二つを題として開かれた和文の会の出席者を記すと次の通りである。

〔雁〕橘千蔭・自寛・春海・雨岡・宗弼・藤原徳之・秋成・香取の浦人雄風・居敬・千古・直節・信説・ませ子・ひさ子・本子・三重子・嘉梅子・ふみ子・美珠子・妙性尼・幸子・てる子・縫子・服子・千枝子

〔雪〕橘千蔭・平春海・自寛・躬弦・真菅・宗弼・橘直蔭・直節・知直・雨岡・まさ子・寿子・瑞子・あき子・みち子・本子・三重子・ちえ子・伊保子・ふみ子・まち子・嘉梅子・美珠子・幸子・弓子・てる子・ませ子・秋川・ぬひ子

この二つの会は女流が半数以上を占めるという特徴がある。そのような特徴を有する和文の会は、先の寛政六年のものとは異なるように思われるが、類推の域を出るものではない。いずれにせよ、寛政年間において雪岡禅師が江戸派「和文の会」に出席する率はかなり高いと言うことができよう。

また寛政八年になると、江戸派内では懸案の『万葉集』注釈の作業が一段落することになる。『万葉集略解』の草稿が完成したのである。奥書によれば、寛政八年八月十七日に脱稿する。それを祝って同年九月二十三日には、万葉集竟宴歌の催しが行われた。この時の歌会資料が『万葉集略解竟宴歌』の名で東京国立博物館に蔵されている。それによれば、次のようなメンバーで竟宴歌の会が行われたことがわかる。

平春海・源道別・源躬弦・藤原千任・桑門宗弼・穂積秋成・藤原浜臣・小林斐成・良峯貞樹・清原雄風・永沢躬国・縫子・千枝子・橘千蔭

この十四名のメンバーは単なる和文の会への出席者ではなく、おそらく『万葉集略解』の執筆に何らかの形で関わった者たちであろうと推定される。『万葉集略解』は加藤千蔭と村田春海が江戸派の旗揚げを行った著作であり、江戸派が県門の正統性を主張する時に欠かせない注釈書である。そのような『万葉集略解』の完成に際して宴に呼ばれているというのは、雪岡禅師も江戸派にかなり深く食い込んでいたと見ることができよう。いわゆる旅僧という立場ではなかったと思われるのである。

このように寛政六年および八年には、雪岡禅師は江戸に滞在し、江戸派の和文の会にも頻繁に参加していたのである。もちろん、和文の会だけでなく歌会にも出席していたに違いない。今、雪岡禅師が出席したことが確実な歌会の資料は見あたらないが、状況的に禅師が主催したと考えられる歌会がある。それは次の歌である。

金地院に遊びて、霜夜聞鐘といふ事を

おきそはる瓦の松の夜の霜を更行くかねの声にしるかな（うけらが花・冬・七九七）

詞書に明らかなように、金地院で詠まれた歌である。しかも、昼ではなく夜の情景である。これは千蔭が夜に金地院で当該歌を詠んだことを意味する。おそらくこれと同じ時に詠まれたと思われるのが、次の歌である。

霜夜聞鐘

置きそはる軒ばの霜の深き夜にききもまどはぬ鐘の音かな（琴後集・冬・七六二）

この歌の詞書には場所の情報は無いけれども、題の共通性と表現の共通性により、同じ場で詠まれた歌と判断して問題ないと思われる(9)。千蔭と春海がともに参加する歌会で、場所が金地院であるということは、雪岡禅師が主催する金地院の歌会であったことはほぼ確実である。この歌会が催された時期は、雪岡禅師の江戸滞在の期間の可能性を考慮すれば、寛政八年頃ではないかと思われる。なお、歌会の痕跡を残すのはこの一首のみであるが、雪岡禅師が江戸派の歌会にも頻繁に参加していたという想像をかき立てるものである。

このほかに、江戸における禅師と江戸派との交流を示すものとして、次のような画賛がある。

宇治河に柴ながすかたかける絵に歌書きてよと、雪岡大とこにこはれて
氏河を下すま柴のしばらくもよどせなきをばみずや世の人（うけらが花・雑・一二三四）

現物が所在未詳のため、画賛としての出来を云々することはできないが、千蔭の画賛は絵と歌と書のコラボレーションの極致と言うべく、現代においても鑑賞に堪える美術工芸品とされる。(10) おそらく雪岡禅師もそういったことを十分に承知の上で画賛を依頼したのであろう。交友の親密さを垣間見ることのできるトピックである。

以上で見たように、寛政六年および八年には雪岡禅師は江戸に滞在し、和文の会や歌会で大いに江戸派と交流を図ったのである。

三、『古今集』法帖の取次

雪岡禅師は寛政八年以降のある時期に江戸の金地院を発ち、京に戻った。寛政九年秋には禅師は京にいた。それは蘆庵と交流を持っていることから判明する。雪岡禅師と蘆庵については丸山季夫氏「小沢蘆庵と書」に詳しい。(11) 本節は丸山論文を参照しつつ、『古今集』法帖をめぐって交わされたやりとりを見ていきたい。

まず、自筆本『六帖詠藻』秋九に次の宗弼歌が収録されている。

宗弼法師のもとより柿をおくりて

水をくみこのみをとりて山人につかへしもみな道のためかも

世にふれば道も杜きけ山柿のこのみもあだにすてん物かは

旬の果物を贈って詠んだ歌である。この二首の歌を蘆庵は次のように添削している。

古しへも道のためには水をくみこのをとりてつかへしぞかし

うゑてみんかくてのみやは山柿のこのみはうまくよしならずとも

かなり大胆に手を入れていると言ってよい。このように門弟でもない者の歌を添削するのは理由があり、それを蘆庵は次のように記している。

この人は人にしたがひてならへる人なれど、あながちこのみちにすゝむ心あると思ふさまに修行なりがたしとて、我にも添削をこふ。二度三たびいなみけれど、ひたぶるにいへる心ざしのふかきをめで、をり〳〵はかくもあらん歟などいふ。このうたもいかにぞやと思ふ所を前後取かへなどすべし。

弟子ではないけれども、禅師の熱意に負けて添削したというのである。雪岡禅師の歌の師が誰かは未詳とせざるを得ないが、蘆庵でないことはこの文面から明らかであろう。あるいは千蔭や春海が歌の師であった可能性もある。京には師匠がいなかったから蘆庵を頼ったと考えることもできる。ともあれ、寛政五年冬に始まった蘆庵との交わりは、禅師が京に戻ってからも活発に行われたのである。なお、自筆本『六帖詠藻』秋九は寛政九年のことと推定される。

禅師と江戸派との交流も続けられたが、それは蘆庵を交えての交流であった。換言すれば、江戸派と蘆庵の橋渡しをしたのが雪岡禅師であった。つまり、江戸派・禅師・蘆庵の三角交流である。自筆本『六帖詠藻』冬六に次のような歌が収められている。

貫之主の真跡を木にのぼせたるを宗弼法師して千蔭にこひたる、きたれりとて除夜にもてきたれるいやにふる文をとしこさせじとこよひきみたづさへきますことぞうれしき

かへし

世人の立さわぐめるとし波のひまもとめじもみちのためなり

冬六のこの箇所は寛政十一年にあたる。最初の蘆庵歌の内容（除夜）により、これが十二月三十日のことであったことがわかる。待望の貫之真跡の『古今集』が届けられたのである。千蔭により模刻され、青藜閣須原屋伊八より刊行されたものであり、これには寛政十一年七月付の千蔭の跋文が付されている。千蔭の他に蘆庵と伴蒿蹊の跋文も付されている。[12]この貫之真跡の『古今集』を入手したことがよほど嬉しかったのか、蘆庵は禅師との間で歌の贈答を繰り返している。このように待望の貫之真跡を手に入れ、これを景樹ほかの門弟筋に分け与えている。自筆本『六帖詠藻』雑十二に「貫之真跡をうつせる一巻をかれ是こふ人にやるとて」として数名の歌人との贈答歌が記されている。思えば蘆庵も景樹も古今集を尊崇する立場をとり、その態度を公にも表明しているので、江戸から貫之真跡『古今集』がもたらされたのは僥倖と言ってよかろう。そのような貴重な手跡を千蔭から蘆庵に取り次いだのが雪岡禅師だったのである。なお、この法帖を宗弼が千蔭から蘆庵に取り次ぐ際に交わされたと思われる書簡がある。某年十二月十四日付千蔭宛宗弼書簡である。[13]この書簡により、禅師が「離二庵主」と称していたことがわかる。

こういった役割は単なる中継ぎと見なしがちであるけれども、当時の地理的に分断された地下歌壇にあっては重要な立場であったといえる。要するに江戸派と京の歌人をつなぐ貴重な役割だったのである。次節で見るように、雪岡禅師は雅俗論争を誘発する機能も担うことになるのである。

禅師は寛政十二年春には再び江戸に向けて出発する。自筆本『六帖詠藻』春九に次のような歌が収められている。

宗弼法師、武州離別之餞、屠龍画、青柳のわがなれたるに

いく木のめはるをか経しと青柳のわかれし君をかぞへてぞみん

宗弼が江戸に旅立つ時に、青柳を描いた屠龍の絵に添えた歌と思われる。柳は離別の折に贈られ、再び戻ることを願う中国の故事を踏まえている。おそらく画賛であろう。このように再び江戸に滞在することになるが、禅師はまた京に戻る。（推定）寛政十二年五月十三日付千蔭書簡によれば、雪岡禅師は五月にはすでに京にいた。(14) その書簡の宛名から、禅師は「離二尊師」とも呼ばれていたようである。

四、雅俗論争の仲介

享和元年七月十一日に小沢蘆庵が亡くなった。それを千蔭や春海に知らせてきたのが禅師だったのである。これを聞いた春海は同年のうちに禅師に対して手紙を送っている。その中で次のように述べている。(15)

まことやかの蘆庵の翁は、年比うらなくむつびかはし給ひつるを、すぎにし初秋に、草の上の露よりも、ゝろく見はて給ひぬとなん。さるはをしみ給はん御なげきはいふもさら也。よそに伝へ聞侍りてだに、けふは人こそと、袖うちしほり侍りぬ。

「けふは人こそ」とは、「明日知らぬ我が身と思へど暮れぬ間の今日は人こそ悲しかりけれ」（古今集・哀傷・紀貫之・八三八）からの引歌である。これは紀友則の訃報を聞いた時の歌である。蘆庵の死に接して貫之歌を引くのは、同じ歌詠みとして同時代を生きた者としての共感の表れであろう。その思いは引き続き、次のように記される。

此翁しも、末の世のにごれる流れをすてゝ、清き河瀬の遠きみなもとをたづねて、古人のことの葉の、高き心ば

へをよく汲しりて、さらに人をもよくいざなはれ侍りしかば、おのづから其門をふみならせしあたりには、心あがりしたる歌人なん多きといふめるは、まことに翁がことだて初しるしありとこそ、おぼえ侍るなれ。はやくより、其つねの心おきてをきくに、わがあがたゐの翁のをしへのおもむきに、たがふべくもあらずなん、おぼえ侍りしかば、ことゝひかはさぬものから、猶心しりの人のやうに、したはしう思ひわたり侍りしはや。あはれ、常なきは世のならひに侍れど、ことわりのよはひなりとは、えも思ひはるけがたうなん。

蘆庵の功績を後世歌の流を捨てて古歌を顕彰したことに求め、さらにその蘆庵に習った門弟をも称賛する。そうして蘆庵の歌論（心おきて）について、師真淵（あがたゐの翁）の歌論と同じであることに親近感を抱いているというのである。蘆庵の歌論は真淵の歌論とは全く異なるものであったのであるが、春海の蘆庵歌論に対する誤解は早晩顕在化することになる。要するに、春海は蘆庵についてほとんど何も知らなかったのである。[16] ともあれ、蘆庵の死を悼む文を雪岡禅師に送っていることが確認できたと思われる。

さて、蘆庵と千蔭とは生前に交流があった。それは前節で見た『古今集』法帖にまつわるやりとりであるが、それはあくまでも雪岡禅師を媒介してのことであった。直接の交流は寛政十三年春（二月五日に享和に改元）に始まる。すなわち蘆庵の最晩年である。千蔭が蘆庵に年賀状を出したのである。自筆本『六帖詠藻』春十一に「千蔭がはじめていひおこせたる」として、次のように書状を写しとっている。

ちさとをへだて侍れど、このとし月御まのあたりかたらひかはし侍りつる心ちせらるゝまゝに、うちつけなるものから、たちかへるはるのほぎごときこえ奉る

君もあれも百世をへつゝ花とりにあくやあかずやいざこゝろみん

ものみなはとか。あなかしこ。

むつきのふつかの日

蘆庵の君の御もとへ　　　　　　橘千蔭

これから交誼を結ぼうとする意思がうかがえる。歌の後の「ものみなはとか」とは、「ものみなはあたらしきよしたゞ人はふりたるのみしよろしかるべし」（万葉集・巻十・一八八五、万葉集略解の訓）よりの引歌である。お互いに年を取ったことを慶ぶ歌である。この詞書および歌は『うけらが花』に雑・一二三八として収録されている。この年賀状に対して蘆庵も返書をするが、それは『六帖詠草拾遺』に春・四、五として収録されている。千蔭と蘆庵の往復書簡によって、前節で述べた三角交流が完結する。

このようにして始まった蘆庵と千蔭の交流も長くは続かなかった。半年後に蘆庵が死去したからである。千蔭は蘆庵の死を悔やんで長歌を詠んでいる。その詞書には「京の小沢蘆庵、春よりやみて七月十日あまり一日によはひ七十ぢあまり九にてみまかりぬるよし、雪岡大徳よりいひおこせければ、よみける歌并みじか歌」（うけらが花・長歌・一五九五～九八）とある。春海と同じく、千蔭もやはり雪岡禅師からの知らせにより、蘆庵の死没を知ったのである。

千蔭と春海は京の歌人の情報を帰京した雪岡禅師から仕入れていた。おそらく他の案件についても禅師を介して行われたと推定される。そういった事情を鑑みれば、『筆のさが』を取り次いだ人物を雪岡禅師に比定することが可能となる。そもそも雅俗論争（『筆のさが』論争）とは何か。要点を簡略に言えば、次の通りである。香川景樹の和歌十一首に対して春海と千蔭が鄙俗に過ぎると批判を加えた（『筆のさが』）。それに対して蘆庵門下の小川布淑『雅俗弁』や佐々木真足『東さとし』は、師匠の歌論（ただごと歌）に基づいて春海・千蔭に反論を加えた。これに対して、再び春海は『雅俗弁』を批判し、「みやび」の本質は表現にあるとした（『雅俗弁の答』）。蘆庵門下の桑門昇道『雅俗再弁』は春海の反論に答えた。また、傍観的な立場にいた伴蒿蹊『読雅俗弁』は江戸派・京都派両者を批評した。なお、天理大学附属天理図書館春海文庫（村田春海遺書雑集）には、春海写『雅俗弁』が所蔵されており、その中には『雅俗弁』と『読雅俗弁説《ママ》』が収録されている。(17)

もちろん『筆のさが』は匿名の批判書であるから、すぐさま実名が分かったわけではなかろう。そこでその匿名性について考えてみたい。『筆のさが』の序文の冒頭に次のように記されている。(18)

これは我北隣の翁の常に言問ひかはす都人の許より、此歌は都にて今我のみひとり歌よむとて誇りがに云ひ罵るおのこのよめるなり。まだしき心には如何ばかりの歌よみとも思分かねば、善悪定めて見せたまへとて、おこせたるなりとぞ。

この序文の著者は「橋本の地蔵麿」という筆名を用いているが、それが当時八丁堀の地蔵橋のもとに住んでいた春海であることは、当時から周知の事実であった。また、最初にある「北隣の翁」が北八丁堀の千蔭であることも同様である。「常に言問ひかはす都人」は雪岡禅師であり、「誇りがに云ひ罵るおのこ」は香川景樹であることも明らかであった。それを裏づけるのが八田知紀の序文（文政十三年秋）である。

此ふみは都なる某の禅師とか云へるが、香川景樹がよみ歌を聞取りて、いかゞ思ひけん、恨むる節どもやありけん、其歌どもを江戸なる加藤千蔭が許に遺して難ぜさせたるなり。さるは景樹は彼古学の弊あることを思ひて、夙く一つの門を立てたる人にしあれば、其趣の隔より、千蔭恨むる事やありけん、おのれ名を匿して、村田春海に謀りて、いみじう其歌を評しあばめたり。

知紀は桂園門の有力者であるから、当時における匿名の比定として穏当なものであると考えられる。また、『筆のさが』に反論した佐々木真足著『東さとし』には、「何とかや禅師《ゼシ》なる人」と記されている。「都人」や「都なる某の禅師」や「何とかや禅師なる人」などと朧化してはいるが、これらは雪岡禅師を指すと考えるのが妥当である。というのも、

『雅俗弁』を江戸に送ってきた人物、および『雅俗弁』への再反論を書いて春海が送った相手が雪岡禅師だからである。『雅俗弁の答』には次のように記されている。[19]

此比芳宜園の翁がもとへ御消息給はりつるを見侍るに、かのなにがしが歌の事ども、翁があげつらひたりしついでに、春海もことくはへ侍りしを、又とがむる人のありとて、其人のいへることゞもかいつけて、春海にも見よとて給はりしはうれしうなん。

この文面から考えて『筆のさが』を蘆庵門弟に取り次いだ人物は雪岡禅師であると考えるほかはないであろう。なお、近年田中仁氏により、雅俗論争の仲介者が柏原正寿尼であるとする新説が提出された。[20] それは洛東遺芳館所蔵の柏原正寿尼宛千蔭書簡の検討を踏まえたものであり、状況証拠を一部分満足するものではある。だが、『筆のさが』と『雅俗弁の答』を素直に読み、またそれまでの経緯を勘案すれば、ほかならぬ雪岡禅師が景樹歌を江戸派に持ち込み、その批判書である『筆のさが』を蘆庵門の歌人に広めたとするのが順当であろう。佐々木真足や八田知紀の書き方は朧化してはいるが、雪岡禅師が雅俗論争の仲介者であったことを追認する見解であったと判断することができよう。

五、雪岡禅師の最期

雪岡禅師と江戸派との交流は、寛政年間に禅師が江戸滞在中に始まり、享和年間には江戸と京との書簡の往復を通じて行われた。雅俗論争を誘発したのは雪岡禅師だった。そうして、その関係は京と江戸に離ればなれになっている間に、突如として終焉を迎える。雪岡禅師が亡くなったのである。禅師の最期を検討する前に、雪岡禅師の師をめぐる千蔭の歌を二首見ておきたい。いずれも年次の確定は困難であるが、寛政から享和にかけての時期と推定される。
　雪岡禅師の師を寿ぐ歌を千蔭が詠んでいる。

　　都に住める雪岡大とこの師の七十の賀に、霞をよめる
　　春さればかすみ流るる大ゐ川君こそくまめ千千といふ世も（うけらが花・雑・一四三一）

古稀を迎えた春を寿ぐ和歌である。おそらく直接京に贈ったのであろう。雪岡禅師の師が誰であるか未詳であるので、この歌の成立年は不明とせざるを得ないが、千蔭と禅師との交流は禅師の師にも及ぶものであったことがわかる。交流の濃さがわかるエピソードである。また、その人物の訃報を耳にした千蔭は次のような歌を詠んでいる。

　　雪岡大とこの師、京南禅寺に住めるが、こぞのしも月身まかりぬとききて二月ばかり雪岡のもとへよみて遣はす
　　世中にこころとどめぬ法のしもおもひおきけん君がゆく末（うけらが花・雑・一四〇四）

禅師の師の死去に際して千蔭が詠んだ誄歌である。(21) 古稀と同じく死没の年も未詳とせざるを得ないが、この誄歌を受け取った雪岡禅師は、「思ひ置きけん君が行く末」というところに師の庇護を感じ取ったことであろう。そのような禅師が非業の死を遂げることになる。
　禅師の死を穿鑿することに特別の意味はないが、それは悲劇的なものであった。その経緯は残存資料には未詳であるが、春海が長歌を詠んでいることによって知られる。次のようなものである（琴後集・長歌・一六八三、四）。

　　真乗院雪岡禅師をかなしめる歌（禅師の江戸にありける時は金地院の松月庵にすめり）
人の世は　夢ともゆめと　はかなかる　ものにしありけり　墨染の　袂ふりはへ　都より　ここにいまして　山松の　梢の月を　室の名に　かけてすみにし　法の師の　ことをしおもへば　さらさらに　なみだぞおつる　うつし身と　ありし

其世は　たきぎこり　水汲むわざの　いとまある　をりをりごとに　月すめば　ともにひもとき　花さけば　手たづさはりて　露ばかり　こころもおかず　ことの葉の　友とむつびて　むら鳥の　ゆきかひしつつ　うるはしみ　有りけるものを　たちかへり　もとつ御法の　庭草を　しばしふみわけ　さらにまた　行きても来まし　はやからば　ふたとせ三とせ　おそからば　六年いつとせ　七とせと　すぐしはせじと　契りおきて　別れにしかば　いつしかと　待ちしあひだに　都べの　人のかたらく　君がまつ　其法の師は　さきの世の　いかなる罪か　今の世に　むくい来にけん　なにぞもの　故としらねど　おさかべの　つかさにめして　さつまがた　沖の小島の　しまもりに　行きてをすめと　おほせごと　たまひしままに　いにし月　なにはの浦の　うら伝ひ　舟びらきして　波風に　身をまかせぬと　つばらかに　われにかたりつ　しかれども　千里の外に　海山を　へだててをれば　まがごとか　人のいひつる　およづれか　人のつたへし　ただかなる　便りもがもと　月に日に　まちつつをれば　難波なる　わがともがきの　ことさらに　おもひおこして　天つ雁翅にかくる　玉章の　たよりうれしと　ことの葉を　ひらきてみれば　さつまがた　沖の小島に　ゆく舟の　ゆきもはてなで　法の師は　八重の汐ぢの　うたかたに　身をたぐへつと　さだかにぞ　われに告げつる　常もなき　世はかくこそと　一たびは　立ちておどろき　一度は　ふしてもこよひ　いきづきて　なげきぞわがする　せんすべをなみ

反歌

かのきしにいたらんことしたがはずはなにくるしみの海となげかん

詞書の割書に「金地院の松月庵」とあるのは、雪岡禅師のために用意された庵室である。金地院にはもともと境内に七つの塔頭があったごとくであり、松月庵もその一つであった。[22]東西四間、南北三間の庵室だったようである。「金地院境内図」（『御府内寺社備考』）によれば、表門から向かって左側に位置する場所に建てられている。歌の中では「山松の梢の月を室の名にかけてすみにし」と表現されている。

さて、世をはかなむ文言からはじめて禅師を悲しむ思いを述べ、実際の交友に言及する。「月すめばともにひもとき花さけば」とは、月見や花見の宴を催していたことを意味する。「こころもおかずことの葉の友とむつびて」とは、二節で見たような和文の会や歌会のことであると考えることができる。そうして、京に帰るのであるが、「もとつ御法の庭」とは京の真乗院のことであろう。早ければ二三年、遅くとも五六七年のうちには江戸に戻ると約束して帰京したという。やはり江戸派の面々との交流がよほど気に入っていたのであろう。

ところが、禅師が帰京して程経た折に、京から来た人より不穏な噂を耳にする。雪岡禅師は「おさかべのつかさにめして」、すなわち京都所司代の同心に捕らえられて、「さつまがた沖の小島のしまもりに行きてをすめ」と言われたという。ここでは『平家物語』にも伝えられる平康頼や俊寛らの行為に見立てられている。康頼らは鹿ヶ谷の謀議に参画した罪で鬼界ヶ島に流されるが、ここは「薩摩潟沖の小島に我ありと親には告げよ八重の潮風」（千載集・羇旅・平康頼・五四二）を踏まえた表現である。前世の報いと記すところや康頼歌を踏まえるところからは、無実の罪を匂わす意識がうかがえる。むろん、春海はその噂をにわかには信じられず、でたらめか根も葉もない噂と思って、上方からの確かな便りを待っていたところ、大坂の友から書簡が届けられた(23)。ところが、そこに記されてあったのは禅師の訃報であった。島流しにされる船から身を投げ、海の泡となって消えたというのである。まさに非業の死と言うべく、南禅寺の西堂位にまで登りつめた者の最期にしては、あまりにも悲惨である。反歌に詠まれていることは、海に身を投げた禅師には、苦界（苦海）を泳ぎきって彼岸に辿り着くことを祈るという、何とも悲しい願いと言ってよい。なお、長歌の詞章を参考にすれば、享和元年頃に京に戻った禅師がその七年後に死去したと考えると、それは文化四年頃ということになる。少なくとも文化四年までに、春海が禅師の訃報を受け取ったと考えることができる。もちろん長歌の詞章を字義通りに解釈する必要はないし、そもそも七年という年限は、禅師が江戸に戻ると春海に伝えた年次に過ぎない。したがって、文化四年というのはあくまでも目安ということで理解しておくのがよかろう。

このように、帰京の後は書簡の往来を交流の手段としていた両者を隔てたのは、江戸と京の距離ではなく、禅師の側の何らかの過失による島流しおよび自害であった。

六、おわりに

雪岡禅師は九州地方の出身であるが、寛政六年に西堂（京の真乗院在籍）になり、江戸の金地院にも度々滞在した。道号は雪岡、法諱は宗弼という。離二庵主あるいは離二尊師の称号を持つ。江戸では江戸派と親密に交わり、京では蘆庵社中と交流し、両者を取り持つ役割を果たした。

江戸派とは、江戸に居住し、千蔭や春海と行動を共にした者をいう。そういった意味で、雪岡禅師は厳密に言えば江戸派ということはできない。旅先で気の合った者たちと交流しただけだからである。いわゆる客人待遇である。しかしながら、交流の密度の濃さから考えて、準江戸派社中ということは許されるだろう。もちろん禅師は京において蘆庵と交流はあったが、だからといって蘆庵門ということはできない。蘆庵没後の雅俗論争において禅師が果たした役割を考慮すれば、江戸派シンパであったことは明らかであろう。西堂位という職責上、京と江戸を複数回往復する役割を担った禅師であったからこそ、江戸派と京の歌人たちを取りもつことができたのである。最終的に雪岡禅師は非業の死を遂げたが、禅師の果たした役割は、近世後期の歌人の交流という点でも看過できないものと言ってよかろう。

〔注〕

（1）桜井景雄氏『南禅寺史』下（法蔵館、昭和五十二年六月）付録二「江戸時代南禅寺出世衆」参照。

（2）中野稽雪氏『小沢芦庵―その後の研究』（『里のとぼそ』第四集、芦庵文庫、昭和三十一年十一月）は、「雪岡」を南禅寺真乗院西堂、「宗弼」を武州の僧で蘆庵門と記している。つまり、「雪岡」と「宗弼」が別人であると認識しているのである。

（3）静嘉堂文庫所蔵歌学資料集成マイクロフィルムを利用した。以下同じ。

（4）白石良夫氏『江戸時代学芸史論考』（三弥井書店、平成十二年十二月）「長瀬真幸の江戸遊学と宣長」参照。

（5）寛政五年十月十五日付真幸宛宣長書簡（『本居宣長全集』第十七巻、筑摩書房、昭和六十二年十一月）参照。

（6）白石氏前掲書「覚書　長瀬真幸伝」参照。

（7）『万葉集纉攷』（大岡山書店、昭和九年二月）。

（8）拙著『村田春海の研究』（汲古書院、平成十二年十二月）第一部「『琴後集』の和文」第一章「文集の部総論―江戸派「和文の会」と村田春海」参照。以下同じ。

（9）本書第一部第一章「江戸派の和歌」参照。

（10）鈴木淳氏『橘千蔭の研究』（ぺりかん社、平成十八年二月）一三「千蔭画賛録」参照。

（11）『国学者雑攷』（吉川弘文館、昭和五十七年九月）所収。初出は『書道』七巻七号、昭和十三年七月。同氏「岡崎時代の蘆庵」（『国学史上の人々』、丸山季夫遺稿集刊行会、昭和五十四年七月、初出は『吾妹』昭和十五年四月号〜十一月号）も蘆庵と禅師の交流に言及する考証がある。なお、丸山氏も「雪岡」と「宗弼」を同一人物とは認識していないようである。

（12）鈴木氏前掲書一二「芳宜園法帖記」参照。また、清水勝氏「橘千蔭・村田春海・小沢芦庵・伴蒿蹊―清水本法帖『古今集秋下歌』紀貫之真跡（高野切第二種本『古今集』巻五秋下部の石板・刻本）の跋」（『言語表現研究』四号、昭和六十一年二月）は、千蔭・蘆庵・蒿蹊の跋文を紹介する。なお、蘆庵の跋文は自筆本『六帖詠藻』雑十二に記されている。この巻は寛政十二年に執筆されたと推定されるので、蘆庵の跋文が当該法帖に付加されたのは、寛政十二年以降のことと推定される。

（13）弥富破摩雄氏『名家書翰集抄』所収、歌文珍書保存会、大正七年六月。

（14）大田才二郎輯『古今名家尺牘文』所収、博文館、明治四十一年。書中冒頭に「閏廿七日」とあり、四月が閏年となった年は寛政十二年である。
（15）「真乗院雪岡禅師のもとへ」（『琴後集』巻十三「書牘」所収）。
（16）宇佐美喜三八氏『近世歌論の研究』（和泉書院、昭和六十二年十一月）第六章「村田春海の歌論」第二節「春海の歌論と漢学との交渉」、および前掲拙著第三部「村田春海の歌論」第三章「歌論成立論―『歌がたり』の成立とその位置」参照。
（17）伴蒿蹊と雪岡禅師は旧知であったごとくであり、「伴蒿蹊におくる書」（『琴後集』巻十三「書牘」所収）には、野村素行なる人物の素性について、「此人のあるやうをば、雪岡禅師にまのあたりとひ給はんことをこそ」と記し、雪岡禅師に人物照会するように差し向けている。したがって、『読雅俗弁』が直接春海の許に届けられたと考えることもできる。
（18）『桂園叢書』第二集（有斐閣、明治二十五年六月）。
（19）「おなじ禅師のもとよりおくられし雅俗弁を論じてこたふる書」（『琴後集』巻十三「書牘」所収）。
（20）田中仁氏『香川景樹研究』（和泉書院、平成九年三月）第三部「『筆のさが』と柏原正寿尼」参照。
（21）中野稽雪氏「芦庵の消息（五）―芦庵関係第六十三輯」（『洛味』百九十五号、昭和四十三年十一月、中野義雄氏編『小沢蘆庵の真面目』、昭和六十年九月にも収録）はこれを雪岡禅師自身の死去と解釈するが、それは「雪岡大とこの師」や「雪岡のもとへよみて遣はす」という表現を斟酌すれば無理であろう。
（22）宗教法人勝林山金地院編『東都　金地院略史』（仏教と文化社、平成十年一月）第二章「江戸金地院の隆盛」参照。
（23）雪岡禅師の訃報が京の知人ではなく、大坂の知人から届けられたことを穿鑿すれば、禅師の死没に至る一連の事件はタブーであった可能性もある。

付記、本章初出発表後に、近衛典子氏「雪岡覚え書き―『筆のさが』周辺」（『駒沢国文』四十六号、平成二十一年二月）が発表された。近衛氏は主に秋成との関連により雪岡禅師を論じている。事実認定において本章とは見解の相違もあるが、新見も少なくない。あわせてご参照いただければ幸いである。

第五章　妙法院宮――『妙法院宮御園十二景』の成立

一、はじめに

妙法院宮真仁法親王は近世後期の学芸史に一定の位置を占めていた。[1]時あたかも光格天皇の御代である。この時期の歌壇については近時研究が進み、その実体がしだいに明らかにされつつある。[2]妙法院宮は地下歌人とも積極的に交流し、とりわけ小沢蘆庵を寵愛した。それは『六帖詠草』などに如実にうかがえるところである。

妙法院宮は自らの住む御殿（瑞鳥楼）の十二の景物を題として地下歌人に歌を求めた。それは『妙法院宮御園十二景』というタイトルで写本が伝存している。この題詠十二景の成立について兼清正徳氏は「平安和歌四天王としての評価が定着した四人が揃って同一題の歌を詠んでいるのは珍らしい」として『妙法院宮御園十二景』を紹介している。[3]「平安和歌四天王」とは澄月・小沢蘆庵・大愚慈延・伴蒿蹊のことである。[4]ところが、この題詠十二景は平安和歌四天王のみならず、それ以外の当時地下歌人として名を馳せていた人物も詠んでいるのである。もちろんそれらの歌人たちが一同に会して詠んだわけではない。妙法院宮は一定の年月をかけて詠歌を収集しているのである。

以下本章では、『妙法院宮御園十二景』について、成立の経緯をたどりながら、その実体を明らかにしたい。

二、平安和歌四天王、十二景を詠む

天明八年一月三十日、京都に発生した大火は禁裏をも焼き尽くした。御所の造営が完了するまでの間、妙法院が皇后の行宮となった。寛政二年十月二十日に御所が造営され、同年十二月四日には新宮に遷御があった。そのため日厳院に移住していた真仁法親王は、約二年ぶりに妙法院に戻った。

妙法院は趣向を凝らした庭園で有名である。積翠園庭園、御座ノ間庭園（小書院）、そして大書院庭園の三庭である。積翠園は平重盛の山荘であったところを堯恕法親王が改造した。近世初期のことである。御座ノ間庭園は小堀遠州の作と伝えられるが、様式的に見て正徳末年頃のものとされる。[5] 大書院庭園は江戸末期の作の由であり、真仁法親王の時代にはなかった。このような庭園を持つ妙法院宮は、当然のことながら、その庭園が誇りであった。久しぶりに妙法院に戻った宮は、地下の歌人に命じてその十二景を詠ませた。平安和歌四天王は真仁法親王の仰せを受けて十二景を詠んだ。詠出の時期については、寛政三年五月十九日付堀田知之宛澄月書簡が参考になる。[6]

妙法院宮様より別書之通の歌被㆓仰付㆒、新御楼より景色拝見ニ被㆑越、さてまいらぬ事と先落付おり候へ共、とても詠進申さではすまぬゆへ、案じかゝり、漸当十二三日頃詠進申候。人数ハ駈《ママ》庵・蒿蹊・大愚・我等と申候事ニ而おじけもはり、一向机上打捨、普請と十二景ニ日をくらし、漸此艮より旧草見掛りとり、相深く条則差下し候。

ここから、蘆庵をはじめとする平安和歌四天王が詠出した時期が確定する。それは寛政三年五月十二日（あるいは十三日）ということになるだろう。「妙法院宮御庭十二景」は「小坂殿十二景」とも言われ、「新日吉御所十二景」とも言われる。[7] また、「瑞鳥楼十二景」とも呼ばれる。[8] 出された題は、陀峯彩霞・平林春花・青田乱蛙・西山夏雲・喬松啼鵑・

茅檐明月・曲埳秋草・虹橋丹楓・暁園積雪・翠池浮鴨・蕭寺清鐘・竹窓夜雨である。蘆庵は一つの題につき数首詠み、宮に提出する歌を厳選した。それらは自筆本『六帖詠藻』に書き留められている[9]。一番目の題「陀峯彩霞」を詠んだ箇所を引用すると次の如くである。

陀峯彩霞

○世に超てたてるあみだの嶺なれやいとゝく春の色にかすめる

○世をすくふあみだがみねの春がすみたが心かはひかれざるべき

○よの民におほふかすみの袖なればすくふあみだのみねよりぞたつ
是は代宗順
墨ノ袖慈円の哥ニヨル。尓時座主宮故也。

春の色に心ひかるゝはつしほやあみだがみねのかすみならまし

かすみてふあみだが嶺の春の色に心ひかれぬ人はあらじな

このような中から宮へ奉る詠歌が選ばれた訳である。なお、二首目の左注に「是は代宗順」とあるのは藤島宗順のことであり、蘆庵の門弟であった。この草稿の中で、実際に宮に提出されたのは一番目「世に超て」の歌であるが、歌を奉ったのはもちろん蘆庵だけではなかった。他にも数名の歌人が仰せを受けているのである。そのことについて、先の引用に続く二番目の題「平林春花」の歌稿の中で触れられている。次の通りである。

平林春花

~~とく遅く~~《をりすぎず》咲るしげみの花みれば春光は木がくれもなし
此十二景、澄月大愚蒿蹊御題被下候。後愚老依願宗順知足庵へ賜題。詠出之意也。

むら〳〵に雲のたつかと山もとの林がくれに花ぞにほへる
題中有雲。以除之。

吹風もあたりの木々におほはれて林がくれは花ぞのどけき

○春にあふ松の林にゝほへばや花も一入の色にみゆらん

春山のふもとの林しげゝれど咲にほふ花の色はかくれぬ

花さかぬ木ぞなかりけるこれや此君がことばのはやし成らん

言葉の花の林にめしゝかどやらはれぬべし色がなしとて

色々のことばの花も咲まじる春の林のかげぞ立うき

この題は一首目の初句の訂正されたものが最終的に提出されるものとなる。ところで、一首目の左注箇所に「此十二景、澄月・大愚・蒿蹊、御題被レ下候。後、愚老依レ願宗順・知足庵へ賜レ題。詠出之意也」という記事が挿まれていることに注目したい。これによれば、まず澄月・大愚・蒿蹊が題を賜り、その後に蘆庵の願いにより宗順・知足庵が題を賜ったという。興味深いのは、平安和歌四天王のほかに「宗順」と「知足庵」の名前が見いだせることである。宗順とは藤島宗順、新日吉神社祠官にして蘆庵の弟子、さきに蘆庵が代詠した旨の箇所で言及した。そして知足庵とは知足庵道覚、新日吉神社社僧にして、やはり蘆庵の門人である。いずれも妙法院宮サロンのメンバーである。[10]

　さて、静嘉堂文庫蔵『六帖詠藻』は蘆庵の歌集草稿であるが、時として蘆庵以外の歌も収録されている。とりわけこの御園十二景は蘆庵が取りまとめて宮に奉ったとおぼしく、都合五人の歌が筆録されている。一番目の題についてのみ引用することにする。

陀峯彩霞

世をすくふあみだが峯のかすみにはたが心かはひかれざるべき　宗順

紫の雲もやこゝにかよふらん霞色こきみねの明ぼの　保考

みねの松こゝをさること遠からで霞の末にみどりそふ影　澄月

こずゑまでみねのあさ日の紅にゝほふや《へる色》かすみなるらん　慈延

のどかなる春の光をあふげとやあみだがみねの先かすむらん　　蒿蹊

宗順の歌として蘆庵の歌の第三句が推敲され採られているが、それは先の引用における左注の記事の通りである。もちろん、宗順の歌も蘆庵の代詠はこの一首のみであり、他の歌に関しては自ら詠出している。なお、宗順の「十二景」の自筆草稿は『寛政三年六月妙法院殿十二景倭謌詠藻』の名で蘆庵文庫に所蔵されている。(11) また、ここに知足庵の歌が欠けており、代わりに保考が加わっている。そのことに関しては、それなりの事情があった。蘆庵が書き付けた次の記事から判明するだろう。(12)

瑞鳥楼十二景、都而之歌一覧相願候処、今日作者作者(ママ)五人分銘々書方五(六)折来、愚老・宗順・保考・澄月・慈延・蒿蹊等也。知足庵歌不レ被レ入。此間対面節詠草ハ指上候得共、清書短冊ハ不二差上一除名相願候由也。其所レ存候ハゞ、最初愚老へ可レ申事也。然るニ仰付ニモアラズ候所、添削之後願二除名一事、対二愚老一失礼無量歟。仍而除レ之。

蘆庵と知足庵との間に、この一件で確執が生じたごとくであるが、その後の両者の関係については未詳とせざるを得ない。知足庵の代わりに入った「保考」は岡本保考、賀茂神社祠官にして妙法院宮サロンの有力メンバーである。

ともあれ、字句に多少の異同はあるにせよ、静嘉堂文庫蔵本（蘆庵自筆）は完成形に近い段階のものと推定される。それゆえ、妙法院宮へ奉られた十二景歌の全容がうかがえると考えるのが妥当であろう。ところが、最終的には宗順と保考の歌が含まれたかどうか疑問の余地がある。なぜならば、実際に宮に提出された原本は所在不明であるが、その転写本と思われるものには宗順と保考が欠落しているからである。(13) したがって、最終的に妙法院宮に奉る時には、和歌四天王のみの十二景となっていたという可能性も想定される。なお、蘆庵文庫蔵の宗順写『六帖詠藻』には、蘆庵の歌稿以外の十二景歌は全く筆写されていない。

　また、上記以外の妙法院宮サロンのメンバーも当該題で歌を詠んだ形跡があるが、その中でも特筆すべきは、上田秋成である。秋成の歌稿は「筆のすさび」に収録されるが、そこには「十二景」のみならず、第三節で取り上げる「生白楼六景」・「自適庵六勝」や第五節で触れる「積翠園十景」などの題詠も含まれている。秋成の場合も、宗順や保考と同様に最終的に宮へ奉ったのかどうか定かではない。[14]ただし、詠んだ歌が四天王の一人である伴蒿蹊からクレームを付けられたことは確かである。「筆のすさび」で秋成は次のように記している。[15]

　　　西山夏雲

　ゆふごとに峰なす雲はくづをるゝ花にあたごのあらきやま風

此歌を蒿渓《ママ》難ぜしは、かしこくも今上の御せうとの宮にてましませます、崩るゝと云詞、忌べきかとなん。老ひとり言して、是は無名抄に、人めつゝみもくづれけり、とよみて出せし。宮中にては、崩の字つゝしむべしと、判者のいはれしに倣ひておしやるよ。さるとき世にあたりては、さまぐ〳〵心用ふべきも、つかへ奉る人々のうへ也。

若文字もて崩るゝと書りとも、用意なきをとがめずともあれかし。崩御と書ても、神さりますとは、いふ事を聞ず、判者のいにしへに暗き歟。さらずは、阿諛の人也。くづるゝと云語は、頽、圮等の字も有て、一義ならず。仮字もてくづるゝと書んには、何のはゞかる所かあらむ。はた御とがめをかうぶらざりし也。

秋成としてはケチをつけられた歌をどうしたものか、自発的に歌を取り下げたのか、江戸派歌人のところに贈られた十二景歌の中には含まれていない。さりとて完全に忘却してしまうこともできず、宮へ奉るために詠んだ歌を思い出話として記したのであろう。もちろんそれを思い出している時の秋成は、宮からの寵愛を感じて至福の時を過ごしたことであろう。[16]

三、江戸派、十二景を詠む（その一）

妙法院宮の古学好きは有名であり、当時の地下歌人と積極的に交流を持った。江戸派もその例外ではあり得なかった。もちろん、地理的な遠さは如何ともしがたく、京の歌会に召されるということはなかった。書簡により兼題に応えて献歌するのがせいぜいのところであった。しかしながら、宮が江戸に赴いた文化二年三月には、数度にわたって村田春海や加藤千蔭を宿舎たる芝天徳寺に招いているのである。『真仁親王関東御参向之記』三月十二日条に、次のように記されている。(17)

加藤千蔭・谷文吾郎・村田平四良、為二御着御歓参一上、於二御居間一御対面、名披露。

千蔭や春海のみならず、谷文晁を招いているところには、絵画にも造詣深かった宮の面目がうかがえる。春海はこの日をはじめとして、十四日・二十日・二十八日、そして宮が帰郷する二十九日に天徳寺を訪問しており、その記録は『仙語記』に記されている。(18)

妙法院宮はこの年の八月九日に薨去することになるので、最晩年に江戸派との間で密な交流を持ったということになる。それでは、交流の始まりはいつの時点を設定すればよいのか。そのことを確定するために参考となる記事が『織錦斎随筆』上巻所収「橘千蔭が歌」の冒頭に存在する。次の如きものである。(19)

妙法院宮は、当今の御いろせの御子におはしますなるが、からやまとのみやびことこのませ給ひて、しないやしききはにても、其名きこえたる人々をば、ゆかしがらせ給ひて、歌人のなかには伴蒿蹊、小沢蘆庵など、常にめしまつはせ給へり。又橘千蔭が名たかゝる事をはるかに聞こしめして、寛政のとゝせの春、一条右大臣東に下り給ふ時、其御ともにまゐれる大舎人頭岡本保考におほせごとたまはりて、千蔭がよめる歌のなかに、山居、閑居などの題なるを奉らせ給ふ。

ここで春海は宮の地下歌人への寵愛ぶりから書き起こし、千蔭が宮の目にとまった僥倖に説き及ぶ。両者の取次は例の岡本保考が使臣として仕えている。なお、保考は宮の書道の師を勤めていた。時は寛政十年春のことである。(20) この時、「山居」「閑居」の題詠を奉ったということである。献上した短歌に添付した長歌の内容をも勘案すると、千蔭と宮との交流はこの時が最初であると断定して大過ない。もちろん、春海も含めて江戸派と宮との交流がこの時に始まったと考えてよかろう。

さて、以上のことを前提として、江戸派の歌人たちが例の「十二景歌」を宮に献詠した時期を検討することにしたい。そもそも、江戸派の歌人が妙法院宮に奉った歌の全体像が確認できる資料は残念ながら未見であるが、その多くを集成した資料は存在する。内閣文庫蔵『妙法院宮へ奉れる和歌』一冊である。当該資料は奥書や識語がなく、書写年次および書写の経緯が不明なので、伝来のいきさつはわからない。収録する歌の内容を見ておこう。千蔭は、百首和歌・御園十二景・自適庵六勝・生白楼六勝《ママ》・閑居山田等自詠歌・長歌一首（含む反歌）である。一方春海は、百首和歌・御園十二景・生白楼六景・自適庵六勝・絵の歌である。これらの歌が千蔭・春海の妙法院宮へ提出した歌のすべてを網羅しているのかどうかは未詳と言わざるを得ない。適宜、当該資料を参照しつつ、他資料を見ていくことにしよう。

そこで、まず春海文庫蔵の写本『妙法院親王御園景勝雑詠』の内容を見ることにしよう。春海自筆にかかると思われるこの写本には、内容的に三種類の作品が含まれている。それぞれの内訳と歌人を整理すると、次のようになる。

Ⅰ、妙法院宮御園十二景

①陀峯彩霞（澄月・慈延・蒿蹊・蘆庵・千蔭・春海・躬弦）
②平林春花（澄月・慈延・蒿蹊・蘆庵・千蔭・春海・躬弦）
③青田乱蛙（澄月・慈延・蒿蹊・蘆庵・千蔭・春海・躬弦）
④喬松啼鵑（澄月・慈延・蒿蹊・蘆庵・千蔭・春海・躬弦）
⑤西山夏雲（澄月・慈延・蒿蹊・蘆庵・千蔭・春海・躬弦）
⑥茅檐明月（澄月・慈延・蒿蹊・蘆庵・千蔭・春海・躬弦）
⑦曲塢秋草（澄月・慈延・蒿蹊・蘆庵・千蔭・春海・躬弦）
⑧虹橋丹楓（澄月・慈延・蒿蹊・蘆庵・千蔭・春海・躬弦）
⑨暁園積雪（澄月・慈延・蒿蹊・蘆庵・千蔭・春海・躬弦）
⑩翠池浮鴨（澄月・慈延・蒿蹊・蘆庵・千蔭・春海・躬弦）
⑪蕭寺清鐘（澄月・慈延・蒿蹊・蘆庵・千蔭・春海・躬弦）
⑫竹窓夜雨（澄月・慈延・蒿蹊・蘆庵・千蔭・春海・躬弦）

Ⅱ、生白楼六景

①花林朧月（睿製・蘆庵・千蔭・春海・躬弦）
②竹岡涼月（璞・慈延・千蔭・春海・躬弦）
③孤松皎月（弘易・蒿蹊・千蔭・春海・躬弦）
④雪峰寒月（之熙・澄月・千蔭・春海・躬弦）
⑤樹杪仏閣（愿・景柄・千蔭・春海・躬弦）

⑥鳳闕瑞雲（慈周・徹山・千蔭・春海・躬弦）

Ⅲ、自適庵六勝

①菜花径鳴雉（慈周・澄月・千蔭・春海・躬弦）
②稗苗田流螢（之熙・蒿蹊・千蔭・春海・躬弦）
③露萩籬吟虫（愿・景柄・千蔭・春海・躬弦）
④枯草原晨霜（弘易・蘆庵・千蔭・春海・躬弦）
⑤風松渓樵歌（璞・慈延・千蔭・春海・躬弦）
⑥淪茶亭閑話（睿製・慈延・千蔭・春海・躬弦）

ここには、「妙法院宮御園十二景」のほかに「生白楼六景」と「自適庵六勝」が加わっている。この二つあるいは三つの作品はいかなる関係にあるのか。ここで興味深い事実が判明する。それは千蔭の詠んだ「十二景」歌を収録する『うけらが花』巻六の詞書が、「妙法院一品の宮の宮所の廿四景の題賜りて歌奉れとおほせ事有りければ、よみて奉りける」となっており、「十二景」に引き続いて「自適庵六勝」と「生白楼六景」が並んでいることである。つまり、千蔭は「廿四景」としてまとめて詠めという仰せを受けたというのである。[21] おそらく千蔭だけでなく江戸派の歌人に対してまとめて出された題だったのであろう。ということは、「自適庵六勝」と「生白楼六景」の成立時期がわかれば、江戸派の歌人が出詠を受けた時期が推定できるかもしれない。

それでは、二作品がどのようなものなのかを検討しよう。まず「生白楼六景」と「自適庵六勝」は、「妙法院宮御園十二景」と同様にもとは妙法院宮サロンの中で成立したものであり、各題につき二人ずつの分担となっている。いずれも最初の者は五言絶句（生白楼六景）や七言絶句（自適庵六勝）の漢詩を詠んでいる。そうして後の者が和歌を詠むという構成である。それを江戸派の歌人三人が受け取って、すべての題で歌を詠んだのである。

次に、この二作品の原形の成立時期を考察したい。この二作品について、成立の時期が直接わかる資料が今のところないので、状況証拠から裏付けるほかはない。資料は三つある。一つ目は六如庵慈周の別集『六如庵詩鈔』である。それは編年体詩集なので、詠まれた漢詩が所収された位置によっておよその年次が判明するのである。遺編に「生白楼上六勝之一、鳳闕瑞雲応二妙法大王教一」および「生白楼下六勝之一、菜花径鳴レ雉」があり、それは寛政八年条に該当する。[22] 二つ目として、大阪市立大学森文庫蔵『見聞随筆』に当該二作品が収められており、それらはやはり編年体の編成から寛政八年の作と知られる。[23] 第三として、蘆庵自筆『六帖詠藻』に蘆庵詠の歌が収録されている。稿本『六帖詠藻』は原則的に編年による構成と考えてよい。「花林朧月」(生白楼六景)は春八に「枯草原晨霜」(自適庵六勝)は冬四におのおの収められており、それぞれの巻の前後関係を鑑みて、やはり寛政八年の作とするのが妥当である。

以上のように、状況証拠ではあるが、「生白楼六景」および「自適庵六勝」は寛政八年作ということが裏付けられ、これを否定する根拠は見あたらない。したがって、当該作品が寛政八年中に成立したことはほぼ確実といってよかろう。

そこで江戸派の歌人がいつ「妙法院宮御園十二景」を詠んだかという問題に話をもどすことにしよう。春海文庫蔵『妙法院親王御園景勝雑詠』という一写本の中で、「妙法院宮御園十二景」が「生白楼六景」および「自適庵六勝」と単に合帖されているというだけでなく、二十四景をまとめて出題されたことは確認済みである。ただし、判明した寛政八年という成立年次は、本節冒頭で確認した江戸派と妙法院宮との交流の始まり(寛政十年春)以前のものなので、残念ながら成立年次を限定したことにはならない。本節では、「十二景」を含む三作品が同じ時期に宮に提出されたということのみが確認できた。

四、江戸派、十二景を詠む（その二）

寛政十年春、千蔭が兼題「山居」「閑居」を賜って以来、妙法院宮と江戸派との交流が始まった。それから度々にわたって歌を奉ることになるのであるが、その中で提出時期が確定できるものが四種類ある。そこで、その四種類の詠歌群の成立時期を検討することにしたい。そうすることで、「十二景」の提出時期もそれに準じて考えることができるであろう。それは「絵の歌」・「花・心・月・思」・「百首和歌」・「夢と胡蝶」である。

まず「絵の歌」について検討することにしたい。春海の詠んだ「絵の歌」は、春海文庫蔵『妙法院親王御園景勝雑詠』には含まれていない(24)。が、筑波大学付属図書館蔵『妙法院宮御園景勝雑詠』や和歌山大学付属図書館紀州藩文庫蔵『本居大人京師贈答』には、「妙法院御園十二景」・「生白楼六景」・「自適庵六勝」の後に春海の「絵の歌」が置かれている。次のようなものである。

妙法院宮のおほせごとをうけたまはりてよみたてまつれる絵の歌　　春海

　　墨がきのさくら
おぼろ夜の月にゝほふと見し花はかすむる筆のすさみ也けり
　　かきつばたのもとにくひなの居たるかた
夏の池のいはかきつばたしげゝれどたゝくくひなの音ぞへだてぬ
　　蓮の葉かきたるゑに荷浄納涼時といふ心を
波あらふ池のはちすのおきふしに清き心をそへてこそみれ

桐の落葉

月にうきくまとならじと桐の葉の秋たつからにちりはじむらむ

もみぢちりたり鹿のあと見ゆ

もみぢゝるかた山はやし秋くれて霜にをじかの跡ぞのこれる

宮の書給へる富士の絵に

立およぶ雪こそあらねふじのねのうへなき筆の心たかさは

霊芝

百草のしげきたぐひと誰か見むこはやま人のいく薬なり

許由

一枝をおのゝやどりとすむ鳥はしげき林にめこそうつさね

妙法院宮に奉った「絵の歌」として合計八首が写されている。この八首は宮の要請に応じて提出されたものと思われる。いずれも版本『琴後集』には収録されていない。『うけらが花』巻六には千蔭が宮に奉った「絵の歌」があり、次の如くである(25)(括弧内は国歌大観番号)。

妙法院宮のおほせにてよめる絵の歌の内七首

墨がきの梅を

見ればかつかをるばかりにおもほえてちる恨なきうめの花かも（一二三九）

竹のもとに鶴たてり

くれたけの千よにわがよをとりそへて君にゆづるの声ものどけし（一二四〇）

巣父の牛牽けるかた

上つ瀬をいざとめゆかむ世のちりににごれる水はかはまくもうし（一二四一）

松かさといふものかけるに

おのづから落ちしこのみのおひのぼり雲かかる世をまつぞ久しき（一二四二）

竹深留客処といふ詩の心を

くれ竹の夕陰もよしすなほなる代のふることもかたりあかさん（一二四三）

もみぢ散りたる所鹿の跡みゆ

妻ごひに立ちならしけんさをしかの跡見るさへもあはれなりけり（一二四四）

宮の書かせ給へるふじの絵に

神代より高く貴き此山をうつす御筆のすさびにぞ見る（一二四五）

最後の二首は、春海の歌と題が共通するものである。ここから千蔭および春海が、宮の要請によって同じ時期に「絵の歌」を詠んで奉ったと考えて間違いない。それでは、これらの歌はいつ詠まれたものなのか。

春海の歌と同様に、千蔭の歌にも詠歌時期を示唆する詞書や左注は存在しない。[26] ところが、千蔭はこの歌を宮に提出したことについて、本居宣長に報告しているのである。次に引用する通りである。

追而近詠少し入二御覧一候

妙門様よりおほせによりてよめる絵の歌の内

墨がきの梅

みれバかつかをる計におもほえてちる恨なき梅の花かも

巣父のかた

上つ瀬をいざとめゆかん世のちりににごれる水ハかはまくもうし

竹深留客処といへる詩の意

くれ竹の夕陰もよしすなほなる代のふることもかたりあかさん

この三首は千蔭が詠んだ「絵の歌」からの抜粋である。書簡に近詠を載せるのはよくあることではあるが、ここでは「妙門様」（妙法院宮）よりの仰せで詠んだという事実を伝えたかったのではないかと思われる。妙法院宮は当時の地下歌人にとってそれだけ権威があり、憧憬をもって対する相手だったのである。(27) これは寛政十一年五月三日付書簡である。ここで「近詠」と述べているところから、「絵の歌」は寛政十一年五月頃に詠まれ奉られた歌であったということになる。なお、宮より富士の絵を賜ったことがここから判明する。千蔭の「絵の歌」の提出年月が確定したことで、春海の「絵の歌」もこれと同じ時期と考えることができる。宮からの要請の時期が共通すると考えるのが自然だからである。すなわち、江戸派として「絵の歌」を提出したのは寛政十一年五月頃ということである。

次に、「花・心・月・思」を題とした歌である。自筆本『六帖詠藻』春十に載る次の歌群である。

このゝち、千蔭・春海にもおほせたまひて両題、又月、思といふ題をよませたまひて、みよとてたまへり。

花　　千蔭

あだなりとたれかいひけん千万のよゝにふりせぬ山ざくら花（うけらが花・春・一六七）

春海

花にのみくらさぬ春はなき身にもいづれのとしかあくまではみし（琴後集・春・一八五）

心　　千蔭

雪をしのぎかぜにまかせておのがじし松も柳も心ありけり（うけらが花・雑・一四九〇）

春海

末の世と思ひすてめや心のみいにしへ人になさばなりなん（琴後集別集・雑・二五三四）

千蔭

月

詠めきて老となりにしうらみさへわするゝ秋のよはの月哉（うけらが花・秋・五九三）

春海

わびゝとの袖をたずねてとふ月はよにすみかぬる心しりきや

千蔭

思

おもはじとおもへど物を思ふこそこゝろの外のこゝろ也けれ（うけらが花・雑・一四九一）

春海

よしあしをいにしへいまとたどるにはいはぬ思ひもあるよなりけり（琴後集・雑・一一八一）

これらの歌群は妙法院宮より出題されたもので、自筆本『六帖詠藻』のならびから寛政十二年三月にあたることがわかる。「花・心」の題は伴蒿蹊と慈延に出題され、それに「月・思」を加えて千蔭と春海に出されたものである。千蔭と春海はこれに応じて歌を詠んで宮に提出した。

第三として「百首和歌」に話題を移すことにする。この百首和歌については、春海および千蔭の識語を検討することで、成立の時期を考察したい。まずは、春海の識語である。[28]

これは妙法院宮の歌めし給ひければ、はやくよめる歌のうちよりひろひ出て、奉れるなり。時は寛政十まりふたとせののちの卯月になむ。

「百首和歌」は兼題ではなく、無題のおもて歌を提出するよう要請をうけたものと思われる。寛政十二年閏四月のことであった。次に千蔭の識語を見てみよう。

寛政十二年宮の御内木嶋主計をもておほせごとに、よみ置る四季恋雑歌書て奉れとありければ、撰て書て奉る。料紙は宮より給はれる杉原なり。閏四月八日。宮の御内水口伊織がもとへもて行て奉れり、とありけるをうつしぬ。

ここから時は寛政十二年閏四月八日であったことがわかる。また、宮への取次の人物が木嶋主計と水口伊織であったこともわかる。ともあれ、寛政十二年閏四月八日に宮へ提出されたことが明らかとなった。

第四に、春海文庫本『妙法院親王御園景勝雑詠』の裏表紙見返に書き付けてある歌である。

寛政十二年五月、妙法院宮よりおほせありてよめる也。

上に夢といふ文字をかきて下に胡蝶のとぶかたかきたるに

ぬるがうちのこてふをのみやわきていはんさむるこの身もゆめなるものを

はじめに蘆庵が歌あり、其歌は

うつゝなき世は夢ながらすぐしなでなどかはてふの人となりけん

夢といふ字は神龍道人、絵は東洋

これは内閣文庫本では一括して「絵の歌」と分類されているものである。この一首が、そのほかの「絵の歌」と成立時期および提出時期が異なることは引用文冒頭の年月から明らかである。この歌は寛政十二年五月に詠まれ、奉られたものであった。寛政十年春に始まった交流は、同十一年から十二年にかけて盛んに行われたのである。

それでは、江戸派の歌人が「十二景」を詠んだ下限はどの時点に設定することができるのか。江戸派が宮から「十二景」の兼題を頂戴した時、平安和歌四天王の歌は添付されていたが、次節で扱う本居宣長の歌はなかったと考えるのが妥当である。それは江戸派系の資料（春海文庫本・筑波大学本）によって裏付けられる。逆に宣長が宮から兼題を頂戴した時には江戸派の歌人三名の歌はあった。鈴屋系の資料（紀州藩文庫本）がその傍証となる。したがって、江戸派が「十二景」を奉った時期は宣長の時（享和元年四月）より先行すると言ってよい。下限の設定はおのずから享和元年四月となるだろう。

以上のことから、「十二景」が奉られたのは寛政十二年前後であろうことが推察されるのである。

五、本居宣長、十二景を詠む

江戸派の歌人と同様に、本居宣長も妙法院宮より重用された。飯倉洋一氏によれば、それは寛政二年十月に『古事記伝』初帙が宮に献上されたのがきっかけであったという。[29]そして、寛政五年四月八日に初めて拝謁して以来、交流は密度を増していく。

宣長が「十二景」を詠んだのは、享和元年のことである。[30]宣長は四月初旬から六月中旬まで京に滞在した。異例ともいえるほど長く滞在することになる京への道中、宣長は「十二景」を詠んだのである。四月一日付大平春庭宛宣長書簡に次のような記述が見出される。[31]

妙法院様十二景の歌も、道中ニ而不レ残よみ申候。皆万葉風也。

詠んだ歌を「皆万葉風也」と評するのは、「古風」と「後世風」を詠み分けようとした宣長の面目である。この書簡から、宣長は松坂にいる時に「十二景」を詠むことを要請されていたということがわかる。では、道中で詠まれたこの

「十二景」は、いつ宮に提出されたのか。

宣長の京における生活は、門人の石塚龍麿による『鈴屋大人都日記』と宣長自身による『享和元年上京日記』の二種類に記される。まず、出版もされた前者『都日記』を検討することにしよう。「十二景」を詠んだ歌の条は、次の如くである[32]。

四日くもりみはれみさだめなき空のさまなり。藤良助、淡路ノ国津名ノ郡来馬《クルマ》ノ村久留麻ノ社司田村ノ大和、石見ノ国美濃ノ郡飯浦八幡ノ神主中嶋ノ常陸介、又斎藤ノ友右衛門などいふ人々とぶらへり。昼すぐる頃妙法院ノ宮のみや人長谷川ノ采女をとぶらひ給ふ。さるは宮の御庭なる積翠園十景のうちに、碧虹橋といふはしある、その歌よみて奉るべきよし、さいつころ仰言《オホセゴト》有て、御《ミ》みづから御《オホム》題か丶せ給へる短尺を給へりけるを、よみ出給ひて奉給ふなりけり。

園の名の木々のみどりを雲ゐにてたつやみ池のにしのかけはし

おなじ御庭の十二景に、陀峯彩霞、

むらさきの雲かもたつと見るまでにあみだがみねはかすみきらへり

平林春花

たちつゞく木々のとこ葉にこきまぜてはやししみ丶にさける春はな

青田乱蛙

夕さればかはづつまよぶをやまだのなはしろ水にかはづつまよぶ

喬松啼鵑

しみたてるみ園の松のたかき枝にいゆきかへらひなくほと丶ぎす

西山夏雲

山のはのいり日か丶よふはた雲も夏のゆふべはつねゆけにたつ

茅簷明月

のきばもるあきの月夜の影きよみかやのそ丶きにつゆひかる見ゆ

曲塢秋草

たもとほる里のかきほの秋草は初しもおひてうらがれにけり

虹橋丹楓

秋の池の虹のをはしにいろはえてにほふみぎはのもみぢ葉のよさ

暁園積雪

おしなべてこぬれましろにつもる夜はあかときわかぬみそのふの雪

翠池浮鴨

ところえてひろきみ池をあし鴨のかゆきかくゆきおきになづさふ

蕭寺清鐘

うらさふる夜はのねざめにおとすみてき丶のよろしき山でらのかね

竹窓夜雨

風まじりまどの竹の葉さや〳〵に雨のふる夜はいねがてぬかも

ちかきころ摺本《スリマキ》になれる桜花三百首をも、此歌どもにそへて奉り給へり。此御かへるさに、大仏の南のかた、東瓦町といふ処に、かの斎藤友右衛門といふ人の旅ゐをとぶらひ給ひ、又三十三間堂、祇園の御社にまうで給ひて、二軒茶屋にやすみたまふに、をりしも千楯、蕃民など来あひて歌よみ給ひつれど、ものにやかきつけ給はざりけむ、見あたらぬこそくちをしけれ。

四月四日の昼過ぎに妙法院宮の内人長谷川采女を訪問した。その時、「積翠園十景」のなかの「碧虹橋」を題に歌を詠めという仰せ言を受け、あらかじめ詠んでいた歌を奉った。この日、それと同時に件の「十二景歌」も披露している。少なくともそのように受け取れる。ところが、そのことは宣長の『上京日記』の記述と齟齬するのである。

『上京日記』四月四日条には次のように記されているのである。(33)

○四日　曇、晴
藤良助　仏光寺烏丸東へ入町　入来
田村大和　淡路国津名郡来馬《クルマ》村久留麻社司　入来
中嶋常陸佐　石見国美汅郡飯浦八幡社司　入来
斎藤友右衛門　大記弟子、篠田外記弟子也　入来
一、昼後、大仏　宮御内初瀬川采女へ訪フ、是ハ　宮ノ御庭積翠園十景ノ内、碧虹橋ノ歌、予可㆓詠進㆒之由、蒙㆑命賜㆓御短冊㆒、件ノ題　宮ノ御染筆也。件歌詠出、今日所㆓持参㆒也。件歌之外桜花三百首、是亦入㆓御覧㆒。
一、斎藤友右衛門旅宿ヲ訪フ。大仏ノ南方東瓦町ト云処也。夫ヨリ卅三間堂、祇園社等ニ詣テ、二軒茶屋ニ休息シテカヘル。

四日条には長谷川采女を訪問し、「碧虹橋」の兼題を献上したことが書かれているが、「十二景」に関する記事が全く見られない。そこで他の日付に「十二景」の記事がないか調べてみると、十二日に該当する記事が見いだせるのである。次の通りである。

○十二日　快晴

一、今日清水寺ニ詣。夫より大仏長谷川采女へ訪。十二景ノ拙歌并文房四友ノ歌、ヒチリキノ長歌等、宮ノ御覧ニ入ル。采女へ相渡ス。夫より伴蒿渓ヲ訪。留守也。

確かに十二日に「十二景ノ拙歌」を奉った由の記事が見える。『都日記』と『上京日記』の記載の相違をどのように考えればよいだろうか。

そこで、『都日記』と『上京日記』の相異点は、次のように考えれば矛盾なく理解できると思われる。すなわち、実際に「十二景」の歌を奉ったのは四月十二日である。四日には妙法院宮の「積翠園十景」のうち「碧虹橋」の兼題を詠んだとある。(34)これは両日記に共通するものである。龍麿はその歌に因んで「十二景」の歌を紹介したと考えればすっきりする。たしかに『都日記』は事実とは相違する。しかしながら、それは事実を忠実に記す『上京日記』と、ある程度の構成的配置をも意識した『都日記』との相違と理解すればよかろう。

いずれにせよ、宣長の「十二景」詠が享和元年三月下旬、提出が享和元年四月十二日であったことが確認されたと思われる。

六、おわりに

妙法院宮真仁法親王は、時間をかけて「妙法院宮御園十二景」の兼題を地下歌人に詠ませた。「御園十二景」における四字漢語の十二の題は、単なる題詠のための兼題ではない。みずからの楼閣からの眺望を詠ませているのである。そこには、自らの楼閣から見える四季の景物を詠ませることで、地下歌人をまつろわせようとする意志を読み取ることもできないわけではない。選ばれた歌人の中に、いわゆる妙法院宮サロン以外の千蔭や春海、あるいは宣長がいたことは、当時の名声がそれだけ高かった証拠にもなるだろう。

〔注〕

(1) 村山修一氏『皇族寺院変革史―天台宗妙法院門跡の歴史―』(塙書房、平成十二年十月) が近代以前の「妙法院」について網羅的に記述している。

(2) 妙法院宮の学芸家については、宗政五十緒氏「真仁法親王をめぐる藝文家たち」(『日本近世文苑の研究』、未来社、昭和五十二年十一月)、および飯倉洋一氏「本居宣長と妙法院宮」(『江戸文学』十二号、平成六年七月)、同「妙法院宮サロン」(『共同研究 上田秋成とその時代』、勉誠社、平成六年十一月) がある。また、光格歌壇については盛田帝子氏「光格天皇とその周辺」(『隔月刊文学』二巻五号、平成十三年九・十月) 参照。

(3) 『澄月伝の研究』(風間書院、昭和五十八年二月)「一一 喜寿の後」。

(4) 慈延の門弟橘南谿の『北窓瑣談』に「当今、京師地下の和歌四天王と世に称するは、澄月・蘆庵・大愚・蒿蹊なり」とある。

(5) 重森三玲氏「妙法院御座之間庭園」(『日本庭園史大系』第十七巻、社会思想社、昭和四十六年九月) 参照。

(6) 名古屋市蓬左文庫蔵。ただし、引用に際して訓点・濁点・句読点等、適宜補った。なお、この書簡は兼清正徳氏『澄月傳の研究』にも一部所載されている。

(7) 静嘉堂文庫蔵『六帖詠藻』では「小坂殿十二景」となっているが、『六帖詠草拾遺』では「新日吉御所十二景」となっている。なお、後者は「雑歌」部に収められ、『新編国歌大観』第九巻にも所収され、二九四番から三〇五番までとなっている。

(8) 兼清正徳氏所蔵本 (『澄月傳の研究』) による。後掲の蘆庵書入本 (注 (12)) にもこの名称が用いられている。

(9) 静嘉堂文庫蔵『六帖詠藻』雑八 (第四十三冊)。

(10) 飯倉洋一氏「妙法院宮サロン」参照。

(11) 『寛政三年六月妙法院殿十二景倭謌詠藻』に残された和歌は、静嘉堂文庫蔵蘆庵自筆『六帖詠藻』に収録された宗順のものとかなりの異同がある。前者は宗順の歌稿と推定される。

(12) 静嘉堂文庫蔵『六帖詠藻』雑八の宗順・保考・澄月・慈延・蒿蹊の「十二景」の直前に記されている。なお、この記事は丸山季夫氏「蘆庵自筆稿本小坂殿うた合」(『国学者雑攷』、吉川弘文館、昭和五十七年九月)に紹介されている。

(13) 天理大学附属天理図書館春海文庫蔵『妙法院親王御園景勝雑詠』や和歌山大学付属図書館紀州藩文庫蔵『本居大人京師贈答』など。

(14) 「筆のすさび」(『上田秋成全集』第九巻、中央公論社、平成四年十月、「麻知文草稿類　其の四」)の冒頭には「妙法院一品の宮より、かたじけなくも、御だい賜はりしに、よみて奉りしが、こゝにとゞむべからぬものに聞侍りしかば」と書き綴っている。

(15) 注(14)に同じ。なお、「筆のすさび」に所収された歌の多くは『藤簍冊子』に収録されている。

(16) 「筆のすさび」の識語「七十六齢余斎」によれば、秋成晩年の文化六年の執筆となる。

(17) 『妙法院史料』第六巻(吉川弘文館、昭和五十六年二月)所収。

(18) 伺候の日程は春海文庫蔵『仙語記』による。

(19) 引用は春海文庫蔵春海自筆『とはずがたり』巻一による。

(20) 寛政十年四月九日付千蔭宛宣長書簡によれば、千蔭は宣長に妙法院宮から歌の召しがあったことをすでに報告済みである。

(21) 『うけらが花』巻六には「廿四景」の直後に「積翠園十景の内、君子榭」を題に詠んだ歌を採録している。

(22) 宗政五十緒氏「六如庵釈慈周年譜」(『近世の雅文学と文人』、同朋舎出版、平成七年三月)参照。

(23) 清水勝氏「伴蒿蹊著道の記『多田日記』―写本成立の事情とその周辺について、並びに翻刻―」(『伴蒿蹊研究』、私家版、平成十一年三月)参照。

(24) 春海文庫本の表紙題簽には「妙法院親王御園景勝雑詠　附春海繪歌」とあり、もとは「絵の歌」が合帖されていた如くである。また、文化十三年正月十七日の識語を持つ筑波大学本には、泊洦舎(清水浜臣)本からの転写本である旨の記述がある。これは春海文庫本がもともと「絵の歌」を含んでいた傍証となる。

(25) 『新編国歌大観』第九巻所収。

(26)『本居宣長全集』別巻三（筑摩書房、平成五年九月）所収、来翰集番号一七四番。

(27) 寛政十年九月十八日付千蔭宛宣長書簡に「先達而妙門様へ御長歌上ゲ被㆑成候処、御感之趣申来候由、扨々御本懐之程、いか計歟奉㆓珍重㆒候。御同門之御事故、御同然に難㆑有大慶仕候」とある。

(28) 引用は内閣文庫本より行った。千蔭の識語も同じ。

(29) 注（2）「本居宣長と妙法院宮」参照。

(30) 宣長は寛政五年四月九日、妙法院宮に召された折に「十二景」のうち「虹橋丹楓」と「陀峯彩霞」を詠んでいる（『寛政五年上京日記』上）。ただし、これが宮の仰せで詠んだものかどうか定かではない。

(31)『本居宣長全集』第十七巻（筑摩書房、昭和六十二年十一月）所収、書簡番号八四六番。なお、「十二景」の草稿は本居宣長記念館蔵『妙法院宮御庭景物の歌稿』に記されている。また、その転写本『本居宣長十二景和歌并四条宿兼題』（堀田憲之筆）は蓬左文庫にある。

(32)『本居宣長全集』別巻三（筑摩書房、平成五年九月）。

(33)『本居宣長全集』第十六巻（筑摩書房、昭和四十九年十二月）。

(34) 秋成も享和元年四月二十五日に「積翠園十景」のうち「倚松庵」を題として三首詠んでいる。春海にも「積翠園十景」のうち「緩歩堤」を題として二首詠んでいる（『琴後集別集』巻三「秋歌」所収）。千蔭については注（21）参照。いずれも浅野三平氏『秋成全歌集とその研究』（桜楓社、昭和四十四年二月、増訂版は平成十九年十月）「歌人秋成の位置」に「積翠園十景」として紹介されている。

第六章　松平定信──『三草集』「よもぎ」の添削

一、はじめに

『三草集』は楽翁松平定信自撰の私家集である。それは三部より構成されており、詠歌時期に応じて「よもぎ」「むぐら」「あさぢ」と名付けられている。詠歌時期・清書時期および歌数は次の通りである。

よもぎ—享和元年～文化四年、文政十年十一月十五日筆、百七十三首。
むぐら—文化元年～文化九年、文政十年十一月二十五日筆、百二十八首。
あさぢ—文化九年～文政七年、文政十年十二月十三日筆、六百三十五首。

いずれも孫の定和に与え、出版に付されたものである。刊記は明らかではなく、板元も未詳である。楽翁の蔵版であると考えるのが順当であろう。[1]もっとも『三草集』は自撰ではあるが、とりわけ「よもぎ」は撰集の過程で三人の歌人が添削を加えて出来た歌集なのである。[2]本章で取り扱う諸稿本のごく簡単な書誌データは次の通りである。次節以下では当該番号を用いる。なお、『三草集』「よもぎ」の稿本はすべて「よもぎふ」と名付けられているので、便宜上、稿本を「よもぎふ」、刊本を「よもぎ」と呼ぶことにしたい。

(1)「よもぎふ」。天理図書館蔵（〇八一―イ五三―九―一―一）。冊子本。定信自筆。外題は「蓬 三草集第一」。序文あり（文化四年冬）。二百三十七首。

(2)「よもぎふ」。天理図書館蔵（〇八一―イ五三―九―二―一）。巻子本。定信自筆。外題も同じ。序文あり（文化四年冬）。百九十四首。

(3)「よもぎふ」。天理図書館蔵（〇八一―イ五三―九―三）。巻子本。定信自筆。外題は「よもぎふ　芝山家季文春海批判」。序文なし。定信宛持豊書簡（自筆）・春海書簡（自筆）。田内親輔識語（文政十三年初秋）。二百七十九首。

(4)「よもぎふ」。天理図書館蔵（〇八一―イ五三―九―四）。冊子本。定信自筆。外題なし。序文あり（文化五年）。八行罫紙。三百四十五首。

(5)「よもぎふ」。天理図書館蔵（〇八一―イ五三―九―五）。冊子本。定信自筆。外題も同じ。序文あり（文化五年秋）。二百九十七首。

(6)「よもぎふ」。天理図書館蔵（〇八一―イ五三―九―六）。冊子本。定信自筆。外題も同じ。序文あり（文化五年秋）。三百二十四首。

(7)「よもぎふ」。天理図書館蔵（〇八一―イ五三―九―七）。冊子本。松平定和写。外題も同じ。序文あり（文化五年秋）。定和識語（文政十年九月十一日）。三百十九首。

(8)「よもぎふ」。天理図書館蔵（〇八一―イ五三―九―八）。冊子本。田内親輔写。外題も同じ。序文あり（文化五年秋）。定信宛持豊書簡（写）・春海書簡（写）。田内親輔識語。校合書入あり。三百三十九首。

(9)「よもぎふ」。天理図書館蔵（〇八一―イ五三―九―九）。冊子本。写（筆写者未詳）。外題も同じ。序文あり（文化五年秋）。三百十九首。

(10)「よもぎふ」。天理図書館蔵（〇八一―イ五三―一二）。冊子本。定信自筆。「われもかう」・「まくず」と同装。序文あり（文化五年）。二百七十七首。

このように十種の草稿本が天理大学附属天理図書館に所蔵されている。これら以外にも転写本が存在することが知られている。(3)『三草集』の中でも「むぐら」や「あさぢ」にはこれほど多くの伝本はない。草稿本や転写本の多さは定信自身の「よもぎ」に対する思い入れの深さを反映するものと考えることができよう。

本章では「よもぎふ」諸稿本の調査に基づき、そこに添付された添削批評を検討することによって、松平定信をめぐる人脈の一端を明らかにしてみたい。

二、「よもぎふ」の添削

『三草集』「よもぎ」は数度にわたる推敲を経て文政十年十一月十五日に清書され、刊行される。文化四年冬付の自序から数えてちょうど二十年後のことである。先に見たように、自筆草稿七種および他筆草稿三種は、天理図書館楽翁文庫に現蔵されている。それらの諸稿本の整理と位置付けが急務であることは言うまでもない。だが、それとは別に重要な事柄がある。それは「よもぎふ」が生成する際に定信以外の意匠が潜在しているという事実である。「よもぎふ」は定信自身の推敲とともに定信以外の添削も加わっているのである。

定信は草稿を複数の歌人に渡して添削を請うている。添削を書き入れた草稿は二種類あり、(3)と(8)がそれに該当する。その二部には識語が添えられており、成立の事情が明らかにされているので、順に見ていきたい。まずは(8)の識語である。なお、引用に際して句読点・濁点を付した。

墨の点とすみの賞詞は芝山黄門持豊卿なり。朱のかきいれは向南先生也。青と白の点は春海なり。持豊卿はこのころ京師の宗匠なりしが、伏見奉行加納遠江守久周卿のすゝめによて、おり〳〵御詠草をまいらせ給ひぬ。関東歌司北村季文一家の風調にして批判にくはしく、今の世にめづらしき歌よみと賞し給ひき。江戸浪士村田平四郎は加茂の真淵が高足にして博学多識、為人すぐれたれば御扶持五口賜はりぬ。折々御歌など拝覧し奉れどたえて賞し奉りし事なきは　先生の好ませ給ふもところとことなる故にやあらんとおもひしが、さにはあらずや。この御冊子は殊更に感誦し奉りぬ。

親輔識

識語の記者である「親輔」は白河藩士（後に桑名藩士）御内人の田内親輔である。親輔は江戸詰の側用人として定信に仕えたので、「よもぎふ」に識語を記すのにふさわしい人物と思われる。定信は文化九年に致仕し、実子の定永が跡を継いだが、文政六年には白河藩から桑名藩へと移ったのである。この識語によれば、三人の筆が入っているという。一人目は芝山持豊（墨の点と評）であり、二人目は北村季文（朱の点と評）であり、三人目は村田春海（青と白の貼紙）である。それぞれに簡潔に紹介している。持豊は京都の歌壇の宗匠であり、加納久周の推薦で添削を請うようになった(4)。季文は「関東歌司」（幕府歌学方）として「批判」（添削）に精通している歌人であった(5)。春海は真淵高弟の「江戸浪士」と紹介されている。春海は干鰯問屋の出身なので、「浪士」は事実誤認であろう。すでに文化八年に没しているので錯誤が発生したのではなかろうか。

このように三人の歌人の添削の書入れがある稿本は(8)だけでなく、(3)にもまた添削が書き込まれているのである。そして末尾には親輔の識語が付されている。次の通りである。

はかなき道に名をし残さばなどいたくかろくしのびたれとこのみ給ふものから、その御ことのはの数いくらといふをしらずなむ。文化のはじめみづからゑらびて紙染めさせ給ひき。もとよりいにしへ今の掟にかゝはらで御心のまに〳〵よみいで給ふなれば、かの麻をはなれしとかいふふる事によりて蓬と名づけ給ひ給《ママ》をも歌司の向南先生へ批判を乞給ひければ朱もてかきそへ給ひぬ。また春海に見せ給へばかくは御いらへきこえ奉りぬ。その後、芝山黄門持豊卿へまいらせ給へば墨もて点し給ひ、くさぐ〵かき入て賞せられ、御返事をさへそへてかへし給ひぬ。いかにはかなくなどいひをかせ給ふとも、よもぎがやどにひめをき給ひしものなれば、露もうちちらさで御文庫におさめ置侍りぬ。

文政十三年初秋　　　　田内親輔　花押

京師へまいらせ給ひしと向南先生春海へみせ給ひしとはべちの御冊子也。且は京師へやり給ひしかたには御歌を省せ給ひしもありき。今かの卿の御書入のかたをかくはものして先生の批判をこゝにうつし、春海が青きと白き紙つけたるをもかき加へて、すべて此ひとまきにそなへぬ。

文政十二年に定信が没しており、すでに『三草集』は出来していたので、親輔がこの巻を編纂したのは添削資料の保存という目的のためかと推定される。なお、(8)の識語との前後関係は未詳とせざるを得ない。ともあれ、(3)の識語の本文から三者の添削の順番が判明する。まず季文に見せ、次に春海、最後に持豊という順序であったというのである。しかも尚々書によれば、季文・春海に見せた本文と持豊に見せた本文とは別個のものであったという。少し不明瞭な書き方であるが、持豊に見せたのは歌数の少ない(3)であり、季文・春海に見せたのは歌数の多い(8)であると推定される(6)。それらを相互に引き写して統合し、(3)と(8)が出来したと考えるのが順当であろう。

それでは、三者に添削を受けたのはいつのことなのか。持豊が添削を返却する際に定信に宛てて書簡を書いている。その定信宛書簡（(3)に添付）の日付は「五月十二日」であるが、書中に「持豊七旬近相成候ば」という言説が存在するところから、執筆時期を限定することができる。持豊は文化十二年二月二十日に享年七十四歳で没しているので、七十歳にあたる年は文化八年である。また、「よもぎふ」は文化五年秋の序を有するので、添削はそれ以降であることは間違いない。したがって、文化七年であれば六十九歳となり、文化六年であれば六十八歳となる。持豊の添削が文化六年五月十二日乃至七年五月十二日であるならば、季文と春海の添削はそれ以前の成立となる。当然ながら春海の添削は、自身が病床に臥した時期（文化六年四月）より前であろう。

以上のことから、「よもぎふ」は文化五年秋の自序執筆以降文化六年四月以前に季文・春海の添削が行われ、文化六年乃至七年の五月十二日に持豊の添削が行われたと考えることができる。最終的に文政十年に浄書本が執筆されたことを考慮すれば、かなり早い段階で三人の評が加えられたと見ることができよう。次節以下では便宜上、持豊・春海・季文という年齢の順に検討していきたい。

三、定信の歌歴と芝山持豊

諸稿本は改稿（推敲）されて歌本文や歌数が変化したが、それと同時に、付せられた序文もまた更新されたのである。序文の最終形は(2)の推敲後の形態を有する版本の序である。次のごとくである。

歌のまねびの心ばかりなれども、おのがまにまによみ出づれば、麻をはなれしよもぎの生ひしげるがごとく、いといたううるさくて、むかしよみしはみなうち払ひてけり。享和のはじめより生ひ出でたるがうちをいささかのこして、あさ夕露のよすがとなすものなり。

うきものもほどへて後はなつかしきおもかげみする霜のよもぎふ

みるらん人もありやせむ。

文化四年のとしの冬火桶によりそひつつかけり。

「よもぎ」という名の由来と詠歌の時期の記載などが記される簡単なものである。ところが最初はこのような簡潔なものではなかった。残存する諸稿本の中で成立が最も古いと推定される(4)の序文は次のようなものであった。推敲後の形態を引用しよう。

予とし比わかの道に心をよせ侍りてける。おさなき比は萩原の翁の教をきゝ、それより烏丸卜山、日野資枝卿などにもしたがひ、その後人のすゝめによて芝山の黄門がもとよりていさゝか歌などみせもし侍けるが、わかの道はかくあるべきことゝいふことをだにわきまへず、疑ひのみおほくつもりて、何によるべきてふことをだにみとゞめがたければ、つゐに世にいふ歌の道をば思ひたえて、おのが心のまゝによみ出つゝ、つたなき心ばへをそのまゝにのべ侍ることをのみもはらとせしなり。

享和の比よりことしまでの歌は、古にもよらず、今にもよらず、たゞ麻をはなれしよもぎの生しげるがごとくによみ出侍れども、さすがに秋の月は露をへだてず、春のみどりもわく色なければ、よもぎのまがれるこしおれ、年々にしげさまさりて、みるもいとうるさくなん侍りける。さらば一筋の道はせめてかり払ひてんとおもへど、うちまがれる枝々のさきみちたれば、皆払ひていさゝか朝夕露のよすがにとのこしをきたるなり。もとよりかのよもぎの庵にしめ置べきものにして、露もうちゝらすべきものにはあらずなん。

文化いつゝのとし秋の雨なが〳〵しうふりくらして、いとつれ〴〵なりければ、この巻をかいとゞめし也。

文化五のとし　楽翁

この序文の原形と最終形を比較すると、原形の後半部が表現面においても最終形に引き継がれているといえるが、いくつかの相異点も見出される。末尾の年記もその一つであるが、ここではより大きな問題を含む相異点を検討してみたい。(7)歌歴の叙述である。

(4)の序文の前半で、定信は就いた師匠を順に紹介することにより、みずからの歌歴を表明している。まず幼年期に萩原宗固に学び、その後烏丸卜山（光胤）と日野資枝に従って詠歌修業をしたが、人の薦めによって芝山持豊に就いたという。(8) このうち初めの三人とは異なり、持豊だけは少し微妙な口吻であることに気付かされる。持豊に就いてからというもの、和歌の道の何たるかを見失って、詠歌への意欲を失ったというのである。読みようによっては定信の持豊への評価がそれほど高くないのではないかと受け取れる。次節で見るように、持豊に添削を請うた稿本(3)に、そのような師の指導に懐疑的な序文がないのも納得できるのである。

持豊への入門に関しては、(5)の序文に別の情報が加わっている。前半を抄出すると次の通り。

予とし比わかの道に心をよせたりけり。おさなき比は人づてに萩原の翁の教をきゝ、それより烏丸卜山、日野資枝卿なんどにしたがひぬ。みなうせ給ひてはもとよりよるべき心もなきを、人のすゝめにて芝山黄門にたよりけり。はやその比は享和の比にて、さしてきゝならふべき心もなければ、年のうちにひとたび二たび歌などみせものしたる斗なりけり。かく年ごろわかのうらはにそなれども、かくあるべきものといふことをさへわきまへず。つゐにいま世にいふ歌の道をば思ひたえて、おのが心のまに〳〵よみ出つゝ、……。

この序文から持豊への入門の時期が判明する。それは宗固や卜山、資枝の没後であるということである。この三人のうち最も没年が遅いのは資枝であり、享和元年十月一日のことである。その後持豊に入門したという。それが「享和の比」ということは、資枝没後にそれほど歳月を隔てず持豊に入門したことになる。なお、享和元年は持豊の六十歳にあたるが、この年に定信は「芝山黄門の六十歳の賀に」（よもぎ・雑）と題して歌を詠んでいる。あるいは入門直後の挨拶であろうか。それはともあれ、序文の原形および最終形では、「よもぎふ」は享和元年以降に詠んだ歌を収録したとされているので、持豊入門と所収歌の詠歌時期が奇しくも重なることになる。また、(4)で見たのと同様に、持豊への評価は高いものとは言えず、「きゝならふべき心もな」いと述べているのは注目に値する。

このような歌歴の中の持豊観は『花月日記』にも見られる。持豊の訃報を聞いた、文化十二年三月二十五日条には次のような記事が記されている。(9)

芝山亜相このよさり給ひしと、いまなんきく。翁おさなき時、萩原宗固に人もて、とひものして、いさゝか、ことばの露に心をそめしが、のちに卜山入道により、それより日野資枝卿にしたがひしが、その後は人にもよらでありしを、人のいたくすゝむるに、せんかたなくて、この亜相の門に入てける。されども、一とせに一度も歌みする事も、いとまれなりしが、何とかいひ給ふやらんと思ひて、こぞの春よみし百首の歌をみせものしたり。齢は八十にちかくやあらん、など思ふ。歌はかん能にもなかりしが、諸国の門弟おほきは、むかしの宗匠たちにもこえしとやらん、いふ。

いつまでか煙ぞ末はのこるらん霞にきえしふじの芝山

ここでの歌歴の記載は「よもぎふ」序文の原形に酷似する。人の強い薦めにより「せんかたなくて」持豊に入門したと記している。入門の経緯はともあれ、問題は持豊の歌人としての評価である。一年にせいぜい一度添削を請う程度であったというのは「よもぎふ」序文で確認したとおりである。ところが、記事の最後には持豊を「かん能」ではなかったと振り返り、「諸国の門弟」が多いところは昔の堪能先達も及ばないと皮肉交じりに回想しているのである。ここには持豊を師とする意識は稀薄であり、定信の歌歴に刻まれる事跡はほとんど皆無であったと言ってよいほどである。

こういった持豊に対する一貫して低い評価にもかかわらず、定信は「よもぎふ」を持豊に託すことになる。それに対して持豊から返却されたのは、長点・批評入りの稿本に書簡を添えたものであった。持豊に渡った稿本(3)には二百七十九首の歌が収載されているが、そのうちの二百六十三首に長点が付されたのである。この長点の比率は実に九十四パーセントに相当する。この比率が添削として適切かどうかを一概に言うことはできないが、最終的には歌数百七十三首にまで絞り込まれる歌集を編集する上で参考に値する比率ではなかっただろう。

もちろん定信が参考にしたとおぼしき批評もないわけではない。たとえば定信宛持豊書簡に次のような言説がある。

月之尊詠之御初句花はまだ御尤ニ候。まだはいまだの略語、何もかはりたる事なく候へ共、句調によりてまだと置、いまだと置。惣じて亡父 常々被聞候。尊詠もしや御句調いまだ歟。尚又御勘考可致候。

「月之尊詠」とは、春部所収の「花はまだそれとも見えぬ梢よりにほひそめたる夕月の影」を指すが、当該歌の初句「花はまだ」とあるのを熟考の末「花はいまだ」とする案を出している。この添削案は稿本(3)・(8)にも書き入れられている。この歌自体は最終的に刊本に収録されることはなかったが、この後に成立したと目される稿本には初句が「花はいまだ」となっているのである。歌集編纂に際して、定信は取るところは取るという姿勢で臨んだのであろう。持豊の添削と定信の対応はかくのごときものだったのである。

四、村田春海との交流と歌評

前節では序文等の検討により、定信の歌歴を確認し、さらに芝山持豊の添削批評を見た。本節では定信と村田春海との交流について、残存資料により概観したい。まず、春海と定信の最初の出会いは『集古十種』編纂の協力要請であったと言われている。春海の門弟黒川盛隆は次のように述べている。[10]

村田翁は前にもいへる如く元豪富の人にて、金銭を砂石の如く思ふ也。今いたく貧しく成しかども、猶其人の性なれば、出入扶持など二人扶持三人扶持くれんと云人あれども、辞して受られず。しかるに松平越中守殿集古十種の企ありて、翁に廿人扶持くれられし也。一両度は辞しけれども、つひにいなみえず出入扶持もらはれたりき。

「廿人扶持」は「五人扶持」の誤伝かとも思われるが、それ以外はおおむね信頼できる事実と考えてよかろう。『集古十種』は寛政十二年正月に序が記されているので、これに先立って春海が招集されたものと思われる。[11]翌享和元年八月には仮名遣い確定の原理書『仮字考証』を著し、定信に提出しているという事実がある。『仮字考証』は改稿されて『仮字大意抄』の名で文化四年七月に刊行されている。[12]当該書は契沖仮名遣い（古典仮名遣い）の仮名を確定する原理を説いた書物であり、定家仮名遣いが全盛を極めていた当時の江戸幕臣歌壇にあっては異色というほかはない。田安宗武が賀茂真淵を和学御用として重用した時からの古学贔屓が実子定信に至っても受け継がれていると考えることもできよう。いずれにせよ、春海が定信の交友圏に食い込んでいることがわかるであろう。それ以後もおそらく間断なく交流が続いたのであろうが、文化四年には月次歌会に召されていたことが残存する兼題（白河殿月次会）により判明する。[13]同年六月四日には定信に召されたとする春海の門弟の証言もある。[14]歌会などに招集されることも多かったであろう。翌文化五年四月には、江戸派の和文の会で定信の命により和文「月花のあはれをことわる詞」を執筆している。[15]定信は春海の和歌だけでなく和文もまた評価していたのである。文化八年に六十六歳で没する春海は老年に及んで確実に定信の交友圏にいたと言ってよかろう。なお、文化六年四月に大病を患って以降、定信のお召しは弟子の清水浜臣に譲っている。[16]

さて、このような交流があるなかで定信は自撰歌集の編集を始める。文化五年秋のことである。それからほど経ずして、定信は春海に批評を求めた。それに対して春海は稿本に書入れをした上で、別に書付を記して定信に提出したのである。書簡の前半には次のように記されていた。

よもぎふ一巻くはしう拝覧たてまつり侍るに、すべてあらたに一ふしある御歌ども目をおどろかし侍りぬ。今其品を定めいひ侍らんはいとかしこきわざながら、おほせごとにしたがひ侍るになん。　春海謹白

一、いとめでたき御歌には青紙をつけ侍り。

一、一わたりをかしと見奉るには白紙をつけ侍り。

一、白紙につぐべきには紙をつけ侍らず。

一、青紙をつけ侍るがなかにことにすぐれておぼえ侍る御歌は、

青紙と白紙が付されているという事実は二節で見たとおりであるが、それらには序列がある。凡例によれば、最もすぐれた歌に青紙を付し、一通りすぐれた歌には白紙を付し、それに継ぐ歌には何も付さない。そうして青紙を付した中でも特にすぐれた歌と思われたものの初句を列挙するのである。要するに、定信の歌を四段階に品定めするのであるが、問題は最下位に位置する歌の提示の仕方である。最上位からであれ、最下位からであれ、序列を順番に記していくと、どうしても最下位の歌は酷評に映ることだろう。ところが、このような書き方であれば最下位の歌はほとんど目立たず、最上位の歌が特にすぐれていることが際立って見えることになる。おそらく受け手の心理も斟酌して、このような記載形態を採ったと推定されるのである。そもそも歌を四段階に分類すること自体が非常に誠意ある対応と言ってよかろうが、排除すべき歌を露骨に指摘するのではなく、それとなく示すところに評者としての春海の配慮がうかがえるところである。

ここで、春海が見た稿本(8)に収録された歌三百三十九首の内訳を確認しておこう。青紙が付された歌は百七十二首、白紙が付された歌は百四十八首、何の印もない歌は十九首、抜書きされた最高の歌は四十八首である。この四十八首の中でたった一つだけ批評文を有する歌があるので、引用して検討したい。なお、便宜上歌本文は二句以降も補った。

さくらばなたえてしなくはのどけさのはるのこゝろをなにゝみてまし

此御歌、慈鎮和尚の歌に、春の心のどけしとてもなにかせんたえてさくらのなき世なりせばと侍るに似たる御歌に侍れど、慈鎮のは心あまりにあらはれ過ぎ侍り。御歌は余情ありてはるかまさり給ふやうにぞ覚え侍る。

この歌が「世の中にたえて桜のなかりせば春の心はのどけからまし」（古今集・春上・五三・在原業平）の本歌取りであることは言うまでもない。それを前提にして、同じく業平歌を本歌にした慈円歌「春の心のどけしとても何かせんたえて桜のなき世なりせば」（千五百番歌合、風雅集・春下・二一四）を引き合いに出して、この慈円歌よりもすぐれていると批評するのである。春海はこの慈円歌を新古今時代の本歌取りの悪例と考えていた節がある。(17) そこで、定信歌は慈円歌と趣向が似ていることを指摘した上で、定信歌には「余情」があってはるかにすぐれていると結論づけるのである。このような古歌を引き合いに出して優劣を競わせる手法は常套手段であったと考えられるが、とりわけこの歌を高く評価したと考えてよいのではなかろうか。なお、当該歌は最終的に『三草集』に収録されることとなった。

このように最高と評価された歌四十八首に対して、末尾に総評として「以上の御歌ども古人にもたぐひおほかるまじうこそ覚え侍れ」と記して書簡を終えている。これらの抄出歌四十八首のうち最後まで残り、刊本に収載された歌は三十三首であるが、定信が改稿した次の稿本(6)に残された歌は実に四十七首である。採択率から見れば、定信は春海の批評を参考にしたと考えることは十分可能であろう。

五、楽翁文人圏と北村季文

「よもぎふ」の添削を依頼された三人目は北村季文である。季文は幕府歌学方の家に生まれた歌人であり、初代の季吟から数えて五代目にあたる。享和三年三月に二十六歳で歌学方に就任している。歌学方が形骸化しつつあった中で、季文は中興の祖と目される活躍をしたと言われている。松野陽一氏によれば、季文の活動は青壮年期（文化文政期）と老年期（天保期以降）に大別される。[18]青壮年期は松平定信の文人圏を「場」（楽翁サロン）として活動が展開されているという。

たとえば、文化十一年十一月の「詠源氏物語和歌」は堀田正敦主催の歌会であり、『源氏物語』の巻名を題に歌が詠まれている。ここに定信と季文がともに詠出しているのである。定信は夕顔を詠み、季文は横笛を詠んでいる。[19]また、文化十二年には頻繁に定信のもとに通っていることが『花月日記』の記述により判明する。さらに、嘉永三年夏成立の季文一門の私撰集『向南集』は全千八百八十一首を収録しているが、そのうち九十六首が定信歌である。[20]これは収載歌人六十人のなかで序列七位にあたる。このように定信は幕府歌学方たる北村季文グループの中で重要な位置を占めていたと言ってよかろう。

このような定信と季文との交流は、すでに文化六年頃には始まっていた。定信は季文に「よもぎふ」の添削を依頼したのである。季文は評を書入れ、いくつかの歌を添削している。ここでは二首取り上げて、添削が最終的にどのようになったかを見てみたい。まず次の歌である。

月を

としぐ〵にかすみもふかくなりにけりみしはいくよのはるのよのつき

この歌に対して、季文は次のような書入れを行っている。

雨に月面白き事に奉存候。但、としぐ〵の方、下の句みしやいくよのと申度候か。

季文はこの歌をおおむね評価していたが、第四句「みしはいくよの」に関しては異論を持っていた。「みしは」は「みしや」の方がよいというのである。この稿本より後に成立したと目される諸稿本は、すべて「みしや」となっており、刊本もまた同様である。ということは、定信は季文の添削案を受け入れて、これを本文として差し替えたのであろう。

第二に次の歌を見てみたい。

花をまつこゝろをよめる

まちわぶるこの日ながさをやまざくらさきてののちのはるにしてまし

この歌に対しては、次のように書入れている。

結句、春になさばやにて候はんか。

結句が「春にしてまし」であるのを「春になさばや」としてはどうかというのである。この提案に対して、二つの異なる評が書込まれている。一つは芝山持豊の書入れと思われる「おもしろく候」であり、もう一つは書入れ人不明の「してましにて意味ふかくなるとおぼゆ」である。言うまでもなく、前者は「春になさばや」に賛同し、後者はこれに異議を唱えているのである。結果的に定信はこの添削案を受け入れず、「春にしてまし」のまま刊本に収録している。なお、興味深いことに季文は『向南集』を編集する際に、「春になさばや」と添削（改変）したものを収載しているのである。

このように定信は季文の添削を一定の基準で参考にしたことがわかる。

六、おわりに

『三草集』「よもぎ」が成立する際に、三人の歌人が添削批評したことが稿本から明らかとなった。しかもその三人は、京都在住の二条派堂上歌人芝山持豊であり、県門江戸派の国学者村田春海であり、幕臣歌壇で活躍した幕府歌学方北村季文であった。三者三様の歌人である。この異色の組み合わせは定信の豊富な人脈を示すものであると言ってよい。もちろん、定信は「よもぎふ」編集の協力を求める意味で三者に評を請うたと考えられる。三者を信頼したからこそ協力要請をしたのであろう。しかしながら、返却された添削批評に対して定信は是々非々の態度で臨んだ。おそらく自身が納得できる評だけを採用したのであろう。実際のところ三人の添削を経た後も、推敲の手はゆるめず、実に二十年の歳月をかけて清書・刊行するに至った。その結果、「よもぎふ」は改稿するたびに歌数を絞り込み、最終的には約半数になった。以上のように、三人の添削批評は「よもぎふ」推敲のために参照されたのである。

〔注〕

（1）　市古夏生氏『三草集』解題（『新編国歌大観』第九巻、角川書店）参照。

（2）　岡嶌偉久子氏「三草集」（『日本古典文学大辞典』第三巻、岩波書店）参照。

（3）　尊経閣文庫や国立国会図書館など。

（4）　佐藤圀久氏「松平定信詠十五首和歌をめぐって」（『国文学研究』十一号、平成三年三月）参照。当該論文には持豊が久周を介して定信の歌十五首の添削を返却する旨を記した資料が紹介されている。

（5）　松野陽一氏「幕府歌学方北村季文について―楽翁文人圏の人々(1)―」（『東北大学教養部紀要』三十九号、昭和五十八年十二月）参照。

（6）　第三節で問題にする持豊の長点は(8)のみに存在する歌に付されておらず、第四節で問題にする春海の抄出した定信歌は(8)にはすべて存在するが、(3)には欠落している。したがって、持豊が見たのは(3)であり、春海・季文が見たのは(8)であったと推定される。なお、厳密に言えば、(8)は季文・春海が見た原本ではなく、その写しと推定される。

（7）序文の日付が異なることも相異点の一つである。当初は文化五年秋であった日付が最終的には文化四年冬になっている。これに関しては、本当の執筆時期は文化五年であり、収録歌の下限が文化四年であると考えることができる。
（8）日野資枝の定信評については、久保田啓一氏『近世冷泉派歌壇の研究』（翰林書房、平成十五年二月）第二章第三節「大田南畝と江戸歌壇」に分析がある。
（9）岡嶌偉久子氏・山根陸宏氏「翻刻『花月日記 松平定信自筆』（五）文化十二年三月〜六月」（『ビブリア』百十五号、平成十三年五月）より引用した。原本は天理図書館蔵。
（10）黒川盛隆『松の下草』（『続日本随筆大成』第八巻、吉川弘文館、昭和五十年八月）より引用した。
（11）佐藤洋一氏「『集古十種稿』及び『集古十種』の刊行過程について」（『神道古典研究所紀要』八号、平成十四年三月）参照。
（12）拙著『村田春海の研究』（汲古書院、平成十二年十二月）第五部「諸学問の成立」第二章「語学論─『仮字大意抄』の成立」参照。
（13）春海自筆『雑筆備忘』（天理図書館蔵）の記載。
（14）沢近嶺『春夢独談』（『続日本随筆大成』第八巻、吉川弘文館、昭和五十年八月）参照。
（15）前掲拙著第一部「『琴後集』の和文」第一章「文集の部総論─江戸派「和文の会」と村田春海」参照。
（16）国立国会図書館蔵『賢歌愚評』参照。この注釈については、神作研一氏「歌人としての松平定信─『賢歌愚評』をめぐって」（『隔月刊文学』七巻一号、二〇〇六年一月）がある。
（17）本書第三部第五章「慈円歌の受容と評価の変容」参照。
（18）前掲松野論文参照。
（19）「詠源氏物語和歌」（『新日本古典文学大系』第六十七巻、岩波書店、平成八年四月）、盛田帝子氏「堀田正敦主催『詠源氏物語和歌』」（『源氏物語の変奏曲─江戸の調べ』、三弥井書店、平成十五年九月）参照。
（20）松野陽一氏編『向南集』（古典文庫、昭和六十二年五月）参照。

第七章　天野政徳——文政期江戸歌壇と『草縁集』

一、はじめに

文政年間の江戸における地下歌壇はいかなる状況にあったのか。文化年間の中盤に加藤千蔭と村田春海が相次いで亡くなり、寛政年間初頭に形成され一世を風靡した江戸派も一時代が終わった。また、天保年間になると橘守部や海野遊翁などが続々と江戸に歌壇を設けて時代を席捲した。そういった意味で、文政年間の江戸歌壇はすでになく、いまだない時代と呼ぶことができる。だが、小山田与清や清水浜臣といった江戸派の次世代はすでに本格的な活動を始めており、所蔵書籍五万巻と言われる与清の擁書楼は文化十二年に開設し、多くの江戸文化人の交流の場になっていた。もちろん、擁書楼は和漢の別を問わず、また雅俗の別を隔てることなく文化人を受け入れた[1]。したがって、漢詩人や戯作者なども擁書楼の扉を敲いたのである。だが、与清が本領とするのは和歌・和文だったのであり、実際に数多くの者が与清に入門し、門弟となっている。『松屋升堂名簿』は上が欠巻であるのが遺憾であるが、文政年間の末あたりからの松屋社中の入門者名簿九十七人分が収録されている[2]。また、『鹿島日記』（文政五年序刊）に付された詠歌群には、六十九人分の門人の名と住国を拾い出すことができる[3]。これらにより、与清の松屋社中の概要を復元することが可能となる。

また、浜田藩士の斎藤彦麿の存在も文政期の江戸において無視できないであろう。江戸における藤垣内門（鈴門）として孤軍奮闘した。彦麿は『石上私淑言』を万笈堂英平吉が出版する際には、その序文を執筆した。彦麿自身にも『諸国名義考』などの著作を万笈堂より刊行している。当時、江戸には藤垣内門が極端に少なく、そういった意味で彦麿の活躍には目を瞠るものがあった。江戸における藤垣内門の窓口ということもできよう。

そのような文政年間における江戸の歌壇・結社の形成過程を知る上で非常に重要な歌集が出版された。天野政徳の編集にかかる『草縁集』と『続草縁集』である。この二つの歌集の中身を分析すれば、文政期江戸歌壇の力学が解明できると思われる。

二、『草縁集』の編集方針

『草縁集』は天野政徳によって編纂された現存歌人の私撰集である。文政二年十月に伊勢屋忠右衛門・桑村半蔵より刊行された。十二巻四冊。総計二百十三名の歌人、総計千七百六十首の短歌が入集している。編者の天野政徳は大石千引の門弟であり、千引が加藤千蔭の門人であるから、江戸派の学統に連なる人物ということになる。そのような政徳が編集した歌集であるだけに、江戸派の歌人を重んじるのは当然のことと言えよう。序文の中で次のように述べている。

久かたの雲の上のことの葉はしらず、県居の賀茂の翁、この武蔵野の江戸の城の辺にていざなはれし古学の道世にひろごりて、そのゆかりをしたふ人々いとおほかり。おのれもかたはしをうかゞふことを得て、あはれと見し言くさをあつめ、心なぐさの友とせり。いでや其哀と見しは、高田の大人の花やかにしかもをゝしきすぢにたくみ出られたる、片岡の大人のこまやかに心をこめてをかしうつゞけられたる、大石の大人のけだかくうるはしういひながされたる、とり〴〵にまなびつべく、のりとすべし。此大人たちの言の葉を、目に見耳に聞まゝにかいつけおけるが、やう〳〵数つもりにたるを、おなじくは世の歌人たちのをもと書くはへしほどに、ひとつのさうしめくものとはなりぬ。

江戸における賀茂真淵の果たした役割を説くところから始める。ここで「雲の上」（堂上）の歌人を排除していることを確認しておこう。そうして、政徳自身が真淵の学派（県門）に連なることを記した上で、高田（小山田）与清・片岡寛光・大石千引の三人の名と歌風を紹介する。三人とも江戸派の第二世代にあたる歌人である。「数つもりにたる」と記すように、この三人の入集歌は格段に多く、与清は百九首、寛光は百三十六首、千引は百七首となっている。詳しくは末尾の歌人歌数対照表を参照されたい。このように政徳は江戸派の次世代を中心にして『草縁集』を編んだと言ってよかろう。

さて、『草縁集』には大きな特色がある。それは他の多くの歌集とは異なり、長歌（十三首）と和文（十五文）を収めているのである。そのことをやはり序文に記している。

また長歌の部と文の部とをはじめをはりにそへつ。長歌はいとかたきわざにて、おのれがわいだめしらぬ耳にだに、打きゝいかにとおもはるゝをも、さすがにかいやりすてがたくて、とりくはへつるがあれば、それはそれとして、見ん人おもひわいだめてよ。文かくすべは賀茂の翁、織錦の翁、相つゞきて教さとされしこと、すがたをから文にまねび、こゝのみやび詞をつゞりなせるがいにしへのさま也けり。すがたには論、説、弁、考、解、評、問対、序、題跋、記、伝、雑著、などやうの、くさ〴〵のけぢめあるを、その心えぬをば、たとへ錦をつゞり、玉をつらねしをもとらず。そは撰さだめんとにはあらねど、おのれが心にそをのみおもひしめたるがゆゑ也。此くはしき事は、高田の大人の文体弁にいはれたるを見て知べし。

長歌を詠むのは難しいがうち捨てるのも惜しいので収録したという。消極的に見えるが、それでもあえて長歌を収めるところに意味があると思われる。というのも、長歌を詠むという行為は真淵が唱えた復古主義の柱の一つだったのであり、晩年の歌論『新学』の中で次のように述べているからである。(4)

長歌こそ多くつゞけならふべきなれ。こは古事記・日本紀にも多かれど、くさ〴〵の体を挙たるは万葉也。そのくさ〴〵を見てまねぶべし。短歌はたゞ心高くしらべゆたけきを貴めば、言も撰まではかなはず。長歌はさま〴〵なる中に、強く古く雅たるをよしとす。よりて言もそれにつけたるを用ゐ、短歌にはひなびて聞ゆるも是に用ゐて中〳〵に古くおもしろき有。

このように短歌では表現できないものを長歌で表現するという大義名分のもと、万葉集所載の長歌に倣いつつ、長歌を詠むことを奨励するのである。このような長歌論は春海にも受け継がれる。春海の歌論『歌がたり』に次のように記している。(5)

長うたは、古今集のころよりこなたには、こをむねとよめる人もなく、ことなるふしいひ出たるひともなくて、世々に歌数もすくなければ、いにしへの人のおもひのこせるたくみも、いひもらせるふしもおほかるべし。かくゝだりたる世にして、めづらかにあらたなる事をひとふしよみいでゝ、いにしへ人にもはづまじきわざをなしえてむものは、たゞ長歌なり。今より後の世に詞のはやしに遊びて、この道に才かしこからむ人は、こゝに心をふかめむ事こそあらまほしけれ。

春海は長歌による表現の可能性に言及している。それは延々と詠み継がれてきた短歌とは異なる魅力である。このような長歌論を実践するかのように、春海や千蔭は長歌を詠んだ。春海の門弟の清水浜臣はこの遺志を継いで長歌のみの選集を構想した。実際に刊行されたのは近世期の長歌を集成した『近葉菅根集』だけであったが、古葉・中葉も刊行の計画はあった。要するに、長歌は真淵を祖とする県門江戸派のお家芸であったのであり、真淵国学の中核でもあった。それゆえ政徳が『草縁集』を構想した時、長歌を収録するのは必須の事柄であった。それが県門に連なる歌人のアイデンティティーであり、レーゾン・デートルだったのである。出来の良し悪しは問題ではない。長歌を収録すること自体が問題なのである。

さて、次に和文の問題に移ることにしよう。和文については、真淵から春海へと引き継がれた文章論があるという。それは姿を漢籍に学び、言葉を雅言に拠ることである。この方針は春海の和文を評する時に用いられるフレーズである。浜臣や与清が春海の和文を次のように評している。

〔浜臣〕文詞はおもむきをもろこしにかり、言葉をこゝにうつし、ふるごとをもとめず、さとび言をはぶきて、あたらしくひとつのさまを思ひかまへられて、わきてめでたくなんものせられける。(『琴後集』序)

〔与清〕詞をいにしへにとり、心を今にまうけ、体《スガタ》をからくにゝかりて、錦《ニシキ》をおり繍《ヌヒモノ》をさへよそほひて、文かく道のはしだておこされしは、今むかしにたぐひなき功《イサヲ》也けり。(『松屋叢話』巻一)

このほかにも春海の和文の特徴として、漢文体に大和言葉と今の心を取り合わせたものと見る指摘を探すことは容易である。ある種のキャッチ・フレーズだったのであろう。このように春海の和文を和漢近古の融合と見る観点は、『草縁集』序文にも受け継がれ、江戸派の和文の特徴と考えられるようになったのである。なお、引用文の末尾にある『文体弁』は与清の文章論である。最終的に出版されることはなかったが、「近刻」として常に出版広告に見える書籍であった。(6)写本で流布したものと推定される。このように見てくると、逆に和漢近古の融合というファクターを和文の特徴とする、この序文からは江戸派の和文を継承する宣言と受け取ることもできよう。このように、歌集を編集するにあたって、短歌のみならず長歌や和文をも収録するのは、江戸派の和歌観や文章観を反映した方針であり、当該書の特徴を形成していると言ってよかろう。

さて、『草縁集』は最初は伊勢屋忠右衛門・桑村半蔵より上梓されたが、その後いくつかの書肆に板株が渡り、それらがそれぞれの蔵書目録に宣伝を載せている。三つの蔵書目録にある『草縁集』の宣伝広告を見てみることにしたい。次の如くである。

○万笈堂英平吉（万笈堂和書目録）

草縁集　松屋高田先生閲 天野政徳大人撰　全四冊

此書は今人二百十三家の歌文をえらばれたり。左に目録をしるす。

歌之部　長歌　短歌　俳諧体　折句　物名　旋頭歌

文之部　説類　辨類　考類　序類　題跋類　記類　物語類　草紙類　消息類　雑著類

○西宮弥兵衛（『近世出版広告集成』）

草縁集　天野政徳大人輯　全四冊　当時現存の名歌三部ならびに諸国作家の長歌短歌文詞物語ぶり数百首を集たり。この書を見て当代の風調を知り給ふべし。

○慶元堂和泉屋庄次郎（『続草縁集』下末尾）

草縁集　天野政徳大人編　已刻　四巻

この書はいにしへ学び好給ふ江戸諸国名家の歌を多くあつめられ殊に長歌文章等ものせられて必用の書也。

それぞれに簡潔な宣伝広告であるが、万笈堂の広告に注目したい。天野政徳と並んで松屋高田与清の名も添えられているのである。実際に『草縁集』に与清がどの程度関与したかは未詳であるが、与清の名は書肆の宣伝広告の戦略にとって有効だったのであろう。すくなくとも万笈堂には『草縁集』が与清が校閲したと宣伝させるだけの特徴を備えていたということは言えそうである。もちろん広告は政徳の意図を正確に反映しているとは言えず、単に和学の大物擁書楼主人の名を利用しただけかもしれない。したがって、このことを根拠にして与清の『草縁集』への関与を立証することはできない。せいぜい傍証として利用するにとどめておくことにしよう。

以上、『草縁集』の序文からうかがえる政徳の編集方針および和歌観は次のようになるだろう。すなわち、収録者数や収録歌数の上でも江戸派の第二世代を中心とするグループが大きな割合を占めている。また、長歌や和文を選集に加えることも県門江戸派の和歌観を反映するものであり、江戸派の特徴ということができよう。

三、『続草縁集』の編集方針

『草縁集』が刊行されてから五年が経ち、文政八年五月に『続草縁集』が刊行された。刊行書肆は慶元堂和泉屋庄次郎である。書名にも明らかなように、『続草縁集』は『草縁集』の続編の意味合いで出版された歌集である。三巻三冊。総計百五十一名の歌人、総計千七百五十三首の短歌が入集している。序文には次のようにある。

敷島の大和歌はわが国ぶりにしてさす竹の大宮をはじめ、妻木こる柴人、もしほ焼蜑があたりに至るまで、高き賤きわいだめなく、折にふれ事につけて心に思ふ事をいひ出るになん有ける。されど上がかみの事は下がしもとしてうかゞひしるべき事ならねば、ひと敷おのがどちのよみ出せるかぎりを書つらねていぬる、文政ふたとせの神無月に草縁集と名をおほせてゐり巻とはなしぬ。しかるに夫より後、かしこの国こゝの国の人々のつぎ〳〵に詠出られし歌共を聞に随て、題のついでもたど〳〵敷、歌の数も定めず、世にたへたるもまだしきもそこはかとなく、ふところ紙にかいつけ置るが積にたるを、此度三まきに物してふたゝび桜木にゑる事とはなりぬ。

政徳の歌友（おのがどち）の和歌を集成した『草縁集』を出版した後、諸国の歌人が詠んだ歌を抄録したものが積もって三巻にしたというのである。その選歌の基準について、次のように述べている。

元よりおのれ学び浅く心拙ければひと〴〵の歌のよしあしをろうじ、言葉のみやびやか成をえらび出んとにはあらず。たゞおのれが本意といふは今の世の歌人のすぐれたるもまだしきも其程々に心こめてよみ出しゝことのはを陸奥紙の袋に入置ていたづらに紙魚のすとなさんが口をしきわざなれば、かうは物せるなりけり。はた此集いかなる幸有てか、もし末のよにもちりほひ残らば、これにのれる人々の子うま子の後此道に物せむはしともなれかしと思ふになん。

選りすぐりの秀歌ばかりを採録するのが選歌の方針ではない。今の世の歌人の歌を巧拙を問わず収載することが編集の指針であった。それはそれらの歌人の子孫が本書を見て歌道に進む縁となることを期待するというのである。もちろんこの文面を額面通り受け取る必要はない。序文には多かれ少なかれ謙退の言葉が記されるのが常だからである。要するに秀歌選ではないという程度の意味に解しておけばよいだろう。ここのあたりまでは『続草縁集』の編集方針は『草縁集』と変わりがないように思われる。ところが、さまざまなことが大きく変更された。序文は次の文で終わっている。

されどおのれが骨なきみゝずの口すさびをさへ取加へたれば、この集よまん人々は彼是難いはんもありぬべし。とまれかくまれ物ねたみする世のさがなればこゝろきたなき人はよしやそしらばそしれかし。かの諺にも人の口さすべき戸なしといへばいかゞはせむ。見むひとよく〳〵おもひわいだめてよ。

編者自身の歌を入集したので、批判もあるだろうと記している。もちろん『草縁集』にも政徳の歌は収録されていた。

だが、それは六首に過ぎず、問題にするほどの数ではなかったのである。それが『続草縁集』では七十九首に膨れ上がった。編者が自分の歌をかくも多く入集するのは、歌壇・結社における派閥の領袖が編者になった場合が想定される。もちろん、派閥の領袖と言ってしまうと誇張になるかもしれないが、ここには『草縁集』のように県門江戸派に出自を求める序文に見られる気兼ねのようなものは感じられない。「物ねたみ」を真正面から受けて立つ覚悟が述べられるからである。このような気概から『続草縁集』編集時における人間関係の力学を見て取ることができる。そして、そのような力学は収録歌数に如実に現れるのである。

収録歌数の推移を比較検討する前に、それぞれの収録歌人の人数を確認しておきたい。先に記したように、『草縁集』の収録人数は二百十三人であり、『続草縁集』の収録人数は百五十一人である。このうち両歌集に共通する歌人は四十三人である。『草縁集』を基準にすれば、『続草縁集』に約二割が引き継がれたということになる。逆に言えば、約八割は割愛されたということである。つまり、両歌集に重複する歌人のほうが遥かに少ないのである。この八割が割愛された理由について考えてみたい。まず、『草縁集』に一首のみ入集の歌人は五十三人、二首入集は四十七人、三首入集は二十二人であり、これですでに全歌人の過半数を占めている。この少数の歌が『草縁集』に入集した歌人の中で『続草縁集』にも入集した人数はどれほどか。『続草縁集』にも入集した者は、一首入集五十三人のうち二人、二首入集四十七人のうち六人、三首入集二十二人のうち四人である。このようにデータを整理すれば、少数の歌が入集した歌人の『続草縁集』への継続率は低いことがわかるだろう。当然といえば当然の結果ではあるが、少数歌入集の歌人はこの二歌集と縁が薄いのである。したがって、収録歌数の多い歌人の歌数の推移を見ることが、二歌集の傾向を分析するために重要であると思われる。なお、全収録歌数は短歌に限れば『草縁集』が千七百六十首で『続草縁集』が千七百五十三首なので、ほぼ同数である。そういった意味でも歌人別の収録歌数の変化は検討に値すると言えよう。

第一に『草縁集』序文に言及された高田与清・片岡寛光・大石千引の三人について見てみよう。実数は与清（百九→〇）・寛光（百三十六→百四）・千引（百七→百二）のように変化している。このうち、与清の収録歌数の変化は甚だしい。後の二者と比較すれば一目瞭然である。明らかに与清の扱いが変容したと言ってよい。このようなことは与清の扱いだけでなく、与清を領袖とする松屋社中の歌人の扱いにもあてはまるのである。次のごとくである。なお、松屋社中は『鹿島日記』付録の歌集に載る歌人を同人として扱った。

林惟重（三→〇）　北条時隣（五→〇）　河野正美（二→〇）
竹内直躬（二→〇）　中村祐兄（一→〇）　上原建胤（五→〇）
大小沢啓行（九→〇）　大小沢啓迪（一→〇）　藤原好秋（五→〇）
古沢知則（一→〇）　小林元有（〇→七）　沢近嶺（一三→〇）
猿渡盛章（五→〇）　宮本盈子（七→〇）　鈴木与叔（三→〇）
鈴木基之（四→〇）

このように松屋社中に所属する歌人を対象にすれば、『草縁集』に歌が収録された歌人は原則として『続草縁集』では収録がゼロになっているのである。ただし、小林元有は例外的に『続草縁集』に歌が収録されているが、元有の歌は『草縁集』には入集していないので、比較の対象にはできない。したがって、与清と松屋社中は『続草縁集』編纂の時に割愛されたということができる。このような収録歌数の変化から、『続草縁集』編集時において政徳と与清および松屋社中との間に懸隔があったことを想像することができよう。なお、松屋社中ではないが、春海の門弟であった長尾景寛の歌数も五九首からゼロへと落ち込んでいることを記しておこう。

おそらく松屋社中の歌が割愛されたことと『続草縁集』が短歌のみを収録した歌集であり、長歌・和文を含まないものとなったこととは、何らかの関係があると考えられる。というのも、長歌はともかくとして、和文は与清の得意とするところであり、『文体弁』なる著述があること、前節で確認済みである。もちろん、長歌と和文は短歌とは異なって、長大な分だけ習得するのも指南するのも困難を伴うことは事実である。実際のところ、長歌・和文は江戸派の繁栄とともに流行したと考えられるが、それでもやはり短歌ほどには盛んではなかった。したがって、単純に数量の問題として考えることも可能である。要するに収録するに足る数が確保できなかったということである。しかしながら、江戸派の末席に位置する政徳にとって、もし収録する数が足りないのであれば、歌会や和文の会を開催してでも長歌と和文をかき集めたことであろう。それほど江戸派にとって、長歌と和文は特別なものであった。そのように考えると、『草縁集』には収録されていた長歌と和文が『続草縁集』で割愛されていることは、おそらく単なる数量の問題ではなく、根本的な編集方針の変更を意味すると思われる。それはつまり政徳の江戸派離れ、とりわけ松屋社中離れというファクターが発生し、長歌・和文を重視した方針が短歌のみを集成する方針へと変更されたのである。このことから、文政二年から七年までの間に、江戸歌壇の力学が変容したと考えることができよう。決して目立つ変化ではないが、歌壇の人間関係の変化とは概してそのようなものであろう。

第二として、斎藤彦麿の収録歌数の推移である。『草縁集』には百二十首の入集があったにもかかわらず、『続草縁集』ではゼロになったのである。これは与清と同じく非常に急激な変化と言ってよい。ここで想定されるのは鈴屋社中である。そこで試みに鈴屋社中（藤垣内社中を含む）における収録歌数の変遷を取り出してみたい。

岩上とは子（一→〇）　服部菅雄（六→〇）　浜田孝国（一→〇）
殿村安守（一九→〇）　渡辺重名（四→〇）　田中大秀（二→〇）
竹村茂雄（二→〇）　村上真澄（二四→〇）　斎藤彦麿（一二〇→〇）

一柳春門（四六→〇）　　沢田名垂（〇→一〇）　本居大平（二四→〇）
本居春庭（二三→〇）

見て明らかなように、鈴屋社中（藤垣内社中を含む）の歌人の歌が割愛されている。それは斎藤彦麿の歌が激減したことに象徴的に表れている。このような変化は松屋社中の扱いと同様に特徴的な現象ということができよう。

以上の二点は収録歌数の減少という側面を検討したものであるが、減少するものもあれば増加するものもある。本節冒頭で序文を検討した時に言及したように、編者天野政徳の歌が大幅に増加したことに触れたが、関岡野洲良も増加しているのである。八十二首から百六首に増加している。野洲良は高井宣風の門弟で『廻国雑記標註』などの著作がある。

なお、『続草縁集』末尾に付された広告文は次の如くである。

此書は前集にもれたる江戸諸国諸名家の歌を広くあつめ、又前集の人の其後詠出し歌をも取加へられて、いにしへ学の歌の手ぶり見んには此書にます物はあらず。

宣伝広告は『草縁集』と酷似したものでありながら、中身は天野政徳の交友関係を反映するものに変容したのである。

四、おわりに

本章は天野政徳という、それ自体は派閥の領袖でも何でもない歌人が編纂し、刊行した『草縁集』『続草縁集』を対象として、その序文より編者の意識を読み取り、その収録歌数の推移より派閥の力関係を読み取るという試みを行った。その結果、文政年間の後期には小山田与清を領袖とする松屋社中と斎藤彦麿を代表とする江戸藤垣内社中が政徳との関係を絶った。前者は江戸派本流、後者は鈴屋派の有力者である。とりわけ前者との関係は微妙である。政徳自身も江戸派に連なる歌人であるから、完全に江戸派との関係が断絶したわけではない。政徳の師にあたる大石千引や片岡寛光を重んじる姿勢は変わらないからである。ただし、派閥争いというのは微妙なものであって、出自が近いからといって、それが関係の近さを意味するものではない。むしろ、出身が近いからこそ、あるいは活動範囲を同じくするからこそ問題がある。ひとたび関係がこじれると、修復するのは並大抵ではない。骨肉相食む争いは同族ゆえに根が深いのである。政争は往々にして兄弟が分かれて争う場合が多い。正統争いとはそのようなものであろう。

文政期における江戸歌壇も、より力強い勢力が台頭するまでの過渡期ととらえることができる。過渡期には前時代の遺物が雑然として、しかも同時に存在している。政徳からは距離を置くことになった与清と松屋社中も、グループとしては与清が没する弘化年間まで続いたと考えられる。だが、『続草縁集』が象徴するように、その後の江戸歌壇の中では鳴かず飛ばずであった。そもそも与清は歌の才よりも事物考証の才に恵まれていた。擁書楼を構えて書物と人物の交流の拠点となったことも手伝って、その方面での業績を積み上げた。(7) だから、『続草縁集』で与清が姿を消したのは自然の流れであったということもできる。そういった意味でも文政期は与清にとって過渡期だったのである。

一方、斎藤彦麿を代表とする藤垣内社中（鈴屋社中）は、派閥の領袖（本居大平）の本拠地（紀州）から遠いということもあって、その後の展開ははかばかしいものではなかった。彦麿自身は嘉永七年まで生き、八十七歳の天寿を全うするが、江戸の藤垣内社中は伸び悩んだ。天保十年刊『藤垣内略年譜』に付された「教子名簿」には、彦麿を含めて十六人の氏名を刻むのみである。全国に総勢千二十八人の門人を誇る藤垣内社中にあって、文化都市江戸における門人数としては、やはり少なすぎると言うべきだろう。そういう意味で、『続草縁集』の扱いは当時の実態を反映したものであったと考えることもできる。一つの選集を編む場合、当時の勢力関係を映すのは当然のことであるが、意外と近い将来の勢力図を占うことにもなっているのは興味深いことである。

文政期の江戸歌壇は江戸派の次世代が台頭しながらも、歌壇の力学の中で浮き沈みする、ある種の渾沌の時代だった。そのような空気を二歌集を通じて検討した。もちろん『草縁集』と『続草縁集』への収録歌数の推移のみによって歌壇の勢力関係を判断するのは危険である。

第一に、『草縁集』はサンプルの一つに過ぎない。

第二に、天野政徳の個人的事情が大幅に関係する。

第三に、刊行物のみを材料にするのは速断である。

しかしながら、同一編者における同種の歌集における経年変化は、一つの観点たり得ると考えられる。より客観性を確保するための材料を収集することは今後の課題としたい。

〔注〕

（1）『擁書楼日記』に詳しい。

（2）早稲田大学図書館蔵本による。

（3）与清は凡例で「そが中にはをしへごならぬ人のうたひとつふたつまじれるもあるべし」と記しているが、文政五年における松屋社中の実態を反映していると考えてよい。

（4）『賀茂真淵全集』第十九巻（続群書類従完成会、昭和五十五年十一月）。

（5）文化五年版本。

（6）本書第二部第四章「小山田与清の出版」参照。

（7）本書第二部第四章「小山田与清の出版」参照。

『草縁集』・『続草縁集』歌人歌数対照表

	草縁	続草	在住	備考
㋑				
今堀磐根主	2	0		
池田貞時主	3	15		
岩田政方	2	0		
岩上とは子	1	0		藤垣内門弟
伊藤径	3	0		
石原正明	1	0	尾張	
石原周朝	5	0	上野桐生	
石井詮方	4	10		喜与美（続）
石井隆豊	2	12	武蔵葛飾	
飯田雅朝	1	0	相模曾我	
飯嶋完早	17	11	下総太田	
伊藤うた子	｜	4		
忌部義鑑	｜	3	武蔵葛飾	
石井隆慶	｜	8	武蔵葛飾	
石塚縄成	｜	2	陸奥会津	

	草縁	続草	在住	備考
池田大淵主	｜	2		
㋩				
馬場長英	27	0		
馬場龍彦	26	0		
羽生田貴良	2	8		
服部菅雄	6	0	遠江嶋田	鈴屋門弟
芳賀春木	4	11	下総太田	春樹（続）
畑野永能	4	0		
般若院古道	2	0	三河吉田	
羽倉信美	2	0	京	
林久[illegible]	24	30	信濃松本	
林惟重	3	0	相模沼代	松屋門弟
浜田孝国	1	0	尾張名古屋	藤垣内門弟
長谷川順吉	1	0	甲斐狐新居	
長谷川花子	1	0		
蓮池水枝	3	0		

原俊方	｜	6	陸奥会津	
林良材	｜	7	陸奥会津	
橋本鶴子	｜	2		
橋本敬簡主	｜	1		
橋本正徳	｜	2		
[redacted]初瀬子	｜	5	信濃飯田	
㊁				
二瓶意奥	｜	5	陸奥会津	
二瓶真中	｜	11	陸奥会津	
二瓶直幸	｜	12	陸奥会津	
二瓶貞世	｜	6	陸奥会津	
㋭				
堀武陳	1	0	相模小田原	
北条時隣	5	0	常陸鹿嶋	松屋門弟
北条縫子	2	0		
星野貞暉	8	21	上毛桐生	
㋣				
藤侍従信徳朝臣	8	0		

豊原武秋	3	0	下総太田	
鳥居和方	2	0		
鳥海恭	4	0		
戸田亀麿	1	0		
殿村安守	19	0	伊勢松坂	鈴屋門弟
友成貞民	8	0	信濃松本	
時風	6	11	下総太田	加瀬時風(続)
徳山亮忠主	｜	2		
冨田永世	｜	25	上毛藤岡	
[redacted]知至	｜	5	信濃飯田	
㋾				
荻原徳風主	23	49		
岡本貞彭	1	0		
小沢直温	1	0		
荻山貞行	3	0	若狭小浜	
荻山菅子	7	0	若狭小浜	
岡部知直	｜	18		
岡野義知	｜	13		

	草縁	続草	在住	備考
岡村ぬひ子	—	13		
岡山礼到	—	2	摂津大坂	
鬼沢大海	—	10	常陸高浜	
㋻				
和田蝠翁主	2	0		
和田弦道主	2	0		
和田けむ子	2	0		
渡辺重名	4	0	豊前中津	鈴屋門弟
㋕				
川田守辺	3	7	信濃松本	
加藤浜子	4	0		
片岡寛光	136	104		
神田有信	6	0		
神田張之	6	0		
河野正美	2	0	石見浜田	松屋門弟
神方明儀	15	3	信濃松本	
賀茂季鷹	27	0	京	

	草縁	続草	在住	備考
粕谷春雄	12	0	若狭小浜	
金子竹筠	—	3	陸奥白川	
垣内忠質	—	2	紀伊栖原	
神斎麻呂	—	5	陸奥会津	
亀山亀生	—	3		
亀山剛信	—	2		
㋵				
吉田世綏	2	0		
吉田総義	5	0		
依田長喬	—	6	甲斐府中	
依田りち子	—	4	甲斐府中	
横山渡津	—	2		
[redacted]愛雄	—	2		
[redacted]義制	—	2	信濃飯田	
㋟				
田沢仲舒主	8	0		
田沢日暁	4	0		

谷道好	4	15		
高田与清	109	0		
高井宣風	29	0		
高井八穂	27	30		
高橋有修	3	12		
高橋石足	3	0	甲斐川口	
高木たか子	3	0		
田中本孝	3	0	武蔵小山田	
田中直利	4	0		
田中大秀	2	0	三河吉田	鈴屋門弟
田中為政	2	12	下総太田	
田中為充	2	0	下総太田	
田辺直使主	1	0	甲斐吉田	
田辺芳樹	1	0	甲斐吉田	
田辺ゆき子	1	0	甲斐吉田	
田村此雄	1	0		
竹村茂雄	2	0	伊豆熊坂	鈴屋門弟
竹内直躬	2	0		松屋門弟

瀧山知懿	2	0		
瀧川齢之	1	0		
大乗院慈慣	—	12	相模	
高田稲麻呂	—	12		
高橋栄樹	—	13		
高木重遠	—	6	陸奥会津	
田中御蔭	—	3	陸奥会津	
田村守文	—	2		
高山定静	—	12	下総佐草部	
玉上政美	—	17	上毛桐生	
[redacted]忠喜	—	5		
㋹				
聯芳軒道阿	2	0	武蔵野火留	
㋞				
外川浪音	1	0	甲斐吉田	
添田就寿主	—	1		
㋡				
辻守静主	—	13		

	草縁	続草	在住	備考
津田貞雄	｜	2	摂津大坂	
鶴飼邦直	｜	14		
㋤				
奈須巌主	2	0		
内藤重喬	3	0	武蔵小野宮	
長浜之直	2	0	相模小田原	
永田雲梯	1	19		
中田政辰	3	0		
中山美名	1	0	三河吉田	
中嶋みつ子	2	0		
中村祐兄	1	0	相模曾我	松屋門弟
長尾景寛	59	0		
奈須恒徳主	｜	4		
中村清孝	｜	16		
中村良臣	｜	7	播磨赤穂	
長尾琴子	｜	3		
㋰				

	草縁	続草	在住	備考
無量寺恵全	1	23		道隆（続）
村上真澄	24	0	石見浜田	藤垣内門弟
梅本政養	2	0		
梅本政明	2	0		
梅原きく子	1	0	武蔵八王子	
村井俊之	｜	18	伊勢松坂	
武藤喜平	｜	1	陸奥安積沼	
武藤はる子	｜	1	陸奥安積沼	
㋒				
優婆塞霊玉	1	0	上野	
上原建胤	5	0		松屋門弟
内山在雄	4	26		武蔵杉戸
宇治久守	1	0	伊勢山田	
潮田流阿	9	0	下総古河	
内山在方	｜	7		
上田猶興	｜	28		
上柳孝思	｜	20		

植草邦好	｜	13	下総園生	
㋔				
大石千引	107	102		
大石千世子	10	8		
大神常久	20	0	伊勢	
大羽幸鷹	3	0	丹後田辺	
太田資備	2	0		
太田常之	8	16	笠間	常陸笠間
大小沢啓行	9	0	甲斐吉田	松屋門弟
大小沢啓迪	1	0	甲斐吉田	松屋門弟
大越通顕	16	10	丹後田辺	
大沢菅美	1	0	近江日野	
大塚宗輔	1	0		
大塚宗敬	1	0		
大塚満之	1	0		
大久保利庸	1	0		
刑部国仲	3	0	甲斐吉田	
刑部国秀	2	0	甲斐吉田	
刑部義樹	2	0	甲斐吉田	
刑部城霍	1	0	甲斐吉田	
刑部穂並	1	0	甲斐吉田	
大石定美	｜	1		
大石甲子	｜	1		
太田由久良	｜	12	甲斐府中	
㋗				
月紅寺曹源	1	0	甲斐吉田	
倉賀野直賢	3	0		
久保勝経	｜	1		
久保すみ子	｜	1		
栗原美雄	｜	20		
倉田美秋	｜	11	陸奥会津	
㋾				
山名義隆主	4	0		
矢部常安	1	0		
柳井勇雄	5	0	相模小田原	
谷中葛民	5	0	信濃松本	

	草縁	続草	在住	備考
山本 のぶ子	2	0		
山掛 貞義	―	4	甲斐府中	
山口 千山	―	13	陸奥桑折	
山本 なほ子	―	7		
矢倉 勝美	―	21		
矢倉 多賀子	―	4		
㋮				
松田 政敏主	1	0		
前田 勇老	3	0	伊勢	
松島 憲善	5	0	美作津山	
松本 恒雄	2	0		
松本 可員	2	5		
松井 矩雅	2	0	相模小田原	
松井 原相	8	0	美濃竃村	
松井 柳子	2	0	美濃竃村	
松原 茂岡	11	12	下総太田	上毛安中（続）
松田 その子	2	0		
松田 信致	―	1		
真木 永貞	―	7		
㋘				
玄信寺 養阿	2	0		
㋫				
藤原 政美朝臣	3	0		
藤原 好秋	5	0		松屋門弟
藤谷 倉持	1	0		
藤井 勝	2	17	上毛桐生	
藤木 千並	1	0		
古沢 知則	1	0		松屋門弟
古屋 宜風	1	0	甲斐土塚	
二見 景敬神主	1	0	相模二宮	
二木 正音	2	0	信濃松本	
二木 正義	5	10	信濃松本	
福泉寺 智雄	1	0	相模沼代	
㋙				

小出重固	8	0	下総古河	
小泉包教	1	0	相模千代	
小泉道賢	1	0	相模藤沢	
小林応章	10	7	信濃松本	
小林鳥知麿	1	0	相模深見	
小林満守	2	0	相模深見	
小西惟幾	1	0	摂津西宮	
小竹茂仲	2	0		
興徳院春登上人	19	0	相模藤沢山	
駒井つや子	3	15		
小島てる子	1	3	武蔵八王子	
小島言行	12	13	信濃飯田	
小林元有	—	7	常陸江戸崎	松屋門弟
小林常子	—	1		
小林美代子	—	1		
小山義房	—	2	摂津大坂	
国分吉益	—	4	陸奥会津	
国分敏子	—	3	陸奥会津	

小荒井唯美	—	4	陸奥会津	
近藤繁子	—	1		
㋐				
阿部無尽	1	0	相模藤沢	
阿部しげ子	17	0		
有賀長収	33	0	大坂	
青木承	25	0		
青木厚	7	0		
荒木武久	1	0		
荒木翹之	10	0		
荒川今樹	2	0		
天野政徳	6	79		
秋山光彪	1	0	豊後小倉	
秋田杜風	3	0		
安喜俊統	17	12	信濃松本	
会田松麻呂	—	10		
会田いく子	—	5		
相川切垂	—	25	陸奥会津	

	草縁	続草	在住	備考
相川磐村	｜	7	陸奥会津	
青木惟宗	｜	7		
安達弓寸	｜	6	陸奥会津	
㋚				
斎藤彦麿	120	0		藤垣内門弟
斉田政広	6	0	丹後田邊	
西蔵院知道	2	0	武蔵南畑	
西念寺鳳山	2	0	甲斐吉田	
西郷元吉	11	13	信濃松本	
沢近嶺	13	0	下総取手	松屋門弟
猿渡盛章神主	5	0	武蔵府中	松屋門弟
沢田名垂	｜	10	陸奥会津	藤垣内門弟
沢田名世	｜	3	陸奥会津	
西郷近登之	｜	7	陸奥会津	
桜井八百子	｜	1		
[redacted]さの子	｜	2	信濃飯田	
㋖				

	草縁	続草	在住	備考
木川いせ子	5	0	石見浜田	
木根加代子	2	0		
菊池袖子	4	0	伊豆熊坂	
木羽信重	｜	2	摂津大坂	
木羽信広	｜	2	摂津大坂	
橘田文邦	｜	12		
木室心月尼	｜	1		
㋴				
湯川せい子	2	0		
湯川親子	｜	2		
㋯				
三井高蔭	10	0	伊勢松坂	鈴屋門弟
水野真虎	4	8		
峯尾数台	1	0	相模押切	
宮本盈子	7	0		松屋門弟
源直武主	｜	3		
源まさ子	｜	2		

三上文豹	—	3		
水野清雄	—	5	陸奥会津	
[redacted]みほ子	—	10	信濃飯田	
㋛				
常念寺宗選	2	0		
嶋岡いへ子	3	0		
嶋岡ます子	2	0		
十玉院辨匡	1	0	武蔵南畑	
柴茂蔭	—	9	陸奥会津	
篠原嘉教	—	11	陸奥会津	
篠崎魚守	—	3	陸奥会津	
白井りよ子	—	1		
[redacted]しげ子	—	39		
㋪				
一柳春門	46	0	大坂	鈴屋門弟
一柳大歳	1	0	大坂	
平井董威	1	0	武蔵井方	
平井光敏	7	12	武蔵桶川	

平等院一道和尚	4	0	山城宇治	
平岡好祖神主	—	7		
㋲				
本居大平	24	0	紀伊和歌山	鈴屋門弟
本居春庭	23	0	伊勢松坂	鈴屋門弟
森田寛長	15	10		
門馬永胤	4	0		
茂呂金朝	—	3		
本山良純	—	3		
㋝				
関岡野洲良	82	106		
関岡安躬	6	24		
関岡邦真	4	13		
関岡妙貞	2	7		
関根れつ子	6	11		
関川千尋主	—	4		
㋜				
数原尚絅主	4	23		

	草縁	続草	在住	備考
数原あや子	8	21		
菅谷正ゞ	6	0	武蔵野火留	
砂川信一	1	0	武蔵南畑	
隅田定保	39	0		
鈴木長温	10	0	相模戸塚	
鈴木与叔	3	0		松屋門弟
鈴木基之	4	0		松屋門弟
須藤道兼	｜	2	摂津大坂	
菅沼永寿尼	｜	2		
須山左琴尼	｜	2		

第八章　海野遊翁――天保期遊翁結社と『現存歌選』

一、はじめに

近世後期の都市江戸において、雅文学とりわけ和歌をめぐる勢力図はどのようなものであったのか。江戸時代は階層化された社会であるから一概に言うことは難しい。だが、ここであえて誤謬を恐れずに図式化すれば、次のようになるのではないか。寛政・享和・文化期においては加藤千蔭・村田春海が広く門人を集めて和歌和文の会を開き、(1)文政期においては小山田与清が擁書楼を開設して幅広く文人を集め、(2)天保期においては海野遊翁が全国規模の結社を作りあげた。江戸派の千蔭と春海が築いたものを門弟の与清が発展させた。遊翁は江戸派との関係は薄いが、本間游清や天野政徳などの江戸派門人が脇を固めた。(3)そういった意味で、近世後期の江戸における歌壇は江戸派が先導したと言えるかもしれない。もちろんこの見取り図には、近世後期都市江戸における江戸派の存在を過大視しているという批判もありえよう。幕臣歌壇の存在が無視できないほど大きかったからである。だが、近世が中世と異なる大きな特徴として出版という文化的営為の存在があり、多くの著作や歌集を出版したという点で、江戸派が近世後期都市江戸の歌壇を牛耳っていたと言ってもそれほど見当違いではないと考える。今も昔も出版活動はメディアとして大きな役割を果たしているのである。

そこで本章では、水木コレクション（国立歴史民俗博物館蔵）所蔵の海野遊翁書簡を活用して遊翁結社の活動の一端を明らかにし、結社の歌集『現存歌選』の出版の経緯を解明したい。ここでまず「結社」なる言葉の意味を明確にしておこう。言葉の意味は対概念との比較検討によって、その特質が浮き彫りにされる傾向がある。「結社」には類義語として「歌壇」や「家元」があり、「歌壇」「家元」との比較により「結社」の特質を考えてみたい。

歌壇も結社も目的意識を持って集合した共同体であり、指導者が門弟を指導するという共通点がある。(4) それは古代・中世以来、引き継がれてきた歌壇の特質でもある。ところが、結社は金銭の上納というシステムを有するところが歌壇とは異なる。つまり、結社には経営という側面があり、入門時に受け取る束脩と盆暮のつけ届けという形で支払われる謝礼を会費として、これを元手に運営するわけである。その点では芸事における家元制度との類似点も多い。(5) ただし、家元制度には免許皆伝という暖簾分けのごときもの（名取制度）があり、芸事の継承を図る仕組みが機能しているが、結社にはそれがない。社主が不在になった時点で多くの結社は解散もしくは分裂する。結社には自らの再生産を封印する要素が内在しているのである。それゆえ多くの結社は社主一代で終焉を迎える。さらに、最も異なる点として、和歌の結社のような文学結社の特徴として同人誌の発行という要素をあげることができる。しかも、同人誌刊行の際に各自が出版費用を等分に負担する。結社が行うのは文化活動であると同時に経済活動でもある。そういった意味で、結社は近代的な組織と言えよう。

海野遊翁の主催した結社もそのような要素を備えた組織である。以下で明らかにするように、結社の同人誌に当たるのが歌集『現存歌選』である。金銭の授受も確認される。それが天保期の江戸における遊翁結社の実態であった。もちろんそのようなことは俳諧結社においては百年も前から行われていたことであって、取り立てて珍しいことではない。(6) だが、和歌においては近世後期まではこのような活動を行った形跡がない。その理由はさまざまに考えられるが、最も大きな理由として出版は地下の活動であり、地下歌人の活動が活発に行われるようになったのは近世後期になってからということであろう。それはともあれ、遊翁結社の活動実態を解明することにより、近世後期都市江戸における結社の内実を明らかにできると思われる。(7)

なお、本章で検討の対象とする海野遊翁関係資料は歴博の登録件数として四十七件、そのうち書簡が三十八通である。宛先は京都東当院六角下る在住の雁金屋半兵衛妻の町子宛、および町子とその母幸子の連名宛である。(8)

二、遊翁結社の活動

海野遊翁に関する伝記的事実については、水木コレクション（国立歴史民俗博物館蔵）所収の海野遊翁書簡を用いて、次の四点を簡潔に述べた。(9)

①遊翁の生没年・享年（寛政元年〜嘉永元年・六十歳）
②妻の没年月日（文政十一年十月十九日）
③実子の没年月日・享年（天保十五年五月五日・十九歳）
④遊翁の隠居・改称の年（天保六年春）

このうち、本章に関わるのは④遊翁の隠居・改称の年である。というのも、遊翁は幕臣を隠居し、改称してから本腰を入れて門人の詠歌添削指導に取り組むようになったからである。このことは遊翁結社の本格的始動と不可分の関係にあるので、旧稿を補いつつ再説したい。

遊翁の隠居・改称の時期について三月十五日付書簡に次のような言説が存在する。

私事も冬とし願之通隠居に仰付、このほどハあめのしたの遊翁ニなり候得共、何れ日々歌にてひまなくくらし居、つひ〳〵御無沙汰ニ打過候。以後も御たよりなくハ是よりハます〳〵御無沙汰ニなり候事と存候。其段御ゆるし可被下候。何も御返事まで。早々。愛度可祝。

三月十五日したゝむ　源兵衛改　海野遊翁

昨年の冬（冬とし）に隠居を願い出て許されたという。また、称を「源兵衛」より「遊翁」に替えたのも同じ時であるという。隠居（出家）時に詠んだ歌は「うれしきは我が身なりけり月花にあそぶ翁と世にはいはれて」であった(10)。それでは、これはいつのことなのか。同様の内容を含む書簡を町子に宛てて出している。後七月十六日付書簡である。

さてハ私事隠居願ひ奉り願ひとほり、□□《虫損》被仰付候よし御聞および、何寄の御品御いはひ被下、幾久しう御祝納申上候。家内もあつうよろしく御礼申上度申上候。かつ外ニ不相替中元御祝儀とて御まなしろ金百疋、これ又忝、毎々御心配いたミ入候。（中略）乍憚皆々様へもあつく御申可被下候。愛度可祝。

後七月十六日したゝむ　遊翁

この書簡は前の書簡と同年のものと推定される。これが執筆されたのは閏七月十六日である。閏七月は遊翁の生存中においては、寛政九年と天保六年の二回のみである。遊翁は寛政元年生まれであるから、隠居の年は天保六年が該当すると思われる。このことにより、隠居と「遊翁」への改称の時期は天保六年春ということが証明されたと考えられる。したがって、「遊翁」の署名のある書簡の年次はすべて天保六年春以降のものであると推定される。

遊翁は天保六年春に隠居してから門人への詠歌添削指導を本格化させた。歌会を開催するに際して兼題を通知するのが慣例であるが、遊翁の場合次のような刷り物を配布したのである。

天保六年月並和歌稽古会兼題

正月廿六日春始懐紙　子日遊興
二月以下五日曲《カネ》九寸料紙幅並書法随意　閑中春曙
三月　見花日暮
四月　新樹朝風
五月　雨後早苗
六月　六月立秋
七月十五日休　二星契久
閏月　月不撰処
八月十五日休　鹿更野花
九月　紅葉海山
十月　関路落葉
十一月　行路夜氷
十二月五日収会　雪中待春
五ノ日当座　八ノ日天言活用図口授　遊翁

歌会における兼題の年間計画である。末尾の『天言活用図』は天保四年十一月刊の一枚物の活用表である。歌格研究に定評のあった遊翁は、この活用表を用いて社中への指導を行っていたのであろう。その指導の一端は『天言活用安良麻氏』（京都大学蔵）や『天言活用並略解』（無窮会神習文庫蔵）などによって知ることができる。本居宣長および春庭に対抗して独自の活用研究を構築しようとしていたことがうかがえる。それはともあれ、歌会の兼題を刷り物にしなければならないほど門弟の数が多かったと考えられる。遊翁結社は最終的に数百人規模の組織に成長するが、各時期における人数は必ずしも明らかではない。だが、結社の同人誌ともいうべき『現存歌選』に入集した人数は門人の概数を示していると言えよう。次節以降は『現存歌選』の編集と出版について検討を進めたい。

三、『現存歌選』初編の編集

門人の中には江戸在住で直接指導を受ける者もいれば、地方在住のゆえに通信添削を受ける者もいた。その中で京都在住の雁金屋半兵衛妻の町子は通信添削を受けた門人の一人である。町子宛遊翁書簡の中で『現存歌選』の編集や刊行に関する記事が含まれているので、その言説をたどることにより、編集・刊行の実態を明らかにしたい。まず『現存歌選』初編に関する記事を見ることにしよう。

四月七日付書簡には次のような記事がある。

さて去年よりこの春ニいたりいそがしき事は、此度現存歌選と申歌集をえらび申候。それ故誠ニいとまなく候而、つひ〳〵御無沙汰ニ相成候。節早五月末ニハ出板いたし候。御歌も一首いり申候。くはしくは其内出来次第本壱部上申べく候まゝ、御覧被成候。貴人も御座候。（中略）

四月七日認　　　　遊翁

尚々、兼題上候。其内御よミ被遣候やういたし度候。現存歌選の二編目ニハ今少し御歌いれ申度候。いづれ現存歌選作者姓名例すり次第上申べく候。其通ニ御したゝめ可被遣候。

この書簡が送付されたのは天保七年と推定される。通信の無沙汰の言い訳の嫌いもあるが、『現存歌選』の編集にはそれだけ時間を要したことが想像される。多くの歌人の歌が入集する、このような書籍の通例として、刊行は遅れ遅れとなる傾向がある。五月末刊行の予定を記しているが、実際には七月中旬にずれ込んだのである。町子の歌も一首、入集していることを伝えているが、それは次の歌（冬部）である。

薄氷　　　　　　　　　　まち京都雁金屋半兵衛妻

夜のまにやさえてあらしの吹つらむ今朝薄氷のむすび初たる

どのくらいの密度かは未詳であるが、すでに十年近く遊翁に指導を受けた町子による晴の歌である。歌集に自分の歌を見つけた町子の喜びは想像にあまりある。それは門人として師匠に認められたと感じた瞬間でもあっただろう。また、貴人の入集の件は末尾に掲載した歌人表により確認できる。実際に菅原利保（松平伊豆守）・藤原道貫（本庄伊勢守）・源義生（森川佐渡守）・源定敬（菅沼伊賀守）などが入集していたのである。追伸には、添削指導のための兼題を同封し、詠歌の提出を促されている。しかも、その直後に『現存歌選』二編への入集の話題を記しているのは興味深い。詠歌提出のインセンティブを与えているからである。ほかの門人に対する指導もこのようにきめの細かいものだったことが想像される。筆まめに手紙を送っていることもさることながら、行き届いた気遣いも結社が大きくなる条件なのであろう。なお、「現存歌選作者姓名例」というものが存在したごとくであるが、伝存は確認されず、実際に刷られたかどうか定かではない。

さて、『現存歌選』初編も何とか刊行に漕ぎ着けることができた。当該版本は次のような見返しと奥付を有している。

（見返し）

海野遊翁大人撰

現存歌選　初編

仲田顕忠大人
天野政徳大人　同校　千鍾房
文会堂　板

（奥付）

現存歌選二編三編追刻

天保七丙申年初秋望

江戸書林　日本橋通壹町目
須原茂兵衛
両国橋通吉川町
山田佐助

仲田顕忠や天野政徳という中堅歌人に校訂をさせ、千鍾房・文会堂より出版するというところからも遊翁結社の勢力を推し量ることができるだろう。奥付には続編の予定を記しているのも入集同人にとっては心強い。このように出版された『現存歌選』初編は町子のもとにはすぐに届かなかったようであり、遊翁は次のような文面の書簡を書き送っている。

〇現存歌選一部七月下旬頃江戸日本橋亀屋かたへ頼候て竹むら迄差出し候。遅候歟。もしまゐり不申候ハヾ、早々御しらせ可被下候。

この書簡は十月十六日付であるから、上梓の三ヶ月後にあたる。「日本橋亀屋」は飛脚屋と思われるが、何かの手違いでもあったのだろう。歌集に載る予告を受けた町子にしてみれば、鶴首して待望していた姿が思いやられる。

歌集の内訳を見ておこう。後掲歌人一覧表にまとめたように、『現存歌選』初編の同人は遊翁を含めて九十三人を数える。歌数は遊翁の二十三首を筆頭にして、十首以上の入集は二十八人にのぼる。この数値がどのように変化するかは次節で見てみることにしたい。

なお、千鍾房もこの歌集を販売する意図はあったようである。たとえばそれは次のような宣伝広告があるところからも明らかである。(11)

現存歌選初編　海野遊翁大人撰　天野政徳大人 仲田顕忠大人 校合　全二冊
此歌選は今世に其名聞えぬ歌人の歌にもいとゞ勝れたるあれど、つひにほごとなり、しみのすみかとなりなんをふかくなげきおもはれてよりの撰びなれば、世に名ある歌人よりも名なき歌人いと多し。されど歌のよしあしは名のありなしによらぬわざなれば、まなこあらん人はみしるべしとてえらびはじめられたるにて、二編三編とつぎ〳〵あらはし給はん事此書の凡例にくはし。

歌選は通常、著名な歌人の歌を集成するものであるが、この歌選は有名無名を問わず佳作を集めたものという。この宣伝広告には橘守部『難語考』（天保二年十一月刊）の宣伝が併置され、次のような注意書きが記されている。

右之書何れの本屋にも差出し置　江戸日本橋通壱丁目
中候間其最寄にて御求可被下候　須原屋茂兵衛

当時江戸で力を持ちつつあった守部の著作と範疇を同じくする書物として認識されていたわけである。また、書物問屋が他店の本の取次をしていたのは周知の事実であるが、『現存歌選』は広く販路を求めて宣伝されていたのである。『現存歌選』は遊翁結社と千鍾房の共同作業により世に出た歌集と言ってよかろう。

四、『現存歌選』二編の編集

『現存歌選』は初編が出版される前から二編の構想があったことについては前節で見たとおりであるが、初編刊行後にはやくも二編の準備に取りかかっている。やはり前節で見た十月十六日付書簡には次のような文言がある。

○現存歌選二編ニ御歌二三首もいたし申度候まゝ、今迄直し候うち二而よろしき分御かきぬきはやく被遣候やういたし度候。幸子様も思召御座候ハゞ、つかはされ候やういたし度候。何も用事のミ申上候。くれ〴〵御歌としのうち二つかはされ可被下候。

今までに添削済みの歌二、三首を提出してほしいと述べている。これは添削指導の成果を入集に反映させるものである。また、入集希望歌を年内に送付するように依頼しているのは出版計画に関わる重要な記述である。もしかすると毎年刊行というのが当初の予定だったかとも推定される。なお、幸子は町子の実母であり、町子とともに遊翁の添削指導を受けていた人物である。このように町子は遊翁から詠歌の提出を求められたが、すぐには提出しなかったらしく、翌天保八年二月十日付書簡に次のような言説がある。

○現存歌選二編入御歌可被出候。かきかた光子ぬしへ申つかはし候まゝ御とひ合可被遣候。幸子様も御入被成候。思召ニ候ハゞ三月末頃まで可被遣候。

いよいよ二編編集の作業も大詰めに差しかかり、提出の作法を光子に尋ねるように指導している。光子は京都在住で竹村郡蔵の妻であり、町子を遊翁に紹介した人物である。実母の幸子への入集要請も記している。三月末というのが出版のデッドラインなのであろう。こうして編集作業が進むのと同時進行で行われることがある。それは出版にかかる費用を入集同人から徴収することである。それは結社の同人誌刊行にとってなくてはならないものであった。同年八月十六日付書簡に次のように記している。

さて現存歌選おひ〳〵ほりたて候まゝ、少しの御入銀九月廿日頃迄ニ可被遣候。刻料・本仕立代りともにて南鐐一片ニ而よろしく候。としのくれまでニハ本をあげ申べく候。此たびハ貳百人ほどニ作者相成候。尤貴人も御座候。

編集は順調に進んでいるようであり、年末までには上梓できる旨を伝えている。これに先立って、彫刻料・本仕立て代として南鐐銀一片を収めることを申し出ている。南鐐銀一片は小判一両の八分の一にあたるもので、生半可な出費ではないと思われる。あるいは人によって額を替えたかとも推定されるが、和歌の結社に入ること自体が富裕層の嗜みであったのであるから、負担金は想定内の額であった可能性もある。「貳百人」と記しているのは、正確には二百十五人であるから、人数的には初編の倍以上となっている。後掲表を見れば一目瞭然であるが、一人あたりの入集歌数が減少している。これもまた結社拡大の影響といえるだろう。

ところが、順調に進んでいた編集作業も思わぬ事故により遅延を余儀なくされる。それは版木が火事に遭ったのである。天保九年八月三日付書簡に次のように記されている。

○現存歌選二編おほきニおそなはり候。先達而中の出火にて彫候はん木やけ、またほりたて候まゝおそなはり候。なべてもハや近々本出来候まゝ、出来次第来月頃ハ上これ申べく候。尤のこらずハやけ不申。さて〳〵さわがしく候てすでに西丸殊御炎上など恐入候御事ニ存上候。

遊翁書簡には江戸における火事に関する記事の記述が存在するが、ここもその一つであり、版木炎上という直接の被害を受けたのである。それゆえ刊行が遅延しているというのであるが、すでに先の書簡から丸一年経過しているのであるから、遅滞の原因は版木焼失だけとは限らないと推定される。二百人以上の入集人数もまた刊行遅延の理由の一つであった可能性がある。執筆者が増加すればするほど出版物の刊行は遅れるものである。とはいえ、何とか出版に漕ぎ着けた。見返しと奥付は次のとおりである。

（見返し）

海野遊翁大人撰
現存歌選 二編
天野政徳大人
川辺清意大人 同校
仲田顕忠大人
千鍾房
文会堂 板

（奥付）

現存歌選三編四編追刻
天保九戊戌年初秋望
江戸書林
日本橋通壹町目
須原茂兵衛
両国橋通吉川町
山田佐助

校訂に川辺清意が加わっていること以外は初編と同じである。また、出版書肆も同じである。このあたりから結社と書肆が歩調を合わせて、定期的に歌集を編集し出版するというシステムができていたかのようである。負担金を徴収している事実を鑑みて、明示はしていないが結社の蔵版の意味合いがあったものと推定される。なお、町子に関しては次の二首が『現存歌選』二編（夏部）に入集している。

螢近飛
軒ちかくよはに螢の飛かふはもゆるおもひを誰にみよとぞ
泉引晩涼
此ゆふべ松のした風みにしむはいづみにちかき宿のしるしか

遊翁の助言もあってか複数の歌を提出し、その中から撰ばれたものであろう。歌を寄せた三分の一以上の歌人が一首のみの入集であることを考慮すれば、門人歴十年を越える町子の待遇はそれ相応のものだったと考えることもできよう。

五、『現存歌選』三編の編集

前節で見たように、『現存歌選』三編はすでに二編の奥付に予告されていた。遊翁が三編の編集に取りかかるのは、二編刊行からしばらくしてからのことである。天保十年二月十九日付書簡に次のような文言がある。

　　また〳〵三編とりかゝり候。其内ゆる〳〵おひ〳〵ニ少しづゝ御よみつかはさるべく候。其内よりいたし申べく候。入銀定書付上置候。

三編入集のために町子の投稿を勧誘する内容であるが、この書簡で注目すべきは「入銀定」の件りである。入銀定とは何なのか。それは次のような内容を有する紙片である。

　　三編歌取集　現存歌選入銀定諸侯方並三千石以上御入銀金百疋
　　一金壱朱　　　本仕立料
　　一金壱朱　　　刻料諸雑費共
　　　　但歌数多少によらず
　　右之通料御添可被遣候　以上　　遊翁社中

本仕立料と刻料諸雑費とに細目を分けてそれぞれ金一朱とし、それを払い込むように書かれた定め書きである。しかもそれは刷り物だったのである。要するに『現存歌選』の出版にかかる費用を完全に社中出費で捻出しようというわけである。割書によれば、諸侯などの貴人と出費額の差を付けているが、入集歌数に関係なく同額の負担を強いるのは結社の同人誌出版の仕組みと考えて誤るまい。この知らせを受け取った町子はすぐに指定額を送ったようであり、四月二十三日付書簡には次のようにある。

御詠草つかはされ至極〳〵よろしく、則此たびなほし御かへし申上候。何とぞをり〳〵御せはしきなりにも少しづゝつかはされ候て、現存三編へ御出しなさるべく候。三編入金被遣まづ御あづかり置申候。社中受取書上候。

詠草とともに負担金を送ったのである。この詠草は遊翁の添削を経て町子のもとに返送されたと見てよい。三編入集の候補となったのである。この書簡には四月十二日付の受取書が添付されていた。次の紙片である。

現存三編入　　覚

一金壱朱　　　　本仕立料

一金壱朱　　　　刻料諸雑費共

右之通受取申候　本出来次第御届可申候　以上

亥四月十二日

京都雁金屋町子ぬし　　　　遊翁社中　印

入銀定とほぼ同じ内容であるが、この領収書も印刷物である。おそらく入銀定と同じ時期に刷ったものであろう。集金に関していえば、非常に効率的なシステムである。遊翁はこの仕組みを『現存歌選』二編の編集および上梓の過程で思い付いたと考えられる。前節で見たように、遊翁は出版に関わる負担金として南鐐銀一片の支出を町子に要求しているのである。三編においては最初から詠歌と負担金とを同時に提出させるということにした。集金に抜け目ない念の入れようである。ここに近代的な結社の仕組みが確立したことを認めることができるだろう。遊翁結社が江戸においてて新たな一歩を踏み出した瞬間である。

ところが、三編の編集も思うようにはうまく行かなかったようである。同年九月三十日付書簡には次のようにある。

御歌三首現存歌選の三編入御願つかはされ、慥ニ御受取申上候。いづれ今少し間御座候まゝ、来秋頃まで二またく〳〵ちと御よみつかはさるべく候。

町子は遊翁の添削を受けた三首の詠歌を三編入集のためにあらためて送っている。遊翁は「来秋頃まで二」詠歌を提出するように要請しているが、もしかするとそれは四編への入集を目論んでのことであったかもしれない。というのも、『現存歌選』初編は天保七年七月に刊行され、二編は天保九年七月に刊行された。ということは、遊翁の予定として三編は天保十一年七月に出版し、すぐに四編の編集に入ろうと計画していたと推定することができる。確実に負担金を支払い、詠歌を提出できる門弟を持っていれば、同人誌の前途は安泰である。ともあれ、先に負担金は徴収したものの、『現存歌選』三編の編集は何らかの事情で頓挫してしまったらしい。その後も町子とのやりとりはあったが、『現存歌選』の話題は一度も出されることはなかった。実際のところ、三編が出版された形跡はなく、版本は確認できない。

ただし、遊翁は三編編集を確かに進めていたのである。それは天保十一年四月六日付穴沢某宛書簡（架蔵）に次のような言説があるところからもうかがえる。(12)

現存三編来年ニハ上木可申候。何分昨年より別而〳〵いそがしく撰びかね候得共、是非々々出板いたし候。其節御願候御歌、必如何様ニもいたし出可申候。

このように天保十一年になっても『現存歌選』三編の編集は引き続き行われていたことがわかる。あるいは門人への詠歌添削指導に莫大な時間を費やしたからとも考えられるが、三編が上梓されることはなかったようである。

だが、それは遊翁の没後に日の目を見ることになる。遊翁の七回忌にあたる嘉永七年十一月の序文（源忠質、松平邦之助）を有する『類題現存歌選』が刊行された。この『現存歌選』の続編は門弟の多くが期待するところであったようであり、それは次のような奥付があるところからもわかる。

海野遊翁纂輯

補　清水栄太郎藤原謙光
　　黒川善右衛門藤原盛之　蔵板

助　辻土佐介多久大

一人目の清水栄太郎は初編・二編にも入集している古参の門弟である。蔵版なので遊翁の七回忌のために編集したものといえる。そこには総計三百十九人の同人が名を連ねている。末尾に添付された「作者姓名録」によれば、約半数が江戸以外の住所を有することがわかる。これらの門人に対する詠歌指導は、町子にしていたのと同様に通信添削によって行われていたと推定される。まさに全国規模の結社と呼ぶことができよう。なお、『類題現存歌選』が刊行された嘉永七年は、『現存歌選』三編の刊行予定と考えられる天保十一年から数えて実に二十五年後にあたる。

六、おわりに

遊翁結社は遊翁が天保六年に隠居してから結社として本格的な活動を始め、『現存歌選』初編と二編を刊行した。三編も計画は進めていたが、未刊となった。この『現存歌選』編集および出版の過程で、金銭の授受によって安定的に社中同人誌を刊行する仕組みを打ち立てることになる。京都の雁金屋半兵衛妻町子は遊翁結社にとっては社中の一人に過ぎないが、多くの町子宛書簡により遊翁社中の活動の輪郭が明らかになったと思われる。

〔注〕

（1）拙著『村田春海の研究』（汲古書院、平成十二年十二月）参照。

（2）本書第二部第四章「小山田与清の出版」参照。

（3）天野政徳は『現存歌選』初編・二編の校訂を行い、本間游清は二編の序を記している。

（4）堂上歌壇については、鈴木健一氏『近世堂上歌壇の研究』（汲古書院、平成八年十一月、増訂版は平成二十一年八月）と久保田啓一氏『近世冷泉派歌壇の研究』（翰林書房、平成十五年二月）が詳しい。また近世後期の地下歌壇の研究としては、辻森秀英氏『近世後期歌壇の研究』（桜楓社、昭和五十三年十一月）や兼清正徳氏『桂園派歌壇の結成』（桜楓社、昭和六十年四月）などがある。

（5）家元制度に関しては、西山松之助氏『家元の研究』（『西山松之助著作集』第一巻、吉川弘文館、昭和五十七年六月）が総合的網羅的に述べている。

（6）大内初夫氏「俳書出版の費用とその部数について」（『会誌薩摩路』七号、昭和三十七年七月）および矢羽勝幸氏「近世の俳書出版事情」（『歴史読本』三月臨時増刊『江戸三大俳人　芭蕉・蕪村・一茶』、新人物往来社、平成八年三月）参照。

（7）鈴木健一氏「水木コレクションの文学資料―海野遊翁書簡を中心に」（『収集家一〇〇年の軌跡―水木コレクションのすべて』、国立歴史民俗博物館、平成十年十月）が簡潔に問題点を指摘している。

（8）天保二年版『商人買物独案内』によれば、雁金屋半兵衛の家業は呉服屋（西陣織）である。

（9）拙稿「近世後期江戸の歌人海野遊翁研究序説―歴博水木コレクション所蔵「海野遊翁書簡」をめぐって」（『共同研究「水木コレクションの形成過程とその史的意義」２００１年度～２００３年度研究成果要旨集』、国立歴史民俗博物館、平成十六年七月）参照。

（10）清宮秀堅『古学小伝』巻三（玉山堂、明治十九年九月）参照。

(11) 国文学研究資料館蔵『鹿島日記』後ろ表紙見返しに貼付されている。
(12) 書簡の年次の推定は「倅信一郎事当年漸十五歳ニ相成候」による。

『現存歌選』歌人一覧表

一、『現存歌選』初編・二編の歌人を初出の順に配列した。
一、別称・住国などの割注は【 】を付して一行に組んだ。
一、初編と二編で割注が異なる場合は列記した。
一、割注における入木訂正は■とした。

	姓名・割注	初編	二編
一	菅原利保朝臣【従四位下／松平出雲守】	19	8
二	和気貞堯【京都／千切屋怡一郎】	1	3
三	遊翁【海野／滋野幸典】	23	8
四	清意【隠士／河辺】	13	8
五	いそ田【松山奥】	13	5
六	松窓【西尾藩／中村平惟政】	5	0
七	きく【河辺清意妻】	4	3
八	聴松尼【井上元真母】	8	2
九	藤原致恭【山田親之輔】	19	6
一〇	源尚徳【富山藩／村井敏馬】	17	5
一一	たむ【富山奥】	10	1
一二	橘常隣【大黒長左衛門】	3	4
一三	藤原顕忠【仲田藤右衛門】	15	8
一四	釈翻我【近江国水口】	1	0
一五	源文雄【井上元真】	16	6
一六	源鴨眠【近江国水口／池本忠兵衛】	10	6
一七	平大海【高松藩／山室太一兵衛】	7	0
一八	中原光褒【生駒家ニ士／今井四郎左衛門】	12	3
一九	藤原由香【山田章太郎】	5	0
二〇	藤原朝臣道貫【従五位下／本庄伊勢守】	15	6
二一	源明清【長崎屋佐兵衛】	17	0
二二	平景毅【松山藩／梶原左内】	5	5
二三	橘従之【青木善吉】	2	0
二四	源政徳【天野図書】	20	7

	姓名・割注	初編	二編
二五	源朝臣義生【従五位下／森川佐渡守】	10	6
二六	藤原万年【松山藩／近藤善兵衛】	7	0
二七	源朝臣定敬【従五位下／菅沼伊賀守】	14	7
二八	藤原徳風【松山藩／長野八兵衛】	9	0
二九	源景雄【水口藩／篠原清五郎】	7	4
三〇	源定帖【浪士／隅田鴎斎】	2	2
三一	千歳一【小関検校】	10	6
三二	藤原武保【菊池容斎】	6	3
三三	藤原昌蔵【清水栄太郎】	18	7
三四	紀弘光【忠内鉊太郎】	4	5
三五	大中臣重好【武蔵国埼玉郡／農家藤浪永吉】	3	3
三六	この【笠間藩／菅俊次母】	13	6
三七	平広庭【浪士／薄井連次郎】	3	2
三八	葎斎【河原／河原茂敬】	11	4
三九	橘遠長【遠州屋長左衛門】	1	0
四〇	ふみ【村上文平妻】	3	1
四一	釈昌順【順応院】	12	3

	姓名・割注	初編	二編
四二	清斎【医師／鈴木】	6	2
四三	花の井【松山奥】	4	0
四四	源勝成【酒井与兵衛】	15	5
四五	なか【松山奥】	3	2
四六	ふさ【森川佐渡守室】	1	0
四七	坂上真信【并河新五左衛門】	18	5
四八	源庶熙【星野鉄三郎】	11	4
四九	むら【[redacted]】	2	0
五〇	藤原頼興【増田作右衛門】	5	0
五一	藤原賤雄【松山藩／長野五左衛門】	10	0
五二	藤原総丸【伊藤忠太郎】	7	4
五三	源景陽【関宿藩／近藤勘兵衛】	2	0
五四	むら田【[redacted]】	4	0
五五	源通明【下総国千葉郡／農家泉谷謙次郎】	1	0
五六	藤原朗【松山藩水野家人／中矢彦左衛門】	2	0
五七	芳心院【富山妻】	11	5
五八	まさ【水口藩／萱[redacted]】	5	5

五九	源守静【辻半五郎】	10	4
六〇	橘常久【松山藩／飯塚宇右衛門】	4	2
六一	源茂実【医師／小森龍甫】	1	2
六二	てる【京都／竹村郡蔵妻】	1	1
六三	藤原春世【勝田権左衛門】	8	0
六四	源成章【横須賀藩／岸本隼太】	1	1
六五	源佐倍【富山藩／小林市祐】	4	3
六六	しつ【庄内奥】	1	0
六七	源因篤【富山藩／村井志津馬】	10	4
六八	たよ【富山藩／村井吉十郎妻】	2	2
六九	源昌蕃【富山藩／池田貫兵衛】	4	3
七〇	成智尼【野村休成祖母】	2	3
七一	きむ【酒井与兵衛妻】	7	3
七二	釈公舜【越中富山／光明寺】	2	7
七三	釈无然【東栄寺】	3	0
七四	源輔邦【岡藩／広瀬珍平】	2	0
七五	源宣【佐渡国相川／高島英助】	3	4
七六	かよ【森川佐渡守女】	2	1

七七	小野千別【白石勝太郎】	1	6
七八	しゅん【富山藩／武井大八妻】	1	2
七九	六阿【小林／藤原高英】	2	3
八〇	釈知然【備前国児島／梶岡村常楽院】	1	0
八一	まち【京都／雁金屋半兵衛妻】	1	2
八二	さと【[redacted]】【江川八左衛門妻】	1	1
八三	松恵一【千代田検校】	1	0
八四	藤原時宣【瀬川慈三郎】	4	3
八五	藤原秀起【新村為兵衛】	1	5
八六	源義恭【佐渡国相川／海老名寛次郎】	3	0
八七	かう【京都／山添[redacted]】【京都／百足屋甚右衛門妻】	1	2
八八	長谷部田実【升屋喜右衛門】	4	0
八九	穂積有定【鈴木大之進】	3	3
九〇	ゆき【瀬川時丸母】	2	6
九一	雲泉【隠士／堀】	3	0
九二	無竹斎【庭瀬藩川村／源猛之】	1	2
九三	平時倚【七日市藩／畑数馬】	1	0
九四	源信順朝臣【従四位下侍従／松平伊豆守】	×	6

	姓名・割注	初編	二編
九五	源安良【富山藩／森沢与三衛門】	×	2
九六	貞円尼【鎌倉松岳／真性院】	×	3
九七	平守中【佐渡国相川／岩佐玄的】	×	3
九八	禎《サタ》【菅原伊賀守室】	×	2
九九	とみ【京都／百足屋甚右衛門母】	×	1
一〇〇	大江躬行【清水八郎兵衛】	×	5
一〇一	たん【富山奥】	×	2
一〇二	秋篠敏匡【越中国富山／河上屋甚左衛門】	×	3
一〇三	橘重旧【富山藩／岡田小右衛門】	×	2
一〇四	藤原信義【赤穂藩／西川瀬左衛門】	×	1
一〇五	藤原介福【近江国甲賀郡／医師鵜飼勝三】	×	1
一〇六	とみ【釈兵次郎姉】	×	1
一〇七	藤原祐根【松山藩／伊東登】	×	1
一〇八	大中臣重政【武蔵国埼玉郡／農家藤波小弥太】	×	2
一〇九	ふき【小関検校妹】	×	2
一一〇	妙樹尼【小関検校曾祖母】	×	2
一一一	平方微【佐渡国相川／猿周平】	×	1

	姓名・割注	初編	二編
一一二	源朝臣信成【従五位下／川口志摩守】	×	2
一一三	藤原重亮【富山藩／不破小十郎】	×	1
一一四	平景祚【中村弥太夫】	×	2
一一五	政《マサ》【森川佐渡守室】	×	5
一一六	平美英【佐渡国相川／長浜屋清次郎】	×	2
一一七	保晋一【山長谷検校】	×	3
一一八	履信一【飯坂勾当】	×	3
一一九	檜前斐成【檜前常音】	×	6
一二〇	仏庵【中村／平景蓮】	×	7
一二一	松月尼【小林六阿妻】	×	2
一二二	大江玄通【水口藩医師／岩谷玄的】	×	1
一二三	源高真【富山藩／杉村弥助】	×	1
一二四	源道別【富山藩／佐々木去来彦】	×	1
一二五	源可弘【赤穂藩／森織部】	×	1
一二六	菅原良史【松山藩／菅五郎左衛門】	×	2
一二七	源顕祖【信夫真五郎】	×	4
一二八	釈了阿	×	3

一二九	源正澄【松山藩／宮城左五兵衛】	×	3
一三〇	森《シゲ》【菅沼伊賀守女】	×	2
一三一	藤原温淑【赤穂藩／斎木衛門七】	×	1
一三二	たみ【越後国水原／穴沢忠治母】	×	3
一三三	平尚之【徳島屋幸三郎】	×	2
一三四	藤原義重【富山藩／村井吉郎】	×	2
一三五	たき【土井東民妻】	×	3
一三六	源恭英【佐渡国相川／中川佐市】	×	2
一三七	藤原良世【富山藩／佐脇数馬】	×	1
一三八	源寛【佐渡国相川／渡辺覚左衛門】	×	2
一三九	賢宗尼【道肝庵】	×	2
一四〇	智見院【山田卯太郎祖母】	×	1
一四一	藤原久道【忍藩／松田多善】	×	2
一四二	源元如【高木善次郎】	×	1
一四三	藤原可成【佐渡国相川／医師瀧波玄伯】	×	2
一四四	釈石州【水口藩住／三恩寺】	×	1
一四五	藤原富歳【佐渡国相川／小山富三郎】	×	5
一四六	源正董【水口藩／岡田熊太郎】	×	1
一四七	源正安【医師／土井東民】	×	4
一四八	知浄尼【清水八郎兵衛母】	×	4
一四九	源亘【浪士／小松原王太理】	×	2
一五〇	伴一忠【富山藩／瀧川多門】	×	1
一五一	いね【江川八左衛門女】	×	1
一五二	健《タチ》【前田大和守室】	×	1
一五三	源朝臣義雄【従五位下／村上大和守】	×	2
一五四	藤原正雄【松山藩／佐治源五右衛門】	×	1
一五五	伴逸矩【富山藩／内山右仲太】	×	1
一五六	藤原政邦【秋田藩／鈴木左平太】	×	1
一五七	源長完【富山藩／林小左衛門】	×	1
一五八	源観水【富山藩／大竹又八】	×	1
一五九	源庶友【星野一之進】	×	2
一六〇	小野一章【富山藩／村左馬介】	×	2
一六一	さた【大黒十郎兵衛妻】	×	2
一六二	源保教【菅沼家ニ士／石川源五右衛門】	×	1
一六三	源正名【松山藩／服部図書】	×	3
一六四	松風一【山勢検校】	×	2

	姓名・割注	初編	二編
一六五	藤原粲【福島良蔵】	×	2
一六六	大神秋守【佐渡国小木湊／医師渋谷主計】	×	2
一六七	たか【松山奥】	×	2
一六八	源惟清【越後国古志郡／農家稲川進之允】	×	3
一六九	源守文【佐渡国相川／須田秀太郎】	×	3
一七〇	源元恭【越中国富山／土井宗兵衛】	×	2
一七一	春【森信濃守母】	×	2
一七二	源弘道【佐渡国相川／太田治右衛門】	×	2
一七三	源朝臣信名【従五位下／小笠原若狭守】	×	1
一七四	伴逸縄【富山藩／内山悠太】	×	3
一七五	生沢雅信【越中国富山／熊野屋兵四郎】	×	2
一七六	梅園【富山奥】	×	3
一七七	藤原重教【彦根藩／河合順介】	×	2
一七八	橘教行【富山藩／小野治平】	×	2
一七九	源広徳【谷行季十郎】	×	1
一八〇	源可時【森三郎】	×	1
一八一	藤原茂承【富山藩／山崎継四郎】	×	2

	姓名・割注	初編	二編
一八二	たき【水口藩／岡田九郎右衛門妹】	×	2
一八三	源常則【富山藩／阿部与五郎】	×	1
一八四	源游清【吉田藩／本間游清】	×	4
一八五	小野一実【富山藩／村善左衛門】	×	1
一八六	藤原久祲【松山藩菅家中／杉山新左衛門】	×	1
一八七	藤原陸鶩【佐渡国相川／奥田稲次郎】	×	2
一八八	源忠生【佐渡国湊町／中村晋蔵】	×	3
一八九	橘礼初【富山藩／伊林清治】	×	1
一九〇	藤原茂穂【佐渡国相川／蔵田茂平】	×	2
一九一	誓寿院【松山藩／西崎杏庵母】	×	1
一九二	良恭一【君沢検校】	×	1
一九三	藤原守梁【松山藩／竹村左治衛門】	×	2
一九四	平長孝【佐渡国相川／静間甚右衛門】	×	1
一九五	うら【富山藩／渡辺七郎左衛門妻】	×	3
一九六	平友直【佐渡国小木湊／中川七郎兵衛】	×	2
一九七	弨翁【川端伊織】	×	1
一九八	とみ【釈】	×	1

一九九	源簡【富山藩近藤家中／永井小左衛門】	×	2
二〇〇	佐久【森川佐渡守女】	×	1
二〇一	平隆豊【下総国葛西／農家金子弥義蔵】	×	2
二〇二	源吉鐲【下総国安食／今井主計】	×	1
二〇三	いか【半田立阿弥伯母】	×	2
二〇四	大僧都亮長【上野／功徳院】	×	3
二〇五	橘俊国【和泉国佐野浦／食野八十太郎】	×	1
二〇六	源賀朗【富山藩／渡辺三佑】	×	2
二〇七	藤原弘衛【井戸十三郎】	×	1
二〇八	藤原為忠【黒部新蔵】	×	1
二〇九	藤原一樹【彦根藩／赤尾惣左衛門】	×	2
二一〇	源守一【岡藩／篠原権次】	×	1
二一一	高階能中【越中国富山／袋屋儀兵衛】	×	1
二一二	ふみ【佐藤長左衛門妻】	×	1
二一三	源宣美【佐渡国相川／高島栄七】	×	2
二一四	まさ【菅】	×	1
二一五	長《マス》【本庄伊勢守女】	×	2
二一六	とよ島【赤穂奥】	×	1

二一七	源智務【岡藩／片岡鉄五郎】	×	3
二一八	藤原有典【岡藩／寺田鉄蔵】	×	1
二一九	平形泰【岡野平太郎】	×	1
二二〇	菅原朝臣利和【従五位下／前田大和守】	×	1
二二一	藤原光保【佐藤源五郎】	×	1
二二二	源朝臣忠徳【従五位下／森信濃守】	×	1
二二三	源成良【富山藩／大竹十蔵】	×	1
二二四	辰《トキ》【本庄伊勢守女】	×	1
二二五	橘永昌【浪士／清水善兵衛】	×	1
二二六	やへ【赤穂藩／森采女妻】	×	1
二二七	源利国【嶋田新左衛門】	×	1
二二八	橘路告【和泉国佐野浦／食野徳太郎】	×	1
二二九	源可紀【赤穂藩／森采女】	×	1
二三〇	藤原祐雄【松山藩／伊東権之助】	×	1
二三一	源朝臣義純【従五位下／佐竹壱岐守】	×	2
二三二	源信宝【間宮神次郎】	×	1
二三三	藤原経忠【富山藩／渡瀬官兵衛】	×	1
二三四	藤原忠親【松山藩／大沢繁見】	×	1

	姓名・割注	初編	二編
二三五	城拙禅師【鎌倉／円覚寺】	×	1
二三六	源正綱【阿波国麻植郡／住友三十郎】	×	1
二三七	菅原茂厚【水口藩／美濃部菅一郎】	×	1
二三八	源高脩【赤穂藩／宮地衛士】	×	2
二三九	ひで【佐渡国相川／密教院妻】	×	2
二四〇	大江好清【越中国富山／田中屋与次右衛門】	×	1
二四一	はる【水口藩／岡田九郎右衛門妹】	×	1
二四二	平章政【佐渡国相川／山尾衛守】	×	1
二四三	源守清【越後国古志郡／農家稲川又左衛門】	×	1
二四四	平知重【佐野藩／名倉弥次兵衛】	×	1

付章　朋誠堂喜三二――晩年の和歌・和文修行

朋誠堂喜三二といえば、一般には黄表紙作家として著名であり、天明の黄表紙をリードした人物として知られている。もちろん当時の戯作者の常として狂歌も嗜み、その号は手柄岡持という。その他、洒落本や滑稽本、噺本などにも手を染め、幅広く活躍した。そのことは井上隆明氏『喜三二戯作本の研究』に詳しく論じられているところである。喜三二の本職は秋田藩江戸邸の藩士、本名は平沢常富である。田沼意次失脚後に松平定信が老中に就任するや、これを題材に天明八年新春に『文武二道万石通』を蔦屋重三郎より刊行、古今未曾有の大流行となるも、故あって黄表紙を廃業する。この時、喜三二はすでに五十歳を越えていた。

さて、喜三二も文化二年には秋田藩を致仕、はや七十一歳に達していた。これを機に通称を平角より平荷に改めている。それでも文筆は衰えることなく、かえって盛んになり、歌詠みに熱中する。（推定）文化九年五月十九日付鶴林窓西野伝太宛書簡は、その間の事情をよく伝えている[1]。

一、拙老隙の無きと申ハ前書之通り、俳諧は相止候へ共、致仕之後保養のためと存、七十にして初て歌を初め於今よみ候へ共、心の欲する所に随てよみ出候へバ、皆其のりニ蹶候歌にて叩られてなどもはや七年よみ候へ共、初学の通りにて一向に勝達不仕候。

隠居を機に七十の手習い、充実した余生を送っている如くである。また、（推定）文化五年四月二十日付宇都宮孫綱宛書簡には、「不束なる詠歌にて月の内に会十日づつ御座候を、大雨ニさへ無之候へバ、成たけ出席仕候」とある[2]。歌詠みの常道として、歌会に出席し、研鑽を積んでいる様子がうかがえる。それでは実際に喜三二はどのような歌会に出席し、どのような和歌を詠んでいたのか。

喜三二の詠歌活動の一端を垣間見ることができる資料が存在する。それは東京大学総合図書館蔵『織錦斎月次文会』である。「織錦斎」は村田春海の号であり、ここには江戸派の和文・和歌が収録されている。記録は文化五年のみであるが、正月から九月までの期間、月の十七日を会日として和文を作り、和歌を詠んだものが書き留められている。喜三二は「平荷」の名でこの会に出席しているのである。たとえば、正月十七日には「む月ばかり山里人のもとへ」という題で次のような和文を綴っている。

春かけて猶雪はふりにたれば、鶯の声に山里の春はしり給はんかし。都へも此ほどかなたこなた梅もさけりけるにぞ、君があたりののどけさもおもひやられはべる。ことしは花おそげに侍れば、やよひのすゑつかたにはかならず、

すみだ川花みがてらにとひこなん
深山ざくらに心ひくとも

其をりこそしめやかにうちものかたらひ侍らめ。

春の到来は鶯の鳴き声や馥郁たる梅の香によって知られるが、名残の雪が降る正月である。三月末には隅田川原の遅桜を見に来てくれと、山里に住む人に訴える消息文である。この頃になると、江戸において隅田川原は行楽地であり、風流を愉しむ場であった。和歌・和文・漢詩文などの雅文芸においても、事情は変わらない。すでに文化二年正月に平荷は、隅田川にほど近い新梅屋敷にて行われた江戸派主催の歌会に参加している。(3) そのような背景を考慮すれば、平荷（喜三二）の和文表現に実感が湧いてくる。

また、同五年四月には松平定信の意を受け、「月花のあはれをことわる言葉」を題として和文を綴ることになる。巡

り合わせの妙といえようが、喜三二と定信との交流はこれを遡ること四年、文化元年に定信の要請を受けて『職人尽絵詞』に大田南畝や山東京伝とともに詞書を記しているのである。定信とは因縁浅からざるものがあった。『織錦斎月次文会』は九月十七日の「秋ををしむことば」をもって終わっている。記録がないのではなく、おそらく会が終了したのであろう。というのも、同月二日に江戸派の双璧の一人加藤千蔭が没しているからである。千蔭は喜三二が黄表紙作家であった天明年間からの狂歌仲間であり、喜三二がこの月次会に参加したのが千蔭を介してであることはほぼ間違いない。

かくして喜三二の和歌・和文の修行は、江戸派の歌人グループに加わることによって始まり、致仕後の七十代を詠歌三昧で過ごしたのである。

〔注〕

（1）『喜三二戯作本の研究』（三樹書房、昭和五十八年十一月）所収。

（2）同右。

（3）『墨水遊覧誌』（花屋鋪蔵板、文政十一年六月序）。

初出一覧

序論　江戸派という交差点
書き下ろし。

第一部　江戸派の表現

第一章　江戸派の和歌
原題「江戸派の和歌――春海歌と千蔭歌の共通性」。『神戸大学文学部紀要』〔神戸大学文学部〕三十三号、平成十八年三月。

第二章　春海歌の生成と推敲
原題「春海歌の生成と推敲――『琴後集』と『百首和歌』の異同をめぐって」。『隔月刊文学』〔岩波書店〕六巻四号、平成十七年七月。

第三章　春海歌と漢詩
原題「村田春海における和歌と漢詩」。『国文学　解釈と鑑賞』〔至文堂〕七十四巻三号、平成二十一年三月。

第四章　江戸派の叙景表現
原題「江戸派の叙景表現——『香とりの日記』における紀行文と叙景歌」。『歌われた風景』〔笠間書院〕平成十二年十月、所収。

第二部　江戸派の出版
第一章　江戸派の出版
原題「江戸派の出版」。『神戸大学文学部紀要』〔神戸大学文学部〕三十四号、平成十九年三月。
第二章　『おちくぼ物語註釈』の出版
原題「『おちくぼ物語註釈』刊行始末」。『富士フェニックス論叢』〔富士フェニックス短期大学〕八号、平成十二年三月。
第三章　『契沖法師富士百首』の出版
原題「『契沖法師富士百首』序文攷」。『国文論叢』〔神戸大学文学部国語国文学会〕三十一号、平成十三年十二月。
第四章　小山田与清の出版
原題「小山田与清の出版」。『文化学年報』〔神戸大学大学院文化学研究科〕二十六号、平成十九年三月。

第三部　受容史上の江戸派
第一章　江戸派の古典受容

原題「江戸派の物語研究――『源氏物語評釈』の中の春海注」。『江戸文学』〈ぺりかん社〉二十二号、平成十三年二月。

第二章　をかし・おかし別語説の成立と受容

原題「をかし・おかし別語説の成立と受容」。『神戸大学文学部紀要』〈神戸大学文学部〉三十号、平成十五年三月。

第三章　江戸派の歌論の生成

原題「近世歌論の近代性――江戸派の歌論の生成」。『近世と近代の通廊』〈双文社出版〉平成十三年二月、所収。

第四章　「たをやめぶり」説の成立と継承

原題「「たをやめぶり」説の成立と継承」。『隔月刊文学』〈岩波書店〉六巻三号、平成十七年五月。

第五章　慈円歌の受容と評価の変容

原題「慈円歌受容小史――「春の心のどけしとても何かせむ」の評価転換をめぐって」。『古代中世和歌文学の研究』〈和泉書院〉平成十五年二月、所収。

第六章　板花検校説話の成立と展開

原題「板花検校説話の成立と展開」。『説話と説話集』〈和泉書院〉平成十三年五月、所収。

第四部　江戸派の係累と人脈

第一章　江戸派の血脈――「織錦門人の分脈」の分析

原題「江戸派の血脈」。『神戸大学文学部紀要』（神戸大学文学部）三十六号、平成二十一年三月。

第二章　村田春道——村田家と堂上方

原題「村田家と堂上方」。『江戸文学』（ぺりかん社）二十七号、平成十四年十一月。

第三章　楠後文蔵——「松坂の一夜」外伝

原題「「松坂の一夜」の影——伊藤主膳僭称一件と楠後文蔵忠積」。『神戸大学文学部紀要』（神戸大学文学部）三十一号、平成十六年二月。

第四章　雪岡宗弼——雪岡禅師と江戸派

原題「雪岡禅師と江戸派」。『鈴屋学会報』（鈴屋学会）二十四号、平成十九年十二月。

第五章　妙法院宮——『妙法院宮御園十二景』の成立

原題「『妙法院宮御園十二景』成立攷」。『神戸大学文学部紀要』（神戸大学文学部）二十九号、平成十四年三月。

第六章　松平定信——『三草集』「よもぎ」の添削

原題「『三草集』「よもぎ」の添削」。『隔月刊文学』（岩波書店）七巻一号、平成十八年一月。

第七章　天野政徳——文政期江戸歌壇と『草縁集』

原題「文政期江戸歌壇と『草縁集』」。『神戸大学文学部紀要』（神戸大学文学部）三十五号、平成二十年三月。

第八章　海野遊翁——天保期遊翁結社と『現存歌選』

原題「遊翁結社の活動と『現存歌選』の出版」。『文人世界の光芒と古都奈良—大和の生き字引・水木要

太郎』（思文閣出版）平成二十一年十月、所収。

付章

朋誠堂喜三二——晩年の和歌・和文修行

原題「朋誠堂喜三二の和歌・和文修行」。『日本古典文学会会報』（日本古典文学会）百三十四号、平成十四年七月。

跋　文

本書は十年ほど前に汲古書院より刊行した『村田春海の研究』の続編である。本書のコンセプトは序論「江戸派という交差点」に記した通りだが、ひとことで言えば、通時的共時的な意味で江戸派に内在するつながりを顕在化させることである。今は忘れ去られた観もあるが、江戸派がいなければ、現代において日本古典の姿が今のままであったかどうか、すこぶる疑わしいという思いがある。江戸派は古典を受け継ぎ、その精神を深めた上で、次の世に送り出したのである。また、同時代においては近世後期都市である江戸というトポスにおいて、数多の文人と交流した。あたかも重力と磁力に吸い寄せられたかのように結集する群像。そのような人物と書物が交流する拠点の一つが江戸派であったというのが、本書で構築した仮説である。

そのような発想の生まれ出た契機は、単純な作業を通してであった。前著『村田春海の研究』に付す「人名索引」を作る作業の中で、何とも索引が薄いことに気付いた。なぜこんなに人が少ないのか。答えは簡単で、前著は本居宣長を背景にして江戸派（村田春海）の成立と展開をとらえようとしたものだったので、登場人物が少ないのは当然といえば当然であった。春海と宣長における、完全な一対一対応が『村田春海の研究』のコンセプトである。だから極端なことをいえば、索引は春海と宣長だけでもおかしくなかった。だが、それにしても人名索引が薄い。ここには宣長から見た春海と春海から見た宣長しかいない、と思った。春海および江戸派にはもっと多彩な人間関係があり、もっと濃密な人物交流があったはずだ。それをあえて見ないようにしていただけなのではないか。そういう焦燥感が出発点だった。要するに、前著の欠を埋めるのが本書の執筆動機である。

さて、本書をまとめようと思ったきっかけは、平成二十二年が村田春海二百年忌にあたるということであった。春海は文化八年二月十三日に死去している。没後百九十九年、ちょうど二百年忌である。かつてはそのような方面には疎く、全く関心がなかったが、馬齢を重ねるにつれて少しずつ記念の年ということを意識し始めるようになった。記念の年に出された本は記憶されやすいということもある。いずれにせよ、春海二百年忌の年に本書を出版したかった。

実はもう一つ理由がある。研究を始めた時には意識しなかったが、研究を続けるにしたがって終着点というものを意識するようになった。出発点があり、終着点があれば、おのずと折り返し点もあるはずだ。拙いながらもとりあえず卒論を書き上げて今年で二十余年。何らかの形でモニュメントを残そうと思うようになった。これが本年度に本書を出版する第二の理由である。

折り返しとはいえ、わが研究の前途は茫漠としており、五里霧中のただ中にいる。今後は起承転結の転の段階に歩を進めなければならないが、はたしてそれが前進となるのか、はたまた後退と見なさざるを得ないのか、それは神のみぞ知ると言っておこう。ただし、一つだけ方向性らしきものを打ち出すことに手応えを感じたものがある。それは『江戸文学』三十六号（ぺりかん社、平成十九年六月）で特集した「江戸人の「誤読」」である。私自身が書いたものは江戸の漢詩人葛西因是の唐詩注釈であり、本書において江戸派歌人でやったことを漢詩人に換えた注釈研究に過ぎないが、特集テーマを貫くのは古典学とは何かといったような普遍的な文学理念に関わることだった。古典は誤読されてはじめて古典となる。外山滋比古氏の異本論や古典論を日本近世の文化現象として実証的に読み替える試みだった。江戸時代の国学には古典学を構想するヒントが隠されている。いま国学を発展的に古典学に進めるという、過酷で厳しい道が目の前にある。折り返しにあたって、できるだけ荷物を少なくしつつ、できるだけ普遍的なことを考えていきたいと思う。

さて、ものを調べたり考えたりしたことを論じる時に、私には明確な方法がある。特に誰かに教わったわけではない。先行文献を読み進める間に自然と身に付いたものであろうか。一本一本の論文から単行書に至るまで変わらない。それはある一定の視点から物事を観察し、そこから見えるものをできるだけ偏ることなく写しとるという方法である。その視点はぶれてもいけないし、その場所から勝手に移動してもいけない。少なくとも一つの仕事が完結するまでは最初に設定した位置から離れることは許されない。それは譬えるならば、自然を切り取る写真のようなものだ。カメラを固定しピントを合わせた上でファインダー越しに覗くと、フレームの中には切り取られた風景がある。それをできる限り恣意を交えずに客観的に描き出せるかが問題である。むろんカメラのシャッターは一瞬だが、論文を書くのは一瞬ではない。著書ともなれば数年はかかる。その間、ぶれずに対象と対峙できるかは、最初に設定した問題が適切かどうかにかかっている。あとは忍耐力であろう。

もちろん視点を設ける以上、そこからは絶対に見えないものがある。死角である。あるいは視点の背後にあるものも、原理的に見えないし、見えてはいけない。見てもいけない。また、その視点からは見えているはずなのに、どうしても見えないものがある。盲点である。それは設定する原理の問題というよりは、能力の問題に起因するのかもしれないが、いくら目を凝らしても見えないものである。そのような死角や盲点は、必然的に論述の中から排除される。本書にも多くの死角や盲点があるにちがいない。それは今後の課題となるだろう。

人の研究生活に奇跡の年というのがあるならば、この一年は私にとっての確実に奇跡の年であった。八月にぺりかん社から『本居宣長の大東亜戦争』を上梓し、十二月に明治書院から『和歌文学大系』七十二巻『琴後集』を出版した。同じく十二月には出身大学の後輩である木越俊介君、天野聡一君との共著で三弥井書店から『雨月物語』の注釈を出した。一年のうちに二冊の研究書と二冊の注釈書を出版することは、むろん今までにもなかったし、今後もたぶんないだろう。これも春海二百年忌によるご加護なのか。なお、最近気付いたことだが、春海が没した二月十三日は新暦では三月七日、奇しくも私がこの世に生を受けた日であった。

本書が成るにあたってお世話になった方は多い。鈴屋学会をはじめとする学界の先生方、神戸大学の先輩には叱咤激励をいただいて、折れかけた心をつなぎ止めることができたことも一再ではない。平成十三年に母校の神戸大学に着任してからは、主に大学院の学生から大きな刺激を受けている。優秀な後輩を持てたことに喜びを感じる。また、『村田春海の研究』に引き続き、本書の出版をお引き受けいただいた汲古書院の石坂叡志社長、営業部の三井久人氏、編集部の大江英夫氏に深謝申し上げる。前著『本居宣長の大東亜戦争』にひきつづいて、本書の校正と索引の作成をしてくれた神戸大学大学院の門脇大君には感謝申し上げる。

本書の刊行に際して、独立行政法人日本学術振興会による平成二十一年度科学研究費補助金（研究成果公開促進費）の交付を受けた。

平成二十一年十二月

田中康二識

『江戸派の研究』人名・書名索引

凡　例

1. 本書（3～525頁）に登場する人名・書名を抜き出し、原則として現代仮名遣い五十音順に配列した。
2. 人名は見出し項目を一般的な呼称（姓名）に統一し、文中に記された別称・異称は（　）を付して列挙した。ただし、姓が不明の者は文中の呼称で配列したが、読みが不明の場合はこれを音読みで配列した。
3. 人名は実在の人物に限定し、村田春海については、これを除外した。
4. 書名は一般的な呼称に統一し、文中に記された別称・異称は（　）を付して列挙した。
5. 書名は原則として、冊子巻子状のものに限定し、雑誌、叢書や全集、辞典の類、および論文の題については、これを採らなかった。
6. 人名・書名ともに引用文中のものは採ったが、論文題中のものは採らなかった。
7. 人名・書名ともに同一ページに重出する場合は、これを省略した。

人　名　索　引

【カ行】

【タ行】

【マ行】

【ヤ行】

書名索引

【著者紹介】田 中 康 二（たなか・こうじ）

1965（昭和40）年　大阪市天王寺区に生まれる。

1988（昭和63）年　神戸大学文学部卒業。

1994（平成６）年　神戸大学大学院文化学研究科博士課程単位取得退学。

現在　神戸大学大学院人文学研究科准教授。

［編著］『村田春海の研究』（汲古書院、2000年）

『本居宣長の思考法』（ぺりかん社、2005年）

『本居宣長の大東亜戦争』（ぺりかん社、2009年）

『和歌文学大系72　琴後集』（明治書院、2009年）

江戸派の研究

二〇一〇年二月十三日　発行

著　者　田中康二

発行者　石坂叡志

版下作成　中台整版

印　刷　モリモト印刷

発行所　汲古書院

〒102-0072　東京都千代田区飯田橋二-五-四

電　話　〇三（三二六五）九七六四

FAX　〇三（三二二二）一八四五

ISBN978-4-7629-3573-2　C3092

KYUKO-SHOIN, Co., Ltd. Tokyo.